祖恰
／著

莎拉的影子

引言

簡介- 本書分為前後兩段：

前文-小說體：青銅名單墻（兩千本書的故事）

一個為朋友謹守不逾，傳承數代，千金一諾的紀實事蹟。

當2014年「**上海猶太難民紀念館**」興建生還者名單墻的時候，引發出了一個幾乎是傳奇的故事，一個猶太人卡爾·安格爾(**Carl Anger**)曾經將他的一批書籍囑托給了他的一個中國朋友林道志，表示有一天他將會回來取書，這一個中國朋友謹守諾言，冒盡一切風險，度過無數難關，把這一承諾當成家族使命，一代一代的傳承下去，守護著這一批書籍足足七十餘年，直到他們即將失去房子，再也無法保存下去的時候，他們開始尋求幫助，並且拼盡全力找尋這一位失聯的猶太朋友，忠心的想完成使命。

這是一個始終不渝堅守承諾的故事，它顯示一種無暇的誠信，這批書籍現在存放在上海虹口區的圖書館，見證著一段友誼，展現人與人之間，甚至不同的民族之間可以有的信任與關愛；它展現人性中美好和誠信的一面，它將喚醒我們應有的互助和包容，及理解與尊重，並將永遠標識著一個指引，啟發我們人類對和平並和睦的追求！

本文- 劇作體：莎拉的影子

在那動蕩的大時代，一個反抗侵略者的故事。講述了一段悲苦的歲月，和熱血青年對國家的奉獻，他們追求公義和人生的意義，並產生了一段真摯的感情。

曾經是文化氛圍深厚的西方歐洲，一群生活在那裡的猶太人從未料到一個新興起的納粹獨裁者要毀滅他們的民族，迫使他們中的一部分人逃亡到了東方的一個中國城市上海。在那裡，他們在早先移居到這座城市的薩法迪猶太人(**Sephardi Jews**)和阿旭肯納西猶太人(**Ashkenazim Jews**)的幫助下，住進了歐美的租界。

但是隨著日本偷襲珍珠港二戰爆發的同一天，日本海軍包圍了上海的吳淞港，攻擊歐美租界的駐防軍，俘虜美國炮艇威克(**Wake**)號，擊沉英國炮艇

海燕(Petrel)號，進而占據了整個上海，拘押所有歐美僑民到日本皇軍集中營。而猶太人則被驅趕進了上海虹口的隔離區(Ghetto)，由個性張狂的日本人合屋(Kano Goya)管理，他自稱「猶太人的國王- King of Jews」，暴虐的奴役著被稱為[無國籍難民]的猶太人，而希特勒的特使納粹軍官梅辛格上校也到了東京，密令日本消滅所有在上海的兩萬猶太人……但因著日本的「河豚計劃-Fugu Plan」猶太難民暫時生存了下來，但痛苦饑荒成為了猶太人虹口隔離區的噩夢……

為了教育，虹口的猶太難民成立了**嘉道理學校(Kadoorie School)**，讓猶太青少年繼續讀書，但學校裡的熱血青年卻參與了地下組織 "**ReAct**" 來反抗法西斯侵略者，他們的口號：「**有些事值得付出生命- *Something worth dying for*！**」

這些猶太青年和中國地下組織的青年相聚在上海，共同執行著抗敵的任務。當中一個生長在江南傳統農村的中國男孩瑞德，隨著父母來到上海，他從未料到有一天野心殘暴的侵略者霸占了他的家鄉，使他失去父母，家破人亡。他加入反抗組織，他分派到的任務是暗中保護一個猶太小女孩莎拉(Sarah)，她負責傳遞從猶太難民當中隱藏的短波收音機裡得來的外界信息給**《上海猶太人紀事報- Shanghai Jewish Chronicle》**。

中國男孩瑞德一直尾隨在莎拉的後面，如同一個影子，機敏的守護著她的安全，最後他為所守護的女孩付出生命的代價，他遺留的唯一願望是：「**願陽光再炙，草原草厚；讓我們再一次一起走在陽光燦爛、草原芬芳的路上！**」

那是一個動蕩的大時代，這些青少年們處在超過他們的年齡所該承受的生涯中奮力爭戰，他們想知道為什麼會發生這一切，尋找答案，追求智慧和人生的成長，他們的環境是如此險惡，物質是那麼貧乏，但黑暗中他們尋覓光明，迷惘中尋求指引，艱難險阻中成長出他們的力量，展現大無畏的勇氣。

《莎拉的影子》講述的正是這一段被忽視的歷史，並一個中國少年和猶太女孩純潔的願望，至死不渝的友誼。

作者：祖恪　來自臺灣，旅居洛杉磯

目 錄
前文：青銅名單墻

大綱

一座為上海猶太難民生還者建立的「青銅名單墻」，一個中國人為猶太朋友謹守托付守護「兩千本書」，歷經艱險，傳承數代，一段真實的「千金一諾」的紀實故事

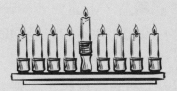

前文

青銅名單墻

序

　　2014年9月，有一條全長34米，高度爲2.5米，由26塊巨大的銅板所組成的長墻落成了。它是由靑銅鑄造，上面刻著一萬三千四百多個名字的名單墻；它是爲紀念上個世紀，1940年代當時躲避納粹迫害而逃往上海的歐洲猶太難民所建造的。

　　這座墻座落在上海的「**上海猶太難民紀念館**」院墻的內面，是爲紀念那些寄居在上海，避過了浩劫的倖存著所建造，實際上因爲資料不全，確實的生還者遠超過墻面上所刻下的數目。但這是一個表徵，記憶一段至今仍然鮮爲人知的歷史。

　　在那場戰亂動盪下驚心動魄的日子裡；在那段侵略者殘酷壓迫下艱難困苦的歲月中，發生了許多感人的故事，但是它們多半不爲人知，因爲都是普通人們之間的事跡。在歷史的大洪流中，只有重要的領導人的事跡被記錄，其餘發生在一般人之間的的故事一向被忽視或者遺忘。但也許他們的事跡更能感人，因爲他們展現出一個平凡的個人所隱藏的完美品德，在沒有絲毫私利動機下流露出的眞誠人性，讓我們可以銘記和贊美，並且提升我們的嚮往和追循。

　　在這紀念館中，有一個配合著一位上海中年男子的照片的展示角落，它不顯眼，它無聲地講述一個故事；一段隱藏了七十年的歷史，那就是發生在一個中國基督徒和他的猶太朋友之間的眞實經歷。

　　他們之間有深厚的友誼，爲了一個應允，一個沒有文字的約定，一個朋友爲他的承諾付出幾乎是生命的堅持，在動盪歲月裡，用祈禱做守護，直到生命的終了，然後傳承給子女，三代，堅守七十年，事蹟才被公開出來，見證著中國傳統的「**一諾千金**」的故事，一個兩千本書的托付。

上海猶太難民紀念墻設計圖

一、故事的開始黃包車俱樂部

2002年夏天，藝術家何思偉打聽到上海猶太難民的組織---「**黃包車俱樂部**」正要舉辦第五次的重聚活動，地點就訂在舊金山的一家酒店。

那天，他走進酒店大堂，在節目告示板上卻沒有找到當天這個活動的告示。他疑惑的詢問服務臺，然後酒店活動項目部門的經理史密斯先生出來告訴他，這個俱樂部的活動今年已經取消了！

何思偉忍不住追問：「為什麼？」

酒店經理無奈的一笑：「原因可能是他們多數都不在了。你知道他們都是什麼年紀的人了嗎？」

這個出人意料的回答使得何思偉的心裡充滿傷感與焦慮，他意識到，這一批被稱作「**上海猶太人**」的歷史見證者正在漸漸凋零；隨之而來的結果或許將是這段歷史的被遺忘。

何思偉站立在大廳失望地看著史密斯經理，問：「你能幫我一個忙嗎？我希望能聯絡到他們的負責人，就是這個組織當初與你們酒店聯繫的人，我想要訪問他，可以嗎？」

酒店經理史密斯困惑的看著何思偉：「你不像是他們當中的一員，我知道他們都是猶太人，你為什麼要找他們？」

「你說的對，我不是猶太人。」何思偉回答：「我知道他們是二次世界大戰前為了逃避納粹迫害而躲進中國上海的猶太人。我是一個中國畫家，我在上海聽說了許多他們的故事，也參照他們留下的照片為那段歷史畫了許多幅油畫，我現在正在搜集他們的史料，因為我想瞭解他們。」

史密斯好奇的問：「哦？你想瞭解他們？什麼目的呢？」

何思偉坦誠地答復：「你想想看這將會是一個多麼奇特的故事：一群原來居住在西方歐洲的猶太人群，為了躲避災難突然進入到東方亞洲的一座中國人的城市；這城市奇特又迷離，古老又現代，有著歐洲各國的僑民和租界，包含著全世界各種不同的文化；這群避難者來到這座城市不足兩年第二次世界大戰就爆發了，動蕩混亂中被日本侵略者整個占領，歐洲和美國僑民被關押進了集中營，而這群來到上海的猶太人卻被強迫進入一個狹小又貧窮的隔離區。他們因此和底層的窮困市民混雜在一起，在戰亂中掙扎求生存。那會是怎樣的一個局面？他們會有衝突還是和諧？怎樣看彼此？怎麼相處？想想看：會有多少不一樣的故事？」

何思偉一口氣說完，接過大廳服務員送過來給他的咖啡，道謝後繼續

說：「我好想知道在那片對他們來說是陌生的土地上，在那個獨特的環境下他們是怎麼生存，又會怎麼想；或是他們和中國人之間發生過怎麼樣的事情，在不同的文化碰撞下，裡面必定有不為人知的故事。作為一個藝術家，我不想讓這些事情被遺忘或消失；因為不會再有一個相同的背景和環境。史密斯先生，我已經搜集了許多上海市民對他們在那段時期的回憶，但是我更想傾聽那段歷史中真實的見證人---上海猶太難民親口告訴我他們的故事，保留那一段記憶也許對我們所有的人都有價值和好處。請協助我，好嗎？」

史密斯抬頭看了一眼大廳的天花板和四周牆壁上的壁畫，喝了一口咖啡，若有所思的想了一會，回答：「好的，請把你的手機電話號碼留給我，我去查詢一下我能找到的檔案資料，如果我能聯繫到他們，我會把你尋找他們的事情告訴他們，請他們直接聯繫你，可以嗎？」

何思偉緊握了史密斯的手，道謝後有些悵惘的離開了酒店。他回到了臨時的住處，現在他能做的只有等待。

黃包車

二、頌雅的會面

兩天後的中午，何思偉正在舊金山唐人街的一家餐廳吃著廣東式的炒飯，忽然他的手機響起，他打開手機看到一個陌生的電話號碼，他接起輕輕的喊了一聲：「喂？」

手機的另一端傳來一位女士溫和的聲音：「嗨，你好，我是頌雅·米爾貝格女士。我接到過去我們辦活動的酒店經理史密斯先生的電話，他說有一個中國畫家在尋找我們，想要瞭解我們的故事，那就是你嗎？」

何思偉立刻興奮起來，他急切的提高聲音回答：「是的，那就是我！我從很遠的地方來到舊金山就是為了能參加你們的活動，想認識你們，和聽你們的故事。太可惜了，你們今年竟然不辦了！我能見到妳嗎？」

「可以，」頌雅想了一想，緩緩地回答：「我樂意與你見面，但是我現在已經很少出門，也不方便開車。你願意到我家來嗎？我就住在舊金山，我給你地址，你明天下午可以到我的住處，我會煮好咖啡等待你。」

「非常感謝！」何思偉快樂的答復：「我明天下午兩點一定過來，謝謝妳！」

「好的。」頌雅明顯的也有些興奮，愉快的回答：「我們明天下午見。」

....

第二天，何思偉按照地址來到一座典雅的房屋門前，那是一座舊金山特有的歐洲維多利亞式風格的建築，屋子臨街的外牆上是一面突出的、可以三面採光的窗戶。他踩在步道上走過前院青綠的草地，按響了門鈴，一會兒之後一位年約六十多歲左右的褐髮女士來開了門。

「米爾貝格女士嗎？」何思偉彎腰親切地問候：「我是何思偉。」

「哦！歡迎你！」中年女士熱情的伸出雙臂：「你一定就是那位中國畫家何先生！叫我頌雅，請進，請進。」

他們禮貌的輕輕擁抱後一起進入客廳，小咖啡桌上已經擺著點心，頌雅替兩人倒上熱咖啡，在沙發上坐下後他們輕輕地啜飲著。

「我很高興你來，」頌雅說：「你知道嗎？我的父母就是1937年從德國避難逃到上海的，兩年後的1939年我就在上海出生。在我們這些上海猶太人當中我是屬於最年輕的一群；所以過去都還有精力來辦活動。多麼可惜和悲哀，一些那時候在上海的年輕人現在都已經非常衰老，甚至許多都已經過世了。在舊金山剩下不了幾個人還能再來參加活動，我相信不久的

一天我們將要帶著我們的記憶一起被埋葬了。」

何思偉注視著頌雅：「不，頌雅，我們不允許那樣的事情發生，它要被紀念。」

....

兩人喝著咖啡，頌雅開始回憶起那段時光。她的敘述有時含混凌亂，有時卻又非常清晰連貫。從她自己的記憶和父母告訴她的故事裡，她記得剛到達上海時的猶太難民是靠著原先早已定居在上海的猶太人的組織和機構照顧和接應的，他們被安排住進租界區裡面；過著相對比較平穩的生活。

但是珍珠港事變爆發後，日本立即進攻了在上海吳淞港的英國和美國駐軍，進而占據了所有歐洲和美國的租界，把全部居住在那裡的歐美僑民關押進了集中營，而猶太人則被驅趕進了當時在上海最貧困的虹口區，並且派了一位極端暴虐的日本官員管理他們，給了他們無窮的苦難！加上食物的匱乏，使他們備受身心煎熬。但即使在那種境況下，猶太難民仍然維持著他們起碼的精神生活，建立起幾條街區的「**小維也納**」，創辦了營業的咖啡屋，有了自己的音樂劇演出，還發行了社區報紙，靠短波收音機偷聽外面世界的消息，保持對外部局勢的瞭解。還有，一群猶太青年怎樣組織起反抗力量，他們如何的掙扎求生，直到二戰結束前美國對上海的轟炸。

何思偉聽到了許多以前他甚至從來沒有想到過的事情，他聽得入神，打開隨身帶著的皮包，拿出紙筆，問頌雅：「我可以記筆記嗎？」

「噢，當然可以。」頌雅點頭：「這也是我告訴你這些事情的原因，我想要你傳遞我們的故事，那些被隱藏遺忘的事跡；那一段特殊的歷史。這也就是請你幫我告訴以後的人們，當時那一群平凡的人然而卻不平凡的經歷。」何思偉點頭，開始筆錄頌雅的敘述。

....

時間過得很快，窗外天色漸暗，屋裡的客廳光線逐漸暗淡。頌雅已經又煮過了三次咖啡，不時的添加，但精神卻毫不疲憊。她站起來走到窗邊，望著外面夕陽餘暉下的晚霞，輕輕地自言自語：「*能活著真是美好。*」然後她轉身打開了客廳裡的吊燈，屋裡頓時被鵝黃色的燈光照亮，顯得溫柔寧靜和美好。她沉默了一會，看著何思偉，若有所思的望著壁爐上的照片，說：「你有時間留下來晚餐嗎？我可以為你準備一份牛排，然後告訴你一些特別的故事。」

「當然！」何思偉道謝說：「不必太麻煩，我們煮麵條就可以。我想要聽你要說的故事，那一定是非常的動人心弦！告訴我，讓我記下來。」

頌雅繫上圍裙走進廚房，開始煎一塊牛排，肉香在廚房和餐廳間散溢開。何思偉站在她背後幫忙遞作料和盤子。忽然頌雅笑了起來：「何，你知道嗎？這讓我想起來一個我母親的故事。在上海虹口區時，我們貧乏到每天只有水煮馬鈴薯和豆子吃，肚子永遠餓的在嘰里咕嚕的叫。我們多麼想吃肉啊！

　　有一天我母親竟然從她工作的教會醫院帶回來一條牛舌，那可是讓人樂壞了！母親邀請了住在附近她的妹妹一家人一起過來吃；每個人都興奮的滿臉紅光期待著那一頓多久沒吃到過的肉食！就在我們圍著桌子，聞著肉湯香味的時候，忽然『嘩啦』一聲，一隻灰色的大貓從開著的窗戶一躍就跳進來，竟然用爪子從滾燙的湯裡撈出那條牛舌，一口把我們的晚餐咬在嘴裡，又從窗戶跳了出去。

　　『回來你這個邪惡、惡毒的畜牲！』母親尖銳的狂喊：『我要把你撕成兩半一起煮了吃！』然後她像箭一樣飛奔下樓，衝出門追趕。我們也全都跟著追下樓，只見母親在黃包車和行人間不顧一切的狂奔，甚至推開擋路的人，整條街上的人都呆立住看著這個瘋狂喊叫的婦人，很快母親就消失在巷尾。

　　我們回到屋裡等待，直到聽見樓梯間沉重的腳步聲，然後母親進來了；我們失望的看著兩手空空的母親，她沮喪的開口：『我幾乎要抓到那個小賊，可是它又從我的指縫裡溜走了！』父親上前給了母親一個擁抱，安慰的說：『看起來我們的大餐又要變成小餐了！不過要緊的是，我們全都團聚在一起，這就是最重要的事！』」

　　「哈哈！」頌雅開懷的大笑：「知道嗎？當時最沮喪的大事，反而是日後回憶起來最津津樂道的趣事！也許這就是人生。你看墻角我的那隻懶貓，貓食要餵到嘴邊才肯吃。生活太優渥了反而沒有一件使牠興奮的事。」

· ·

　　他們共進晚餐，談笑著，直到墻壁上的掛鐘敲響了十次鐘聲。頌雅望了一眼壁鐘，「哦，不早了，你是搭車來的嗎？我會幫你叫一輛Uber（網約車）送你回去。」頌雅舉起葡萄酒杯：「何，我覺得我可以信任你。我有一樣東西一直珍貴的保存著，不知道怎麼處理才好。現在我知道我可以放心的交給誰--**你**。」頌雅面容忽然嚴肅，她盯著何思偉：「它也許不是財寶，但它是上海猶太人眼中最珍貴的寶物，它藏在我的房間裡，現在我要取來給你。你跟我來，到客廳去等我。」

他們起身離開了餐桌，何思偉跟著頌雅走回了客廳，看著頌進了她的房間。

頌雅

三、猶太人名單

頌雅吃力的從房間裡捧著一個佈滿灰塵，看起來相當沉重的紙盒出來，何思偉立刻上前接過，安放在客廳的咖啡桌上。

頌雅喘了一口氣，慢慢的打開紙盒，裡面是厚厚的一摞泛黃的紙張，她小心的抽起一頁，舉起來看著，上面是打字，一行一行排列整齊的猶太人的名字。

「你應該看過《辛德勒名單》這部電影，」頌雅輕輕呼出一口氣，生怕弄破那頁打著名字的紙張一般，輕輕的捏起一角，遞給了何思偉：「那是一份一千多個猶太人生還者的名單。現在，我給你看的是一萬多人的名字，一份〈上海猶太人生還者的名錄〉。這是我從我們『黃包車俱樂部』的一個女性會員手裡接過來保存的，她是一名從奧地利到上海的猶太難民。」

頌雅坐下端起了咖啡：「這是在日本占領軍把猶太人都趕進虹口隔離區後的那一年做的一份猶太難民人口的統計。那時日本強迫實施了保甲制度，徵召了一批猶太青年做保甲，就是一種類似警察的制度，劃分了管區，發給他們每人一根棍子要他們來做巡察。在保甲的協助下，一共有一萬三千七百多個人的名字被登記在這473頁的紙上。它並不完整，實際上來到上海的猶太人超過兩萬，至少一萬八千多個難民躲在虹口區。但是那時受命整理這份名單的三個猶太人姐妹害怕這份名單將會是一份死亡名單，日本人會照名單屠殺裡面每一個有名字的人；所以她們在整理打字抄寫時盡量遺漏，拼錯，或重複，就像我的父母的名字就不在上面。」

何思偉拿起一頁，專注地看著這張名單紙。

頌雅繼續說：「我永遠不會忘記日本當局建立起的『無國籍難民隔離區』，命令所有1937年後抵達上海的猶太難民遷入。那個狹小的『隔離區』大約是十五個街區組成，雖然那裡面是陰暗的弄堂、破舊的房子，擠滿了來自奧地利、德國、波蘭和匈牙利的難民，但是那裡曾為我們撐起了一把傘，在灰色天幕下像一個『諾亞方舟』般的存活區。

當年在那裡面發生了多少猶太難民與上海虹口區的中國居民之間的故事已經沒有人記得清楚、說得明白。在戰爭陰霾下，用『患難與共』來形容上海人與猶太人恐怕最貼切不過。兩者來往並不密切卻飽含深情……我們彼此相處的很好，沒有中國人對我們說：『我們還吃不飽飯，滾吧。』我們平安的相處，因為『和平是我們給彼此的禮物』(Peace is our gift to each other.) － － －這話是奧斯維茲集中營的倖存者埃爾利·維澤爾(Eliezer

Elie Wiesel)所說的，他在1986年獲得諾貝爾和平獎。他在剛被解救時一言不發，不願意回顧那段可怕的歲月。可是幾年過後，他卻開始著書回憶那段過去，因為他要見證那個慘劇，確定不被忘記和不被重複。他寫書，他是一個多產的作家，我讀過他五十七本著作中的一大半。他尋求人們的注意，因為他說過『*一個今天傾聽的人將來會成為一個見證的人。*』*(Listening to a witness makes you a witness.)*

　　他代表了許多我們猶太人的縮影，我們都曾從不願回顧的沉默到不斷的見證和尋求傾聽。今後，隨著一個個歷史見證人的離開，當年發生在上海的那段猶太傳奇的點點滴滴的細節終將離我們遠去。或許這正是許多中國人、猶太人一次次集體懷舊的原因，因為我們曾經建立起了一段跨族裔的友情。

　　何，你為了我們的『黃包車俱樂部』來到舊金山，你有熱情，而『*冷漠，對我來說，就是邪惡的徵象。Indifference, to me, is the epitome of evil.*』- - -這話也是維澤爾說的，我喜歡他的警語。我還記得他說的另一句話：『*畢竟，上帝之所以是上帝，因為祂不遺忘。*』*(After all, God is God because he remembers.)* 我們人會忘記，而且忘記的很快，重複錯誤。所以我們愚昧，學不會教訓。

　　何，我感謝你對這段歷史的關注和熱情；所以我要把這份名單交給你；希望你把它作最好的運用，讓人們不遺忘，讓一切成為永久的記念、永恆的價值，我會感激你！」

....

　　何思偉捧著紙盒走出頌雅家時天已經全黑。他沒有料到他竟然會獲得一件無價的珍寶，他離開時思緒澎湃，內心昂揚，一種使命感和托付，使他覺得像在遙望初升朝陽的勇士！

....

四、上海猶太難民紀念館

上海虹口提籃橋地區的長陽路62號（靠近舟山路口），是一座老式的歐洲樣貌的建築，那裡最早是俄羅斯猶太人建立的**摩西會堂(Ohel Moshe Synagogue)**。1998年10月，在摩西會堂舊址上設立了「**上海猶太難民紀念館**」。紀念館是由摩西會堂和旁邊兩座展覽館組成，一號展覽館是一個常態性展出的陳列館，它一共展示了圖片140餘幅，並在上海首次運用了多幕多媒體播放系統放映短片配合情景雕塑、圓雕和油畫等藝術品，此外還展有難民護照和《**上海猶太早報**》等實物複製品。刻有以色列前總理拉賓在1994年參觀時留言感謝「**第二次世界大戰時上海人民卓越無比的人道主義壯舉**」的大型石片也置放在這裡。二號展廳則是一個專題性的展館，經常有各種主題新穎的展覽在此展出。

在這會堂裡曾經有過另外一個重要的組織「**貝塔-猶太青年復國組織**」總部也曾經設立在這裡。第二次世界大戰期間曾有上萬名歐洲猶太難民聚居在摩西會堂周邊的里弄。

現在，何思偉正和紀念館的館長陳儉坐在紀念館馬路對面的「**白馬咖啡屋**」的角落裡啜飲著咖啡，那也是一座歐式風格、猶太人留下的建築。

「陳館長，」何思偉說：「在關於猶太難民相關的藝術創作中，我時常感到一種困惑；就是在表現猶太民族所經受的種族滅絕苦難史的眾多藝術作品裡，『**上海猶太人**』的題材在國際上始終是一個令人不解的空白。我畫了許多油畫來介紹，你的館裡也收藏了大量的紀念品；但是今天我要給你看一個重中之重的物件- - -一份所有生還者的名單！」

何思偉打開了皮箱，拿出了紙盒遞給了館長陳儉，說：「這就是那時猶太難民的名錄，你看一下。」

陳儉訝異的接過紙盒，打開後睜大眼睛凝視著。

「我來之前想了很久，」何思偉說：「我想到建一個紀念碑，一個藝術裝置，然後把所有名錄上的名字刻在紀念碑的周圍。又想到也許建立一個名單牆，把他們的名字都刻在牆上。」

「要多大的紀念碑才夠在周圍刻上一萬多個名字？」館長陳儉抬起頭笑著看何思偉：「我更傾向同意你建名單牆的想法。想一想，也許就建在我們的紀念館裡面，它會更極大的提升我們紀念館的價值。你來設計，我來向有關單位申請許可和籌措經費。」

就這樣，兩個好朋友決定了這件事。

上海猶太難民紀念館內景

五、青銅名單墻

就從何思偉回到上海的2002年起，他和陳儉便利用各種機會在各類場合呼籲建立「**猶太難民紀念墻**」或「**紀念碑**」，將當年上海猶太難民的姓名銘刻在上面。他認爲，這將是世界上眾多的姓名墻中的唯一一座紀念浩劫中倖存者的名單墻。

在虹口區外辦的支持下，經過10年努力和等待，他們的提案終於在2012年11月，在虹口區政府的正式會議上通過。

何思偉負責了紀念墻的概念設計方案：包括基本樣式，組成部分等等。同時他還創作了兩幅作品，作爲紀念墻起首部分和結尾部分的浮雕設計。

起首部分採用高浮雕和淺浮雕相結合的處理手法，重點刻畫「**六個人**」，分別是正統猶太教徒、老年猶太婦女、中年男子和肩負著的兒童、以及青年男女的形象；代表信仰、苦難與愛，堅定與未來、及光明和希望。以〈**六百萬中的六個- Six of six million**〉來提煉和表現主題。

更主要的，經過反復的討論，墻的材料採用青銅而不是用大理石或花崗石，因爲所有紀念死亡人士的紀念碑都是石材的，而這一座紀念碑是紀念那存活下來的人，一個對存活者的紀念；是全球唯一一個以「拯救」爲主題的倖存者名單的紀念墻。

這一個命名爲〈**上海名單墻**〉的構築是由26塊銅板組成，長度是34米，高度爲2.5米，上面雕鑄蝕刻那一萬三千多人的姓名，它鑲貼在環繞猶太難民紀念館的內墻上。

新聞傳了開來，虹口區的市民開始談論過去猶太人在這裡時的種種。2013年名單墻開始動工，一種興奮和熱鬧帶來歡愉的氛圍呈現在紀念館裡，每一個人都期待它完工時的景象。

不少市民時不時的走進紀念館觀看雕塑的進行，他們的熱情給藝術家和工作人員帶來一些打擾，但他們的關注也使工作人員被鼓舞。負責接待參觀者的接待人員開始忙碌，每天都答復著人們幾乎同樣的好奇，詢問那時有關的歷史背景和所處的環境等問題。

那年7月底，紀念館裡來了一位奇怪而又特殊的參觀者。她是一個本地虹口區的居民，樸素而平實的一位老婦人。起先她跟其他參觀的人沒有兩樣，到處走走看看；但是她除了對館內的展覽有興趣，也很熱心想了解館內的設

施情況，問了許多安全方面的問題。

藝術家何寧的設計，代表六百萬的六個猶太人浮雕

六、來訪的老婦

　　紀念館的工作人員韓易接待了這位老人，耐心解答她的提問。但這位老婦人似乎對展覽物件的保管和安全設施特別關注，一再的追問有關的問題，使韓易覺得有些困惑，不瞭解為什麼她會這麼專注在紀念館的保全條件和設施上。

　　老婦人又來了幾次，補充追問了一些問題，顯得謹慎而又嚴肅，韓易仍然耐心的解答了。但他開始疑惑，老婦人究竟為什麼會盯著這些個安全保衛的措施一再追問呢？而更意外的是，老婦人忽然提出要韓易幫她安排一次與紀念館館長的會面。

　　韓易答應了，他看得出老婦人的誠懇；他去見了陳儉館長，告訴了他這一位老婦人奇怪的舉止。

　　「她一定有什麼特別的事，」韓易對陳儉館長說：「她已經來了多次，她追問每一個保全的細節，她現在希望和你見面，好像有特別重要的事情。」

　　「當然可以。」陳儉回答：「就儘快吧！」

　　八月，這位老婦人再次來到紀念館。這次她不是一個人，陪著她來的還有一對中年的夫妻。這次他們是專門來拜訪上海猶太難民紀念館陳儉館長的。陳儉和韓易與來訪的三人坐進了紀念館的會議室，老婦人介紹了自己，她叫潘碌，與她同來的是她的外甥孫禮德，還有孫禮德的妻子羅雪琴。

　　「潘女士，有什麼我能為妳做的事嗎？」陳儉為他們倒了茶以後親切地詢問。

　　「是這樣的，」潘碌開口：「我有一個請託，想麻煩您。」

　　潘碌開始解釋事情的原委；她住在上海石庫門的一座老房子裡，這典型的老房子是非常狹窄的，一個小閣樓裡住著三四戶人家，每家住在一間10多平米左右的小屋裡，家家都不寬敞；而上海正在都市更新，她們的屋子很快就要動遷了。

　　但是在老婦人潘碌女士的家裡，有著一批被保存了七十年的書籍，約莫兩千冊左右。這些書籍擺滿了六個木製的大書架，占據了她房間裡絕大部分的空間；又因為擔心書被老鼠啃食或是受潮，潘女士還特意讓外甥孫禮德用木板將書架墊高。如今她必須搬遷，這些書籍她無力再帶走了。

　　「保管了七十年？」陳儉驚異的問道。

「是的，從我丈夫的父親到我的丈夫，再到我和我的外甥。」潘碌女士回答：「我們保管了三代，七十年了。」

「什麼樣的書籍呢？」陳儉追問。

「一批當初一個上海猶太人留下，委託我們看管的外文書籍。」潘碌回答：「我的公公把它看成一個使命，用盡心血，冒盡危險守護到他生命的盡頭，然後交給我的先生，我先生一直仔細看管直到他去世。他臨了時又千叮萬囑的交托給我；現在是我的外甥在陪我守著這個任務，第三代，第七十年了。」

「哦？」陳儉館長的聲音有種異樣的感覺：「一個當初猶太人交托給你們的書籍，保管了三代、七十年？這是怎樣的一個故事？說給我聽好嗎？」

「好的，」潘碌回答：「這要從我的公公林道志說起。他有兩個兒子跟一個女兒。大兒子叫林尊義，二兒子叫林尚義，此外他還有一個女兒，那就是孫禮德的母親。」

潘碌捧起茶杯喝了一口茶，繼續說道：「我是林道志的二兒子林尚義的媳婦，我說的事有我自己親身經歷，還有從我先生和我公公的嘴裡聽到的他們講的過去發生的事，我就從頭說起吧。」

「等等，」陳儉急忙接口：「我們紀念館正在徵求當初那個時候的故事，妳不介意我們把妳的故事錄音下來，再用文字整理起來保留一個檔案記錄，可不可以？」

潘碌同意了，韓易去拿來錄音機，並且開始筆錄。

以後，韓易回想起過去的情景，才明白原來前幾次潘碌老人家是來考察的，紀念館的條件得到了她的認可，於是就敘述了下面這個〈承諾和兩千本書〉的故事。

林道志的兒媳潘碌講述70多年來，他們保護書籍的那些過往。

七、林道志的故事

潘碌口述‐‐‐兩千本書的承諾

1889年，我的公公‐‐‐我也跟著我的丈夫叫他「爸爸」。林道志先生出生在浙江黃岩，少年時他就是有名的嗜書，是遠近聞名的天才少年。當年的私塾先生曾經找到我公公的父親，將預支的學費退還給他，說：「孩子太聰明，沒有更多可教了。」

退出私塾來到上海，我的公公林道志就到商務印書館去做工，他最高興的就是可以藉機會讀更多的書籍和獲取更豐富的知識。我的先生林尚義曾經對我說起，公公林道志那時收入不高，生活非常清苦，曾經每頓只靠豆瓣撒鹽拌飯；但是即便如此，他還是在工作間隙，偷偷跑到角落啃書。上世紀30年代戰事紛亂，全家經濟僅靠公公林道志和大兒子林尊義打工來艱難的維持。因此年幼的女兒求學時曾經一度中斷，但最重視讀書教育的公公從未讓她真正輟學。

那時我的公公一家人就住在上海的虹口區，他開始辦起了一個小小的工廠生產肥皂和複寫紙。生意漸漸的有了起色，等到生活略微寬裕時，公公林道志就決心為附近的居民辦一所學校。他拿著做肥皂和複寫紙生意賺來的錢，興辦了一所私立小學**「慕義學校」**，他自己擔任校長。

公公雖然出身貧苦，但是他樂善好施。他是個基督徒，靠自家肥皂廠和複寫紙廠的微薄收益支撐著慕義學校的日常運作。他免費招收了許多附近貧困人家的孩子，出乎意料的，附近幾家猶太難民也把孩子送到慕義學校來了，因為在猶太人還沒有全部遷移到虹口，而在虹口創辦猶太人學校前，要離開虹口跨過蘇州河上的花園大橋到上海租界區的猶太人學校去上學非常遠，也很不方便，所以他們請求我的公公收留他們的孩子到慕義學校受教育。

這把學校的老師為難住了，因為言語不通啊！但是我的公公林道志不肯拒絕；「**他們來到這裡我就不能把他們推出門外。**」公公林道志說：「**我要為他們請到老師。**」他想方設法要讓那幾個猶太人的孩子能在慕義學校讀書。

尋找教師　猶太校長卡爾

公公自學了英語，能講一點。他找到了猶太人的教堂，誠懇的請託猶太社區的人士幫助慕義學校尋找一位猶太教師。幾經輾轉介紹，終於知道了一位就住在虹口區的猶太人教育家卡爾·安格爾。聽說他曾經是一位校長，能講德語、英語和猶太人的語言。

公公上門拜訪，說明來意：「我知道我可能無法給出很好的條件，但是我請求你能幫助我教育我那裡的幾個猶太人的孩子們，他們需要你。」

卡爾被感動同意了，於是他來到慕義學校。就這樣，這所學校開始除了中國學生的中文讀書聲外，還有了猶太學生的外語讀書聲，那是一群多麼可愛的孩子們，下課後他們不分彼此玩在一起，公公是多麼喜悅啊！

但是很快就到了1941年，在珍珠港事變爆發後，日本立刻占領了整個上海，把歐美租界區的英美人士視為「**敵國公民**」，並且將他們全部關押進了在上海郊區的集中營。

到了第二年，1942年的7月，納粹蓋世太保駐在日本東京的首席代表梅辛格上校來到上海，向日本當局提出屠殺猶太人的「**最後解決**」方案。日本占領軍並沒有馬上實施這個方案，可是他們與德國是軸心國，不太可能拒絕希特勒的要求，因此在1943年的2月18日，日本當局頒布了命令，要所有在1937年後抵達上海的猶太難民全部遷入位在虹口的「**無國籍難民隔離區**」，設立了一個「**無國籍難民管理辦公室**」，嚴苛的對待猶太難民。

一霎時，近乎兩萬名的猶太難民從上海各地湧入了虹口，他們開始的時候有些慌亂，但是很快地他們就組織起來安頓生活，由一位早就在上海經商致富的猶太富豪侯瑞斯。嘉道理爵士(Sir. Horace Kadoori) 協助，在虹口設立了一所「**上海猶太青少年協會學校**」(**Shanghai Jewish Youth Association School**)， 但本地的猶太人簡單的稱呼它是「**嘉道理學校**」(**Kadoorie School**)。

由於從傳聞聽到了納粹梅辛格上校要屠殺猶太人的計劃，不少猶太人開始擔憂，他們害怕日本人遲早會和納粹合作屠殺所有在上海的猶太難民，於是開始準備逃離。卡爾校長也是其中一位，他憂慮總有一天日本人會下狠手；他決定離開上海，另外找一個避難處。

一天他來見我的公公，說出他心裡的想法；想離開上海。他說：「**慕義學校的猶太孩子們現在都可以去嘉道理學校了，而我想離開上海。**」

公公林道志不知道說什麼，只能祝福他的未來順利平安。但是卡爾校長

又說了一件事：「道志，我從德國來上海的時候，我把原來學校裡的兩千多本書都帶來了。它們有教科書和宗教書籍；有德文、英文，還有希伯來文。我運來的時候非常艱難，現在要悄悄的離開，我沒有辦法再把書帶走。道志，我想請你幫我暫時保管這批書籍，將來有一天我一定會回來再把書拿走，它們對我非常重要，你能幫我這個忙嗎？」

公公毫不猶豫的就答應了。他說：「卡爾，你可以放心，我一定幫你保存好這些書籍，等待你回來取走。在你回來之前，不要掛慮，我一定會盡我一切的力量來守護它們。」

就這樣，卡爾校長在我的公公的幫助下，把所有的書本都運到我們家裡了。

林道志先生照片

慕義學校當時的房子

八、守護圖書

我的公公每天都做祈禱，他帶著他的兒女們一起為每一個他認識的人祈求平安，現在，他開始禱告，祈求上帝能幫助他守護好卡爾校長留下委託給他的書籍。

一天，他禱告後，忽然有一種不安的感覺，他仿佛預見他的住家將會遭受災難，在多次禱告後，他向家人宣布：「我們要離開上海，不論多麻煩、多困難，我們都必須要搬走，我擔心我們的家會遭到戰火中的意外，我不能讓卡爾的書被損壞，我曾經向卡爾承諾過要保管好書籍，我們必須把它們全部還移到安全的地方。」

公公林道志開始安排，學校交給老師，工廠交給工人，為了卡爾的書，他決定要暫時離開上海回到他的家鄉，那個比較偏僻的地方，好避開危險，妥善保存那批兩千本左右的書籍。

護書- - -1943年初次遇劫

因為曾向卡爾許諾過要保管好書籍，在萬般危險與困難之下，公公林道志毅然決定將2000多本書全部搬回老家浙江黃岩。那時因為要搬運大批書籍，公公一家人無法再帶走更多行李，許多貴重物品只好留在上海的家裡，全家人只能「**肩挑手提**」的攜帶一些必須用品，卻將那兩千多本書裝箱，雇用了十餘名挑夫帶走- - -知道嗎？我公公的一家人把這些書看得比黃金細軟還寶貴呀！那時我的先生，公公林道志的次子林尚義還不滿六歲呢！

到了河邊的碼頭，公公已經雇好了一條靠槳划的小帆船，上船前，幾個籮筐的書籍一度被日本檢查哨扣下，公公林道志拼命解釋這些是猶太人教會的圖書，日本軍人仔細開箱檢查過後總算放行，然而這已經造成了一個隱藏的禍端。

帆船慢慢的駛離了城區，順著河流漸漸到了郊外，逐漸進入到荒野無人的地方，這時河面上沒有風，船工們開始划槳，公公一家人在船艙裡欣慰的為一路平安做感恩的祈禱，和放鬆了心情。

可就在這時，公公聽到了船老大的一聲驚呼，原來在他們的後面出現了一艘來勢洶洶的小汽輪載著一夥強盜一路追來，船上的土匪們揮舞著刀槍，威脅他們立刻停船。

船老大急得大喊：「*一定是在碼頭就被土匪的眼線盯上了！他們以為*

你們的箱子裡是財寶，被他們抓到了連命都不能保，趕快把書箱丟下河裡讓他們去撈撿，說不定土匪會放過我們！」

公公怎麼可能答應，他急喊：「*我們升帆，快點升帆！*」但是水面風平浪靜，升帆不會有一點用處！眼看強盜船步步逼近，被搶只是時間問題！我的公公林道志近乎絕望，他眼看著就要失信了！情急之下他在船頭跪下急切的禱告，他不住的祈禱，但是船工經過剛才一陣拼命划槳，現在已經划不快，甚至划不動了！

公公沒有放棄禱告，他跪在船頭對著天呼喊祈求！

⋯⋯⋯⋯⋯⋯⋯⋯⋯⋯⋯⋯⋯⋯⋯⋯⋯⋯⋯⋯⋯⋯⋯⋯⋯⋯⋯⋯

就在一剎那，天空變暗了，一片烏雲忽然遮住了剛才還是晴朗的天空，河面的水流起了浪花和漩渦，翻騰在強盜船和公公的帆船之間，強盜船忽然失去穩定，在晃蕩中打轉抓不住方向。

烏雲中傳出悶雷的響聲，公公猛然站起來拉著船老大拼命喊道：「*撐帆！撐帆！*」

船老大拗不過這個中年人，帆船第一次在絲毫無風的情況下撐起滿帆，奇蹟突然出現了，帆剛撐起，就在前一刻還是絲毫無風的河面瞬時間就狂風大作，一直把他們向前推送，風帆助航，他們終於逃出了盜匪的視線。

脫離險境後公公靜默的在船頭甲板上禱告了良久，感恩的眼淚流了滿面，他帶著家人一起唱了一首詩歌，船工們也都稀奇剛才發生的事，每一個人都靜默的感謝蒼天，船老大敬畏的看著公公說：「*剛才真是奇蹟，真的是個奇蹟！*」

⋯⋯⋯⋯⋯⋯⋯⋯⋯⋯⋯⋯⋯⋯⋯⋯⋯⋯⋯⋯⋯⋯⋯⋯⋯⋯⋯⋯

韓易記下了「**潘碌女士在回憶這一段往事時非常動情**」，她說：「*這是公公他們為這批書遭遇的第一次瀕臨浩劫。*」

⋯⋯⋯⋯⋯⋯⋯⋯⋯⋯⋯⋯⋯⋯⋯⋯⋯⋯⋯⋯⋯⋯⋯⋯⋯⋯⋯⋯

帆船到了靠近黃岩的口岸，又雇請了當地的挑夫跟著公公林道志一家人，一路順著鄉間曲折的小道走回家鄉。我的先生林尚義後來告訴我，在路上公公帶著全家唱著他最喜歡的一首用中國黃梅調譜曲的基督教詩歌〈**我雖行過死蔭的幽谷也不怕遭害，因爲你與我同在**〉，他們唱著感念那護庇他們逃脫強盜的奇蹟，直到他們平安地回到老家，把書安安的放進了家裡。

⋯⋯⋯⋯⋯⋯⋯⋯⋯⋯⋯⋯⋯⋯⋯⋯⋯⋯⋯⋯⋯⋯⋯⋯⋯⋯⋯⋯

多年抗戰勝利後，公公又不辭辛勞地將這批書搬運回了上海，幾經輾轉，它們又到了上海的太原路、建國西路，最終還是回到東長治路805弄45號的地址；但是那老房子已經被美軍在轟炸上海的期間，連同附近區域的房子都一齊被夷爲平地了！由於公公林道志的未雨綢繆，這些書和家人才都幸免遇難。書籍在輾轉搬運期間略有散佚，這令公公林道志頗爲糾結，但至少，絕大部分書都平安「回家」了。

護書-1966年再次遇劫

潘礫繼續靜靜地回憶：「從卡爾離開上海，這一別至今就再也沒有再見過面，兩千本左右的書籍隨著我們林家的命運跌宕而歷經艱險。

抗戰勝利後，在平靜的日子中生活了很長的時期之後，『文化大革命』爆發了！所有的學生都成為了紅衛兵，他們到處拆除歷史古蹟，毀滅宗教文物，燒掉不合乎他們心意的書籍。到了1966年的夏天，誰都以為這批書再也躲不過這場浩劫了！那時紅衛兵們終日揮著紅色的大旗，在街上跳著『忠字舞』，敲鑼打鼓要破四舊，打倒所有牛鬼蛇神，消滅一切有毒的思想，一天，他們終於來到我們家的門前……」潘礫陷入回憶，靜默了下來。

孫禮德望著舅媽潘礫，接過了話題：「當時我才8歲，對那一次的危機有了刻骨銘心的記憶。那天下午，我看到舅舅林尚義用『斯必靈鎖』死命頂住家門，外面一片喧囂；等著抄家的紅衛兵們包圍了我們整個這座習慣安靜的石庫門房子……

舅舅林尚義很快招架不住了，紅衛兵破窗而入，廂房、臥室、客堂間，上上下下的掃蕩，最後，所有人的腳步停在了這個亭子間。

書沒有躲過紅衛兵的眼睛，他們抄起一本放了20餘年的書，書頁早已發黃。這些誰也看不懂的外文書被紅衛兵視作『大毒草、黃色淫穢書』！有人屬聲喊道：『拉出去燒！』紅衛兵們把幾個櫃子的書全部搬到弄堂的廣場上準備焚毀。

書被一批批拉到門外的一處空地上，紅衛兵挖了一大一小兩個坑；將書扔進去準備焚燒，我惶急的跑出去觀察這兩個坑，一旁的二舅卻早已近乎絕望；他衝回亭子間，跪倒在地祈禱……

又一次，天忽然暗下來了！晴朗的天突然出現烏雲，強風開始颳起，書頁在狂風中翻捲，紅衛兵們試了無數次，火卻一直被吹滅無法點燃，然後雨點開始落下了！雨越下越大，在場所有的人都驚呆了！小將們商量一

了下，決定改天再燒，他們拋下一句：『*我們過幾天再來！*』書一摞摞又被抱回了亭子間，一些散落在地的畫冊被小將們撕碎了！看著滿地碎紙，外公林道志欲哭無淚，這是林家守護了20多年的書，許多就這麼被撕碎了！站起身，外公把碎書一點點撿起……這是人家的東西，他奮力的收拾著，得還給人家。還好，絕大部分的書還是完整的保留住了……

紅衛兵們走後，外公要家人圍在一起，跪下祈禱。天黑後，他一人終夜沒有休息，徹夜的禱告，祈求上面的力量的幫助，讓他完成護書的使命，等待卡爾的歸來。

....

第二天，年屆耄耋的林道志和兒子們一起到有關部門，又再親自奔赴宗教局一趟又一趟，反復解釋這些書籍的來源。他不停地解釋這批書絕不是「**大毒草**」，「*這不是我的，是別人的*」。

宗教局長竟然被說服了，要他寫了交代材料，下達了封存令；把這批書原封不動封存於它們所在的亭子間，原先亭子間裡的餐桌被搬出，林家為此在走道上吃了一年飯，直至封條被允許拆封。嫁到林家不久的潘碌日後反復回憶，正是這場雨和這些封條救了這批書，這才僥幸躲過一劫。

「仿佛冥冥中有一個力量在保護這些書籍。」像以往任何一次敘述一樣，潘碌在回憶到這裡時哽咽落淚：「*命中注定，它們不該被奪走！*」

....

林道志先生保存猶太學校校長的書籍70年，
林道志的外孫媳羅雪琴講述家族護書的曲折經歷。

林道志外孫的妻子羅雪琴
正在整理猶太校長卡爾留下的珍貴書籍。

林家保管了70多年的書籍

林道志先生的外孫媳羅雪琴展示當年保留的幾大櫃子書籍（晚報記者龔星現場圖片）

九、堅守承諾

　　虹口提籃橋，東長治路805弄45號，一座行將拆遷的老式石庫門；二樓昏暗的亭子間裡，這近乎2000冊的英文、德文和希伯來文的圖書在這裡住了整整70年。它們來自林道志老人，他是孫禮德的外公、昔日教堂的虔敬教友、小學校長。1943年，一位在上海避難多年，行將離開的猶太友人將這批書交給他看管，並且告訴他：*「我會回來的。」*

　　為了一句囑托，林家三代人堅守了70年的承諾。這戶最為普通的上海家庭，用行動演繹了中國人**「千金一諾」**的誠信佳話。

　　「若不是因為房子要動遷，林家人還會守著這份承諾默默等待。林老先生的妻子、大兒子、小兒子都已經去世；身為小兒媳的潘碌女士和她的外甥接續著這份責任。林家住的房子是典型的上海石庫門老房子，他們的生活並不是很寬裕，而這批幾十年前的老讀本隨著時間推移身價也在上漲。」韓易說：「這批書到現在，有些是很能賣得上價錢的，1000多本書的總價也是很可觀的，但林家人從來沒有動過這個心思。」

....

林道志過世

　　1981年2月，92歲的林道志在睡夢中辭世。因為腿疾，他在樓下臥室的床上度過了生命中最後的兩年。他沒有見到那些書，也沒有等到書的主人。

　　他不斷地禱告。年近古稀的他，希望等到那位猶太友人；「只有物歸原主，我才心安。」支撐這個家庭堅守的，是林道志留下的話：*「他說好要回來，就一定會回來的！」*這是他留給後人堅持守護這批書籍的唯一信念。

　　他人生中最後的兩年，心中最牽掛的依然是近在咫尺卻遙不可及的這些書。沒有等到書的主人，成了林道志終生的遺憾。大兒子林尊義早已去世，他滿懷希望這批書在小兒子林尚義手中，能夠等來它們的主人。*「這是外公的遺願。」*孫禮德說。

　　公公反復跟我們小輩說：*「當年卡爾說他會回來的，那他一定會回來。」*潘碌說：「所以一定要好好保存這些書籍，等著他再來上海。」「一諾千金」，林家的後人守著這份擔當，絲毫沒有把諾言視作負擔。

林尚義過逝

作爲虔誠的基督徒，從父親去世開始，林尚義始終在爲這批書禱告。直到2006年突發疾病猝然離世。潘碌記得丈夫對自己說得最多的，就像公公當年一樣：「*他們會回來的。*」這是他留給妻子潘碌最深的印象，他甚至來不及給家人留下別的囑托。潘碌說：「從我嫁到林家開始，**就時常聽我公公說：『猶太人說了會回來拿書，就一定會來！』**」1981年林道志過世之後，他的兒孫輩仍然恪守諾言。

等到書的主人也成了林尚義的遺願。接過接力棒的潘碌和孫禮德，努力保持著耐心；但比起前任，他們更爲著急。

∙∙∙

爲了把書保存好，孫禮德設計了一個隱密的儲藏方法，他把書櫃貼墙擺放，然後做了一道遮蓋的木板墙，把它們封存在墻壁與這道木板墙的中間。過去20年，卽便是居住在擁擠不堪，甚至與鄰居之間藏不住隱私的舊式里弄裡，林家二樓亭子間裡的這堵墙，成功的成爲了鮮爲人知的祕密。

從外表看，這只就是一堵普通的墙。釘得嚴實的木板外，還裹了一層平凡人家常用的墙紙。當年，孫禮德在家人授意下，將原本分立三面墙的書悉數封存至這面墙中。在他們看來，這是保存這些書最好的方式。

卽使在那個時候，這些書的書齡都早已經超過了50年。在那個時代，書的歷史價值隨著年月漸長而逐漸顯現。關於**「經濟價值」**的議論也開始浮出水面；這讓林家人多少感到憂心。一次在單位閑聊時，孫禮德無意中向一位好友提及家中這批猶太人留下的書，對方立刻驚叫：「*這是二次世界大戰留下的東西，值錢了！*」

孫禮德一驚！他從沒有考慮過**「錢」**的問題。與全家人一樣，自從他知道這批書開始，他就被告知這是**「別人的東西」**。七十年裡，書隨著這戶人家幾經波折；但林家始終沒有將其作爲家產。朋友請孫禮德「*拿一本來開開眼界*」，孫禮德當卽回絕！

更加謹慎的潘碌甚至沒有對任何外人說起過此事。卽便今年遇上動遷，提籃橋的舊里弄進入空前的喧鬧，依然沒有人知道林家的祕密。直到簽訂完搬遷協議，她才悄悄把此事告訴了一位可堪信賴的教會長老。對方聽了，也是「*一愣一愣的*」，提供不出尋找書的主人的辦法。

「*誰都知道，這些東西意味著什麼。*」整個家族沉澱下來的責任，讓潘碌感到戰戰兢兢。「*我的公公保管了它們40年，丈夫保管了近20年；我可不能允許自己有任何閃失，更不可能把它們當作任何財富或籌碼！絕不*

可以。」

她不斷地禱告，希望等到那位神祕的猶太人，*「只有物歸原主，我才能心安。」*

支撐這個家庭堅守的，是林道志留下的話：*「他們說好要回來，就一定會回來的。」*

這一度也是他留給後人關於這批書的唯一冀望。

....

在東長治路一間石庫門的亭子間，已泛黃的兩千餘本外文書籍靜靜地碼放在書架上，書架用三夾板封存，*「怕書被蟲咬、老鼠啃，乾脆用板釘起來。這次要尋找它們的主人才打開了一個書架。」* 林道志的兒媳婦、65歲的潘碌說。

這是2013年9月13日，窗外驟雨傾盆。孫禮德不知道木板撬開後裡面會是怎樣的情形，他已經20年沒有見過裡面的書了；這是這個家庭最重要的物什，他在心中默禱。當初他花了一整天將它們封閉在厚實的木板裡，這曾被認為是保護它們的最好方式。但如今，他害怕它們已經被老鼠啃成紙屑。

釘子釘的太嚴實了，孫禮德沒有想到自己20年前費盡心思釘上的這些木板，20年後需要耗費更多心力敲開。

錘子敲開了當年的木板，木板裡頭藏著書櫥，玻璃門上貼著當年的掛曆紙；打開櫥門，一沓沓積滿灰塵的舊書出現。這些書上大多有編號，很多還蓋有《保羅中學》的印章，估計保羅中學就是卡爾校長在德國教書的學校。

「好的，都是好的！」 孫禮德告訴身旁的舅媽潘碌-林道志的次子、林尚義的妻子。他們放下了一顆懸在半空中的心，拿起書，擺在手裡反復摩挲。

但亟待動遷的房子卻已經無法等待，這使他們著急。

....

10月11日，在為準備搬遷整理家中的物件時；潘碌和孫禮德意外地在家中寫字台抽屜裡發現卡爾在60多年前寄來的一封信和兩張卡片。「這張寫字臺是以前慕義學校用的雙人寫字臺，其中一面的抽屜一直靠墻放。我們都沒有查看裡面放的是什麼，這次搬家才發現了一封陳舊的信和一張賀卡。原來那位猶太校長曾經給林道治寄來過一封信，告知平安；並表達對遠方朋友的祝福和牽掛，*「賀卡上面不僅有卡爾和他的夫人的姓名和地址，還有他們夫婦的照片。」* 孫禮德說。

信寫於1947年9月20日，卡爾夫婦剛剛回到德國故鄉；他們告訴林家人儘管飲食不佳，回鄉的生活總算安穩，卡爾也找到了不錯的工作。信中寫

著：

「現在我非常高興地告訴你，我們於9月1日在親朋好友由衷的歡迎下，帶著我們全部的行李安全地到達了。他們竭盡所能地幫助我們並且盡可能使我們的房間變得舒服。我們在我岳父母的房子裡有一間非常不錯的房間，我們的家基本上沒受到破壞，還跟以前一樣新。我們很高興能夠來到這裡與我們的親友相聚，房主也幫了我很多忙，並且我想告訴你的是：他還為我提供了一份非常好的工作。從10月1日開始，我就在政府機關擔任公務員的工作，我對此十分高興。

食品條件不是很好，但是我們隨身帶了很多東西。不用擔心以後的事情，因為房主會提供我們所有需要的東西。我還得要寫很多信，所以由於這個原因我希望你能理解我必須在這裡擱筆了，願神祝福你和你的家庭，許你們富足。我很想得悉你們的消息。」

卡爾校長最後還表示：「非常期待你的來信，如果你那裡有一些郵票的話，也請把它們一起寄給我。」

....

這個意外的收穫讓潘碌在那一刻流下了眼淚，她看到這些塵封了半個多世紀的書籍離回家的路仿佛越來越近了！孫禮德更是興奮不已，他馬上設法找到兩位在上海的德國留學生，幫忙寫了一封德文信寄過去，信的抬頭是「卡爾·安格爾先生或他的後人」。孫禮德寫道：「**如果您還記得這一批書，請與上海的我們聯繫，我們一直在等你。**」在苦等了一段時間之後，寄出的信還是被退了回來。德國郵局告知寄信者「**收信地址查無此人**」。孫禮德和潘碌很是失望，他們多少也猜到卡爾一家可能早已遷離這個地方。「*應該是已經搬家了，畢竟好幾十年了！*」潘碌失望地說：「*卡爾也可能已經過世了，他們的晚輩可能也早已搬離了那裡。*」她害怕再也找不到書的主人了，這將使她的餘生不安。

不過潘碌女士表示，他們不會就此放棄尋找。「這次搬家整理東西時，我們還發現了我公公寫的有關這些猶太書籍的說明，裡面寫著『**最關鍵的是要找到這些書的主人**』，這也是我公公的遺願。我們希望在紀念館的幫助下可以找到卡爾。如果真能找到書的主人，壓在我們肩上那麼多年的重擔也就可以放下了。」

....

十、尋找卡爾

　　林道志一家人悉心守護猶太友人托付的上千冊外文書籍的故事被報導傳播開來後，感動了數以萬計的人群。「**一諾千金---A Promise**」的動人故事在上海這座城市被傳爲美談。但這些躲過了轟炸、盜匪和焚毀命運的書籍能否物歸原主卻令人牽掛。幾乎每一個人都在問：「*卡爾在那裡？*」

　　已經在猶太難民紀念館擔任館長六年的陳儉坦陳，他與同事們過去努力找到了數十個猶太難民與上海的故事；但在遇到潘碌女士的求助時，他還是感到被這個特殊的故事「*震了一下*」。

　　「這是我們遇到的最震動人心的一椿事情，它與過去任何一個故事都不一樣。」陳館長激動的談起這個故事，他說此前他接觸的故事都是「**猶太人回來找中國人**」，這是第一次「**中國人找猶太人**」！*但很顯然，故事的特殊意義遠不在這些。*

· ·

　　十月初，陳儉去拜訪了德國駐上海總領事館，德國駐上海總領事立刻答應協助，表示將儘快聯繫卡爾所曾經居住過的城市，繼續尋找卡爾家人的信息。同時通過檔案系統仔細查找卡爾及其家人的遷徙狀況，認爲以這樣的途徑，找到的可能性很大。此外，領事館也會聯繫對這方面歷史感興趣的人士幫忙。

　　很快一些信息被找到，德國當地的檔案館翻找確認了卡爾的出生時間是1898年10月，出生地點在「**Schwerin舒爾溫市**」，資料顯示卡爾爲逃避二戰時期納粹對猶太人的迫害於1939年3月6日去了上海，後來根據上海猶太難民紀念館數據庫提供的線索，基本確認卡爾曾借住在現今虹口區東余杭路1143弄3號。但是卡爾當時留下一句話和這些書就走了，七十年後要找到他真的不容易。

　　幾乎整個上海的媒體都加入了尋找卡爾的隊伍；連央視綜合頻道也與德國電視二台對接，發動了當地媒體；但是雖然有當年留下的通信地址和黑白照片，線索依舊渺茫。

　　這時有一個年輕的中國女學生楊夢加入了尋找的隊伍，她是德語專業的博士研究生，以「**志願者**」身分進入了上海猶太難民紀念館，想要爲林家後人提供幫助。「我只是被林家人的故事感動，想爲他們做點事情」她溫婉地告訴記者：「九月，我第一次跟著央視綜合頻道的《等著我》劇組去東長治路。當時只是聽學長說起有那麼一個守護圖書的故事，到了現場，我

被震撼了！整整六個書櫃和裡面的書籍都是「原裝」的，完全沒有被翻動的痕跡。這家人的虔誠打動了我，我想為他們出一份力。」楊夢說自己的博士論文正好跟此有關，她很快寫信給二戰時曾經避難上海的猶太朋友索尼婭；「她聽了這個故事也非常感動，發動了她的德國朋友幫忙一起找。」

此後的兩個月，她跟她的德國朋友索尼婭通過數十封電子郵件，不斷地從蛛絲馬跡中尋找線索。然而在那段不算短的日子裡，索尼婭和楊夢幾乎絕望了，她們只在檔案館的紙片上查找到卡爾的出生年月。「不過我們沒有放棄。索尼婭和她的朋友幾乎在卡爾出生的「Schwerin舒爾溫」小鎮進行地毯式搜索，不錯過一絲一毫的信息；慢慢拼湊起一個完整的卡爾。歷經輾轉，直到前天，索尼婭和她的個歷史學家朋友終於在德國北部小鎮**舒爾溫(Schwerin)**找到了**卡爾先生(Carl Anger)**和**太太寶拉(Paula Anger)**的合葬墳墓。從找到的墓碑來看，卡爾於1976年2月29日過世，和太太安葬在一起。「我們還知道卡爾年輕時候曾做過三年工商業學徒，從1925年到1936年期間跟很多德國家庭一樣過著普通的日子。但後來由於他的猶太身分，他失業了。」楊夢說，有很多線索來自於前猶太難民的民間組織和熱心人士的口口相傳，還沒有確鑿的證據。「就像有人告訴我們，他二戰後和太太一起回到德國小鎮生活，沒有孩子，退休後住在養老院，生活並不寬裕。」

上海外語頻道也將昨晚從德國**舒爾溫(Schwerin)**鎮政府得到的消息告訴了觀眾，當地檔案顯示卡爾夫婦沒有子女，並曾表示將把所有遺產贈送給國家。

・・・

「*卡爾的墓碑找到了！*」楊夢急切的通知了孫禮德。

「這至少是一個安慰。」林道志的外孫孫禮德語氣裡有抑制不住的感嘆和欣慰，他說經歷了漫長的等待，這件事情終於有了一個突破性的進展。「至少對外公和媽媽，有了一個交代。」

失望但不放棄，期盼還有新的線索。

獲知了卡爾和太太沒有子女，潘碌在興奮過後開始有點不知所措；空氣裡甚至有惆悵瀰散開來。潘碌嘆了口氣說：「我覺得有點失望！卡爾沒有後人。我們把這些書還給誰好呢？當時他寄來的信不是說他寄居在岳父家嗎？說不定還有其他親友，說不定還有新的線索。」潘碌說，他們不甘心就此放棄；要繼續找找看。「我們還是想把書親手還給卡爾的後人。」

孫禮德補充說：「在這個過程中很多人給了我們幫助和關心，我們都

特別感動。紀念館陳館長奔波牽線德國駐滬總領事館，並且決定發佈線索動用社會各方力量幫助尋找。楊夢和韓易兩個年輕人幫我們一起抽絲剝繭找出有用的尋人線索，而媒體朋友們也發出了那麼大篇幅的報導，更是引發了全社會的關注……可是我們仍然想繼續做一件事，看他是否還有其他親友或親友的子女健在，他又是否曾跟他們講起，這些被留在中國的書的故事？……或是最悲哀的可能，在那場大屠殺的浩劫後，卡爾的親族都不在了！」

孫禮德最後說：如今這1654本圖書已經不是他們一家人的責任了。

歡迎聯繫我們　期待美好結局

書籍被它們原來的擁有者卡爾從遙遠的德國搬運到中國，又在受囑託的中國人林道志手中歷經艱險守護了七十年，現在靜靜地躺在上海市虹口區的圖書館，還有守護這些圖書的林道治的故事在猶太難民紀念館的一個角落展示著。

上海猶太難民紀念館館長陳儉表示：「我們歡迎任何有線索的人聯繫我們。當年卡爾選擇將書籍交由林先生保管，足以說明當時猶太人和中國人之間和睦相處，相互信任；我們仍然期望這個故事有一個美好的結尾。」

卡爾1947年寫給林道志先生的信箋

卡爾寄來的信件

林家後人委託紀念館尋找書籍主人

德國駐滬領事（左）答應協助尋找卡爾

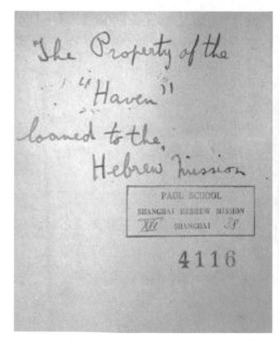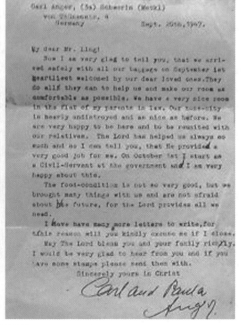

卡爾寄來的信件

十一、移交前夕

　　潘女士告訴記者，在她的兒子上初二之前，這些書櫃一直都是靠三面牆擺放的；亭子間餘下的面積只夠放一張吃飯的桌子。由於住房緊張，兒子只能和他們夫妻擠一個房間。「到我兒子上初二了，我外甥覺得三個人住一個房間不太方便，於是幫忙將三面的書櫃靠著一面牆上下前後擺放，又擠出了點空間，這樣我兒子才搬到了亭子間住。」

　　10月16日，今天上午潘女士向上海猶太難民紀念館正式捐贈了六個書架以及一些當年使用的家具，並發佈尋人啟事，誠意歡迎各方提供線索。本報刊發報導〈上海一家人，三代一諾守候70年〉。

．．

　　隨著虹口區舊區改造的推進和加快，潘碌最近也將搬離多年的居住地。為了給這些書籍找到更好的歸宿，她們找到了上海猶太難民紀念館，希望能找到當年囑托代為保管書籍的那位猶太校長或者他的親屬。

　　為此，上海猶太難民紀念館也特地與德國駐滬領事館取得了聯繫，把地址給了對方，希望能尋求到相關幫助。領館負責人在知曉後也非常驚訝，表示願意通過各種途徑來幫忙。而這批書籍則暫時由虹口區圖書館負責保存，等待其主人出現。

　　「70年的堅守既見證了一種信任，也見證了一種承諾。」紀念館館長陳儉感慨道：「當年猶太難民是如此信任一位本地居民，可見友情不一般；林家三代為了一句囑托付出的種種努力，更是真實演繹了中國傳統的『千金一諾』！」

．．

　　10月12日，離商定的搬遷日期還有幾天，書籍也已經談妥交由虹口區圖書館代為保管，孫禮德突然開始焦慮了。

　　亭子間的門沒有鎖，邊上衛生間的小窗沒有柵欄，這樣的格局持續了幾十年，卻在最後一刻引起他的不安。他害怕有人從窗戶爬進來，溜進亭子間。那意味著一切前功盡棄！他拿起工具「**現在就去把窗堵起來！**」但隨即又放下，生怕「**此地無銀三百兩**」。一個下午，反復許多次。

外公的遺囑

　　從小跟隨外公長大的孫禮德，是林道志最疼愛的外孫。對他而言，外公

林道志則是他「**最崇拜的人**」。

1981年，林道志先生逝世。臨終前囑托家人保管好這批圖書，一定不能失信於卡爾先生。「林老先生的家人告訴我，老人家生前囑咐他們，這批書概不外借，不能損毀。這是我們對他們民族的承諾。這些話就像是林家的家訓一樣。」韓易說。

昨天，2013年10月16日，在東長治路一間石庫門的亭子間，已經泛黃的千餘本外文書籍靜靜地碼放在書架上；書架用三夾板封存：怕書被蟲咬、老鼠啃，乾脆用板釘起來。這次要尋找它們的主人才打開了一個書架。林道志的兒媳婦，65歲的潘碌解釋說。這批書終於徹底公之於眾。在當年的摩西會堂，潘碌和孫禮德第一次向公眾解開了亭子間牆裡的祕密。

··

下午，林家人將這批書籍正式交由上海猶太難民紀念館代為保管。鑑於紀念館內沒有專門保存圖書的設備，幾經協調，紀念館於10月16日下午將這批圖書打包裝箱，1648本書被送往虹口區圖書館，專業人員將對其進行整理登記，並代為看管，直至找到它們的主人。孫禮德感到一絲安慰，至少他和舅媽無需再為這些書提心吊膽，他們可以放心地離開舊居，等著兌現外公的承諾。

希望能夠尋到後人

潘女士介紹稱，當他們在兩個月前聯繫到紀念館時，對於卡爾的情況一無所知，「但在我們聯繫紀念館後，線索一條一條出現，讓我們看到了找到卡爾或其家人的希望。」

有記者問他們有沒有想過，如果找到了對方，會是怎樣的場景。在孫禮德看來，這根本不是一件特殊的事情；「找到了，把書還給他們，就是了。」

送走潘碌女士和她的外甥夫婦，韓易闔上記錄本，寫了一段簡介：

「虹口提籃橋，東長治路805弄45號，一座行將拆遷的老式石庫門，二樓昏暗的亭子間裡，這千餘冊英文、德文和希伯來文書籍住了整整七十年。它們來自一位名叫林道志的老人，他是孫禮德的外公，一位昔日虔誠的基督教教友，和小學校長。1943年，一位在上海避難多年，行將離開的猶太人；將這批書交給他看管，並且告訴他：*「我會回來的。」*

如今，那些經歷過戰爭和動亂的老房子將要被拆除和消失，但這份凝重的囑托如一紙約定，裡面隱含幾十年的執著、隱忍和等待。雖然經過歷史的

洗禮，層層書頁已染上了歷史的滄桑，但是林家後人卻依然想要了卻林老先生未竟的心願：「*找到卡爾或他的後人，將這些書物歸原主。*」

∙∙

孫禮德（左）與潘碌擦拭書上塵封二十年的灰塵

十二、名單墙揭幕

　　青銅製作的猶太人名單紀念墙終於在2014年8月竣工。一個月後的9月3日，清晨下著冷冷的雨，猶太難民紀念館裡面和外面都是密密麻麻的黑色雨傘。維護秩序的交警正有條不紊的指揮著陸續到達的車輛。貴賓們包括意大利、波蘭、匈牙利、加拿大和德國及以色列的駐上海領事館的外交官們，還有上海市政府和虹口區政府的外辦官員，以及許多的中國人、猶太人嘉賓。

　　揭幕儀式首先是由上海愛樂樂團的首席大提琴家馬新樺演奏猶太樂曲希伯來詩歌《Kol Nidrei》，它是猶太人在神面前祈禱的曲調，表達猶太人在歷經苦難後深刻的自省和堅強的信念，並憧憬著未來。

　　儀式在音樂聲中開始，然後外交官、貴賓們依序登臺發言，都是回顧歷史和面向未來。德國文化領事**Marcel Vietor**(中文名字**文木森**)在致辭中說到：「……我感到非常高興的是，德意志聯邦共和國的外交部能夠捐款支持『**名單墙**』的建立。誠如我們的聯邦總統約阿西姆・高克(Joachim Gauck)先生所言：『**對於我們德國人來說，紀念大屠殺總是令我們感覺承受著深刻的意義。**』我真誠地希望，上海的這座『**名單墙**』將能夠讓我們記住過去，而且能夠作為指向未來的紀念……。」

（註・原文：**I am very pleased that the Foreign Office of the Federal Republic of Germany was able to support establish the "Wall of Names". As Federal President Joachim Gauck said:"For us Germans, the commemoration of the holocaust will always bear an outstanding meaning." We sincerely hope that this "Wall of Names" in Shanghai will not only help us commemorate the past but will also serve as a memorial towards the future, reminding us that we must not let anything similar happen again. We hope that- being conscious of the past - people and governments around the world will strive further for diversity and tolerance, for curiosity and courage, for mutual understanding and reconciliation today and the future."**

　　何思偉感受到德國人對於二戰納粹罪行反思的眞誠和勇氣。他忽然想到一個問題，他小聲問旁邊的紀念館人員：「開幕式邀請了日本人了嗎？」工作人員搖了搖頭：「沒有，他們不會來的。我們以前的活動也邀請過他們，可是他們從來不來。」

　　同一天，9月3日的美國《華爾街日報》做了一個報導：

上海墙向二戰猶太難民致敬

伯莎·雅各布、漢斯·克本、威廉·斯卡爾……這是上海猶太居民的名字，起碼在二戰中是這樣。當時沒人想到上海接納了成千上萬的歐洲猶太人。「二十世紀，三、四十年代上海猶太難民姓名墙」周三揭幕，成了這些13,732名客人的永久紀念。這座34米長的銅墙立在一座猶太教堂改建的紀念館裡，紀念館所在的地區是很多歐洲人在上海作爲難民開始他們新生活的地區。還有一座新豎立的浮雕，上面刻著的六個人代表在納粹大屠殺中被殺害的約六百萬猶太人。墙和這座浮雕讓人們想起20世紀30年代末成千上萬的歐洲猶太人如何在世界的另一端找到了避難所。

　　這座墙是當地機構建的，並得到了德國政府的財政支持和美國人的私人捐助。以色列駐上海總領事阿爾農·佩爾曼(Arnon Perlman)也贊助了款項。」

（註：原文 Wall Street Journal：

Shanghai Wall Pays Tribute to Jewish Refugees of WWII

Bertha Jakob, Heinz Koeben and Wilhelm Skall. Typical names of Shanghai residents - at least during World War II, when the Chinese city emerged as an unlikely port of entry for thousands of European Jews.

Now, a permanent reminder for 13,732 of those guests is in place following the dedication Wednesday of the "Wall of Names of Jewish Refugees in Shanghai During the 1930s and 1940s." The 34-meter bronze wall stands on the site of a synagogue-turned-museum in the Shanghai neighborhood where many Europeans restarted their lives as exiles.

The wall-along with a newly installed relief sculpture of six people meant to represent the estimated six million Jews killed in the Nazi Holocaust-is a reminder of how thousands of European Jews starting in the late 1930s found sanctuary on the opposite side of the world simply because Shanghai didn't require entry visas.

The local government said in addition to work by local bureaus, the wall project won German government financial assistance and private funding from the U.S. Israel's consul general in Shanghai, Arnon Perlman, says he provided input....

．．

　　典禮後，來賓們魚貫的進入紀念館參觀。在一號展示廳裡，除了各色各樣的猶太人遺留的物件，在靠近出口的角落，有一個外觀並不顯眼的一個角

落，在向參觀者展示一段容易被忽視的故事，一家平凡的人做的不平凡的事蹟，那千餘本書籍背後的故事。這些人不求舞臺，不要燈光，只是默默的做他們認為應該做的事，然後悄然隱退，消失在公眾的視線裡。

1986年諾貝爾和平獎獲得者，奧斯威辛集中營倖存者**埃爾利‧維澤爾** (Eliezer Elie Wiesel)曾經說：「*Friendship marks a life even more deeply than love. Love risks degenerating into obsession, friendship is never anything but sharing.*」---（友情比愛情更深刻地標識出一種人性，愛情有退化成痴迷糾纏的風險；友誼卻永遠是一種共有的分享。）

一般人只看重那些位高權重的人，聆聽他們修飾得當、辭藻華麗的話語，但是也許上蒼更願意傾聽簡樸善良的人們，看重他們所是的，和他們所做的；一顆比任何珍寶還貴重的心靈，一個單純的意念，和一個潔淨的靈魂所做的誠摯的祈求。

....

在漫長的歲月裡，持續不斷的祈禱中，孫禮德相信冥冥中天意讓他們經歷那些災難而奇蹟般保存下來的這千餘本書，其中必定有一個旨意在。但是他有些失落和不解，為什麼經歷了那麼多劫難而似有上天的幫助下保留住了的書本，外公的交待卻並沒有完成，所做的竟然未能畢竟全功；書籍沒有還到交托他們的人手裡，似乎一切的努力最後看不見意義！這一切的工作最後無法獲得令人安慰的結果。

如同過往的每一天清晨，在一個僻靜的角落，孫禮德跪在地面輕聲的禱告；想要尋求一個答案，一個指引；不明瞭為什麼總覺得心頭的重擔似乎未能完全卸下。祈禱完，在晨曦中他緩緩仰面抬頭望向遙遠的天空，看著逐漸明亮的朝陽。天空逐漸從灰濛濛的暗藍轉變成明亮的湛藍，太陽從紅色變成燦爛的金色，每一道光茫照耀大地---瞬息間，他豁然的開朗了，所有過往的崎嶇艱難和因而獲得的奇蹟幫助，也許並不僅是為了他們原先的目的！這七十年的路途乃是上天的呼召，為的不只是成全林道治與卡爾的約定，不僅是為兩個人之間的友誼，它有更大的旨意在！是上天透過這個信實的經歷，向世人顯示這個故事更高的價值；它使人們得以看見在兩個不同的民族、不一樣的宗教信仰者之間，仍然可以有的真摯情感；和深刻的情誼。憑藉著他們所做的事工，向世人彰顯一個永恆的見證；使有眼的人得以看見，有耳的人得以聽見；喚醒人們心底的良知，看見應有的理解與尊重，重新展現人性中的美好，並且永遠標識一個指引，啟示人們對愛與包容的追求！

是的，孫禮德懂了，這是上天的手扶持著他們所做的事，它顯示一個始終不渝堅守承諾的經歷，見證著一段友誼，展現人與人之間、甚至不同的民

族之間可以有的信任和關愛。

　　孫禮德閉上眼睛，流下感恩的眼淚，他站起來面向陽光－－－一切都釋然了，他明瞭了旨意，他推出舊腳踏車，跨上，在去上班的途中，他要先去舅母家，告訴舅媽潘碌，他們所做的沒有白費，而是要**「*萬事互相效力，叫相愛而誠信的人得益處！*」**（*What they did is not in vain, but God makes all things work together for good to the people who have faith and love.*）

....

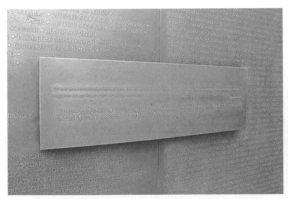

刻在青銅面版上面的上海猶太難民的名字

展館裡介紹林道治故事的角落

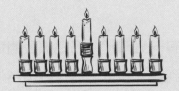

莎拉的影子

舞臺劇劇本形式

序

希望在歡欣中發現，也在絕望中升起，像孿生兄弟

曾經有一個時代，已經被我們遺忘；

輕忽到無人在意，迷霧般悄然消逝！

那時被黑暗籠罩，充斥著恐怖與野蠻殘暴；

那時又曙光顯現，激發出一無畏懼的勇氣！

正與邪的對立，光明與黑暗的抗衡；

善與惡的分明，人性與魔性的對決！

對靈魂甦醒的智者，

越陷困頓的環境愈奮興起對美好的憧憬；

對心懷善念的仁人，

越處煉獄的煎熬卻越湧現出人性的良善；

對不畏強暴的勇士，

越受苦難的壓迫愈激發出大無畏的精神！

卑微中顯現聖潔的情懷，

亂世中洗煉純淨的人格，

磨難中鍛造真正的力量，

毀損方得造就，汙染方求潔淨，熬煉方成器皿！

....

  在一個侵略者以暴虐手段做統治的城市裡，原先的市民與外來的避難者奇異的混居在一起，壓制在相同的桎梏下，掙扎在同樣的貧乏裡。多數的人只求生存，但一些有熱血的人，尤其年輕還有著理想的人們，卻開始了反抗，嚮往自由和公義；一個值得付出生命的追求- - -Something worth dying for! 他們顛躓前行在黑暗中，卻堅持信念的微弱光茫，尋求黎明，讓我們得以看見人與人雖是多麼的不同，但在真理結合下的人們又是多麼的相

近。

　　時間已經走遠，但他們不曾逝去，只要我們還有相同的信念，他們就活在我們的心靈裡，與我們並立，陪伴在我們當中，給我們無限的勇氣和溫暖！又在高處向我們呼喚，使我們能夠舉目，靈魂得以甦醒；幫助我們一同跟隨呼召，站在渴慕公義的隊伍中，奔向陽光燦爛的道路，呼吸草原芬芳的氣息！

祖悋Mark
寫於一間斗室

目錄
本文：莎拉的影子

第一篇　重回上海

旅行團-舊地重遊
撫摸地上的影子

故事的開始
--第一幕-

〔**舞臺縱深處投影墻畫面**〕

／上海浦東機場大廈，旅客忙碌的進出。一群二十多名，全部都是美國老年人的旅行團通過海關，在行李轉盤上拿了行李，走向出口。／

-開演-

／這群旅行團成員從舞臺左側走出來，張望著出口處擁擠著許多拿著名牌的接機人，目光搜尋著……然後看到一位身材高挑的中國女士，舉著一塊標識著「中國國旅-China Tour」的旗子，站在出口的迎接處向他們揮手。／

一個團員望著這位女士高興的大喊：

「噢！找到了！」

　　　　／幾名團裡的旅客拉著行李高興的向手持旗子的中國女士走過去，一位滿臉笑容的白鬍子老先生歡欣地高喊：／

「*妳就是接我們的導遊？太好了！我們喜歡漂亮可愛的女導遊！*」

　　　　／接機的女導遊笑著向他們問好，介紹著自己：／

　　「你們好！我是婕妮特-Janet。大巴已經等在外面了，我們上車，先去酒店休息放行李，然後我們就去大家迫不及待的第一站，**上海猶太難民紀念博物館 Shanghai Jewish Refugee Museum**，好嗎？」

團員A：「*Yea！吧！*那是我們此行最大的目的，聽說館中內院的墻壁，那座『**名單墻**』已經完工了是嗎？有人來參觀過嗎？我們不會是第一批吧？」

導遊婕妮特：

　　「是的，今年2014年才剛竣工，已經有美國的猶太人團體來參觀過了，你們沒趕上成為第一批，不過還是早期的。」

／婕妮特舉起旅遊團的旗幟，帶著這群觀光客走向舞臺右側，離開了舞臺。／

>>>

／舞臺燈光暫時熄滅，再復亮起時，舞臺縱深處的投影牆改為2014年的上海街道的情景和商店。／

／很快觀光團又從舞臺左側進入舞臺。／

．．．

〔**舞臺**〕二十多位來自美國的猶太人觀光客，大批上海本地的人群，幾個活潑的上海青少年。

-開演-

上海街道的景象，一群群的行人往來，操著上海口音的方言熱鬧歡愉地，嘈雜的交談著。

◆ 旅行團：一群二十多個，年齡看起來已經七、八十歲的外國人跟著導遊婕妮特(Janet)舉著旗子從舞臺左側進入，快樂地交談和討論著上海變化太大了

◆ 幾個十歲上下的上海孩童迎面走來，看著這群外國人，說了聲：

「*阿耨恁(Ah-Gou-Ning)（外國人）！*」然後親切地招呼：

「*哈羅，Hello！*」

◆ 觀光客艾伯特低頭招呼：

「*Hello！哈羅！弗是Ah-Gou-Ning（外國人），是You-Ta-Ning（猶太人）！*」

◆ **小孩A：**　「*啊！伊拉會嘎上海閒話（他會說上海方言）！*」

◆ **觀光客鮑勃：**「*是忒，阿拉也是上海恁（是的，我們也是上海人）！*」

◆ **小孩B：**　「*儂上海恁？那能？（你們是上海人？怎麼可能？）*」

◆ **導遊婕妮特：**「*哈，是忒，是忒；伊拉以前都在上海住過，那辰光儂還沒有出生呢！*」（*是的，是的；他們以前都在上海住過，那時候你們還沒有出生呢！*）

／大家爆發一陣歡笑／

小孩：「那是啥辰光？（*那是什麼時候？*）」

導遊婕妮特（用普通話說）：

「70多年前了，抗戰的時候，你們大概都不知道那段歲月了！」

小孩：「哦？真的？是真的嗎？那麼久了？那個時候發生過什麼事？」

導遊婕妮特：「是真的，那是很久很久以前的故事，你們想知道？那你們可以自己到上海猶太難民紀念館去看啊，我們現在就是要去那裡。」

小孩：「阿拉和儂一道去？（*我們可以和你們一起去嗎？*）」

導遊婕妮特：「當然可以，但是你們要自己買門票。」

小孩們（露出失望的表情）：

「哦……那我們下次再去吧。」

導遊婕妮特：「好的，那我們先走了，下次再見！」

／導遊婕妮特重新舉起旗子，帶著觀光團前行，和上海小孩們互相揮手喊著「Bye-Bye」道別。／

／一行人繼續前行。／

導遊婕妮特：「看，上海猶太難民紀念館很近了，我們馬上就要到了！你們就可以看到紀念館最新完成的名單墻了！」

／團員們高興的呼喊了起來／

團員A：「*Viva（萬歲）Viva*！是紀念我們的名單！說不定我們的名字都刻在上面，我要去找我的名字，說不定可以找到一群過去我認識的人的名字，我要找到他們！」

導遊婕妮特：「是的，是刻著你們的名字的『**名單墻**』，那是一個偉大的紀念，你們的名字會在上頭！是的，你們的名字就在當中！」

團員C：「我們的名字耶！那是多大的意義！我們被紀念了，一個巨變的時代，一個被忽略的一段歷史，還有一群奇怪的過客……那就是我們！在上海避難的猶太人！」

團員D（一面走一面說）：

「聽說還有紀念我們的浮雕？」

導遊婕妮特：「是的，名單墻上面在起首的部分是有一個群組性的猶太人浮雕，裡面每一個猶太人都有一個代表性，它是一位藝術家何寧先生設計的，每一個刻著的圖紋都有特別的意義……一會兒我們就會看到了。」

．．．

／團員們歡快地加速了腳步，但一群老人並無法走的太快，他們只是看著路旁稍快地移動著。

燈光從舞臺上方照下來，打在觀光客們身上。

但當中一個頭髮灰白的老太太逐漸走的緩慢下來，逐漸拖到了隊伍的後面。

一束聚光燈打在她的頭上，在她身畔拖出一道影子，老太太越走越慢，像是走不動一般，終於慢慢停住了腳步；其他團員沒有注意，但導遊婕妮特回頭看到了，她愣了一下，喊了一聲老婦的名字：「*莎拉！*」然後停住了腳步。／

導遊婕妮特（快步走向老婦）：

「莎拉，怎麼了？妳沒事吧？是累了嗎？」

／老婦莎拉蹲了下來，似乎沒有聽見婕妮特的招呼，伸出右手，碰觸地面上她自己的影子，無語的蹲著。／

導遊婕妮特（動作，疾步過來扶助老婦莎拉的肩膀，輕聲呼喊）：

「莎拉！妳還好嗎？什麼事不對勁了嗎？」

／老婦莎拉似乎回過神來，仍就蹲在地上，慢慢抬起頭看著導遊婕妮特。／

老婦莎拉：「哦，我還好，我還好，我沒事……」

／繼續輕觸地面上自己的影子／

「我現在已經好了，但是請再給我一分鐘。」

．．．

-場景-

／舞臺燈光全滅，除了照在老婦莎拉Sarah和導遊婕妮特Janet身上的光束，顯出拉長在地面上莎拉的影子。／

老婦莎拉（低視地面，輕聲喃喃細語）：

「影子，我親愛的影子……我為你回來了，我現在與你在一起

了⋯⋯我現在與你同在這裡⋯⋯哦，影子⋯⋯是的，我的影子⋯⋯我現在在這裡與你同在一起了！」

導遊婕妮特（在莎拉旁邊蹲下）：

「影子？妳的影子？」

老婦莎拉（抬起臉，看著婕妮特，含著眼淚）：

「是的，影子，我的影子，我是為我的影子回來的。」

／兩人靜默無聲的蹲了一會兒，旅行團的十多個人慢慢聚攏到了兩人周圍。／

一位團員輕聲問：

「莎拉？妳確定妳沒事吧？妳需要什麼嗎？還是我們都休息一會兒？」

老婦莎拉（轉向那位團員）：

「噢，對不起，我耽擱大家了，現在讓我們走吧；讓我們快去博物館，我很抱歉剛才我突然情緒化了起來，我現在好了，讓我們向前走吧，讓我們快去博物館，我要看為我們建築的名單牆，我要看在上面的我的名字。」

／舞臺燈光漸亮，一行人走向舞臺的另一端，幕落。／

---第一幕結束---

第二篇　上海猶太難民紀念館

-舞臺-

〔**佈景**〕舞臺縱深處的背景投影牆上投射著上海猶太難民紀念館的名單牆。一面一面的青銅牆面上刻滿了猶太人的名字。

投影牆前面的舞臺上佈置的是猶太難民紀念館中庭院裡的擺設，包括座椅等。

〔**人物**〕二十多位猶太人旅行團成員，導遊婕妮特，解說員麗莎。

〔**開演**〕婕妮特帶著旅行團成員從舞臺左側進入到舞臺，一位年輕的女孩從舞臺中央快樂地迎上前去，熱情地招呼著：

團員們也迎上去招呼著這位年輕的女解說員麗莎，熱烈地握手、擁抱和親吻面頰，似乎像多年不見的老友重逢。

解說員麗莎（Lisa）：

「歡迎你們！這裡是**上海猶太難民紀念館（Shanghai Jewish Refugee Museum）**。我是館裡的志願工作者解說員麗莎。我來為你們導覽和解說，希望你們會高興的來到這裡，回憶你們過的去日子。你們和別的來參觀的人不一樣，別人只是來看一段歷史，你們卻是來重溫那一段你們親身經歷的時空！你們其實就是這個館的主題和主人，這個紀念館是為你們存在的，能為你們服務我覺得特別高興和光榮，同時我感謝你們！」

團員B：「不，是我們的榮幸和感謝妳為我們所作的工作！還有上海市政府為我們建立的這個紀念館。」

團員C：「麗莎，妳真漂亮可愛！妳說妳是志願工作者，那麼妳還有別的工作嗎？」

解說員麗莎：

「是的，我還是一個學生，我在上海師範大學讀歷史。不過歷史課本裡卻沒有這一段，太可惜了！我相信有一天歷史課程將會要補上這一段，它們不應該被忽略。你們在美國的學校課程裡有教導這一段歷史嗎？」

團員C：「呵，沒有，大概任何歷史課本都不會有這一段。它們在整個歷史洪流裡也許不是那麼重要，可是對我們卻是生命般可貴。你們上海建造這個紀念館太好了，這樣我們就不會被遺忘。」

團員D：「是的，它不應該被忘記，因為從來沒有過這樣一個真實歷史事件，一場世界大戰，一次種族滅絕的大屠殺，一群西方來的人，躲進東方一個城市，避開西方的一場災難，然後在這個東方城市被庇護著生存下來，而且這東、西兩個完全不同文化的民族和平地相處，同時又被同一個異族侵略者殘酷地壓迫著，但是在艱難中兩個族群彼此諒解，和睦相處……歷史上不曾有過這樣的一段，將來也許也永遠不會再有相同的故事了！它有價值，它不應該被忘記！人們可以和平的相處，人們更應該和睦相處！」

／團員們彼此相互點頭，附和著這個意見。／

團員E（轉頭面向麗莎）：

「麗莎，我想問一個問題，妳知道在我們美國的每一個紀念牆都是石頭做的，為什麼這一面紀念牆竟然不是石頭的，而是金屬銅做的？」

解說員麗莎：

「噢，好問題！我知道幾乎所有的紀念牆都是石頭做的，不論是災難的罹難者，或是戰爭的犧牲者。包括你們美國的韓戰、越戰的紀念牆，它們都是黑色的花崗石，或者大理石做的。但是那些都是為紀念死去的人做的。這裡不一樣，因為在這幾面牆上刻著的名字都是存活的人，他們在那時候都倖存了下來，所以設計的時候決定用青銅來製做，我們覺得這樣更合適。」

團員F：「同意！這樣更顯出不同，我們是生還了的人。」

團員G：「絕對正確的設計！嘿，讓我來找我的名字。」

／幾個人開始認真地盯著牆面搜尋起來。／

解說員麗莎：

「你們面對的是當初來到上海的歐洲猶太難民，他們的名字都刻在這幾面牆上。哦，不過有點可惜，有些人的名字也許不在上面，或是拼錯了。因為當初那三個猶太人姐妹被命令製作名單的時候擔心這會是一個死亡名單，日本軍人在造冊完畢以後會殺戮這個名單上所有的猶太人，因此她們盡量遺漏，或是故意拼錯，好救下一些

人。所以這面牆上只有一萬三千七百多個名字，但我們都知道實際當時在上海的猶太人超過兩萬多。當初那三個猶太姐妹害怕這將會是一個死亡名單，絕對沒有想到後來這會是一個刻在銅牆上面生還人員的名單。」

／猶太人團員們點著頭，輕聲附和著。／

解說員麗莎：

「還是讓我盡責的稍微說明一下這個名單牆和這個紀念館的歷史背景和起源吧。從1939年開始，歐洲的猶太人遭遇到德國納粹的迫害，他們從奧地利、匈牙利，和歐洲各地設法逃難到了上海；由原居在上海的本地的**阿須肯那西**（Ashkenazi）猶太人和**塞法迪**（Sephardi）猶太人，並美國的猶太難民救濟組織照料，協助安排居住在上海的外國租界區內，去適應著生活。直到1941年，日本在偷襲珍珠港後的一個小時之內立即出兵攻打了在上海的美國和英國的駐紮部隊，並且向美國和英國等歐洲國家宣戰。

在上海租界的歐美駐守部隊在猝不及防的情況下都潰散了！日本軍隊立刻出兵占領了所有的歐美租界，並且把住在租界區內的歐美僑民除了德國人和俄國人之外，全部關進了大約二十個集中營，沒收了他們所有的財產。而原來被安置在歐美租界的猶太人生活立刻變得困難起來。到了1943年，更因爲德國派遣一位黨衛隊SS的上校梅辛格（Mcisinger）到日本，要求消滅所有在上海的猶太人，於是猶太難民在日本占領軍的命令下全部被遷移到上海最貧困的虹口區，掙扎的過著朝不保夕的生活……欸，那就是你們親身的經歷了，你們比我更瞭解，我就不用再述說了。」

團員H：「是的，剩下的部分我們都很瞭解了！那是一段艱難的歲月，深刻在我們心裡。不過現在已經隔了70多年了！我當時只有11歲，現在都80多歲了。很多那個時候的中年人都已經過世，他們來不及看到這面牆，我們可能是最後的一批看見自己名字的倖存者了！我一定要仔細找，我希望能找到我的名字，或至少找到我爸媽，或是那時我認識的人的名字。」

／猶太人旅行團成員們開始一字排開，面對著名單牆的投影，仔細地看著，或用手指點著搜索著一個一個的名字，有的人口中輕聲地念出名字。……忽然……／

團員A（興奮的大聲嚷起）：

　　「我找到了！我找到了！這是我的名字*Aharon Ehrlich*，*這是我的名字！*」

團員G：「我看到我的名字了！*Yaakov Katz*，讓我再看看，我記得我嘉道理學校幾個同班同學的名字，讓我來找找他們！」

團員H：「我的眼睛不行了，我看不清楚，艾伯特，你幫我找*Uriel Horowitz*，你幫我找，找到了快指給我看！」

　　／所有二十幾個團員圍在名單牆前鬧哄哄地尋找著名字，有些人找到名字興奮地大笑，然後滴出了熱淚。

　　／也有人放聲哭泣了起來，撫摸著牆上的幾個名字。／

<<<<<<<<<<<<<<<<<<<<<<<<<<<<<<<<<<<<<<<<<<<<<<<<<<<<

　　／解說員麗莎緩緩地踱步離開了團員們，慢慢走向站在一旁角落的婕妮特。／

解說員麗莎（帶著眼淚）：

　　「我好喜歡看見他們那麼激動又快樂！想想看，如果我經歷了一段特別的歷史時空，有一天發現我被紀念，我一定會被感動到哭出來，可是- - -看……，*我現在就掉眼淚了！*」

導遊婕妮特：

　　「小女孩！妳這個年齡還是感情豐富的時候，哭吧，不過沒有人會紀念妳，妳們這一代過的太平凡幸福了，有什麼好紀念的呢？不過麗莎，這樣的團很多嗎？妳接待過幾個了？我這還是第一次帶這樣的旅行團，他們都老了！」

解說員麗莎：

　　「不多，這是第二個。我不知道別的解說員有沒有接待過這樣的參觀團，因為我每個月只有幾天來這裡做志願工作。我現在還該做什麼嗎？」

導遊婕妮特：

　　「我想現在不需要了，他們比我們還清楚那段歷史！讓他們自己去看，去回憶吧，我們就只要陪著就好了，等呆會兒進到陳列館裡面

妳再向他們介紹和解說那些展示品就好了。」

解說員麗莎：

「噢，那現在不需要我再說什麼了。啊！對了，妳之前托我們紀念館去找的一位周小龍先生找到了，他也已經是八十多歲的老人家了，他現在在休息室裡，待一會兒我去請他過來。」

導遊婕妮特：

「好的，麗莎，謝謝妳。請妳去把周先生請過來，不過不要馬上讓莎拉看到他。我怕太刺激她，她剛才已經很情緒化；妳帶周先生進來後稍微等一下，由我來介紹他給莎拉。這裡我們暫時不去打擾他們，讓他們自己去看。他們有太多的回憶，他們須要一點共同的時間。」

⋯⋯⋯⋯⋯⋯⋯⋯⋯⋯⋯⋯⋯⋯⋯⋯⋯⋯⋯⋯⋯⋯⋯⋯⋯⋯⋯⋯⋯⋯⋯⋯⋯⋯⋯⋯⋯

／麗莎走出場景。

老婦莎拉卻從名單牆前走開，到了靠舞臺邊的中庭，在陽光下靜靜的坐在角落的一張椅子上，望著地面，不發一語地沉默著。

婕妮特走向莎拉，在她身旁的另一張椅子上坐下，親切地凝望著莎拉，然後開口問：／

導遊婕妮特：「莎拉，剛才究竟發生什麼了？為什麼妳會蹲下？那不是你們西方人的習慣；妳為什麼會去觸摸地面呢？為什麼去碰妳自己的影子呢？」

老婦莎拉：「哦，抱歉我一時失態了！我找到我回來要尋找的了，我的夥伴，一個最最親密的人。我感覺到他了，他在那裡，他沒有離開，他永遠為我在那裡。」

導遊婕妮特：「他？- - -他？」

老婦莎拉：「是的，他- - -我的影子。」

導遊婕妮特：「他？妳的影子？是怎麼回事？是一個什麼樣的故事嗎？」

老婦莎拉：「是一個故事，一個真實的故事，妳要聽嗎？我們有時間說嗎？」

導遊婕妮特（親切地口氣）：

　　「要聽！他們都在忙著談論，我們有時間，現在就告訴我，好嗎？不過我要告訴妳，妳托付我們找的周小龍先生找到了。」

老婦莎拉（急切地）：

　　「真的？他在那裡？快帶我去見他！快！」

導遊婕妮特：「不急，他已經也到紀念館了，就在休息室等著見你。」

老婦莎拉（衝動的）：

　　「快！快！快讓我看見他！」

　　／展覽館的門口處，麗莎正牽扶著一位老者走過來，莎拉沒有說一句話，凝視著中國老人，老人也怔怔地望著莎拉。婕妮特走過去牽著中國老人的手走回老婦莎拉身旁。／

導遊婕妮特（用英語）：

　　「莎拉，這位就是妳委託我們找的周小龍先生。」

　　／然後轉身對中國老人用中文說：／

　　「周先生，這位就是我們告訴您的莎拉女士。」

　　／莎拉長長的哦了一聲，搖晃地快步走向周小龍，張開雙臂，緊緊的抱住周小龍。老人周小龍也頻頻拭淚，拍著莎拉的後背，沉默不語。

　　他們緊抱在一起，莎拉嗚咽起來，哭泣地輕喊：／

老婦莎拉：

　　「紀念館答應幫我找到你，今天我終於看到你了！」

　　／麗莎幫助莎拉翻譯成中文。／

周小龍（拭去眼淚，感嘆地說）：

　　「我認不出妳了，德哥在的時候妳才是一個小孩子，現在妳跟咱都老了！」

老婦莎拉：

　　「我找了你們好久，我託過多少人，終於紀念館說找到你了！在我啟程來上海前，我哭過多少回，我哭了多少時間！天啊，我又能回來了，我要知道此後發生的每一件事情，我要曉得你知道的**瑞德**的每一件事，我不能不清不楚的想著**瑞德**，我要完全知道他救了我之後發生的事！我要瞭解**瑞德**，他在我心裡埋藏了那麼深深地幾十

年，一輩子了！」

╱旅行團的團員被驚動了，幾個團員慢慢走到莎拉和周小龍的旁邊。╱

團員A：

「嘿！莎拉，嗨，這位先生，你好！我是亞伯特（Albert），您是莎拉的朋友，也就是我們大家的朋友。我們那時是與你們生活在一起的人。您就是莎拉要尋找的那個人嗎？」

╱麗莎在旁邊做著翻譯。╱

老婦莎拉（停止了啜泣，輕輕地抹去眼淚，用輕緩的語氣插進來接口）：

「哦，他是，他也不是。周先生是我和我的一個友人共同的朋友，那個朋友是我的生命摯交，他救了我；但此後的事我都不清楚了。我找周先生因為我要知道他救了我之後的事。他用他的生命換了我的生命，從那時候的童年開始到今天，從離開上海到現在，我無時無刻不想起他。我為他回來，因為我知道他不會離開我的。他在上海等待我回來，他現在就在我旁邊……」

╱莎拉忽然緊盯著她自己的身側，像在看一個隱形的物件，眼淚奪眶而出，不住的淌流- - -，然後她喘息著繼續說：╱

「他是我的影子，我在上海的影子！我一到上海，我一下飛機，我踏上到紀念館的路，他就在我身邊了！*你們看到了嗎？我的影子，他就在那裡！*」

╱莎拉又開始輕輕顫抖哭泣，蹲下，用右手觸摸地面，輕撫著她在地面上的身影，喃喃地呼喊著：

「*我回來了，我回來了！*」

╱所有的團員們都一個個從展覽間走出來，到了中庭院子。一個團員對著莎拉輕喊：╱

團員（Issac）：「莎拉，其實我們都有一個故事，我們都經歷過生與死。妳的故事和我們其他人的有什麼不一樣嗎？」

老婦莎拉抬頭：

「噢，不同！絕對不一樣！」

／帶著堅定的語氣／

「不要告訴我你的玩伴，或是一般的朋友那些故事。你們體驗過最珍貴的友誼嗎？你們的情誼經過過殘酷的考驗嗎？而且還是在生死關頭的考驗？如果有，它會銘刻在你生命中，永遠不會遺忘！」

／婕妮特蹲下來輕撫莎拉的手臂，低聲說：／

導遊婕妮特：

「莎拉，告訴我們這一個故事，每一個團員都是回來回憶他的一段歷史；回顧那一段他曾經有過的故事，和知道更多那時發生的事，不要生氣，每個人的故事都是獨特的，也都安慰了我們自己，為生命加添了豐富。也在回憶時平靜了我們，也因此我們就更認識了生命的意義和價值。莎拉，毫不自私的分享妳的故事吧，我們都願意聽。」

／婕妮特稍微停頓了一下，望著周圍的旅行團成員，緩緩的說：／

「你們不介意大家在這裡停留久一點，在這個環境下聽一個特殊的故事？」

／團員們紛紛點頭。有一個人回復：／

「好啊！那是我們回來的目的，重新回顧和看清楚我們那一段的歷史。我相信我們都願意知道更多那時候發生的事。莎拉，說吧，我們都想聽；也許會讓我們重新發現和體認那段時間留在我們生命中的意義。」

／大家都靜了下來，另一個人說：／

「尤其有周先生在場，故事會更清楚完整。」

／幾個人附和，並且去握中國老人周先生的手。／

解說員麗莎：

「我有一個建議，我們都去紀念館過了馬路對面的白馬咖啡屋吧，

那也是當初你們猶太人留下的建築。現在開業了，它的二樓有一間貴賓室，我們都去那兒，邊喝咖啡，邊聽莎拉敘說這一段故事好嗎？」

／衆人點頭喊著：／

「Yes！好的，讓我們喝著咖啡來聽莎拉的故事，周先生，我們一起過去！」

／然後大家跟隨著麗莎走出舞臺。／

---第二幕結束---

第三篇　歐洲的回顧

〔**佈景**〕白馬咖啡屋貴賓室的包間內景，典雅而古樸。長桌邊擺放著木製座椅，團員們坐在椅子上，圍繞著長桌。

〔**人物**〕服務員爲二十多位猶太人旅行團成員端上咖啡，衆人紛紛品嘗著熱氣騰騰並且香氣撲鼻的咖啡。導遊婕妮特，解說員麗莎還有周先生也坐下了。

-開演-

導遊婕妮特走到莎拉身旁，附著她輕聲耳語，莎拉喝了一口咖啡，輕輕地咳了一聲嗽，慢慢環顧每一個人，然後開始說話。

老婦莎拉：

「好的，我願意分享- - -我相信我們每一個人都一樣，在那個時候拼盡了我們所有的一切；離開了可怕的納粹占領下的歐洲，坐上輪船；來到了一個我們從來未曾想到過的地方，一個陌生的城市，上海。但我們都是幸運的，因爲我們離開了納粹占領地，來到了一塊庇護地……，我們都是這樣被迫離開的，是吧？」

團員B：「是的，那時我們不得不離開，那裡每一個人都開始憎恨我們，排斥我們。甚至說猶太人像細菌般依附在德國身上，像寄生蟲般囓食著德國主體，直到德國被侵蝕乾淨。他們那時多麼恨惡我們，要清除我們每一個猶太人。」

團員C：「沒有錯，德國那時候憎恨我們每一個猶太人，不論我們是什麼身分或地位。我曾經是維也納綜合醫院的外科醫生，當醫院開除我的時候，我回到醫院想取走一些我的私人物品。但醫院不讓我進門；而我正好看見了以前醫院的一位行政主管施密特，我一直認爲他是一位禮貌而值得尊重的人。我曾替他那時只有四歲的女兒動過手術，從她的大腿上切除了一塊很大的膿腫，施密特的妻子因此還做了好幾個籃子的糕餅送給我，表達她的感謝。我一直相信我們是眞誠而互信的好友，我走向他，正期待他也許可以給我幫助，但他看見我卻移轉視線，問旁邊的一個人：『*這個猶太人來這裡做什*

麼？』

　　我們曾是多年的朋友，我從未料到他一天會如此的改變。也許每一個人的心裡都有一個潛藏的黑暗魔性，當有環境使它被釋放出來的時候，你才會發現人類竟然是可以變出完全不同的樣貌。」

團員D：「一個德國人問我爲什麼還不走，爲什麼還留在這個不要我的國家。我回答他因爲還沒尋找到簽證。他大笑到說：『*這真的讓我覺得太有趣了！我從來都沒有料錯過！這還不明白嗎？世界上其它那些嘴裡喊著抗議我們政府是種族主義的國家，實際上他們表達的還不夠清楚明白嗎？那就是他們也不要猶太人到他們中間去！你不同意嗎？*』」

團員E：「國際上光說不練，空口說些不實際的表示同情。哎，虛有其表的僞善。」

團員F：「我也是到處去尋找離開的辦法，但是所有外國領事館都拒絕給猶太人簽證……只有維也納的中國領事館的何鳳山給了每一個人簽證，甚至是給了我全家人的簽證。納粹關閉了中國領事館何鳳山的辦公室，他卻又租了不遠處的一間小房子繼續發簽證給猶太人，直到他被遣返中國。」

團員G：「記得11月九號的**玻璃之夜**（**Kristallnacht - Night of Crystal** 註）的恐怖情景嗎？我正好在維也納市最大的猶太教堂**理奧普得斯塔**（**Leopoldstadter Temple**）裡；我永遠忘不了那一夜的情景！

　　我們正在進行著儀式，聽到街頭狂躁爆裂的巨響，然後穿著納粹黑衫隊SS制服的人就打破大門衝了進來！我們急忙向後面出口跑去，一位女士卻勇敢的站起來，想說理和阻攔那些暴徒，她舉起手，但暴徒卻用全力一拳打在她的腹部，她立刻呻吟著捂住腹部彎下了腰，那名男性暴徒卻對著她的臉又重重地一拳，那名婦女喘著氣撲倒在地上，暴徒繼續毆打和猛烈的踢她，直到她癱軟在地上不再動彈。鮮血從她的頭上和口中大量湧出，然後她死去了。」

　　／講述後團員G用雙手捂住自己的臉，淚從指縫中流出，輕聲繼續：／

「我們沒有人出手救助她，我們沒有人救助她……」

　　／然後他開始輕輕的喘氣並流淚，衆人沉默了一會兒。／

團員H：「是的，不只是你，我們誰也幫助不了誰。看著周圍發生的事，我們極度憤怒！在這樣的時候，我懷疑神在幹什麼？為何讓這種事發生？有神的話，祂何以允許這樣的事情發生？」

團員I：「我們只能說這是試煉的時候，試煉的時間，真的確實是。」

團員J：「我們必須逃走。我認識一位做珠寶生意的朋友，他找人將珠寶縫進衣服的縫邊，把金子熔化後鑄成鈕扣；我們每一個人都在設法帶走財寶。」

團員K：「在船上的時候，我擔心著，但願我們不會再一次被當地居民排斥。」

團員L：「那時我盼望，也許東方人不能分辨我們猶太人和其他西方人。對他們來說，說不定我們都長的差不多。」

團員M：「那是在納粹還允許我們只要有外國簽證就可以離開他們統治之地的時候。每一個猶太人都在奔走尋求一個其它國家的簽證；都知道再晚就要失去時機，永遠離不開了！」

團員N：「只剩上海，一個能不查簽證就讓我們進來的地方。只要我們能離開納粹的統治地區我們就可以進入到上海。我們想方設法的要弄到一個可以離境的簽證，然後我們拼盡全力也要買到一張船票！其實那時一般都已經訂不到船票了！我們都是幸運的，我們竟然還能坐船從納粹的歐洲逃離了出來！」

團員O：「我記得當我拿著簽證文件去辦離境的時候，那名德國官員冷冷地嘲笑我說：『去上海是嗎？呵呵，猶太人去東方建立你們的耶路撒冷吧！哦，不，或者是去中國建立一個紐約市吧！』」

團員P：「我們總算走的還早。再來的日子就完全被封閉在納粹的統治區裡；猶太人再也不能離境了！」

／眾人點了點頭，不再說話，為未能逃離的親朋好友感到難過。／

老婦莎拉（在一陣子的沉靜後，望著大家，開始緩緩地回憶）：

「是的，我們是幸運的。我們能離開，我們買到了船票，在船上享受了最後的歐式生活，惴惴不安的推想著上海究竟是怎麼樣的一個城市，我們會碰到什麼樣的人們？我們會有什麼樣的遭遇？……」

／舞臺燈光漸漸暗去，幕落。／

---第三幕結束---

註：玻璃之夜（Kristallnacht-德文）是1938年11月9-10兩天，納粹德國開
　　始以暴亂毀損猶太人的商店，打破猶太人商店的玻璃櫥窗，焚燒搶劫貨
　　品，並不問理由的打死了成百的猶太居民。

第四篇　都是猶太人

-序幕-

〔**場景**〕舞臺的左側，團員們圍坐在白馬咖啡屋的長桌邊，燈光只從上方照射在老婦莎拉的頭上，她端坐著，此外舞臺晦暗；她開始靜靜地敍說：

老婦莎拉的獨白：

「我仍然記得當我們一家，我的爸媽，還有哥哥雅各（Jacob）坐著意大利輪船畢昂卡莫娜伯爵號（Conte Biancamano）到達上海的情景。船上每一個猶太乘客都擠到了船舷邊，眺望著我們即將進入的上海港口，拼命的想看清楚我們即將來到的是怎樣的一個都市。」

／舞臺燈光逐漸黯淡，最後老婦莎拉消失在黑暗中。／

>>

第四幕：都是猶太人

-開演-

〔**場景**〕／燈光重新漸漸明亮，照在舞臺的中央部分，佈景是輪船的甲板，眾人擁擠在船舷邊緣，他們擠靠在一起，紛紛議論著……燈光熾亮起，照耀佈景甲板上的乘客們，他們互相談論著。／

乘客A（對著旁邊的眾人）：

「維斯太太曾經悄悄地告訴我，她的兒子早已經到上海了。很明顯的，納粹准許我們只要有能離境的他國簽證，甚至只是其它地方的過境准許就可以離開。對納粹而言，這是個好方法；把全部的猶太人都趕到這個星球的另一邊。」

乘客B（站在船舷邊，緊挨著A，附和地點頭接話）：

「是的，德國人逼迫我們，要我們走，只要有其它國家接受我們，我們就可以豁免責罰而離境。但是全世界的國家都對我們關上了邊

境的大門，沒有一個國家接受我們！我們無論在那裡都是被鎖定的攻擊目標！」

乘客C（傷感地點頭，輕聲接續著話題）：

「上海，這是我們唯一最後一個能夠去的城市了！這也是其它猶太人嚮往的地方了。」

／他吞了一口唾沫，帶著緊張不安的神情繼續說了下去：／

「也許，並且我祈禱也盼望是如此，東方人不容易分辨在歐洲人中我們是那一種民族。對他們來說，我們一定看起來都差不多。」

／舞臺燈光整個暗下去，場景消逝……莎拉上方的聚光燈重新亮起。／

....

老婦莎拉（獨白）：

「天氣炎熱而潮濕，港口擠滿了人群，有挑擔子的小販，有拉著以後我們會熟悉的黃包車的車夫，還有數不清的人潮和奇怪的氣味。那些早就從中東移民到上海的塞法迪猶太人（Sephardi Jews），和早期從歐洲移民到上海的阿什肯那茲猶太人（Ashkenazi Jews）；他們已經擺好了接待的帳篷和攤位，等待著登記我們這批剛剛到達的猶太難民和協助我們。

我們提著幾個大行李箱走下船，個個依序走向那些搭著帳篷的服務台，排起了長長的隊伍……」

／照著莎拉的燈光熄滅，舞臺全黑。／

>>

〔配音〕只聽見鬧哄哄的聲音。

〔舞臺〕然後燈光逐漸明亮，一個扶梯在舞臺左邊盡頭，一群猶太人正魚貫的走下來。

舞臺的中央是一個大帳篷，上面掛著一個碩大的橫幅「歐洲難民協助委員會（CFA-Committee For Assistance of European Refugees）」猶太人走到舞臺中央的帳篷下擺開的服務台桌子

前，拿出他們上面寫著「無國籍難民（Stateless Refugee）」的護
照，交給服務台的志願者登記。

下船乘客 A（一個單獨的男士）：

「拉烏・丕淞（*Raul Pinzon*），從匈牙利來。」

接待員：「單身嗎？」

下船乘客 A：「是的。」

接待員：「那麼到那個帳篷去。」

　　　　　　/登記員指向一個大帳篷：/

「一會兒會有卡車送你去臨時的宿舍（Heime）之家。」

下船乘客 B（一位拉著一個女孩的女士）：

「麗貝卡・索羅門（*Rebecca Solomon*），來自奧地利，維也
納。」

　　　　　　/她拉緊了一下身旁的女孩。/

「還有我的女兒漢娜。」

接待員：「那麼去那邊的大帳篷吧，我們會盡量安排一個單獨居室的屋子給
你和你的女兒。」

　　　　　　/接待員又說：/

「妳的女兒看起來像餓了，先去粥棚（Soup Kitchen Tent）那兒
喝一碗湯吧。」

下船乘客 B：「謝謝您。」

　　　　　　/叫做黎貝卡的女士帶著她的女兒走向粥棚。/

下船乘客 C：「尤蘭達・米拉・勒提蕊（*Yolanda Meira Lettieri*），德
國，漢堡。」

....

/許多的猶太乘客陸續地走向登記台，登記好的人又再按照登記員的
指示走向不同的大帳篷，他們被分配到不同的帳篷中等待著被卡車載
走。/

....

下船乘客D：「裘爾斯・大衛・維格蓮（*Joels David Weisberger
Vigoda*），立陶宛。」

接待員： 「好的，你跟著前面的那一個人的腳步，去到那個相同的帳篷。」

／乘客D的後面緊跟著一個穿著筆挺西服的男子，他走向服務臺，向登記員遞過他的證件：／

下船乘客 E：「卡爾・托其忒（Carl Touchet），」

／他停頓了一下，傲慢的抬起下巴，大聲的宣布：

「柏林，德國人。」

／登記的志願者忽然抬起頭，瞪視著這個男子：／

接待員（厲聲的回復）：

「不，你不再是德國人。各位不再有奧地利人、匈牙利人或德國人，從今後你們是靠同宗的上海猶太人照顧的猶太人。」

··

〔配音〕／突然傳來一陣上海語言的喧鬧聲／

〔場景〕／舞臺燈光忽然照亮另一邊一群上海本地人，他們正在觀看從輪船上下來的猶太難民，人群中一個胖大的穿著漂亮西式服裝和皮鞋的中國中年男子正怒吼著毆打一個在他身旁的小男孩，但立刻衝過來另一個比較高的少年男孩抱住胖男子的一條腿喊著：／

少年男孩高聲喊著：「*爺叔！弗要擋伊！可憐可憐伊吧*

　　　　　　　　　（大爺！不要打他，可憐可憐他吧）！」

胖中國男人吼著：「*滾！*」

／胖男子揮舞拳頭，新過來的男孩拉起剛才挨打的小男孩就跑向碼頭猶太人的群眾，幾乎是衝向莎拉和她父母的方向；胖男子剛要追卻一跤跌倒在地上，旁邊兩個穿中國布衣布鞋的中國男子立刻去攙扶他。後面另一個像保鏢的男人卻立刻快跑追逐著這兩個小孩。／

／兩個男孩衝到莎拉面前，轉身躲到莎拉的背後，莎拉的父親立刻站到了莎拉前面要保護莎拉不被追逐的男子撞到，而這個男子急忙想停住腳往旁邊轉卻止不住摔倒在地上。／

／莎拉回頭望了一眼，那個暫時躲在她身後的少年男孩也看著莎拉的眼睛，輕聲說了：

「*Thank you*！」即刻轉向後方跑不見了。

／摔倒的男子咒罵著回到胖男子的身邊：／

「小赤佬跑忒伊（小鬼跑掉了）！」

／胖男子拍著衣服上的塵土，憤恨又懊惱地咒罵著：／

「銅鈔把伊摸忒棄（錢鈔被他扒走了）！」

／猶太志願者登記員看著這個場面卻開心的大笑了起來：／

「哈！哈哈！又是一場好戲。」

　／他對著驚魂甫定的莎拉一家解釋：／

「小心這些常在上海滿街跑的孤兒，他們多半父母雙亡，靠街頭行乞為生。他們經常在租界對著我們西方人討錢喊著：「*No papa, No mama, No Whiskey, No Soda.*」（沒爸爸，沒媽媽，不喝酒，不買汽水。）記住，他們當中有相當有膽量和技巧的，只要讓他靠近不到一秒鐘，他就能把你的兩隻鞋子的鞋帶解開和綁在一起，你一追就跌倒；就像剛才的一幕。當然，多數的中國人是穿布鞋的，他們夠膽量專門對富有驕橫穿皮鞋的中國有錢人下手。」

>>

〔情境〕／登記繼續進行，猶太人的隊伍似乎很長，然後一個一個有秩序的被分配到不同帳篷。舞臺燈光逐漸全部暗淡，息滅，角落莎拉的座位上方燈光又亮起。／

>>

老婦莎拉獨白：

「是的，那就是我看到的第一個中國男孩。他比我高一點，很瘦，但我永遠記住了他的眼睛，發亮，有神；還有，他對我說了一句英語：「*Thank you*. 謝謝你。」在這麼急忙危機中，他的聲音卻平穩而冷靜，而且口音極端流利，我一霎時就聽進去，而且記住了他。

因為我們是一個家庭，所以幸運的被分配到法租界的一棟房子

裡，有四個房間，每一個房間都住進了一家人。我們的房間放了一張大床，和兩張拼湊的小床，幾乎連轉身的餘地都沒有了。唯一的好運，是這房子裡有抽水馬桶的浴室。你們記得吧，那時候上海多數人家還是倒馬桶的。

母親找到了法租界的一家教會醫院，做她熟悉的護士工作，而父親，則與他在船上認識的兩個友人合夥租了一間店面，開始了買賣和修理皮鞋的生意。

我們和這個城市有隔閡，即使猶太人，也因為來自不同的國家和地區而分別著。在公共租界區有一所薩法迪猶太人（Sephardic Jews）創辦的上海猶太人學校（Shanghai Jewish School），撒法迪猶太人和俄國猶太人都在這裡讀書，後來的歐洲猶太難民的孩子們也進了這所學校，包括我與哥哥雅各都進了這所學校。這裡，猶太小孩才終於又都聚在一起，而在這所學校裡我們開始迅速的學起英語。」

／舞臺燈光稍亮起，照到莎拉周圍的幾個猶太人觀光團的成員，他們開始插話。／

團員A：「但那絕不是平靜的學校。」

團員B：「是的，絕不平靜，我們無法只是靜下來讀書，太多事使我們擔憂和思慮，在我們所處的特殊危機環境裡。」

團員C：「是的，我們那時充滿了血性與熱情，我們無法像Mir Yeshiva（猶太神學院）的學生只是熟讀著經典卻毫不關心周遭的事情。他們可是整個學校都遷移到上海來了！」

團員D：「武裝貝塔（Militant Betar），和猶太復國組織（Trumpeldor Zionist Organization），還有反法西斯的地下反抗隊伍（ReACT）……大一點的年齡的男孩都加入了，我也曾是貝塔組織的一員。」

老婦莎拉：

「是的，我們那時年輕而充滿著熱血，我們無法不因為周圍的環境變化而被捲入！」

／燈光漸暗，舞臺布幕落下。／

---第四幕結束---

第五篇　河豚計劃

-序幕-

〔**配音**〕懷舊的希伯來音樂

〔**背景屏幕**〕咖啡屋內部擺設的投影

〔**舞臺佈置**〕白馬咖啡屋，長桌旁圍繞著人們，靜默地喝著咖啡。

〔**人物**〕猶太人觀光團的成員。

-揭幕-

　　幕徐徐拉開，舞臺燈光全亮了起來，照耀著白馬咖啡屋大桌。

　　眾人沉默著，一個團員端起咖啡杯，輕輕啜飲了一口，然後他開始發言。

....

猶太人彼得（回憶的敘述）：

　　「從1938年11月的玻璃之夜後到1940年，我們歐洲猶太人窮盡一切力量設法逃離歐洲的納粹占領區而到上海來。那時的上海還是二戰前夕最後的舊時代，雖然日本已經和中國打仗並且占領了中國的上海，但那時這些在上海有租界的歐美國家和日本之間還保持著中立，相對是寬鬆和平的。而我們又幾乎都住進法國租界和國際公共租界，好像又回到舊時的歐洲，一時承平的感覺使我們放鬆了！但外面的世界激烈攪擾著上海的居住者，不同的國家，不同的民族在上海進行角力。」

猶太人馬太（點頭同意彼得的說法，接續著他的話往下說）：

　　「那是一個戰爭前夕的動盪年代，二次世界大戰尚未正式爆發，各種勢力盤根錯節的盤踞在上海；每一個國家，各個不同的民族，都有著一小塊自己的勢力範圍。剛剛贏得了上海戰爭勝利的日本政府並未想到方法來處理這些事，他們只是專注的控制他們占領的大上海地區的中國居民；對屬於歐美勢力的租界實行不干涉的態度。因此在這個有著世界各個民族的上海的街道上，不斷地上演著戲碼，不同的外國團體在遊行；蟄居的各個民族的年輕的一群互相角力的

示威著。

　　有上海猶太人的武裝貝塔民兵（Militant Betar）和猶太復國組織（Trumpeldor Zionist Organization）組成的隊伍，他們自豪地穿著褐色的制服，高舉著大衛之星的猶太旗幟，高唱著德文和意地緒語的以色列歌曲，隊伍整齊地踏過上海街道。

　　而不久另一個遊行的隊伍則是來自上海的德國凱撒威廉僑校（Kaiser Wilhelm Schule）；他們穿著希特勒青年軍（Hilter Jugend）的黃色制服，高舉著紅黑白的納粹萬字旗，一副狂傲的樣子唱著納粹好戰的歌曲耀武揚威的行進著。

　　我們這些剛抵達的猶太人都以為我們不久就可以移民到其它國家去，最多人想去的目的地是美國，或是澳大利亞和其它地區，並沒有多少人會料到將在上海停留很久。但無論我們現在面對多少問題和困境，我們至少脫離了險境，離開了納粹德國統治下的奧地利和歐洲其它地區，我們暫時鬆了一口氣獲得了安全。」

猶太人（羅森）：

　　「是的，法國租界和國際租界保護了我們，而且因為『**河豚計劃---Fugu Plan**』，日本政府出於對猶太人的利用目的，暫時容納和優遇了我們。」

猶太人（彼得）：

　　「*河豚計劃*？噢，是的，那是日本政府的幻想和期待。」

　　／大家喝著咖啡，服務員端來了一盤蛋糕甜點。／

猶太女士安妮（輕輕尖叫了一聲）：

　　「啊！我們懷念的上海蛋糕！誰點的？我不記得有誰點了蛋糕啊？。

　　／導遊婕妮特趕緊站起來問服務員會不會記錯了。／

服務員（微笑著回答）：

　　「這是我們歡迎你們回來送給你們的點心，算我們店裡的禮物。」

　　／導遊婕妮特告訴了大家，店裡歡迎大家的禮物「*On the House*！」

　　／所有的猶太人拍著手，向服務員和站在櫃檯旁的收銀員喊著：

「*Thank you！ Thank you！*」

猶太人（約翰）：

「呵呵！這讓我有回到家了的感覺，永遠有親人在招呼你，歡迎你！不像那時的日本人，他們的『**河豚計劃**』本以爲我們猶太人會帶著大筆錢財過來，後來發現我們全是窮光蛋，就變臉了！我們哪裡還會有錢？早被納粹盤剝光了，到了上海要不是靠著美國猶太人聯合分配委員會（**American Jewish Joint Distribution Committee**，簡稱JDC）設在上海機構的初期救濟，我們中間大多數人根本活不下去！」

猶太人（丹尼爾）：

「是的，我們剛到的時候是靠著JDC提供的基金來獲得住房和食物的配給。當然還有比我們早到上海的阿胥肯納茲猶太人和撒法迪猶太人給予的面對面（Person-to-person）的實際協助。不過『**河豚計劃**』並不是只是日本貪圖我們帶錢過來，那是起源於一個更早的遠因和構想。」

猶太人（保羅）：

「我一直不很清楚『**河豚計劃**』，它到底是爲什麼設立的呢？」

猶太人（丹尼爾）：

「我來說吧。那是1905年，日本和俄國互相爭奪在中國東北地區的特權和利益。在日俄戰爭爆發前，日本政府派了代表團到歐洲各國去借款好籌備軍費購買最新式的武器，可是沒有一個歐洲國家願意貸款給日本。直到我們一個在美國紐約的猶太銀行家賈克柏・胥夫（Jacob Shiff）決定借錢給日本。」

猶太人（保羅）：

「賈克柏爲什麼要幫日本呢？」

猶太人（丹尼爾）：

「那是因爲他痛恨俄國的沙皇（Czarist Russia）。你知道嗎？那時俄國對我們居住在那裡的猶太人非常不公平和歧視。連做生意簽個法律合約都明文規定的蔑視我們猶太人。俄國人只要簽個名字就行，猶太人卻要這麼簽『**耶穌基督的敵人，猶太人–某某某**』才行。俄國政府給我們猶太人太多不公的待遇，所以賈克柏決定要協助日本打敗俄國。他召集了幾個紐約猶太人的財團，籌出大筆的經

費借給了日本政府，使得日本最終打敗了俄國。賈克柏還因此受到了日本天皇的親自召見，和得到日本最高榮譽的勛章。

因此在納粹迫使我們猶太人逃出歐洲的時候，日本想到接收和利用我們。日本以為猶太人都是有錢的，而且在美國有影響力，它可以藉著收容猶太人和讓猶太人到它在中國的占領地，取得美國猶太人的好感，幫助它去影響美國政府對日本實行友好的政策，日本甚至願意把它占領的中國東北割出一塊地讓美國猶太人去移民和建立一個猶太人的國家，這就是『河豚計劃』。但是日本政府不瞭解美國的猶太人是多麼地愛美國，並不打算和日本合作或是離開美國。」

猶太人（保羅）：

「那為什麼用『河豚』這個代號呢？」

猶太人（丹尼爾）：

「哈哈！問得好。河豚是非常鮮美好吃的食物，可是也是有毒的，要很會烹調的廚師才能把它的毒去掉並且做成一道好菜。我們就是日本人眼中的『河豚』，他們所以為的猶太人錢財就是日本眼中的鮮美好吃，但是又怕我們不聽話，那就是『毒』。所以就把利用我們的計劃叫做『河豚計劃』，只是後來發現來到上海的猶太人並沒有帶進財富，等到珍珠港事變，和美國爆發戰爭，我們就不再有利用價值，就被關進隔離區，嚴酷暴虐的看管我們了。」

猶太人（保羅）：

「啊！原來如此，好一個日本對我們猶太人的報答。」

　／一桌人響起了一陣笑聲。當笑聲平息下來後，他們彼此輕鬆的評論著剛剛提起的河豚計劃，這時桌邊的一個人大聲地說起了他的回憶……／

猶太人（埃塞克）：

「但是局勢變化的比我們預料的快太多了，就在我們抵達上海不久，1939年的9月初，德國進攻波蘭，兩天後英國和法國為防禦波蘭對德國宣戰，第二次世界大戰就此爆發了！德國的凱撒威廉僑校還為此舉行了一場勝利大遊行！

而第二年，1940年的5月10號，德國開始進攻整個歐洲，我們幾乎被嚇壞了，比利時、丹麥、挪威、和荷蘭很快就被占領，學校

裡被一種陰沉的氛圍籠罩著；我們開始耽心那些還留在歐洲的猶太同胞，我們都有親戚和朋友在那裡，他們會遭遇什麼境遇？對我們猶太人來說，這世界似乎要塌下來，納粹的勝利摧枯拉朽，如同命定的要拿下整個歐洲，而我們還有六百多萬的猶太同胞在歐洲！

在法租界的我們猶太人仍然盼望法國和英國會擋住納粹德國，但沒有人想到五月十號爆發的德國進攻，法國馬奇諾防線（Maginot Line）會那麼快就失陷，我們簡直無法接受這個事實！……僅僅在開戰六個星期後的6月22號，法國就徹底戰敗而簽署了投降協議。當上海法國租界的廣播電臺的播音員哭泣著宣讀法國戰敗投降了的新聞後，她播放了法國的國歌〈馬賽進行曲 La Marseillaise〉，那讓人心靈激烈的被攪動，長長的時間內無法平息。再之後，只有更多的壞消息，意大利對英國宣戰，從此意大利的客輪再也不能平安的離開地中海港口，因爲英國的海軍會攻擊它；而猶太人逃離歐洲到最後庇護地上海的路線也嘎然而止了！

我們不知道我們所身處的法租界會有什麼轉變，我們束手無策的只能等待命運的安排；投降了的法國海外附屬地會被德國人來統治嗎？那是何等可怕的命運！

還好在南京的法國大使亨利・科士莫（Henri Cosme）向德國所扶植起來的傀儡政權『**維琪政府**』表示了效忠。科士莫用開除了所有法租界政府組織裡的猶太裔和被認爲是支持戴高樂主義者的員工，還有共濟會會員的行動來向維琪政府交心，這樣法國租界的市政府和警察組織被表面的保留了下來，雖然它必須要和日本憲兵隊密切合作，隨時把租界區裡的抗日活動情報向日方報告。但是不久，亨利・科士莫還是被維琪政府新派來的總領事羅蘭・馬裘瑞（Roland de Margerie）所取代了。」

猶太人史坦恩（Stern）：

「是的，很快法國傀儡政權的『**維琪政府**』就亦步亦趨的跟隨了納粹政權，不到四個月，就在1940那年的十月，它通過了新的法律 *le statut des juifs*（猶太人的地位），敵視法國還有法國殖民地區所有的猶太人，所有法國的猶太裔都被解除了工作，子女禁止進入學校，而且被稱爲『*sale juif – dirty Jew*』---骯髒的猶太人！」

猶太人芬格哈特（Fingerhut）：

「並不是每一個法國人都甘心臣服於德國和傀儡的維琪政府，

我記得我們學校一個高年級的法國學生賈克·李伯斯（Jacques Lebas）曾經告訴他的朋友，他想偷偷離開上海到重慶去，加入抗擊德國的盟軍。但是他很快就被逮捕了，被交給日本憲兵隊的老虎橋監獄，被嚴酷的審訊了三個月，也許好在他是法國人，又只是孩子，被放了出來。要知道，多數人被抓進去以後再也沒有出來過。」

猶太人戈德曼（Goldman）：

「緊接著法國投降後的一個多星期的七月，日本就正式和德國及意大利簽訂了三方協定（Tripartite Pact），一個與德國和意大利的軍事同盟的軸心國就成立了！」

猶太人赫洛維茲（Horowitz）：

「是的，我們最害怕的日子終於來臨了，日本人與納粹德國結盟了！」

>>

---第五幕結束---

第六篇　街頭衝擊

　／白馬咖啡屋的長桌，圍坐著猶太人團員。燈光照在角落老婦莎拉的身上，她仍坐在桌旁那張椅子上。但她緩緩的站了起來，圍繞著桌旁衆人的椅背後慢慢走著。／

-開演-

．．．

老婦莎拉的獨白（她從椅子上站了起來）：

　「是的，日本與納粹德國結盟了，那是個可怕的時期的開始，那是一個動蕩的大時代！所有發生的大事件都被記載著，我們隨時都可以去考據，去發掘那段記憶。但它們發生在外面我們不可觸及的範圍，離我們遙遠。我們沒有在馬奇諾防線看到它被擊破，被跨越。這些會變成一個知識，一個教材，我們只是聽到，感知到，學到，和曉得。但只有親身經歷的，才會刻在我們的腦海裡，心板上，永遠銘記，和劇烈的震撼我們的心靈，改變我們對人類和世界的看法，形成我們人生的歷練和思維，甚至是個性的改變。

　　那時我還只是個孩子，外面世界大環境紛擾著，但不同於在我們環境裡直接接觸的動蕩來的深刻，那一些我永難忘記的畫面⋯⋯」

　／**老婦莎拉輕輕地推開她的座椅，走出桌旁，走到椅子後面，繞到坐著的猶太人背後，緩緩地開始行走走⋯⋯**／

　「我需要站起來，似乎走著才能回憶起那時候的我們---那剛到達時的上海。我們並不瞭解的上海，我們對上海好奇，上海人也對我們覺得有趣。

　　我們親身體驗著這個極爲特殊的都會，我們從沒有到過這麼擁擠的城市，那麼多的人口。街上永遠是川流不息的人群，而且在任何時候都是那樣。滿街的黃包車和小販，賣著任何東西，尤其是食物，而上海市民似乎隨時都有食欲，經常性的買著食物和小吃就在路上一面走一面吃起來。

街道上熱鬧嘈雜而有著令人難以想象和忍受的氣味，潮濕使我們的身體發脹，汗流浹背使衣服貼在我們的身上。我們一時很難適應，它不像歐洲那麼清爽宜人。而上海話是那麼奇怪，似乎提高了腔調然後把字句一連串的發射了出來！

但是我們心情和緩了，我們感應到上海市民並不排斥我們，我們有著距離，他們不打擾我們，我們暫時也不太接觸他們；或許如同我們的期望，上海人還無法分辨猶太人和一般在上海的歐美人士；而歐美人在上海是有著比較高的社會地位的。

逐漸地我們發現，我們古老的民族有一些類同。中國父母喜歡在孩子們身上佩戴紅色來防止傳說中超自然力量的傷害；巧合的是，猶太人父母也經常在嬰兒的手腕或腳踝上系上紅色絲帶來對抗「吉圖格」（Gitoig），那傳說中的邪惡的眼睛。此外，我們經過一些上海的中國人學校，發現彼此有一些相似的地方，就是我們猶太人大聲朗讀我們的經書，而他們的學生也大聲朗讀著課本。

· ·

／背景屏幕上的左邊投影出猶太學童在猶太經文學校（Mir Yeshiva）學校大聲朗讀著經文。／

／背景屏幕上的右邊投影出中國學童在大聲朗讀著古典文言文《三字經》……／

因爲我們都是古老文化的民族，我們讀書的方式是多麼的相像。但我們又是如何的不同，就像過節時，我們是多麼安靜和唱著詩歌- - -而中國人是多麼暢意的喧囂著- - -

· ·

／現在背景屏幕上的左邊投影著猶太人節日時的歌唱和頌吟，肅穆而莊嚴。／

／屏幕的右邊投影出中國節日時的舞獅耍龍，鑼鼓喧天，熱鬧而狂歡。／

「但我們都好奇又有趣的去觀看了彼此的節慶活動。我們相處的好像疏遠的親友，他們不干擾我們，也從不對我們敵視，也許中國人的文化裡沒有歐洲那種歧視猶太人的基因，我們處在他們當中，覺得甚至被他們看重和接納；因爲我們都是受難者。他們被日

本人，我們被德國納粹。

　　日本人似乎專注在欺壓中國人而並不關注我們。中國人好像形成了一個在日本人和猶太人中間的保護層，我們彼此並沒有太多交集，他們與我們的接觸多半在生活的實用面上。在沒有了現代化的瓦斯爐的狀況下，上海人教我們怎麼用煤球爐生火做飯。」

....

〔背景屏幕牆上的投影〕

　　／幾個上海姆媽正在教導三個猶太婦女如何燒材起火，再放上多孔的煤球，她們熱心地教導著，當火終於燒起來的時候，和猶太婦女一起開心的大笑！／

老婦莎拉繼續靜靜地獨白：

　　「我們以為我們脫離了恐怖，因為我們猶太人幾乎都居住在法國租界和國際租界（公共租界）區；平常並不多到租界區外。而在偷襲珍珠港後二戰的全面爆發前，歐洲與美國對中國和日本的戰爭都是保持中立態度，雖然在1937年淞滬戰爭以後，日本已經占領了原先中國控制的上海，但是租界區仍維持著歐美國家的管理，並不受日本的控制；我們仍然像在歐洲時一樣平靜的生活著，而不知道在租界區外的上海情形。

　　但是一天，父親帶著我走出了租界，到了中國人聚居的地方，想買比較廉價的食物。我們走著，卻遭遇到了我第一次的恐怖經歷。很快我發現恐怖仍然在我們周圍，只是暫時不針對著我們。日本兵在各處有崗哨，中國人走過那裡要向著日本兵鞠躬，我看到一個中國女孩站在路邊嗚咽著，一輛她騎的腳踏車剛被日本兵奪走，在女孩旁邊騎著玩，沒有人敢停留或說一句話，都只像是看不見，剩那個女孩在望著日本兵和她的腳踏車哭泣；然後日本兵就騎走了。但是我永遠想不到，也忘不了的一幕發生了……」

>>

〔場景〕／莎拉頭上的燈光熄滅，整個舞臺燈光亮起。莎拉的父親，一個中年男人，牽著一個小女孩時期的莎拉走在馬路上，一群群行人在忙碌的穿梭著……

84

／忽然兩輛黃包車一前一後載著兩名日本軍人狂奔到舞臺中央，隨即轉身又向後拼命奔跑；可以聽到日本軍人用濃厚的日本腔怒吼著：

「要大大的快！大大地快！」

／兩輛黃包車在競賽，日本軍人坐在車上互相叫囂著，逼迫車夫全力奔跑，玩著競賽的遊戲；直到那個穿著補丁破衣的車夫大口喘著氣，顛簸著跌倒趴伏在地面上，但他瘦到露出筋骨的手仍然扶助黃包車把手的前端，穩住了車子，使乘坐的日本軍人沒有從座位上摔倒出來。另一輛黃包車也停了下來，拉車的是一個瘦瘦的年輕人，穿著的草鞋已經跑破了，足底的血漬沾染在地上。／

／先停車的日本軍人走下車，怒斥著：／

「八嘎！清國奴！八嘎！八嘎伢路！豬！」

／另一輛黃包車上的日本軍人對他的同伴大笑著舉起大拇指表示自己贏了。／

／兩個日本軍人下了車，正要離開，前面的黃包車夫忽然彎腰攔住日本軍人，喘氣喊著：

黃包車夫（喘著氣）　　：「太君，賞個車錢吧！」

日本軍人（怒斥）　　　：「嚇！八嘎！輸輸一個還敢要錢！錢大大地有，就是不給你支那奴才！」

黃包車夫（小聲些）　　：「太君，我跑了一整個鐘頭了，您賞一點吧！」

日本軍人（咆哮起來）：「八嘎！豬玀，支那奴才！快滾！」

黃包車夫（喘著氣，帶哭腔）：

　　　　　　　　「太君！我跑了一個鐘頭了！」

　　　　　　　／他卑微地彎腰攔在日本軍人前面。／

日本軍人（舉起拳頭）：「八嘎！」

　　／日本兵一拳打倒穿補丁破衣的黃包車夫，再一腳踢到黃包車夫的臉上，大皮鞋又用力踩在他頭上，血立刻從他口鼻中冒出來，然後狂踢著。後面的黃包車夫立刻衝上來趴在前面黃包車夫身上／

後來的黃包車夫（趴在前面黃包車夫身上）求饒地狂喊：

　　　　「太君息怒！息怒！求求太君別打了！」

／後面車上的日本軍人走過來，拔出手槍，兩聲槍響，血從兩個車夫的背後冒出，靜靜的躺在了地上抽搐著，然後日本軍人收起了槍，大笑著點了香烟，闊步的走了。／

／街上沒有一點聲音，行人快步地躲了開去。／
／莎拉撲進了父親的懷抱，開始哭喊：／

女孩莎拉： 「爸！這有什麼不同？這跟玻璃之夜（Kristallnacht）有什麼不同？日本兵在街上殺中國人，和納粹在街上隨意殺猶太人有什麼不同？我們為什麼要活在這裡？我們為什麼要看見這些？」

　　／父親趕緊抱住莎拉：／

莎拉父親： 「噓，小聲，不要哭了，我們先保護自己，我們祈禱，我們等待，會有不一樣的一天，會有不一樣的一天，遲或早，會有一天……」

女孩莎拉： 「*我恨日本人！*」

　　／莎拉哭泣著：／
「*我用我整個人全身心的恨他們！*」

-幕落-

---第六幕結束---

第七篇　小維也納

〔**佈景**〕重新回到白馬咖啡屋貴賓室包間的內景。猶太人旅行團的團員靜靜
　　　　地聽著老婦莎拉剛才的述說，悲哀的氛圍彌漫在空間裡。

〔**人物**〕二十多位猶太人旅行團成員圍坐在桌旁，喝著咖啡。

〔**開演**〕莎拉回到座位，坐下後端起咖啡杯喝了一口，輕輕地咳嗽了一聲，
　　　　慢慢環顧每一個人，然後一個猶太人開始說話。／

....

猶太人（丹尼爾）：

「看著無辜的人被奴役虐殺是我們都不忍心的事，但那樣的景象是
日本統治下在上海常見的事。我們也都見過不同形式的殘暴和恐
怖，而且深深的震驚，它使我們憶起歐洲時候的遭遇，我們感同身
受，從心底會發出顫慄！」

猶太人（埃塞克）：

「還好日本人那時只針對中國人，對我們，對租界都一時還是並不
管轄的。」

　　　　／燈光照著坐著的老婦莎拉，她表情凝重而淒然。／

老婦莎拉：

「我重新看到戰爭和迫害的實況，那種恐懼的陰影又侵入到我的心
底。我不知道那種殘酷野蠻的對待人類的情景會不會再現，我開始
不大願意再走出租界，我暗暗的希望能躲在這個區裡，躲開外面的
世界。

　　每天我和哥哥雅各一起去法國租界區撒法迪猶太人的學校，和
多數是猶太人的孩子們生活在自己人的小圈子裡。我們幾乎只和自
己人往來，除非必要，我們不與外面打交道。

　　但是很多猶太人已經耗盡了他們所帶的僅有的那麼一點錢，
他們開始賣東西，變賣任何可以換錢來買食物的東西。歐式的骨瓷
碗盤和衣服帽子，他們扛在肩膀上，去到中國人的市集裡，喊著學
來的幾句上海話叫賣著。我看過一個中國人穿著中國傳統的中式長

袍，卻帶著一頂從猶太人那裡買來的賽馬騎士的小圓帽，開心的走在路上，像一個奇異的藝術裝製品！也有猶太人在租界區比較富裕的中國人當中兜售他們用盡心血從歐洲偷帶出來的藝術品。為了生活，為了生存，我們拼了命在掙扎。

　　但即便如此，我們仍舊追求著一種生活，一個我們習慣的，內心渴求的豐富的生活；那種我們保有的精神價值，那些不可長久或缺的元素，我們生活的方式，使我們感覺能堅持下去的每天、每時、每刻生存下去的勇氣，平衡的心靈，和保有的傳統，不被壓碎的潛藏在我們心底深處的文化和觀念。

　　逐漸的，猶太人的烘培坊、麵包店，猶太人的餐廳、書店，還有一家表演廳都開始營業了，人們可以重新回顧享受歐洲的音樂和部分歌劇的演唱；甚至本地猶太人的報紙也開始印刷發行起來了！我們有了自己的社區、社會；在這幾條街區裡面有著歐洲的氛圍，很像過去在奧地利維也納的猶太街區，所以我們稱它為「**小維也納**」。是的，我們走到那裡都不輕易散開，我們猶太人會組織起來，盡可能的保持著原有的生活。

....

　　有一天放學後，我看到一個穿著破爛的中國小男孩在不遠處看著我。我不認識他，當我望向他的時候，他就走開了。這情形持續發生了兩三次，我開始發現似乎有人盯上了我；不過我並不慌張，有哥哥雅各陪伴，還有那麼多同學。我們經歷過那麼多驚恐的事，使我們因此會比較警覺，但並不是害怕，何況那個男孩並不可怕。」

　　／這時老婦莎拉慢慢走向了坐在桌旁的中國老人周先生。／
「直到今天我一直想知道，周先生，那是你嗎？」
　　／導遊婕妮特幫忙翻譯給了周先生。／
老人周先生站了起來：
「哦，那麼久了您還記得？是的，那是咱。是德哥交待咱尋找妳的。」
老婦莎拉：

「*Yes*，是的，我相信他在尋找我。周先生，你能告訴我多一點嗎？他怎麼會開始要尋找我的？多說一點，再多一些，我真的盼望知道他每一件事。」

/導遊婕妮特繼續翻譯兩人之間的對話。/

周老先生：

「好的，咱來想想，咱大概都還記得；因爲他從來沒有下過這樣的命令要咱去找一個外國女孩。因爲只有咱見過妳，所以他要咱來找妳，確認出妳。」

老婦莎拉（急切地）：

「告訴我他怎麼命令你？告訴我整個全部的故事，我要聽，我要知道他每一句話，每一個跟他相關的細節！*Please*！請您回憶每個細節，周先生，我確信您就是當時在我們下船的碼頭，那時候他救下來，帶著衝向我的男孩！」

周老先生（稍微激動地說）：

「*是的，那就是咱*，所以咱認得出妳，他才會要咱去尋找妳！」

老婦莎拉（開始一種激動的語氣）：

「*瑞德，瑞德*，那就是我和他的開始，我的生命要從那個時候才開始，那個被命運帶領衝到我背後的中國少年！直到很久以後我才認識的這個少年男孩，當時我對他一無所知，我從未料到，他會成爲我生命中最深刻的部分；而現在我要來尋找完整的他！

/老婦莎拉激動起來，她喘了一口氣，慢慢平靜下來。/

……在我們認識後，他告訴了我許多的故事；他的丐幫，他的少年先鋒隊，或說他的義勇軍。但在那第一次相遇後，究竟他想了什麼？他爲什麼會能找到我？周先生，您是他一起的夥伴，請毫不猶豫地告訴我所有的事情，告訴我，他到底在那次邂逅後怎麼找到我的？告訴我，快告訴我！- - -*哦，不*- - -慢慢地說，把您記得的每一個細節都告訴我！請求您！」

/衆人的目光全轉向了周老先生。周老先生有些惶惑，向導遊婕妮特望過去。/

導遊婕妮特（用中文）：

「噢，周先生，讓我翻譯剛才莎拉說的話給你聽。你的回答我可以

幫你再翻譯成英文給他們聽。」

／婕妮特講著，周先生點頭聽著，然後沉默了良久。／

／緩緩的周先生也端起咖啡杯，淺淺的抿了一口，慢慢地開始用中文說話。／

周老先生（用中文沉重地敘述）：

「- - -那一天發生了許多事，許多事- - -讓咱先告訴妳咱怎麼會跟德哥在一起的。

⋯⋯⋯⋯⋯⋯⋯⋯⋯⋯⋯⋯⋯⋯⋯⋯⋯⋯⋯⋯⋯⋯⋯⋯⋯⋯⋯⋯⋯⋯⋯

咱們很多孩子和德哥在一起，咱們跟隨他，他照顧咱們。咱們原先都是上海城市外面鄉下的娃兒，但是莊稼收成都被官衙奪走了，爸媽在老家活不下去，就到上海找活路。咱們什麼都幹，只要能掙到錢吃飯活下去。咱爹就是拉黃包車的，咱娘替城裡人家洗衣服，咱在街上賣糖葫蘆。

咱那麼想吃糖卻從來沒有吃過一個。咱們幾個鄉下苦孩子都是從一家店裡跟老闆拿了那個插滿糖葫蘆的傘把子，老闆算過了多少個給咱，咱就滿街走著喊著叫賣。一天有時根本賣不出幾個，賣到了晚上才能拿回店裡去交還給老闆，結算一點抽成，能買個窩窩頭充飢就算不錯了。

但一天咱爹出去了就再也沒有回來。那天他說是有人找他去碼頭搬貨，可以拿到一點工錢，他就沒有拉車，跟著幾個人去碼頭了⋯⋯直到天黑他都還沒有回來⋯⋯再也沒有回來過。也許你們不知道，在那種亂世，人命根本不值錢，碼頭又是江湖黑道闖蕩的地方，多少人都一去不回。咱娘每天都到碼頭尋找，幾天後就病倒了。

咱扛著糖葫蘆架，開始到處跑，想找尋咱爹，一不小心，走到咱不熟悉的街道口，三個男子擋住咱的路，開口問咱誰准許咱到他們地盤上來賣東西的。咱知道遇上了地痞了，咱拼命道歉要走回去，他們卻搶過咱的糖葫蘆架一把摔在地上，然後踢咱、打咱，咱喊叫著求饒，他們打的更起勁！⋯⋯咱的鼻血流了滿面，咱在想咱要被打死了，忽然咱聽見一個聲音大吼：

「*停手！*」

然後打咱的人被架開，他們停手了。

咱倒在地上，睜開了眼睛一看，一個比咱大不了多少的男孩站在那裡，用力抓住了一個傢伙的胳臂，拉停了他們。

一個地痞吼著問：

「你是什麼東西？老子連你一起打。」

那個男孩……就是咱後來追隨的德哥，平靜地舉起兩隻手，大拇指向內扣，食指彎曲，後面三個手指頭卻并攏伸直，說了一句：

「門檻裡的，多照應。」

／那個地痞老大卻笑起來：／

「三把半香？洪門的？看你頂多是個么滿，照打！」

他話才剛講完，德哥的腿像彎著的竹竿彈開，腳尖就筆直的踢在他脖子上，那個地痞捂著喉嚨就倒下去，另外兩個被德哥手肘撞在胸口，統統倒在地上。德哥拉起咱，看了看摔在地上的髒糖葫蘆架，替咱撿起來，說：

「走！」

....

咱就從那一刻開始跟從了德哥。

德哥安頓咱們在一個炸壞了的廢墟破倉庫住下，後來咱把咱娘也接過去住在一起。德哥也混在江湖，靠洪門本地的一個堂口做靠山照應，所以沒人來趕咱們。

他在咱們小娃的眼中是個英雄好漢，而且簡直什麼都懂，什麼都能，他太聰明，什麼都一學就會，什麼都不怕，什麼都知道。咱們娃兒們跟他學了幾句外國話去向洋鬼子討錢；後來發現他還很能講外國話，有幾次還看到他和美國人講英語！」

老婦莎拉（急促的接口）：

「是的，我知道，他會說英文。他什麼都懂，他能打架……只有面對槍彈他才失敗……他是個英雄……」

／莎拉開始帶著哭泣的腔調，眼淚泛出眼眶……但她堅持著
／

「講下去，告訴我他的每一件事……」

周老先生（點著頭）：

「好的，莎拉女士，讓咱回憶那天從扒竊失風逃跑後講起。咱們從

碼頭跑開回到了自己的窩，德哥和咱們一群孩子們躲藏過日子的地
方……」

／燈光漸暗，幕緩緩落下

>>>

---第七幕結束---

第八篇　少年義勇軍

-序幕-

〔場景〕／在荒僻窮困廢墟般的城市一角，一個被炸成半毀的倉庫的角落，
　　　　一群孩子聚在一堆，幾個女孩在煮吃的，其他男孩在低聲嬉鬧
　　　　著。

　　　　／剛才向莎拉道謝的大男孩坐在一張椅子上，面對他的是他救下來
　　　　的那個小男孩／

小男孩（小龍- - -周先生）：

「德哥，剛才在碼頭上謝謝您出手救了咱，不然被他們抓住咱是要
被打死的！」

少年瑞德：

「小龍，你還剛開始幾次，我會在你的後面盯著你，保護你，必要
的時候出手救你。可是你知道不知道你剛才爲什麼會失手？」

小男孩（小龍遲疑的搖著頭）：

「不……不曉得。」

少年瑞德（專注地凝視著小龍）：

「你害怕，你怕他。你怕到他都感覺到了！你手不穩。爲什麼你前
幾次沒事？因爲你不怕那幾次的人，他們單獨，你不怕。但這個王
八有保鑣，你怕。你怕的話就不該挑他。永遠記住，挑你不怕，有
把握的下手。而且要知道，你背後有保護，所以你要大膽。記住，
那些是跟著日本鬼子的王八，他們不配讓你怕，他們傷天害理，我
們是去懲罰那些個狗娘養的赤佬！要這樣想，建設好了心態，你才
能做的順當。如果你還害怕，那就不要去做，到街角蹲著，繼續當
叫花子，幫我看著街道。」

男孩小龍：

「不，德哥，咱不怕！咱恨死他們！咱要罰他們，那些日本人的狗
腿子！」

少年瑞德：

「好，那麼你再試試，我還會親自跟在你後頭。等我放心了，以後你就可以跟幫裡其他兄弟搭伙去做了。」

　　／忽然三個男孩奔了進來，其中一個背上還揹了一個小小的男孩。／

瑞德（對著那三個剛進來的男孩大聲問話）：

「啥事體？怎麼直接揹回來一個外面的人？不知道要小心嗎？」

　　／兩個在做飯的女孩立刻去接下了那個被揹著的小男孩，小男孩滿臉是血，昏迷著。女孩們把小男孩放在一個鋪位上，立刻拿毛巾擦他的臉，和解開衣服察看他身體那裡受傷。／

三個男孩中那個揹小男孩的答復：

「德哥，今天叫我們攤上了！這個小東西大概餓急了，竟敢偷了明鏡當鋪旁邊檔篤食堂的一塊大餅，被抓住了，檔篤食堂的老闆那個吳三立拉住了往死裡打，正好明鏡當鋪的那個李金暉帶了些潑皮跟班從碼頭回來碰上了，不知道那來的那麼大火氣，罵了聲：打死這些偷偷扒扒的小赤佬！就叫那兩個跟班陳十忠跟陰狠狠的謝益康一起打！*可憐哦*，小東西被三個大人打到求饒慘叫，到沒有聲音了，他們才放手。打的跟日本人一樣狠！」

瑞德（咬住牙）：

「這些鬼！這些畜牲！這些明鏡當的漢奸雜種！」

　　／回頭看了一下幾個女生在照顧的小孩。／

瑞德（溫和的問）：

「阿秋，伊拉要緊弗？」（*他嚴重嗎？*）

女孩（阿秋）：

「弗好。頭皮被踢破，身體被打到發青，可能有內傷。」

瑞德（平靜的）：

「阿青、阿樟，你們把他抬到跌打損傷的王師傅那裡去看看。黑豹、小龍、張虎，你們過來。」

男孩們走到瑞德面前：

「德哥有什麼吩咐。」

瑞德（略帶上海方言腔調）：

「忒多次，忒過分了！一毛錢的燒餅把一個小孩打傷成這個樣子，

見了日本人他們明鏡當的人磕頭作揖，在中國人自己地皮上作威作福！老百姓窮到當一件棉襖只肯出幾文錢，贖的時候要別人銀元！我早就恨透伊了。是該教訓教訓那些漢奸雜種胚了！」

黃虎（怒吼）：

「德哥，怎麼教訓？」

小龍（搶著說）：

「燒忒伊！」（燒掉它）

黑豹（謹慎的）：

「德哥，李金暉跟保甲長柯劍明關係很好，又是日本皇軍岩里武男的線民，他們會查和報復的。我們要不要再小心點，忍一忍？」

少年瑞德：

「沒錯，還不是燒忒伊的時候，燒不好會燒整條街，禍事大了以後那三個明鏡當鋪的一夥畜牲會找日本人來管事體，到時候抓幾個倒霉的人去拷打，我們是會害了無辜的人的。但不能什麼都不做。你們三個再帶幾個人把風，去把檯篤食堂的門板砸了！用磚頭，多準備幾塊。順便把痰盂和馬桶帶過去，把裡頭的糞澆在旁邊明鏡當鋪的門板上，觸他們霉頭。小心，看好了日本巡邏兵走過後算準時間去做。不要拖，就今天半夜行動，要讓檯篤食堂和明鏡當鋪的那一夥畜牲知道，那樣打窮苦小孩會引起老百姓的公憤，給他們一個警告。」

　　／女孩阿青已經把小男孩揹在背上，男孩阿樟陪著走出了舞臺。／

黑豹（望了一眼）：

「可惜小睨（小孩）還忒小，做不了什麼，沒什麼用處。」

瑞德（看著小龍）：

「誰說的？他有他的用場！」

黑豹： 「伊拉能做啥事體？」（他能做什麼事情？）

瑞德： 「他能讓我們照顧。我們看到他可以想到以前。豹子，一年前你流浪街頭的時候和他差不多，你也無依無靠過，直到我們找到你。你不會記得了，我們在變，變狠，變恨，變毒！我們砸過幾個場子了？我們打過多少架了？說不定也有人恨我們，怕我們！不過如果

我們不這樣，在這個世道上我們也活不下去！但是我怕做多了，我們習慣了，再也無所謂，也不再當回事了。有一天，我們回不去原來的樣子，變成跟現在那些江湖混子白相人一樣，自己都不知道自己壞了，不會覺得了！

你們看租界裡的大煙館，還有賭場，那些帶著大金鏈的江湖大哥，青幫大佬，他們吃香喝辣，沒有一絲道德顧慮。我們會不會有一天長大起來也變成那般模樣？那個小晼，放在身邊可以提醒我們的良心，這就是他的用場，照顧他我們才能保持一顆良心！」

小龍（舔舔嘴唇）：

「德哥，有的時候咱也想像白相人一樣大魚大肉，咱們為什麼不能找找門道，多弄些銅鈿（錢）？」

瑞德（冷冷的望著黑龍）：

「說什麼話？記住，我們是不得已，我們跟他們不一樣。我們不能去搾窮苦老百姓和小攤販的錢！我們也還沒那個氣候。我們在外面不得不硬到和他們一樣狠，誰要是敢耍弄我們，我們就拼了命和他們打！要叫他們不敢來吃我們。但我們是人，不是那些畜牲，他們是日本人的狗，漢奸，那三個明鏡當的雜種！

我們是人，裡面要保持一顆人心、良心！將來我們要做的是英雄，現在我們要做的是活下去，不得不做一些歹事體，而且不顧一切的要活下去！但將來我們會是個人物，我們就要做到像個人物，行的像個人物。我們為了活下去，跟他們爭，跟他們鬥，一不注意，我們可能不知不覺就變成越來越像那樣一路的貨色；而且自個感覺不出。

那個小晼跟我們在一起就是讓我們保住一顆良心，還有一點善良在我們裡面，不讓我們忘記我們是誰；不讓我們變到只有應付活下去而已！照顧一個須要人照顧的小晼，幫助我們不變到邪惡。我說的，我怕我們不知不覺的在變。我講過了，我們砸過人家的鋪子，我們扒人家的錢包，我們還要飯，在別人眼中我們是叫花子，但是我們自己知道，我們在做什麼。***我們是先鋒隊，我們是義勇軍***，我們在做別人不敢做的事！

有一天，總有一天，日本鬼子被打出去，上海的人會重新認識我們，會佩服我們！ 我們會是像俠客，一股力量，行善，懲惡！我

們要保持不變，那個小眤會變成我們不變的原因。看著他，我們就知道我們是誰！」

小龍： 「曉得了，德哥。還有什麼吩咐？」

瑞德（若有所思的）：

「小龍，注意一下那些猶太人住在那裡，我要找那個今天讓我們躲在他們背後的一家人……應該不難，他們都是被上海猶太人今天接走的，住宿在租界區的那幾片房子裡，大概都會在一起，找到那個區，再看看他們猶太人的學校就好找到了。」

/忽然一個男孩跑到瑞德面前。/

男孩（阿慶）：

「德哥，忠義館的黃師父來了。」

瑞德（趕緊起身）：

「噢，今天星期二了，小龍，把禮拿好，陪我到門口接黃師父；叫每一個人趕快把腰帶紮好，褲腳管紮緊，先到後面空地排好蹲好馬步；等黃師父進來教功夫。」

....

/一群大約三十多個男孩衝到舞臺中央，穿著破爛的汗衫，黑燈籠褲，紮著褲腳，有的穿布鞋，有的穿草鞋，還有一兩個光腳的，排成三列，半蹲身體，後屈著腰，雙手緊握拳頭收在腰旁，功夫馬步的架勢，然後阿慶大吼：

「基本功！十八路彈腿！」

/*男孩們齊聲吼著：*/

「十八路彈腿！一、二、三。」

....

/男孩們出拳、踢腿，向前邁進。/

/一個壯碩的中年男子進來，瑞德迎上前抱拳敬禮，喊：/

「師父！」

/黃師父點頭回禮，大吼：

「下腰，打實在，不要花拳繡腿的端狗肉架式；拿出力氣來！」

/黃師父轉向瑞德，中氣十足的發令：

「瑞德，帶大家打一套『天地行』拳法，你做示範。」

　　／瑞德回轉過身，面對男孩們，深沉的吼了一聲：

「天地行！」

　　／瑞德左腿向左側跨開與肩膀平齊，忽然右腳踩地發出一聲蹬響，口中發出長嘯，緊接著右手緩緩舉起在空中畫出一個圓弧，吸氣，然後掌心向下，停在平肩處橫著；再用左手劃出圓弧停在胸口前，手掌心向上平舉，像寰抱著宇宙，然後爆發出一聲嘶吼，彈跳一躍而起，帶著團隊打出一套長拳「天地行」。／

>>

〔**場景**〕舞臺燈光漸暗，練武的聲音遠去。

　　／燈光照在周老先生頭上。／

周老先生獨白：

　　「咱們就跟著德哥，他讓咱們有飯吃，他讓咱們有地方住，他還教導咱們，也要咱們練武強身。他其實是組織咱們，咱那時還小，但就知道跟著他不會錯，他是個人物。咱們有時候會怕他，他練拳的時候，像一隻猛獸，眼睛都會亮出精光，身體會跳起來彈到空中，不管連環腿、掃堂腿、旋風腿，在一套拳法裡，他可以不休息的打完，直到收拳的時候，看到有熱氣從他頭上冒出來，如果不是槍彈，他不會倒下……」

老婦莎拉（啜泣的輕喊著）：

　　「我知道，我知道！」

　　　　／眼淚從老婦莎拉的眼中流出。／

周老先生：

　　「咱們從他那裡覺得咱們不一樣，咱們有人手，咱們有勢力，別的小混混不敢來惹咱們。而且咱們昂頭挺胸，咱們是少年先鋒隊，是抗日的少年義勇軍，咱們不一樣，不光是叫花子、扒手；從心裡，咱們有一股底氣，咱們誰都不怕！

　　德哥教導咱們自尊、自豪；咱們變得不在乎也不怕別人看不起，別人反而有點怕咱們！咱們是有功夫的俠客，是暗中的義勇

軍，咱們只是等待時間，等咱們長到更大，更威猛，這個世界會是
咱們的，*只要德哥還在……！*」

　　／周老先生停語，忽然掩面，喘息著嗚咽……又大吼了一
　　聲：／

「只要德哥在，假如德哥還在！」
....

〔**場景**〕／燈光漸暗到全滅，布幕降下。／

　　>>

---第八篇結束---

第九篇　男孩和水餃

-序幕-

〔**背景**〕一片薄紗幕把舞臺分隔成前後兩個部分。薄紗幕後是白馬咖啡屋，猶太觀光客繼續喝著咖啡的情景

〔**舞臺**〕薄紗幕前，周老先生站在臺前，老婦莎拉過去，握住他的肩膀，輕輕地搖晃了幾下然後坐下，燈光照亮在她上方，她靜靜地開始獨白。

老婦莎拉獨白：

「瑞德，是的，瑞德，你是一個聰明人，而且有智慧。你知道我們的心在變，而且逐漸剛硬，因為我們每天要見到必須容忍，卻又絕難容忍的事。要假裝我們毫不在乎，因為不然我們會崩潰。你卻能抱定不讓自己變，你要自己不讓外面醜惡的世界改變你的內心，你想要保持內心的靈魂，而且用給自己負擔的方式，保護比你弱小的人。瑞德，是的，我們在一個顛倒是非的世界，邪惡已經得勝，我們看見被踏在鐵蹄下生活的人，中國人，還有我們猶太人。

猶太人，我們是誰？我們是被稱為『**無國籍的難民**』（Stateless Refugee）；我們什麼都不是，我們也什麼都是！歐洲人？亞洲人？西方人？東方人？我們必須以找到的地方就認作是我們的家鄉嗎？上海人接受了我們嗎？我還沒有一個除了猶太人以外的朋友，直到那個男孩出現和走過來……瑞德，他找到了我。」

　　／老太太莎拉上方的燈熄滅，布幕徐徐合攏……／

>>>

第九幕　幕啟

〔**佈景**〕舞臺的中央，上海的一條街道邊，猶太人學校的校門口；還有幾個攤販擺著。

靠舞臺前緣有兩根電線桿，一根被一個人靠坐著，另一根旁邊有一

個中國少年面對校門口半隱藏地站在後面。左側保持黑暗，以便隨時亮起獨白的老婦莎拉。

〔**人物**〕法國租界區薩法迪猶太人學校的猶太孩子們，女孩時期的莎拉，和一名中國少年瑞德。

-開演-

／行人在街道上往來，小販在有一搭沒一搭的叫賣著，間或有人向小販買一包食物，吃著走開。／

／站在校門口對面電線桿後的中國少年身材瘦削，衣著雖舊但整齊，冷靜不語，他半低著頭，頭上戴著一頂短沿的報童帽遮住了他的前額，帽緣下露出明亮銳利的眼神，緊盯著不斷走出校門的猶太學生群。／

／慢慢的，女孩莎拉從校門口走出來了，男孩瑞德緩慢地抬起頭，不動聲色的跟了過去，直到兩人走到了舞臺的中央偏右側（上海的街道上）他迅速跨步到莎拉面前，輕聲喊著：／

少年瑞德：「*Miss！*」

／莎拉抬頭看了一眼那個男孩，然然後從口袋摸出一個她唯一的硬幣，遞過去給這個中國男孩。／

少年瑞德摘下了他的遮沿帽，握在手裡，笑起來用英語說：

「*No no no no! I am Not a beggar. I earn money by working. You got a job for me? Then pay me.*」

（*不！不！我不是乞丐，我用工作掙錢。妳有工作要我做嗎？那麼再付我工錢。*）

／女孩莎拉驚訝的望著少年瑞德，然後她認出來了，雖然他今天比較整齊乾淨，但就是那天莎拉剛到上海時看見的那一幕，救下小扒手逃跑的男孩。／

女孩莎拉：「*Oh! It's you.* - - -*哦！是你。*」

／莎拉驚嘆地語氣／：

「**You speak English！**」

（你會說英語！）

少年瑞德： 「Yes, I speak English. So?」

（是的，我會說英語，又怎樣了呢？）

女孩莎拉： 「Where did you learn it?」

（你在哪裡學的呢？）

少年瑞德： 「Don't ask, maybe one day I'll tell you, but today I just come to thank you.」

（別問，也許有一天我會告訴妳，但今天我只是來謝謝妳。）

女孩莎拉： 「Thank me? For what?」

（謝我？爲什麼？）

少年瑞德： 「爲了上一次。記得我嗎？上一次我繞到妳背後時妳沒有躲開，所以追我的人怕撞到妳而摔倒了。妳幫助了我，我來向妳道謝。」

女孩莎拉： 「哦……！不必，我只是嚇呆了，沒有移動。」

少年瑞德： 「不，妳勇敢。我看了妳的眼睛，妳沒有慌，妳也沒有怕衝過來的人，妳穩定的站著。我喜歡勇敢的人，所以我要來謝妳。」

女孩莎拉： 「謝我？你要怎麼謝我？」

　　　　　　／故作頑皮的回答／

「我還沒有跟任何上海的中國人往來過，而且我以爲他們都是不說英語或其它外語的。」

少年瑞德（笑）：「我要請妳吃一樣好吃的東西。……水餃，妳吃過嗎？」

女孩莎拉： 「沒有，不過我願意試試。」

少年瑞德： 「跟我來。」

....

／瑞德領著莎拉走到舞臺右邊的角落，一個挑著扁擔的婦女小販，擺著一個鍋，蒸汽直冒，正在煮著水餃。瑞德掏出幾個硬幣，遞給小販。／

少年瑞德：「阿姨，兩碗餃子。」

>>>

老婦莎拉獨白：

「我永遠記得那小販笑了，她擤了一下鼻涕，用手指把那髒東
西摔到後面，然後就在胸口擦了一下手，我幾乎退縮了一下，
那食物會使我生病嗎？

但那請我吃的男孩似乎略微有點不安，卻把視線緊盯著
我。我看出來了他的一絲尷尬和窘迫，卻又非常在意我的感
覺，因爲他認眞的看著我，觀察我的反應。於是我故意毫不在
意的對他開心的喊著：*「這將是我到了上海以後吃的第一個中
國食物，也是我人生的第一次讓一個陌生男孩請我吃東西！」*

／老婦莎拉繼續旁白：／

「－－－於是我決定毫不猶疑的咬下了我的第一口，那個直
到今天我都沒有辦法忘記的那食物……噢，水餃的味道；水餃
皮是柔軟而有嚼勁的，而裡面那不知道是什麼的肉餡的味道眞
是太美味了！我幾乎立刻又吃了一個，然後一口氣就喫完了那
一整碗！」

／老婦莎拉眯起了眼睛，靜靜地似乎在回味那一碗水餃的
美味。／

「他在我旁邊高興又讚賞般的看著我，我謝他的時候，他
似乎比什麼都快樂！但他的目光卻沉鬱的凝視著我的臉孔，我
傻笑著問他：

／舞臺燈光又重新在右側上海街景水餃小販邊亮起，
瑞德與莎拉在吃水餃。／

女孩莎拉：

「你在看什麼？我的臉上有食物屑屑嗎？」

／莎拉猛擦了一下下巴和臉頰。／

少年瑞德（快樂的笑著）：

「不是！妳的臉很乾淨。知道嗎？我很喜歡妳們猶太人，因爲
你們不像別的西方白種人擺出一種優越感，輕視我們。相反
的，你們非常友善。」

女孩莎拉：

「啊，我們自己在歐洲正遭受那些國家的人民的歧視呢！」

少年瑞德：

「我知道，德國納粹幹的好事！也許有些地方我們同病相憐，但我仍然喜歡你們。因為我讀過聖經，我知道一些猶太人的歷史故事。讓我告訴妳一件事：我有一群跟著我的小孩，他們都是失去父母的窮困孩子，常在街頭向西方人乞討，經常被咒罵踢打趕開。但是有一個你們猶太人的老奶奶，她經常從你們的猶太教堂裡出來，拿了一串香蕉給我的那些街頭小乞丐們，嘴裡說著：「*Banana, Banana.*」我的小傢夥們背後就叫她『**白奶奶**』，因為英文香蕉**Banana**（巴納納）的發音正好跟我們上海話的『**白奶奶**』（**White Nanny**）一樣，小東西們喜歡她極了！

還有一次，我的一個小男孩對著一個日本人家的外牆撒尿，被日本人看見，摁住他的頭往牆上撞，中國大人經過都不敢管，還是住在旁邊的一個頭頂上帶著小圓帽的猶太人出來拉住，勸止了日本人。我事後帶著包紮了傷口的小東西去敲門道謝，那個猶太人- - -我們後來背後叫他『**長腳**』- - -因為他人高腿長……還拿了糖果給我們。

是的，我喜歡你們猶太人，你們善良而且有勇氣，那也是那天我需要躲一下時衝向妳們下船的猶太人人群的原因，而且我也發現妳們猶太人願意與我們平等相處，你們給我友善的感覺。」

女孩莎拉：

「我們也感謝你們接納我們，讓我們沒有一絲被排斥的感覺。」

少年瑞德：

「噢，知道嗎？我發現妳聰明而且善良，妳沒有輕視這個賣水餃的女小販，妳開始的時候有點猶豫，但禮貌地裝作開心，後來卻是真的喜歡和開心，妳是一個真誠的人，妳讓我覺得妳喜歡我這次寒酸的請客，妳比我想像的還要美好。妳有一顆善良的心和美好的靈魂，坦白說，我是故意請妳來吃一個一般西方

人絕不去吃的小攤販，我想看妳的反應，我想觀察妳，結果我卻開始喜歡妳。」

／女孩莎拉低下頭，重又抬起直視著瑞德。／

女孩沙拉：

「謝謝你的稱讚，但是你有一點狡猾，你那麼喜歡觀察人嗎？」

少年瑞德：

「是的，我必須時時刻刻觀察人，我的處境使我必須。但是還有一個原因讓我喜歡妳，妳笑起來的時候有點像一個我曾經認識的一個女孩，你們都有一種很特別的神情。」

．．

／舞臺右側上海街景水餃小販邊上方的燈光暗下去，
舞臺左側帷幕前的老婦莎拉上方的燈光亮起，／

老婦莎拉（旁白：）

「我忍不住想問他：我像某一個上海女孩？我知道我有深色頭髮和眼睛，但是我是西方人，我會像一個亞洲女孩嗎？但是我換了一個問法：」

／老婦莎拉上方的燈光熄滅。／

／重回舞臺右側，水餃小販的場景上方燈光亮起。／

．．

女孩莎拉： 「哦？是什麼樣的神情？」

少年瑞德： 「一種看起來平靜又歡喜的神情。妳咀嚼的時候，我從側面看你，妳看起來平靜而且又欣喜。我很喜歡這種表情。現在滿街看到的人一般都是緊張、憤怒，或是呆板到沒有表情。但是妳有，妳和她都是平靜又快樂的！我很久沒有看見過了……」

女孩莎拉： 「哦？她是誰？她漂亮嗎？」

少年瑞德： 「她漂亮。」

／忽然瑞德說話變得緩慢，聲音空洞，一點也不像剛才的熱烈，一絲冷淡和憂鬱的眼神看著莎拉，又看向遠處。／

少年瑞德： 「她的名字叫**喬伊Joy**，歡樂的意思，我很久很久沒有再看見她了。」

女孩莎拉：	「爲什麼你不再看到她？她在上海嗎？」
少年瑞德：	「她在上海，但是我不再看見她，雖然我經常會想起她。好了，我不想說她了。眞的喜歡水餃嗎？」
女孩莎拉：	「當然，太好吃了！我們下次有機會再吃一次吧！」
少年瑞德：	「那好極了！我們當然要再吃一次。再見……噢，對了，我叫瑞德，妳呢？」
女孩莎拉：	「我叫莎拉，**S-a-r-a-h**，記住你要再請我吃一次水餃！*再見！*」

／女孩莎拉與瑞德互相揮著手走開，上方燈光漸滅。／

>>

／舞臺燈光重又在左側上方亮起，帷幔垂掛遮掩著舞臺，一遍黑暗中只有左側上方的燈光向下照射著獨坐在下方的老婦人莎拉。／

老婦莎拉獨白：

「他跳著揮手向我道別！我從來不覺得自己漂亮，哥哥雅各甚至嘲弄我的外貌。今天竟然有一個男生說我像一個漂亮的女孩；雖然他沒有說那女孩與他的關係，但我懂得那必然是對他很重要又特別的感情。他爲什麼不再去看他喜歡的女孩？是因爲他是在街頭奔走的像一個乞丐般的窮孩子嗎？可是爲什麼他能說英語？到底他是誰？或他原來是誰？他完全不是我第一次在碼頭看見他的樣子。

他像個紳士，有禮貌而且聰明。他到底是誰？一個在街頭扒竊的小壞蛋？還是一個英語流利的小紳士？或是一個能看透人心，喜歡分析人個性的精明幹練的神祕人物？我好奇地想了又想，瑞德，我記住了這個名字，他是我第一個在上海交的中國朋友，我不知道爲什麼，我期待再跟他見面，也許再去吃一次那美味無比的上海水餃。

是的，這是我第一次接受一個男孩的請客，我從那天起不時想起他，我相信他會再來看我，我期待，但是他卻不再出現。我好想再看到他的蹤跡，但是以後的幾天都失望了！逐漸，我會在校門口走的慢些，而且張望……」

＞＞＞

／舞臺燈光全暗，布幕徐徐落下／

---第九幕結束---

第十篇　吳淞港海戰

-序幕-　震撼的音樂聲

〔揭幕〕幕徐徐拉開，舞臺燈光全亮了起來。

〔舞臺〕舞臺左邊是一個高起的小樓，上面頂層的平臺有三個青年蹲在那裡，兩個男生，一個女生；都是二十多歲模樣。當中一個趴在建築邊緣只露出一點點頭部，向下緊戒的觀望著。另一個帶著帽子的男生手拿望遠鏡，他蹲著謹慎地眺望著遠處上海的吳淞港口，輕聲的對拿著紙筆趴在平臺上的女孩說話。

〔佈景〕舞臺後方是背景屏幕牆，上面投影著上海黃浦江口的情景，這時清晨的天色仍然昏暗，有著晨曦的微明，船隻正在進出著。

〔人物〕上海地下黨的青年詹力，在一棟高樓做觀測點，數點日本軍艦的進出和班次記錄著。

-開演-

戴帽青年詹力（一個二十歲上下年輕的中國男子，腔調緊張地說著）：

「記錄：12月8號，天還沒有全亮，今天日本軍艦有不平常的異動。我們看到了日本『蓮』號驅逐艦，還有佈雷艦『八重山』號都開到上海吳淞港來了，都是昨天白天還沒有的。淺水炮艦『鳥羽』號現在停靠到了蘇州河口以南的黃浦江西岸，日本旗艦『出雲』號也到了，現在靠泊到了蘇州河口東北的黃浦江岸邊。還有其它那些驅逐艦：時雨、白露、夕暮、有明、初霜、子日、若葉和初春；和二等巡洋艦『川內』、『由良』、『名取』和『鬼怒』。小青，記下了嗎？」

／叫小青的女孩點點頭。／

詹力又看了一下手錶，抬頭說：／

「要瑞德快點來拿報告，今天天還沒全亮就到了那麼多日本軍艦，

奇怪，一定有重要的事情要發生，報告一定要趕快送出去。不知道會不會像1937年的時候那樣，忽然偷襲美國的海軍？」

一個戴著眼鏡擔任警戒的中國青年培志回答：

「很難說，記得美國帕奈（Panay）號炮艇嗎？就在日本進攻南京展開南京大屠殺的前一天，日本戰鬥機把停泊在揚子江上靠南京市上游的美國海軍炮艇帕奈號擊沉了，旁邊的英國炮艇也被打傷，生還的人乘救生艇上岸又被日本岸上的巡邏兵用機槍掃射打死了幾個！不過日本政府後來道歉說是誤會，以為那是中國海軍---可能嗎？甲板上塗漆了那麼大的美國國旗圖案！上海的美國人氣瘋了，可是日本道歉後美國政府也就不了了之了！」

青年詹力點了一下頭：

「對，我記得，那是1937年的12月12日的事，離今天快要四年了，不過今天看起來好像更不對勁，那麼多日本軍艦包圍了美國和英國的海軍，像是要襲擊，又好像要有更大的事要發生！」

／然後他回頭對著擔任警戒的青年培志：／

「培志，快把桿子伸出去，讓瑞德馬上上來。」

／剛才擔任警戒的男孩立刻把一根長竹竿伸出頂層平臺的護牆外／

女孩小青：「詹力，是那幾艘國家的軍艦呢？」

青年詹力：「也還是那艘美國炮艇威克（Wake）號，和英國炮艇海燕（HMS-Petrel）號。噢，看，還有那艘遠處的意大利軍艦厄立特里亞（Eritrea）號，呵，它可還是掛滿了旗幟像在過節！對，反正它和日本都是軸心國，不擔心日本軍艦會打它。」

／配音：有上樓梯的腳步聲。／

青年培志：「噓，小聲，有人上來了，大概是瑞德。」

／三個人都低下頭趴著，一個男孩慢慢出現在平臺，就是之前請莎拉吃水餃的那個少年瑞德。他一上來先蹲著，立刻又趴下。／

／詹力看了一眼瑞德，把望遠鏡交給剛才擔任警戒的青年。／

青年詹力：「培志，你繼續眺望，今天有點不平常。」

／然後移向瑞德／

「你上來前交接好了？」

少年瑞德：「放心，黑龍已經蹲在對面樓底了，小乞丐蹲在那裡要飯是不會
起人疑心的，玻璃鏡我也給他了，有日本兵靠近這條街他會立
刻向你們閃光，你們就不要把頭露出去。」

／小青掏出紙條，交給瑞德。／

青年詹力：「記得交到那裡。」

少年瑞德：「曉得。」

／瑞德轉身正要走……／

培志（低聲吼）：

「等一下，太反常了，日本兩條小快艇開到美國和英國的軍艦
旁邊去了，不知道要發生什麼事！」

／詹力立刻轉身要過培志手裡的望遠鏡趴下觀察／

青年詹力：

「小青，趕快記，日本快艇走了---美國軍艦威克號掛白旗了--
-去英國軍艦的日本快艇開走了---*看！*---那艘艇上的日本軍官
向天上發射了一發紅色的信號彈！」

-配音-　就在此時，一聲巨響，然後連續的炮彈爆炸聲。
舞臺燈光開始變暗，閃光燈不停明滅，水霧開始在舞臺上浮起…／
....

青年詹力被驚嚇到站起來：

「*看哪！發生什麼事了？日本攻打英國的船艦了！*」

青年詹力：

「*天哪！打起來了！日本所有軍艦全部向英國海燕號開火……
外灘日本陸戰隊的火炮也轟到英國海燕號了！海燕號回炮
了……打不過的，它只有一條船，美國軍艦又先投降了！*」

青年詹力（聲音開始發抖）：

「*啊---啊！海燕號爆炸了！水兵在跳水，日本軍艦用機關槍在*

掃射江水裡游泳的英國水兵！- - -小青，快寫下，美國軍艦威克號掛白旗投降，不投降的英國海燕號被打沉了- - -才一下子戰鬥就打完了！*日本直接開打美國和英國！*一定有大事情發生了，到底發生什麼事？*天啊！*我們要看到局勢變化了，天快要明亮了，我們仔細看，瑞德，快去送通知，*美國軍艦升白旗投降，英國軍艦被擊沉，水手逃生被機槍掃射*- - -那麼大的動靜，說不定他們也已經知道了！」

-〔配音〕- ／機槍掃射聲……／

／舞臺燈光漸漸熄滅，布幕徐徐降下／

舞臺左邊，上方燈光亮起照下，老婦莎拉坐著／

>>

老婦莎拉獨白：

「就在上海的日本海軍攻打英國和美國軍艦之前的一個鐘頭，我們猶太人收聽到了從歐洲帶來的短波收音機裡的新聞，日本剛剛向美國宣戰了！而且就在這個宣戰之前的一個小時，日本已經偷襲了美國夏威夷島的珍珠港，而在上海黃浦江吳淞港的美國威克號和英國海燕號炮艇根本還不知道這件事！威克號的艦長在上海的家裡就被日本突然偷襲抓捕，日本然後派使者到威克號炮艇上逼迫炮艇投降，艦上的水兵在群龍無首的狀況下升起了白旗，而英國炮艇海燕號就在包圍她的日本軍艦和上海外灘的日本陸戰隊的地面炮火齊轟下，只回擊了幾炮就傾斜沉沒了- - -」

／舞臺左邊，莎拉上方的燈光漸漸暗淡熄滅……／

>>

-舞臺佈景-

／舞臺中央上方的燈光亮起，舞臺中央一張桌子，上面放著一臺短波收音機，／

／桌旁圍著六、七個猶太人，聽著美國英語廣播：／

「日本可恥的偷襲了珍珠港美國海軍基地，太平洋艦隊被毀了，兩千多名美國海軍士兵陣亡，美國現在正式向日本宣戰！」

╱猶太人面面相覷，有人興奮，也有人面色凝重。

一個猶太人說道：╱

猶太人A：「美國人現在被捲入戰爭了，不管他們原先願意不願意。」

猶太人B：「日本在上海發動起戰爭來了！美國向軸心國宣戰了！希特勒要面對美國了！」

╱另一個猶太人向著每一個人大聲疑問：╱

猶太人C：「*我們呢？我們會面對什麼？我們的處境將變成什麼？*」

猶太人D（茫然地問著）：

「是的，那麼我們呢？什麼事情會降臨到我們身上？我們的日子會變成怎樣？」

>>

╱中央的舞臺燈光慢慢熄滅╱

╱左邊舞臺照明燈重新亮起，照著莎拉：╱

....

老婦莎拉的獨白：

「我們震驚興奮了，美國要開始跟軸心的德國開戰了！我們又膽顫心驚，上海如果沒有了歐美統治的租界，我們將失去庇護！我們要開始面對日本，他們會怎麼處理我們？我們要怎麼辦？要怎麼面對我們已經夠困難的生活？而緊接著整個上海市就會要變了！

所有的猶太難民，我們自稱的上海猶太人，又一次的被警惕起來！這是一個明顯的事實，就是日本政府早就有的陰謀，在今天早晨偷襲了美國夏威夷的珍珠港後，緊接著就偷襲了中國上海的英、美海軍，安排好了這一系列的策劃，像交響樂章般的協調奏響起！很快，日本士兵就踏著整齊的步伐開進了上海的外灘。」

>>

╱燈光熄滅，舞臺一片漆黑╱

／配音：日本軍歌，整齊用力的踏步聲，和隆隆的戰鼓
聲……／

／一面熒幕降下，字幕投影說明／

老婦莎拉的旁白：

「上海市民被迫站在兩旁觀看，他們只是被迫去觀看權力的遊
行，沒有任何慶祝的氛圍。他們把頭深埋在胸前，沉默的注視
著；但沒有歡呼，沒有雀躍。」

／舞臺中央降下熒幕，字幕打出做說明／

老婦莎拉配合字幕繼續敘說：

「後來我們知道，日本軍官松本（**Matsumoto**）少佐首先登上
了比較近的美國威克號炮艦，向美軍通報了美日開戰的情況，
並指出威克號已經被包圍，提議進行投降。威克號的艦長哥倫
布・史密斯（**Columbus Smith**）其實在岸上公寓樓裡就被日軍
俘虜了，本來按計劃美軍是打算鑿沉軍艦的，但群龍無首的美
軍水兵最終接受了日軍的要求，掛起白旗投降。隨後日軍士兵
上艦解除了美軍武裝，使威克號成為二戰中唯一一艘投降被俘
的美國軍艦。

　　而與此同時，大谷稻穗（**Otani Inaho**）中佐的汽艇也靠上
了英國艦艇海燕號，同樣的一番說辭要英軍投降。艦上指揮官
是新西蘭人斯蒂芬・波金霍恩（**Stephen Polkinghorn**）上尉，
一名皇家海軍儲備軍官；斯蒂芬上尉回答道：「*快從老子的船
上滾下去！*」（*Get off my bloody ship!*）。大谷稻穗中佐怕英國
人為難他，立刻掏出手槍並逃回汽艇，回到汽艇後便向天空發
射了一發紅色信號彈，指示日軍開火。停在半里外的日本旗艦
「出雲號」開重炮轟擊這艘不投降的英國軍艦，所有包圍的日
本軍艦也向它開火，連岸上的日本海軍陸戰隊的炮兵也一起轟
擊這艘單獨的英國炮艇。弱小的海燕號寡不敵眾，頃刻就爆炸
傾覆，六名水兵陣亡，其餘負傷跳水奮力游向岸邊，但被機槍
掃射，剩下活著的逃進**Grillon**豪宅的日後也被抓走，豪宅的主
人被命令24小時離開，他的房子被充公，因為他收留敵國兵。
他們會很悲慘，日本人奴役被征服的對象是不把他們當人看
的。」

>>>

-配音-　日本的軍歌大聲響起，還有戰鼓聲- - -士兵邁進的步伐聲- - -／

／上海外灘日本慶祝勝利大遊行- - -／

---第十幕結束---

第十一篇　租界末日

日本進占所有歐美租界
把歐美僑民關入集中營

-開演-　舞臺一片黑暗，僅有配樂

　　　　／強而有力的踏步聲／

　　　　／日本軍樂演奏聲／

　　　　／布幔拉開，燈光全亮／

〔**舞臺**〕日本軍車隆隆作響的開進國際租界（International Settlement）；

　　　　　　　　後面緊跟著踏著整齊步伐的日本軍隊；

　　　　　　　　從舞臺右側進入舞臺中央，

　　　　　　　　然後士兵在租界的商業大街上散開，

　　　　　　　　衝向每一棟大樓；

　　　　　　所有的日本士兵都威嚇地舉起上了刺刀的步槍，

　　　　紛紛衝到每一棟插著英國國旗、美國國旗的建築物前停住；

　　　　　　　咆哮咒詛著並踢開擋在前面的白人。

　　　降下英、美國旗；撕毀後掛上日本國旗和旭日旗（日本的軍旗）。

　　　　　　興奮的呼喊日本口號：「*天皇萬歲！*」

　　　　　一棟接著一棟，直到整條街都是日本國旗。／

　　　　　　現在滿街都是日本國旗和日本士兵……

　　　　　　狂吼咆哮著咒詛痛罵歐、美僑民和路人。

>>>

-場景-

　　　　上海街道，一塊標志「國際租界」建築物上插著日本國旗，

　　　　　　地面上是被撕破踩爛的英國、美國國旗。

　　　　　　馬路上重新集結了整排的日本士兵，

　　　　　和街道旁建築物裡被驅趕出來的的歐美民眾。

　　　一個日本軍官站在舞臺中央，旁邊兩個日本兵護衛著，大聲宣讀一

個告示：

「所有敵國國民，統統要掛上臂章，註明是敵國公民（Enemy Nation），到指定地點報到，記住把你們房子的鑰匙交出來，你們不可以再住在上海市區，大日本上海市政府會分配你們有地方去住，你們，統統的都有，馬上去報到，不然嚴厲處罰。」／

>>

〔舞臺〕／全場燈光漸漸暗淡，左角燈光亮起，

／老婦莎拉坐在舞臺左邊的角落，燈光從上方照亮她，她開始靜靜地獨白／

老婦莎拉的獨白：

「1941年美國的12月7號，日本偷襲珍珠港之後不到一小時，又襲擊了美國海軍在上海租界的巡邏炮艇。美國即刻對日宣戰。四天後的12月11號，日本與其它的軸心國德國和意大利聯合向美國宣戰，二次世界大戰正式爆發！

整個上海每一棟屬於盟國公民的商用大樓和建築物前，都站著日本士兵守衛著。上海外灘的高樓已經全部由日軍把守。美國人、英國人、比利時、荷蘭……全部的僑民都被命令：在手臂上帶上**「敵國」（Enemy Nation）**的布圈。他們銀行的賬戶被凍結，財產被充公。

大約九千多個西方人，當中英國、加拿大、澳洲和新西蘭就占了八千，還有五百多個美國人，其餘是荷蘭、比利時等國家，全都要報到和被關進上海周邊的二十個集中營裡，開始過苦難的生活了。只剩下德國和俄國的公民仍在上海街頭。

我們很難接受和看到，過去在上海曾經是社會上層的歐美公民，尤其榮耀富裕的英國和美國商人企業家，如今正在國際租界的**聖公會大教堂（Anglican Cathedral）**前面排著長長的隊伍，受著羞辱，向日本當局報到。他們被命令交出所有的事業、財產、房屋，只能拎著隨身的手提箱，交出他們房子的鑰匙，登記著他們的名字，然後一卡車、一卡車的被載走，運到那二十個上海周邊的集中營。

多麼熟悉的景象啊！這不正是猶太人在歐洲的遭遇嗎？」

／燈光轉換，莎拉頭上的光漸漸熄滅，舞臺中央的燈光大亮。／

>>

〔 **舞臺** 〕／燈光漸漸熄滅，舞臺上方的燈光強烈的亮起，照耀整個舞臺／
長長的歐美白人隊伍掛著（Enemy Nation）的臂章，向登記台的日本警察報到。然後包括婦女小孩，一起被日本憲兵帶走。

舞臺左方一個登記桌，坐著兩個日本警察。

從日本警察桌前，一路排著歐美西方人，男士、婦女、小孩都有，有老有少，提著皮箱，手裡拿著護照，垂著頭，辦理登記／

>>

-開演-

日本警察對著一位美國人大吼：

「那一國？什麼名字，幾個人？」

美國人A：

「美國人，喬治‧龍伯格；四個人，我和我太太，還有兩個女兒。」

日本憲兵：

「你們統統的有，去龍華集中營，過去那邊，把你房子的鑰匙交出來！」

／美國人喬治交出鑰匙，然後被一個日本兵用上了刺刀的步槍押解著他全部的家人走向舞臺右邊角落，然後轉進幕後。／

日本憲兵：

「NEXT！下一個！」

／舞臺中央的大燈再次慢慢熄滅，／

／左角莎拉頭上的燈光再亮。／

....

老婦莎拉的旁白：

「他們會很悲慘，日本人奴役被征服者是不會把他們當人看的。就這樣，繁華的上海結束了，我們所依托的租界消失了，到處是日本旗幟，沒有人知道下一步。我們惶恐的等待著，我們祈禱，我們恐慌卻又必須冷靜，因爲我們更切身的問題是餵飽自己，食物越來越缺乏，我們每天都在爲下一頓發愁。」

／一輛日本軍用卡車開上舞臺，用擴音器喇叭狂烈的吼著，繼續滿街的廣播：

「米國人、英國人，你們是敵國公民，趕快去登記，

把敵國人的臂章掛上！」

「*Amelicans, Englixis, You are now Enemy Nation!*

Go to register, go to put band on your arm!」

／舞臺燈光漸暗，幕落／

>>

老婦莎拉獨白的配音：

「他們以後會面對飢餓、疾病和因爲喫不飽的虛弱，遲緩沒有立刻聽從命令而被處罰，想逃出集中營卻被抓回的歐美白人，日本集中營的管理者爲了殺一儆百，集合了所有集中營被關押的人，在全體囚俘面前，把逃亡者用鞭笞和種種酷刑處罰，許多就在折磨中慘嚎著死去。他們所遭受的一切痛苦卻沒人記憶，如同猶太人，所有遭受不幸的人都會被漸漸遺忘……」

---第十一幕結束---

第十二篇　迫遷虹口

納粹向日本提出解決猶太人方案
日本政府強迫猶太人遷入虹口區

-序幕-

〔**背景**〕無

〔**人物**〕老婦莎拉

〔**舞臺**〕舞臺布幔下垂，老婦莎拉坐在舞臺布幔前左邊的角落，燈光照亮在她上方。

老婦莎拉靜靜地開始獨白：

「上海變了！我們不再看到繁華，那著名的波利祿俱樂部（**Bolero Club**）還有上海俱樂部（**Shanghai Club**）；不再有衣香鬢影，卻成爲了日本軍官和德國人的俱樂部。

美國的援助組織（**Relief Organization**）和其它所有宗教組織都被關閉了。我們聽到的是日本現在指定了一個叫做猶太社區（德文：**Juedishe Gemeinde**）做我們所有這些猶太人的代表，任何命令或消息只有從他們那裡聽到的才是準確的。

我們像生活在一個怪獸的掌控裡，不知道下一步的變化。我們關心還留在歐洲的親友，擔心他們的處境；但使我們更惶惑的是：我們現在將要發生的變化。

寒冷的天氣，加上更加匱乏的食物供給，我們對生存都不能掌握，但我們要活下去。各種消息在傳遞，街頭巷尾，人們交換和討論各種說法，而在上海猶太人中創辦的猶太社區報紙《**上海猶太人紀事報- - -Shanghai Jewish Chronicle**》更是被飢渴的閱讀著。我們聽到各種議論，有樂觀的，覺得美國的參戰會帶來變化，但眼前，只有壞消息和更壞的消息……」

／老婦莎拉上方的燈熄滅，幕徐徐拉開，舞臺燈光全亮了起來。／

>>>

第一段：前奏　納粹方案

-開演-

〔舞臺〕：　三分之一（1/3）的右側舞臺

〔燈光〕：　只照亮1/3的右側舞臺

〔佈景〕：／上海租界區的一條街道上的一個猶太社區報紙的辦公室裡，有幾張辦公桌，幾個埋頭寫稿的人（A、B、C、D）正在工作。忽然一個穿著風衣的猶太人衝了進來，大聲地嘆氣；旁人抬起頭來看著他，A忍不住問：／

報社員工A：「*鮑迪，發生什麼事了？*」

報社員工B：「*呵！現在的局面，還能會發生什麼事？*」

報社員工C：「*誰能知道什麼事會發生在我們這些<u>難民</u>身上？在上海，沒有人能預料，對嗎？*」

／鮑迪重重地坐到一把椅子上，喘了一口氣，大聲說：／

鮑迪：　「*你們要知道嗎？德國黑杉隊SS的梅辛格上校（Colonel Josef Albert Meisinger）帶著希特勒的處理猶太人方案到日本了，我們將有災難了！*」

／A忽然打翻了咖啡杯，一陣碎裂聲；他們全都站立了起來，但沒有說話，彼此凝望著。／

／舞臺右側燈光漸暗……熄滅，
舞臺左側燈光漸漸亮起。／

>>>

第二段　遷移令的公告

〔佈景〕：莎拉的家裡，房間裡擺著擁擠的床舖。

〔人物〕：小女孩時期的莎拉，小男孩哥哥雅各（Jacob）和母親路德（Ruth）。

-開演 -

父親突然走進家裡，拿著一份報紙，頹然的坐在床上後把頭埋在胸口，喘著氣，母親急忙端了一杯水給父親，問：／

母親：「又怎麼了？發生什麼事了？我們反正已經預備好最壞的打算了！」

　　　／父親把報紙遞給母親／

父親：「路德，看，我們要失去我們好不容易建立起來的家庭和生活了！我們要被強迫搬遷了！」

　　　／母親念著報紙的標題：／

母親：「所有 <u>『無國籍難民』</u>（Stateless Refugee）都要在三個月內遷移到虹口區，逾時不搬的人將被嚴厲處罰。1943年2月18日令〈**大日本帝國陸軍司令岡村寧次（Commander -in-Chief of the Imperial Japanese Army Yasuji Okamura）**〉可是誰是『**無國籍難民**』呢？這裡沒有一個字提到猶太人啊？」

父親：「*我們！我們就是『無國籍的難民』；所有在1937年以後到達上海的猶太家庭都要被遷移到虹口。我們是傻瓜以為這裡會能安全！猶太人在全世界沒有一個角落會是安全的！*」

>>

　　　／燈光漸暗到熄滅，舞臺布幔放下／

　　　／舞臺左側最前面的燈光照下，老婦莎拉靜坐開始回憶的獨白：／

．．

老婦莎拉獨白：

　　「街道上不論高或矮的柱子都貼了告示：

　　　『無國籍難民將被限制居住在虹口區。所有無國籍難民目前居住在所提到的區域外的，必須在1943年5月18號之前把住家和生意都搬到公告所說的區域。任何違反這個通告，及不遵從這個強制令的人，將要被問責和嚴厲的處罰。』

　　　（ … Stateless refugees will be restricted to an area… in Hongkew… All Stateless residents presently residing outside the area mentioned, shall move their business and/or residence inside the above prescribed area by May 18, 1943. Any person who violates this proclaimation and interferes with its enforcement shall be liable to severe punishment.）

　　　／老婦莎拉繼續獨白：／

　　「在這裡，上海的租界區裡面，我們猶太人已經建立了一個繁華的

社區，有簡陋的俱樂部，有咖啡音樂廳，還有劇院。然而我們將被迫放棄所有心血營造的一切，要在三個月的期限內，去到已經有超過十萬的中國居民的虹口區找到住房。

那裡是中國和日本淞滬戰爭破壞的最厲害的地區。毀壞的建築，窮困的居民，惡劣的環境，幾乎一無所有的破落社區。已經有五千名窮乏的猶太人住在那裡，怎麼能再擠進我們近乎兩萬的上海其它地區的猶太人呢？與我們住在一起的猶太住戶，帶著鑰匙，開始奔走在虹口區；期盼與當地的人交換房屋。但是當你看到滿街的穢物垃圾，你會害怕的知道：這將是一個徹底的貧民區，一個虹口猶太人的貧民區……然而不久我們就要跨過一座花園大橋進入到這將被隔離的區域。」

／燈光漸暗，從老婦莎拉頭上熄滅／

>>

第三段　大遷移

A　　左側1/3個舞臺

〔舞臺〕燈光只照亮舞臺的1/3左側。背景熒幕映出莎拉的公寓房子的門口。

〔佈景〕有幾輛黃包車停在那裡，一群猶太人正忙著打包裝運他們的家具和所有物品，裝好後彼此道別出發。

燈光聚焦在一輛滿載著皮箱，桌椅、和紙箱子的黃包車；瘦弱的黃包車夫幫忙搬運。莎拉的父親用繩子綁住行李；離開住了四年的家與鄰居道別。／

B　　全景舞臺

〔舞臺〕布幔升起，燈光照耀整個舞臺。

〔佈景〕舞臺中央高起，兩旁豎立許多護欄，象徵著一座橋，與一條街道連接。

-開演-

大批的猶太人，大人小孩都有，數百成千上萬……還有背負著重物和提著行李箱的猶太成年人，和背著背包的孩童，與父母一同走在他們雇用的黃包車、人力推車旁。他們緩慢擁擠的移動在路上和花

園大橋上。

橋的中央是一個哨所，有日本兵站在哨所的兩旁，槍上了刺刀，指著移動的人群，監視和檢查著要進入虹口區的猶太難民，隨時抽檢人們的證件。

〔配音〕嘈雜的人聲，大人呼喚小孩的叫聲，上海人站在旁邊觀望的竊竊私語聲。幾分鐘後雜音靜下來，開始猶太人悲傷的合唱，悠揚而悲戚的曲調，慢慢大聲……

〔舞臺〕女孩莎拉拎著皮箱，和父母走在一起，後面是一輛黃包車載著他們的家具，順著馬路，離開法租界，慢慢走向通往虹口的花園大橋。猶太難民群擁擠在橫跨蘇州河的「花園大橋」上；有汽車、人力車、卡車；還有一大批搬運貨品和家具前往虹口的黃包車；分佈在浩浩蕩蕩的人流中。他們被擠塞住了，用蝸牛般的速度在移動著。

就在他們的前面，一個猶太家庭被日本兵攔住檢查行李和文件，他們的箱子被粗暴的打開，東西摔滿一地，但沒有抗議，他們只是默默地撿起來，裝回皮箱，繼續前行。

／燈光漸暗，景象逐漸模糊不清，但人群仍在移動著。／

／左側舞臺亮起聚光燈，焦點在老婦莎拉的上方，莎拉端坐在椅子上。／

>>>

老婦莎拉的獨白：

「只有不足24平方公里，已經有十萬中國人，五千個猶太人；現在還要擠進再來的一萬五千多個猶太人！過橋後，障礙物、阻攔的鐵絲網，阻隔猶太隔離區。我們搬進一間小公寓，共用廁所、浴室和廚房。」

／燈光漸弱，悲凄的猶太歌曲音樂聲中，幕緩慢落下。／

---第十二幕結束---

第十三篇　猶太人的國王

-序幕-　舞臺一片黑暗，僅有配樂

舞臺布幔的前左側燈光亮起，照耀下方的老婦莎拉。

導遊婕妮特替她端來一杯水，她輕聲道謝後喝了一口，然後開始了她的敍述╱

....

老婦莎拉的獨白：

「許多無法找到住家的猶太人搬進了在虹口區早就被廢棄的一所中國人的中學，它是被『**上海阿胥肯納熙（猶太人）聯合救助協會-Shanghai Ashkenazi Collaboration Relief Association－簡稱 S.A.C.R.A**』所買下再隔間成了的一個避難的住房，每一間教室現在都成爲了數家人擠在一起的居所。

在這裡，生活變得更困難，幾乎不再有現代化的住房設備。很少有抽水馬桶，我們要學會倒馬桶，和用煤球爐燒煮食物。還好，本地人熱心的教導我們。他們出於極大的熱情想要我們知道該怎麼用木材生火來引發煤球，好用煤球爐來生火燒飯，甚至熱心的指導我們去那裡買熱水瓶和去老虎竈買開水。很快的，我們學習著。」

╱舞臺布幔的左側前方莎拉頭上的燈光漸漸熄滅。╱

╱舞臺布幔的右前方燈光亮起，兩個操上海口音的中國婦女正熱心的教導三個猶太婦女怎麼生火發煤球爐；互相比手劃腳的盡力溝通著，在上海阿姆示範後，猶太婦女跟著做。爐子生起火來了（紅布加燈光的假火），全部在場的中國和猶太婦人高興的互相拍手高興歡呼……然後他們上方的燈光逐漸暗淡熄滅。╱

╱舞臺布幔的左前方重新亮起，照著老婦莎拉╱

>>

老婦莎拉獨白：

「但最大的生活變化，是我們不再自由了！我們搬進了虹口，可是仍然須要到上海其它市區工作的人，如同我的母親要去教會醫院上班一樣，開

始要申請**准許（Permit）**才能離開虹口，經過**花園大橋（Garden Bridge）**的日本兵檢查崗哨去到上海市區工作。日本當局在虹口設立了『**無國籍難民事務局**』（Stateless Refugees Affairs Bureau）一個管理辦公室，辦公室的主管是一個極為矮小的日本人，叫做**Kanoh Goya（合屋）**，任何猶太人要離開虹口，必須要有合屋蓋章的**通行證（Pass）**。通行證有一天的，一星期的，還有半個月的。我們需要，我們要工作，我們要賺錢填肚子，雖然能有的食物越來越少，過去我們已經是喫不飽，但現在是真正的飢餓！

>>>

-開演- 老婦莎拉上方的燈熄滅，幕徐徐拉開，舞臺燈光全亮了起來。

〔**佈景**〕一間敞開的辦公室，門口掛著牌子：

　　　無國籍難民事務局（Stateless Refugees Affairs Bureau），

　　　靠著牌子後方的牆邊，豎立著日本國旗。

　　　辦公室裡擺放著桌椅，還有後面的一塊牌子標明著：

　　　無國籍難民未獲通行許可不得離境

　　　（STATELESS REFUGEES PROHIBITED WITHOUT PERMISSION）

〔**人物**〕兩個日本衛兵持著上了刺刀的步槍站在門口，一條長長的猶太人隊伍排在門外；有年齡大的也有年輕的，有男士也有婦女。

〔**舞臺**〕舞臺右側擺著辦公桌椅，中間是兩個日本兵站在辦公室的入口，猶太人的隊伍一直排到舞臺左側盡頭，手裡拿著申請單，靜靜的等待著。

　　　／一個排著隊的猶太婦女向站在她旁邊的猶太男士小聲的說：／

猶太婦女A：

　　　「這個將軍像床上的一個臭蟲般的瘋了！」

猶太男士 B（輕聲回答）：

　　　「是的，上星期他威脅要把我的一位朋友甩出窗外。」

猶太男士 C（小聲插口）：

「我的一位朋友被送進監獄關了一個晚上，就只因為合屋說他的英文不夠好。」

猶太男士 D（接口）：

「我最瞭解的是，誰惹他不高興，他就直接跳到辦公桌上甩誰耳光。」

猶太男士 E（插嘴進來）：

「等他一露臉，我們馬上就會知道他今天是什麼情緒。」

另一個猶太男子F接腔說到：

「合屋宣稱他自己是猶太人的國王，但在我來看，他更像隻猴子。」

剛剛那位猶太婦人A又接口說著：

「你知道嗎？在虹口的日本人和中國人出去不需要通行證，只有我們猶太人被規定需要。」

猶太男士 B（輕聲嘆息著說）：

「但是中國人常常被毆打，並且非常殘酷！」

一個站在隊伍前面，年紀比較大的猶太男士回頭像耳語般輕聲說著：

「沒工作，就沒錢，桌上就擺不出食物。然後，日本人就會把你丟到外面馬路上。所以我們需要通行證。」

／然後每一個人都靜了下來。／

／此刻舞臺上方聚光燈強烈的投射到一個從舞臺右側入口走進來的一個穿西裝打領帶，身材矮小的日本人。他一出場就用尖銳的嗓門高聲的吼叫著：／

....

合屋： 「*我是合屋，我是猶太人的國王！*」

(I am Kanoh Goya, I am the King of Jewish!)

／然後他走到辦公桌後坐下，拿一塊木板拍著桌子，大聲吼著：／

「*第一個進來！（First one coming in!）*」

／剛才那一個排在最前面的猶太老人走進去，彎著腰，遞上了申請單。／

猶太老人：「我在過了橋後外面的華爾醫院工作，」

　　　／老人聲音低微而不安的顫抖著：／

「我已經在那醫院工作很久了！」

　　　／老人除下帽子捏在手裡，低頭彎腰對著合屋站著。／

-舞臺燈光聚焦在猶太老人臉上-

／合屋盯著老人，眼睛上下打量著這個不敢抬頭的惶恐蒼老的猶太人；突然從座椅上猛站了起來，身體向前傾，緊靠在辦公桌沿，／

合屋：　　「*說謊！*」

　　　／合屋狂怒地咆哮：／

「*你是一個間諜！*」

猶太老人抬頭結結巴巴的解釋：

「不！不！我不是間諜。」

　　　／語音吃力的辯解：／

「我是一個老實人！我真的實在需要去工作才能賺錢給家裡買食物和付房租，*求求您！*」

合屋（再次咆哮）：「*間諜！間諜！我要把你關起來！*」

　　　／老人看起來似乎要暈厥過去，他雙手合十地再次哀泣般懇求：／

「*不！不是！求求您！*」

　　　／合屋已經失去耐性，他跳起來，竄上了辦公桌，用力揮掌劈向老人的臉頰，耳光聲清脆響亮，同時合屋狂吼：／

合屋（狂吼）：「*不給通行證！不給通行證！*」

　　　／猶太老人浪蹌地幾乎摔倒，他低頭撿起掉落在地上的帽子往外奔逃了出去。他的臉像死灰一樣蒼白，除了左臉頰上清楚印著的五根手指的紅色掌印。／

　　　／合屋輕蔑地看著老人奔逃出去，冷冷地笑了一聲。他拉直了領帶，跳下辦公桌，重新端正的坐回他的椅子。／

合屋（吼叫著）：「*下一個！*」

／合屋繼續咆哮著一連趕走幾個人，然後到了路德。莎拉
緊緊抓住母親路德的右手，站在稍微退卻的右後方，路德
平靜的把通行卡（Pass Card）放在合屋的桌上，說：／

路德：「我在聖心修道院附屬醫院工作，我除了護理工作外，還教年輕女孩
　　　編織的課程。」

　　　／合屋看了一眼桌上的卡，抬眼冷冷的盯著路德，又望向莎
　　　拉打量著。女孩莎拉害怕的向後退了一小步，但勇敢的回望
　　　著合屋。合屋拿起了桌上的圖章，用力敲打在路德的通行卡
　　　上。／

合屋：「*給妳通行證！（Pass for you）*」

　　　／合屋把卡隨意丟向辦公桌前方的地上，路德彎腰拿起卡片
　　　謙和的說：／

路德：「*Thank you!* 謝謝您。」

　　　／然後牽著莎拉的手離開。／

>>

-場景 - ／幕落，燈光漸暗，熄滅。
　　　舞臺左側上方的燈光亮起，照著老婦莎拉。／

老婦莎拉的獨白：

　　　「是的，每隔一段時間我們就必須又要回到合屋的辦公室，我們祈
　　　求一個圖章，一個通行證。合屋仍是隨時跳起來打人、揮拳，更時
　　　常跳上辦公桌，毆打不敢回手的猶太難民。他會用任何方式羞辱彎
　　　腰站在他面前乞求的猶太人，他以他自稱的猶太人國王，極盡暴虐
　　　的對待臣服於他的猶太子民，發揮他所有狂妄的日本軍人本性。我
　　　們卑微的重複著這樣的日子，我們沒有選擇。」

....

／舞臺燈光漸暗，到熄滅。／

---第十三幕結束---

第十四篇　花園大橋

-序幕-　舞臺一片黑暗，僅有帶著淒苦悲傷的配樂
　　　　／舞臺布幔的前左側燈光亮起，照耀在下方的老婦莎拉，她輕輕的
　　　　喘氣，似乎仍有驚懼；然後開始了她的敘述。／

老婦莎拉的獨白：

「去向合屋申請通行證是每一個猶太人必須面對的噩夢，他曾罰一
個孕婦跪地一個多小時，他吼著說：「***Too many, no more!（猶太人
太多了，不准再多生！）***」也把水潑在一個他認為穿著不雅的婦人
身上；對男性，尤其是身材高大的，他特別容易暴怒和毆打。他跳
上他的辦公桌，極力的揮拳，直到被打的人倒地，或是他打得滿意
了，累了。可是即使是如此困難，拿到通行證後也並不表示一定是
安全的。在通往市區的花園大橋上，每一天仍然在上演著令人驚懼
害怕的一幕一幕；橋中央的日本崗哨亭上面懸掛著日本國旗，我們
經過的時候必須對著日本國旗鞠躬和敬禮，若是疏忽了，它可能是
致命的錯誤。

　　哨亭前面站著的日本兵永遠把長長的刺刀裝在步槍上指著我
們，那種威脅是無聲的恐嚇；它彷彿示意著隨時的災難，每一個經
過的猶太人都要鞠躬和出示通行證，並且不能慢。我害怕走過那座
橋，盡量避免經過那座橋。

　　父親有時會帶著哥哥雅各去市區，而總有些時候，我必須跟
著母親一起過去。拿著通行證，我期盼過橋時能順利，但發生的一
切，卻總不是由我的意願決定。」

　　／老婦莎拉上方的燈熄滅，幕徐徐拉開，舞臺燈光全亮了起
　　來。／

\>>

-開演-
PART A：
第一段：毆打中國人搶奪物品

〔**佈景**〕：／花園大橋，橋欄在兩側，橋面比舞臺略微高起，同前次猶太人遷移進入虹口區時的大橋佈景相同，中央是日本衛兵的崗哨，一個日本兵正端著上了刺刀的步槍站著。哨所的上方是一面日本太陽旗。／

〔**舞臺**〕：／一批一批的中國人和猶太人從舞臺左側走向右側經過橋面，不停的向日本國旗敬禮和對日本衛兵鞠躬，猶太人經過時立刻拿出通行證交給衛兵檢查。

〔情景一〕（Scenario I）

／一個瘦弱的中國老人背上揹著一個大布口袋經過，彎腰向日本衛兵鞠躬。日本兵示意他打開布袋，他遵從地彎下腰把布袋打開，裡面是瓜果蔬菜。日本兵隨意的挑選了幾顆蔬菜，又拿走了一顆碩大的瓜，老人卑屈地乞求著，想要留下他的蔬果，日本兵一腳踢倒他，把他趕走了。／

／一個中國女孩騎著腳踏車來到橋中央，她下車向日本哨兵鞠躬，正推著車想繼續前行，日本兵忽然抓住了車把手，扣留了她的腳踏車。女孩顫抖的拼命彎腰解釋想要回她的腳踏車，日本兵舉起步槍用刺刀對著她，然後把車推到崗哨亭邊去。

剩下女孩獨自站在橋面捂著臉孔嗚咽哭泣著。行人避開她走過，裝作視而不見，沒有人敢多看一眼，畏縮地繼續向日本兵鞠躬和快速的經過。／

>>

／舞臺上方聚光燈照向左側，莎拉正跟著母親從舞臺左側出現，她們跟著前面的中國人群和幾個猶太人走向舞臺中央的日本崗哨亭。／

／忽然聽到日本衛兵對著一個中年中國人大吼：／

日本衛兵：「*八嘎！支那清國奴！八嘎！*」

／不再有任何警告猶疑，日本兵舉起槍托砸向那個中國人的額頭，／

〔**配音**〕：／很清楚響亮的骨頭被砸破的鈍響。／

／中年人立刻撲倒在地上，血從他的頭上冒出，日本兵開始狂叫著去踢他，中國人被踢翻，然後日本兵踩在他的身上，

用力踩著……直到那個中年人不再慘叫和呻吟……沒有了聲音。

／在前面的人立刻跑向前去（右側），在後面的人幾乎都退了一步（向左側），但沒有一個人有任何去協助的動作，只是僵住和觀望……／

／莎拉發出短促的驚叫聲，但母親立即捂住了她的嘴，裝作若無其事。母親拉走莎拉，不准她看，也不讓她說一句話；直到過了橋。／

〔舞臺右側〕

／聚光燈照亮過了橋的莎拉和母親。莎拉緊緊的抱住母親的腰，輕聲地啜泣著，喃喃地低語：／

女孩莎拉： 「*I hate Japs! 我恨日本兵！為什麼總是無辜的百姓受苦？我恨極了日本兵！*」

母親始娜： 「*Hush! Hush! I know, but be quiet. 噓！噓！我知道，但是安靜，不要說話。*」

／舞臺燈光漸弱，微光中仍見人們穿過大橋。／

....

〔舞臺左側〕

／左側上方聚光燈在幕落後慢慢亮起，照耀下方的老婦莎拉。／

老婦莎拉的獨白：

「猶太人只是被日本兵截住查證件，而中國人則經常的被喝止搜身或劫掠他們的物品，有時是狂暴的毆打，有時甚至被捕拘留。似乎日本兵對準了以中國人做他們的標靶而比較放鬆了對付我們猶太人。是否中國人成為站在日本兵與猶太人中間的一個保護？但看著中國人受辱令我同樣的感受痛苦，因為我們猶太人也是一樣的受逼迫，而且現在也是在日本的淫威之下。

所有的殘暴在我們眼前上演，我們會變得麻木嗎？

我們會習慣了嗎？

有一天我們會變成屈服的民族了嗎？

我們是不是在變化？

我們不再敢追求公理和正義？

我們的靈魂失喪了嗎？

　　我不知道答案，我害怕這樣情景的延續會使我們改變，我們不知不覺中成爲了被奴役的順民，一群羔羊，任由主人宰殺；還是有一天我們會被逼迫到起來反抗？

　　童年，幼稚的心靈，我們還分得清對錯，我們還體驗得出痛苦，我們還有家庭的教養，和我們周遭猶太人的文化。那些綁著綁腿的日本兵，有時在我腦海中漸漸變成德國兵的長筒皮靴，正踐踏在我們猶太人身上。中國人與我們是一樣被欺壓的民族。」

　　／**舞臺燈光漸漸暗淡，熄滅。**／

---第十四幕結束---

第十五篇　漢斯‧希伯

一個加入解放軍游擊隊 拿起槍的記者

-序幕-

〔**舞臺**〕：／布幕尚未升起，老婦莎拉坐在舞臺左側，聚光燈從上方照亮了她。／

··

老婦莎拉獨白：

「從遷入虹口，母親就開始為哥哥雅各和我安排教育。我們進入了新的學校，它叫做『**上海猶太人青年協會學校**』（The Shanghai Jewish Youth Association School）。它的位置在玉衡路627號，離我們的住處只有幾條街口。後來我們得知這是一個富有的猶太家族**賀瑞斯‧嘉道理爵士**（Sir. Horace Kadoorie）所創建的，所以我們又稱它為『**嘉道理學校**』（Kadoorie School）。

它有許多間教室，還有我們幾百名學生，分成不同年級和班級。它的課程與我們原來在歐洲的時候一樣，但增加了英語課，雖然我們原來也有學習過英語，但是在這裡它更顯得重要，因為我們都說著德文、法文、甚至匈牙利文等各種不同的母語，可是在這裡我們卻都是以英語做溝通。不過我們還又被強迫加上了日語課，雖然我們都只是應付應付日本政府的檢查而已。還有惱人的數學……最讓我頭痛的是，體育課也變得重要，而我一向都不專長運動，可是老師們都是非常認真的。

嘉道理家族是一百多年前從印度遷移到中國上海的猶太人，他們經商致富，而現在成為我們在虹口的最大幫助。猶太人慢慢的都已經遷入了虹口區，不停的有新的猶太學生加入，而每來一個新的同學，我們幾乎都要做一件相同重複的事，那就是掛出世界地圖，然後由剛到的新同學告訴大家他來自那裡，是歐洲原來的什麼國家，還有，我們最有興趣的是他是如何過來的---每一個人似乎都有一個冒險的故事，由他講述他所經過的旅程路線。我發現我們很多人都是從歐洲某個國家出發到達意大利，然後上船經過中東埃及的蘇伊士運河，航行在印度洋上，繞過沙烏地阿拉伯、印度、新

加坡、菲律賓，幾乎繞了半個地球，然後抵達上海。而這一段的航程，就是我們的流亡路線。每一個人有不一樣的記憶，但最終我們都聚集在了這裡，一個奇異的庇護地---上海；而我們就稱我們自己一個新的名詞---**上海猶太人Shanghai Jews**！

我非常喜歡我們的班主任老師羅斯・格爾佈（**Ross Gelb**）先生，他在匈牙利時曾經是一位頗有名氣的文學家，寫過好幾本書，並且在大學擔任教授，但在此時此刻的這裡，他只能屈就地教我們這些孩子。可是他並沒有把我們當作孩子看待，他喜歡啟發我們，講著許多教科書之外的東西，而他最喜歡談論的卻是人生和智慧。我們似懂非懂的聽他談論，他的課程總是與我們討論和對話，而不只是照課文讀讀而已。他樂觀通達，有許多朋友，我們常看到他的朋友們到學校來訪問他。

>>>

-開演-

〔揭幕〕：／老太太莎拉上方的燈熄滅，幕徐徐拉開，舞臺燈光全亮了起來。

〔佈景〕：／教室的內景，老師的講臺，學生的課桌椅，還有課本文具等教室內的雜物。／

〔人物〕：／一位猶太中年教師，還有三十多個差不多年齡的猶太孩童學生。／

〔舞臺〕：／學校裡放學的鈴聲響起，學生們紛紛收起文具課本，裝進他們的書包裡，走出教室。孩子們步出教室，莎拉跟著走出來，向老師道別。／

....

女孩莎拉：　　　　「再見，羅斯老師！」

老師羅斯（Ross）：「再見，莎拉，明天見！」

　　　　　　　　　／這時一個猶太青年走進教室，迎向羅斯老師；羅斯看了他一眼，興奮的快步迎上去／

羅斯：　「*啊！漢斯・希伯（Hans Shippe）*！我的老朋友，我們多久沒見了？您還好嗎？」

漢斯： 「哦，羅斯！我還過得去，你呢？」

羅斯： 「都還好！好像我們又都適應了！你不覺得這裡正在改變嗎？很多在我們搬遷進來以前被淞滬戰爭炸成廢墟的建築物都被我們猶太人一點一點的修復了，那棟半毀的樓房現在修成了商店，樓下是論小時出租的店面，幾點到幾點是牙科，之後是擺上幾件皮衣的服裝店，然後是鞋店……*哈*！頂層翻建成了咖啡屋，有小提琴的演奏，是名叫『**屋頂花園**』的餐廳，那條街又被叫做『**小維也納**』了！

　　我們似乎一定要把我們原來的生活方式照搬過來，我們到那裡似乎都要把我們的精神生活移植，再窮再簡陋的地方，我們都不放棄把它變得美好些！那是我們的追求。知道嗎？最近已經有幾位歌手晚餐時在那裡演唱幾首知名的歌劇曲目了！走，我們去『**屋頂花園**』喝杯茶或咖啡好嗎？噢，那杯茶只有寥寥幾片葉子，咖啡也其淡無比，食材更是少的可憐，一切都嚴重缺乏不足，可是我們還是可以坐下，沉醉在那個氛圍當中，那就是我們所要的！是的，我真的希望好好跟你聊聊。我最近有一陣子沒有在報紙上看見你寫的文稿了，你還寫報導嗎？」

漢斯（臉色顯得很凝重）：

「不，我無法再寫了！羅斯，我無法用筆去寫下我所看到的一切，那是描寫地獄。羅斯，我不想去小維也納的屋頂花園，我不想去那裡歡樂一分鐘！我看見那裡，卻覺得好像一條正被海盜占領打劫的輪船；我們躲在一間艙房，整理佈置，享受房間裡的環境和氛圍，以為只要把門鎖住，就可以隔絕外面的世界！可是你知道，海盜隨時可以打開房門，把我們消滅丟進海裡！我們建設的一切我看不見意義，我們到底想蒙住我們自己的眼睛多久？」

羅斯（停頓了一陣子，似乎不知道該怎麼回答他的朋友，然後緩緩地說）：

「我瞭解，可是我們不能每分鐘都生活在緊繃的恐懼裡。活下去，需要一點緩和，一些盼望，和暫時得到忘懷。不然每一分鐘都是煎熬，我們馬上就會崩潰的！漢斯，發生了什麼事使你面容這麼緊張又沮喪？」

漢斯（露出歉疚的神情，儘量的微微笑了一下）：

「抱歉，羅斯，我不該這麼批評我們的同胞。我知道我們需要一個綠洲來緩解精神的壓力，但是你知道嗎？包理斯·托帕斯（**Boris**

Topas）死了！」

羅斯：　「誰？他是誰？」

漢斯：「我們猶太人的一個領導者，俄國阿須肯那茲猶太人社區的會長（**Boris, the President of the Russian Ashkennazi Community**）。半年前他擔心日本人會對猶太人採取更深的壓迫行動，主持了一個他們社區的會議商討對策。就在開會時，日本憲兵衝了進去，以造謠的名義抓捕了他！他被關進去時是一個活躍有能量的人，才半年，他被放出來丟到馬路上時，已經變成一個不再會說話的人！他呆滯，再也不能言語。幾天前，他死在了他的家裡。知道嗎？包理斯才50多歲！」

／羅斯無言的望著漢斯／

漢斯（繼續）：

「你知道那些被關進集中營的美國人和歐洲人嗎？你曉得那座最大的龍華集中營嗎？缺乏食物，沒有醫療，他們餓到行動遲緩，就被以不服從命令為理由處罰。不再給食物，鞭打……逃走的人失敗被補回，吊打後綁在柱子上曬死。

　　侵略者把人間變成他們狂歡的地獄，他們像地獄裡的魔鬼，在殘酷暴虐裡享樂；看著鮮血和慘嚎當作音樂！

　　羅斯，我看懂一件事：當人被教導去獵捕另一個族群的人的時候，他們變成了獸；不再有人性，***No longer a human！No humanity***！他們把被掠食者當成犧牲品，毫不需要憐憫！可以殘酷到極致！就像豺狼捕捉羔羊，是理所當然，完全不是犯罪！所以他們對所做的毫無罪惡感，竭盡所能的虐殺卻並不在意，更不會有絲毫的良心譴責，因為對他們而言，我們已經不被當作是同樣的人類！

　　我聽到在歐洲的德國納粹也正在屠殺猶太人，我們祇知道躲藏，從歐洲跑到亞洲，從維也納躲到上海，其實到那裡都是一樣！我們像鹿或羊、甚至是兔子一般逃竄，祈求苟活！是我們自己給了他們權利來獵捕我們，因為我們只求生存！我們沒有站起來維護我們的權利，我們同樣是人類！也許這樣站起來會危及我們的生命，但有些事值得我們去付出生命來做的，***Something worth dying for***！」

羅斯：　「可是我們缺乏組織，也沒有武器！」

漢斯： 「是的，我們缺乏也沒有---草食動物永遠無法變成掠食動物！但我們可以，我們也是人類。我們也可以學會組織，尋找和獲得武器；當我們拿起槍和武器的時候，我們就可以跟他們凶猛的對抗，我們就將不再是被獵捕的食物！

　　只有到我們行動的那一天，才會有公理和正義，我們才能覺得我們是不比任何其他民族差的人類，我們才能保護我們的妻子、兒女、家人和我們的族類，還有我們奮鬥後所獲得的屬於我們的產業---羅斯，我要離開這裡了，我是來向你道別的。」

羅斯： 「你要離開這裡？你要去那裡？怎麼去？」

漢斯： 「我和幾個朋友已經取得了中國地下抗日組織的聯絡，他們會幫助我們脫逃離開上海。我已經決定加入中國的解放軍，一位我們猶太醫生雅各‧羅森菲爾德（**Jacob Rosenfield**）已經去到解放軍的軍區醫院工作；但是我要去游擊隊根據地，我會放下筆桿，拿起槍桿和戰士並肩做戰！我要對這些魔鬼宣戰，我不會再讓法西斯再在我的身上做掠食者！」

　　／羅斯站起來和漢斯對望，然後彼此擁抱，拍著後背。／

羅斯： 「讓我思考後做決定，也許我該和你一起走。」

漢斯： 「不，這裡的孩子需要你，你教導他們什麼是正確什麼是錯誤。你告訴他們我們所應該和必須做的事，改變我們的將來，我們民族的前途和保障。我們不能再繼續過去的軟弱，將自己交付在任何法西斯的手裡。他們需要你，你有責任和工作在這裡。

　　我放棄做記者，因為我要一次行動去面對邪惡和殘暴。這樣等我回來的時候，我會寫出不一樣的文章和報導，而如果我回不來，有一天會有人報導我的故事，一個用自己的生命和行動去寫一個篇章的記者，我會讓很多人醒悟和不再做被獵捕的動物，我們要終結那種如同掠食者般的侵略民族的心態，那就只有面對他們，反抗他們，和打敗他們。」

　　／羅斯和漢斯緊緊擁抱，舞臺燈光漸暗。／

-幕落-

---第十五篇結束---

第十六篇　窮困匱乏

-序幕-

〔**舞臺**〕舞臺仍是白馬咖啡屋的場景，老婦莎拉坐在左側，中國人周老先生坐在她旁邊。

....

老婦莎拉獨白：

「我們在虹口定了下來，生活又有了一定的模式，但卽使我們仍能到上海市其它地區工作和尋找收入，我們的日子卻變的不一樣了！食物變得非常稀缺，幾乎很難買到。也許是因爲戰爭的陷入困境，或者是因爲我們兩萬猶太人湧入後，虹口本地的市場物資開始匱乏到一塌糊塗的地步。我們幾乎僅能依靠馬鈴薯和豆子，及一點點的蔬菜過日子。飢餓，使得猶太人父母常把僅有的食物給了孩子，然後自己舔餐盤。

我們逐漸適應了環境，我不再看見老鼠就大驚小怪，也不再介意蟑螂爬上我的鞋子，但是仍有一件事我們無法改變去適應，那就是生理的反應，從早上起床一直到晚上上床，整天腹中空空的飢餓感。每個人都逐漸變瘦，衣服寬大，而冬天的來臨使我們渾身發抖，寒冷在飢餓時越發難以忍受，母親用各種衣物把我包裹起來，我卻依然凍得發抖。」

　　／老婦莎拉突然想起什麼事一般，突然回頭轉向中國人周先生，有些不好意思的笑了一下，親切地問：／

　　「哦，周先生，我只顧著回憶者我們猶太人的情景，幾乎忽略了問你們中國人的情形，你們那時還好過嗎？」

　　／老人周先生聽完婕妮特的翻譯後想了一會兒，慢慢回憶的答覆：／

周老先生（感嘆地吐了一口氣）：

「想都不想再提起那個時候的日子啦！每天就是在想能到那裡能弄一點吃的東西。我們每天就都是煮點粥配鹹菜過生活，嘴裡都淡出鳥來了！就想吃點有油有肉的伙食。我們本來就過得苦，那時候人

簡直整天只在想吃的東西，餓的發昏！走路都有氣無力。我們過去練功夫現在也停了，站不住馬步了呀！腿直抖，黃師父也不來了，聽說離開了虹口。

那時候日子簡直沒法過，要不是德哥，說不定我們早就餓死在街頭了。你看街上那些要飯的，前天跪在那個飯碗前，一動不動，碗裡也沒有一樣東西。昨天再看，他還是跪在那裡一動不動，眼睛半閉著。今天再經過，他已經橫躺著，破碗也遭人拿走了。走路的人從他身上跨過去，連低頭瞧一眼都不。直等到善堂的板車來把他抬走拿到亂葬坑去丟了！唉，餓死的人每天都有，沒人管。

但是你看日本兵還是吃的飽飽的，日本軍官俱樂部裡更是整隻的炸雞、烤豬！還有外灘的大酒店，裡面酒香肉肥，一批批日本皇軍，還有奸商、漢奸；他們從美國人、英國人那裡沒收來的美金、英鎊，花都花不完，什麼都買得起。連鑽石金錶的生意都興旺的要命！

上海的偽政府又頒發了什麼保甲令，漢奸就像明鏡當鋪的那些狗腿，跟著日本警察岩里武男去招募了一些地痞流氓，就是蔡清輝、賴登文和李英德他們，發了臂章當保長、甲長，到各處各地的鄉下去搜刮糧食，見什麼搶什麼，運回來送到日本人那裡吃喝。可憐鄉下農民餓了幾天，有一家人都上吊掛在門口的樹上死了的！有進城討飯給孩子先吃，自己後來餓死在街頭的！

咱們本來就不夠吃，德哥還又帶回了幾個快餓死的小娃，幾張嘴都要吃，只能熬稀粥喝了唄。德哥跟咱們一樣只喝粥，阿清有一回替他煮了一碗麵糊，他說了阿清幾句，把麵糊分給小娃吃了！阿清都偷偷哭了，德哥這麼累，人瘦了，臉都發青了，萬一垮了咱們可怎麼辦？可是他精神還是很好，你知道咱們靠什麼活？替黑市運私貨！

德哥帶著咱們幾個男娃幫江湖的堂口運私貨，那些私貨什麼都有，菸、酒到糖果巧克力，還有大量的肉和罐頭。咱們饞的不得了，但絕不敢偷一點。那犯忌是要殺頭的！半夜從荒地的卡車旁或者是碼頭的私船下貨點，咱們扛起包就繞著小路往城裡跑，到一定的地點交貨。這差事累，德哥會帶著咱們去，走前德哥會先給咱們吃一頓飽……那是開心的事！不過不然也跑不動啊！搬完貨還會額外給咱們一塊糖或是一根香腸肉，那好吃啊！咱們都搶著去幹活

呢！其它的份子錢就都是換成米糧帶回去給大家吃，咱們主要就靠這個活著，外面多少人想搶著幹，但是德哥認識人頭，總把活給攬下來。

　　咱們就靠那樣活下來，偶爾接的工作活多了就多吃些，很多時候就半飽半飢，撐著過，整天就想著下一頓能吃什麼。不過咱們也知道，那些市面上買不到的私貨絕對是給一些特殊的人吃的。這個世道，總有些人是有路子的，不管什麼狀況，他們總是高高在上有辦法吃喝享樂。德哥其實也是有辦法的人，他不比咱們大多少歲，但他總能找到路子撐住大家。可是他太顧著咱們，要不他也能吃香喝辣的。」

　　／老婦莎拉點著頭，大家沉默了良久，望著自己的咖啡杯和
　　面前的蛋糕。／

老婦莎拉接口獨白：

　　「是的，瑞德聰明有腦筋，他總知道該怎麼辦；但他不會為自己，總是顧著別人。我們猶太人也已經餓的幾乎只是每一天，每一小時想著下一頓吃的在那裡。市面已經很難再買到食品，日本當局徵收了所有的食物去做軍糧。而且就算有，我們也已經不可能有錢去購買了。」

　　／老婦莎拉上方的燈熄滅，幕徐徐拉開，舞臺燈光全亮了起
　　來。／

>>>

帷幕揭開

-開演-

〔舞臺〕：舞臺的左側燈光亮起，照著三分之一1/3的舞臺

〔佈景〕：莎拉家裡，房間的床鋪

〔人物〕：莎拉和母親坐在床沿說話

　　　　／父親開了門，莎拉和母親迎上前去擁抱親吻，可是父親不
　　　　發一言的丟下一個紙袋，靜默的走到母親旁邊的床沿坐下。
　　　　／

母親路德（擔憂地看著父親）：

「怎麼了？又發生什麼可怕的事了嗎？不要壓在心裡，快告訴我。」

／父親接過莎拉遞過去的一杯水，喝了幾口，緩緩低沉地說話。／

父親：「我們看到街頭中國人的乞丐已經習以爲常，他們有的站著，有的趴在地上討飯，還有餓斃在路旁的。但是今天在我的店鋪前面，我給了一個乞丐一些食物。妳能想像嗎？……他是個猶太人。」

／父親閉起眼睛，暫停了他的說話，過了一會兒才繼續，／

「我無法忍受去看著他。他的身體瘦得橡根枯木，他甚至沒有穿鞋子，只是在腳上用破爛的布纏繞著。他說他的家人被趕出了居所，因爲再也沒有辦法付出房租。他竟然真的想脫掉他身上的襯衣來跟我換一點吃的東西！我忍受不了，把我所有的食物和一點錢都給了他！他是我們自己人，我第一次感受那麼強烈的痛苦！」

／母親過去用雙手抱緊父親。／

母親：「我高興你這麼做，我高興你幫助了他。」

父親：「但是不夠，不夠啊！」

>>>

〔舞臺〕　／燈光漸暗，幕降下。
　　　　　老婦莎拉和周先生坐在布幕前，上方的燈光亮起。／

老婦莎拉的獨白：

「不管怎麼說，或是什麼理由，當見到自己同樣的人到了悲慘的境地，我們痛苦的感覺就分外強烈，恍如自己身受一樣。我們一個小時又一個小時的掙扎著，只爲著撐到找到下一頓食物的時候。」

>>>

〔舞臺〕：／配音響起，右側三分之二的舞臺亮起。／

〔佈景〕：／一個大帳篷上面掛著（**Soup Kitchen**）（施粥）的牌子，置放在靠舞臺右側的中間，一個冒著熱氣的大湯鍋，和一個大盆子裡滿是黏糊糊的濃濃的馬鈴薯泥和蔬菜，加了一丁點的雜物，似乎是肉末。

猶太人排成一條長長的隊伍，手裡拿著罐子，碗或金屬小盆子，等待著到湯鍋前被分到一勺熱湯，和一瓢食物。／

／分發食物仍在繼續，舞臺左側老婦莎拉的上方燈光又亮起。／

老婦莎拉的獨白：

「境遇的悲慘使得猶太人聯合救濟分配委員會（**Jewish Joint Distribution Committee** 簡稱**JDC**）決定了興辦粥廠，由國際紅十字會（**International Red Cross**）支持，在虹口的市中心地點設立了施粥的大棚，每個猶太人每天可以去領取一餐。雖然少的可憐，還要排幾小時的隊才能領到，也許幾口就吃完了，有時味道竟然還有些霉餿；甚至有人抱怨說連狗都不愛吃，但它依然是許多絕望了的猶太人活下去的支撐和希望。

父親不要我們去領取，他說我們還可以靠自己，母親也還有工作，我們不能去侵占不幸的人們的所需，他們的生存需要更多的幫助和食物，我們不能去分享，那是剝奪他們的份額。」

／舞臺燈光逐漸暗淡……／

---第十六幕結束---

第十七篇　交易市集

金錢和易貨的市集
瑞德和莎拉的再遇

-序幕-

〔舞臺〕：／舞臺左側布幕前，燈光照射下，莎拉獨白：／

老婦莎拉的獨白：

「虹口市區的商店幾乎都空了，正規的營業已經凋敝到不再是人們習慣的買賣東西的場所，但是在虹口區的昆平街卻成爲了新興的交易市集，人們在那裡買賣貨品，有用金錢貨幣的，但更多是用以貨易貨。

我們猶太人把從歐洲帶來的僅存的一些物品拿到這裡銷售，或換成食物。那裡充斥著猶太人和中國人，互相喊叫著討價還價，或是拍掌成交。而有一天，父親回來告訴母親，他也想到那地方嘗試多做一些生意。」

>>

〔揭幕〕：／老婦莎拉上方的聚光燈熄滅，幕徐徐拉開，舞臺燈全亮了起來。／

第一段：虹口的攤販市集

-開演-

〔舞臺佈景〕：／莎拉的家裡，父親興匆匆的回到家裡，母親也正好在家，父親拉住母親擁抱了一下，然後開口。／

父親：　「路德，妳知道虹口區末端的那一條昆平街的市集嗎？」

母親：　「哦，我知道，我聽說不少猶太人在那裡賣出他們最後一點點的家當來換取食物。」

父親：　「對的，」

　　　　　／父親笑了起來：／

「我也想把我們家的煎鍋和盤子拿去那裡賣了或是換成米和麵粉。

反正我們已經沒有食物需要煎或炸了！噢，我當然是說笑話罷了！但是妳知道嗎？那裡越來越熱鬧，記得我們以前在舊家附近認識的一個柏林來的猶太人工程師嗎？他在這裡學了木工，現在用木頭做了鈕扣，塗上中國服裝店和裁縫指定的顏色的油漆，生意做的不錯呢！他答應我在他旁邊擺攤修理和賣皮鞋，每星期一次的市集；我想我該去那裡試試運氣。我們那每天輪租的兩小時的鋪子幾乎沒有生意了。」

母親：　「好呀，我知道一個原來的銀行經理現在已經在麵包店裡做烤麵包師傅了。我們都得適應，尋找活路，否則我們就會變成你看到的那個可憐的流落在馬路上的悲慘的人了。」

　　　　／父親看著莎拉，微笑著說：／

父親：　「莎拉，妳願意和我一起去嗎？說不定我可愛的女兒會帶給我生意興隆的好運。其實我是希望妳出去走走，看看熱鬧；像妳的哥哥雅各一樣，多在外面多活躍一些，我想看見妳更健康一點。」

莎拉：　「可是爸爸，外面實在太冷了，我寧可待在家裡。」

母親：　「家裡一樣陰冷，莎拉。外面當有太陽的時候也許會對妳的健康有益。但是，丹尼爾……

　　　　／母親轉向父親：／

　　　　「你要照顧好莎拉。」

父親：　「那是當然，不過我們並不離開虹口，也不需要過花園大橋，不必太耽心。」

　　　　／舞臺燈光漸暗，幕落。／

>>

第二段：瑞德的禮物

-帷幕揭開-

〔舞臺〕：布幕升起，舞臺上方的燈光照耀著舞臺上滿滿的人群，一派熱鬧的市集景象。

〔佈景〕：一條馬路兩旁有著比較寬敞的空地，綿延的擺放著各色小攤販，許多是猶太人在擺攤，有廚房鍋碗瓢盆和精緻的瓷器餐具，那

些都是他們從歐洲帶過來如今不得不拿出來賣掉求生。有舊衣服和帽子的，還有一些藝術裝飾品和油畫，攤主們向走過來的中國顧客用不多的上海話禮貌的招呼著。還有不少中國人擺的攤子，擺放著中國人生活用品的罈子、大缸、竹編的籠子……和挑著蔬菜擔子的小販。

〔**人物**〕：中國人、猶太人、大人、小孩，討價還價的吵嚷聲，一遍喧囂。

··

-開演-

　　／聚光燈照向莎拉和她的父親丹尼爾，父親扛著一個大包袱，向賣鈕扣的朋友問好，然後打開包袱鋪在他們共用的一個木檯上，有幾雙皮鞋，還有修理皮鞋的工具。／

父親：　「莎拉，我替妳帶了一片麵包做早餐，妳可以吃完後隨意逛逛這個市場，不過不要走遠，要讓我隨時看到妳。還有，我一喊妳的時候妳要立刻答應和回來，千萬不要走遠讓我耽心，好嗎？」

　　／女孩莎拉點了點頭，高興的接過父親難得的給她的那片麵包，拿在手裡，卻沒有捨得馬上吃。看著周圍的熱鬧，慢慢的走開，去逛市場。／

　　／莎拉走向舞臺左側，忽然直視著那裡。

　　／聚光燈照向她看著的方向，一個中國男孩揹著一個布包袱正走過來。／

女孩莎拉（驚喜的大叫）：

　　「瑞德！嗨，瑞德！」

　　／男孩瑞德望向莎拉，但是不做回應，只是繼續向前走。／

　　／莎拉站住望著走過來的瑞德，不再呼叫，但是定定的看著他。／

　　／瑞德走過莎拉的身旁，抬起下巴向著前方（舞臺的右側），然後示意莎拉跟著他。／

　　／莎拉會意地跟著走到了舞臺右側，然後瑞德停下來。／

〔**景象**〕：／舞臺上方的聚光燈打在他們身上，周圍的燈光稍微暗淡下去。市集裡的人們仍然喧嘩地交易著，但聲量變成背景般降低。

他們立定在臺上的右邊，然後男孩瑞德輕輕地點了一下頭，
招呼著：／

男孩瑞德：「莎拉，不要在人群多的地方招呼我，尤其是妳們猶太人多的地方。」

女孩莎拉：「為什麼？」

男孩瑞德：「因為我在這群人當中，和在這個地方的名聲不太好。妳認識我，做我的朋友對妳沒有好處。」

女孩莎拉：「怎麼了？為什麼呢？」

／瑞德彎下身，放下包袱，打開後，從裡面拿出幾個小包的麵粉、米、罐頭跟幾片風乾的魚和臘肉。／

男孩瑞德：「這是我帶來這裡做生意的。我用這些換你們猶太人的物品，然後帶到上海外灘那些飯店換更多廚師們從廚房裡偷出來的食物。上海大飯店的廚房裡的人都認識我，他們喜歡一些稀奇的外國東西，從戒指到耳環、項鏈；還有漂亮的歐洲骨瓷餐具。我換到的食物越多，我帶回去給我的夥伴們吃的東西就越多。當然，我會留下大部分，再繼續倒來倒去的做我的買賣。」

女孩莎拉：「那有什麼不對嗎？」

男孩瑞德：「人到窮困的時候道德的底線就降低。即使是猶太人，也會把孩子的玩具戒指說成是珠寶戒指。他們當然總想多換一點食物，但是我也要把生意做下去，讓跟隨我的孩子們活下去，我不能上當。我精明的說穿他們的小把戲，壓低他們的價值，他們不得不接受我的給價，但是他們也因此不喜歡我。在他們眼中，我只是一個做黑市買賣的小混球，年紀小卻狡猾而且又心黑。

噢，不說了，如果他們看見我們是朋友，他們會懷疑妳怎麼跟這樣的壞孩子混在一起？是不是妳也在鬼混？」

／瑞德對莎拉做了一個鬼臉，模仿一個驚訝而又厭惡的表情。／

女孩莎拉：「我不在乎他們怎麼看，你是我的朋友，而且我好高興又看到你。我們每一個人都在設法活下去，包括我和我的家人。如果不是德國納粹和日本侵略軍造成的環境，我們都可以做紳士淑女，但是現在我們求的只是基本的有吃的和生存而已。瑞德，你真的能幹，而且你照應著別的孩子。只是你怎麼把這些食物

帶進虹口的？我看過花園大橋上的日本兵檢查每個人的包袱，還打開隨便就沒收了裡面的東西，並且還毆打帶東西的人！」

男孩瑞德（不屑地說）：

「花園大橋？我不會去走那條路徑。我不向日本兵鞠躬，我也不會向日本國旗敬禮！不，我從不走那座橋。」

女孩莎拉（好奇的盯著問）：

「那你是怎麼從上海市區渡過蘇州河到虹口的呢？」

男孩瑞德（略顯得意的笑了起來說）：

「哈！妳以為我跟你們是一樣的嗎？不，傻老百姓，我們有自己的路子和辦法。妳不需要知道。妳只要曉得，半夜的河上有悄悄的渡船，還有多少個碼頭。但只有我們這些膽子大的『地頭蛇』知道，也才曉得如何避開崗哨和檢查站。這世界上只有敢冒險的人才能抬著頭生存，也只有膽子大才能有辦法和路子。不要再問，妳知道了這些對妳沒有任何好處。小女孩！」

女孩莎拉（故作惱怒地）：

「等一下，你幾歲？你不比我大多少，請不要叫我- *小女孩！*」

／瑞德呵呵地笑著，從包袱裡拿出兩包麵粉和一條風乾的小魚，遞給莎拉。／

女孩莎拉：

「謝謝，但是我不需要。」

／她掏出剛才父親給的那片麵包。／

「看，我有食物。」

男孩瑞德（深深地看了一眼那片麵包）：

「莎拉，我知道妳有父母親照顧，妳會有食物。但是……看，妳瘦了，妳比我以前看到的妳瘦多了！」

女孩莎拉（無可奈何的嘆了一口氣）：

「這裡每個人都瘦了。但是我們能怎麼辦呢？也許有一天我也會去施粥棚（Soup Kitchen）排隊領些食物，但是目前我們還能照料自己，而且你也好不了多少，你看起來瘦了不少。」

男孩瑞德（挺了一下胸）：

「我瘦了可是我的精神還是很好。我心裡有一種力量支撐著

我，我還有許多責任和必須做的事，不只是生存。莎拉- - -**肯接受朋友的協助也是給朋友的一種恩惠**。妳有手帕嗎？」

／莎拉皺著眉頭掏出一塊不很乾淨的舊手帕，上面繡著莎拉的名字，那是母親以前給她的生日禮物，她有些難為情地拿出來。／

男孩瑞德（笑了起來）：

「對，就把妳的手帕給我，拿去，這是麵粉和上海魚乾，告訴妳的父母，妳用手帕**從一個喜歡妳的手帕的人那裡換到了這些食物**，快拿去，我幫妳用布包起來。」

／莎拉遲疑的遞過去手帕，然後接過瑞德給她的食物包裹。／

女孩莎拉（真誠地看著瑞德）：

「你真的聰明又狡猾。你到底是誰？為什麼你的英語那麼好，而且不像你的年齡，你真的像社會上的世故老手，像壞人又像好人。」

男孩瑞德（大笑起來）：

「謝謝妳的稱讚！我不是壞人也不是好人。我讀過美國的《湯姆歷險記》，湯姆想當海盜，去尋找一個他的金銀島，而且他喜歡一個女孩。我卻想當一個俠客，我也喜歡過一個女孩，而且我是騎士，她是我的公主。」

女孩莎拉（揚起了眉毛，疑惑地問）：

「你讀過美國小說？你到底是誰？你喜歡過那個女孩，還把她當成你的公主？」

／這時莎拉聽到父親丹尼爾在不遠處呼喚著她的名字。／

父親（丹尼爾）：「*莎拉……！莎拉！妳在哪裡？*」

男孩瑞德：

「聽，妳的父親在喊妳了，快過去，下次記得帶一樣東西來，無論什麼都可以，我再和妳換食物！」

女孩莎拉：

「好吧，你這個狡猾的商人俠客，噢。不！騎士，我會在口袋

裡放一塊石頭來和你交易，還有你還欠我一次水餃，記住我沒有忘記你的承諾！」

男孩瑞德：

「現在已經沒有水餃攤了，他們沒有肉和材料了。但是將來一定會有的，我會兌現我的承諾，妳一定會吃到可口的上海水餃。再見，下次見！」

／莎拉用左手抱起那包食物，快步跑向不遠的父親攤位，回頭向瑞德快樂地揮著她的右手。／

／瑞德佇立在原地，望著跑開的莎拉，微笑著彎腰重新包好他的物品，揹上肩膀，走向攤販群中。／

／舞臺燈光漸暗，布幕落下。／

··

---第十七幕結束---

第十八篇　母親被打

-序幕-

〔**舞臺**〕：舞臺黑暗，帷幕垂落，在舞臺的左側上方有聚光燈照射下來，投射在老婦莎拉和旁邊的中國人周老先生身上。

....

老婦莎拉獨白：

「父親對我在市場換東西有些擔憂。他說那裡太複雜，他不知道誰會願意用這麼多食物來換一塊手帕，也許有別的目的。所以他不贊成我再帶東西去做交易，除非在他的眼前監視之下。我也覺得第一次可以收下，因爲那可以當作是禮物，但再繼續這一個太占便宜的交易，就是在接受一種賙濟。其實如果不是飢餓，如果不是那可以做好多塊烘餅的麵粉的引誘，我連第一次都不該答應。但是他做的那麼自然，幾乎是要我給他一個『恩惠』，所以我做了我人生的第一次- - -接受一個男孩子的禮物。

他是那麼聰明而又狡猾，讓人不會想到拒絕！下個星期我沒有再去，我在想瑞德會去找我嗎？他會失望嗎？我開始偶爾會想起他，瑞德，一個我認識的中國男孩。」

中國周老先生（輕聲接口，帶著辯駁的口吻）：

「德哥永遠是聰明，他不狡猾。他只是想的比咱們多，他要應付那麼多事，還有那麼多人，可是他才幾歲？他磨練的可厲害！他是喜歡幫助人的，咱們一幫娃兒都靠他！」

老婦莎拉接口繼續：

「我決定過了一段時間後我再跟父親去市集，我要送他一個禮物，平衡我前一次的受惠。但是永遠有料不到的事情發生，卻改變了一切的想法和計劃。」

／老婦莎拉上方的燈熄滅，舞臺恢復黑暗。／

>>>

第一幕　帷幕揭開

〔佈景〕：女孩莎拉的家裡。

〔舞臺〕：左側上方的聚光燈亮起，照著女孩莎拉坐在一張家裡的小椅子，靠著小書桌寫字。

-開演-

　　／母親急匆匆走到莎拉旁邊，雙手壓在莎拉的肩膀上，用歡快興奮的語氣開始說話。／

母親：　　「莎拉，我前幾天不是告訴妳了嗎？今天下午我們醫院有一個小小的 **Tea Party**（茶會），聖心會的中國護士們做了不少點心。上週護士長告訴我，歡迎我帶著我的女兒一起去。莎拉，那裡會有妳最喜歡，又好久沒有吃到過的酥餅和甜茶！快，我們走吧！這真是我期望的一天，我有多久沒有帶著女兒去參加點心茶會了！哈，好像搬到虹口就從來沒有過。嗯，連我都想吃極了！」

　　　　／女孩莎拉跳起來抱著母親的腰，快樂地笑喊著：／

女孩莎拉：「噢，媽媽，我等了好幾天了！我要吃到肚子撐大，幾天都不再需要吃飯！我還要喝甜茶到肚子發脹！親愛的媽咪，我的口水都要流下來了，任何食物現在都是可口無比的了！」

母親路德：「好啊！但是注意妳的吃相，別把我的同事醫院的人都嚇壞了！不過這段日子每個人的孩子都渴望著好吃的點心食物，妳們就一起享受一次歡快的茶會吧，不過食物也許沒有妳期望的那麼多，但總是有的！」

　　　　／女孩莎拉拉起母親的手，喊著。／

女孩莎拉：「*媽媽，快走，我等不及了！*」

　　　　／她們牽起手，一同向舞臺左側走去，消失在舞臺上。

　　　　舞臺上方聚光燈熄滅，布幕徐徐升起。／

>>

第二幕

〔舞臺〕：所有舞臺燈光通通打開，明亮的照著全景。

〔**佈景**〕：花園大橋中央，兩個日本兵端著上了刺刀的步槍，指著通過檢查
　　　　　哨的人群。

〔**人物**〕：猶太人，中國人，一群行人每個人經過崗哨時都向日本兵鞠躬，
　　　　　和向著日本國旗敬禮，猶太人拿出通行證給衛兵檢查，中國人
　　　　　畏懼的拿著良民證在手裡以備抽查，扛著布袋的行人更是急忙
　　　　　打開讓日本兵搜看。

-開演-

　　　／一個中國人只對站在崗哨前的兩個日本兵微微彎腰，沒有鞠躬到
　　　九十度，就急匆匆的想過去。一個日本兵追過去一腳踢在他的屁
　　　股上，那人跌倒，爬起來急忙拼命向日本兵鞠躬道歉。那踢他的
　　　日本兵又甩了他兩個耳光，咒罵著讓他離去；站在崗哨的另一個
　　　日本兵抱著槍哈哈大笑。／

　　　／打人的日本兵回到了哨所前面，母親向著他走過去，鞠了一躬。
　　　然後打開皮包，想掏出她的通行證……忽然驚疑的輕聲叫了起
　　　來：／

母親路德（輕輕地叫了一聲）：

　　　「咦？我出門前明明把通行證放在皮包裡，怎麼沒有了呢？」

　　　／母親低頭在皮包裡翻找著。／

日本衛兵（不耐煩地大吼）：

　　　「*通行證！現在！（Paper! NOW!）*」

　　　／母親把左腿抬起，把皮包擱在大腿上，盯著皮包裡面翻
　　　來覆去的搜索。／

母親路德：

　　　「我記得我今天早上把它放在這裡面的！」

　　　／莎拉急切地張開了口，焦灼的凝望著母親，又轉頭看著
　　　日本兵。／

日本兵（又一次急怒的大吼）：

　　　「*通行證！現在！（Paper, now!）*」

母親路德：

　　　「*Yes，yes，是的，是的，……請不要生氣！No need to get
　　　upset！*」

〔**情景**〕：／母親繼續搜尋著她皮包的裡面……／

／日本兵跺腳，吼了一聲，忽然抽出右手，用力一巴掌甩在母親的左頰上。母親向後浪蹌的退了一步；用手捂住左臉頰，莎拉驚呼的尖叫了起來！當母親放下手時，左唇流下一條細細的血絲……忽然母親大喊：／

母親路德（大聲的狂喊）：

「*Run, Sarah! Get home!* 快跑，莎拉！回家去！現在！*Now*！」

／莎拉拔腳狂奔了幾步，突然停下，喊著：「*不！不！（No！No！）*」／

／莎拉又跑向母親，但停在一個橋欄柱子的後面，渾身顫抖著，緊緊用左手捂著嘴，右手捏緊了拳頭。／

〔**情景**〕／母親終於翻找出了通行證，交給了日本兵，日本兵隨意的看了一眼，丟在地上。走開去查另一個猶太人的證件。

母親彎腰拾起，停留了一下，莎拉衝過去抱住了母親。兩人沒有多說一句話，向前一直走過了橋，到了舞臺的右側。

舞臺中央的燈光轉成灰暗，橋上人流繼續但無聲的走著穿越著。

舞臺右側的聚光燈燈光亮起，照著母親路德和莎拉，忽然莎拉崩潰了般的哭泣，身體前後搖擺顫抖，跌坐在地上放聲大哭……直到母親用雙手扶住莎拉的肩膀，把她拉起來站住……，莎拉把頭埋進母親的胸懷，放聲哭泣著。／

母親路德（用很平靜的聲音）：

「我沒事，莎拉。我不是找到了那張無聊的通行證了嗎？日本兵也讓我走了，沒事了，莎拉。」

女孩莎拉（仍然啜泣著）：

「對不起，……*我永遠不該跑開的*！」

母親路德（凝視著莎拉）：

「妳在說什麼？」

／忽然用堅定的聲調：／

「是我叫妳跑開的！妳根本不應該看和回頭！妳應該直接跑回

家！妳只是就照我告訴妳的話做了，*離開了這裡。*」

　　／母親嘴頰的血絲已經乾涸成紫色，面頰腫起發紅青紫，但聲音柔和而堅定，用力抱住莎拉；用手去撫摸了一下被打腫了的臉頰和嘴唇，然後抱緊了莎拉。／

母親路德（輕聲的說）：

　　「這個傷會好的，重要的事情是：我們都平安。」

　　／母女互相緊緊地摟抱著，舞臺燈光漸漸轉暗；花園大橋，日本哨兵，還有橋上的人流緩慢地移動，成為活動背景，女孩莎拉和母親保持擁抱的姿式不動，一切慢慢沒入灰暗中。／

>>>

第三幕

〔**舞臺**〕：／舞臺左側上方的聚光燈徐徐亮起，照耀出老婦莎拉，她坐在一個白馬咖啡屋的椅子上，對著中國周老先生和其餘的人講述著：／

　　／老婦莎拉開始獨白／

老婦莎拉的獨白：

　　「母親的臉和唇的傷痕隔了許多天才慢慢消退。母親從不傷感，每當她被提起或問到時，只是保持著尊嚴平靜的回答：**『我面對了一個日本兵。』**父親為母親熱敷，哥哥雅各整晚沒有說話，只是捏緊了他的手掌，不住地握拳又展開。

　　我時常會在夢中又看到那個日本兵毆打著中國人，只是很多時候，夢境中我看到的變成了穿著納粹軍人發亮的皮靴在不斷踢踩著那個倒下的猶太人，而不是那膝蓋以下用綁腿綁住到腳上的軍用皮鞋的日本兵裝束。」

　　／舞臺布幔緩緩落下，臺上逐漸一片黑暗。／

---第十八篇結束---

第十九篇　雅各的轉變

-序幕-

〔背景〕：一片黑暗中，僅有配樂，猶太人的歌曲，逐漸小聲……

〔舞臺〕：舞臺布幔的前左側燈光亮起照耀在下面的老婦莎拉。

....

老婦莎拉的獨白：

「在虹口的嘉道理學校裡，在猶太難民的孩子當中，所有那些過去公開活動的如**武裝貝塔組織**（MilitantBetar），和**猶太復國組織**（Trumpeldor Zionist Organization），還有反法西斯的**地下反抗隊伍**（ReACT）都謹慎的轉入地下祕密活動。我們不再是在以前歐美的租界區裡，我們現在是在夥同納粹的日本皇軍占領下，被日本政府看管著的景況。

學校被迫加入了日文課程，然而男孩們，就如我的哥哥雅各，他以前一直是一個不多言語、平靜而順從的用功讀書的男孩，但在強烈的壓迫下，或是因為母親的遭遇，似乎連他都被激怒起反抗意識，痛恨起了我們的處境！他逐漸的轉變，直到有一天雅各回到家裡的時候，竟然與父親爭論了起來……」

／舞臺布幔的左側前方莎拉頭上的燈光漸漸熄滅。／

／舞臺布幔緩緩拉起。／

>>

-幕啟-　　開演

〔佈景〕：／莎拉在虹口狹小的家裡，正在桌前翻看著書本，父親在看猶太社區報紙〔上海猶太人紀事報〕（Shanghai Jewish Chronicle）母親在整理準備晚餐，一些馬鈴薯和一點點米飯。／

〔舞臺〕：／雅各走進家裡，和父親、母親招呼著，突然轉身走向母親。／

....

雅各：　「媽，妳的臉頰還痛嗎？」

母親：　「早就沒事了，你怎麼想起問這個問題？」

雅各：　「我痛恨那個日本兵，我甚至痛恨整個日本人，我用我做為一個人的極限去恨日本人！」

　　　　／母親停住了手裡的工作，父親抬起頭看著雅各。／

父親：　「孩子，發生什麼事了？」

雅各：　「您不知道嗎？夏穆先生（**Mr. Shaum**）死了。一位老先生，就住在我們對面三樓的那位。我的同學艾瑞克（**Erich**）剛告訴我。夏穆先生想去市區裡看醫生，他趕上了合屋心情不好的時候，合屋不但不給他通行證，還罰他一個星期不准出門，禁足在他的那個不通空氣的房間裡。直到他房間裡飄出臭味，艾瑞克和其它幾個房間的住戶去破開他的房門，才發現他已經開始腐爛了。

　　　　您知道嗎？就在一星期前，合屋還又罰一個懷了孕的女人跪在他的辦公室一個鐘頭，他盯著那個猶太孕婦狂喊『*不准再生！猶太人太多了！*』」

　　　　／父親沒有說一句話，放下報紙，凝望著雅各。／

雅各：　「我恨！我恨！我恨透了為什麼我們要受這種虐待！」

　　　　／母親走過來，用雙手摟住雅各的肩膀，試圖安撫他，平靜的說：／

母親：　「雅各，忍耐，一切都會過去的，再忍耐一時吧！」

　　　　／雅各掙脫了母親的手，退後了一步，用憤怒的語調吼著：／

雅各：　「忍耐？為什麼？因為活著比死了好？我沒有辦法再這樣活下去！*我拒絕再向合屋卑躬屈膝的乞討通行證！*」

　　　　／父親放下報紙站了起來，望著雅各。／

父親：　「再忍耐一時，戰爭總會有結束的一天，而且我相信也許很快。」

雅各（突然調轉頭盯住父親）：

　　　　「爸，我從意地緒語學到了一個字，『*Mensch*』，一個正直有力的男人。」

　　　　／突然雅各大吼了一聲／

　　　　「爸，我想做一個正直有力的男人，一個男子漢大丈夫！」

／父親抬頭望向天花板，母親上前一步用雙臂壓住雅各的肩膀。／

母親：「雅各，你是一個男子漢 *Mensch*，你一直是一個男子漢，你將會長大成為一個更真實的男子漢，但現在你必須忍耐和學習。」

／雅各退後一步，擺脫了母親的手掌。／

雅各：「不，我不能只是忍耐和學習！看看我們的生活，我們的敵人已經拿走了我們每一寸的空間，每一點的生活；我們還有什麼？我們的生活難道就只是在捱過一個鐘頭又一個鐘頭，求得下一頓的食物？不！我們要做點事，有些人行動！母親，有些事值得我們付出生命！<u>行動</u>，是的，我們應該『*行動*』！」

／母親忽然用力緊緊抱住雅各，父親長嘆一口氣，大聲呼喊著：／

父親（像呻吟般呢喃著）：

「哦！雅各，雅各！噢！雅各！……」

／燈光漸暗，舞臺布幔緩緩落下，幕落。／

>>>

-尾聲-

〔**舞臺**〕：／布幕前緣，舞臺左側上方的聚光燈亮起，照射老婦莎拉，還有緊握住她雙手的導遊婕妮特……／

老婦莎拉情緒激動的獨白：

「在虹口的隔離區（**Ghetto**）裡，在每天經過花園大橋面對日本兵的武裝檢查哨，還有每一次屈辱的在合屋的壓迫下申請通行證，我們似乎開始好像回到了歐洲納粹初期的迫害。唯一不同的，只是我們周圍中國人的友善，他們比我們更受日本兵的踐踏摧殘，多數也比我們更貧困；我們似乎是無言的盟友。他們有許多的地下反抗組織，而猶太人的組織也開始更活躍。如同我的哥哥雅各，學校裡男孩們中間有一種躁動，我能感覺得到，因為我也有一個衝動，從目睹合屋的欺凌，也許更多的是恨那個掌摑我母親的日本兵，我仍然愧疚我的跑開，我應該做點事。」

／聚光燈逐漸暗淡，熄滅。舞臺黑暗。／

---第十九篇結束---

第二十篇　羅斯的一課

-序幕-

··

老婦莎拉的獨白：

「我們活在一個完全變異詭譎的環境裡，我們窮困匱乏，我們一籌莫展，表面上我們極其簡單平靜，唯一的工作幾乎就只是覓得食物活下去。但有一種躁動又深深的壓抑在所有的人們心裡。我們盼望這種日子的結束，多數人只是抱著希望觀望，但仍然有著熱血的年輕人，如同學校裡的學生，包括我的哥哥雅各，卻不斷的談論，想行動，做出改變。許多年輕人不願再遵循傳統，不再願意去我們猶太會堂去做重複又重複不變的儀式，誦讀與眼前毫不相關的經文，和無法找出答案的說教；我們有疑問，但是沒有解答。

年輕人甚至有一種否定一切的詢問：如果有神，為什麼這一切被容許發生？在這一切的邪惡裡，神又在做什麼？如果我們是祂的子民，祂為什麼毫不作為呢？我們疑惑，我們尋求引領和智慧，有時熱血沸騰，有時灰心沮喪。時而理性探討，時而全然不顧一切的瘋狂構想，甚至有男同學說要去炸掉日本的軍營和他們的兵工廠；像一個快要沸騰的鍋子，卻又因為實在飢餓和缺乏體力以致於只有空言談論。

我們既憤怒又乖順，我們既不情願卻又仍然聽著幾千年以來會堂教師拉比（**Rabbi**）的講經，因為沒有別的替代去填補依循。

但有一課我卻永遠不會忘記，那就是羅斯老師在他的一個朋友的噩耗傳來的那一天，所給我們上的那一課。」

〔**背景音樂**〕／那個時代的音樂響起，還有反抗意識的歌曲。／

>>>

第二十幕

〔**舞臺**〕：舞臺布幔徐徐升起，燈光照亮全場。

〔**佈景**〕：嘉道理學校，一間教室內的情景。

〔人物〕：墻上的黑板寫著幾句意地緒文，老師羅斯站在講臺上出神。臺下的教室裡是幾十張課桌椅，和數十個猶太學生。女孩莎拉坐在前排。

-開演-

／大家安靜地看著老師，老師羅斯卻望向窗外，呆滯著不說話。逐漸他回過神，眼睛視線從窗外轉回教室，看著年輕的學生們。然後沙啞著聲音開始說話。／

羅斯老師：

「我們躲在這裡，任由法西斯對待我們，祇求活下去。但不久前，昨天，我剛接到一個信息，我一個失去聯絡很久的可敬的朋友死了。他叫做漢斯·希伯（**Hans Shippe**），他可以不死，他很可以跟我們一樣躲在這裡暫時避開危險，逃避不可知的命運。但他覺得，在別人流血犧牲的時候，他也必須做些事，一件值得付出生命去做的事---***Something worth dying for.*** 他參加了中國解放軍，他放下筆桿，自己要求拿起槍桿去和法西斯拼命！他犧牲了，他死在中國山東沂蒙縣的土地上，為了捍衛那裡的人們的自由和尊嚴，他死在和日本兵對抗的戰爭中，一顆槍彈射中了他的身體，他肉體的生命結束了。但在他活著的時候，他站起來和日本法西斯爭戰過，我相信他的心願滿足了，他的靈魂能夠安息。

我覺得他沒有死。他活著的時候追尋生命的目標，而且真正跟隨過。他配得上那個對他的呼召！我與他一起讀過18世紀一位偉大的政治哲學家艾德蒙·波爾克（**Edmund Burke**）所寫下的一句話：

『*邪惡得勝所需要的只不過是好人袖手旁觀* - ***All that is necessary for the triumph of evil is for good men to do nothing***』而他和我那時都說過我們絕不做袖手旁觀的人。

知道嗎？我原來住在在匈牙利，當我們聽說德國發生排猶事件的時候，我們沒有人相信。我的父親說：『*那個出過大詩人歌德和音樂家貝多芬的民族不可能做出這種事。*』---我們不憂心，我們不相信這樣的事會發生，因為過去沒有發生過；因為我們不能想像在這個文化悠久的歐洲，文明的德國會發生這種事。我們因此沒有人

行動。

到今天，我懂得了一件事，經文裡面說得對，人都有罪（*All human beings are sinful*），一個原罪（**An original SIN**）；它潛藏在我們的心裡面，甚至靈魂裡面，是我們組成的一部分。

我喜歡研究文化，我也想瞭解為什麼世界會變成今天這個樣子？為什麼戰爭從不停止？為什麼總有邪惡和逼迫，和為什麼總是會有那麼多殘酷和殘忍的事情被我們人類自己不斷重複做出？

我的一個朋友告訴我，他原來極為友好的一個德國鄰居，曾是多麼和善的與他相處，節日的時候他們還互贈禮物；但在玻璃之夜後，那個鄰居突然衝進他的院子咒罵著用棍子搗毀了他家所有的窗戶！他在屋裡發愣地看著，不能瞭解為什麼，也不知道何以一夜之間他的鄰居就變了！他的鄰居怎麼可能從原先如此和善可親的人一夜之間立刻就轉變成了一個殘暴可怕的猶太迫害者？

人會變嗎？人能從好人變為壞人，還是也能從壞人變為好人？你們有答案嗎？」

／臺下學生有人喊著：「*會！*」

也有人喊著：「*不會！那些本來都是邪惡的人！」*／

羅斯老師（平靜的看著學生）：

「其實我也沒有答案。但是我在想一個問題，你們知道我們現在所身處的中國的文化嗎？你們知道他們可能的答案嗎？」

／臺下的學生紛紛疑惑的搖頭。／

羅斯老師繼續：

「在來到中國上海後，我開始想瞭解一點我從不注意的中國人的思維和想法。我開始讀了一些翻譯的中國文化的書籍，也請教了我能交談的中國朋友。我發現，在他們傳統的思維裡，有一派非常普遍被接受的說法：就是他們把宇宙分成五種象徵性的元素：金、木、水、火、土。認為一切都是這五種性質元素的結合來構成這個世界；而這五種元素『相生相剋』，也就是說它們彼此能依序生成另一種元素，又依序能靠另一種元素來消滅自己。就像『金生水』-露水靠金屬表面產生，『水生木』-樹木靠水來灌溉生長，『木生火』-火焰靠樹木來燃燒，『火生土』-火焰的燃燒能生出土壤，『土生金』-土壤中又能挖出金屬。而另一方面它們依序相剋：『金

剋木』-金屬能砍伐木頭，『木剋土』-樹木能固住土壤，『土剋水』-土壤能擋住水流，『水剋火』-水流能消滅火焰，『火剋金』-火焰能融化金屬。中國人過去古老的醫學和宇宙觀受到這種理論的影響很深。

這五種元素只是一個潛藏的象徵性，不是看得見的實質。要靠不同的遭遇時發生的變化才能檢驗出。平常它們在空氣裡都是一樣，但是如果它們遇見不同的環境，譬如把它們丟進水裡，水不變，火就滅了，木頭會漂浮在水面，土塊會溶解，而金屬就沉下去了。但是如果這金屬是不一樣的，就像是黃金和鐵，它們開始時都沉了下去，但時間久了之後，黃金並沒有變化，鐵卻逐漸生鏽；更深一層的來看，如果這鐵的表面是鍍了金的，剛開始的一段時間它與黃金並沒有什麼不同，但長久了以後，表面的鍍金裂出縫隙，裡面的鐵開始生鏽，慢慢表皮的鍍金整個剝落，而它就整個開始生鏽了。

在空氣裡的時候它們的表現看不出任何分別，就像我們平常無法從一個人的表面去看清他的本性一樣。但在水裡它們就有不同的反應。我懷疑每個人都是不同元素的組合。我們也多少有一些善良，和各種個性，但也隱藏了一點可怕的惡毒，那就是原罪（**SIN**）。每個人的成分都不一樣，比例也不同。在富裕良好的環境裡的時候- - -如同鍍金和純金看不出什麼不同。可是當環境改變，它們就顯出裡面的實質，就是那個人隱藏著的真實的某一部分的本性。

那就是我懷疑我的朋友的鄰居為何突然變成可怕的邪惡，翻臉毀壞我朋友的家園。那也就是為什麼那麼多猶太人發現，突然間他的同事們都變了，不再與他交往。善良的，只是躲避他；一般的，開始敵視他；惡毒的，就開始攻擊他。

他們不是變好或變壞，只是在那新興起的環境裡，露出了他潛藏的另一個本性。我們會驚訝的發現到人類可以如此殘暴可怕，當那個可怕的領導人製造出另一種環境，給了他們機會顯露出他們最深處潛藏的魔鬼的本性的時候！

而被迫害的人也是一樣，同樣的被欺壓，有人選擇沉默忍受，有人為了自己的利益開始投向惡者幫助他們欺壓自己的同胞，但是也有善良更兼勇敢的人就起來反抗！

同樣的環境，不同樣的反應，因為他們是不同樣的基本性質的組合。你們同意嗎？」

／教室一遍寂靜。直到一個學生舉手站起來問：／

學生A：

「那為什麼我們還聽到有人懺悔改過，回頭自新的故事？他不是從壞變好了嗎？」

羅斯老師：

「不！那樣的事情裡不存在邪惡，那個人並不是**壞**，他只是**犯錯**。如同我們聽過的〈浪子回頭〉的故事，他浪費了他自己一切的錢財，然後悔悟重新開始做人。但是他並沒有做邪惡傷害別人的事，他犯的錯只是損傷了他自己，當他認識了自己的錯，重新找回自己，做他該做的事，他就又顯現了他更真實的原來的本性，而不是從壞人變成好人！

人都會犯錯，也都有改過的機會。可是那不是邪惡，如果他們沒有傷害別人。一個有著良善本性的人，他再怎麼犯錯，也不會殘酷到以折磨別人為快慰，做出沒有人性的事！

只有邪惡的人才能從對無辜的人的殘害中感到樂趣，他們使人不寒而慄！但有一天他們若失敗了，他們不再能騎在別人頭上作惡的時候，他們會說：*『我錯了，我後悔了，請原諒我吧！』*但那只是求脫困，求避免他們該有的責罰，仍是一種醜陋的邪惡，我不會原諒他們！」

／一個男孩站了起來，他直視著羅斯，吞吞吐吐地問：／

學生B：「羅斯老師，我能問一個大膽的問題嗎？這問題困擾我很久了，但我怕這問題是褻瀆或對我們的信仰的不敬。可是我真的想知道答案，我可以先請求原諒之後再來問這個問題嗎？」

羅斯老師（和藹地看著這個年少的猶太學生，用懇切的聲音回答他）：

「我幾乎可以猜到你要問的問題了！你不用道歉，太多人都想知道答案，你是不是想問為什麼我們猶太人所信仰的上帝，我們的神，容許這樣的迫害發生在我們這個祂所選擇的子民身上？為什麼神容許壞人做惡？為什麼我們很少看見壞人遭受報應和懲罰，是嗎？神的公義在那裡？為何祂掩面不看我們的痛苦？為何祂不回復我們的祈禱？我們急難時，祂在那裡？」

／學生 B 勇敢的點了點頭。教室裡立刻響起了嗡嗡的議論聲，很多其他學生也跟著說附和的話。

幾個學生開始竊竊私語，然後他們七嘴八舌的提問：

「是的，我們為什麼在這種時候祈禱卻一無作用，神已經離開我們了嗎？」

／有一個學生突然高喊：／

「我懷疑有神嗎？祂怎麼可以看著祂的子民在折磨中而毫無所動？真的有神嗎？」

／當這個聲音停止，教室整個靜了下來，學生們期待答案，他們或許懷疑過，但沒有人找到過滿意的答案。而更害怕的是：當信仰動搖的時候，猶太人再也沒有可以支撐的力量。時間似乎停止，沒有任何聲音，少年們期待著老師給他們一個解答，他們經常思慮卻沒有答案的問題。／

／過了良久，學生們仍然把眼睛都望著羅斯。羅斯看著窗外，慢慢轉移回視線在教室裡面的學生。／

羅斯老師：「我想先問你們一個問題，你們聽過所羅門王嗎？我們以色列歷史上最有智慧的君王？」

／學生們點頭，輕聲回答：／

學生們：「我們當然都知道。」

羅斯（繼續）：

「那麼他寫的經文，如**傳道書（Ecclesiastes）**，你們看過嗎？」

／只有少數學生點頭，其餘的多半都輕輕地搖了搖頭。／

羅斯（繼續）：

「也許**傳道書（Ecclesiastes）**不是你們現在看得懂的，也不是你們喜歡看的，你們寧願看大衛王勇敢的故事，看他如何擊敗巨人歌利亞，和寫下優美的詩歌。但是與大衛王不同，所羅門王的故事不在戰場上，而在信仰上，在心靈裡；在他試圖理解的許多問題上。

他在設法尋找這些問題的答案。他在追尋智慧。並且和我們一樣，提出了許多疑惑，都是我們想獲得答案的問題。那是千年以來，所有明哲的人想要掌握的真理，可以開啟我們的智慧。但是他給了我們什麼答案呢？在經文裡，他問，他答，但幾乎最根本的道

理卻是答不出來，他只能讓我們跟從他尋求的軌跡去自己體會發掘，而因此每個人看見和尋獲的答案都不會相同！

如同他寫的**傳道書**的一開頭：『*虛空的虛空，虛空的虛空，凡事都是虛空。*』。那是代表他發現了的我們的人生嗎？但更重要的，他寫：『*世上有一件虛空的事，就是義人所遭遇的，反照惡人所行的。又有惡人所遭遇的，反照義人所行的。*』- - -那不就是我們現在所看見的嗎？殘酷的法西斯德國兵和日本兵吃喝享樂如同受獎賞的義人，樸實的百姓卻無助的受苦難恍如受懲罰的惡人。

我們不都常說：光明勝過黑暗，正義勝過邪惡嗎？但在這個世界上為什麼好人並不總能得勝？為什麼惡人卻往往得逞？公理在那裡？世上所有的不平不都是因為這樣而起的嗎？

可是在傳道書裡所羅門說了：『*我又轉念，見日光之下快跑的未必能贏，力戰的未必得勝，智慧的未必得糧食，明哲的未必得貲財，靈巧的未必得喜悅。所臨到眾人的，是在乎當時的機會。*』噢，哈！是的，**機會**！怪不得每個人都在尋找機會，要想掌握機會！這道理是從千年以前就被點明的了！

我不需要把整篇傳道書背給你們聽，但在這部經文裡，所羅門這個最有智慧的君王，他說出了所有他的疑惑，也是我們的疑惑，然後他尋求答案；『*我專心求智慧，要看世上所作的事（有晝夜不睡覺，不合眼的），我就看明神一切的作為，知道人查不出日光之下所作的事。任憑他費多少力尋查，都查不出來。就是智慧人想知道，也是查不出來。*』因為『*神從始至終的作為，人不能參透！*』

傳道書說：『*有義人行義反致滅亡，有惡人行惡，倒享長壽。*』『*凡臨到眾人的事都是一樣。義人和惡人，都遭遇一樣的事……好人如何，罪人也如何……在日光之下所行的一切事上，有一件禍患，就是眾人所遭遇的都是一樣。*』- - -那麼在世上我們何苦還要做好人呢？我們何不如惡人一般用任何的手段，包括邪惡，去獲取一切能獲得的享受，而不須勞苦呢？

假設就是如此，行善與行惡還有什麼不同呢？正像讀書與不讀書都能得到一樣的成績，努力讀書還有什麼意義嗎？公平在那裡？正義在何方？

但是我又想：假使在我們一切所行的事情上有一種**必然的關聯**，做了好事就有獎賞，做了惡事就有懲罰，一切都有可以看得見

的法則和軌跡，依照確實的定律運作，那麼人們就會根據對自己利益最大化的原因去選擇如何行……做好事，離棄壞事；但卻不是出於他的本心，而是出於獎賞和懲處的**關聯性必然**，最後大家所做的將都是一樣。

但如果沒有這個**必然的關聯**，不存在這種**必定**，每一個人就會有自己不同的選擇，而不是受這個**必定**的壓制。唯有做好事並不一定在可見的日子裡得到回報，做壞事也未必在他可見的日子裡遭到懲罰；那麼我們行善才是出於我們的本性，而不是為報應的**必定**，那個**必然的相關性**。

因為如果都是**必定**，就像缺乏食物我們**必定**飢餓，甚至死亡，那麼我們就一定會找尋食物來餵飽自己，沒有一個人會與另一個人不同。只有當所行的與所遭報的沒有這個**必定**，那麼義人與惡人才能分別出來。義人堅守公義即使沒有好報，惡人胡作非為反正曉得未必遭報。

所羅門王讓我們從傳道書裡明瞭了世上並沒有那個**必然**，他留下的奧祕我所能理解的是：「**神要我們在這個世界上從極重的勞苦壓力下活出自己，在這個詭譎的世界上，我們活著所選擇的每一個行為是在顯現和證明著我們自己。**」我們是誰、和我們是什麼。我們情願這麼做，而不在於因此會遭到什麼樣的回報。惡徒，放縱他的私心欲念使他行惡，詐騙搶奪不屬於他的份，流無辜人的血。善良的人，卻願意付出為使需要的人得到安慰。不分善惡，這樣做都稱了兩者的心意，因為他們是不同的人。

*只有移除那個**關聯性的必然**，我們才會看到人與人是多麼大的不同！英雄才會產生，偉大才能顯現！追求公義和真理的付出才會彰顯出意義！*

那麼到底有沒有神呢？

俄國一位大文豪杜斯圖耶夫斯基（**Dostoevsky**）在他的名著卡拉馬助夫兄弟（**The Brothers Karamazov**）裡有一句名言：『**如果沒有上帝，一切就都是被允許的 … If there is no God, everything is permitted.**』因為沒有最後的審判裁決，一切就都過去，不論好壞，都到一樣的終局，所做的就沒有分別了！

那真的會令我害怕！我們所憎惡的，和我們所寶貴的；我們所持守的，和殘酷壓迫我們的納粹或日本兵最後還會有什麼分別和

值得再去在乎了呢？都是走完一段人生，都只是過完一段肉體的時間，歸於一樣的歸處，牲畜和我們不都一樣歸於塵土，這是怎樣的禍患和虛空呢？

但如果有一種信仰，凡信從它的人就不遭災禍，不生病，不遇損失剝奪，永享著平安福祉和快樂的歲月；那麼它將會是一個多麼被羨慕和擁有特權的**俱樂部**！每一個人都會爭先恐後的加入！受苦的人將被鄙視，因為他們未能有資格進入這個俱樂部，是他們無能，是他們自己活該！不值得憐憫，『**愛**』將被從這個世界上抹去！

在這種信仰中他們的『**神-Deity**』有求必應，會使他們一切如願，尋歡作樂而無須再有煩惱！他們的心靈將閉塞，智慧斷絕，沉溺在可見的一切物質裡，不再有思維！但是幾乎絕大多數的人都盼望這樣的『**神**』，誰不希望生活平順享受呢？因此這樣的信仰被歡迎接受，這樣的**神**你們隨處可見！你們沒看見古羅馬人拜**戰神**求征戰勝利，古希臘人拜**愛神**求愛情美滿，而中國人拜**財神**求財富嗎？……如果都能如願，他們就為利益而信仰！與我們所信奉的真正的神毫無關係！因為我們所信仰的神，祂願意我們靈魂甦醒，要我們看見真理，尋求智慧，秉持公義；即使因此遭遇逼迫！

可是智慧到底又是什麼呢？如何獲得呢？

有人做過一個比喻，一個人在黑暗的屋子裡，看見外面的陽光是好的，就決定把陽光搬入屋子裡，他拿了畚箕，去外面掃了滿滿的一筐，可是當他拿進屋子裡，光亮卻不見了！他重新拿了一個箱子，去外面裝滿了陽光之後，蓋好了箱蓋，可是等他搬進屋子，打開箱蓋，光線卻仍然不見了！他試過所有的方法，就是沒有辦法把光亮搬進屋子裡，最後他發怒的踢破了牆壁，光線卻照進來了，屋子裡全亮了！

中國人說這叫『開竅』了！甚至是一種宗教哲學，叫做『禪』，叫做『悟道』。

但這並不是智慧完全的解釋。因為智慧是有層次的。在生命的進程中，我們不斷的生長和遇到不懂得的事，不停的懷疑和尋找解答，不止息的領悟了什麼是為什麼。但沒有人可以替我們去學習，它一定要靠自己。我們可以聽到前面的人告訴我們，如愛情是什麼，為什麼甜蜜的愛情往往會破碎成不能下嚥的苦果，為什麼嫉

妒、猜疑、不夠成熟而毀壞了甜美的愛戀。多少詩詞歌詠愛情，卻又有多少詩詞依戀著逝去的愛情而苦痛終生！

當我們遇到愛情，我們享受那花蕊般的甜蜜的時候絕不會想到它會因爲我們犯錯而失去，直到失去而痛苦斷腸的時候我們才從那些過去的故事和詩歌音樂裡去詠嘆，發現我們只不過重複經歷了過去的哲人們所說的愛戀。要到那個時候我們才能領悟。但前人無法用言辭教會我們，我們仍然要自己經歷了才能知道。我們活著，經歷著，直到我們老到快要生命終結的時候，我們才帶著我們一生經歷的心血結晶……我們的**智慧**離開這個世界。

知識可以纍積，就像從中國人發明火藥，拿來做節慶的煙火，然後它被後人改進爲炸藥，做成槍炮，做出火箭，從單發的步槍，到連發的機槍……從火車到汽車，知識的積纍使我們站在前人的肩膀上前進發展，不斷進步。

而**智慧**卻無法傳承。所有我所學到的，我無法傳遞給你，你仍然要走一遍你自己的路徑去學習獲知，然後你帶著你所學到的走到你的盡頭。每一輩的人重複前面人的錯誤，歷史不斷重演，戰爭從不停歇！**傳道書說：『已有的事，後必再有。已行的事，後必再行。』**我們從歷史唯一得到的教訓，卻就是人類無法從過去的歷史學到教訓！因爲那智者帶著他所獲得的智慧隨著他的逝去而消亡；新的人要重新起始，一切循環而卻始終不得傳承纍積。

父親對著孩子說：**『你不要犯我犯過的錯誤！』**可是當他的孩子犯他所犯過的人生錯誤時，他無法點醒他的孩子，要到孩子自己醒悟，仍然是一個重複，因爲他無法替他的孩子學習。雖然有人學習醒悟的快，有人慢；但都是他自己人生的路徑。

我可以教你們知識，甚至是一些策略，謀劃，但不是智慧。智慧- - -要你的一生自己的醒悟去獲得。原諒我，我多麼想教給你們所有我所領悟到的智慧，但卽使我告訴你們，那只是言辭，不能刻在你們的生命中、靈魂裡，你們仍然要走過自己的道路才能凝結成你們自己的心血結晶，你們才會因而懂得；而我所有的生命長進無法變成你們的。我會看見很多人重複我的錯誤而毫無辦法，那就像人會衰老，無法避免。

怎麼運用你們的一生，怎麼少走彎路或誤入歧途，怎麼面對我們的處境，怎麼做出抉擇，怎麼向前邁進，和怎麼醒悟。但更重要

的，去想一想，我們為什麼在這個時候活在這個世界上。還有，去認識到底有沒有神，那是**智慧的開端**。

你們為什麼不問我，羅斯你學到了什麼？漢斯希伯的事啟發了你什麼？

答案是：我忽然不羨慕和平歡樂的年代，在那裡人與人無差異。而現在我們所行的卻可以是多大的不同！我們可以選擇為一個真道而死，我們可以找到生命的真義！我依然盼望在穹蒼之上有一雙眼睛看著我，評價我的作為，在身軀滅亡後裁判我生命的價值，我的靈魂。但即使沒有神，我依然會做出一樣的抉擇，因為*那就是我，羅斯・格爾佈（Ross Gelb）！*

我想告訴你們，我看見一個我躲不開的歷史任務，一個我的使命，我會投身去參加建立一個我們追求的國度，一個猶太人的國家，*復興以色列*！一件值得猶太人付出生命的使命，*Something worth dying for！* 也許不久以後你們就不會再看見我，我已經決定了我的前途！

我們需要追尋大衛王的勇氣，所羅門王的智慧，去建立我們的國度。如同我的朋友漢斯希伯對我說過，我們不能再在陰影裡躲避虎狼般的掠食者，好像草食動物的兔子、羔羊一般。當我們起身面對的時候，我們就成為了男子漢（**Mensch**），一個我們以色列的神所膏油塗抹的為公義奮戰的勇士。漢斯犧牲在中國的對日抗戰，我會在未來以色列建國時衝在第一線的士兵！」

>>

〔**舞臺**〕／舞臺燈光漸漸暗淡，教室裡男生有人開始鼓掌。在學生為老師鼓掌聲中，一片白色熒幕降下，彩色幻燈片打在熒幕上，那是中國人在山東沂蒙為漢斯希伯豎立的紀念碑和雕像。紀錄片開始放映，中國的解放軍戰士和百姓正在向漢斯希伯的雕像致敬和獻花，莊嚴而隆重。／

／背景投影牆定格在漢斯・希伯的雕像和紀念碑，光線漸漸變暗……／

／左側上方的聚光燈亮起，老婦莎拉坐在椅子上，旁邊仍是幾位猶太人和中國周老先生。／

....

老婦莎拉的獨白：

「那時的我拼命握緊了拳頭，眼裡飽含淚光堅決的聽著；決心不會讓母親白白受羞辱的挨打。我仍然記得羅斯最後說的幾句話：有一天，告訴我們的孩子漢斯希伯的故事。那麼他仍然活著，活在人們的腦海裡，我們的心靈裡，和所有的人的記憶裡。我們有一天會死亡，然後被遺忘，好像從未存在過。這就是我們，允許被邪惡碾壓的人！永遠記住那位詩人的話：『*邪惡得勝所需要的只是好人袖手旁觀。*』而如果我們不做任何事，我們將就是那使得邪惡獲勝的人。」

〔**舞臺**〕：／所有燈光緩緩熄滅，舞臺布幔降下，老婦莎拉也被布幔遮沒，
　　　　　　背景音樂響起……／

>>>

---第二十篇結束---

第廿一篇　反抗組織

-序幕-

〔**舞臺**〕：舞臺前緣左側的布幔前面，老婦莎拉靜靜地坐著，聚光燈慢慢的
照亮了她。

....

老婦莎拉的獨白：

「不需要再多的話，不必要再多的考慮，羅斯老師的話已經深刻在
我的心裡，而母親被打的情景一再閃過我的腦海，仿佛就在眼前。
我知道我要做什麼，我會證明我自己，雖然我已經10歲，但是營養
不良使我顯得瘦小而更像小孩，但是我已經確定我可以做選擇，做
我該做的事。

每天放學都只有我一個人回到家裡，爸媽都還在工作，或說
在設法獲取食物。雅各幾乎總是很晚才回家。我可以猜到他在忙什
麼，雖然他常叫我閉嘴不要問。我決定跟蹤他，他做的事我也可以
做，我願意加入，我不願再袖手旁觀。

放學的時候我靠近他的教室，我看到他出來，急匆匆地走著，
我保持一段距離尾隨；不停地機敏的避開他的視線。每當他謹慎
的回頭看時，我就立刻躲到任何樹蔭或牆角的遮蔽處。並沒有走太
遠，已經到了人煙比較少的蘇州河邊，一個荒僻的郊區。但奇怪的
是，這裡沿街有不少討飯的小乞丐，他們坐在路旁，擺著破碗，但
不積極的行乞。我放慢腳步，警覺的盡量繞開他們，怕他們出聲向
我討要而驚動了前面不遠的雅各，雖然這些小乞丐們連眼皮也不抬
一下，然而我還是感覺好像有一雙雙眼睛在盯著我，使我不敢回
頭。

雅各最後停在一棟極為破舊和損壞了的大院前面。那裡以前
必定是一個典型的富有的中國人的林園，但現在已經被戰火摧殘到
連園子的外牆都破成了斷垣殘壁了。那是我們猶太人還沒來到之前
1937年的中日上海淞滬戰爭造成的；但是似乎從來沒有修復過。戰
爭還沒有結束，園主應該早就避難到其它地方去了。

雅各謹慎的又回頭看了一眼，我立刻躲到一顆路旁的樹後。他

跨過園墻的破損缺口，消失在園子裡。我待了一會兒，慢慢靠近那個缺口，小心的跨進園子裡。我繞過園子前面一座兩層樓的亭臺，亭台後面靠園子中央有一棟似乎還比較完整的大屋，但也是殘破不堪，屋頂都已經塌陷，墻壁也破裂。房子的門只剩半扇；我悄悄地靠近然後溜進去。透過殘破的屋頂和墻壁的縫隙有從外面照射進來幾條光束，但屋子裡面依舊很暗。我躡手躡腳的穿過幾個隔間，直到中央那個大廳，那裡擺放著不少破舊不堪的中國式屏風，七零八落地豎立著，滿是灰塵和蜘蛛網結在上面。我感覺到裡面有人，輕輕踮起腳尖走近一座屏風，稍微側過身體，在斜陽照射下破屋子裡的暗淡光線中，終於看到有十幾個人圍坐在破椅子和箱子上。

他們說話的聲音很細，我聽不見，但似乎有人稍微大聲的說起話來了。並不響亮，但是我可以聽的很清楚，那是一個比我大些的青年人，聲音沉重而緩慢……」

／老婦莎拉上方的燈熄滅，布幔徐徐上升，舞臺燈光半明亮半灰暗的亮起。／

>>

第廿一幕

〔佈景〕：舞臺上搭建破敗屋子的內景；殘破的墻壁，脫落的門栓，東倒西歪的家具擺設，和一圈圈積滿灰塵及蜘蛛網的屏風。

〔人物〕：舞臺中央有一夥人，五個中國人，包括之前在屋頂觀望12月8號日本軍艦攻打上海吳淞港的美國和英國艦艇的男生詹力、培志，和女生小靑，以及另外兩個人。還有六個猶太青少年，但在陰暗中看不清面孔。在靠舞臺左側的一個屏風背後，女孩莎拉正躲在後面窺視。

∙∙

-開演- ／全部用不十分流暢的英語，因爲有猶太同夥在一起開會。／

青年詹力緩緩開口：

「知道嗎？日本憲兵抓到我們的人是怎麼處置的？他們脫去被抓住的人的衣物，綁在架子上，用皮鞭抽打，再用燒紅的鐵烙燙，直到體無完膚，再拔去指甲，把每根手指用釘子釘在木板上，然後用

172

滾燙的熱油澆在那個烈士的身上，你會聽到滋滋的滾油澆肉的刺耳聲、看到青煙直冒和聞到焦肉的氣味，混合著已經不是人能發出的慘嚎聲！從日本憲兵隊營區丟出來的屍體沒有一個是完整的，他們都沒有了牙齒，沒有了膝蓋骨，臉成為模糊的爛肉，皮膚都已經焦黑潰爛，你看了會驚顫到嘔吐！不！日本憲兵不只是屠夫，他們是地獄裡上來的魔鬼！他們在自己製造的地獄中享樂，喝了太多人血已經不能再恢復人性！」

青年A：「那麼也許我們也應該報復，把抓到的日本鬼子和漢奸做一樣的處理，把他們烤熟後餵給狗吃。」

青年B：「同意！讓我們也去抓幾個漢奸和鬼子！」

　　　　　／莎拉不自覺的戰慄，她顫抖了一下，屏風被碰到發出輕微的抖動和木板聲。／

青年詹力：「咦？我怎麼聽到老鼠的聲音？我還聞到老鼠的氣味。培志，這是手電筒，你過去那邊看一下，是不是有一隻大老鼠？」

　　　　　／青年培志接過了手電筒，打開光束，向莎拉藏身的木板屏風走過來。他繞過屏風，用光束照向蹲在地上的莎拉的臉上，故作驚訝的輕喊：／

青年培志：「*呀噫！真的有一隻好大的老鼠！*」

　　　　　／女孩莎拉舉手遮住臉擋住手電筒的光束，輕聲叫喊：／

女孩莎拉：「*不要這樣，我不是老鼠！*」

　　　　　／青年培志抓住莎拉的衣服，把她拉起來站著。／

青年培志：「呵！果然是老鼠，還是一隻大號的老鼠！哦，不，是個奸細，還是個猶太小女孩的奸細！說吧，我們怎麼處置這個間諜？她潛伏進來偷聽我們的祕密，是不是照我們剛才的說法，把她烤熟了餵狗吃？」

青年詹力：「不必那麼費事，把她帶出去，丟進外面蘇州河裡，讓她永遠安靜。」

　　　　　／培志用力扭住莎拉的右手折到背後，往上提起，莎拉痛的輕微尖叫一聲但馬上忍住。／

青年培志：「走吧，不要讓我太費事，這已經是最好的優待妳了。不然我們要在這裡生起火來烤熟妳。」

女孩莎拉：「啊！痛……痛！」

/莎拉踮起腳忍受著手臂折扭的劇痛，對著詹力鎮定地說
著：/

「我不是奸細，我是來加入你們，一起反抗日本鬼子！我不是
奸細！放開我！」

青年詹力（對著莎拉的方向用冰冷的聲音說話）：

「沒有一個奸細會承認自己是奸細，任何偷偷溜進來的都不能
活著出去。快點，把她帶出去丟進河裡，先打昏，再丟！……
就用手電筒打！我不要再看見這個奸細！」

/培志扭著莎拉的手臂用力向外推，莎拉用盡全身力氣反
抗，她想轉身減輕手臂和肩膀關節的痛苦，但轉不過去，
終於站立不穩，跌倒在骯髒的地上。培志站著踩住莎拉的
腿，彎腰仍然用手扭住莎拉的右臂，嘲笑的問著：/

中國青年培志（用嘲弄的腔調）：

「妳比較喜歡被烤熟而不是淹死，是嗎？」

莎拉（喘息著拼命抬起頭，流出眼淚，壓抑的輕聲喊著）：

「放手，你這個笨蛋！你不會分辨敵友！你們要我大叫引起整
條街都聽見，和發現這裡是嗎？」

/培志彎下腰，貼近莎拉的臉孔，用另一隻手摀住莎拉的
嘴，說：/

「試試看，妳喊吧！」

/莎拉拼命扭動頭顱，暫時掙開培志的手，喘息地低聲喊
著：/

「我是跟著我哥哥雅各溜進來的！」

/培志立刻用手更緊緊地摀住莎拉的嘴，莎拉幾乎不能呼
吸要昏過去。她最後聽到一聲詹力的命令：/

「可以了（Enough）！」

/培志放開了雙手，莎拉感到一陣鬆弛，不再劇痛，但她
已經無力再站起來，她昏暈柔弱的趴在地上。/

詹力（對著一個中國年輕女子命令的語氣）：

「小青，去看看她，幫她清理一下。」

叫做小青的女子回答：

「好的。」

／然後她去外面端回一盆水，拿著毛巾走到莎拉身旁。她扶起莎拉的頭，靠在自己的腿上，用毛巾沾水替莎拉擦淨臉龐，又拿著杯子餵莎拉喝了幾口水。／

小青輕聲問：「肩膀和手臂還疼嗎？」

培志（插口）：「不會多疼，我只是嚇嚇她，沒用多大力氣。否則就那麼一個小女孩的細手臂早就被我擰斷了！」

小青（瞪了培志一眼）：

「閉嘴，討厭！不要炫耀你們男生的力氣，你差點弄傷她！就算是假的，對一個小女孩有必要那麼粗暴嗎？」

／她又餵了莎拉一口水，輕輕地問：／

「告訴我妳的名字。」

女孩莎拉（用微弱的聲音）：

「莎拉。」

小青（微微一笑）：

「莎拉……很好聽的名字。妳不要介意，剛才他們都只是演戲做假的，這裡沒有人會真的傷害妳，但是妳這樣進來沒有人敢放心，他們只是要試試妳。」

／有幾個猶太青年人從陰影中走過來，莎拉看到了哥哥雅各，但她不認識其他的人。他們蹲下來，圍在莎拉身邊；其中一個有點絡腮鬍的青年男子開口對她說：

猶太青年A（Alon 亞倫，蹲下來，面對著莎拉）：

「莎拉，妳是一個勇敢的女孩，妳從被抓到開始一直冷靜的說話解釋，妳並不驚惶也不求饒，妳是一個好女孩，我們都佩服妳！妳也的確具有我們需要的品格，只是妳還太小，我們不能害妳，我們也不能要妳。」

莎拉（惱怒地）：

「太小？*Too Young*？你已經承認我有你們需要的品格！」

／小青扶起莎拉走到中央他們圍坐的圈子，讓她一齊坐在她坐的一個木箱子上。／

猶太青年B（Benyamin便雅憫，走過來，用手握住莎拉的手臂）：

「莎拉，不要介意我們剛才的粗魯。我們所做的不是一個通常的工作，或說一個遊戲。也許妳以為是好玩刺激，但其實你要面對的是可怕的危險，是意志力和生命的考驗。它可以讓你掉進地獄，受慘不忍睹的殘暴酷刑！我們什麼都不說就把妳當成奸細，其實是要妳毫無心裡準備的去真實的感受那種境況，周圍沒有一個援助，全是要用盡手段折磨妳的人，妳陷入一個絕境，它就是一個地獄！而實際的境況比剛才的演戲可怕一千倍，一萬倍！就像我們剛才明知道妳已經在這裡，卻故意說給妳聽的酷刑。

日本鬼子從來沒有手軟過，即使是對一個小女孩！你並不懂可能發生的危險和面對的狀況，因此你萬一被捕後也頂受不了日本憲兵的拷問，很可能毀了我們全部。你知道你要做的是什麼事嗎？你還那麼小，我怕你會粗心，我擔憂你還不知道你想要做的是什麼。我實在不願看到你在這樣的一個沒有回報，只有付出的隊伍中。」

猶太青年A（亞倫）：

「回去吧，回家去吧，把今天的事記在心裡，不再魯莽的去做危險的事，也不要把妳哥哥雅各的事告訴父母，妳該知道嚴重性，今天妳已經知道有多可怕了，記住今天，把天真的想法忘掉，妳還年幼，應該遠離這些血腥的事，然後慶幸妳還不需要這麼早就面對世界上最殘酷可怕的一面。」

莎拉（倔強地注視著猶太青年亞倫）：

「不！我並不年幼！我已經懂得選擇，我知道我要的是什麼！我不做乖順的羔羊、兔子，任憑那些掠食的豺狼魔鬼隨意的捕食我！」

猶太青年B（便雅憫，訝異地望著莎拉）：

「哦？這不像一個小女孩會說出的話！」

女孩莎拉（認真的看著亞倫）：

「這是我的老師告訴我們他的朋友說過的話，並且我同意。」

　　／一個約莫18歲左右，一直默然不語的一個猶太女青年過來攏住莎拉的雙肩輕柔地問到：／

猶太女子C（Chana夏娜）：

「這就是妳想來參加我們的理由？」

女孩莎拉（咬牙切齒地說）：

「不！不只是這個理由！還有一個原因。日本兵打了我的母親，就在我和我的母親經過花園大橋的時候，日本哨兵搧了我母親的耳光。而我竟然只是逃跑，像懦弱的動物！我犯錯，我要補償，我要證明我不會再丟下母親，讓她一個人去面對那些法西斯的豺狼！」

猶太男青年A（亞倫輕輕笑著）：

「那不是好理由。日本人打了多少猶太人，不光是在橋上，在無國籍難民辦公室裡，合屋打的還不夠多嗎？」

／這時雅各忽然深深地看著妹妹莎拉，用安慰的口吻說：／

哥哥雅各：

「你還那麼難過嗎？媽媽說過是她叫妳跑的。妳不必再自責，那樣對情緒不好。」

猶太女子C（夏娜）：

「莎拉，回去，靜下來，妳沒有錯也沒有事。光憑一個原因並不適合，那是情緒，那不足以使妳做獻出生死的決心來投入！而這個工作是需要妳認識清楚了，瞭解所有煎熬險境，並且能承受面對後才下決心去做的。我們拒絕過好幾個要加入我們的自己猶太人朋友，妳不必覺得沮喪難過，等有一天妳長大能做心智成熟的思考時再來加入我們，好嗎？」

女孩莎拉（倔強地辯駁）：

「不！你們沒有比我大多少；我思考的非常清楚，知道我要做什麼。跟我的哥哥雅各一樣，我相信有些事值得付出生命 - *Something worth dying for*！我希望也喜歡一個美好的世界，我不想讓給這些魔鬼。我很聰明，不比雅各差。相信我，有些事我能做的比你們更適合……誰會注意一個小女孩呢？我絕不在邪惡吞噬我們的世界的時候袖手旁觀讓他們得勝。」

／所有的人都驚訝的對望了一眼。／

猶太青年A（亞倫）：

「啊哈！這口氣！這也是你們老師教妳的嗎？妳非常聰明，說出的話幾乎比許多年齡比妳大的人還要有思考和深刻！但是妳知道我們怎麼工作嗎？妳受過訓練嗎？妳能幹嗎？」

女孩莎拉（輕聲嘟囔）：

「沒有受過訓練，但是我能幹，我有用……*雅各就沒有發現我跟蹤。*」

雅各（聽完忽然惱怒起來）：

「哦，閉嘴！妳這個討厭的妹妹。妳只是個傻兮兮的女孩，妳還什麼都不會做！」

女孩莎拉（放大了聲音）：

「誰說的？我能做許多你們不能做的事！」

雅各（不高興的吼起來）：

「譬如？」

／猶太青年亞倫舉起手暗示他們安靜，停止爭論，然後對著莎拉說：／

猶太青年亞倫：

「可是妳知道妳被發現了碼？妳還沒進來時我們就知道妳來了。各位認為雅各的妹妹，這個小女孩能加入我們嗎？她連被發現和被跟蹤都不曉得，她能做什麼？雅各，帶回你的妹妹，不要再來搗亂。」

女孩莎拉（堅決地用力說）：

「不，不要趕我走！不可能的，沒有人在我的後面進來。」

猶太青年（亞倫）：

「跟蹤和傳遞信息不是妳想的那麼簡單。妳沒看見街上的小乞丐嗎？妳不知道的事還很多。坦白說，就因為妳只是個猶太小女孩，我們放了妳進來。如果是別的人，我們不到幾秒鐘就已經從這些破門板後面消失了。」

女孩莎拉（忽然用高興的語調）：

「啊！看到嗎？聽你自己說的話？誰會警戒一個小女孩呢？你們需要每一個能有用的人！你們發現我時有驚慌嗎？你們一定

都認為我無害所以才放心地讓我躲了那麼一陣子！同樣，我們的敵人日本兵也不會注意我，一定有些什麼事是我比你們更適合做的。相信我，我很聰明，不比任何人差，有些事我肯定能做的比你們更好！」

／幾個青年楞了一會兒，似乎被她的話打動。他們商量了一下，然後非常細聲的討論了一會兒，最後一個猶太青年看著沙拉對在場的其餘人說話：／

猶太青年B（便雅憫）：

「也許是的，那是她的優勢。她還小，不太容易被注意。」

另一個猶太女子D（Dinah-蒂娜）：

「她說的不無道理，也許有些簡單的事她可以做，說不定有一件事更適合她去做。」

／然後他們又細聲的討論了起來。莎拉焦急地望著他們。過了一會，猶太青年亞倫對著中國青年詹力說：／

猶太青年亞倫：

「我們有一件簡單的事考慮讓她去做。」

中國青年詹力：

「好吧，如果你們覺得可以。可是什麼事呢？她能擔負什麼工作呢？」

猶太女子C：

「她可以去買報紙。」

女孩莎拉（輕聲叫了起來）：

「買報紙？等等，我不要去做買報紙這麼簡單的事，那不算是任何反抗工作！」

猶太女子C（對著莎拉解釋）：

「不是那麼簡單的買報紙。你不知道，我們猶太人社區的報紙報導外面世界的新聞主要依靠短波收音機做消息來源。日本人不准我們再擁有短波收音機，報社的都已經被他們沒收了；一個我們自己猶太難民經營的德文報紙《上海猶太人紀事報》（Shanghai Jewish Chronicle）他們的短波收音機已經照日本的命令交了出去，現在日本兵嚴密的監視著他們。然而他們需

要好的消息來鼓舞我們社區的士氣。不過我們現在還有幾架短波收音機藏在幾個人的家裡，他們收聽後記錄下來，寫在紙片上，但他們不願意經常送去報社，怕被暗中監視報社的日本兵發現。我們因此需要一個人每天下午去取信息，然後假裝去報社買報紙，其實是去送消息。

莎拉，也許你下午放學後可以先去他們的家裡拿稿件紙片，然後假裝到報社買報紙其實是去送消息。妳還小，或許不會被注意，但是我們不能給你名單，雅各每天會告訴你第二天去誰的家裡拿消息。你願意嗎？」

女孩莎拉（露出滿意的笑容）：

「好的，那麼我願意。」

猶太青年B（便雅憫）：

「但是你仍然太多事不瞭解，你還是一個在家裡和學校裡的乖女孩，也沒有在外面闖蕩的經驗，太多危險你不會應付。這樣吧，你執行工作的時候需要一個保護者。」

女孩莎拉：

「不，這麼簡單的事我一個人可以做，我不需要再加一個保護的人！」

猶太青年A（亞倫）：

「哈！你真的以為如此？你進來的時候沒注意從門口你的後面也跟進來了一個人？」

女孩莎拉（肯定地說）：

「沒有！誰也沒有跟我進來。」

猶太青年亞倫：

「那證明你還不行。瑞德，出來吧。」

／一個中國少年從一個屏風後面走了出來。／

女孩莎拉驚呼：

「是你？」

／中國少年瑞德微微的向莎拉笑了一下，然後轉向詹力。／

青年詹力：

「你們認識？對了，瑞德，我還沒有問你為什麼不發信號要小乞丐纏住她卻讓她進來？」

男孩瑞德（笑了一下）：

「我從前面的亭子上面瞭望就看到她在雅各後面從巷子裡小心的跟蹤過來，我猜到她要做什麼；我知道她是好女孩不會來害我們。所以我沒有發信號攔阻她，只是要小龍先進來通報你們，然後我也跟進來想看看我認識的這個小女孩想幹什麼，我確定應該不會是壞事。」

青年詹力：

「下次不可以，亭子上面還有人嗎？」

男孩瑞德：

「還有一個我的小隊員。」

青年詹力：

「瑞德，聽著，假如我要你做她的保護人，在後面看顧她，做必要及時的援助，你願意接受這個任務嗎。」

男孩瑞德：

「當然好的，我願意。」

女孩莎拉（頑固的堅持著）：

「不！不需要，我知道怎麼保護自己。」

　　　　／青年詹力忽然瞪視著女孩莎拉，沉穩的一個字、一個字的說出：／

青年詹力：

「聽著，這是條件，你必須接受。你若出意外，受損害的不會是只有你一個人。你不瞭解凶險；你需要被保護和學習。瑞德，你願意保護她像保護你自己的生命一樣嗎？」

　　／詹力然後轉臉面向瑞德，凝視著瑞德的雙眼。／

男孩瑞德（拍著胸脯）：

「我會用我自己的生命來保護莎拉。」

青年詹力：

「那麼從今天起，你們走在外面就彼此不再認識，不可以打招呼，不可以講話，不可以互稱名字，永遠不要透漏任何一點

點線索給敵人有機會知道誰是誰。我給你們一個暗號，如果必要，瑞德，你只可以呼喊她**Missy**（小姐）。而妳，莎拉，你只可以叫他**Shadow**（影子）；不要讓聽見的人知道你們是誰，讓他們不能獲得任何線索追查，記住了嗎？」

女孩莎拉（點了點頭輕聲說）：

「知道了。」

／青年詹力轉過頭看著瑞德。／

男孩瑞德（對著詹力點了一下頭，轉身注視著莎拉，一個字，一個字清楚的說）：

「**Missy**，從現在起如果我們在外面相遇，我不會對妳說『*嗨！*』或『*哈囉！*』，我會忙於我自己的事情。但是每當妳在執行任務的時候，我會在妳的背後看顧著妳的周遭。不要擔心，不會有人發覺我。我會跟隨著妳，可是連妳自己都不會察覺。我將像妳的影子一樣陪伴在妳身旁，全力的保護妳。請信任我，相信我。」

／青年詹力轉過頭，面容極度凝重，望著猶太青年亞倫和莎拉。／

青年詹力（望著猶太青年A亞倫緩緩地說）：

「以色列的獅子，你願意為她做宣誓的手續嗎？」

／猶太青年A亞倫點頭，走近莎拉，開口的聲音沉重的像低音鼓。／

猶太青年A（亞倫）：

「那麼上帝的選民，猶太人的女兒，雅各的妹妹莎拉，妳願意在我們當中宣誓加入反抗法西斯的組織**ReAct**嗎？為它不惜犧牲一切，執行它的任務。不管在任何情況之下，不吐露一個字，不透漏一絲消息，永遠跟隨它的目標，直到生命的終結。」

女孩莎拉（舉起右手）：

「我宣誓，我願意。」

／所有的人走過來給莎拉擁抱，親吻，然後他們圍成一圈，輕聲背誦著反抗組織的誓言。／

「我宣誓，我願意成為**ReAct**的一員，我的生命將奉獻為公義而

戰。願上帝賜福與我，使我耳目開啟，內心堅定，手有力量，戰勝邪惡。」

〔**舞臺**〕／舞臺燈光漸漸暗淡，臺上的人成為模糊的身影，不動。／

>>>

／聚光燈照向舞臺的前方左側，老婦莎拉已經端坐在一直坐的那張白馬咖啡屋的椅子上，手裡握著那杯咖啡，平靜的開始獨白。／

老婦莎拉的獨白：

「就從那一天開始，忽然間我感覺到一種強大，仿佛有光束照進了我原本黯淡的周遭，我很清楚看見了我自己在世界的位置，即使外面我還是一個小女孩，但是內心的我整個改變了，我不知不覺變換了自己，有一種覺察，我有了新的身分，新的歸屬，不再是一個嘉道理學校裡數百個無足輕重的普通女孩之一，我有份在重要的事情裡！

強烈的自重感使我充滿了力量；我不再是一個普通的人，我與反抗組織連為一體，有一天我會做出大事！我的心清醒了，我不再是過去那些一般的孩子們，他們是為周圍小事吵鬧不休的人，內心渾沌，耳朵和眼睛仍被矇蔽，聽不見高遠的呼召，看不見生命的光芒，不能覺察自己，以致無足輕重的順著境遇推移，被命運的洪流沖刷到他們不能也無法決定的地方！

我卻投入了這個洪流並且可以做出改變！這個世界會因為我而不同！這個心態和那種覺察使我瞬間冷靜而成長，我不再與周圍那些同學類同，我不再是過去的我，我的眼界已開，我看到的世界已經與以往不一樣，我開始自主自覺，無法再回復以往的心態，我好像站在自己之外來看自己和人群。

即使經過花園大橋我依然需要向日本兵敬禮，可是我不再緊張慌亂，他們不知道我是誰，我們是平等的對手，我內心有一種不再懼怕的冷靜；用一種演戲般的技巧來應付他們，即使仍在鞠躬，我的內心卻只覺得在嘲弄他們的愚昧。他們不知道我是他們強大的敵人，我不再受他們的轄制，有一天他們必然會被我們擊敗。

很多過去的事忽然顯得幼稚，不論現在或是未來，我已在所有群眾之上，我將掌握和主導，因為我加入了歷史的創造和改變！我

相信加入反抗組織的成員都是一樣，如同羅斯老師告訴我們他的朋友漢斯・希伯所說的話；當確定做出那個抉擇，我們真正投入那個值得付出生命的呼召時- *Something worth dying for* - 我們就真的不再懼怕生死！」

〔**舞臺**〕／聚光燈變暗，舞臺的布幔在老婦莎拉的後面慢慢落下。／

／舞臺大帷幕從兩側收攏合起，燈光逐漸暗淡到熄滅，

背景音樂響起……這一幕結束。／

---第廿一篇結束---

第廿二篇　莎拉的影子

莎拉的任務　傳遞信息
背後的安全　影子跟隨

-序幕-

〔**佈景**〕：一片黑暗中，僅有配樂，猶太人的歌曲，逐漸小聲……

〔**舞臺**〕：舞臺布幔的前左側燈光亮起，照耀在下方的老婦莎拉。

....

老婦莎拉獨白：

「我開始了我的任務，有時是雅各回到家中再告訴我明天去誰的家裡拿信息，有時他卻不說什麼，直到第二天嘉道理學校放學，他會在校園角落等我，告訴我去誰的家裡拿，然後總是給我一枚硬幣去買報紙。

每天我傳遞紙條信息和買報紙，每當那個時刻，我知道有一個人就在我的附近；是的，從那時候開始，瑞德變成了我的影子，開始神出鬼沒的在我周圍。我們因此開始接近。在前往某個人家中取消息開始，我知道他就會在近旁，雖然我並不能看見他。

而在送完消息，買了報紙之後，往往在回家的路上，經常我會聽到一個熟悉的聲音『Missy！』- - -之後他就會出現在我前面不遠處，引導著我到一個巷子旮旯的無人角落- - -他似乎熟悉這一帶每一個地點- - -然後裝作很大人的態度指導我一些事。起初我有些反感，不喜歡他一副比我知道的多得多的樣子，但是逐漸我瞭解他是為我好，我們開始有了像朋友一樣的交流，而我也真正開始了認識他。」

／老婦莎拉上方的燈熄滅，幕徐徐拉開，舞臺燈全亮了起來。／

>>>

第二十二幕

-開演-

〔**佈景**〕：舞臺左側燈光照射下，嘉道理學校的校園門口處。

〔**人物**〕：幾個猶太老師和一群猶太孩子們

〔**舞臺**〕：嘉道理學校放學的鈴聲響起，從校門口走出大群的學生，莎拉和雅各夾雜在同學們中間；雅各走到莎拉的身旁，遞給她一個硬幣。

．．

哥哥雅各：

「現在先去格魯伯家拿手寫的新聞紙條，後去買報紙，對編輯說：我的一份快報。把硬幣和紙條一起放在他手心裡；他會知道，記得了嗎？對編輯說……」

女孩莎拉（不耐煩地打斷雅各的話）：

「我知道，不必再重複。」

／舞臺左側上方的燈光熄滅，中間的舞臺上方燈光亮起。／

>>>

-中間燈光照亮的舞臺-

〔**佈景**〕：一條滿是猶太人經營的商店的街道，中間一棟建築，門上掛著英文招牌「Shanghai Jewish Chronicle -上海猶太紀事報」。旁邊是雜貨店、麵包店、服裝店、書店……／

〔**人物**〕：一群群行人，有中國人，也有猶太人在街道上行走著，有少數顧客進出著正在營業的猶太人商店，女孩莎拉走向報社，遇見一個日本士官帶著兩個日本巡邏兵經過。她繞開站在路旁邊，但日本兵注意了她一下。莎拉稍微等了一下，走進報社，一會兒夾著報紙走了出來。

莎拉出報社門後向舞臺的右側走去，瑞德忽然出現走在莎拉前面，莎拉小心的跟隨在不遠的後方，走到舞臺右側，然後轉進一個拐角的巷子裡。兩人停在堆著雜亂的廢棄物的旁邊，瑞德蹲下，莎拉也跟著蹲了下來。

舞臺中央的燈光暗下去到熄滅，右側燈光亮起，照著兩人和他們的掩蔽物。

．．

少年瑞德：「妳要換時間去買，不要老在下午固定的時間；那就一定會碰到

那一組定時巡邏的日本兵。」

女孩莎拉：「你怎麼知道我每天幾點去買報紙？」

少年瑞德：「這幾天我一直和妳在一起，我在妳所在的地方。」

女孩莎拉：「眞的嗎？爲什麼我沒注意到？」

少年瑞德：「*哈哈！*」

／臉上露出頑皮的笑容：／

「我說過我會是妳的影子，每天從妳放學開始，到去某些人家拿信息，然後去報社買完報紙後回到家的途中，我都在妳的旁邊、背後；就像妳的影子一般跟隨著妳---我們中國人說的『*如影隨行*』！」

女孩莎拉：「好吧，可是我也沒有別的時間；我回家後，如果家裡有人就不方便再出來。」

少年瑞德：「還是盡量避開日本兵吧，不要碰到他們，盡可能的遠離他們，保持距離。不要讓他們注意到妳，拜托---**Missy！**」

女孩莎拉：「好吧！」

／莎拉有些無奈：／

「我盡量試著不碰到他們。但是我只是去買份報紙，猶太人一直是需要精神食糧的，買份報紙一點也不會讓人大驚小怪！」

少年瑞德：「*注意！*」

／瑞德放大音量：／

「*很多事情是妳料不到的！*」

女孩莎拉：「好吧、好吧，我聽你的。唉，你一直都是這麼小心警惕的嗎？」

少年瑞德：「是的，」

／他認眞地望著莎拉：／

「這就是我能夠活下來的原因。」

女孩莎拉：「你要活下來？那你爲什麼要做這麼危險的工作？」

少年瑞德：「聽著---**Missy**，我要活著，而且有一天活的自由自在，不再畏懼，不再害怕，在街上像一個大人物般大搖大擺的走路！但那是將來，我確信一定會實現的那一天。我將來的某一天可以如此，但不是現在。」

女孩莎拉：「一個大人物？你要像怎樣的一個大人物？像我的哥哥雅各說的一樣，一個男子漢- - -**Mensch**？」

少年瑞德：「*不只*！要像一個有權力，有實力的人，像一個大將軍，有幾萬人的部隊聽從他的指揮！知道嗎？我現在就有我的部隊！」

女孩莎拉：「你的部隊？」

少年瑞德：「是呀，我的部隊，街上一群小孩都聽我的指揮。」

女孩莎拉：「你是說，那些小乞丐？」

少年瑞德：「我不喜歡妳說他們是乞丐。他們的確是，他們也不完全只是。他們行乞，但是跟從我的小孩都在工作。他們監視，他們搜集，他們跑來跑去都有目的，只是不能說。他們比很多大官偉大，那些替日本人做事的，穿著西服皮鞋的偽政府的官員還不如任何一個我的小孩，因爲我的孩子們有靈魂，他們爲國家民族工作。我教育他們，我講故事給他們聽。」

女孩莎拉：「對不起，以後我不會再說他們是乞丐。」

少年瑞德：「其實也不要緊，我不怪妳，妳不會知道在歷史上中國曾經有一個朝代，哦- - -，是明朝，創立那個朝代的第一個皇帝就曾經做過乞丐。知道嗎？過去乞丐也曾經很有勢力，一直有一個大幫派就是所有的乞丐組成的，他們叫做『**丐幫**』；而且實力強大，只是我把妳當成工作夥伴，所以我不喜歡妳輕視我的隊伍，只把他們當成一般的乞丐。有一天，他們長大了絕不會還是乞丐，他們會成爲很有用的人，而且是我的人馬，因爲我給了他們思想，我教導他們！」

女孩莎拉：「*你教導他們*？怎麼教導？」

少年瑞德：「我講述許多故事給他們聽，一些我從我的書裡面讀到的故事。」

女孩莎拉：「你的書籍裡？」

少年瑞德：「是的，我曾經有很多書，我的父親買給我的。有中國的歷史故事，有傳說的中的民間記載，還有國外的童話故事和小說。」

女孩莎拉：「小說？」

少年瑞德：「是的，就像美國作家寫的故事書《乞丐與王子》，不過我更喜歡《湯姆歷險記》，記得嗎？我說過我最喜歡他想當海盜的片段。我也想過，我要當大俠，一個俠客，又是一個將軍，並且

是一個強大的領導者！同時我也有許多中國的故事書，包括歷史的和童話的，中國的比較不浪漫，但是它們有另一種智慧，尤其在中國還分爲許多諸侯小國家的時候，那是周朝，一群小邦國彼此鬥智，充滿著謀略和狡詐，還有許多爲一個使命奮不顧身的俠客。對，俠客，我認爲我現在做的就像俠客，包括保護妳。」

女孩莎拉：「俠客？噢，大俠，我正在接受你的保護！不過你到底是怎樣的俠客？」

少年瑞德：「一個未來的大俠客，一個所有的不平他都管，所有的不義他都削平，所有的惡人他都懲罰；可憐的人被他救起，被害的人靠他伸冤。--- 妳知道嗎？我以前的家裡，我父親買給我的書整整裝了一個書櫃！」

女孩莎拉：「你以前的家？你有那麼多的書？你不再住在那兒了嗎？」

少年瑞德：「不，我早就不再住在那裡了。那是一個大院，裡面有好幾家人，包括我父親工作過的銀行同事和大學裡的教授。是的，那裡曾經是我溫暖的家，不過現在是我不願去想的地方。」

女孩莎拉：「爲什麼？」

少年瑞德：「記憶，可怕的記憶。不要再問，那是我現在不想說起的事。」

女孩莎拉：「---對不起，好吧，我不再問。不過謝謝你，我會設法在學校外面待久一點再去買報紙。我不再在固定的時間去，你可以放心，我接受你的提醒。」

　　　　／莎拉忽然向瑞德伸出手，打開手掌，直視著瑞德。／

　　　　「我感謝你這位大俠，讓我們握一次手好嗎？」

　　　　／瑞德稍微猶疑，然後伸出右手去握住了莎拉的手掌。他們緊握了一下，再鬆開。兩人沉默了一會兒，瑞德在收回手掌的時候眼睛泛出一點淚光……，他輕輕咳了一聲，放緩情緒平靜的說：／

少年瑞德：「我也要謝謝妳聽我的建議。*Missy*……相信這件事，每當妳工作的時候，我一定會在妳身旁或身後……因爲我是妳的影子。」

　　　　／兩人對話後，舞臺燈光漸漸黯淡到熄滅。／

>>

／舞臺前方左側燈光亮起，老婦莎拉靜靜地坐著，開始獨白回憶。／

老婦莎拉：「就這樣，每當我去買報紙的時候，我會不時的低下頭去看陽光下我走路時在身旁移動的影子，它像一個符號，一個讓我放心的保證，那個『大俠』就在我的周圍；他跟蹤我，伴隨著我，像我隱形的侍衛，我被保護，像一個公主。在壓抑苦悶的生活中我突然產生了一種幻想，有一個少年在追隨我；不知不覺在行走時我會漸漸走的更優雅，因為有一個人在看著我，小女孩的虛榮使我想要他喜歡我，我願意被愛慕，被守護，一個女孩心中莫名的期盼和喜悅，被一個真實的人，一個男孩所寵愛和保護，我開始喜歡那種感覺。」

／燈光熄滅，舞臺在黑暗中閉幕消失。／

---第二十二幕結束---

第廿三篇　翻開一本書

「*每個人的一生都像一本書，自己是作者，
都希望有讀者，而且有一個能讀懂。*」

「*Everyone's life is like a book, he himself is the author,
hoping there is some one who reads and comprehend.*」

-序幕-

〔**舞臺**〕：／白馬咖啡屋。旅行團猶太人全部靜默地聽著莎拉的敘說。／

老婦莎拉的獨白：

「從1943年的四月搬進虹口已經過了半年多了，秋天逐漸走進了冬天，而上海的冬天是嚴酷的寒冷，飢餓使得寒冷的感覺更加強烈。胃裡空洞的感覺每時每刻都不放過我們，如同冷風鑽進我們的身體，飢餓鑽進了我們每一條神經，使我們腦海裡只想著食物，提醒我們胃的需要，使我們看到任何食物就立刻想要吞進肚子。我的腿變細，快要撑不住我的身體，街上我們看到更多倒斃的中國乞丐，他們像睡著了，日本巡邏兵走過去踢他們，沒有任何的反應，就用刺刀戳，然後揚長而去。生命的悲劇每天在我們眼前上演，我們就麻木了。

有一天，母親從她工作的教會醫院帶回來六個小小的紙盒裝的鮮奶，我回到家裡時驚訝的看見它們！那是多久沒有看過的歐洲食品了！我幾乎懷疑我的眼睛！---*它們是真的嗎*？母親大概又出去了，我看不見她，我相信她會允許我喝一盒的。

心裡的念頭使我有一種衝動，我忍不住偷偷打開一盒，吞嚥下去，那奶香的氣息使我毫不思考的又打開了另外一盒，不過幾口就吞下去了！甜蜜的奶汁留在我的嘴唇上，我忽然有一種不顧一切的衝動，起了要再喝一盒的欲望，我試圖控制自己，但毫無辦法，幾乎是直接又喝了一盒，然後我才想到雅各，還有爸媽，我一個人喝了一半，他們呢？

飢餓改變了我的行為，人在掙扎求生的時候會失去底線，不顧一切照本能去做，直到穩定下來，能思考的時候才顧慮到其它。我也到這時候才覺得後悔害怕，我不知道怎麼面對爸媽，我願意接受他們責罰，我等待著接受處罰，我鑽進被窩裡，牛奶使我的胃難得一次的充實了，身體在被窩裡開始感到一絲溫暖，迷迷糊糊我睡著了，直到爸媽都回來。他們看了桌上的剩下的牛奶盒，沒有多說什麼，只是把晚餐的豆子用盤子盛給了我。我囁嚅的說：「媽，我一個人喝掉了一半的牛奶。」母親嘆了一口氣，說：「*我相信妳比我們任何人都更需要它。我真希望我還有更多的可以給妳。吃完了就睡吧。*」

　　我逃避了責罰，但很快，那滿足了的胃又開始飢餓的發出抗議聲，幾小盒牛奶似乎不知道填到那個角落去了。

　　爸媽能原諒我，但犯錯後的罪惡感依然不會輕易饒過自己。我不停地懺悔，恨自己的自私行為，那種罪惡感慢慢變成一種念頭，我害怕自己會再做不顧他人而只顧自己的自私行為，因此當那一天瑞德給我了一個驚喜的禮物，一個幾乎在過去會使我狂喜的食品時，我卻似乎已經學會重新控制自己，不那麼本能地被誘惑，而有了思慮。」

>>>

第23幕

〔舞臺〕：老婦莎拉上方的燈熄滅，幕徐徐拉開，舞臺燈光全亮了起來。

〔佈景〕：仍是那條滿是猶太人商店的街道，中間是門口掛著《上海猶太人紀事報》（Shanghai Jewish Chronicle）的報社，旁邊是已經空蕩，半關著門的雜貨店、麵包店、服裝店、書店……／

〔人物〕：一些行人，包括上海人和猶太人。

-開演-

／光亮的街道上，女孩莎拉機警的走出報社，腋下夾著一份報紙，迅速的離開。少年瑞德出現在莎拉前方，平穩的走著，莎拉與他隔了一段距離，裝作漫不經心地走著，然後跟了上去。

他們仍然是走到舞臺右側的一個堆放著雜物的角落邊，然後蹲下。

少年瑞德把一個紙袋遞給了莎拉。／

··

少年瑞德：「猜猜裡面是什麼？」

　　　　　／女孩莎拉接過紙袋打開，驚訝的叫了一聲。／

女孩莎拉：「*哇！簡直不可能！*你怎麼會有這塊奶油蛋糕？」

少年瑞德（興奮地輕聲喊著）：

　　「我用三小袋麵粉和一包腌肉從你們猶太人那裡換來了三顆黃金鈕扣，又用這三顆黃金鈕扣在上海外灘的上海俱樂部大廚那裡換到了更多米和麵粉，還有廚房裡的一瓶威士忌和這塊蛋糕。酒我已經給了堂口的大哥，蛋糕是為妳留的。吃吧，我保證它還是新鮮的！」

　　　　　／莎拉拿著袋子打開看了裡面一眼，猶豫了一下。／

女孩莎拉：

　　「等一等，你是說，三袋麵粉就換走了那個猶太人的三顆金鈕扣？我知道有不少猶太人把珠寶縫進衣服的皺褶裡，把黃金熔化了鑄成鈕扣扣在衣服上，因為不那樣就帶不出來。但是我知道那是他們最後的活命依靠，你只用三小袋麵粉就換走了他們的救命物資，你這是掠奪了他們！瑞德，我很餓，可是我吃不下去，因為在三袋麵粉吃完以後，他們怎麼辦？我看見那一家人絕望的神色在我眼前，我吃不下去，我也不想吃這麼奢侈的東西。瑞德，帶回去，給你的團夥們吃吧，我不想吃我們猶太人的血淚，這塊蛋糕是在剝奪他們最後的資產，他們生命的依托！」

　　　　　／莎拉把袋子還給了瑞德，瑞德接過後疑惑地看著莎拉。／

少年瑞德（開始用發怒的聲音，帶著諷刺的腔調問）：

　　「妳不想吃？妳要我拿回去看我的團夥們搶破了頭，還是我給了誰，引起他被大家嫉妒憤怒？妳認為我狡猾？詐騙了妳的一個猶太同胞？妳在想什麼？妳希望這麼做我會被妳的善良感動？還是讓我發現妳的純潔？」

女孩莎拉（急忙解釋）：

「你誤會了，我沒有這個意思，我只是不忍心吃，一些蛋糕背後的事使我難過；我在享受的同時會有罪惡感。」

少年瑞德（用冷冷的聲音回復）：

「蛋糕背後的事？妳懂什麼？妳看到過街上一個男人故意撞翻另外一個女人拎著的剛從粥棚領到手的一壺馬鈴薯泥，趁著食物的主人還沒有反應過來就趴在地上拼命舔和吃？那個女人哭泣著喊叫和踢打都沒有用，趴在地上的男人已經不顧一切的連泥土都一起吃進嘴裡，而那一男一女兩個人正好都是你們猶太人！

莎拉，妳不聰明，妳不懂事；妳不認識周圍的環境，妳還有父母提供給妳食物，要有一天，妳要為自己尋找食物的時候妳才會瞭解到在現實的世界裡什麼是真實的生存和生活！

什麼善良和公平？妳知道那三袋麵粉是怎麼來的？妳知道外面的世界嗎？要有人揹著這些東西從暗巷躲躲藏藏的快跑，不然被看見就會被人只為一袋麵粉就劫殺了他。然後他要在生命危險下偷渡過蘇州河，被日本兵發現會槍殺他，被別的流氓團夥看見會為搶麵粉用刀砍死他！他要冒性命危險才能帶到交易市集，那是生存！三顆金鈕扣的主人不能吃那三顆金鈕扣，會馬上死亡而不是活下去。現在他有了三袋麵粉他的全家可以活下去一段時間，他才有機會再找出別的方法生存下去，如果他夠聰明的話……」

／瑞德慢慢恢復了和善溫暖的音調：／

「……我救了他而不是劫掠了他。沒有了我，他的三顆金鈕扣毫無價值！是我用頭腦和冒險使他又能活下去，這是一種現實的公平，不是黃金和麵粉的價值誰高誰低。在這種時候，一切的衡量都變了，是看需要，是的，就是因為需要。

拿去，吃的時候記住，我並不是壞人，我也從來不占任何人的便宜。我讓了許多好處給別人。我為什麼會給妳，因為我樂意，妳是第一個小女孩闖進我們的組織，妳的膽識讓我願意獎賞妳。我不要妳任何的回報，我喜歡妳把我當作一個朋友。

拿去吃吧，不要有罪惡感。就像有些你們猶太人捨不得吃

飽卻願意省下幾個硬幣到屋頂花園去喝一杯咖啡，那是他覺得值得的享受和生活的價值。

跟我一樣，我省下別的物資卻換成這塊在廚房冰櫃裡的蛋糕，因為看妳吃會使我快樂，那是我衡量的價值吧。這麼去想，本來它也不過會成為一個日本高級軍官在酒足飯飽後的甜點，不讓他吃，妳吃了吧。」

／莎拉猶疑靦腆的接過蛋糕，輕輕品嘗了一口，遞過去給瑞德。／

女孩莎拉：「我堅持你也要吃一口。」

／瑞德接過去咬了一小口，還給了莎拉。／

女孩莎拉（拿回蛋糕又咬了一口，滿嘴食物含混地問）：

「你為什麼要對我這麼好？」

少年瑞德：

「因為上次妳握了我的手。不要誤會，我並沒有要妳這麼個小孩做我的女朋友，只是我感謝妳溫暖的手心。」

女孩莎拉（嘆了一口氣）：

「我真想知道我上次到底握了怎麼樣的人的手，瑞德，你到底是誰？你為什麼能講那麼好的英語，為什麼那麼聰明又懂那麼多事。」

少年瑞德：

「沒什麼，只因為我比妳大了三歲。可是知道嗎？就像學校裡讀書，每隔一個月就有一次月考，都是讀了一個月，可是有人考了一百分，有人九十分，八十分- - -到甚至有人不到六十分、不及格。每一個人的學習能力不同，付出的努力也不同。

從流落到街頭的這些年我學得很快，有了不得了的成績，因為我來自另外一個社會層面，我忽然掉到街頭，看見一個完全不同的社會，那個反差使我特別敏銳和整個改觀我的思考，所以我學的特別快，因為學不好不是沒有好成績，而是不能活下去。那個考驗逼的我必須得高分！」

女孩莎拉：

「你還是沒有告訴我你到底是誰，你只告訴了我你怎麼換到蛋

糕和食物，還有你精明的做生意的手法；但是你到底是誰呢？詹力他們可能都像是讀過大學了，可以說英語；可是你比他們小那麼多，你在哪裡學的英語呢？」

／瑞德忽然擺出嚴厲的面容，說：／

少年瑞德：

「聽著，妳知道的已經夠多了，妳為什麼還要知道更多？妳憑什麼要詢問？現在的我對自己非常滿意，我不想回顧，那太痛苦。何況妳知道了又如何？妳會因此毫不介意我的邋遢嗎？妳會願意陪現在的我去你們猶太人的屋頂花園喝咖啡嗎？妳會有一天和我去一個音樂會嗎？告訴妳，其實妳會發現我懂一切西餐禮儀，或是社交儀節，我內心還是有一個活著的過去的我，只是我不再有整套的小西裝和領帶，它們全都沒有了！

現在的我，最整齊的衣物只是沒有補丁和少些破洞的衣服。但是我不再在意了！要直到那一天，我們打垮了所有敵人，日本人敗在我們反抗組織和中國軍隊的手下，我會穿起最正式的禮服，也許帶妳去最高雅的餐廳，和最富麗堂皇的音樂殿堂，但那不是現在。」

女孩莎拉：

「瑞德，可是現在的我們不管是猶太人或是中國人不都是一樣嗎？如同飢餓的老鼠，我們都朝不保夕，那曾經是音樂殿堂裡演奏的音樂家，現在可以為了買一片麵包的錢卑微地在餐廳演奏，在租界區的時候，彎腰向用餐的貴賓演奏討賞！在虹口一無所有的時候，為了求生，我們都沒有了底線，只求再活到下一餐，我們能怎麼辦？但你是我的朋友，我想知道你，瞭解你，更多發現你心靈的世界，有什麼不對嗎？」

少年瑞德：

「嘿……女孩子怎麼都那麼多情敏感和要求那麼多？……好吧，不是不對，只是我不想再回憶起過去的我。我怕我又想起過去的我的時候，那過去的自尊又會回復到我的心頭，那我就做不下去我現在所做的事。要知道，要在『**街頭**』生存是要學會許多本事的，還要放下顏面；能打架，會耍刀，能偷會扒，還要臉皮厚到敢乞討……

相信我，從幾年前流落到街頭開始，這些爲了生存而必須的手段我學的很快而且吸收的滿滿的，環境是最好的老師！

不光只是這些外面的，內心裡你要強大到隨時準備好面對最壞的事，而且發生的時候從不覺得意外！永遠做好最壞的打算，這樣你就不會沮喪難過，才能混在江湖- - -或說在街頭活下去。如果說混街頭是一門奸巧的藝術，那麼我就是一個奸巧的藝術家！*呵呵！*」

／莎拉一邊聽著瑞德的敘說一邊默默地吃完了最後一口蛋糕，若有所思的一面聽著那些話語一面看著瑞德，展開了笑靨，／

女孩莎拉（有意做出歡快的模樣）：

「瑞德，我的影子，謝謝你的蛋糕，今天眞是奢侈！我們這麼親近了，我實在想知道你眞實的面貌，一定跟別人不一樣，一定像一本書，我好想讀。嘿，選一天，你願意的時候告訴我好嗎？你都完全曉得我和我的哥哥雅各、我的父母和猶太人的背景。我的書已經打開了，你還闔的死死的，翻開一頁好嗎？讓我也學學你的**藝術**，否則我怎麼變聰明呢？- - -再不聰明一點，很快你就會輕視我了！」

少年瑞德（有一點意外的凝視著莎拉）：

「好吧，等有一天局勢變好了，有好消息的時候，不再是長夜漫漫的煎熬，不再苦澀而有了確實的盼望的時候，等我們看見快要勝利的時候而我也就要改變回到過去的樣貌的時候，我會找一個地方，當然不是這個骯髒的街道邊，慢慢告訴妳我的故事。說不定它還眞像一本書，也許妳會喜歡讀。

唉，我想也許每個人的一生都像一本書，*自己是作者，都希望有讀者，而且有一個人能讀懂。*」

女孩莎拉（輕輕跳了起來一下）：

「說好嘍？那我盼望快一點有好消息。」

少年瑞德：

「說好了，我也盼望快一點有好消息。」

....

〔**舞臺**〕：／這次瑞德先伸出手，並凝視著莎拉；莎拉也抬起手去握住瑞德

的手，兩人一動不動靜默的看著對方。舞臺布幔落下，慢慢遮住兩人……

燈光慢慢暗淡，熄滅／

>>>

---第二十三幕結束---

第廿四篇　法西斯挫敗

登陸諾曼地
Landing Normandy

1944年的六月六日：

美國的軍隊成功的在法國諾曼地海灘登陸，

開闢了對抗德國的「第二個前線」戰場

-序幕-

〔背景〕：舞臺後方背景屏幕上投影白馬咖啡屋的內部擺設。

〔舞臺〕：白馬咖啡屋貴賓室內景，一條長桌上擺放著一杯杯咖啡。

〔人物〕：長桌旁圍坐的猶太觀光團成員，靜默地喝著咖啡。

〔揭幕〕：幕徐徐拉開，舞臺燈光全亮了起來，眾人沉默著。莎拉端起咖啡杯，輕輕啜飲了一口，然後她開始緩緩地敘說……

....

老婦莎拉的獨白：

「我的生活中漸漸開始習慣一個模式，每次放學到校門口就看到守在附近處的小乞丐，我知道不遠處瑞德就會開始跟隨在我後面，我會輪流的先到那幾處猶太人的家裡，拿了信息字條就走向報社，買報紙，遞信息。然後再走不了多遠到了安全的距離，瑞德就會跟上來，我們就歡聚的吃一點點小點心，和愉快地交談。我開始滿足於瑞德的跟蹤陪伴。

　　就這樣瑞德和我建立了親密的關係，一種特殊的友誼。我高興地接受他經常為我準備的驚喜，那也成為了我一絲絲隱藏在內心的期待，甚至也許還有一些些對食物的欲望，每當想到也許有一個好吃的點心，是他為我準備的，就會產生一個微微的激動；他使我的生活裡有著一種小小的驚訝和喜悅，甚至是一種充實的溫暖。除了家庭和學校，瑞德成為了我生活中的一部分，甚至是一個力量。在我每次的工作之後，不知不覺產生了想要和他會面的念頭，雖然他總是很謹慎的不做規律的安排，不會是每一次都出現，不使這成為

常態後引起注意，但時不時他會在我遞完信息後出現在我前面，引導我到一個角落，然後在那裡給我他的小禮物，一個食品，一個美味的點心。有時他沒有特意的出現，我會悵然若失的有些難過的一個人走回家。

而我也逐漸學會了觀察。現在每當我步出校門，已經會注意到不遠處的坐在地上的小乞丐，雖然他基本上甚至不抬頭望我一眼，但我知道他在傳遞信息，也許是一面反光的鏡子，照射到另一個不遠處的角落，然後又迅速傳遞，而已經在近處的瑞德就馬上會悄悄的趕到我身後，如同一個影子般不被注意地存在，跟隨著我，保護著我，給我一種安心，然後甚至是一個小小禮物的營養。日子對我而言變得有種生動的期盼，就這樣我熬過了飢饉難熬的1943年，進入更匱乏的1944年。

我不知道我的工作有多大的貢獻，《上海猶太人紀事報》用直接從短波收音機裡得來的消息，混合著日本官方發佈的信息，用一種特殊的方式在報紙上刊登著新聞。猶太讀者們都瞭解並學會讀懂字裡行間的意思，就像『**德國又緊縮防線，重新部署以發揮更有效的戰鬥力量**』就表明著納粹又在一條防線上被擊敗而後退了。儘管在上海我們的生活越來越難過，但就是這些令人振奮的消息在猶太難民群中傳播著，給我們希望和在困苦生活中支撐的勇氣，盼望著也許很快終將來到的勝利。

我們雖然生活在日本占領下的亞洲中國，但我們更關心的還是歐洲的戰事。當在歐洲的戰場已經被推進到了德國本土而不再是納粹占領下的歐洲其它國家土地上的時候，我們都相信希特勒離失敗已經不遠了。

在1943年的秋天，我們聽說了意大利人民推翻了墨索里尼的獨裁政權而投降了盟軍，並且對德國宣戰，但很快它又被德國占領了。而日本在戰爭中逐漸開始了嚴重的物資短缺，日本軍事管理當局開始了徵收銅鐵的金屬材料，他們拆除運走了許多上海大型的鐵柵欄和鐵門，最後動腦筋到各個雕像，包括一座地標性的紀念碑。

那是一座自1924年為紀念第一次世界大戰結束而豎立的紀念碑。在高大的花崗石紀念碑基座上，矗立著一座青銅女神像，碑上刻著『**祈求永久的和平**』。許多上海人稱這座碑為『**和平女神紀念碑**』。當然也有人認為稱她是『**勝利女神像**』更適宜。」

／舞臺背景屏幕牆上投影起未拆毀前的上海和平女神紀念碑的照片。
／

「但是在1943年8月，它被腳手架團團圍住，等到塵埃落定，人們發覺頂端的青銅女神像和她裙下的孩子們不見了，連碑身周圍的青銅裝飾也消失得無影無蹤，只剩下碩大的花崗石碑座。被拆除了雕像的歐戰紀念碑孤伶伶地矗立在外灘，仿佛墓碑似的。

連同其它五、六座在上海的銅像都不見了，上海忽然變得失去了藝術，肅殺到極點。我們覺得有一種跡象，日本快要戰敗了！而更驚人的是1944年起的轉變，那是不可想像的- - -上海又要變成戰場了，只是這次是盟軍進攻占領上海的日本軍隊- - -！

各位還記得嗎？我們那時是如何的興奮又懼怕！」

／咖啡屋的猶太人們頻頻地點著頭，似乎都陷入回憶，沒有人說話。／

／老婦人莎拉上方的燈光熄滅，舞臺前布幔徐徐合攏，白馬咖啡屋的貴賓室隱沒到黑暗中。／

\>>

第二十四幕

-重新開演-

／舞臺前沿大布幔徐徐分向左右拉開，頂上的燈光亮起。／

／背景屏幕投影《上海猶太人紀事報》的辦公室內景／

〔佈景〕：辦公室內幾張辦公桌，幾個編輯坐在辦公桌後。

〔人物〕：幾個猶太人編輯。

〔舞臺〕：莎拉進來遞過紙條，猶太編輯A看著莎拉剛遞進來的紙條，眼睛越睜越大，跳了起來呼喊了一聲：

猶太編輯A：「天啊！美國人開始進攻歐洲了！在法國的海灘諾曼地登陸了！」

猶太編輯B（跳過來搶過字條）：

「天啊！是真的！盟軍在諾曼地登陸了！」

／所有猶太報社的編輯們衝鋒般聚攏過來，擠在一起爭看著那剛傳遞過來的紙條。

　　／一個留著白色鬍髭年紀比較大些的猶太人從最裡面總編輯的辦公桌後面站了起來，輕聲喊著：／

報社總編輯：「噓、噓……噓，安靜！安靜！你們要引起經過的日本巡邏兵的注意嗎？把紙條拿過來給我。」

　　　　／一名年輕編輯拿著紙條跑過去，交給了總編輯。總編輯低頭看了一下，抬起頭。／

總編輯：　「這是不得了的大消息。……海曼，你有豐富經驗，先看一下日本有發佈嗎？怎麼寫的？你知道該怎麼參考後用什麼手法隱晦的發佈。現在，大家什麼都不要說，回到你們的辦公桌，也許不久後我們的新聞需要更多的技巧來撰寫了！……咦？那是什麼聲音？警報！警報響了！」

〔配音〕：／全上海防空警報刺耳的響起，長而尖銳的鳴響在上海的空中。／

　　編輯們全部擠到窗口。一個編輯跑出門外仰頭觀望又跑進來。／

年輕編輯A：「一架美國轟炸機飛過去了！美國轟炸機來了！」

　　／又一次全部的編輯們衝到了窗口，圍住年輕大膽的編輯A，輕喊著著他們觀看到的情景。／

總編輯（悶聲說著）：

　　　　「要來了，我們處在戰爭中，現在戰鬥要在我們身旁打響了！大家全部注意，我們要更小心了！」

　　>>>

〔配樂〕：

　　／舞臺燈光漸暗，舞臺前沿的厚布幔從左右向中間慢慢拉攏合起報社一幕結束。／

---第廿四幕結束---

第廿五篇　屋頂上的世界

-序幕-

／舞臺布幔左前方的燈光亮起，在前沿燈光照射下，老婦莎拉靜靜的坐在椅子上，緩緩低聲的敘說。／

....

老婦莎拉的獨白：

「七月起，美國空軍的轟炸機B-29開始會在晚上從重慶起飛到上海實施轟炸。之後白天也開始了經常性的轟炸。在初期只是轟炸外圍。美國的轟炸與日本不同，它只針對軍事目標。而日本過去對中國地區是狂轟濫炸，毫無人性的直接轟炸人口密集的地區，那是劊子手，老百姓傷亡極重。

當美國轟炸機飛臨上海的時候，日本防空火力立即開始射擊，一直到警報解除後，日本飛機才會出動飛到上海上空，做個樣子，顯然是想保留一點顏面。然後日本在上海的XMHA廣播電臺會馬上播報打落幾架美國空軍的飛機；宣稱多少飛行員被俘虜。

曾經有一架美機被擊落，它被日本軍方當作炫耀的獎杯，證明日本防空的火力。殘骸被運到上海跑馬場展覽，要上海市民去觀看，並且宣稱再有美國飛機來就會被這麼擊落。

但是我們都有了信心，法西斯被擊敗的日子不遠了，我們將會重新恢復原來的生活，一種興奮在我們猶太人中間彌漫著。傳遞信息的工作使我越來越熱衷，因為好消息更多了！」

....

／老婦人莎拉上方的燈熄滅，幕徐徐拉開，舞臺燈光全亮了起來。／

>>

第二十五幕

第一段

〔**舞臺**〕：／舞臺背景屏幕墻上投影《上海猶太人紀事報》所在的街景，

一些中國人和猶太人在街上往來行走，有猶太人進到報社買報紙，也有猶太人拿著報紙走出來。

莎拉拿著一份報紙從報社大門走了出來，向舞臺右側走去。走了兩步，瑞德出現在她前方（舞臺的更右側），莎拉平靜的跟上去，兩人走到舞臺右角時，舞臺上方大燈漸暗，而一束聚光燈投射在他們兩人身上。他們靠近，瑞德面對著莎拉。／

女孩莎拉（帶著興奮的笑容搶先開口）：

「你知道嗎？我從報紙看到法國巴黎在幾天前被盟軍解放了！這不是天大的好消息麼？那我們就快要看見勝利的曙光了！」

少年瑞德：

「是的，其實我也已經知道了，我從詹力那裡知道一場決定性的戰役在歐洲發生，8月25日盟軍已經攻下了法國首都巴黎。呵，德國納粹就快要完蛋了。然後就會是亞洲，日本也就快要面對所有盟軍，我們離打敗日本鬼子的時候不遠了！」

女孩莎拉：

「這算是夠好的消息了吧？加上兩個月之前諾曼地的登陸……你答應過我，當有一個非常重要的好消息發生後，你就會告訴我一個故事……你自己的故事，你答應過我你會*翻開那本書*的。」

少年瑞德（玩笑般的口吻）：

「*Sarah - - - Oh, yes, Missy.* 莎拉- - -哦，是的，小姐，我答應過妳我會告訴妳我的故事，*我會翻開那本書*。」

　　　　／瑞德笑了起來，／

「一本我自己寫的書，我自己的故事，妳真的那麼想要聽嗎？」

女孩莎拉：「*當然！我等了好久了，快告訴我吧！*」

少年瑞德：「好吧，我可以告訴妳我自己的故事了。」

　　　　／瑞德沉默了一下。／

「但是在那裡說呢- - -總不能在這個人來人往骯髒的街道上吧？- - -讓我想想。」

女孩莎拉：「我們躲到一個角落去。」

　　　　　　／瑞德沒有回答，仰頭看著天空，思索著。／

少年瑞德（慢慢把視線拉回來，認真地看著莎拉。）：

　　「莎拉，我想先帶妳去一個地方，那是一個很特別的地點，除我以外沒有人知道的一個祕密的地點，只有在那裡我才可以由衷的安適和放心！」

女孩莎拉：「哦？那在哪裡呢？」

少年瑞德：「那是在這個世界上唯一一個完全屬於我的天地。我從來不讓任何人曉得，連我們反抗組織和我的團隊的成員都不曉得。如果我今天帶妳去，妳能答應我絕對保守祕密，不告訴任何其他人嗎？」

女孩莎拉（情不自禁露出興奮捉狹的笑容，輕輕拍手小聲喊著）：

　　「咦吧！一個神祕的地點？太好了！帶我去，我絕對保密。喔，不得了了！一個重要的祕密！知道嗎？女孩都喜歡祕密，但是我已經不是女孩了，我成熟懂事了，絕對不會告訴任何人，包括所有的同學和我哥哥雅各。瑞德，你可以絕對信任我。」

少年瑞德（望著莎拉做出絕望的表情，苦笑著說）：

　　「天啊！我做錯了什麼！我竟然要讓一個什麼都不懂的傻女孩知道我最重要的機密！*我一定昏了頭了，吃錯東西了！我可以改變心意嗎？*」

女孩莎拉：*「不能，絕對不能！」*

少年瑞德：*「好吧，一切聽天由命！」*

　　　　　　／瑞德帶著笑意故意仰天長嘆了一口氣。／

　　「也只有那裡適合講我心裡的話- - -走吧，不等了，現在妳跟隨著我去那個祕密的地點，只有在那裡我才可以放心的說我想說的話。」

　　　　　　／瑞德抬起了頭，下巴指向前方。／

　　「跟我走。」

　　　　　　／舞臺燈光漸暗熄滅，布幕降下。／

>>>

第二段

〔**背景屏幕牆**〕：上海白晝下午的都市俯瞰情景，綿延的屋頂，還有林立
的矮樓。

〔**舞臺佈景**〕：一個高樓屋頂的天臺上，上面堆滿各種雜物，包括舊桌
子、椅子，還有紙箱、布袋等等雜物。

-開演-

／少年瑞德帶著女孩莎拉出現在舞臺左側，莎拉彎下腰，雙手壓住
膝蓋喘了一口氣，再直起腰慢慢走到中間。／

....

女孩莎拉（喘著氣）：

「哇！天啊，爬了那麼多的梯階才到這裡，我快要爬不動了！
這是樓頂吧？我看這裡的住戶把他們的雜物都擺在樓梯間，要
不是你移開幾個擋住樓頂鐵門前面過道的箱子，我還以為它是
堵死的！噢，對了，剛才那個到樓頂鐵門你怎麼會有鑰匙打得
開的？還有別的人能上來嗎？」

少年瑞德（得意地笑著）：

「不，沒有別人能上得來。他們會在好幾處就被堵住了，我設
計的，我偷偷裝的鎖，沒人知道，也沒有人能打得開，他們會
放棄。就算上來了也不會發現我的祕密。累嗎？喘一口氣吧。
這裡已經到了一個祕密的據點。現在站在這裡，看看周圍；我
要妳先好好地看一下我們下方的景象，請妳細細的觀察。」

／瑞德拉著莎拉走到樓頂邊緣的圍牆，向下面張望。／

「*感覺一下，告訴我妳的感受。*」

女孩莎拉（睜大眼睛向下觀望，露出驚訝的表情，興奮的說）：

「*哇哈！好奇特*，從這裡望下去跟在馬路上看到的上海完全不
一樣，而且好看許多，好像另外一個世界！我從來不知道上海
可以有這種面貌，好特別，好美！我簡直像飛到天空上來看下
面的這個城市，真的完全是另一種樣貌！太讓人驚訝了- - -值得
這累的半死的爬樓梯！讓我好好從這裡看一下下面的上海。

噢，瑞德，我發現這裡的確像另一個世界- - -我形容不出

來，你怎麼說這裡呢？俯瞰下的情景像脫離了生活的空間，它們完全不是同一個樣貌！瑞德，謝謝你帶我上來，這是我從沒有的經歷，我的心態都會被這裡改變了！哦，瑞德，這個樓頂就是你的祕密地點嗎？」

少年瑞德（快慰的笑著）：

「是的，但還不完全是。」

女孩莎拉（瞪大了眼睛）：

「不完全是？我雖然很高興到這個屋頂，但是如果這裡還不是你的祕密地點，那你帶我上來站在這個樓頂幹什麼？」

少年瑞德（拉著莎拉的手，說）：

「跟我走，小心的跟著我，我要先讓妳眺望一下這個不一樣的世界，一個屋頂上的世界。」

女孩莎拉（被瑞德拉著手漫步在舞臺邊沿走著，眼睛繼續向下面觀望）：

「噢---是的，它是個不一樣的世界！它變漂亮好多，我可以看的好遠好遠……很壯觀，像一幅油畫，從附近的平房屋頂到遠處的高樓建築，它們伸展的像無止盡---在街道上我絕對想像不到在高樓頂上看到的景象，它的確像是另外一個世界！」

少年瑞德（停止在一個邊緣的矮墻邊）：

「是的，它其實就是另外一個世界。當從高處看時就看不清那些骯髒的巷子，擁擠的街道，聽不到吵鬧的聲音。一切都縮小變成圖畫了，距離我們好遠，我們不再陷入在裡面，而是跳脫出來觀看。」

. . . .

／莎拉慢慢地沿著背景屏幕上的矮墻邊緣走著，觀看著下面的街道，也眺望著遠處的景色，瑞德拉著她晃蕩著，又指給她看，解說地告訴她那裡其實是上海這座城市裡他們熟悉的某一個地方。／
／莎拉點著頭，不住訝異地睜大眼睛怔怔地看著。／

. . . .

女孩莎拉（注目看著瑞德）：

「你怎麼找到這裡的？只是這裡也太髒亂了吧？為什麼這裡堆了那麼多亂七八糟的東西，你會喜歡這個環境？我還沒有到過

上海這麼高的地方，你是要在這裡和我講你的故事嗎？」

少年瑞德（輕鬆地笑著）：

> 「是，也不是；過一會兒我就會讓妳知道另一個更大的機密- - -
> 先告訴你這裡為什麼那麼雜亂- - -上海居民樓的樓頂幾乎都是
> 這樣，被下面居住的人當堆放雜物的地方。有很多住戶搬走的
> 時候帶不走他們的某些東西，又不想丟，就先搬上來暫時擺在
> 這裡，久了他們也不會回來拿了，就變成一片雜物的堆積場。
> 我們反抗組織需要幾個高處的觀測點，詹力要我找了好幾處，
> 包括現在我不能帶妳去的某個樓頂。我們站著的這個樓頂離開
> 可以觀察日本兵動態的地方比較遠，不適合做觀察點，詹力不
> 要。但是它很隱秘，而且雜亂不堪，假如從上空飛機上絕對看
> 不出什麼，在這種雜亂中，卻可以隱藏一個沒有人會發現的空
> 間，所以我就選擇在這裡做了一個我的<u>窩</u>。」

女孩莎拉（提高了音調）：

> 「你的<u>窩</u>？在這裡？可是我沒有看見呀？」

少年瑞德（平靜的語氣）：

> 「嗯，是的，妳不會看見那個<u>窩</u>，因為這裡是一個很容易隱蔽
> 的地方。」

女孩莎拉（有點不信的懷疑口氣）：

> 「這個堆積了滿滿雜物的樓頂，我沒有看見任何地方可以做
> 窩。藏在那裡？指給我看好嗎？」

少年瑞德（帶點得意的聲調）：

> 「有很多事物和東西妳看不到，它們就在妳眼前隱藏。知道
> 嗎？我剛開始加入反抗組織**ReAct**的時候，詹力給了我很多訓
> 練。我們一起走過一條街，詹力要我告訴他我看見什麼，我卻
> 說不出來。然後他告訴我許多潛藏的事物，我才猛然醒覺我的
> 失誤。
>
> 　　我發覺一個衣著不融入周圍環境的人，我要馬上警覺他
> 是外來的人，可能有的目的和企圖；或是一張貼在墙上的舊海
> 報、或小廣告紙，不只看它寫的是什麼，還要看它是新的還是
> 舊的，為什麼貼在那裡。任何一個細微末節的不同和即使尋常
> 的字句都可能隱藏著一個企圖，或是一個暗號，一個情報的聯

繫；我要會立刻警覺和防範。

很快，我學會觀察和看見事物表面的背後，潛藏的事都顯露出來，我能看穿很多人和事，就像我第一次遇到妳和躲到妳背後的時候已經察覺妳的不同！莎拉，有一天妳也該學到這個本領。它影響到我對整個事物的看法和人生觀。也許我現在就該教妳。

是的，今天我要妳看見我所能看到的，用同樣的目光，使我們有同一個視野，這樣妳才能領略我要告訴妳的故事- - -先閉上眼睛一會兒，聽我說話- - -再睜開眼時，我要妳不光是用眼睛去看，卻要用心靈的視野去看一個景象。」

....

／瑞德走到莎拉身後，用雙手蒙住她的眼睛。／
「我放開手的時候，妳慢慢睜開眼睛，打開妳的眼光，擴展妳的視野，遐想我們遙遠的前方有一個舞臺，它逐漸變成很多個，散開，飄落到每一個角落……」
／瑞德輕輕放開雙手，莎拉緩緩睜開了雙眼，有點迷蒙，恍惚的望著前方。／

少年瑞德：

「看到沒有？假想，有很多個框框，一幅一幅的畫面，每一幅畫面都有影像在動著，像電影熒幕……它們慢慢漂浮降落貼到那些個房子的窗戶上面……窗戶裡面那些真實的人物開始演出……一個很無趣，很簡單，沒有排練過的舞臺劇，平凡而且庸俗，但都在演著……看得見嗎？用妳的心思去看，遠遠的看……現在慢慢的，讓妳的視野離開那些窗戶，飄到更高、更遠的地方……但是繼續俯瞰上海這座城市，它開始變得那麼安靜而且美好，沒有嘈雜的聲音，沒有人在說話，只有偶爾隱隱約約的幾聲汽車喇叭響……然後用妳心靈的視野緩緩下降到樓底下的近處，落到那些低矮的平房屋頂上。

……看見嗎？用妳的目光透視下去……對，一個腦海裡的浮想……妳看到每一個屋頂下面有一戶人家在生活，他們升火做飯，然後在桌旁吃飯，聊天說話，過著他們每天的生活。

再看遠一點……對……我指的是那遠處的一棟樓房，看看

那些個小小的窗戶，而每一扇窗戶後面都是一個房間，有人在裡面生活著。他們在看書，他們在工作，他們在一個他們私人的領域裡生活著。每一扇窗戶代表著一個小小的世界，裡面藏著一個家庭或個人。那是一個隱秘的舞臺，有人在演戲，是一齣沒有預先編寫劇本的戲。演員不理會旁人也不知道別人，只在自己的天地裡表演，編著他們自己的故事。但這就交織組成了這個世界，多麼真實，又多麼虛幻！當我們平時在地面上和他們一起生活的時候是不會覺察到的，只有當我們像靈魂一樣在他們上空飄蕩的時候才會看見！

　　我從高處遠遠俯瞰著這些窗戶，覺得我好像一個觀眾，而且是他們唯一的觀眾，他們是我觀看的一齣齣戲劇，他們在不知不覺中演一場完全真實的戲劇，我偷窺他們，並且用我的思維替他們推想劇本。就像你們西方人的玩偶房子，一個小屋子裡擺設著小小的家具，然後小女孩們安排著那個小洋娃娃的生活，移動著，幻想著，編織一個她腦海裡的舞臺劇。

　　這裡我觀望的就是我的玩偶世界。只是他們是活的，他們自行演出，我只要靜靜觀看，用心靈觀看就行了。它們使我暫時脫離了這個世界，不與這個世界連接，它們又使我變得非常冷靜地發現，我也是一齣不知道劇本的舞臺劇；沒有什麼是在我自己的掌握裡……我害怕我會跟他們一樣，平凡而庸俗的一幕一幕的演下去。

　　這麼想的時候我的心會變得非常非常空洞，原來我也只是在一個小空間裡，一個小舞臺上演戲，而且沒有任何觀眾，這樣有什麼意思呢？又有什麼好在意的事了呢？然後我會忽然覺得孤獨到發現我沒有一個可以親近的人，也想不出任何一個會關懷我的人，除了不在身邊不知去向的爸媽，而想到他們的時候我的心會突然悲苦到絞痛，然後必須努力放開那種難受，慢慢呼吸和沉靜，重新確定我正在做的事，再一次堅定我的目標，一個神聖的任務……噢，莎拉，妳不會懂得的。要有一天妳經歷了我所經歷的事妳才能體會……不說那些了，還是繼續用妳的視野去看那不一樣的一處……」

　　／瑞德用手指著遠遠一處的樓房，／

　　「妳看，那個窗戶裡的一家人，他們正在煮飯做菜，熱切

期待一頓晚餐，也許是豐盛的，也許是簡樸的，但是都會吃的心滿意足。那另一個窗戶後面是一個收了攤子的小生意人，正在數他今天賺的鈔票，或憂愁不夠，或是高興的傻笑。而更遠處那棟有霓虹燈的高樓，那是酒樓的窗戶，那些拉著窗簾的窗戶裡面是一個神祕的聚會。黑社會的大哥，爆發的富戶，還有政府的官員，正在一同喝著酒和吃著豐盛的菜餚，共同謀劃著他們賺錢的路子。

現在收回妳的視線再往下看，附近那些低矮的屋簷，裡面正住著一般的老百姓，或是貧窮的苦力。或是碼頭的工人。他們拉了一天的黃包車，或是搬運了一天的重物，正吃著雜糧窩窩頭和鹹菜，然後疲乏的倒在他們的床上；在不受打擾的小天地裡，終於擺脫疲累的一天去享受他們的安眠。

每一扇窗戶裡，不管他的職業、地位，是一個學校的老師，還是銀行的經理，是大的豪宅還是像鴿子籠般擠在破房子裡的窮人，都有一個生活的天地，或苦澀或甜蜜，或是平淡無奇，或是充滿傳奇，重要的是，都有一個私密的小窩……他們的天地。

知道嗎？我也有那樣的天地，一個小窩，就藏在這裡。妳一定想象不到，在這個堆滿破爛雜物的樓頂，有一個沒有任何人知道的角落，有一個完全私人的**窩**，他的小天地，現在妳去找出來。」

∙∙∙

╱莎拉困惑的背對舞臺，檢視著面前一堆一堆的雜物……一陣子之後，她回頭轉向瑞德，注視著他搖了搖頭，沒有說一句話。╱

少年瑞德（露出狡黠的笑容）：

「我還是高明的，以妳今天的能力是找不出的！現在只好讓我打開，分享給妳。」

╱瑞德走到中間移開了幾個布袋和紙箱，出現了一片厚厚的垂掛著的帆布。瑞德掀開了帆布，裡面是灰暗模糊的一個看不清內部的空間。瑞德走進去，然後點亮了一盞煤氣

燈，漸漸地顯露出一個房間內部的輪廓。╱

╱煤氣燈漸亮（一道聚光燈從舞臺頂上照射到掀開的帆布
簾幕的裡面），裡面變的清晰。那是一個簡陋但乾乾淨淨
整齊的擺設，有書桌和椅子，一個床墊，還有一個四層高
的書架，裡面擺滿了書籍。╱

╱莎拉佇立在帆布門口驚訝疑惑的看著。╱

少年瑞德（歡笑地彎腰伸出手臂，做出邀請的姿勢）

　　*「嗒啦！*一塊機密的基地- - -*瑞德的窩* - - -請進！」

　　╱瑞德拉著莎拉走進裡面，讓她坐在一個箱子上。莎拉移
動她的目光出神地打量著這個如同房間一樣的空間，觀看
著每一個角落。╱

女孩莎拉（充滿驚訝的口吻）：

　　「天啊！這是多麼漂亮的一個房間！我很久沒有看到過這樣的
佈置了！我們住的屋子裡面都是擠在一起的床和飯桌，那是不
得已的基本家具。我幾乎忘記我在維也納的房間了，那裡很像
這個房間……一個臥室兼書房，愜意又溫暖……。這裡太奇特
了，我只能說***Amazing*** - *驚訝*！誰能想到在這個雜亂的環境裡竟
然會藏著這樣乾淨整齊的一個空間！書櫃、書籍，桌子、椅子
還有一張床墊和那麼亮的煤氣燈；這就是你的窩？你是怎麼做
到的？」

少年瑞德（帶著得意的語氣）：

　　「哦，並不容易，這是我為自己一個人所建立的，有些家具，
像這盞煤氣燈還是從你們猶太人那裡換來的。知道嗎？小時候
偶爾我會躲藏在爸媽的衣櫃裡，幻想著那是我的飛船的船艙，
而我遠離了地面，沒有人找得到我，我可以躲起來自由自在地
遐想。妳不會猜到，我從小一直希冀一個只有我的小世界，完
全獨立的天地；連爸媽都管不到。妳相信嗎？有夢想的人都需
要一個隱秘的天地，能讓他在裡面無拘無束的放任思想遨遊。

　　莎拉，這裡就是我的天地，它沒有門牌號碼，沒有門可
以敲，這裡沒有地址所以也沒有人可以找到。這裡遠離了任何

一個人，只剩下我自己。只有在這裡的時候我才終於能覺得安靜地完全脫離了這個世界，和上海沒有任何連接，和戰爭不再有絲毫關連，在一個與世隔絕的角落，避開了危險，只剩我自己，因此夜裡睡覺的時候我可以放鬆整個身心的休憩。

每隔一陣子，當我需要一個人獨處的時候，我會離開我那個睡滿一屋子孩童的破倉庫而來到這裡。這個時候我不在上海，不再在這個世界上；不再提心吊膽，可以靜靜的思考，和安穩釋然的讀書、睡覺。

只有在這裡，我可以變回完全的我自己，不需要裝作，不再用心計，離開了現實，沒有了人群，一切靜下來，我的靈魂似乎就甦醒了。

然後我可以祈禱，與我的父母說話。他們若在天上，他們會觀看我，守望我，爲我感到安慰，我是他們的兒子，而且繼續他們願意爲此而犧牲的事業！他們若還活著，一天他們回來看見我時會爲我繼續他們的志業而感到驕傲！

我還可以點上煤氣燈讀書，遨遊在這些我保留的書籍裡；那時候我可以盡情想像未來會發生的事情，而且計劃……或說是幻想……想像有一天我會走到樓底下，重新加入這個世界。妳知道嗎？這個世界多數的框框裡面住著或說躲藏著的人們是不知道框框外面的世界的；他們的天地很小，他們看不到遠處，知覺到的事情很少。他們的世界就是以自己爲中心，認知的世界就是自己那個小舞臺的範圍。

他們沒有視野，他們從來沒有從外面看過自己，更不知道外面的世界。所以當他們被召集走出他們的小天地的時候是一群散亂的個體，茫然無知的被牽引，被命令，去做不論他們想做或不想做的事。他們很容易被掌握，被控制，被籠罩在別人的手裡，那就是爲什麼戰爭永遠只是少數幾個人想要，卻讓多數人去拼死拼活的原因。

我想下樓去，走入這個世界裡，去掀起一場風暴，打破每一個人的框框，改變每一個人……尤其辛勤工作卻依然貧窮的人的世界。我會爲他們蓋最大的教堂，發給他們最豐盛的食物，讓他們的每一個孩子穿上乾淨沒有破洞補丁的衣服，黃包車夫和苦力不再怕被黑勢力欺壓毆打，每當有惡行的時候，我

的少年兵團就出現在那裡，把流氓惡棍打倒捉走。然後他們會為我歡呼，為他們自己慶幸，在一個美好的世界裡，有一個美好的生活！那就是我的目標，我生活在這個世界的意義，我活下去的使命！

就在這屋頂上，我幻想改變這個世界，我做他們的領導，我為他們建立一個新的國度！---*噢，為什麼妳笑了？*」

／*瑞德望著露出滿臉笑容的莎拉嚴肅的問。*／

「*妳覺得可笑嗎？妳不相信，對嗎？妳不相信一個人可以改變這個世界？*」

女孩莎拉（止住笑容，靜靜地說）：

「不，我不是笑你，我從來沒有想到過會有一個人想要改變這個世界。我們猶太人被教導遵從我們的上帝，以色列的神，期待他差遣一位彌賽亞，我們的救世主來救贖我們，建立新的國度。我不知道『人』能不能改變世界，但是我為你要改變世界和建立新的國度感到高興和歡喜，所以我笑了。相信我，我也期待一個美好的世界，你來替我建立它！」

少年瑞德（專注的望著莎拉）：

「我不夠瞭解妳們的文化和歷史，不過我們的歷史上曾經有不少人想改變世界建立美好的國度，只是他們都沒有成功。」

女孩莎拉（嚴肅的回看瑞德，清楚的回答）：

「多數人只期待自己的未來會更好，少有人願意為所有其他人努力。」

少年瑞德（認真的看著莎拉）：

「也許在這場戰爭後，當第一次所有的邪惡被一齊打敗以後會有人起來建立一個不一樣的世界。妳知道嗎？我從**ReAct**我們猶太人夥伴亞倫那裡聽到許多猶太人跑到你們以前的國土巴勒斯坦那裡想要重新恢復建立一個猶太人的國家。」

女孩莎拉（無奈的嘆氣）：

「我知道，我們的報紙都提到了。我好羨慕他們，其實我也想去……是的，去建立一個新的國度……雖然它其實是一個很老很老的國家---<u>以色列</u>，那些奔赴巴勒斯坦的人就是為所有的猶太人去奮鬥的人，你同意嗎？」

少年瑞德：

> 「當然同意，我欽佩那些人。」

女孩莎拉：

> 「他們會成功吧？」

男孩瑞德：

> 「會，莎拉，會的；他們一定會的。我們都想要一個美好的世界，我們不把世界讓給邪惡的法西斯，我們必定會重建一個公平正義美好的世界！妳，我，還有反抗組織**ReAct**的夥伴們，我們都有同樣一個目標，一個值得付出生命的召喚。而今天我要告訴妳，過去我是爲了看不下去那些窮困卑微的人受欺壓而想建立這樣的一個國度；而現在我更想爲我喜愛的人去建立。」

....

／瑞德牽著莎拉的手站了起來。／

少年瑞德（用很堅定的音調）：

> 「莎拉，不早了，妳該回家去了。下次我再告訴妳我的故事。現在讓我們出來站到樓頂平臺上，我要在太陽下山前的餘暉中仔細看妳。」

....

／莎拉被瑞德的手拉著站了起來，她疑惑的凝望著瑞德。／

女孩莎拉（猶疑地腔調）：

> 「爲什麼？」
> 　　／少年瑞德不發一言，平靜的拉著莎拉走出房間，放回掀開的帆布；站在舞臺前沿。
> 　　外面舞臺燈光轉換成日落前黃昏的金黃色。／

....

少年瑞德（仍然牽著莎拉的手，面對面地站著）：

> 「因爲今天，這是第一次，有人不但走進了我祕密的窩，還分享了我的夢想。我從來沒有預料到有人分享自己的夢想會那麼滿足，感覺一種支持的力量和更強大的信心。莎拉，我起誓，我一定會去做到我要做的，爲了許多人，爲了我自己，還有從

今天起更包括了妳。」

　／平臺上，聽完最後一句話，莎拉情不自禁的用力握住瑞德的手，貼近了瑞德，瑞德楞了一刹那，伸出另一隻手去緊握莎拉的臂膀，他們面對面的彼此注視，沒有再說一句話。

　金色的光輝照耀他們的身影，周圍的燈光逐漸黯淡。／

....

／音樂響起／

-舞臺幕落-

>>

---第廿五篇結束---

第廿六篇　開始期待見面

老婦莎拉的獨白：

「自從瑞德帶我到過他祕密的藏在屋頂上的【小屋】之後，他不知不覺影響了我。我走進了他的天地，他也開始占據了我的思維。我會想起他所說的話，和發現也看見了他告訴我的世界；一個視覺中的舞臺，一個在真實人生中進行的戲劇。瑞德對於我不再只是一個工作中的夥伴，而是與我緊緊相依的人，一種難以描繪的情愫。

我看到過去看不見的事，那些虛浮表象的『窗戶框框』後面的真實狀態，連周圍每一個同學的身上我都看到了他們自我中心的舞臺，透視了他們的天地。我不再只用肉眼去看周圍的近處，我還感應了一種視野可以透視到遠方。那些過去對我隱藏的一切事物現在都呈現在我的眼目裡。我看到了遠處，我不再只見到上海，我甚至舉目到遙遠的巴勒斯坦，那裡猶太復國主義的人，還有哈格那組織（**Haganah**）正在為所有的猶太人建立一個未來的國家而努力。現在每一件與我們猶太人相關的事我都看到了，也體認到它們對於我是那麼接近和具有意義。

但是生活中我也有了一種懊惱，我開始希望更常見到瑞德但是卻做不到。我知道他就在近旁，可是我卻無能為力；總是要等到他來找我才行。但自從那次上到屋頂之後一連許多天他都不再出現。我想要聽他說一些特別的事，喜歡靠近他的感覺，但他就是無聲無息。好幾次從報社送完字條出來後我走路時會突然憤怒的踩腳，我想他會看見，知道我惱怒了，我期待他出現！

但直到幾乎過了一個多星期，一天在路上他才突然又出現在我的前面。我感到高興卻故意地快走，假裝看不見他，繼續向前。他又超到了我前面，我故意忽視他仍然快步向前走。我們就這樣競走般前行了一段路到了街口的轉角，他慢下來擋住了我。」

>>

／背景屏幕上投影出《上海猶太人紀事報》正面沿街的上海街道影像。／

／群演：一群上海人穿梭地走在街道上。／

／女孩莎拉從報社買了報紙夾在腋下走出，瑞德從後面跟上然後超前。／

....

少年瑞德（做出開心的笑容）：

「*Missy，妳有一個包裹！*」

／瑞德舉起一個紙袋在莎拉面前搖晃了一下。／

女孩莎拉（板著臉）：

「謝謝，我不簽收！」

少年瑞德（手停在空中）：

「怎麼了？」

女孩莎拉（用冷冷的腔調）：

「我不跟愚弄戲耍我的人交朋友。」

少年瑞德（疑惑的愣住）：

「戲耍妳？我有嗎？」

女孩莎拉（繼續冷冷的腔調）：

「從你帶我上到屋頂天臺到現在有多久了？我等了你好多天了，你答應我的事呢？」

少年瑞德（皺起眉頭）：

「我答應妳的事？我不是帶妳去了我祕密的地點了嗎？」

女孩莎拉（靠前一步，狠狠地瞪著瑞德）：

「是呀，但是帶我去做了什麼呢？」

少年瑞德（退後了一步，一個字一個字地慢慢的說）：

「*去-打-開-妳-的-視-野，開-闊-妳-的-目-光。*」

女孩莎拉（又故意靠近一步，惡狠狠地腔調）：

「*哦，是呀，打-開-我-的-視-野……*但是你答應打開的那本書呢？」

少年瑞德（放鬆的笑了起來）：

「噢，為那個生氣……不急，先看看我帶給妳的東西。」

／瑞德打開紙袋拿出一瓶鮮牛奶和一個大大的三明治。／

「看，妳說過妳喝的好滿足的鮮牛奶，還有一個火腿肉的三明治。外灘大飯店剛做的，我特意為妳換來的，它並不常有。快吃，我喜歡看妳吃東西，比我自己吃還快樂。」

女孩莎拉（仍然板著臉，但眼神專注地盯著食物）：

「我不接受賄賂。」

／莎拉吞嚥了一口口水。／

「除非你以後誠實的對我，否則將來我永遠都不接受你的禮物。」

少年瑞德（無奈地嘆了一口氣）：

「呵呵……這麼嚴重？好吧，可是我從來都是誠實的對妳。接受我的禮物吧，我再帶妳去屋頂，到了那裡妳一面吃我再一面說妳要聽的故事。」

／兩人向左側走去，離開了舞臺。／

／燈光漸暗，外熒幕無聲的向上捲起收回。／

／裡面的背景墻上的投影漸漸明亮。／

....

〔**背景墻投影**〕：上海白天下午的都市俯瞰情景，綿延的屋頂，還有林立的矮樓。

〔**舞臺佈景**〕：一個高樓屋頂的天臺上，上面堆滿各種雜物，包括舊桌子、椅子，還有紙箱、布袋等等雜物。

....

-開演-　／瑞德和莎拉從左側走上了屋頂天臺，瑞德移走了雜物，掀開帆布，帶著莎拉走進去，點亮了煤氣燈。莎拉喘了一口氣，坐在一個箱子上。

瑞德遞過去牛奶和三明治，莎拉打開瓶蓋，喝了一口，吃起了三明治。／

....

女孩莎拉：「又到了這裡啦，講吧，翻開你的書。」

少年瑞德：「那麼好奇嗎？有那麼重要嗎？」

女孩莎拉：「噢，很重要。現在你不只是我的工作夥伴，還是我的朋友，我討厭你看透別人，我猜你也看透了我，所以我要<u>平等</u>，我必須

把你也看透，你必須打開那本書！」

少年瑞德（嘆氣）：

「可是那本書已經被撕碎，收進了一個抽屜，藏在心底的一個角落，還被上了鎖。」

女孩莎拉（咬著一口三明治，含混不清地吼）：

「打開，你有鑰匙。」

少年瑞德（堅定地說）：

「不，我沒有，妳有。」

女孩莎拉（稍帶惱怒地）：

「噢！瑞德，你真是狡猾又奸詐！你又要耍弄我！不，我沒有鑰匙，你有！」

　　／瑞德站了起來，低頭凝視坐在箱子上吃三明治的莎拉。
　　目光不移的盯著。然後嘆了一口氣，用深沉的口吻說：／

少年瑞德：

「莎拉，我沒有要耍弄妳。鑰匙的確不在我這裡，也不全在妳那裡，我們兩個分別的掌握，和共同的擁有。」

女孩莎拉（別過臉去，又回頭瞪著瑞德，吞下一口牛奶）：

「聽不懂！你最好說清楚，否則我會開始討厭跟你在一起。你認為你比我聰明很多是嗎？你以為你可以老是用技巧使我照著你的思維方式去想，對嗎？」

少年瑞德：

「不，*絕對不是*！好吧，我用妳能懂得的方式去解釋。比如說：假使現在我面對的是妳的哥哥雅各，妳想我能對他說得出來那些我心底深處的話嗎？」

　　／莎拉想了一想，遲疑地搖搖頭。／

少年瑞德：

「對了，妳瞭解和想通了吧？只有對一個心靈契合的人，一個能使我打開心扉的人，我才可能敘說我心底的話。否則我也只會演戲。莎拉，妳已經打開了我一半的心扉，但是也許狀況不適合和時間不對，我不知道怎麼開口。妳懂了嗎？」

　　／莎拉沒有回答，靜默了很久。然後抬頭望著瑞德。／

女孩莎拉：

「瞭解，但是有些失望。」

少年瑞德（輕聲說）：

「不要這樣想好嗎？不然我會很內疚。莎拉，其實每當我執行保護妳的任務走在妳身後不遠處的時候，我都會感應的一種奇特的感覺，妳那麼瘦，褐色的頭髮那麼乾枯……」

女孩莎拉（惱怒的打斷）：

「討厭，非常討厭！你能不批評我的外貌嗎？」

少年瑞德（揮了一下手）：

「聽我說完……可是同時我又看見一個美麗的女孩，她心地善良，勇敢獨特，她沉穩的扛著一個沒有幾個人願意做的工作！她還那麼小，但是她堅強的意志，她敢冒的險，她的聰慧，使她整個人發出光輝，我從背後都看見了！我愛慕她的美，一個只有我知道的善良和真純，我會偷偷地喜歡她，如同我曾經愛過的一個女孩，從心底深處我被她吸引……」

女孩莎拉（急切地打斷）：

「等一下，妳愛過一個女孩？」

少年瑞德（點了一下頭）：

「是的，但別擔心，我不會<u>愛</u>妳。」

女孩莎拉（極度懊惱的）：

「可惡！你又在愚弄我！」

少年瑞德（語氣平緩的解釋）：

「不是，我絕對不會愚弄妳！妳瞭解嗎？感情有許多種，男生和女生的，父母對孩子們的……人民對國家的，智者對真理的……許許多多的愛，但是還有一類，是因為瞭解，崇敬之後產生的<u>愛</u>。就像一個徒弟追隨一個大師，也可以在他們的心靈完全相通以後產生的情愫，那種深深的愛慕。

我也有一種對妳的愛，我熱切的喜歡妳，像哥哥對妹妹的愛，像同志對夥伴的愛，像追隨者對一個他所仰慕的人的愛，但更有時候很危險，會像一個男孩對女孩的喜愛……別擔心，我會打住，我絕對禁止我自己再去愛一個女孩，我不要再悲傷

受痛苦到折磨我自己了。」

女孩莎拉（驚訝地問）：

「哦，真的？瑞德，你喜歡過我？」

／莎拉睜大了眼睛露出驚喜歡樂的表情。／

少年瑞德（有些尷尬地解釋）：

「是的，我喜歡妳；但不是妳所以爲的那種簡單粗俗的愛。」

女孩莎拉：

「我還沒有愛過，告訴我一點你知道的愛好嗎？」

少年瑞德：

「男孩對女孩的愛嗎？再說吧，那種男孩愛女孩的故事都差不多，但是我想告訴妳一種高貴的愛，因爲我也感覺這種**愛**，它帶有尊重和期盼，還有熱切的仰慕，那些都含有愛的成分。」

女孩莎拉：

「太複雜了！不管怎麼說，告訴我你知道到的愛的故事。」

少年瑞德：

「以後吧，讓我先告訴妳一個歷史上很特別的感情的故事，它比較像我們現在的情形。」

女孩莎拉：

「我們現在的情形？直接說就好了，需要講一個故事嗎？」

少年瑞德：

「直接說你不容易明白，還是讓我說這個故事吧，從比喻你會比較容易瞭解。」

女孩莎拉：

「好吧，但是你低估我的理解力了。」

／瑞德看著莎拉，調整了一下坐著的姿勢。／

少年瑞德（思索了一會兒，然後慢慢地開口。）：

「聽我說，那是我父親講給我聽的歷史故事。他既要我讀現代西方的書籍，又要我學習中國傳統的文化。他給了我一本書，叫做**論語**。那是古代中國教育家孔子的弟子們記錄下孔子教導他們的哲理的對話。

那時候我不太願意去讀那死板的古書，於是我父親跟我說了一個孔子和他的學生端木賜的故事，引起我的興趣和好奇，我就讀了那本書了……妳聽過孔夫子嗎？」

女孩莎拉（輕輕搖頭）：

「不太記得，嘉道理學校的老師不怎麼講述中國文化，他是一個哲學家嗎？」

少年瑞德（微微笑了起來）：

「我懷疑嘉道理學校的老師知道多少中國文化……是的，孔子是個哲學家，他也是思想家和教育家。這是很久很久以前，差不多兩千五百多年以前的事情了。那是中國一個古老的年代，叫做周朝的時代……當時周王國實行封建制度，國王下面有數百個諸侯城邦，那些公爵、侯爵、伯爵、子爵和男爵，他們是貴族，都擁有屬於他們的領地，一個個小小的城邦……噢 - 也許妳覺得它與妳要知道的事情不相關，但其實妳聽懂了就明白我的故事……妳願意聽曾有過的一個真實的人試著去建立一個他理想中的國度的故事嗎？- 它還包含了一個不平凡的友情的故事。

我喜愛這個故事，也許我曾經想成為那個想建立國度的人，或許我也想有一個完全理解我，願意陪伴我的夥伴，但是我還沒有找到。它是一個隱藏在我心中的期待。也許我應該先告訴妳這個故事，妳願意聽嗎？」

女孩莎拉（皺了一下眉頭）：

「說吧，如果它是與我們相關的話。」

少年瑞德：

「它是相關，它可以解釋一種特殊的感情。它不發生在一般平凡的人的身上，它只存在在有共同追求的人之間。現在讓我告訴妳這麼一個真實的故事。」

／舞臺燈光漸暗……／

>>

---第二十六幕結束---

第廿七篇　建立一個國度

少年瑞德（開始敘述這個故事）：

....

「這是一個想要改變世界的人，那想要建立一個理想國度的人的故事，它發生在兩千五百多年前，是一個古老的歷史記載。那是中國的周王朝的時代。它是中國最後的一個王國，曾經強大又興盛，可是歷史好像永遠都是這樣循環；一個國家被艱苦的創建，然後努力的經營到那個朝代的巔峰，之後開始在享樂中衰敗。周王朝最後被它分封的貴族，一個叫做秦的邦國取代，秦國擊敗了所有其它的邦國和貴族領地，統一了中國；它不再滿足於稱王，開始稱自己爲皇帝，並且結束了之前千年以來幾個王朝的分封制度，開始設立郡縣，派官員治理，建了一個中央集權的統一帝國，嗯，很像羅馬帝國，它就是我們中國的第一個帝國朝代，- - -秦帝國- - -秦朝。哦，讓我們還是回頭再講述周王國的故事吧。

周王朝出過好幾個英明的國王，可是後來的國王爲了美女享樂而犯了錯誤……啊，是的，很多的中國朝代都是因爲出現一個美女而開始衰弱……別生氣，歷史是這樣記載和發生的，所以中國的警戒有一條，就是『**紅顏禍水**』……**要遠離可怕的漂亮女人**！……好了，回歸正題，當周天子，周朝的國君稱他們自己是上天的兒子……力量衰弱後，那些擁有封地的貴族爵爺們就趁機起來壯大自己，天天打仗，發動戰爭互相吞并，擴大自己的領土範圍，強大他們的邦國。有些遠處在南方的邦國，他們的貴族領主甚至不再尊重周王，開始自己稱王。

孔子就誕生在那個混亂時代一個公爵的領地，叫做魯國的地方。他看到整個世界在顛覆，人民的生活痛苦不堪，而諸侯貴族整天只知道彼此攻伐，逼著百姓爲他們打仗。底層的百姓生活困苦到極點，而上層社會受過教育的知識分子只會迎合領主們的心態，設法慫恿他們的君主去稱霸世界，提出各種謀略來擴大領土，爲自己謀奪君王的重用和權力，沒有人顧及平民悲慘的生活。

孔子看著這一切苦難的環境，他起了一個悲天憫人的心態，想要改變這個世界。他想到了一個改變現狀的作法，去建立一個理想世界的思維，提出了一個重塑社會的理論：就是用禮、義、廉、恥來教育百姓，引導君臣，使

人與人、國與國能和睦相處，恢復社會秩序和制度規範，使邦國不再爭戰，百姓可以安居樂業，人民可以不再受苦的一個『**大同世界**』。

　　他開始去推動他改變世界的理想，哦，當然那個駕著馬車的時代，他的世界就只有周王朝的國土。爲了拯救淪亡。爲了推行他的理想，他成立了一個他的教育團隊，招收了許多學生，宣揚他的理念。然後他去見了他自己國家的一個被稱爲魯襄公的公爵，勸說公爵接受他治理國家的理念；但是沒有成功。於是他帶著那些願意跟隨他的學生去各個邦國游歷，想說服一個君主採用他的方法治國，勸說那些諸侯邦國接受他的理念，一起爲人民建立一個理想的大同世界。但是那些公爵、伯爵都只問他如何使自己的邦國富裕和兵馬強大，怎樣征服其它邦國；沒有一個君王有興趣聽他使人民安居樂業和建立理想國的仁義之邦的主張。

　　當時有一個十七歲的少年叫做端木賜，出生是一個衛國的貴族，生長在一個經商富裕的家庭，他非常聰明，更追求智慧。他聽說了孔子，就決定去向他學習，那是在公元前495年。

　　端木賜是長相出眾，受盡人們阿諛追捧的人，他心中有一種傲慢，他非常自信。他找到了比他大三十一歲的孔子，跟隨著學習了一年之後，他覺得其實他和孔子不相上下；他又繼續學習了第二年……他發現孔子其實還不如他！可是他不懂爲什麼那麼多有理想的人向孔子學習而不是向他；所以他開始真正用心的去深入鑽研和瞭解，到了第三年，這時他才真正認識了孔子，深深發現了自己和孔子是兩個不同類型的人。

　　孔子沒有一刻爲自己設想，他永遠執著在爲人群建立一個理想國度的理念；他其實看懂人性，瞭解每一個學生，喜愛每一個人；心中有一幅圖畫，一個美好的大同世界；那是他追尋的呼召，一個想方設法去實踐的夢想。

　　而端木賜擁有自己想要的一切，才華和財富。他看穿人的欲念，他掌握人們的心理；善於發掘潛藏的機會，並知道如何運用這些去獲得他想要的一切。可是他從來都只從自己出發去思考，他沒有跳脫自己的利益來觀看世界，和去在意別人。現在他看到一個更高的層次，一種超越個人的境界。

　　端木賜收起了他的傲慢，從心底深處感到謙卑，他開始尋求智慧，喜歡問孔子許多他不理解的問題，但是他最喜歡問的問題往往還是都跟他自己相關，像『*老師，我是什麼？如果我是一個器物，會是什麼器物？*』孔子回答『*瑚璉*』。噢，瑚璉是我們中國古人在廟堂裡祭祀時用的禮器，是玉做的，華美而高貴。

　　他又問：『*另一個學生顏回比我賢德嗎？什麼是君子？*』然後從每次孔

子給他的回答裡發現迷霧中的路徑……端木賜開始思考，他開始尊仰他的老師孔子，和深深地**愛**上了他，沒有占有、擁有，只是深深瞭解後的**愛**，一種願意為他做任何事的意念，一種高貴的**愛**；而他的老師孔子也完全地瞭解了他的這個學生，他讚揚了端木賜的優點，甚至直接對他說：『*我在政治操作和外交手腕的本領還不如你呢！*』

端木賜跟隨孔子周游列國，同時發揮他商人的本性，結交那些諸侯貴族建立人脈，尋找商業機會，做著國際貿易－噢，不，邦際貿易；賺取大量財富來在財務上支持孔子。他也開始被社會重視，被人們尊稱為**子貢**……一個尊敬的稱號。他們就這樣相知相惜，老師和學生，大師和門徒，領導者和追隨者，一齊走在人生的道路上。

世界仍然在動亂，戰爭從未平息。一天，孔子聽說了強大的齊國要去攻打弱小的魯國---那是孔子的家鄉。他的學生們紛紛討論和出謀劃策，提供建議，孔子卻只召喚了端木賜，說：『*端木賜啊，救救我的母國，去幫助我的家鄉魯國吧！*』

端木賜立即放下一切，計劃著一場極機密的祕密外交。他駕上了他的馬車，備齊了金銀絲帛禮物，帶著他的隨從飛奔在前往齊國的路上。一路上他思考著形勢，背後的真相、動機和理由，還有解決的方法，直到他來到齊國。

他去見了實際主宰齊國政治權力的宰相田常，對他說：『我聽說你要發兵去攻打魯國。讓我告訴你，魯國兵少勢弱，你一定大勝。所以我要建議你去攻打吳國，吳國強大兵多，你一定大敗。』

田常惱怒地說：『你是來侮辱我的智商嗎？我為什麼要去打敗仗？』

端木賜說：『摒退左右，我要和你私下談。』田常就叫左右退下。

然後端木賜沉穩的說：『我知道你是國君的親戚，一個位高權重的皇親國戚。你掌握齊國最高的權力，你要建立你的家族在齊國長久穩固的地位，只是國君的幾個親信將領還不服氣於你，你控制不了他們。今天如果這幾個將領出去打了勝仗，凱旋回國，他們就將更加趾高氣昂，國君和全國人民也會擁戴他們，你的地位就危險了。但是如果打了敗仗回來，他們低垂著腦袋，不敢多說一句話，還有誰能不聽從你呢？』

田常想了一下，說：『對啊！只是我用什麼理由改變去攻打吳國呢？』

端木賜說：『先叫你齊國的軍隊駐紮在魯國邊境別動，其他的事交給我來辦吧。』

然後端木賜追趕時間的馭駕車馬開始狂奔在前往吳國的方向。在路上他完全揣摩了吳王夫差的個性和心理，知道了怎麼去說服他。

　　吳王夫差曾經爲了報父仇滅過越國，俘虜了越王勾踐去做他的奴隸。可是後來又放了勾踐回越國，因爲他喜歡彰顯他的仁義。呃，還有，越王勾踐的臣子把越國過最美的女子西施送給了吳王夫差，而美麗的女子的言辭是君王會聽從的。

　　端木賜到了吳王夫差的面前說：『偉大的君王夫差啊，北方的齊國馬上就要南下吞併你的鄰邦魯國，它將變得更爲強大，然後就要來攻打你了。等到那個時候你就困難了，為什麼不現在就發兵去救魯國，打敗北方自以為強大的齊國呢？

　　這樣北方諸侯國以後就再也不敢小覷南方的國家；同時你也會因為解救魯國而受到贊揚，到那時候你前往北方諸侯國的黃池盟會，他們將因此而推舉你為霸主。為什麼不做這件您一直嚮往的事呢？』

　　吳王夫差回答說：『我很願意。可是我聽說我背後南面的越國正在重新建立力量，想要復仇來攻打我，我因此不放心出兵去救魯國。』

　　端木賜說：『那麼把這件事交給我，我來解決你不便出兵的原因。』端木賜的車馬開始奔向越國，到了邊境，越王勾踐鄭重的迎接了他。

••

　　端木賜在越王勾踐的宴席上說：『我聽說老鷹在俯衝向獵物時會收斂翅膀，猛虎在將躍起撲擊前會先蹲下。而你還沒有準備好撲擊就先跳起來，仇還沒報就讓仇人先知道，你還能勝利嗎？』

　　越王勾踐離開座位屈膝向端木賜說：『智慧的賢者，請教導我該怎麼辦。』

　　端木賜說：『把你最好的盔甲三千套交給我，我帶去呈獻給吳王夫差，寫下你願意親自領兵跟隨他一起去打仗的書信。』越王勾踐都照辦了。

　　端木賜回到吳國，呈上了三千套最犀利精緻的甲冑，夫差高興的要命！端木賜說：『偉大的吳王啊，雖然越王勾踐願意跟著您去打仗，可是那樣勝利了以後別人會認為您不是靠自己的力量，您還是獨自去贏取您光榮的勝利吧！』

　　吳王就帶著吳國的軍隊去解救魯國了。

　　端木賜又急忙駕著車馬飛奔到了晉國，通知正準備諸侯盟會的北方晉國，去見晉國的國君說：『吳國將要與齊國打仗，吳王勝利以後一定會到晉

國的黃池盟會來與你爭霸。』晉君於是聽從了端木賜的建議開始操練軍隊準備戰爭。

---上百個日子，千里的奔馳，沒有一刻的休息，因爲那是他老師交待給他的任務，一個托付。『**千金一諾**』，無論付出多少代價，一旦允承了之後就不再會有別的思慮，除了全心盡力的去達成。最後端木賜風塵僕僕的回到孔子面前，他充滿虔敬靜靜地稟報：『老師，您交代我的工作已經完成了。』

局勢照著端木賜的安排發展，吳王夫差果然打敗了齊國，救了魯國，然後他帶領著軍隊一路衝向了晉國，可是晉國早就準備好了，吳王夫差沒有得到任何便宜。而就在這個時候，越王勾踐趁吳王把精銳軍隊都帶走了的時機，發兵攻打吳國。夫差急忙帶兵趕回吳國，可是他的士兵都疲累不堪了，幾場戰役都敗給了越王勾踐，吳王夫差閉上了眼睛，拔劍自殺了。

知道嗎？當時人們因此說：端木賜……**子貢**……一出來，就改變了天下的局勢，保存了魯國，混亂了齊國，破壞了吳國，強大了晉國，而且使得越國稱霸！」

／瑞德說完停了下來，看著莎拉。／

女孩莎拉（睜大眼睛）：

「哇！他太厲害了！」

少年瑞德（喝了一口他放在書桌上的水瓶）：

「是的，很多人因此稱讚他，說他其實比他的老師孔子更有能力，他的成就比孔子更偉大。」

女孩莎拉：

「我不意外別人會這麼稱讚他。」

少年瑞德：

「可是你知道端木賜怎麼回應嗎？他說：『這好比兩座花園，一座是我端木賜的，花園的圍牆只有人肩膀的高度，每一個人都能望見裡面繽紛的花朵和漂亮的房舍；而我的老師孔子的花園的圍牆有幾十尺的高度，如果你們沒有找到門進去，就看不到那裡面巍峨的宮殿和錦繡的花木！

我的老師像一條江河，我去喝了再多的水，河流也不會減少一分，他像一座山，我帶了再多的土去堆在上面也不會增加山的一分高度。我從不敢妄想去和我的老師孔子做比較。』」

這就是端木賜對他的老師孔子的敬仰。多少年後孔子老了，他一生遭遇的幾乎都是挫折，雖然他沒有放棄過，但是他知道他的日子不多了。他到河邊看著流水說：『時間就像這樣不分晝夜的流逝。』然後嘆息：『泰山將要崩毀了，房屋的樑柱就要坍塌了，哲人也要萎頓了！』之後在公元前479年，也就是孔子七十三歲的那年，他過逝了。

孔子的學生依照那個時代的習俗聚集在他的墓園搭建屋舍居住三年為他守喪，三年期滿後，其他的學生紛紛離開了，只有端木賜不肯走，他哭泣著說：『沒有了我的老師仲尼（孔子的名字），我還能跟誰學習呢？』他又留下三年，繼續為他的老師守喪。

六年中他回憶他與孔子相處的情景，他們的對話，和思索孔子告訴他的生命的意義。六年滿了，他離開了孔子的墓園，開始重建他的事業。他建立了一個團隊，他所揀選的每一個成員都忠誠可靠又幹練；很快他就成為了大企業家，並且富可敵國。於是他開始跟隨他老師孔子的追求去遊歷世界。

他帶著珍貴的禮物去拜訪那些邦國的統治者。國君們都歡迎既擁有財富又充滿力量的大師級企業家端木賜，想要請教他成功的秘訣。他卻只專一的向君王們介紹他老師的理念，一個他知心朋友失落了的理想；建立一個理想的邦國，一個大同世界。他全力以赴推動孔子創造的儒家學說……直到他也衰老了，在他也七十多歲，再也無力推動工作的時候，結束了他的使命，離開了人世；但是他寫下了一段亙古的友誼，忠貞的情感。

我問過我的父親，端木賜為什麼那麼愛他的老師孔子；我父親回答我說：因為端木賜原先是高傲自我中心的，他看不見任何人可以與他相比，財富物質對他來說來的太輕易，無法滿足他；他其實非常孤寂，他的心裡空虛而關閉；直到孔子打開了他的心扉，給他看見了一個值得的追求。同時孔子的人格感召了他，使他認同了那個去改變世界、為人民求幸福的呼召，在孔子逝世後，他便選擇繼承了那個遺志，奉行了終生。

莎拉，中國人的文化特色之一就是忠誠於一個托付。為朋友或是一個他相信的人去完成那個人要求的一個托付；他會心甘情願而且當成生命的成全。

莎拉，妳知道嗎？雖然妳不是孔子，我也不是端木賜，但是

妳使我感到不孤寂，因為我找到一個旅途的夥伴，就像在茫茫沙漠中有了一個陪伴，我願意照顧妳，因為妳的存在使我壯膽、歡樂；那就是我對妳的**愛**，一種願意為妳付出做任何事的意願，妳懂了嗎？」

女孩莎拉：

「好吧，我懂了，不過你比較像孔子，我才像端木賜……別驕傲，我可不會為你辦事。」

少年瑞德（笑了起來）：

「哈哈！我沒有要妳為我辦事……*小女孩！*不過我們是在一起做同一個目標的事。妳懂我對妳的感情了嗎？讓我們就這樣好嗎？」

女孩莎拉：

「好吧。」莎拉頑皮的一笑：

「就這樣吧，你好好的跟在我後面追隨我，像端木賜對孔子，並且願意為我做任何事。」

少年瑞德（站了起來）：

「好的，那就是我對妳的情感，那種不平凡的**愛**！」

　／瑞德凝視著莎拉，很深很凝重的看著莎拉的眼睛，莎拉有些訝異的退縮了一點，身體向後仰。／

　然後瑞德開口說：／

「妳瞭解了後，我覺得我可以為妳打開我的書了。」

　／舞臺燈光慢慢黯淡到完全黑暗／

>>

---第二十七篇結束---

第廿八篇　大時代的變動

少年瑞德繼續的回憶與敘述：

....

> 「如果妳打開我這本書，妳會發現，如同妳一樣，我們都只是屬於某個族裔、某個龐大的社會群體中的一分子，被生下來的大環境所包圍，它的其他的每一個成員或遠或近、或多或少的影響著我們，它傳統的文化蘊育著我們，形成了我們的思維，造就了現在的我們。因此我必須告訴妳我的背景和過去的經歷，那樣妳才能理解我爲什麼會是今天的我。

　　妳一定沒有去過那些古老的城鎮和農村，上海並不代表眞正的中國，我的祖父母和外祖父母都是住在離開上海好幾個鐘頭火車行程距離的鄉鎮上的人。他們在鎮上有房屋和忠實的掌櫃們照管的商店，在離開城鎮不遠處的鄉村還有廣大的農田和龐大的老宅。他們是上一代飽讀古詩書的文人，他們的根在祖祖輩輩遺傳下來的農村，他們是屬於維繫我們中國傳統農業社會文化和秩序的地主鄉紳階層。

　　我的祖父曾經是大清帝國時代科舉考試後錄用的官員，是最後一代爲大清政府做過事的人。當舊政權被推翻，原來的結構被瓦解，而新政府還在籌建當中，秩序混亂之際，那些野心家和投機分子就成爲社會上最積極活躍的人物，他們抓緊時機，使出一切手段攀附新的權貴，謀求官職和占取利益。而舊政府中最腐敗的一群也用盡一切關係，巴結阿諛奉承來討好新的權貴，保住他們的既得利益。在群丑爭寵中那種污穢到極點的政府舞臺上，原來的正直官員便被排擠，於是祖父和他的同僚們那些不願也不屑這麼做的人，便選擇在他們正當壯年時就退出了社會的舞臺，淡化了人生，歸隱到祖傳的老家農村，重新安身立命過平靜的日子。

　　但在歸隱農村後，那些農村的村民們仍舊依著古老的習俗敬重他們這些飽學之士和在外面見過世面的人。當有事或有紛爭的時候依然會跑來祖父的大宅，要祖父給予指引或評斷說理。祖父往往搖頭拒絕說：『現在是<u>民國世界</u>了，有保、甲長，有村、里長，你們去找他們說理。』村民多半都

不屑的搖頭說：『*那些**民國世界**的官？不要！老督董，您說一句話我們就聽。*』鄉民們仍然尊重和願意跟從真正的『**讀書人**』，因為相信這些讀**古聖先賢**書的人，有著道德感和公正心，不是那種靠威脅利誘拉幫結派的選舉和搶奪欺騙獲得位置的現在的官員所能比的！而祖父在推辭不掉的時候，也只有秉持傳統讀書人的風骨和儒家的為人處事原則，用一種傳統的方式引領村民。

對了，村民們在說起**民國世界**時也是一個勁的搖頭。是的，我知道成年人們嘴裡的民國世界就是現在的民主制度下的我們的**共和國**，官員們都不再像從前皇帝時代要靠讀書和考試來被選拔和任命，他們靠投票選舉。而**民主共和國**的官員每到選舉時，就會派鎮上的惡霸帶著保鏢和隨從來到鄉下，警告老百姓投某一個候選官員的票。不識字的農民也都不敢反抗地乖順他們的意思，但背後看輕那些民國官員。

不過那些人從來還不敢威脅祖父，因為知道他在地方的威望，和他們這種讀書人的風骨，是不會能被脅迫的。這是一個時代的交替，**民主共和國的新制度正在七歪八倒的建立**，但在廣大鄉村的農民思想裡仍然保留著舊的文化，眷戀著過去的習俗，把新的共和國放在十萬八千里外，依舊願意接受他們一向尊重的讀書人治理。於是新的舊的混雜在一起，傳統和新的思維同時存在於我們國家的這個時代。

我其實原來是一個農村裡長大的孩子，父母都是離開農村老家到大城市受教育的新的一代，他們婚後有了我，父親決定到海外繼續深造，母親帶著我暫時回到老家生活；因此我的幼年是一直居住在祖父的農村的，一直到我上小學的時候父親才回到中國，在大都會的上海找到工作；然後回鄉下接了母親和我到上海生活，我也才正式的進入現代化的小學讀書。而直到那個時候我也才驚訝的發現，我習慣了的農村和大都會的上海是兩個完全不同的世界！一個是現代化了的，一個仍活在千年的傳統當中，它們甚至彼此不相交集！

*知道嗎？*妳們猶太人是分散在各地，靠一個千年以來所有人共同認同的宗教信仰做中心，但又受各個居住地區不同的環境影響下，調適著、更動著發展出來的連接外面世界的文化。然而我們中國人卻是個一直聚居在一起，凝聚了內部，卻隔開了對外面的世界，靠一個幾千年以前祖先傳遞下來的思想文化，一成不變的習慣地去遵循著生活。它被一代又一代的延續，父親傳給兒子，兒子又傳給孫子，依靠一個我們共同的價值觀和諧平靜的生活著。但就在幾十年前它突然被打破，在我祖父的那一代那幾千年來忠誠的延續被

衝擊到近乎斷裂！

因為在西方侵略下，我們中國在戰爭中不斷的失敗和因此簽下的各種不平等條約，那種屈辱使得年輕一代失去自信，所有傳統的價值觀被動搖！中國發生了革命，我們的民族被強迫的打開了對外面世界的大門！於是一個嶄新的思想被滲入，像洪流一樣強壓著衝擊進來，新一代的人們幾乎是被換血一般注入了新的思想，過去那曾經被篤信的一切傳統脆弱到幾乎無法維繫。

不過老一代的還存在，就像我的祖父和外祖父，他們是受傳統教育培養下成長的人，他們不會說一個英文字，讀傳統的四書五經，用毛筆寫字，尊崇孔子的儒家精神為中心思想，篤信著古聖先賢之說的道統，祭拜著祖先；一直以來多麼以自己的文化為傲！但是他們已經逐漸的失去了主導新社會的影響力，雖然他們竭盡所能的想維護和傳遞一些他們所珍視的，但隨著外面西方世界的侵入，他們被逼著接受一個陌生的新時代，因為皇朝被終結了，皇帝和朝廷被推翻了，王爺們和千百年傳下來的衙門不再存在；一個奇怪的共和國政府硬生生地取代了他們原來熟悉認同的國家結構，年輕人不再聽從他們，而高喊著要『民主』和『科學』這些他們不熟悉也不瞭解的新名詞，並且毫不顧惜的要把他們那一代所熟知的，認為天經地義的一切知識禮俗的殿堂的大門全都闔上，甚至再掃進灰燼。

老一輩們被迫的讓出了他們的世界，*『民國世界了』*！這變成我祖父常說的一句感嘆，這句話表明他並不屬於『它』，他退出和站在外面旁觀，他內心抗拒這個新世界，因為那裡不再有他熟悉的制度，他認同和服膺的官員選拔的科舉考試制度已經全部取消，他所喜愛的古詩詞不再被當作教育的課本……『洋學堂』……妳知道嗎？所有加一個『洋』字就表明那是從海外傳來的，不是我們原本所有的……**洋學堂**裡的小孩蹦蹦跳跳的是簡直沒有體統！但是一切都改變了，現今他毫無選擇的必須送子女去接受民國政府改革後的新制度下的學校，受與他期盼的完全不同的教育。一切將會不同，他的學問已經過時，即使他因著傳統而極度重視教育，本著良知和對鄉土的責任去參與捐錢興辦了這個『洋學堂』，甚至因著他常年贊助而被邀請擔任校董，但是他決定不去干涉，或說從不去過問，他只想把自己留在傳統裡，活在過去所熟知的世界裡，一個有秩序的文人社會。好在除了與外國人交往的大都市外，依舊是農業社會的中國的廣大農村裡並沒有多少變動，他們仍就依照舊時代的傳統慣性的生活著。

而我的父母那些年輕的人們卻是受革命衝擊的一代，他們離開家鄉到大城市裡求學，父親進了一所教會大學，母親在一所基督教的女子學院讀書。

他們向往一個新的世界，不再只是服膺古聖先賢的說法，一心向往著西方式的民主社會，渴望著學習西方文化，盼望著去海外讀書，甚至在我的父親到海外留學後成了基督徒，原因是父親在那裡生了病，而教會醫院醫治好了他，他被那些和善的教會醫生和護士所感動而信仰了基督教，雖然在祖父面前他很少提到信仰，依然陪著祖父祭拜祖先。

這造成了一個混肴的年代！一個五千年閉鎖的大門剛剛被打開，一個新鮮的氣息透了進來，使好奇的新一代拼命吸收那陌生又完全不同的思維模式，感嘆驚訝外面的世界！但又因為他們幼時受到的家庭教育和文化熏陶種下的種子，使他們又仍舊守著孝敬父母的中心思想，保留大部分的生活習慣。於是舊的新的並存又彼此衝擊，古詩詞文章的文學和翻譯的西方書籍的文學互相震盪，激發了半延續半新生的思想，生活和環境也就新舊參雜，因此妳會看見穿西服和清朝長袍的人都走在上海的街上，當然我的祖父終生不穿西服，可是我的父親除了中國的節日之外從來不穿長袍。而我就在中間雜亂的生長了起來。

在父親還在讀大學時，仍然講究著『門當戶對』的年代，祖父請了一個媒人到外公家提親，外公徵詢了母親的意見，她並不反對，其實他們也彼此知道對方，就開始了往來。父親大學畢業後，就與母親一起返鄉在祖父的老宅裡結了婚。婚後他們又回到都市生活，但是父親像他其他的同學一樣，渴望要到海外留學；他想看更廣闊的新世界。母親不反對，就在生下我之後父親就出國讀書了。母親帶著我回到祖父的鄉下，過起了一段傳統媳婦的生活，直到父親回國到鄉下來接我們到上海。

在我懵懂的記憶中，祖父一直親自教育我，給我傳統的啟蒙教育。很小他就開始教我認字，從《三字經》到《弟子規》，還有其它《論語》和一些所謂的**聖賢書**。其實那種教育非常簡單，就是認識字，不停地用毛筆書寫，然後背誦下來……即使你不完全瞭解它們的意義，但它們也會成為你的記憶和融入你的思想，藏在你的心裡，有一天發揮出來成為你認同的準則，影響你的一生。

當父親還在海外的時候，我童年在祖父家裡的生活是嚴肅的。祖父那一代的人把感情收斂起來放在心底，不讓它泛濫出來；外面永遠保持一種典範般合宜於他們應當的角色，一個穩重威儀的家長。他常督促我背書，很少歡笑。但有一次卻打破了這個常規，使我一直記得他也是會哈哈大笑的。

那是一次一個午餐後的休息時間，我一個人自己在大廳裡玩。那種舊時代大宅的大廳是有兩個層次的平面的，靠裡面的一層比較高，擺著華麗的家

具座椅，是迎接賓客走上來落座的地方；靠大廳大門的外面一層比較低，是家裡人們可以隨意行走通過的地方，中間有不高的臺階連接。那天我在比較低，靠外面的大廳地上鋪滿了父親從海外寄給我的玩具積木搭著房子，祖父剛好從他的房間出來，在大堂內面的廳堂上搖頭晃腦大聲抑揚頓挫地朗讀著一本古書。那是他的習慣，叫做『嘆古文』。

他投入書裡面的感情，不知不覺念的很大聲，我忍不住跑上去問他：『爺爺，您在讀什麼？』他先說了一句『古聖賢書』。然後愣了一下，忍了一下後忽然大笑起來。那是鮮有的場景，因為他平時是不苟言笑的，他習慣克制內心的情緒，保持一個嚴肅有教養的態度。可是那天他豪爽地大笑了一會兒，然後自我解嘲的說：『你的爺爺在欣賞垃圾，一些不再被看重的東西，噢，是的，我在讀古人的糟粕。』他笑了一會兒，說：『真是巧合，爺爺正好在讀的一篇文章跟眼前的場景簡直一模一樣！』然後他告訴了我這個有趣的相似的故事。

原來他在讀一本過去時代的經典書籍，一部叫做《古文觀止》的書。而正好讀到一篇叫做〈鑿輪人扁〉的文章。祖父把書遞給我，要我讀，我讀著那詰屈聲牙的古文字半懂不懂，於是祖父開始照他教導我的習慣講解給我聽。

那是講述一個兩千五百多年前的寓言故事。是說一個名叫齊桓公的國君正在他的大殿上搖頭晃腦的朗誦著一篇古文。在他的臺階下一個叫做輪扁的木匠正在製作一個車輪。木匠輪扁放下他的鑿子、錐子，好奇的走到殿堂上問齊桓公：『我的主公，我可以請問您在讀什麼呢？』齊桓公回答他：『是聖人的話。』輪扁又問他：『那個聖人還在嗎？』齊桓公說：『聖人早已經死了。』輪扁就說：『那你讀的不過是古人留下的糟粕罷了。』國君憤怒地問他：『我在讀書尋求智慧，你一個做車輪的木匠怎麼能隨便議論！說出你的道理來，說得出便罷了，說不出我就要處死你！』

木匠輪扁回答說：『我是以我的工作來看的。當木料運到我手裡的時候我要看它們的新舊，會不會再變形，能不能馬上用。而我製作的時候還有太多技巧，砍削的速度慢，車輪光滑卻不堅固；動作快，車輪粗糙而不合規格。只有經過多年的經驗不慢不快才能做出的車輪與我想要的相符合。但是這些知識和規律存在我的心中，我無法用言辭教會我的兒子，我的兒子也不能只從我的言傳學會，所以我已經七十歲了而還在製作車輪。古代人和他們用言語傳遞卻傳遞不了的東西都一起死去了！這樣說來，那麼您所讀的書不過是古人留下的糟粕罷了！』齊桓公聽完後懊惱的把書本

丟下就走了。

　　祖父說完後沉默了很久，闔上了那本書。我知道他很黯然，因爲想到年輕的一代已經丟棄他所有寶貴的書籍了。」

　　　　　　／瑞德停頓了下來，失神地望著書櫃的頂上一張照片。／
··

女孩莎拉（接口）：

　　「哦，這個故事很像我們嘉道理學校的老師羅斯說的一樣，他說：智慧不能夠傳承，要靠人自己的一生去體認。我覺得**輪扁**有一樣的見解。」

少年瑞德：

　　「是嗎？我想古老的民族也許有許多相同的見解。我父親說過讀書仍然是必需要的，但是那些智慧不經過親自磨練仍然不會是自己的。」

女孩莎拉：

　　「我同意，我的老師也說過智慧是不能直接傳承的，它仍然要自己去經歷。」

少年瑞德：

　　「記得我的祖父曾說：『乖孫，我們中國傳統的讀書人是力求遵循古聖先賢，要立志做一個**君子**，追尋古代有智慧的聖賢。』他又說：『孫兒，爺爺希望你也讀一些古文，放在心裡，那裡面有智慧的結晶，對你的將來一定會有用處。』」

女孩莎拉：

　　「什麼是**君子**？」

少年瑞德：

　　「孔子儒家留下來的一個典範標準，一個追尋完美道德境界，人格上沒有瑕疵的有學問的人。」

女孩莎拉：

　　「**鑿輪人扁**算嗎？」

少年瑞德：

　　「－－－不確定，**君子**一般都是指嚴肅而且很有學問，追求完美並且想成爲聖賢的人。」

女孩莎拉：

「那我就不很喜歡君子，我還比較喜歡**輪扁**呢！雖然他只是木匠，可是他有見解和智慧。」

少年瑞德：

「但是妳知道嗎？因著我的祖父，我曾經多希望成為一個君子，一個標準的沒有瑕疵的人，我幾乎想把每一步路走好，甚至算出步數，衣服永遠乾淨整齊，吃飯時不說一句話。多麼好笑，我那時多麼希望成為爺爺眼中的未來的君子，決不犯一個重複的錯！是的，如果我的祖父看到現在的我，他會掉過頭去，不敢再多看一眼！」

女孩莎拉：

「不！我喜歡現在的你，一個有血有肉，充滿著真實情感的人。」

少年瑞德：

「真的嗎？妳喜歡現在的我？知道嗎？當我的父親從海外回來，接了母親和我到上海市城裡以後，他每個禮拜天帶著我去教堂。那裡的主日學讀著聖經，要求我們聖潔，幾乎和祖父要求我成為君子一樣。我開始拼命追求完美，聽話而且乖順，不犯同一個錯誤，試著做到每一個行為合乎一個標準的好孩子，思考和信仰著一個模範並且期待我也能做到那樣。

是的，我曾經那樣生活過，也那樣相信過，每一件被教導的事都變成我的準則和追求。我相信老師，我相信牧師，就像我相信祖父的教誨一樣，我被塑造著追求完美和聖潔，一個上帝眼中的好孩子，一個國家未來的棟梁，一個中國式未來的君子。

我是那麼確信我必須如此，將來一定是如此。它成為我心中的信條，而且以為周圍每一個人也都是如此，大家都是一群好人！呵，我相信我被教導的每一句話，我以為每一個教導我的人都是誠實的，所以服膺他們的每一個指示。我相信他們是愛人的，我也因此愛他們……因為我從相信父親母親做起點，也就相信了學校的老師和教會的牧師，還有所有的成人、長輩，國家領導人說的話，有地位的人說的話，因為確信他們必然是善良的好人和君子，擁有品德和智慧；我應該跟從他們和學習。

是的，我在學習，從我的祖父和我的家庭到我的學校，他們都教導我同樣的東西：*做一個好人，做一個不犯錯誤的人，一個君*

子，追尋一個無瑕的聖潔！我想成為別人眼中期許的人，聽從聖經和聖賢的教導……是的，我從來不懷疑那些價值，從我的幼年開始，我簡單的信心沒有被挑戰過。因為我活在那個被保護好的世界裡，那個給我準則的世界，直到那個單純的世界被打破……」

／瑞德慢慢沉默不語，只是茫然的望著上方，聲音空洞的重複著一句話：／

「我曾經那麼相信一切，我相信了每一個人，
每一個教導，因為那曾是我的世界。」

>>>

-燈光漸暗-
---第廿八幕結束---

238

第廿九篇　童年的故事

〔**舞臺**〕：同前幕

瑞德繼續的敘述：

「父親帶著我和母親到了上海後，父親安排我進了一所教會的小學，母親也在一所中學找到教書的工作。我開始了與家鄉完全不一樣的生活，在這擁擠繁華的都市上海，我日常的一切受到了一種衝擊，人們互不相識，擁擠在一起卻彼此疏離，學校的同學也不同於家鄉的玩伴，我們來自各個不同的地方和背景，彼此並不熟悉，大家各懷心思，彼此冷淡而猜疑，機敏的互相競爭著。我有時會想念家鄉，那裡所有的人都互相認識了好幾代，彼此完全的放心和融洽，你從不需要對人生出警戒的心。還好每當學校放長假時，母親就會帶著我回老家去看望祖父母還有外公外婆。父親因為忙碌的在上海的一家外國金融銀行上班，並且還在一所大學兼課；所以他總是要母親替他先帶著禮物回去向長輩問候，直到我的學校假期快要結束前，他才抽出時間到家鄉來探望祖父、外祖父和長輩們，然後帶我們回上海。

知道嗎？我的母親在放暑假回鄉下時總是帶著一個裝滿書、作業簿還有鉛筆的箱子，重的要命，只好請挑夫幫我們提。照著慣例母親和我先回到祖父的村子，到了以後她忙不迭地和擔任地方學校校董的祖父商量，借學校的教室，開始推動當時社會上的『**全民識字**』運動。母親和我把帶回來的簿子和鉛筆分裝了一部分在兩個我們提得動的小箱子裡，一起去拜訪每一戶村民，尤其那些子女不去上學的家庭。要知道那些窮困的農民的孩子們是必須很忙碌的幫忙家計的，女孩們每天早起就要劈柴、生火煮飯到餵雞、養豬，還要幫助照顧弟妹。男孩們陪著他們的父親耕田除草和挑水澆地，孩子們很早就是勞動力，沒有能力也沒有時間去上學，與他們文盲的父親一樣，將來仍是文盲。那些家庭都是一樣的理由，付不起學費……*男孩們將來長大了還是要『面朝泥土、背朝天』的種地，要認字幹嘛？*母親用一個理由說服他們：『*現在不用銀子了，總得認字才看的清鈔票的數額吧？*』此外多數農民家庭根本不想送女孩們去學校，他們說：*反正將來嫁人生孩子操持家務，要認字幹嘛？*母親搬出一個真實的故事說給他們聽：幾個村上大家都認識的婦女去城裡買東西，跟老闆商量說給我們一點折扣，我們將來還會再

來買。老闆看得出她們是鄉下的婦女，嘲笑的說：『還再來買？那妳們告訴我這店門口的招牌叫什麼名字，我就給妳們便宜。』村子裡的婦女們羞得面紅耳赤，傷心又憤怒的硬是把字描畫下來帶回村子給母親看，要母親告訴她們這店的名字，並且憤怒的要求大家以後都不要去這家店買東西！-『看，』母親對著那農民說：『不認識字是會吃虧的，而且識字班不要學費，連書和筆都是送的。』然後馬上要我打開箱子把簿子和鉛筆給了他們的孩子。村民認得母親說的故事裡這幾個村裡婦女，相信了這件事，終於同意讓他們的女兒去學習認字，但是只能傍晚來『識字班』，因爲他們白天還是要幫父母工作的。

到了傍晚，教室裡點著通亮的煤氣燈，孩子們靦腆地帶著練字簿和鉛筆來了，那可是他們第一次走進校門。學校的幾個老師也熱心的來幫助母親，安排他們的坐位。母親登記他們的名字，這才注意到，鄉下孩子們，尤其女孩們通常是沒有名字的。有一個四姐妹的家庭，當母親問大女孩名字的時候，她回答『大丫頭』。問第二個女孩的時候，她回答『小丫頭』，第三個女孩回答『細丫頭』，最後一個女孩回答『別細丫頭』- - -江南的鄉下土話- - -小小丫頭。整個教室都笑翻了！農民重男輕女，總是生了一大堆女孩仍然繼續生，直到有了兒子，所以女孩多於男孩，而且這些不識字的女孩們什麼都不懂，將來永遠是逆來順受，過著壓抑的生活。母親開始替她們取名字，小娟、小梅、淑芬和雅蘭……男孩們也從大狗、大牛改成了新的名字；這樣全班的男孩、女孩都有了高雅的學名，母親又解釋了他們的名字的涵義，再教他們怎麼寫，要她們記住，她們是有名字的人了！他們第一次爲有了名字感到驚喜興奮，他們從那天起將和有錢讀書的孩子們一樣，一種榮譽感和自重，使他們第二天全部又都來識字班上課了！即使他們將來還是去種地，但是他們不再被他人隨意呼喚，他們的自尊和智慧被打開，他們將不再藐視自己，不再接受欺壓和被輕賤；他們會有聲音和力量，那就是母親說的- - -『我們民族的希望』！

母親常說：「上帝給我們的太多，我們必須要分給別人。」所以她永遠停不下來，學期間在上海教英語，寒、暑假就回鄉下老家教中文。她從不嫌累，關懷著每一個學生……不論是上海的還是鄉下的……她能叫的出他們每一個人的名字，我是多麼地愛她，但是她更寵愛我！

在祖父家大概過了一個月的暑假後，課程移交給了學校原來的老師們繼續，母親向祖父辭行，要回娘家去看望外公外婆了- - -那裡母親會做同樣的事情- - -要外公配合展開『全民識字』運動；我們的大箱子裡也還剩下有一半的

簿子和鉛筆呢！

　　離開的時候祖父總是會要母親帶上一些禮物和食品，吩咐一個家丁划著小船送我們去外公的村子。知道嗎？江南處處都是河流，被稱為『**魚米之鄉**』。我仍然記得那時的兒歌：『**搖啊搖，搖到外婆橋。**』那裡每一個村子都是河流連接著的。我其實非常喜歡到外公外婆的家，因為母親在那裡似乎更無拘無束的快樂著。

　　在我回憶中外祖父的家裡卻是完全不一樣的記憶，充滿著歡樂！我總是歡快的喊著『**外公**』和『**外婆**』，他們從不對我嚴肅或嚴厲，大概管教我的責任全是祖父那裡的，外公和外婆只負責寵愛和完全的甜蜜放縱！他們永遠對我笑呵呵的給我一切我想要的。外公的房子跟祖父家一樣古老而龐大，家裡還有很多僕人，附近村子裡那些農民其實都是為外公耕作的佃農。當我的外公陪著我和母親在鄉間散步的時候，那些村民們都會向我的外公鞠躬問好，外公也會輕輕點頭回禮。

　　我的外公的個性與祖父不同，他不嚴肅，喜歡閑散和輕鬆的生活。他熱愛音樂戲曲，他自己彈奏古琴，有時會讓母親在旁邊吹奏橫笛助興。而母親在村裡最有名的是她的刺繡。在她小時候家裡會聘請一個『**繡娘**』……那個時代專門會刺繡傳統圖案技巧的婦人到家裡來教導女眷們繡花。很小母親就展露了藝術的天分，那位繡娘曾對外公說：『**不得了，你家月芬小姐是天上的七巧玲瓏星下凡，什麼都一學就會，繡的比我還細緻！**』知道嗎？我的母親除了繡花草蟲鳥的傳統圖案外，她還能繡任何她看到的喜愛的美景。在上海家裡我雪白的枕頭套上，母親在左半邊繡了一個她從聖誕卡上看來的圖案，那是一支蠟燭點在聖誕樹上，蠟燭的光暈，和旁邊垂掛的蠟油……跟油畫一般美妙，我常常抱著枕頭幾乎感覺到聖誕節的恬靜美好！

　　我的外婆寵愛母親和我到簡直不得了，她幾乎沒有停止的要我們吃點心！讓我告訴妳中國傳統女性的樣貌，就像我的祖母和外婆，她們都是善良和藹的老婦人。她們與祖父和外公不同，男人們在外面處理鎮上家族生意和管理鄉下田產的事，要不就吟詩悠游在幾個文人雅士的聚集中。家裡主婦們卻要當家掌管所有家務的瑣事，從安排採買食物到家僕們月銀的發放，只要是家庭內的事，都是她們來張羅。可是她們從不厭煩，而且高高興興地生活在對子女們的寵愛當中。有一次在回到外公家時，母親和一起趕回來團聚的她的妹妹嘻嘻哈哈的聊著她們童年的往事。母親說起小時候跟著外婆去鎮上廟裡進香的往事；外婆還是清朝時期留下的裹小腳，走路要家僕攙扶，下了車後緩慢的一扭一扭地款擺著。母親和她的妹妹兩人在後面故意學小腳走

路，一搖一擺地晃著。路人向外婆行禮致意後都忍不住掩口偷笑，外婆察覺到了，立刻回頭瞪她們一眼，母親和她的妹妹馬上就規規矩矩的走路。外婆一回過頭，她們就立刻又學著小腳搖擺生姿的扭起屁股啦！外婆也不再理會她的兩個淘氣的女兒，但是扶著外婆的老僕婦忍不住回頭嘆氣說：『小姐們啊，妳們不懂喲！我是小時候家裡窮，沒人管才沒裹腳，被人家嘲笑說：將來連賣出去當丫鬟都只能當粗使丫頭，做小姐的貼身丫鬟都還得是裹過腳的！唉，*大腳一雙，眼淚一缸哦！*』

這新一代，女孩不再裹腳的一代，也被老一代稱作「**沒規沒矩**」的一代，不再那麼守著傳統和聽從父母。我的母親講過一件她妹妹的事，阿姨是多麼淘氣；她從城裡的學校回家，一不小心被外公發現她帶回來一大包牛肉乾。外公非常生氣，因為他感謝牛對耕田的貢獻，即使牛老了，不再耕得動田地，也不許宰殺，寧願放在牛欄裡和交給牧童帶出去吃草渡過餘年；所以誰也不准吃牛肉。母親的妹妹被外公發現後只是張口結舌的瞪大眼睛懊惱地說：『*我記得要吃完的，怎麼還剩下帶回來了呢？可是外面別人都吃啊，味道很好耶！*』外公氣的沒說話。新舊兩代，完全不同的思維成為他們的爭執點，但是仍舊和睦愉快的相處，親情是傳統又執拗的，無法被外面世界扭曲的！外公最在意的還是我的舅舅，他的兒子。可是舅舅在外面放棄了大學，去讀了軍校，要抵抗侵略者。外公每當思念舅舅的時候，會在祖宗牌位前點香，或是到大廳焚起香爐，在一股檀香味裊裊上升彌漫的空間裡，撫著他的古琴，彈奏著緩慢錚錚的古樂。在那種時候，我們都避開絕不敢去打擾，因為我們知道他正在思念和為舅舅祈福。

農村其它的生活瑣事？哦，我仍記得有一年秋天我和母親回到鄉下的時候，我一個人跑出外公的大宅，到鄉間小路瞎逛；遇到了一群小孩，他們認識我，知道我是誰，禮貌的問候我；我也高興的跟著他們跑。我們玩鬧了一會兒之後就熟了；一個女孩忽然用手輕輕碰觸我的厚毛衣問我：『*這是什麼衣服？*』我說：毛衣。她又用手輕輕撫摸我的毛衣然後問：『*毛衣？看起來好好看，摸起來那麼軟，穿起來一定很舒服。*』另外一個男孩就問：『*可不可以借我穿一下？*』我就脫下毛衣給他，他也脫下棉衣披在我身上。妳知道嗎？鄉下孩子們穿的都是布衣，天冷了的時候也是花布裡面充塞著棉花的布棉襖；又臃腫又緊繃著硬硬的，穿上實在不如毛衣舒服。可是他們以前甚至沒有看過毛衣呢！他們輪流的穿著，高興又嘻嘻哈哈的贊嘆著這真是件『**頭乘**』的衣裳……最好的衣服，又輕又軟又舒服。他們就這樣輪流穿著一直玩到天快黑。

我回外公家的時候母親看到了，問毛衣怎麼髒到都是土和粘著的稻草，

我告訴母親怎麼回事，母親微笑的抱著我說：『主耶穌會喜歡你！』

　　我仍然記得在母親帶我回外婆家的時候，有個跟母親差不多大的婦人總是興奮的用鄉下土腔喊著：『小姐回來了！月芬小姐回來了！』然後搶著幫我們提行李，拿包包。母親要我喊她『繯姨媽』可是這個繯姨媽卻告訴我她是我母親從小的貼身丫鬟，要我喊她『繯丫頭』就可以。可是母親不准，一定要我喊她『繯姨』。我後來知道她曾經侍候陪伴著母親一起長大，直到母親到城裡讀書她們才分開。古老的大宅沒有屋子裡的廁所，我不喜歡用夜壺，更不喜歡家僕幫我去倒，總是寧願自己走到屋外的茅房。可是我有點害怕穿過那間夜裡只有一盞蠟燭燈的很大很大的大廳到屋外，繯姨就教我說：『不要怕，你只要一面走一面唸《捉鬼經》就好了。你唸「鬼鬼鬼，你別來，我有銅拳頭，鐵指甲，大的來，我夯死你，小的來，我掐死你」……鬼就不敢來了！』我告訴母親，她笑的前仰後合，說：『你繯姨一點都沒變！』

　　在鄉下人們似乎都從不改變，她小時候這位繯丫頭就已經是這麼唸這個經的了。繯姨常說：『前世不修今世苦，今世不修來世苦。』她是家僕，每天忙進忙出沒時間修，羨慕我們是前世修來的。她希望她的來世不再做家僕，也能享福；所以她總是一面工作著或走著一面嘰里咕嚕的念著奇怪的經文，修著她的來世。

　　母親告訴她我們都是上帝的兒女，沒有分別；她急的拼命搖手喊：『別、別、別，妳是小姐我是丫鬟，妳到城裡讀了洋學堂，信了洋教，我可沒有辦法！』妳知道嗎？我那位繯姨雖然不識字，但是她會講歷史故事，不過講的很戲劇化，時代和年分經常都是錯亂的，因為她的知識都是來自農村演出的野台戲。

　　每當秋季農田裡收穫過後，農民們閑下來準備過年節，就會有不同的戲班子的班主們捧著戲本到我外公面前，請他決定雇請演出和先點戲，然後被雇的戲班子就會來到村子裡，搭起戲臺，準備那年的演出。從那時候起整個村子可就熱鬧了，各式各樣的賣貨的小販都開始四面八方的趕來了！他們挑著貨擔，從布匹到針線，從鍋碗瓢盆到各種家庭用品和大姑娘們愛的脂粉化妝品，還有孩子們愛吃的零嘴……第一臺戲開始演出的那天，戲班的敲鑼手沿著村子的每一條路徑敲響著銅鑼，那響亮的鑼聲宣告著當天演出的開始；而且他們有時故意到學校的旁邊一面走、一面大力的敲著銅鑼。教室裡的孩子們開始耐不住性子，紛紛把腦袋伸過去張望，鞋底摩擦著地面，小聲念著：「銅鑼響，腳底癢，學生子，放先生！」急不可耐想放學。老師不得

不走出去要他們去別處敲鑼,他們才一面道歉,一面嬉笑地敲著鑼離開。一會兒放學,這群捧場的小觀眾就都會去聚集啦!

　　也就是鑼開始敲響的那天,賣貨郎開始擺開貨架吆喝,整個村子開始起了過節般的熱鬧氛圍!村裡農人們都放下手裡的活計拿著木板凳聚集到戲臺前面,熱烈地彼此招呼和觀賞演出!那就是鄉村的文化,一種從古到今延續的文化。村民雖然都不識字,可是他們卻都知道一些歷史掌故和那些朝代興替,還有古代偉大的文臣武將的豐功偉績,忠貞的賢臣,或是狡猾的奸臣,藉著那些不朽的故事傳遞著文化的思想,這些野台戲曲就教導著他們,使他們獲悉了從古到今的傳統思維,和信從了那個價值觀。

　　我記得祖父並不喜歡這些野台戲,即使他也為他的村子裡請了戲班子,他卻從來不去看;他甚至批評說那些戲本簡直胡說八道,但是外公卻曾經說:『何必那麼認真,這不過是給村子裡的娛樂。』祖父和外公一樣,都並沒有什麼特別的宗教信仰,他們依循著傳統文人追求的『天人合一』的道統,只是虔敬的祭拜天地和祖先,甚至從不去廟會。

　　記憶中有一次外公決定不叫當地的戲班子唱地方戲,秋收後,他從遠處請來了城裡大戲班唱京戲,也就是『國劇』,那可是件大事!城裡的京劇戲班是昂貴又難請的,逢到這種大節目都要 『領親眷』,要把所有遠近的親戚都一一的請來看戲……家裡的老長工們先把那一整排的客房都洗刷清理的一乾二淨,我從來不熟悉的什麼堂兄堂弟堂姐妹、表哥表弟表姐妹,還有什麼遠房親戚的姨婆、姑媽、舅媽帶著他們的孩子們『巧姐姐,細妹妹……』都乘著小船來到了村子住進了外公的家裡,家僕們安排著他們住進一間一間的客房,然後在客廳大堂開出十多桌的餐宴,吃喝歡愉地團聚著交誼。這些我不熟悉的親戚們搞得我頭昏腦脹,可是孩子們熱鬧到全變成**人來瘋**,鬧成一團!孩子們白天不大去戲臺,因為我們看不懂也聽不懂臺上演的戲,就在戲臺周圍玩著各式各樣的遊戲,吃著大把大把的零嘴,村上的小孩們都跟著我們分吃的,圍著我們討好親昵的喊著;晚上我們在廳堂裡玩著躲貓貓和瞎胡鬧,大人們似乎也放縱了我們,頂多偶爾喊喊:『別沒規沒矩!』就放過了我們過頭的嬉鬧,我們就稍稍收斂一點。那是多麼興奮歡樂的時光!

　　*妳知道嗎?當周圍每一個人都愛你的時候,去愛人們是多麼容易!*那時的我是多麼歡樂!我喜愛每一個人,我做著母親教導我做的好孩子,我從不多拿一顆點心盒裡的糖果,總是拿去分給別的孩子。我禮貌的問候著每一個長輩,招呼著他們的孩子,長輩們也稱讚我,他們的孩子們羨慕我,總是問上海的情景;好奇地問大城市裡的人怎麼生活。

我相信家庭的教養影響孩子們的一生，父母的身教決定了孩子們的品德個性，沒有更重要的了！我被一家『好人』包圍，我因此以爲人都是善良的！要直到失去了這整個的『家』我才學到人間社會是多麼可怕！貪婪勢力的富人，剝削佃農的地主，但那個時候我全然無知！因爲我一直以爲每一個人都是設法讓他周圍的人幸福和快樂的！我印象最深的是一件事，在過中國傳統新年的時候，爸媽總會帶我回到鄉下祖父的家裡，那裡熱鬧的一塌糊塗。我老見到那幾個『老家人』來到祖父的大房子，幫忙清掃著每一個角落，擦拭著每一件家具雕刻的花紋；整個屋子煥然一新。有一年一個除夕前一天的晚上，祖父要每一個人都退出大廳，唯獨叫了一個『老家人』陪著他。我的爸媽都回房間了，只有我好奇的躲在大廳柱子後面的椅子背後，看著祖父喊著『陳家』，那個長年在祖父跟前工作的姓陳的中年夥計彎腰過去，祖父問他：『陳家，你什麼時候到我們李家來的？』陳家回答他記不清了。祖父就笑起來說：『你父親領你來的時候你才是個十幾歲的小東西呢！幾乎三十多年了，你該成家了。』然後祖父拿出一張紙，說：『陳家，三里外的呂墅村，那裡我買了三畝地，還有個草房；我會再托媒婆替你相個親，你該成自己的家了！』我只記得陳家沒說一句話，跪下來抱著祖父的膝蓋哭喊著：『老督董！老督董！』我永遠都忘不了那一幕，因爲它深深的感動了我，我懂了什麼是『老家人』，知道『陳家』將來也會是一位過年就自動回祖父家的『老家人』，他們圍繞著祖父彼此忠誠，是一個鄉下祖父的小天地！我發誓將來我也要給身旁的人土地和家，讓每一個我認識的人幸福！我以爲那是最大的快樂，我傻到以爲整個世界就會是這樣，人們必定是互相信賴依托著，美滿而和諧！那時我天真無知！可是我真寧願就這麼傻傻的過著，不需要知道太多，不需要看清人情冷暖，不必要認識人生真況，就在我的小天地裡這樣活一輩子！

　　社會就這麼混合地過著，城裡已經是共和國的制度，農村卻仍然是地主和佃農，鄉紳和百姓，他們仍然依照傳統安然地生活著；如果沒有戰爭，如果沒有日本侵略，也許那樣的生活會如同千百年延續下來的不變。但是戰爭爆發了，上海的淞滬戰爭一直打到南京淪陷，然後戰火全面漫延到各地；一直燒到我的家鄉。」

>>

／舞臺燈光收暗／

---第二十九幕結束---

第三十篇　戰爭的前夕

瑞德的敘述- - -

··

　　我在上海正式的進入了小學，可是那些教材對我來說太容易了！我已經都能認字，而白話文的課本相比祖父教的文言文就像說話那麼簡單，我幾乎輕鬆到在浪費時間。於是父親決定讓我開始學英文，他親自教我英語。他說：「我相信爺爺已經教了你足夠的國文基礎，我現在讓你學習另一種語文。**記住，語言是溝通的工具，它連接和凝聚了一個族群，它的詞彙是這個群體歷史文明發展的積纍，構成了他們情感的傳遞和思想的表達，影響了他們共同的認知，造就出另一個民族的思維方式和對事務的看法，顯示了那一個民族的文化；你在裡面將看到另一個天地，另一種思想，你要用心去體會和發覺，你會因此看見更廣闊的天地和智慧。**」

　　他除了親自教我，又擔心我缺乏學習的環境，一個人容易倦怠和失去興趣，因此又帶著我到一個傳教士鮑勃·噶德拉斯基的家裡去學英語。那裡一共只有六個學生，兩個在租界區裡英語並不好的歐洲小孩，和包括我在內的三個中國孩子，以及一個很不情願的學生……鮑勃的兒子菲爾。我進步的最快，因爲不止父親，母親以前讀書時也是跟著傳教士學習英語的，她到了上海也在一所中學教英語，在家裡還繼續爲我補習，很快，我讀完了簡易的英語初階課本，而且和菲爾成爲了好朋友，他和我年紀一樣大，我固定在放學後到他家去補習英語，在老師鮑勃還沒有回來前，菲爾經常拿出幾隻玩具手槍，我們幾個孩子就在他家的客廳裡玩起「**槍戰**」遊戲，吼叫追逐著互相開槍和倒地裝死。我並不那麼放得開，不太吼叫，每當他家裡有人時，我就不太願意遊戲，會安靜的直等到那人離開。可是菲爾不會，他只管自己玩的開心。很多次菲爾的爸爸鮑勃回到家來，他走進客廳，菲爾就對著他爸爸大吼一聲接著開槍，而鮑勃也立刻裝模做樣的慘叫一聲倒在沙發上……然後他才起來帶著我們安靜下來開始上課，選讀一本英語故事書。這「**槍戰**」逐漸成爲我們上課前常有的插曲……但是他不知道，對我而言，那是一個極深刻的印象。

　　要知道，卽使是我多麼愛我的父親，我相信我的父親甚至更愛我，可是我們仍然是不可能不拘形跡的一起胡鬧遊戲的。而鮑勃和菲爾有時卻幾乎像平輩或朋友，互相吵鬧和一起遊戲……甚至互相商量事情。每一件小小的

事情都成爲了我訝異的發現，在潛意識裡拿來和我的周圍做比較，包括祖父家裡的事情。我體認到，我一直聽從教導想做一個乖孩子，父母長輩心中的「**好孩子**」；對每一件事我都不知不覺的優先考慮別人的看法，父母的，祖父的，老師的，課本裡的，和甚至記在心裡面「**古聖先賢**」的，卻很少有自己心裡的聲音。在鮑勃指導我們讀英語課本時，他常會停下來問我們對這一段課文的看法，而在中國學校裡老師很少問我們對所讀的課文有什麼看法，我們只被要求去讀，去記，甚至去背，和接受作爲我們的準則。

這些被教導的準則，是爲符合中國文化傳承的一個規矩，那就是替人們設定一個標準，然後嚴肅的要求每一個人遵循，慢慢趨近目標，這是一個不被允許脫離的軌跡。而對孩子們的教育就是嚴肅的管教，讀古聖賢書，設法使孩子們被納入一個模式，追求作爲一個達到古聖先賢要求的標準的讀書人。而人生的目標呢？在過去那就是讀書考試做官，追求顯要的地位，光耀他的家庭，榮耀他的祖先，符合一個一個讀書人的成功人生。

可是在菲爾家，他們只是在做自己和「**個人**」，享受生活的歡樂。逐漸，當我說英語時，我覺得我像是另外一個人，因爲那些我用的字和詞是不同的文化，它存在不同的生命，所以思想時竟然是一個不一樣的內心世界，像是另外一個我，就像現在妳和我在一起的時候一樣。而說中文時，所有使用的文辭連接著學習時的記憶，思維又回復到祖父從小培養著我的世界；就像一會兒我是端木賜和輪扁的朋友，思考著人生意義和哲學，一會兒我又是湯姆歷險記裡的玩伴，夢想著做海盜的冒險刺激，盡情歡樂！我不知不覺在兩個世界裡交互生長著！

那樣的日子只維持了兩年，巨變就來臨了。雖然在那之前的幾年裡，中國已經開始大亂，但是基本上仍局部維持著一種平靜的生活。

>>

在我六歲離開鄉下前，我已經有了一些對外面的世界，有關國家大事的記憶。我記得夏天的傍晚在祠堂前廣場的幾棵大樹下總會有一些村民聚集乘涼聊天。他們談到幾年前中國丟掉了東北，被日本占領後建立了「**滿洲國**」的事。那件事發生在1931年的九月十八號，被我們中國人稱爲「**九一八事變**」，被國際社會稱爲「**木科敦事件 - Mukden Incident**」；村民們說：*「就是因為趕走了皇帝，沒有人保護我們了，日本鬼子才敢來欺負我們！」*有個少年人說：*「哈！還是皇帝的話我們早就亡國了！」*成年人惱怒地說：*「你懂什麼？我吃過的鹽比你吃過的飯多；我走過的橋比你走過的路多！大人講話小孩子少插嘴！」*

中國是國土幅員遼闊的國家，東北到我們江南幾乎等於隔了幾個歐洲國家大小那麼遠的距離，它太遙遠，不直接關係到我們江南地區。人們談論卻並不感受到強烈的影響，仍然過著以往習慣的生活，除了關心局勢的學校老師，村裡的村民並不感同身受。但是隨著時日推移，日本不停的挑釁，中國一步一步的退縮；局勢越來越緊張，人們感受到了壓力，鎮上年輕的人們開始高喊救國，要求對日本抗戰，打敗侵略者和雪恥復仇。

　　在我到了上海的第二年的春末，那是九一八日本并吞東北之後，全面的抗戰還沒有開始，但是戰雲已經密佈。天氣漸熱，街上有了一種緊張的氣氛，到處看到標語：「**獻機救國**」、「**團結抗日**」；還有人在街頭演講，要求民眾捐錢購買戰機衛國作戰，打倒日本軍閥的侵略。母親不但捐出了她所有的收入，還和幾位學校的老師帶著學校的女學生們在放學後到街頭拉著橫幅布條遊行，揮舞著〔**抗日救國**〕的旗幟，站在街角唱著愛國歌曲向市民們勸募。

　　讓我唱給妳聽我母親帶著的女學生唱的一首〈**大刀進行曲**〉，她們是熱忱地喊著唱的：

「*大刀向鬼子們的頭上砍去！*

全國英勇的弟兄們！

抗戰的一天來到了，

抗戰的一天來到了！

前面有勇敢的義勇軍，

後面有全中國老百姓，

咱們中國軍隊勇敢前進，

把敵人消滅，

〔喊：殺啊！衝啊！〕

大刀向鬼子兵的頭上砍去！

〔喊：殺！殺！〕

　　／瑞德唱著激昂的抬著頭，嘶吼著：殺！殺！／
　　唱完後他眼神發直的看著遙遠的前方，陷入回憶。
　　一會兒之後他才恢復神態。他輕輕地繼續敘說：／

少年瑞德：

「妳知道即使是女生們也能唱得激情響亮，每當唱到吶喊：『殺！
殺！』時，街上的人群會跟著一起吶喊，整條街都震動起來了，仿
佛我們就面對日本小鬼子在拼殺！人們把錢丟進捐款箱裡，很快就
裝的滿滿的！然後母親會站在臺上拿著喇叭演講，接著女學生們唱
起悲涼的〈**流亡三部曲**〉，那是一首紀念918後被日本占領了的東
北……莎拉，讓我再唱給妳聽……」

　　／瑞德沉聲唱起……／

離別了白山黑水，走遍了黃河長江。
流浪、逃亡，逃亡、流浪。

九一八，九一八，在那個悲慘的時候，
離別了我的家鄉，逃亡到它方；
*我們的祖國已整個在動蕩，我們已無處流浪，也無處
逃亡。*

看！火光又起了，不知多少財產毀滅！
聽！炮聲又響了，不知多少生命死亡！
那還有個人幸福？那還有個人安康？

那裡是我們的家鄉？那裡有我們的爹娘？
*百萬榮華，一霎化為灰燼；無限歡笑，轉眼變成凄
涼。*

說什麼你的、我的，分什麼窮的、富的；
敵人殺來，炮毀槍傷，到頭來都是一樣！

*爹娘啊，爹娘啊，到那年那月，才能回到我那可愛的
故鄉！*

爹娘啊！爹娘啊，到那年那月，才能夠回到我爹娘的
身旁！

誰使我們流浪？誰使我們逃亡？

誰使我們國土淪喪？誰要我們民族滅亡？

來，來，來！我們休為自己打算，我們休顧個人逃
亡！

我們應當團結一致，我們走上戰場誓死抵抗！

打倒日本帝國主義，爭取中華民族的解放！」

／歌唱時，瑞德的眼睛濕潤，他任淚水流出掛在面頰；唱完
後他平靜地拭去淚水，輕輕喘氣，目光重新從遙遠的前方轉
回凝視著莎拉。／

**少年瑞德（又擦了一下面頰的淚水，控制住激動的情感，轉為冷靜平穩後的
略微羞澀的輕輕一笑）：**

「哈！音樂總是能打動人心。我忘不了我如何崇仰的看著母親帶著
女孩們歌唱。唉，說實在的，我聽著女學生們多麼的充滿感情的聲
音，同時欣賞她們是那麼愛國和美好，我在臺下跟著唱，但更巴不
得上去和她們一起唱！

女學生們都留著『童子頭』……後面齊頸，前面劉海遮住額
頭的髮型，穿著白上衣和到膝蓋的藍色裙子，跟齊膝的白色長襪，
她們美極了，我仰慕她們和被她們感動到熱血沸騰，掏空了口袋捐
出所有的零用錢。男學生們也一樣上街勸募，可是我總在人群中跟
著女生走，也許因爲想看著母親，或許是因爲女學生更強烈的吸引
我。

也就是那年的四月，我們中國傳統的清明節，人們多半都要
回鄉掃墓，可是這次父親和母親都忽然說有事必須留在上海，他們
告訴我，我是大孩子了，要代表他們回老家陪祖父和外公去祠堂上
香，祭奠祖先和去先人墳上掃墓。母親送我到了火車站，千叮嚀萬
囑咐的要我注意自己的安全，然後抱著我很久，說：「*爸媽是真
的有事，國家有很多事是我們必須做的。*」她放開了我，我上到
車廂找到位子坐下後一直向她揮手，直到火車開動，慢慢離開了站

臺。

　　回到家鄉鎮上的火車站，祖父派老長工來接我，然後划著小船回到老家。祖父沒問爸媽為什麼沒回來，只是輕輕摸著我的頭髮。臉上有沉重憂鬱的神色。我們仍然一切行禮如儀，祭拜祖先和掃墓，但是沒有往常清明閑適的節日氛圍，似乎連鄉下的農人們都在談論日本鬼子又要進一步侵略中國了，而這次，會是全面爆發的大戰。

　　幾天後外公竟然親自來接我，我發現他其實是來找祖父商量一件事情。那天外公和他的一個背著書袋的老家僕一同來到祖父的家裡，他們親切的作揖問候彼此，然後就進了祖父的書房，還關上了門。

....

　　我很想進去，輕輕的敲門。祖父開了門，我看到他們攤滿了一書桌的古書，還有各種陰陽八卦的圖案。祖父輕輕用食指按住嘴唇，示意我不要出聲，外公正拿著一個羅盤在八卦圖上測試者方位。

　　- - -莎拉，讓我解釋一下什麼是八卦圖。中國的文化並沒有很強的宗教信仰。人們對人生只是篤信一個道理，是他們從小讀中國儒家傳統的四書五經中得來，對現實人生的一個認定和遵循，和對生命價值的衡量。但他們也都想發掘更多的世界奧祕和宇宙現象；因此他們在儒家孔孟學說之外，對太極陰陽的玄學也很追求，那是他們對世界和宇宙現象的解釋和命理的探索。有一本傳統的用陰陽來推究宇宙未知和命理現象的書叫《易經》，那是他們那老一代的依照千年前留下的知識，太極、陰陽、卜卦……去推算未知的事務，哦，是的，與西方的星象學類似，但加了中國古人的八卦做更細的推論。

　　古時候的中國人對宇宙觀有一種看法，就是宇宙的運轉基本上就是兩個相對應的元素在互動，就像白天相對應黑夜，雄性相對應雌性，有好就有壞，有愛就有恨- - -有正就有負。它最後被定義為一個『陽』- - -一切正面因素的組合，和一個『陰』- - -一切負面因素的組合；而宇宙就是『陰』『陽』的運轉，一個彼此相對消長的互變……它們必須共生共存，無法單一存在。因此產生了代表宇宙的「太極圖」。它畫一個大圓圈象徵宇宙，然後分為兩半，一半是白色代表『陽』，一半是黑色代表『陰』。這『陰』和『陽』被稱為是太極產生的「兩儀」。然後又在大圓圈的直徑的中間點，把大圓的半徑分別當作兩個小圓的直徑畫出兩個小的半圓，在大的白色半圓裡面畫了一

個連接黑色大半圓的黑色小半圓，相對又在大的黑色半圓裡面畫出一個連接白色大半圓的的白色小半圓。那就表示陰和陽不是分離對立存在的，而是陰中有陽，陽中也有陰。又更在那小的白色半圓中心點點上了一個黑點，小的黑色半圓的中心點點上了一個白點；表示陽中有陰而那陰中又有陽，而同理陰中有陽而那陽裡又有陰---它們彼此包含，既對立又共生。莎拉，也許妳看過那個圖，一個圓圈裡面像有兩個頭很大的蝌蚪，白色的有一個黑點眼睛，黑色的有一個白點的眼睛，他們就像在互相追逐轉圈的兩個怪異動物，那就是流傳千百年的中國太極兩儀圖，代表一種宇宙觀。

而中國古人想透過這個陰陽兩極消長的邏輯思維來瞭解和推測未知的事物，就用一條短短的直線代表**陽**，也可以說是**正**；一個中間斷開的直線代表**陰**，也可以說是**負**；它們代表**兩儀**。它們又可以有四種組合，就是「**正-正，正-負，負-正，負-負**」；就是被稱為的「**四象**」，古語就說「**太極生兩儀，兩儀生四象**」。再把四象加一層組合，如「**正-正-正，正-正-負，正-負-正，正-負-負……**」那就有八個排列組合，就是「**四象生八卦**」，也就是中國過去所用來推算未來的「**八卦**」，每一個「**卦象**」代表一種宇宙的陰陽現象和吉凶的變化，每一個「**卦**」如果再把其它七個「**卦**」配合上去做一個新的排列，那就有了八乘八的六十四個數學的排列組合，八卦就成了「**六十四爻**」，它們就進一步更細緻的解釋「**卦象**」，顯示可能的變化。

然後人們算著時間的位勢來拋擲出兩個筊，看它跌落地面時的正、反面來定一次卜卦，占卜出一次「**陰**」「**陽**」---繼續擲筊直到得到一整組卦象的排列，再去找出符合的爻卦，推算出一種預測。我問過父親這是不是迷信，我的父親笑著說那古老的玄學並不容易弄懂，每一個卦象的解釋都是複雜的文言文，可以被模糊的解釋，關係是誰在占卜，和看卜卦的人怎麼去解讀。他慎重地說，我寧可把未來信托在我信仰的上帝手裡，然後我盡全力做好我能做到的。

但是莎拉，有一件事我未曾忘記，因為它使我害怕了很久，甚至毛骨悚然的留下印象。那是在外公來訪祖父家裡的那天晚飯過後，他們對坐著談論了很久，他們反復的推論；家裡人都避開讓他們安靜談話，我卻不管，不停到他們的茶桌上拿他們的點心吃。我記得外公凝重的對著祖父說：「*我看天下要大亂了！*」然後他們拿出「**易經**」，決定當天夜裡去荒野的河邊聽天籟……那是夜裡寂靜無聲時的一種音符，只有鑽研易經太極的人才懂得。

第二天清晨，他們吃著僕人送上的早餐，我習慣性地靠著桌子陪他們

吃。那次，他們似乎不察覺我的存在，兩人只是靜默地吃著，直到外公問祖父：「*你聽到了嗎？都是步伐，一列又是一列，像火車的聲音，可怕！過陰兵了，他們來了！*」我聽的害怕起來。祖父點頭，說：「*我看了天象，七星七煞下凡了，人間將有大難了！*」我聽不懂，我害怕的問什麼是陰兵？他們注意到了我，兩人卻都不回答，只是不再談論，沉默的吃著早餐。之後我到外公家裡住了一段時間，外公才送我上火車回到上海。

....

　　似乎該來的總是要來的。那是一個冷冷的下雨天，在上海的家裡，父親在晚餐桌上嚴肅地和母親討論他接到的祖父的信，要他回鄉下去。祖父很少要我們回去，他總是要父親留在上海努力前程。可是這次他主動要父親回家鄉去做一件重要的事。

>>>

／舞臺燈光收暗／

---第三十幕結束---

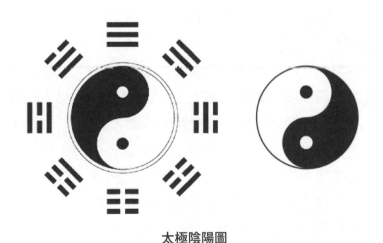

太極陰陽圖

第卅一篇　逃難的船隊

少年瑞德的獨白‐‐‐

‥‥‥

　　我們坐上擁擠的火車回到家鄉的城鎮，又在鎮旁河流邊的河堤旁坐上祖父派來接我們的小船回到老家。村子裡正在殺雞宰豬，像在辦喜宴般籌備著，但是沒有一絲歡樂的景象，全都是肅殺的進行著。第二天在村裡祠堂前的廣場上，像過節般全村的人們圍聚在一起，擺開了大筵席；但是沒有高聲快樂的喧嘩，只是靜默的吃喝著，連小孩都不敢鬧，那是凝重的氛圍。

　　祖父站起來，全村的人也都站了起來。祖父沉聲的宣佈：「*消息探回來了，日本兵快要打過來了。唉！又要逃難了！走不動的老人和婦道人家跟著我一起往更內陸的鄉下去避難；奎大‐‐‐*」祖父叫著父親的名號，看著父親說：「*過去我帶著村子逃過軍閥內戰，躲避過官軍剿匪混戰，中國的太平不知道要等到什麼時候！現在我老了，我要你回來替祖宗效力，替村子做事。這次是你的任務，你接替我，帶著全村出去逃難。*」祖父示意要身旁的長隨遞過一個沉甸甸的大木匣，打開；取出的是一支上著油，亮晃晃的長槍。他拿出槍撫摸著，然後抬起頭對著父親繼續說：「*我把村民托付給你，你要帶他們整整齊齊的出去，平平安安的回來。*」

　　父親彎曲一隻膝蓋跪下雙手接過長槍，舉過頭頂，然後站起來用左手持著槍，右手端著酒盞向祖父敬酒，祖父又向全村敬酒，男人們都彎腰答謝，然後一口氣喝乾了酒，接著暴喝一聲摔碎了酒盞，大口的吃起酒宴。

　　第二天，老人們都坐著牛車先向更無人的郊野內地走了，青年人和壯年人除了保護老人而離開的一小隊外，全都聚集在河邊，附近村子的親戚也來了，他們的船停在後面，我看見堂表兄弟們全站在船上，每個人都揹著一個小包袱。前一天晚上母親也給了我一個小包袱，裡面是塞得緊緊的衣服，中間夾著一個不大的，在綢緞上刺繡的錦囊。母親叮囑要我隨身揹著保護好，萬一出事逃散了，錦囊裡有翡翠玉器的手鐲和金銀飾品，那是值錢的物件，可以變賣了保障暫時的生活。我終於感覺到一種危險，似乎就要面對險境了。

　　父親宣佈上船後，大家就都搬著東西上了小船。我們家是第一條大船，後面是村民們的木舟，再後面是跟隨的親戚們加入的船隊。父親讓長工蕩起

漿，慢慢升帆，岸上村子裡的好婆- - -噢，就是那種專門說吉利話的老婆婆，這次她和幾個老人不願走，留下來躲在不遠處看顧村子。好婆有一肚子流傳下來的好聽話，專門在婚宴喜慶或是壽禮酒席的時候到場說祝福話語的人。好婆沿著河岸邊行走，向著她經過的每一條小船喊著她記得的祝福話語，但是她滿是皺紋的老臉上這次沒有笑容卻全是垂掛的淚水，直到船隊開動了，她仍然亮起嗓門不斷的高喊著一串一串詩詞般的祝語，我還記得她最後對著每條船上划槳的單身年輕男子和姑娘們重複又重複地喊著：「*一百隻金雞出去唷……五十對鳳凰回來！一百隻金雞出去啊，五十對鳳凰回來喲……*」她祝福他們單身的出去，喜結良緣的回來，一切變為更好！船上的男子們向她作揖，回喊著：「*依金口！依金口！*」她的聲音像戲曲花腔的嘹亮高亢，連老遠都可以聽見，可是吉利話語裡我聽得出那是快要哭出來的一種絕望又希望的狂喊，從此那個聲音就一直留在我腦海裡。

船在江南風平浪靜的河流上行駛著，河水默默地流淌，流向遠方。河畔兩岸上的灌木密集蔥鬱。我們白天到人多的鎮上就會停下來打聽消息，晚上就睡在船上，家丁們上岸生火煮飯，隨便的吃著填飽肚子。我們臉洗的不乾淨，身體也髒了起來，越來越像難民。我們經過一些小村落，那裡已經荒無人煙；有些田地也毀了。還有幾次我們嚇到不敢說話，那是漂浮在水面上破了的木船碎片，還有幾具屍體。每當此時，父親就站立在船頭，尤其到了水流湍急，或是淺灘船行駛不快的地方。有一次經過一個轉彎的淺灘，灘旁是高聳起來的蘆葦叢，蘆葦搖晃著，像是裡面有人，又像無風自動的怪異現象。

船輕輕地起伏著，父親卻佇立在船頭一動不動，像一尊雕像。我小心的隨著船板的起伏搖晃著走到他身旁，我不記得曾經看到過父親的眼神是那麼犀利，像鷹一樣射出寒光！他用左手把我拉到身後，又伸出右手，打開手掌，老家丁團伯走上去遞過那隻與村民用的不一樣的閃亮的來福長槍，父親右手接過握住槍柄，又用左手托住槍桿讓槍托頂在右肩，然後他張開口，一個字一個字緩慢的吐出長長的渾厚音調：「*壯-丁-押-船！*」

我們船上有幾個划槳的青年男子立刻放下槳，舉起火銃- - -那種民間自製的土槍，站到船頭船尾的四個角落，齊聲高喊：「*壯-丁-押-船！*」立刻所有後面的小船都緊緊地靠近，每條船上的女眷都躲進船篷，男子們站上船頭和船尾，用肩膀頂著向天空高舉起火銃，用拉長的音調喊著同樣一句話：「*壯-丁-押-船！*」喊聲不斷被跟在後面的每一條小船上重複著，接續的傳遞

下去。

　　船隊緩慢的接近了岸邊蘆葦叢，父親拉了一下槍機，斜抬起槍瞄向空中，扣下扳機，爆裂的一聲槍響刺耳的劃破寧靜的長空，然後所有的壯丁都斜舉起火銃向天空發射，像一陣轟然的雷鳴，空氣中全是彌漫的火藥味。船隊靜靜地貼著岸邊緩慢的划行，人們繃緊了神經望向四周；父親又開了第二槍，每一條小船上的壯丁們填好火藥後也跟著依序放了第二次銃，硝煙彌漫在船隊的上空，直到逐漸離開了那片淺灘。

　　母親告訴過我，比日本兵還壞的是自己中國人的土匪，他們知道難民多半都帶有值錢的細軟，這是他們發國難財的時候，他們躲藏埋伏在船划不快的轉彎淺灘處，突然衝出來打劫船隊，燒殺和搶劫難民。父親帶領船隊放槍是表明這是一支有武裝力量的船隊，讓土匪放棄搶劫的念頭。

　　我不記得到底船隊行駛了多少日子，只知道我們經常覺得飢餓。因為白天不敢生火，怕冒煙吸引日本飛機注意，晚上怕火光引來歹徒搶劫，所以總是只在黃昏時靠岸，埋鍋造飯。中間我們只吃乾糧。我記得經過一個較寬的河面，岸兩邊各有一個渡船的小碼頭。我看見一艘破木船擱淺在岸邊，兩個小小孩趴在河灘上在對著船哭喊著，船上是幾具屍體。母親堅持我們的船靠過去，問明白了情形。那是一對擺渡的夫妻，不久前載著客人划到一半，被日本飛機飛過掃射打死了，船被水流沖到岸邊擱淺，孩子們尋到這裡為他們的父母絕望的哭叫著。父親叫壯丁們埋葬了屍體，那兩個孩子們不肯跟我們離開，母親的眼睛被淚水浸的紅紅的，叫繅姨搬下兩袋乾糧，還有饅頭留給他們。繅姨也掉著眼淚說：「*寧做盛世一條狗，不做亂世一個人。*」

　　我們終於到達了一個荒野，停留在那裡駐扎了下來，等候回去探消息的人回來。因為聽到前面的地方已經被日本兵占領，沒有理由再前行了。派回去的快船回來通報，家鄉已經平靜，日本軍隊通過去了，鎮上已經出榜安民。鎮上一群那些以前沒人看得起的地痞流氓組織了一個**維安會**，會長是以前開妓院窯子的老闆陳振敞。聽說他們的背後是日本扶植起來的一個組織**「東亞民主共進會」**，屬於日本新創立的**「大東亞和平共榮圈」**；靠著日本人撐腰的力量，他們抓住了以前的鎮長韓號裕，說他是地下抗日分子，把他交給了日本憲兵隊，聽說已經被酷刑弄死，現在由搞賭坊的蘇基麥擔任鎮長。

　　父親嘆了一口氣說：「*群魔亂舞的時候到了。*」

　　船隊又費力的駛回了家鄉，遠遠的我們就可以望見那已經燒毀了的村莊。祖父的大宅只剩下幾面墻壁和房角的大青石塊，屋頂已經都垮了。那些

焦黑的廢墟很難讓人想起它們以前繁華的情景。村民們有些在哭泣著咒罵日本鬼子，但父親開始冷靜地安排所有人日後的生活。

我們還住在船上，房子在悄悄簡易地修復。我記得長工們用梯子爬進燒的黝黑的夾牆裡……哦，妳不懂，那是一種密室，兩面牆壁的中間是空心的，從屋子的裡面是察覺不出來的一個空間，用做防賊和盜匪，藏貴重物品的密閉空間。當逃難時帶不了的沉重物品都暫時存在裡面，像銅鑄的香爐，鑲嵌寶玉的暖腳爐，還有金銀器皿……長工們嘆氣對父親稟報說：「拿不出來了，全都熔化成金屬塊黏在一起了。」父親沒有說什麼，但神色黯然的告訴母親，有些都是祖宗傳下來的古物，還好輕便的字畫都帶走了。

祖父隨後也帶著老弱村民回到了村子。不久，家裡來了訪客，那是鎮上的幾個有學識的文化人，他們有的曾經在地方做過官吏和教書，平時他們喜歡組成詩社在茶館裡談論文學歷史，顯擺他們的高雅和不同。我仍然記得那個被稱為朱理論的詩社領頭，帶著一個叫王錠予的戲班老闆來看祖父。他們都穿的光鮮亮麗，配著黃金鏈子的懷錶，擺出一種派頭和得意的神色。朱理論告訴祖父他們現在都是民主共進會的幹部和鎮上的委員了，要祖父出來加入他們，並且委派祖父做村長和鎮代表協會的委員。祖父推辭，說已經老了沒精力了。他們笑著說：「*改朝換代是歷史上常有的事，現在東洋人來這裡當家，我們文人吃完茶照樣提著鳥籠散步，什麼憂愁都在清風中散了！做官有什麼不好，我們文人就是要過這樣的日子。*」

祖父沒有答應也沒有拒絕，只說再想想。他們嚴厲的告誡祖父他們三天後還會來，一定要答復。當晚祖父叫了父親到面前，交給父親一個箱子，要父親毫不停留的立刻回上海；而且不論發生什麼事都不准再回來。父親不答應，祖父動了怒氣；第二天我們在祖父催趕下一起走了。祖父只送我們到門口，他不出來，但一直拉著父親的手，又用力撫摸我的頭……很久，很久；然後轉身頭也不回的進了屋子。母親滿眼都是淚水但是沒有哭，我們靜靜的坐上小船就離開了。

回到上海的一個多月後，家鄉傳來了消息，祖父在那些民主共進會的人又來了幾次之後，在一個夜晚，獨自一個人喝著他配方的酒，靜靜地逝去了。他留言一輩子為民族做事，不會臨了去做民主共進會的漢奸日本走狗。

消息傳來的那個晚上，父親不吃不喝的坐在桌前看著祖父的照片和信很久，母親不發一言的端著茶水和點心到父親的桌上，最後他們一起禱告，慢慢又恢復了我們的生活。但是一切都不一樣了，家裡沒有了歡笑，父親嚴肅的超過以往。他仍然回到銀行上班擔任經理和在大學兼課，母親也回到學校

繼續教英文。但是餐桌上父親經常不在，即使是一起吃飯他也不再說笑。我只一次聽見他小聲跟母親說：「日本鬼子和民主共進會一定要被消滅。」

　　我經常想起祖父和外祖父，祖父站在江邊朗誦蘇東坡的〈**赤壁賦**〉的豪邁氣魄，外公撥弄古箏的優雅情景，和父親舉槍站在船頭像雕像一般的身影……還有我們的老家，農村歡鬧的氣氛，農閑的戲臺，孩子們的遊樂，喧鬧的鑼鼓，好吃的零嘴，還有那些見不到了的親戚。只剩焦黑和恐懼，還有隨時帶著太陽旗、刺刀和槍來到的日本兵，和扛著綠旗下鄉搜刮糧食的民主共進會的幹部。

　　直到父親被捕，我懂得了他改變的性格和原因。他在爲地下組織工作，他在爲國家民族工作，他也在爲祖父復仇。但是他被出賣了，我失去了家庭，我失去了我的環境。我不抱怨，直到周圍的一切都改變。

>>>
／舞臺燈光漸暗，音樂響起，布幔落下。／

---第卅一幕結束---

第卅二篇　失去了一切

少年瑞德的敘述- - -

．．．

「多年前，一天吃晚飯的時候，門被用力的敲打和砸開，然後幾個日本兵和中國漢奸衝進來，他們打了我父親的耳光，綁住我父親，我衝過去拉住綁繩子的日本兵，他一腳踢開我，我爬起來要再衝過去，但是我的母親跑過來緊緊抱住我，不讓我再過去，日本兵又一腳踢倒了我和母親，然後帶走了我的父親……」

　　／瑞德開始輕輕喘氣，他停了一會兒，莎拉靜靜地注視著他
　　不發一言，冷靜克制的等待著他平復情緒；他們靜默了一
　　會，瑞德逐漸平靜下來，緩慢地繼續敘說：／

「第二天母親仍然要我去學校，她冷靜的告訴我她會救父親，要我繼續上課。但是當我心神不寧的熬過了一天，下午放學回到家的時候，門是開著的，裡面像經過了搶劫，所有的東西都被翻亂，書櫃倒在地上，書籍散落一地……我狂喊*『媽媽！』*，但是沒有她的影子……鄰居過來告訴我，日本兵又來過了，這次搜查了整個家，然後帶走了我的母親……母親，我的母親。」

　　／瑞德慢慢坐到地上，把手臂擱在雙膝上，然後把臉埋在手
　　臂中，肩膀聳動，抽泣著……過了一會兒，他抬起頭，滿臉
　　都是淚水，看著莎拉，淚水不斷流出／
　　／莎拉靠近過來蹲下，用左手臂環繞住瑞德，右手撫摸瑞德
　　的臉頰，瑞德漸漸恢復平靜地繼續敘述：／

．．．

「我沒有保護住我父親，我也沒有保護好我的母親，我一無用處！我滿街亂跑，我衝到日本憲兵隊的崗哨前，他們攔住我，用槍和刺刀指著我，一個講中國話的翻譯出來，說：如果不是看我還小，他們就要逮捕我。日本兵又過來用刺刀對著我，我害怕了，我退縮了，我回頭拼命跑，在整個上海大街上跑，直到筋疲力盡，然後跌倒在地上，瑟瑟發抖的度過一夜。

第二天，我往家裡走，鄰居避開我，仿佛我是瘟疫傳染病人，我走進家裡，那裡不再溫暖，那是漢奸和日本兵隨時可能再來的地方。我心裡忐忑，

我找了一個被打翻的皮箱，裡面的衣服早已被翻出丟了滿地。我把我的書籍盡量裝了進去，然後扛著，就離開了我的家。

我到處遊蕩，街頭，巷尾，還有廢墟的角落，老鼠蟑螂出沒的地方。我忘記了那時候我在想什麼，一切都太突然，我不能承受，好像在做夢的驚恐中，想醒卻醒不過來。我渾身繃緊，精神惶恐又恍惚，扛著書箱甚至不覺得累，心智已經麻痺到不知道在做什麼，只是不停的告訴自己，相信爸媽很快就會平安無事的回來。

白天走在街上看小販，看行人，看商店，讓街頭的景象使我腦海不停的被零零碎碎的注意力占據，混亂而不會思想。晚上我尋找任何可以躲藏的角落，買來火柴和蠟燭，點燃燭光；從書箱裡找出任何一本書看，但一會兒就又想到我的爸媽，就急忙又跪下來禱告，一種悲痛和激動使我止不住的的哭泣，也不停的祈禱，我祈求上帝的保守和應許，我相信這祇是一個試煉，祂必然會聽我的禱告讓一切馬上過去，就像曾經有過的意外一樣，最後一定會平安無事；在我回到家裡的時候爸媽一定會在家等我！

我期待也相信奇蹟，只要我禱告懺悔，回到家裡必定將是如此，祂應許過會保守敬愛祂的信徒！爸媽將會抱住我，安慰的告訴我一切都好了，不要再擔憂。但是我卻仍然疑懼害怕和不安，不敢立刻回家，怕希望會破滅，怕夢還不能醒……我期盼也相信只要再過幾天，上帝考驗完了我的信心，事情就會過去，我就可以回家看見父母了！那幾天我一直邊走邊不停的流淚禱告，答應上帝我會做任何祂要我做的事，我許願只要我的父母平安回家，我一定不再犯錯，聽從祂任何的差遣。我不停地走著，等待著，相信又害怕，麻痺到渾渾噩噩的如同精神錯亂的人，在路上一會兒哭泣，一會兒祈禱，不知道時間，不知道在那裡，抱著書箱一直在晃蕩。

幾天後我用光了我口袋裡所有的錢，我需要食物，天黑了，我想回去看我的家，我祈盼也相信我的父親或是母親會奇蹟一般的回來了，遠遠的我竟然看到了家裡的燈光是亮著的，我顫抖哭泣著感謝上帝，我興奮的快步衝向家門，卻愣在門口，看見幾個年輕的漢奸流氓住進了我的家裡。他們不回答我的問題，圍起來毆打我，再把我丟到馬路上，警告我，敢再回去就殺了我！

....

我去過母親教書的學校，沒有人願意跟我說話，怕惹到麻煩。我去過父親兼過課的大學，但不知道我能找誰。我又去找教堂的牧師，父親曾經幫助過他們翻譯，但美國牧師只是安慰我說他會禱告，但他也什麼都不知道。而

似乎也不願意聽我說太多話，幾乎只是敷衍……現在很好，這些牧師也被抓進集中營了。

我祈禱，卻沒有答案；周圍沒有一個人關心在意！可是我的父母親是曾經如何的關懷他們和為他們盡力！我開始憤怒，心裡痛恨每一個人，想報復！

飢餓和求生存是我過去沒有學過的事，但是那種求生存和找方法活下去大概是一種本能。在租界還沒有消失前，我開始走向西方人用英語問他們是否可以給我工作或幫助，他們多半訝異我能說英語而給我幾個錢。然後其他乞丐來向我乞討，或是幾個街頭的混混又過來搶我的錢。所以最後我走進**『忠義國術館』**，拜求黃師父收留我學習功夫。他起先不答應，我捲起衣服給他看我被打傷的瘀青黑紫傷痕，他嘆口氣收下了我。我學得很快，因為我知道我要靠自己保護自己。每天晚上我拼命練，自己在荒僻的角落裡每天磕腿，練拳運氣，很快就能拉開筋骨，分襠踢腿了！

但是妳知道嗎？失去良好的生活環境會很快改變一個人，我越來越髒也越來越讓人看不起。我記得一個西方人對我吼著：_『骯髒的小鬼，為什麼不去工作，只想騙了錢去買汽水或是喝酒，是嗎？』_呵呵，好在那個時候我已經麻木到沒有自尊心了，可是還是痛苦到一個人找尋一個角落發了很久的呆。」

／瑞德聲音變得緩慢而空洞，眼神望著遠處。／

「我留在上海，沒有回鄉下老家，我要在我的父母附近，也許隨時有可能我能救我的父母，我不放心遠離。

要知道，當你掉進了一個洞，一個陷阱，沒有人拉你出來的時候你自己爬不出來，因為沒有辦法改變狀況，連洗一個澡都不可能。沒有人願意聽我說話，我時常挨餓，我也看見滿街太多比我還慘的快要餓死的小孩，他們的父母多半已經都死了，就是那些倒斃街頭的窮人。我開始聚攏街頭的孩子們，在1941年日本占領整個上海前，教他們在租界區一起向著西方人喊著：_『No Papa, No Mama, No Whiskey, No Soda!-（沒有爸爸，沒有媽媽，不喝酒，不買汽水）』_。開始的羞恥感很快被飢餓和求生欲望壓倒。然後我扒竊，但只偷那些穿著西裝皮鞋的富人，我憎恨他們，他們冷漠只顧自己，我卻還要幫助那些最無助的窮苦小孩。我聰明，我會想出方法教他們怎麼乞討，怎麼偷，怎麼扒。也就是那時候妳初次看見了我，三九年末和四零年初，你們猶太人開始大批來到上海的時候。

而上海的街上也絕對不是平靜的地方，江湖、黑社會和流氓欺壓著每一

個弱小的人！幾年來我學會生存，我加入和依靠幾個江湖洪門堂口大哥的勢力，但是絕不完全依賴他們，只是因此能夠由他們拉拔介紹做些黑市倒買倒賣的生意。我已經不是那個穿得乾乾淨淨的教授兒子，教會詩班的上帝好孩子！*哈哈哈哈……！*」

／瑞德抬頭大笑，只是他的笑聲像哭聲般的凄厲。
莎拉又緊緊抱住了瑞德的肩膀。瑞德繼續：／

「我很難想像幾年前的我看到現在的我會怎樣嫌惡的躲開！我知道沒有人看得起我，但我毫不在意，他們不如我，他們躲在怯懦的角落裡，逆來順受。我的父母卻曾經站起來反抗，為自己，也為他們；但他們永不感謝！我也恨他們，他們只要自己平安無事就縱容一切邪惡，他們並不是好人，他們只是平凡平庸的弱者，他們不會同情，更不能挺身而出，他們隨時可以為自己的好處出賣甚至幫助過他們的人！所有受過教育，自大卻毫無民族膽識的過著好日子的人！他們是只求自己的生存的走在馬路上的成群懦夫！

公理、正義，他們從不爭取！他們等待別人奮鬥犧牲，然後來摘取果實，享受成果。他們只比邪惡的人好一點點，因為他們又膽怯懦弱到不敢直接做惡！我恨惡那些精英知識分子，他們滿口大道理卻向邪惡低聲下氣！我只憐憫那些勤勞卻毫無機會底層的人，可憐的鄉下農夫和城裡打工的人；他們缺乏知識，什麼都不懂，只能逆來順受，過最卑微的生活。

但我的孩子們雖然是鄉下農村來的，卻不會懦弱無知。他們都失去父母的保護，但他們是我統領的軍隊，在暗地裡，在危險中打擊敵人！我們是反抗者Resister，如同妳我一樣，我們是正義的戰士，為公義而戰！- - - ***We are the warriors of Justice, fight for Righteousness!***」

／莎拉慢慢放開了瑞德的肩膀，鬆開了手臂，坐在了地上，
凝視著瑞德，瑞德也看著莎拉；瑞德繼續說：／

「妳沒有聽過那些日本憲兵隊營房裡發出的凄厲的尖叫慘嚎，妳沒有看過那些被丟棄的屍體，他們不能白死，總要有人為他們報仇！我不知道我的父母在那裡，也許在一個監獄裡關押著，有一天他們再看到我時會為我驕傲！或是他們已經在天上看顧著我，為我繼承他們的信念而感到安慰！我知道我在做什麼，我有一個信念。妳不懂當一個信念貫穿你的時候，你會變得勇敢無比，死亡不再能威脅你，痛苦也不再能嚇阻你！」

／瑞德停頓下來，望著莎拉。莎拉接了他的話，說：／

女孩莎拉：

「不，我懂！在加入 *ReAct* 的那一天我就突然什麼都懂了！」

／瑞德點了一下頭，又繼續敘述：／

「生活是每一天，每一刻的面對，它太漫長，太實際！不會因為你有一個信念就改變了。太多現實的問題你仍然要應付，數不盡的困難你要會解決。在這街上我看過太多不公不義，我被打過多少次！我跑到忠義國術館，跪在黃銀龍師父面前求他教我練武；我跪在洪門香堂的案桌前點線香斬雞頭加入了山頭的堂口……相信嗎？過去除了禱告之外我從不下跪，但現在我為了那些目的而跪下了多少次，我已經完全不在乎！我不再在意虛假的尊嚴，我也不再看重自己，我要實際！因為只有這樣我的隊伍才能打出堂口旗號，而我的小乞丐們才能有地盤蹲在街頭而不被警察趕走，哈哈！警察和流氓黑社會其實是一家的，妳能懂嗎？只有這樣我才能跑單幫賣私貨來養活我的隊員。我學會了每一件生活的本領，看穿了每一件事的背後真相，明白了怎麼付出和怎麼回收！

只有一件事，我不要任何回報，就是加入了地下組織為打敗日本法西斯而奮鬥。那是我唯一心裡的底氣和自重，也是堂口大哥們對我的看重，他們什麼都不問，也不叫我做不必要的江湖雜事，卻讓我打著他們的旗號獲得一種保護。他們比學校，比社會上的任何人更瞭解一無所有的人是怎麼求生存，怎麼謀生活。他們當中有講求道義的，他們裡面也有極端邪惡的，他們也和別的堂口彼此打殺爭取謀利的空間，而我與他們沒什麼兩樣，如果我不為那個呼召和組織做一些事的話。」

／瑞德忽然伸手去握住莎拉的手臂，深深地看著莎拉。／

「莎拉，噢，*Missy*，很久沒有人擁抱過我了，在我母親之後就再也沒有了任何擁抱。妳知道剛才的擁抱有多溫暖嗎？我以前多麼喜歡我母親抱我，那時我多需要被保護和安慰，因為那時的我是柔弱善良而乖巧的小男孩。但是那是多少年前的事了！

我那時還小，我容易畏懼和害怕，呵呵！我現在連死亡都不再怕，甚至刺刀也嚇不了了！我已經經歷了所有的境遇，太多的磨練。妳信不信？我敢打架，甚至敢拿刀拼命！我不怕死，只是我要選擇為什麼目的而死，不做白白的犧牲。」

／瑞德慢慢捧起了莎拉的臉頰，凝視著：／

「莎拉，我會保護你，我想要有一個朋友，妳是我的朋友，妳也是我的任務。我會保護妳。我一定會保護妳，我不會讓妳被他們傷害，即使付出生

命我也要保護你的安全。

不要怕，我在你旁邊，我在你周圍，我跟著你，就像你的影子。你執行任務時，我在每個離你不遠的角落，看著你的背後。別怕，有一個人，他再也不會讓他喜歡的人被那些日本鬼子抓走！相信我，我強壯，勇敢，我信守我的承諾，我會用生命來保護你的安全。」

／瑞德伸出手緊緊握住莎拉的肩膀，
舞臺的燈光從明亮到漸漸變暗。／

．．．

少年瑞德（看著外面的天色）：

「莎拉，時候不早了，妳已經翻開了我的書本的大部分，妳滿意了嗎？」

女孩莎拉：

「我瞭解也懂了！瑞德，我希望知道你更多，我感謝你，也需要你在背後的保護。我相信上帝讓每一件事的發生都有祂的理由，你今天所以那麼強大，能照顧那麼多你隊伍裡的小孩，就是因為這經歷的一切。瑞德，我沒有你那麼強大，我照顧不了誰，但是我願意用我的臂膀環繞你。

瑞德，只有一件事我不同意你……不要說過去的你看到現在的你會如何嫌惡的回過頭去。不，瑞德，你還是一樣的你，只是更勇敢，更強大，更有智慧；就像你的父親有能力帶領著一個船隊逃離戰爭災難！你的靈魂沒有變，你還是你父母的最愛！瑞德，愛護你自己，我也要愛護你，雖然我不能做什麼，但是如我剛才說的，我願意用臂膀環繞你，因為你是我認識的最善良、最勇敢、和最充滿智慧的男生，你如同以色列大衛王的少年時期，有一天上帝必重用你，我相信那一天！」

／瑞德聽著激動地搖頭又點頭，眼睛發光。／

少年瑞德：

「*哦！*莎拉，我多麼喜愛妳！謝謝妳說的每一句話，我也相信有一天我會做一件最重要的事，我們一定會一起開創新的一天，一個新的世界！天色不早了，妳該回去了，我們下一次再在這裡一起翻書，好嗎？」

女孩莎拉：

> 「*一定！你還沒有說完你的故事呢！我愛聽，它比很多故事書還神奇，而且我也聽到了中國文化的內容。告訴我更多，我會更願意擁抱你！現在我回家，下次不要隔太久，我期待和你會面！*」

少年瑞德：

> 「*好的，下次不會隔太久……我心愛的小女孩莎拉！*」

>>

〔**情景**〕／瑞德深深注視著莎拉，用力緊緊握住莎拉的肩膀，莎拉也抬起手握住瑞德的手臂，兩人一動不動，彼此凝視……

　　　　燈光慢慢熄滅，舞臺布幔落下，慢慢遮住兩人。／

---第三十二幕終---

第卅三篇　深藏的愛戀

老婦莎拉的獨白：

‧‧

　　「從那次在屋頂的密室，瑞德告訴了我他的故事後，我重新認識了他。瑞德並不只是一個街頭機敏，或說『油滑』的少年，從他的出生和家庭，他童年的故事，一件又一件的展示了他的不平凡和善良，甚至在他失去家庭的悲苦遭遇中，他卻仍然去幫助別人，照顧那群流離失所的孤兒。他追求的君子和聖潔讓我看到他內心高貴的情操，他流露出一個尊貴的少年的樣貌，我忽然仰慕的去舉目看他！而他喜愛我的擁抱，感激我的臂膀，那是我從來沒有做過的事，可是發生的那麼應該，那麼自然，我竟然就和他有了最親密的心意連接，我完全的瞭解了他！我會回想和他在屋頂上的時間，和他說過的話，那不是童稚的言語，是的，我們還那麼年輕、年幼，可是我們的心思意念已經被環境歷練的快速成熟。

　　不光只是他打開了他的書，我發現他也打開了我的心扉。我開始會在心裡藏有他的祕密，他的生命史，一個如同少年時的大衛王，他帶領，他征戰，他勝利，他聰明，他懂得一切，一個小女孩心中第一次帶著崇拜來思念一個人。迷惑懵懂中，我第一次喜歡也想要擁抱一個人，不光是他會用生命保護我，我還是他生命中最重要的人，我完全信賴他，他是我的所喜愛！除了我的家人，我是第一次那麼喜愛另一個人！我會把頭髮梳得更乾淨柔滑，使我從背後看起來更像漂亮的女孩，因為瑞德會在背後看著我，在送紙條信息往報社的途中，我會走得更優雅像淑女一些，我暗自希望瑞德將會更欣賞和喜愛我，我有了一顆活躍的心！

　　我不再惱怒他不立刻顯現在我面前，因為我有了信心只要他抽得出時間，他會立刻出現在我面前，帶我到他的『窩』，講述他的故事給我聽。我知道他有許多事務需要處理；我確知了他不會忽略我，我是他的寶貴，所以我不再懷疑生怒！日子就這樣過著，時間進入了第二年的夏天。」

　　／老太太莎拉上方的燈熄滅，幕徐徐拉開，舞臺呈現在觀眾眼前。／

＞＞＞＞＞＞＞＞＞＞＞＞＞＞＞＞＞＞＞＞＞＞＞＞＞＞＞＞＞＞＞＞＞＞＞＞＞＞

第三十三幕

〔**佈景**〕：／建築物的樓頂，瑞德的密室裡，煤氣燈亮晃晃的照耀，莎拉和瑞德面對面坐在木椅上，側面靠著舞臺，兩人對視著。／

〔**舞臺**〕：／舞臺上方大燈漸暗，而一束聚光燈投射在他們兩人身上。他們靠近，瑞德握著一個水杯，面對著莎拉。／

....

少年瑞德：「妳不覺得我髒嗎？我很難有地方洗澡。」

女孩莎拉：「*呵！這麼熱*，我也好久沒有洗澡了！公眾浴室又擠又貴，你聞到我的臭味了嗎？」

　　　　／他們一齊笑開了，然後瑞德伸出雙手，捧出一個布包，又掀開上面的布蓋，露出裡面兩個冒著熱氣的熱騰騰的包子。／

少年瑞德：「我有兩個熱包子，妳吃好嗎？」

莎拉（搖頭）：「不！你自己吃吧，你吃過午餐了嗎？」

少年瑞德：「我吃過東西了，我喜歡看妳吃，每次想到妳開心的吃著的樣子我就快樂！」

女孩莎拉（莎拉看著包子，對著瑞德感激又頑皮的一笑）：

　　「對了，我又想起你第一次請我吃水餃的日子，後來你又為我準備過那麼多次的食品。可是我還沒有請你吃過任何東西呢！我不餓，你吃吧。」

少年瑞德：「如果我堅持要妳吃呢？我特別為妳準備的。我確定妳會喜歡包子的味道，快吃，還熱的呢。」

女孩莎拉（想了一想）：

　　「噢，上次我們一起吃水餃的時候，你說過我像一個你認識的女孩。對了，你答應過我你會在這個屋頂密室裡告訴我她的故事，這次除非你告訴我她是誰，不然我就不吃。你願意說嗎？」

　　　　／瑞德沒有回答，兩個人靜默了一會兒，然後瑞德盯著莎拉，凝視著。莎拉回望著瑞德，一陣靜悄悄之後，莎拉舉起兩隻手去握住瑞德捧著包子的雙手／

女孩莎拉：

「噢，算了，我不勉強你了，也許你實在不願意說，那麼等以後吧！唉，我該死的好奇心。給我包子，它們看起來那麼圓圓的，而且我被香味都吸引的快流口水了！」

　／莎拉從瑞德的手裡拿過布包，拿出一個開始送進嘴裡，咬了一口。

　瑞德靜靜出神地凝視著莎拉，莎拉被看的幾乎有些不安。
　／

女孩莎拉（吃著包子，看著瑞德望著自己發呆的目光，笑了起來）：

「又想到那個女孩了，是嗎？」

少年瑞德（訝異的看著莎拉）：

「－－妳怎麼竟然猜到我的心思？哦，厲害起來了！好吧，我告訴妳那個女孩的故事吧。

我告訴過妳我的母親是英語老師，我的家裡書櫃擺滿了父親買的書籍，很多是中英雙語的對照本，那是父親為我買的。他要我讀，有時候會要我用英語來回答他書裡的大概內容。因此我在學校的英文成績特別好。父親還希望我將來也出國去留學，像他一樣，在歐美住過……知道嗎？我在教會的主日學裡，還得過教會辦的英語演講比賽冠軍呢！連老師鮑勃都稱讚我進步的非常快！

　／瑞德打開一個水瓶，倒了一杯水給莎拉，小聲說：／
「這水是煮開過的，乾淨，妳可以一面吃包子一面喝。」

　／然後他又倒了一杯水給自己，喝了一口，坐到了一個箱子上，靜了一下，緩緩的開始述說。／

>>

瑞德的敘述－－－

....

「是的，我曾經喜歡過一個女孩，那是幾年前的事了，那是當我的父母還在身邊，生活美滿的時候的事。她是一個漂亮可愛的女孩，叫做小薇，有著像書裡面插畫般公主的樣貌，美麗而且聰慧。她和我一樣大。她的父母是成功富有的商人，他們全家每個星期天都會去教會，我總是偷偷看著她，那時候她的父母似乎也喜歡我，與我的爸媽寒暄，然後摸著我的頭稱讚我聰

明，說要我做他們女兒的英文家教，鼓勵我和她做好朋友。我仍然記得，每次去教會見到她時，她也總對著我輕輕點頭抿嘴微笑。

而我慢慢開始喜歡在星期天教會禮拜時偷偷盯著她，她有時感覺到了，會向我回望，然後臉頰就紅了！她的兩頰像玫瑰一樣嫣紅，眼睛像星星一樣發出亮光；她手裡捏著一塊雪白的手帕，穿著白紗綢的長裙，走路時像雲彩飄過。我們不多說話，妳知道中國人是多麼保守的。

有一天，我抄寫下了一段我讀過的一本書裡的詩詞，用中文和英文雙語寫好，那樣就好像是我在教她英文一樣……是的，是一個好藉口。她就靜靜地收下了。幾次過後，我被鼓舞，我開始逐漸會為她寫下詩歌……噢，是的，有人會說那就是**情書**。

我寫好後，就摺成一個小小的方塊，像一個便條，收藏在口袋裡。那時我的父親常常協助牧師翻譯英文，所以牧師很喜歡我。在做禮拜的時候，總是讓我和另外幾個乾淨的男孩擔任傳遞奉獻袋的工作。我端著奉獻袋，那是用核桃木柄連接著一個紅色的絲絨袋子，我走過她和她的父母身旁的時候，在不會讓如何人注意的情形下，小心翼翼地把紙條塞給她。她馬上就收藏夾進她的聖經書頁裡，然後把她的奉獻卡放進袋子裡- - -還附著一張紙片- - -我知道那是什麼，在把奉獻袋交還給牧師的時候，我會先把她的那個摺起的紙片取出來；都是一小幅畫，有美麗的風景，有大樹和草原，還有一個小池塘，旁邊有許多可愛的小動物。她從不寫一個字，我們非常小心，如果被大人發現了，那會是不得了的後果，也許就再也不能見面了！我們中國人的文化是不允許年幼的男孩女孩私下往來的，那被認為是破壞規矩和門風，敗壞的開端！

我寫的便條也從不提她的名字，只是一首一首的詩，讚美一切美好的事物。但她知道那是我對她的讚美和歌頌，每一星期，每一個星期天之前我都會先寫好，等待她到教會的日子……有一天，她放進奉獻袋的小紙片特別黏了一條彩帶……妳知道她畫了什麼嗎？一個男孩的臉，一張鉛筆畫的臉……只有我知道那是我，她畫的我！整天，整整一天，我隨時拿出來看，那種心情使我漂浮在空中！我想像她坐在桌前的情景，她用細嫩的手，拿著鉛筆，她腦海裡想的是我，她的心裡裝著的也是我，然後她一筆一筆的畫出我的臉。我捧起那張紙，我聞到熏香的氣味，那是她的氣息，她好像坐在我旁邊，陪著我，我把畫紙貼在胸口，感受她的愛，那種感覺像是進入了天國的樂園！

我感謝又讚美，我祈禱，為她，也為我們的將來。每個星期天，我都覺

得我是要去天堂！我會穿上潔白的襯衣，打上領結和穿著小西裝，快樂的隨著我的父母親去教堂，那裡每個人都像聖人，互相寒暄，握手，親切地招呼著。尤其牧師，他一直是我認爲全世界見過最美好的人物！

　　牧師會牽著我的手走到詩班的臺上，詩歌讚禮結束後，會把幾個男孩叫到跟前，讓我們去傳遞奉獻袋。每個教友都對我微笑著放進他們的捐獻封，還有她，放進那給我的卡片，那是透過上帝給我的禮物！

　　噢，莎拉，妳不會懂的，妳今年才終於12歲了，我爲什麼跟妳說這些呢？我爲什麼突然對妳說這些話呢？大概妳是外國女孩，我放心妳。」

女孩莎拉（皺了一下眉毛，凝望著瑞德，輕聲的抗議的語調）：

「不，瑞德，我懂，我懂你說的感覺。我讀過聖經裡的雅歌，那是所羅門王寫給他所愛慕的**舒拉密**女的，一首長篇的歌中之歌。那裡面描繪出一切對愛情美好的渴慕。我不見得全懂，可是我感覺出一種期盼，就像我想家，想到在歐洲家鄉的幾個特別要好的朋友，他們中有幾個是我可以完全信任的，在我跌倒啜泣時陪伴我，在陽光燦爛的時候陪我一起去野地裡奔跑。

　　有一個我哥哥雅各好朋友的弟弟，他對我特別好，把糖果藏起來，帶給我吃，我忘不了他笑起來的樣子。哦，不！想起他我會掉淚，雖然他沒有寫過詩歌給我，我也沒有爲他畫過一幅畫，可是我懂得了他對我好，每次要碰面的時候，我總快樂地偷偷想，他會給我什麼，然後我就滿心歡喜……啊，就像現在一樣，我總期待著你會帶什麼給我，給我什麼樣的驚喜！」

　　／瑞德不再說話，他抬頭望著密室頂棚的帆布，又閉起了雙眼，靜靜地深呼吸著。然後睜開眼睛望著莎拉，又移開視線，眼神空洞散漫地投向書架，最後才看著莎拉。／

少年瑞德：

「但是我爸媽不見後，我幾乎不再去教堂，也不再能接近小薇。

　　有一天我躲在她學校的校門出口不遠處，藏在一棵樹後。我看見小薇和同學出來了，我小心地從樹後走出，我多麼想和她打招呼，我期盼她看到我後會依然對我微笑。但是小薇看見我，只木然的盯了我一會兒，然後她母親的車開過來接她。她母親下車摟住她的肩膀後順著她的視線看見我，皺了一下眉

毛，輕蔑的撇嘴，像看到一隻骯髒的流浪狗，立刻拉著她上車開走了。

我遠遠的跟隨著，輕聲喊：

「*祝福妳，小薇！祝福妳，小薇！*」

然後讓眼淚流滿面頰，之後我奔跑，拼命的奔跑，直到什麼都感覺不到，連酸痛的感覺都消失了，最後我仿佛知覺不到任何事，只是機器般跑著，腿麻木而僵硬，最後我倒在地上。

　　我爬不起來，我肌肉抽搐和大口的喘氣，眼淚一直流淌毫不乾涸……我不再記得以後的事，但記得我跛行了很久，我的腿僵硬了好一段日子，我無法快速行走，肌肉疼痛，總是微微的跛著，但是我的心不再痛了，只是空洞，完全的空洞，什麼都不想，也不再想她，但會突然想哭，讓眼淚任意的流出來。」

　　／瑞德的眼睛濕潤而氾出淚水，但他沒有聲音，只是淚水慢慢淌滿面頰。／

　　莎拉用手臂挽住瑞德肩膀，然後緊緊抱住；擁入懷裡。瑞德開始輕聲喘氣流出眼淚，也用雙臂緊緊抱住了莎拉。良久，瑞德平靜了下來，他放開手臂，冷靜的擦乾了眼淚，平緩了聲音，望著莎拉說：／

少年瑞德：「莎拉，謝謝妳做了我的朋友，妳使我連結起了過去的生命，妳給了我喜悅；讓我再次覺得生命中有許多可以想的，很多可以期盼的；和歡喜快樂的。」

　　／瑞德頓了一下／

「我想，我想再寫詩，再試試看我能不能還寫出美好的詩詞來，還有沒有那些夢想。」

女孩莎拉：「那寫給我，寫一首詩給我好嗎？」

少年瑞德：「我試試看，但是好久沒有寫過了，我怕我寫不了了。」

女孩莎拉：「不要緊，不急，以後再寫。你可以寫簡單的，只是我不會畫畫，我沒辦法回給你一幅畫。」

少年瑞德：「好，讓我慢慢寫一首詩給你。讓我憧憬將來的美好世界，我們會有的不一樣的生活，我們勝利以後的環境。或是我先寫一首詩歌，是代表我的遺囑。你寫了你的嗎？我們不是每個人都先

寫了遺囑嗎？」

女孩莎拉：「我寫了給我爸爸、媽媽的。」

少年瑞德：「那我也會留一份給我的爸媽，希望有一天他們會看到，如果我犧牲了的話。我再寫一份給你，假使我不幸了的話。」

女孩莎拉：「那我反而不想看到。我希望我們都活得很久，一直是最好的朋友，而不需要看到你的遺囑。我不寫給你了，我不會遇到意外，因爲你會保護我，對嗎？」

少年瑞德：「是的，但是我會寫給你。」

　　　　　　　／瑞德突然有些鬱悶。／

「因爲如果有意外，我一定會保護你，也許先離開你。答應我一件事，假使有一天你拿到我的遺囑，不要馬上看。等到有一天我們打敗了日本，勝利以後，我們將不再悲傷的時候才看。」

女孩莎拉：「爲什麼？好吧，可以，我答應你。但是不會有那不幸的事情的！一定是不需要看了，或是留著我們以後一起看和做回憶……可是我想知道，此後你就沒有再見過小薇了嗎？」

少年瑞德：「沒有。隨著那一次劇烈的心靈撕裂和折磨自己的長跑，很多痛苦就變淡了。曉得嗎？我靠什麼治療想起小薇的痛苦？……靠每一次想起她時爲她禱告，替她祈求上帝的祝福，我心裡幻想她不會變，只是她的母親在旁邊，她不得不對我冷淡，我還是繼續相信她是喜愛著我的……很蠢，是嗎？」

女孩莎拉：「*不！你有眞誠的情感，你有靈魂！*」

少年瑞德：「不過一切都過去了，現在都不再重要了。在之後還有更痛苦的事情徹底粉碎了我的心，小薇的事就不再那麼重要，隨著人生的苦難一起磨滅掉了。」

　　　　　／他們靜下來，默默地喝水，瑞德的眼光迷散的眺望向遠方……／

>>

---第三十三幕結束---

第卅四篇　迷失與憤恨

-續前幕-
少年瑞德的獨白敘述：

....

　　「莎拉，相信嗎？時間會治療一切，尤其感情。隨著時間過去我的心情逐漸平復，我不再日夜思念小薇；如果想起她我就找個僻靜的角落禱告，求神保守她，我不會再打擾她。

　　但是偶爾我仍會偷偷走進教堂，因爲我要爲我的父母祈禱。過去我總以爲在教堂的禱告神更會垂聽。我會盡量把自己弄的比較乾淨，走進教堂後躲在最後一排座位的邊邊角落裡，怕任何人注意到我。還好，沒有任何人理會我。*哈哈！*莎拉，過去我以爲他們沒有注意到我，現在懂得，他們是厭惡和假裝看不見我，但該來的遲早總還是會來的。

　　一個星期天早上，我在主日崇拜開始後才小心的溜進教堂。詩班仍然唱著優美的詩歌，我閉上眼睛爲我的父母祈禱。然後我好像睡著了。直到有人輕輕搖晃我的肩膀，我睜開眼睛，看到那熟悉的牧師助理正站在我旁邊，聚會已經散了，教堂裡空洞了。我感激的看著他，有一種安慰；我對他微笑，我以爲他會像以往一樣要和我說話打招呼。我有一種溫暖安慰的感覺，他們還是接受我。

　　但是牧師助理的臉色忽然變得很冷，告訴我暫時不要再來聚會。

　　美國牧師喬治就站在稍遠處注視著他的助理傳達這個警告。

　　我木然的聽著，我不知道怎麼回復，我的心靈屈辱悲憤到痛苦的顫抖起來，淚水汎出眼眶，我抬頭望向喬治牧師，用英語高喊著：

　　『*喬治牧師，我永遠不會再踏進你們教堂一步，你們不是神的家！有一天我會蓋一個比你們大十倍，百倍的教堂，我要看你們後悔！*』

　　- - -哈哈哈！」

　　　　　／瑞德忽然發出淒涼的一絲空洞的笑聲……

　　　　　然後他帶著顫抖的聲音繼續說下去：／

　　「我的自尊和信心忽然間完全崩潰破滅，那種被輕視和羞辱是我未曾料

到和能承受的！我已經不再去學校，也沒有再回過家附近，從小薇之後我避開了所有熟識的人，我瞭解到我現在的地步，我清楚體會到人們的可怕；卻一直以爲教會將不一樣，那裡是神的家，總抱有一絲絲期盼，雖然我害怕也不敢去碰觸，怕面對了現實，但無論怎樣也不曾料到他們會直接面對面驅逐我！

我忍住幾乎要起的嗚咽，我吞下所有屈辱，我絕不會在我看不起的人面前軟弱流淚！我轉身大踏步離開教堂門口，我再也不稀罕與他們在一起！我恨，我想有一天我會放火燒掉這所教堂，我要報復！沒有神！沒有！祂的教會和祂旨意下的牧師證明了這一切！

我剛走出教堂不遠，突然有一個人快速的從我後面奔跑超過我，他跑到前面的巷子轉彎消失，我轉進巷子的時候，他突然跳出來站在我的面前，卑微的彎著腰，看著我，我認出了他，他是教堂前面整理花草的園丁。一個黑瘦乾癟鄉下來的的老年人，除了我的父母，沒有別的信徒曾經與他打過招呼。

他伸手遞給我一個小布包，沙啞地說著鄉下土音的話：「*主保守你，神與你同在！*」我呆若木雞的注視著他，看見他轉身靠著牆壁躲藏般地向教堂方向跑去，我明白他怕被牧師看見，躲開牧師的視線，他怕失去工作！

我繼續走著，心情激動到使我渾身顫抖，腳步浪蹌，手臂晃甩的走著，走到巷子裡的電線桿旁蹲下，打開那老園丁給我的小布包，裡面只有兩根蒸熟的玉米和幾條鹹菜，那是他的午餐，那是他每天中午休息時吃的午餐，沒有米飯，沒有肉，而是他低微收入下所能買得起的食物……兩根包穀和鹹菜……但他給了我！

我蹲在地上，手肘架在膝蓋上，托住臉，摀住面頰讓淚水泉湧般的流出。一股熱流從我的心底升起，注入我的血脈，奔流到我全身，我全人沸騰起來，那是我不能形容的感動，那是一種極大的喜樂和心底悲痛的混合；我沒有辦法止住所有湧出的情感，它安慰了我所有的創痛，我被一個困苦缺乏的人施予的愛打動，那窮困的老園丁給了我他的飯食，他寧願挨餓，他要我知道他關懷我，*他愛我！他祝福我！我要吃他的美食，因爲那裡面全是愛！*

我沒有辦法不跪下來，像瘋子一樣哭泣呼喊：「*神啊！原諒我的恨，你差遣了一個從來不露臉的信徒來給了我愛，我不恨了！我要像他，我要把我將來獲得的鹹菜包穀分給每一個飢餓困苦的人！我將來要把我的食物分給每一個可憐痛苦的人，他才是你要的信徒，他不是牧師，不是教會長老、執事，他在世上被鄙視輕賤，但你將來必會給他榮耀，而那獎賞我也*

要！我必不至邪惡，我求你與我同在！」

- - -我吃光了他給我的食物，那是最甜美的一餐，我重新有愛的溫暖，像聖經說的聖靈充滿，我心底起誓，他是我的聖徒，他高貴過教會講壇上的任何教會執事，他是我的標竿，我要跟從他，我必不再吃美食當還有人沒有食物的時候！我要回轉去向他道謝，我要和他一起禱告，他才是神所要的人，那被揀選的聖徒，不是長老，不是執事，更不是牧師！

幾天後我悄悄回到教堂前窺視，想要看見老園丁好向他道謝，但是已經看不見他了，幾天都不再有他的身影，然後我看見另外一個衣著襤褸的鄉下人在前院除草，我偷偷靠近他打聽，才知道教會的長老已經把老園丁趕走了！

我恨極到憤怒發抖，他們是那麼狠毒！那麼專制！任何一個人他們都不放過只要敢違背他們！因為他們是信徒的領導，他們是為上帝牧養信徒的人，信徒們要「順從」，因為他們是上帝揀選的人！為什麼上帝讓祂的「家裡」也跟世俗一樣黑暗？難道上帝就不能眷顧一下這可憐的鄉下老人？我痛恨！我不能再禱告，我無法再相信那些「真理」，那些我在主日學裡背誦的「金句」，我沒有辦法再去相信！

愛，恨，不時在我心裡交互爭戰；

信，不信，一切在我心裡充滿矛盾。

也就是從那天開始，我不再思考上帝或教會，我要靠自己。

我過去看到每一個信徒都覺得他們是善良美好的，那些星期日坐在教會講臺上牧師背後一整排的教會長老們都是上帝所揀選的，在神的家裡掌權，他們應該都將是要進入天國的人，我曾經多麼仰慕，從心裡愛戴他們！但是現在我看見了，我被他們唾棄後在一個角落裡清楚的看見了，所有那些教會神職人員的偽善，他們虛假醜陋的面貌！

在這個大城市裡的教堂神職人員只是想聚攏這城裡有權勢、有財富的一群，好收得奉獻，和提高他們自己在這裡的社會地位！他們是最詭詐的一群！他們是聖經裡的「文士」和「法利賽人」，他們顯擺炫耀聖經知識，玩弄信徒，他們的心裡其實完全沒有神也沒有愛，他們所說的話語連他們自己都不領受相信，他們是沒有靈魂的一群鬼魔！

而那群擁戴他們的一般信徒們呢？他們不辨真理，不做思考，他們去教會不過是參加一個上流的社交，因為有許多有財富，有權勢的人在那裡……他們讀聖經，不過是像牧師一樣念著空洞的道理和話語，迂腐的誦讀著一部

「八股」！是的，一個教堂中每個星期重複的「聖經八股」……*一個刻板的死知識！*

他們說「**愛**」；教堂門外充滿著需要愛的人群，但是他們從不跨出一步，愛只是他們嘴裡的一句口號，空話，運用在他們自己安全富裕的圈子裡！信徒們和牧師握手擁抱，做著自以為高級的社交儀式，好讓他們自己覺得高貴友愛。他們讓他們的孩子穿的漂亮，他們輕視一切不如他們的人，他們心裡高抬著自己，只顧利益和自己，與外面所有的人沒有一點不同！教會的事工們騙取中國信徒們的奉獻，和從美國來的捐款……然後鄙視著所有不幸的人群！

現在我想到那些坐在講臺上的教會長老和教堂的執事們，他們無一不是醜惡和卑劣的化身，他們比任何人都險詐，因為他們用腐朽的教條去教導人！張口就欺騙，*他們是邪惡的化身，他們將來如果不下地獄，上帝就沒有公義！*

我下定決心有一天我要勝利，我要打敗所有這些虛偽的人，撕下他們的面具，踐踏這些騙人的神棍！從重重的冷遇中我看見了虛偽，牧師的八股和教友的虛假，醒悟了這些表面的信徒。他們甚至遠不如我那從未讀過聖經的祖父祖母，或是外公外婆他們本質的善良！

我要活下去，我要面對每天的每一個考驗，我要如何去獲取食物，還有喂養我帶回來的孩子們，他們要有食物！

上帝的事，靈魂的事，等我能站立起來，有了食物再說，還有那老園丁，我必定有一天要找到他，這是如同我對我父母的起誓，我要找到他，感謝他，感謝他給我的愛，他使我相信還有真實的愛，他使我沒有恨到想要毀滅一切包括我自己！

但……是的，我不再做禱告，我不知道要祈禱什麼，我不再有信心，幾乎不再去思考信仰的事，我每天必須搏鬥掙扎著求生存，還有與我在一起的無助的孩子們的生活、生存！我的包穀粗糧和鹹菜必要分給他們，如同老園丁，我追求跟他一樣仁慈善良和擁有愛，他在我心裡神聖，但是他竟被牧師逐出教堂！所以我已經無法相信任何事，任何人，任何宗教。

我過去天天禱告，求神拯救我的父母，但從來沒有他們的消息。我被欺壓厭棄，我才知道人轉臉的背後是什麼猙獰的面目。只有爸媽，他們真正的愛我，願意為我做任何事！但是我要怎麼救我的爸媽？禱告？我日夜禱告！祈求？我隨時隨地的祈求，過去想到我爸媽的時候我會忽然哭泣就立刻躲在角落祈禱！但有什麼效用呢？我懷疑為什麼會發生這種事，為什麼這種事會

發生在善良虔誠的我的父母身上！神應該要聽我的禱告！但是祈求再祈求，禱告再禱告……莎拉，*沒有用！沒有用！*」

/瑞德開始喘息起來…/

「我瘋狂的想，誰能救我的父母，我就願意付出一切代價，包括我的生命，包括我的靈魂！即使要去求魔鬼我也願意！我怕我的父母正在受日本軍人做得出的任何酷刑！我不敢想，但這種景象時時浮現在我的腦海！我一分鐘都不願意耽擱，拼命祈求任何力量救救我的爸媽！」

/瑞德的眼中全是眼淚。/

「莎拉，你們猶太人是有一個民族全體共同的信仰，我們中國人沒有，我們什麼宗教都存在，包括佛教，道教，還有不知名的巫術，跟建造廟宇去祭拜歷史上的偉大人物。

我過去從不懷疑我所信仰的，我絕不走進有偶像的廟宇，但是一天我走進去了，我確定只要為我的父母，我什麼都願意做。我走進廟宇前，我對上帝做了最後的禱告，說：『*神啊！我要背叛你了，我要救我的爸媽，你可以發出雷擊打死我，不然我要進去求那位來救我的爸媽，我要我的爸媽！*』

我在廟門口站了一會兒，但是什麼都沒有發生！

然後我進去了，點上一隻香，鞠躬跪下，那是與教會全然不同的環境和氛圍，我害怕，我一面心靈劇烈的顫抖一面跪下，我所讀過的聖經告訴我我正在犯永遠不被原諒的罪，上帝將對我掩面，我再也不能站在祂的國度和公義當中，在心底深處我仍然抱持著我過去所認知的，我正在犯最大的罪，十誡裡最重的罪『*不可跪拜偶像*』！但是我決心了，我冷靜的告訴那位令我害怕的偶像，只要你救我爸媽，我就跟隨你，屬於你，只求你聽我的祈求，救救我的爸媽求求你！」

/瑞德的聲音滿是顫抖。/

「我去了又去……，一樣，沒有任何結果，除了大和尚過來要我付錢買一卷經回去念。

我後悔了，但是我已經是背叛了我的信仰，我什麼都不再相信，什麼都不再對我有意義或價值，一切都是欺騙，一切都是空幻，沒有任何我受的教導是真實的，我空洞，我害怕，夜裡我害怕那偶像來索取我，但我也不敢再向上帝禱告，因為我知道祂已經看見我的作為，我背叛了祂，我不再屬於祂。祂也必然不再看顧我。我沒有了任何可依靠的心靈力量，我發現我可以

更狠，更毒，我對抗一切想要打敗滅掉我的，我要搶飯吃，我要養我帶著的那些依靠我的孩童，乞討，扒竊，接黑市生意的活，向江湖大哥彎腰，陪賭場保鏢抽菸，和籌算著計謀來對付別的小幫派。

莎拉，我不願意回憶過去，我怕心靈裡那過去純潔的我會痛惡現在的我，我想到我自己就覺得已經汙穢骯髒到不得了，不再有聖潔的夢想了。*哈哈，聖潔！那已經消失在我腦海裡！**我什麼都不是，我什麼都不再在意，我也什麼也都不再懼怕。*我為自己，我要有一天擁有力量、權利，能橫行霸道，要所有被我看穿了的人害怕我，敬畏我，包括那些日本魔鬼還有民主共進會的漢奸雜種，我要壓碎他們！

莎拉，妳還信上帝嗎？妳怎麼相信？看看周圍，妳怎麼去相信？妳又有什麼辦法相信？告訴我，其實我想相信，我需要相信，我被掏空了！我時時有犯罪的欲望，甚至想去找妓女，那又怎樣？我害了誰嗎？除了自己不會再「**聖潔**」！*哈哈，那些教訓！*可是妳知道嗎？教會有了新的中國人牧師，他叫做李光輝，他對著日本人鞠躬是九十度，他能念聖經，還說他會傳道，可是他要信徒一起向日本人鞠躬……九十度！告訴我，信仰是什麼？神的僕人？誰差遣來的？來帶領我們？告訴我，你們猶太人怎麼維持信仰的？

我也不再去廟宇了。但是那些天我曾經混在了廟宇的信徒裡，開始與他們熟悉。他們把我當自己人，經常興奮的互相傳遞消息，包括也讓我知道，那個廟裡的神壇最靈驗，那個和尚和法師的法力最高強，還能給人加持、灌頂！他們經常奔走在不同的廟裡，參加法會，燒香和跪拜祈福，或是高價向那些僧侶買一些念珠或法器，帶在身上保平安和財運。

莎拉，我厭倦了，那裡得不到任何安慰，他們追求的是獲得好處，比別人強，在其他人的上面，自己避免災禍，把不幸留給別人！對靈魂曾經甦醒過的人，那裡找不到任何的安慰。但是我發現那些廟宇的信徒們也有照他們的良心發願做善事，帶著食物贈送給貧窮人的，而另一些則冷酷無情。他們與教會的信徒們沒有什麼兩樣，都是有好的、有壞的。我更進一步發現：*宗教信仰不影響人的好壞，任何宗教中都有好人和壞人。好人信了什麼教都還是好人，惡人信了任何宗教都仍是惡人，為什麼？我不會懂得。*

但我知道一個信仰最高的呼召是它的基礎，那是它的神聖之處。我相信那些做法追求加持，獲得**法力**以使自己強大，如同他們的宗教領袖被膜拜，具有超凡力量變成能威嚇他人，使人畏懼崇拜的宗教都是邪惡的，他們像日本兵，用殘暴的力量要你害怕，屈從，而不是你樂意跟隨。曾經在學校裡面有同學說：「*你叫神讓我肚子痛，我就信祂。*」可是現在日本兵不但可以

使他肚子痛，甚至可以剖開他的肚子！這樣的**神**會讓有智慧的人信而跟從嗎？

我想要愛，我想被愛，我想要相信，全然的信心，但是我只見到人吃人，人坑人……而且他們都是一樣的結果，**『有志者事竟成』**對好事和壞事都是一樣，你付出就能得到，沒有分別！吃人的得勝利，坑人的得利益，沒有善惡之分，沒有光明勝過黑暗，沒有真理勝過邪惡的必然，沒有所謂善報、惡報，怎麼做都可以，為達目的可以不擇手段，**『成者王、敗者寇』**，只有成功才是一切！不論好壞，一樣都能**『有志者事竟成』**；對所有世上一切的事務都是一樣！

看啊！昨天他還是犯法作惡的流氓，今天他可以靠著勢力和實力變為高官統治我們；昨天他還是賊寇，今天他已經勝利成為政府的領導人；民眾將會向他歡呼！知道嗎？成敗論英雄，一切只看結果，妳知道嗎？上海民主共進會的會長蔡鷹氛，他在城裡學校演講宣稱他到日本留學，東京帝國大學要給他兩個博士學位，而他謙虛的只接受了一個半，臺下每一個聽到的人都為他鼓掌歡呼！他可以說謊，他可以毫不在意廉恥，他的一整個民主共進會就是詐騙集團！用所有公開的的謊言和下流的手段，包括出賣國家民族來換取權利，最後只要他們掌握權利了，一切就都無所謂！是的，為達目的可以不計手段，成功就是一切！中國古話說**『竊鉤者誅，竊國者侯』**，偷走一個小鉤子的是要被誅殺的賊，偷走一整個國家卻能成為君王！做小壞事會被社會懲罰，做最大的壞事卻被社會高高在上的頌揚！告訴我善惡或好壞有什麼分別？還有什麼是**對**，什麼是**錯**？我要接受什麼準則？一切只要看**結果**，不是嗎？

我的祖父自盡，我的父母被抓，我流落街頭被輕視欺壓，我們到底做錯在那裡？是不是我們的堅持是錯誤的？那些過著好日子的人又憑什麼？他們才是對的，是嗎？什麼是真理？那裡有公義？就算我不再去祭拜偶像，我又能再相信聖經的話語，對神有信心嗎？我到底該怎麼做？

莎拉，直到我的父母被日本兵抓捕，在那時以前我相信人們畫給我看的美好的世界！偉大的領袖，善良的社會，愛國的民族……呵呵……*哈哈哈！*」

／瑞德忽然仰天長笑／

「莎拉，現在我發現其實一切都是虛假，一切都是醜陋！我原來所受的教導竟然沒有一件事是真實的，它跟實際的社會和人群對照相比，簡直是欺騙！莎拉，我迷惑，我恨！為什麼有些人生下來就知道不需要顧忌廉恥道

德，不要有任何條條框框，而我卻綁手綁腳，要經歷了那麼多事，才知道我原來所信從的竟都是錯誤的！成功就是成功，沒有什麼不可以用的野蠻下流手段；其他人天生就知道，我卻要等到付出了多大的代價才能夠學到！」

／瑞德的聲音變成冷酷空洞的像念咒語，他的眼睛睜大發紅露出凶光，他像一隻受傷困在籠中的野獸，站起來顫抖激動的繞著密室行走，掙扎著尋找求生的路。又像受盡刑求，快要崩潰的囚犯，絕望的瘋狂嘶吼。／

「莎拉，我笨！我蠢！我恨！不能再說，否則我現在就想下樓去放火燒毀這座城市，殺光一切對不起我的人，什麼好孩子！什麼聖潔！這些綁住了我卻給了邪惡的人所有的機會，使我們淪落受苦！我們所相信的才是謊言！莎拉，我恨那些漢奸叛徒的組織，我恨民主共進會，但忽然我更恨那些屈從他們的無知百姓！我恨這個世界，我恨人類，我痛恨我的命運，我恨我為什麼要受到這種的遭遇！我恨所有在四周冷眼看待我的人！我什麼都不再希望，我什麼都不再在意，我的靈魂裡充滿了苦毒怨恨，我甚至恨我自己！」

／莎拉站了起來，拉住瑞德，又拿起水杯遞給瑞德，扳開他的緊握的拳頭，把杯子塞進他的手裡，又不顧瑞德的拒絕，用雙手裹住他拿著杯子的手，他們站立靜止不動，莎拉堅持著、溫和的望著瑞德的眼睛，慢慢的，瑞德的喘息平靜下來，看著莎拉，良久，他恢復了平靜，輕輕鬆開莎拉緊握他的手，舉起杯子喝了一口水，然後他聲音和緩地說：／

「莎拉，妳喚醒了我心底深處的靈魂，可是我的心靈是在酷刑煎熬當中，原諒我的失態吧！」

>>>

-燈光熄滅，舞臺帷幔降下-

---第三十四幕結束---

第卅五篇　殘酷的噩耗

-序幕-

〔**舞臺**〕：舞臺布幔垂掛，老婦莎拉坐在舞臺布幔前左邊的角落，燈光照亮在她上方。

>>

老婦莎拉的獨白：

「精神的受苦需要時間來緩解；但太多的遭遇一直沒有停止過折磨瑞德，家庭的，感情的，環境的，一直到最後信仰的；連續的打擊摧毀著瑞德的信念和心靈。我害怕的看著身體微微顫抖的瑞德，我知道他內心和精神上受的苦太多太久卻沒有安慰，長久的壓抑獲得不到宣洩；他被扭曲了。我趨前擁抱他卻不知道說什麼，因為我知道他現在需要的是一個心智的指引，靈魂的寄托，悲苦中尋求的明白和慰藉，不是一個浮濫的感情作態，空洞的言語安慰。他要一個出口，一個出路，一個指引，那是我的能力做不到的。

我記起他曾經告訴過我的一句話：「*身體的殘缺是看得見的，但靈魂的殘破卻是看不見的，知道嗎？我的靈魂已經破損了，它被割的鮮血淋淋！我恨，所以我狠，如果再有人碰觸我的傷口，傷到我的愛或我的所愛，我會殺人！*」

到那時我才懂得了為什麼他的『書』是闔得緊緊的，因為每翻開一頁都是撕破一個傷口，痛苦一次又一次的加深……我若早知道，或許不敢要他打開，我不知道怎麼做，我望著他，他卻站立起來背對著我，仰起頭視線飄向遠方。我不曉得怎麼辦，還在年幼的我心裡不知不覺中湧起很多歉疚，我不知道怎麼安慰他，最後我仍然只能站起來靠過去，從背後擁抱他，把頭靠在他的後背，頭髮散在他的脖頸上。但是他硬的像一座石雕，渾身繃的緊緊的，輕微的隨情緒在顫動。

我們都經過苦難，堅強到不露情感，但一觸到傷痛的點，如果不去控制眼淚又隨時可以流淌出來。我不知道為什麼，我開始輕輕哭泣，喃喃地呼喚瑞德的名字，告訴他在這場災難中我們都失去一切，但又都幸運的存活，而且還能跟隨那個呼召，做我們願意做的事- - -值得付出生命代價的追求- - -*Something worth dying for!*

「*知道嗎？*」我輕聲問：「無數人不明不白地死去，光是在7月22號蘇

聯解放波蘭的時候，就發現馬杰丹克集中營（Majdanek）就有35萬猶太人死在那裡。我們整個民族在歐洲幾乎都被滅絕了！父親買回來的上海猶太人紀事報上的新聞使我的母親哭泣了好久，隔離區的每個猶太人都茫然，我們的遭遇甚至找不出真正的理由，大家在談起時幾乎都會落淚。」

／瑞德緩緩回過頭來，他轉身面對我，眼神有點呆滯；說話卻像輕聲低語：／

少年瑞德（輕聲像耳語般的敘說）：

「屠殺猶太人是嗎？三十五萬，未來可能會發現更多，但對戰爭而言，都像個數字，就這麼消失了。妳會痛苦，是因為他們是妳的同胞，妳知道他們怎麼祈禱，怎麼穿著，吃什麼食物，怎麼思想，怎麼過活，一切與妳息息相關，和妳在同一個世界，他們會關懷妳，願意與妳建立情誼，都是妳最瞭解的活生生的人，妳與他們一起遭遇迫害，陪他們一起害怕，一起恐懼，而他們最後被殺戮了，他們讓妳感同身受，哭吧，莎拉，但至少他們的故事有人傳講紀念，另外有一批人悲慘的死去，他們的故事卻被禁忌而不准多說。我卻想告訴妳，只是妳不會有那麼同樣的痛苦，因為妳沒有與他們接觸過，沒有連接，不會從心靈感受那樣的痛楚，可是我卻會。我願意分擔妳的痛苦，我也想告訴妳我遭遇的痛苦；因為它們幾乎一樣，我們深知的一群人的遭害，他們的故事沉沉地壓在我心底。

讓我來告訴你一個沒有人訴說的故事，它幾乎沒有什麼人知道，政府不做公佈，新聞也沒有多少報導，除了詹力和我們這些地下工作者從某些管道那裡聽到了這些消息，此外其他的人們和一般老百姓都不會曉得。就算有過某些報紙報導，以後也將被刻意遮掩，因為美國和中國的政府當局都想要隱藏這段歷史；好使一個輝煌的勝利- - -杜立德『**東京大轟炸**』的捷報只有正面的英雄凱旋，沒有背後負面的血淚慘劇，這樣兩個政府所做的成功行動就不帶一絲陰影，沒有任何的遺憾敗筆，這樣就把之後的日本屠殺報復，犧牲了無辜的數十萬營救他們的中國村民的後果給淡化了，慢慢被遺忘。可是我聽著波蘭Majdanek的屠殺，人們會一直報道談論，我就很難再同意隱瞞中國人被屠殺的事件。

妳記得日本偷襲美國珍珠港的事件吧？美國政府受到那麼死傷慘重的損失後當然不能只是默默的忍受，它需要做一點事，獲得一個勝利來減輕人民對政府失職的責難，它需要一個捷報，來消除美國人民的憤怒，好證實國家的領導人是負責任和有能力的！因此他們策劃了一個絕對沒有人料得到的機密行動，就是進行一次直接從美國躍過太平洋去轟炸東京做為報復，好給予

美國人民心理的補償，提升美國人民的士氣。

　　但是妳知道嗎？在這件行動中，需要利用到中國人民的幫助，而策劃者卻絲毫不考慮之後日本帝國一定會對那些人民的狂怒回應！所有在那裡幫助過美國空軍的中國老百姓都被棄之不顧，超過幾十萬的當地居民就全被日本軍隊報復時用最殘酷的方式屠殺殆盡了！

　　／瑞德在密室的書櫃裡拿出一疊卷宗，抽出一份檔案，輕聲的對莎拉說：／

　　「我抄寫了這些資料下來，因為我想有一天我能為這些死難的人做一些事，紀念他們。讓我念給妳聽我記錄下的資料- - -1942年4月18號的中午，在膽氣豪壯的杜立德上校帶領下有如敢死隊般的80名美國空軍志願飛行員，他們被稱為『杜立德突襲隊』，駕駛著16架美國空軍B25轟炸機從航空母艦『大黃蜂』號甲板上升空，飛向了東京上空，實施了短短三十秒的轟炸做為對日本偷襲珍珠港的報復。

　　知道嗎？這個任務是一條單行道，因為在策劃者的計劃中，航母不能太危險的駛近日本海岸，怕被發現而遭到攻打摧毀；所以只能在遠離日本的海洋上起飛去轟炸，造成飛機上所攜帶的燃料不足夠再飛回航母，因此在轟炸完後就只能飛到離日本東京最近的中國東南沿海地區去迫降，再由當地的村民、游擊隊和美國傳教士來營救。

　　其實這個空襲對日本造成的損失一點都不大，直接軍事作用幾乎沒有，這個策劃只是一個美國領導人增添自己的威望和宣傳的需要來滿足美國人民的自尊和報復的欲望，但是它帶來的災難卻毫不考慮的要那地區所有的中國人來承擔。

　　不出預料，那裡的中國百姓的確在拯救美國飛行員時表現出了完美慷慨的勇氣，他們拼死救走了幾乎所有迫降的美國飛行員，使日本無從報復那些侵犯他們國土領空的人們，喪失了日本帝國的顏面，於是它決定採取最令人髮指的殘忍報復，要使中國人永遠不忘記協助美國空軍的後果。它殘酷的程度可以與1937年到1938年在南京的大屠殺相比，那次是南京城內約有三十萬的市民被屠殺，使河流變成紅色！

　　『杜立德突襲隊』的飛行員迫降在中國東南沿海的農村，日本軍人來到飛機墜毀處找不到飛行員，就逮捕附近農民嚴刑拷打，實在找不到，就把村民集中起來先姦淫婦女，再殺小孩，然後全部血洗；最後放火燒掉整個村落，一處一處『清鄉』和掃蕩，使那一帶的農村成為了不再有人煙的地方。

事實上美國軍事當局是意識到日本一定會報復的，但是他們並不考慮，執意要做，卽使必須把這個計劃對他們太平洋戰區的盟友中國保密也一定要實施。而且計劃好了那『杜立德突襲隊』轟炸東京後英雄歸來的凱旋宣傳，那充滿歡呼聲中對背後引發的悲劇是不能被提到的，那會使整個行動的輝煌打了折扣，減損了該有的榮耀！是的，杜立德『東京大轟炸』這光輝燦爛的一章背後的事將永遠被封鎖，從現在起直到將來都不會被敍說，完全不再公開！！

　　可是妳知道嗎？當美國轟炸機離開東京到中國東南沿海迫降後，當地中國老百姓知道了那些從天上掉下來的怪人都是美國人，是我們的盟友的時候，他們立刻拿出最好的食物，最好的衣服，和提供最安全的保證給美國飛行員；要親自護送他們到安全的中國後方去。是的，中國農民那時是純粹淳樸良善的心願和抗日的熱情，他們沒有意識到自己的危險，或是以爲當局必然有周全的考慮。要知道，由於中國面積廣大，日本軍隊在占領區只能在幾個大的都市駐扎，他們的人數不夠到中國東南沿海的郊區；因此浙江和江西省的沿海小鎮和農村有著相對脆弱的和平，還沒有領教過日本軍隊的殘忍！

　　當杜立德和所有的美國飛行員被沿途的中國百姓護送到中國後方的重慶後，他們受到中國最高的禮遇。國民政府的領導人蔣介石特別在官邸爲他們舉辦了一場大型的宴會，由他的夫人宋美齡親自給他們頒發了『雲麾勳章』！回到美國後杜立德上校也獲升了准將！

>>

　　但是在日本軍隊循著美國飛機迫降的地點展開嚴密的搜索卻沒有抓到一個美國飛行員之後，日本帝國憤怒了！那裡的這些中國人竟然敢救走了每一個美軍，在他們眼中懦弱低下的支那人竟忽然有了勇氣！雖然已經燒殺過了那裡的村莊，但日本政府還嫌不夠！必須再嚴厲的加倍懲罰他們，要他們永遠不會忘記幫助美國人的下場！

　　1942年4月30日，日本大本營下達了『大陸命』第621號命令，爲『東京上空三十秒』發起了浙贛戰役作爲報復；命令*日軍在每一個美國飛行員降落的地點，他們轉移時會經到過的地方，還有那個區域的城市，全部實行所謂的『三光政策』---燒光，搶光，殺光！*

>>

　　於是那地區的臨川、鄱陽、宜黃、玉山……和南城的這幾個城鎮的的厄運開始了！居民看見煌煌然的日軍大隊人馬進城了。他們這次不是來找迫降的美國空軍，而是來殺戮當地的百姓和毀滅一切。

消息從逃出臨川鎮的美國傳教士赫伯特‧范登堡（Herbert Vandenberg）那裡帶出來，臨川鎮有五萬多的人口，還有中國南部最大的天主堂，可以容納一千多人。在杜立德東京轟炸後的幾天，消息從臨川附近的鄱陽和宜黃由當地教區的教士送過來，告訴他當地的教士照顧著一些美國飛行員，『他們徒步來到我們這裡，』范登堡寫道：『他們又累又餓，救援後，他們的衣服破爛不堪，無法爬下山。我們給他們炸雞，我們為他們包紮傷口，洗了衣服，修女還為他們考了蛋糕，然後我們給了他們我們的床。』最後由中國村民和游擊隊護送他們離開，前往中國抗戰的後方據點重慶市，之後臨川遭受了與其它城鎮一樣的毀滅性報復。

....

日本軍隊開進了有城牆的南城市。他們抓捕那些曾經招待過美國飛行員吃飯的居民，強迫他們吃人屎和牲畜的糞便，然後再每十個人排成一列，進行『**子彈競賽**』，看一槍能打穿幾個人的身體。日本士兵又圍捕了八百多個年輕的婦人和女學生，把她們關進東城門外的一個倉庫，隨時進去強暴她們取樂。日本兵在南城駐留了一個月，多數時間衣衫不整的在斷磚碎瓦的街道上喝醉晃蕩地走著到處搜尋女性，有的甚至只在腰上圍上一片布，好隨時抓到女子立卽一遍又一遍的強暴。

目擊者弗雷特里克‧麥奎爾牧師（Reverend Frederick McGuire）寫到：『沒有逃離南城的婦女和兒童將永遠銘記日本人……婦女和女童因為她們被日本帝國軍隊一次又一次的強姦，還活著的現在正遭受性病的侵害，而一些未死的孩童將一直哀悼他們被冷血屠殺的父親。這就是日本聲稱的建立「東亞新秩序」！』

在占領結束時，日本有計劃的摧毀了這個有五萬居民的市鎮，搶走了所有的無線電設施和發電廠並鐵路的鐵軌，統統運回日本做原料。他們又搜刮走了所有醫院的藥品和設備；之後由一個分隊從七月七日開始從南城的南部開始放火，一連三天三夜，使南城只剩下焦灼的土地。」

／瑞德又拿出一片紙，說：「再看這一張紙條。」／

「從宜黃逃出的神父溫德林‧鄧克爾（Father Wendelin Dunker）看到的日本軍隊展開了殺戮的開始：『他們開槍打死任何的男人、女人、孩子，和牛、豬或幾乎任何會移動的東西；他們強姦了10歲至65歲的任何女人，在焚燒之前，他們徹底洗劫了這個城鎮。』他繼續在未能出版的回憶錄中寫道：『被槍殺的人沒有被埋葬，與被殺死的豬和牛在地面上一起腐爛。』

整個夏天，日本人毀滅了這兩萬平方英里面積的地區，他們洗劫城鎮和殺戮旁邊村莊的人畜；破壞了重要的灌溉系統，放火燒毀了所有的田地和農作物，摧毀了橋梁、道路，像蝗蟲一樣，只留下毀壞和踩躪過後的死亡和廢墟。

　　一個宜黃鎮的居民馬營林，他曾經在家裡接待過受傷的飛行員哈羅德・沃特森（Harold Watson）。抓捕他的日本兵把他綁在椅子上，用毯子把他緊緊包裹，然後淋上煤油，再強逼著他的妻子去點火。他的妻子在馬營林受火焰燒灼慘痛的嘶嚎聲中已經精神崩潰瘋狂，日本兵卻對這個殘酷行刑興奮到圍著這緩慢燃燒的活人狂歡！

　　牧師查爾斯・梅厄斯（Reverend Charles Meeus）後來寫道：『杜立德的人們幾乎沒有意識到，他們所送給這些中國救援人員以表感謝他們熱情款待的幾個小禮物，那些手套、五分和一角的硬幣，香菸盒和降落傘，在幾週後成為向日本人洩露的證據，導致他們的朋友們受慘無人道的懲罰和酷刑折磨的死亡！』

....

　　在不遠的玉山，加拿大聯合教會的傳教士比爾・米契爾牧師（the United Church of Canada, the Reverend Bill Mitchell）寫道：「玉山市（Yushan）有七萬人口，他們營救了『杜立德突襲隊』的迫降者，後來許多市民還參加了由市長領導的向戴維・瓊斯（Davy Jones）和霍斯・懷爾德（Hoss Wilder）兩位飛行員致敬的光榮遊行---現在居民被屠戮，房屋被燒盡，你已經看不見這個市鎮了！」

　　比爾・斯坦因神父（Father Bill Stein）在一封信中寫道：「玉山曾經是一個大城市，那裡的房屋好於平均水平。可是現在你可以在一條又一條的街道上行走，除了廢墟外什麼都看不見。在某些地方，你可以走幾英里而不會看到沒有被燒毀的房屋。」

....

　　然後就是這個區域裡最大的城市**衢州**。除了屠殺和焚燒之外，日本軍隊在這裡做了一個實驗。日本的731細菌戰部隊到了這裡，在日本軍隊撤出時，731部隊把鼠疫、炭疽、霍亂、傷寒---通過噴霧，跳蚤和直接倒進田野溪流和井水，這些是這裡的百姓的水源。日本人知道他們一撤，出逃的人民就會回來；然後災難就遍佈漫延開了。人民很難知道為什麼他們會生病，特別是因為日本人搶劫並燒毀了醫院和診所，還把數以千計的腐爛的人類和牲畜的屍體堵塞了井口，亂扔了碎石，汙染了飲用水---回來的人民數以萬計的

病倒，有些農民下田後雙腿開始腐爛，那是另一場人間煉獄。

一個我們中國的報紙《大公報》在日軍撤出後，派記者楊康去觀察報導，她到一個叫做北陂的村子，她寫到：『那些在敵人撤離後返回村庄的人都病倒了，沒有人倖免。這種情況不僅發生在北陂，而且發生在所有的地方。』另一個記者寫道：『日本侵略者來到一個原先是富饒而繁榮的地區，現在他們把它變成一個人間的煉獄，一個可怕的墓地；在那裡幾英里我們看到的唯一的生物是一條骷髏狀的狗，在我們想靠近它的時候，它因為恐懼而逃跑了！』

我們聽說蔣介石發了電報給華盛頓：「這些日軍屠殺了這個地區的每一個男人、女人和孩子。讓我重複一遍---這些日軍在這個地區屠殺了每一個男人、女人和孩子！」

1943年春天，目擊暴行的傳教士回到美國，消息傳遍了美國媒體。《紐約時報》社論稱：

「日本人選擇了想要怎樣向世界展示他們如何定位自己。我們將以他們自己所展露的和表現的來看待他們。我們將不會忘記，並且我們將看到他們必須付出應得的懲罰。」

而《洛杉磯時報》寫得更嚴厲：

「這些殺戮顯而易見的是出於懦夫的殘忍和野蠻的動機，由此，日本這些軍閥戰爭販子證明了自己是由最低賤的金屬製成的。」

>>

「是的，他們沒有血肉靈魂，只是最低賤的鐵石做成的。」

／瑞德摺起紙片，聲音空洞的喃喃自語：／

「但是這些告示並沒有引起太大的注意，因為執政者認為這會傷害了他們的名譽，在不再有繼續的報導下，這場屠殺很快就被遺忘了。執政的人只肯表揚他們製造的英雄，不願提及他們引發的慘劇。但是我無法忘記這些因著救人而犧牲的普通老百姓，他們跟我們一樣，為一個呼召做出行動。記住這些人的血淚，忘記是一個最大的背叛！

可是知道嗎？莎拉，我曉得另外一些真正的美國英雄，因為他們挺身而出的時候是他們的自願，沒有政府當局準備好的策劃，也不會有政府安排的宣傳，更由於他們也不在意去讓人知道；所以被湮沒了。

那就是早在1937年日本侵入我們首都南京的時候的事。知道嗎？戰爭還沒開始前，南京市裡政府的高官卻比誰都率先跑掉了，有錢的人也逃離了。

南京的各國大使館開始撤僑，卻有一小批歐美人士不肯走，當中包括十四個美國傳教士，他們原先是在南京教書，行醫和傳教。他們只把妻子兒女家人送上了美國政府撤離的車船，自己卻選擇留在馬上就要血肉橫飛的戰地，去保護那些最貧困沒有能力逃走的社會底層的人們，他們說：『這是我們應該做的，向上帝盡責，為人群做最高價值的服務。』

這二十多個歐美人士組成了一個『國際委員會』，選出德國西門子公司設在南京市的發電廠的廠長**約翰‧拉貝（John Rabe）**做主席，藉著他的德國納粹黨員身分去向日本交涉，成立一個收容難民的『**安全區**』，收容救下了二十多萬的難民。而那裡剩下的其餘三十多萬沒有逃進安全區的南京市民，就被日本軍人用機槍掃射、刺刀砍殺、火燒、活埋……屠戮盡了。

日本封鎖南京信息，不讓外面知道發生的事，但是一位傳教士約翰‧馬吉用他的一架16釐米的黑白膠片攝影機拍下了紀錄片，由原來在南京市的基督教青年會（YMCA）的主任喬治‧費奇（George Fitch）冒著生命危險帶出到了上海，發佈和使外界知道了那血腥的屠殺。

你知道嗎？那哈佛大學醫學院畢業的**羅伯‧威爾遜醫生（Dr. Robert Wilson）**是頂住日本人對著他前額的槍口，不肯關閉醫院，繼續救治平民傷患；而南京金陵女子學院的代理校長**敏妮‧華特琳（Minnie Vautrin）**在大學校園裡收容了上萬名的年輕女子和婦孺，日本人要她交出一些『**花姑娘**』帶去姦淫發洩，可是華特琳女士堅守在校園門口拒絕。日本人拿刺刀威脅她、打她耳光，她也絲毫不退卻！直到躲在裡面的一些隱瞞身分的風塵女子看不下去，自願站出來跟著日本兵走了，她們用生命解除了華特琳女士的危難困境。

讓我告訴妳，那些傳教士讓我看見了一些光亮和恢復了一點對神的信心，祂揀選和使用的人裡面還是有好的，不全是像教會的喬治牧師。

知道嗎？在黑暗中我看到了一點人性的光輝，有一天我想要為所有的這些人道主義的英雄都建立一個紀念碑。不需要再為那些坐在高位上的政府領袖做，他們已經掛滿了勳章，得意洋洋接受歡呼，無知的人群向他們致敬，他們在歷史上名垂千古。

我的紀念碑將只為那設立安全區拯救難民的二十幾位英雄建立，他們是喬治‧費奇、羅伯‧威爾遜、敏妮‧華特琳- - -還有我必須去查清楚的名單，以及妳告訴我的漢斯‧希伯的事跡。我還要為那些扛起大刀衝向前線的中國士兵立紀念柱，而不是為在後方參加宴席吃喝享樂的高級將領。如果紀念『**杜立德突襲隊**』，我也要同時刻上那些為救他們而死的二十多萬老百姓的

故事，那些不被傳講的故事；他們的血淚不可以被抹殺！但是我更想紀念從金陵女子學院走出來的妓女，為她們設立紀念的碑牌，她們可以懦弱自私的躲藏不出，可是她們出來了，她們知道她們將走向何處，等待她們的將是日以繼夜生不如死的日本兵輪暴折磨，直到吐出最後一口氣；她們也是我的英雄，配得讚頌的無名英雄，我不准任何人藐視她們，她們勝過所有自以為高尚的貴婦！」

/少年瑞德- - -聲音冷冷的敘說：/

「而且我領悟了一件事，那些高高在上做計劃的領導人是冷血的，他們可以毫不顧惜別人的生命；而那些處在人群中間的平民英雄們是熱血的，他們卻能不顧惜自己的生命！

不論是妳們猶太人或是我們中國人，我們不會忘記這些苦難，我們也不會准許這些苦難再發生在我們的人民的身上！」

/瑞德喝了一口水，冷靜地看著莎拉：/

「其實不光是在中國土地上，妳知道巴丹的死亡行軍（Bataan Death March）嗎？我相信你們猶太人的短波收音機都已經獲得了信息，但是不能登載在你們那被嚴屬監視的報紙上。我們的組織也曉得了，那發生在菲律賓戰場上，投降的美軍和菲律賓的戰俘被當地的日軍強迫徒步趕往100多公里外的戰俘營，途中不給食物和水，走不動的就立刻槍殺或用刺刀戳死，成千上萬的戰俘就死亡在路上！

另外在太平洋島嶼的戰場上，婆羅洲（Borneo）有2,434的澳洲盟軍被日本軍隊俘虜，他們被強迫從山打根（Sandakan）一路在艷陽下不給水喝和任何食物徒步走到到拉瑙（Ranau），沿途不斷折磨和用刺刀戳死走不動的人，這場死亡行軍最後只有六個逃脫的澳洲士兵存活下來。澳洲的陸軍統帥湯瑪斯‧布萊梅爵士（Field Marshal Sir Thomas Albert Blamey）在獲悉澳洲戰俘受到的對待後，他在1943年初接受紐約時報的訪問時也這麼說：

「以我們所瞭解到的來說，我們並不是跟人類來打交道……我們的軍隊對日本鬼子有正確的認識。」他在對新幾內亞的部隊演說中講到：「他們只是非人類的野獸，在人類與猿類之間的品種。」

/瑞德的眼光掠過莎拉的頭頂，似乎望向遠方，然後又回到莎拉的臉龐，用沉靜的語氣緩緩說：/

「莎拉，所有的屠殺，不論是在歐洲對猶太人的，或是在亞洲對中國人

的、對盟國士兵和當地人的，都讓我們看見一件事，你若放棄抵抗，喪心病狂的法西斯侵略者就會變成魔鬼用最殘酷的方式折磨吞噬你，人類的心底深處有血腥的狂暴和邪惡，也許正是聖經所說的原罪，人類組成的世界裡，將來也永遠不會停息爭戰，我們似乎就是來到世上做一次選擇，或是躲避並且與邪惡妥協，或是站出來為一個公義的呼召奉獻！我們可能很孤獨，莎拉，讓我們聚在一起，因著為公義的戰爭永遠不會止息，而我們是彼此唯一的安慰。」

>>>

／燈光漸漸黯淡，直到滅去，舞臺布幔垂下。／

---第三十五幕結束---

第卅六篇　信仰與生命

-序幕-

／瑞德重新摺起每一張字條，收進一個大信封袋，重重的喘了一口氣；／

....

少年瑞德：

「莎拉，我保存這些資料是因爲有一天我要爲這些死難的人們做一些事，我要人們知道每一件事的眞相，不是政府的領導人決定我們能知道那些事。有一天，我要爲他們建紀念碑，我不願意他們被遺忘，但是莎拉，有時我眞的寧願我不知道這些消息，它們把我的世界從平靜安寧攪擾到痛苦煎熬。

在我父母被抓走以前我的人生是單純喜樂的，那時我會能夠料到有一天會是現在這樣的處境嗎？我看過詹力給我看的幾張照片，有一張是一個日本兵高高舉起他的步槍，而掛在他步槍刺刀尖上的竟然是一個被戳穿的幼小男孩，旁邊是另一個日本兵得意的笑容，他們竟然拿這個炫耀！我憤怒到發抖，它的殘暴使我的人生被血腥邪惡籠罩，再也不可能回到我以前相信的世界！人間的可怕展現在我眼前，人類可以比畜牲還狠毒！豹子咬死一隻羔羊是爲食物，但這個日本兵是爲什麼？到這個地步的殘忍使我顫慄！

而我又想到，這個小男孩在他這樣被殺前，或在他早些年的時候，他會料到他是如此的命運嗎？同樣的，一個猶太人的孩子，當他在猶太教堂裡崇拜上帝的時候，他會料到幾年後他將在煤氣室裡掙扎死去嗎？他爲什麼要被生下來？難道他曾經活命的理由就只是爲長大後讓惡魔般的侵略者屠殺嗎？那和牲畜的一生有什麼不同？到底我們生下來的理由是什麼？我們活著的下一步會是怎樣的遭遇？如果一切都有神的旨意，那麼請問上帝，這麼做是爲什麼？生命到底能有什麼意義？我能設想我的未來嗎？我明天就會死嗎？那我還努力設想未來做什麼？

我不想再思考，因爲思考的越多越痛苦。還不如像很多

人醉酒，然後把一切留給未知的命運。生命是什麼？智慧是什麼？它們有什麼絲毫的作用？如果我不能掌握自己的未來，我活著是爲什麼？爲被殺戮嗎？那我可以不被生下來嗎？那就沒有我，也就不會有我的靈魂，我就不會有知覺，不會思考，那我是什麼？哦，一個完全的虛無，如同在母腹裡，沒有意識，沒有感知，什麼都沒有！沒有歡樂，沒有痛苦，虛空；虛空的虛空！宇宙裡沒有我，我會是什麼？我的存在在那裡？

　　到底爲什麼要有生命？莎拉，曉得嗎？我的父親帶我到他的大學裡面看一部勸年輕人戒菸的影片，裡面那個吸菸嚴重的病人用外科手術治療。他被割開，拿出那黑汙汙的肺。我第一次看到剖開後的人體- - -裡面竟然是一大堆血淋淋的東西！還會跳動的心臟，還在蠕動的血紅的胃臟- - -*我看呆了*！我發現原來人是這樣！我也是這樣！我的裡面原來竟是這樣的東西！我原來不是*我*！

　　我在說話，是有個東西在推動，有一塊紅紅的肌肉在跳！呵呵，原來是**它**在做，不是我！一個不知道是**誰**在做的工作！說不定我的一個白血球正在殺病菌，還不知道它只是我的一個細胞呢！而我根本就是這些東西組成的，一大堆自己在動，像自己有生命的怪肉- - -它們根本不曉得有我，我根本不是一個我，到底我是誰呢？- - -嗨，我只要一想到這裡，就忽然奇怪地整個思想空白成一片，消失了！」

　　／莎拉怔怔地聽著，疑惑的眼神盯著瑞德。她遲疑地接口：／

女孩莎拉（輕聲猶疑緩慢地說）：

「噢，瑞德，你眞是敏感，我還不會想那麼多。也許因爲我們的生命才剛開始在成長，所以我們容易好奇地去想那麼多奇怪的問題。我只知道我是莎拉，一個猶太女孩，我父親的女兒，我母親的寶貝，雅各的妹妹。」

　　／瑞德忽然站起來，走到書桌旁，打開抽屜，取出一顆透明的綠色玻璃彈珠，遞給莎拉。莎拉用手接過，狐疑的看著瑞德。／

少年瑞德（指著彈珠）：

「妳把它放到眼睛前面仔細看。」

女孩莎拉（把彈珠放在一隻眼睛前面，貼近地看了一會兒）：

「這就只是一顆半透明的綠色玻璃彈珠，裡面有許多小氣泡- - -但是你要我看的就只是這些麼？」

少年瑞德：

「我是要妳把它貼近在眼球前面看- - -專注的只看這顆彈珠，去看見裡面- - -對，把另外那隻眼睛閉起來，只用這一隻眼睛去看，就是這樣看。」

／莎拉舉起彈珠，貼在眼球前面，全神貫注，仔細凝靜地盯著。／

少年瑞德（繼續說道）：

「妳會不會發覺這顆看不穿的綠色玻璃彈珠裡面像一片深綠色的海洋，或是暗淡寂靜的宇宙太空？去假想裡面每一個圓圓的小氣泡都是一個星球，一直到看不見的盡頭都是一顆顆浮在太虛中的星球- - -好像我們掉進去了，就陷在一片無止境的空虛寂靜裡面，然後出不來，深深的陷在裡面漂流，觸摸不到任何東西，踏不到任何實處，在無邊際的空間永恆持續的翻滾漂流，周圍只有無止境的黑暗寂靜- - -忽然它比死還可怕！」

／莎拉凝視的臉忽然顫抖了一下，移開了彈珠，深深的看著瑞德。／

少年瑞德：

「嚇了一跳嗎？妳會不會覺得周圍一片無生命的寂靜是那麼可怕？」

／瑞德專注地繼續：／

「我如果掉進這種境地，我寧願死了。晚上看星星的時候倒並不覺得可怕，因為我站在地上，而它們離我遙遠。但只看到這無數的星球，而我又假想掉進宇宙的時候，我就忽然覺得可怕極了！好像我已經脫離了世界、地球，陷入了沒有邊際的空虛！」

女孩莎拉（突然笑了）：

「會不會……」

／她歪著腦袋想了一想／

「會不會這顆玻璃珠裡真的也有另一個宇宙？」

少年瑞德（認真的點頭）：

「啊！可能！一滴水的世界裡不是也有數不清的微生物嗎？」

女孩莎拉（有點慧黠地微笑起來）：

「那好，說不定我們住在一個大的想像不出來的一個巨人世界的玻璃珠裡。」

少年瑞德（也笑了起來）：

「對，也許真的，也許真的是這樣。說不定他們也正在看和玩這顆玻璃彈珠，說不定他們也玩彈珠的遊戲，而再過他們的一秒，我們這顆玻璃彈珠就要和另一顆玻璃彈珠相撞了！中國的古人曾經傳說：『*神仙一日，人間千年！*』- - -誰知道呢？也許對我們來說還有一萬年！」

／他們一起輕鬆的傻笑了起來。／

女孩莎拉：

「那就是說，整個宇宙都是虛幻的，一層一層我們永遠都不會明白的。」

少年瑞德（點頭接續她的話語）：

「對，那就是一個沒有上帝，沒有神和創造的宇宙世界。沒有意義，沒有價值，更沒有所謂的生命和智慧，一切最後歸於寂滅。那麼我們活著是為什麼？

也許多數人活著就只是活著，存活著直到不可掌控的命運帶他們到生命的終點。莎拉，我很想問，妳活著的理由是為什麼呢？也許我們談論的這個問題太幼稚，只有正在面對這個世界成長的階段會去想，特別是在苦難當中。長大成人了以後我們將再也不問，因為都習慣和接受了。但現在我特別想知道；莎拉，妳想過這個問題嗎？」

女孩莎拉（困惑緩慢的回答）：

「我沒有想過。我愛我的爸媽，我愛我的家人。只要與他們在一起我就有喜樂。那會不會是我活著的理由？」

少年瑞德（忽然睜大了一下眼睛）：

「噢，不一樣的處境，妳還有爸媽和哥哥；我沒有了。童年歡

樂的時候我也從來不去想，因為那時在享受生活。記得在幼年的時候我曾把毛衣借給村裡的小孩們穿，他們歡喜的不得了，我也跟著快樂興奮。現在每當看著我的那幫孩子們吃食物的時候我也覺得一種安慰和快樂。其實我們都是為週遭的人活著，是嗎？」

女孩莎拉（仍然思索著緩緩地說話）：

「可能是吧，因為他們是我們在意的人。瑞德，就照你願意的角色活下去吧！因為我們也不會有別的選擇。」

少年瑞德（也放緩了說話的速度）：

「我聽了幾十遍，哦，不，幾百遍教堂裡牧師所說的人生意義。但我再也不信他們空洞的言辭。他們根本不懂生命，他們經歷的人生比我還淺薄！他們只是些虛偽詭詐、背誦經文的職業宗教人士，他們每周日在教堂教導的只是空洞的聖經八股，迂腐的教條！他們其實無知的可怕！我現在有太多的懷疑，但是我心中還是期盼有一個講求公義的天國。我曾經進到廟宇，聽著和尚念經和看著香火繚繞，和在偶像前面跪拜的信衆，卻看不到神聖，只見到對法力的追求和崇拜，也沒有觸動我心靈，使我感動流淚的音樂。

那不講公義，只追求超凡力量的信仰，不會同情和沒有愛心在裡面的信仰都不是我想要的。信徒們拿著香跟隨念著他們自己都不懂得的經文，懼怕的跪拜偶像，又貪婪的提出訴求為要獲得眼前的好處，期求靈驗和一個神蹟，那都不是對生命的覺醒，而是墮入無知的深淵。只有跟隨公義的信仰，那追求純淨的靈魂，和對生命價值的領悟，智慧的開啟的信仰才是我想要的。也許過去那些少數鑽研經文的得道高僧也懂得一些。

不過我知道去教堂的信徒們並不都是這個追求，他們想的是去信教，只要每個星期去奉獻- - -噢，交會員費，一種保險費- - -死後就可以上天堂- - -假如有天堂的話。如果他們在天國的門口被攔住，他們會大聲吵鬧：『*我都交了奉獻了，為什麼不讓我進去？*』我想天國的使者會說：『*因為你們的靈魂根本沒有甦醒。*』

其實他們和交香火錢的佛教信徒又有什麼兩樣？如果只是宗教，那麼所有的宗教信徒其實都是一樣，有好有壞。本質好

的人信了什麼宗教都是好人，本性邪惡的人信了什麼宗教都仍然是惡人！在我的經歷裡，我發現宗教根本不影響人的好壞；什麼宗教信徒裡面都有好的人和壞的人。」

／少年瑞德靜靜地喝了一口水，他看著莎拉繼續說：／

「可是莎拉，我還是很想知道生命到底是什麼，死後是歸於空幻，還是有上帝和天堂地獄？那會影響我所有的決定。我想知道死後的事情。如果死亡就是結束，不再有靈魂，什麼都消失了，沒有了我，那我也就不再感知有宇宙，宇宙對我也就消失了！多好，一切都散盡了！

莎拉，在不再那麼確定信仰後，每當我一個人來到這間密室靜下來的時候，我反而開始更想知道每一件事的理由：為什麼要有我？我是什麼？假如沒有上帝，每個人都是一樣的結局，殘殺人群的日本兵和德國兵死後就都消失沒有了，跟被殺的中國人和猶太人也一樣，死後就都沒有了！那現在就只是一場戲，一個傳說，說完就過去了，歸於一樣的結果，那我還為什麼要活者呢？反正都會消逝，還如此的掙扎又有什麼意義和好處呢？

我想上街去殺死一百個日本兵，或是回家鄉去殺盡民主共進會的漢奸，然後自殺，算是用我的生命去換他們的命，不需要再期待，不必要再跟隨那個呼召，因為一切都只是暫時，過眼雲煙就都什麼都不剩下了。全是虛空，全是故事，戲演完了就散了；一個不再留下什麼的世界，生命是短暫的，毫無意義的。我就不再思考有沒有神，不再相信有靈魂。我忽然就害怕生命，想要結束，因為一切就都看不到意義了。說不定死後我會變成一顆流星或是隕石，在無限廣大的宇宙裡永恆的漂流。或者只是一個氣泡，冒到水面就破裂消失不見了。那樣的存在不需要意義，宇宙對它們也都毫無意義，沒有開始沒有完成，沒有思想、沒有智慧，沒有變化，也沒有生命。

莎拉，妳知道嗎？小時候在祖父母的鄉村時我是多麼喜歡那些熱鬧的廟會和遊行，村民們興高采烈，他們質樸而簡單，每天面朝泥土背朝天辛辛苦苦的在田野中耕做著，就照著祖祖輩輩一樣的活著，相信傳統，跟隨教導從不發問，從不追尋，他們也從不邪惡，只是他們也從不知道上帝，更不思考人生，

那他們生命的目的是什麼？他們死後的靈魂又去那裡？會想什麼？---太多事我不懂，我還缺乏智慧，我不願批評或論斷，但我盼望有一天我能懂得生命的奧祕。我們為什麼要活著，到底我們從何而來又將往那裡去？信佛教的爺爺、奶奶和外公外婆將去那裡，信基督教的爸媽又會去那裡？---莎拉，太多事我真的想知道卻真的不知道！但是我實在想弄清楚，可是為什麼我越想知道就越迷糊，越去追求就越懷疑，那麼基本的智慧我都得不到，還有什麼活著的意義呢？

　　莎拉，妳還相信有神嗎？妳瞭解多少生命呢？告訴我一些妳懂得的事，我想知道，我想追求。因為過去我是靠著信仰存活著和對人生確信，現在變成虛無飄渺，因為那信仰的力量從我心中抽走了，我少了一種對未來的確信。我有時站在樓頂邊緣上甚至想跳下去一了百了！我從未有過的困擾，我不敢想，我也想麻醉；像堂口大哥或江湖混混那樣在賭桌上壓上一切，瘋狂和專注，不要寧靜，不要思考，讓那種瘋狂占據時間填塞生命，就不痛苦了。莎拉，告訴我猶太人怎麼維持信仰的？怎麼看生命？」

女孩莎拉（稍微思索了一下）：

　　「大概是因為我們的傳統吧。那像進行了幾千年的力量，不會短短的就剎住。我們信靠，我們期望和等待；瑞德，我也想問，那你們中國的思想家，你說過的智慧的哲人孔子，他有提到過這些問題嗎？他又給過什麼答案？」

　　／瑞德握著杯子，靜默的思考著。／

少年瑞德（低頭想了一下，又抬起頭來）：

　　「我記不起來，他好像沒有給過答案……啊，有了，曾經有學生問他這個問題，可是他的答復是：『*不知生，焉知死。*』也就是我連眼前的生命是什麼都不知道，怎麼能知道死亡後的事呢？」

女孩莎拉：

　　「噢，好實在的答覆！他就沒有再說什麼嗎？」

少年瑞德：

　　「噢，讓我想一想……有的，還有學生問這類問題，他就回

答：『子不語怪力亂神。』孔子不談超能力，怪異和神明的事。他又說：『知之爲知之，不知爲不知，是知也。』」

女孩莎拉：

「啊！瑞德，看起來你問的不是一個基本的智慧，而是一個最高的智慧的境界，沒有人知道，沒有人懂得，不要再追問了，如果在這個世界上還沒有人可以給出答案的時候；你會完全迷惑的！但是我無法去想像沒有靈魂的死後的世界。

我想起我們嘉道理學校的老師羅斯曾經說過，在聖經〈傳道書〉裡說：『**惡人與好人無異- - -有義人行義反致滅亡，有惡人行惡，倒享長壽。凡臨到衆人的事都是一樣- - -義人和惡人，都遭遇一樣的事- - -好人如何，罪人也如何- - -在日光之下所行的一切事上有一件禍患，就是衆人所遭遇的都是一樣。**』

羅斯老師說這是神極大的奧祕。因爲如果我們在世界上活著的時候，在可見的日子裡所行的和所遭報的有必然的關聯，那麼每一個人就都會因爲想要獲得好的報應而行善，那區分好人與惡人就沒有依據，人們就沒有分別，都會因爲追求那回報的利益而行義。只有因爲不是爲追求那回報而照著本意行義的，所行的義才有價值；英雄才得以產生，偉大才得以顯現。

瑞德，你知道嗎？羅斯老師甚至說他樂意生在這個時代，因爲人們可以顯出他們的本質，而不是都在平平順順的環境裡差不多一樣的不分好壞、庸庸碌碌的活著。

瑞德，就留一些事是只有上帝知道而你我不懂得的，好嗎？

瑞德，不要想那麼多，我該走了，也許我們再繼續長大就將會懂得了，或是就不需要懂了。我會想一想，下次再到這裡見面時，說不定我們都會想到一個答案，我得走了，瑞德，讓我們的成長帶著我們去慢慢發現，*好嗎？*」

>>

／舞臺上方燈光漸暗到熄滅，劇院靜了下來。／

---第三十六幕結束---

第卅七篇　莎拉的慰藉

美國的飛行員遭遇的酷刑

〔**佈景**〕：背景墻投影出遠眺上海的圖景。舞臺中央搭建的是瑞德的密室小屋。

〔**舞臺**〕：燈光照亮著在高樓屋頂的平臺，呈現陽光明亮的下午。

-開演-

　　／瑞德拎著一個紙袋走在前面，莎拉跟著瑞德走進了舞臺，瑞德掀開了小屋的帆布門簾，讓莎拉進去，隨後他也走了進去，點亮了煤氣燈，小屋內的景象慢慢清晰。

　　瑞德把紙袋交給莎拉，莎拉接過打開，瞪視著裡面，用疑惑的聲音開口：／

．．

女孩莎拉：「這是什麼？」

少年瑞德：「春捲，妳會喜歡的。我中午才剛從外灘一家大飯店的廚房換回來的，雖然沒有剛炸出來那麼熱，但還是脆的。快吃，我要看妳吃。」

　　　　／莎拉從紙袋裡取出一個黃澄澄油炸的春捲，輕輕咬了一口，咀嚼著，露出滿意的表情；然後慢慢的嚥了下去。／

女孩莎拉（用讚嘆的腔調）：

　　「哦！它的表皮是那麼香脆，裡面的餡卻是那麼柔軟好吃，啊！它們嘗起來跟水餃一樣好吃！中國人真的太會做可口的食物了！」

少年瑞德（露出燦爛的微笑）：

　　「我高興妳喜歡它，要知道，油炸的食物都是香脆的，而現在很多地方都買不到食用油了！只有外灘的大飯店還有，因為他們提供給日本的軍官俱樂部。

　　莎拉，前幾天在祕密基地開會的時候詹力宣佈我們接到了一個新的指令，是去搜救美國的飛行員。因為最近開始越來越

多的美國空軍會到上海近郊執行轟炸任務。有些飛機不幸被擊落，我們要立刻趕在日本兵找到他們以前救走他們。詹力他們已經執行過好幾次，我也在一次夜裡跟著一起去過。

　　妳知道日本兵抓到美國飛行員會怎麼處理他們嗎？哦，詹力提到最慘的一次，那是去年1944年11月21日，一架美國B-29轟炸機在返航時出現意外，不得不在漢口的西北方迫降，三名機組人員被日本兵抓到俘虜了。日本憲兵嚴酷的審訊這三名美國飛行員後，又把這三名飛行員押到街上遊行。當時天氣很冷，飛行員被脫到只剩單衣，在遊街的四個多小時裡，日本士兵不斷毆打他們，三個人被打得面部浮腫、變形，流血不止，眼睛都沒辦法睜開。然後日本兵將他們押到一個空地廣場，又經過半個小時的毆打後，日本兵將三名美國飛行員扔進火堆。

　　有目擊的人報告了狀況，當時至少有一名飛行員還有意識，他在被焚燒的時候發出令人驚恐的慘叫聲！隨後三個人的骨灰被扔進池塘。」

　　／瑞德好像聯想到了那種令人毛骨悚然的畫面，身體振顫了一下，聲音有些發抖。停頓了一下，然後又繼續：／

　　「現在我們的任務加了一項，就是每當在上海的上空有美國空軍飛機被擊落，我們地下組織必須立刻出動去墜毀地點營救美國飛行員，我們要比日本人快一步。因為一旦他們被日本人俘獲，就都會送到日本憲兵隊的審訊室，受盡酷刑折磨後被處死。

　　拯救美國飛行員的時候我們如果來得及就要警告附近的居民快逃、趕快逃，因為隨後日本搜索隊就會來到，在找不到美國飛行員的狀況下，就會逮捕周邊的老百姓，用最殘酷的手段折磨他們，要他們說出飛行員的下落，然後不會留一個活口的全部殺死。日本兵慣用的手法是先在他們面前一次又一次的強暴他們的婦女，再剖開她們的身體，讓她們慢慢的死去，最後再對付男人，用棍棒、刺刀和火燒把他們全部酷刑處死。

　　我們不知道該怎麼辦，去救美國飛行員會害死周圍所有的中國老百姓，不救會眼睜睜看著美國飛行員被抓獲受酷刑而死，我們怎麼辦？怎麼辦？」

　　／瑞德停頓了一下，忽然有了一種可怕的表情。／

「你知道嗎。日本人還有一種酷刑，專門對付一起被捕的男女。在一對愛人被捕後，把男的綁起來，在他面前強暴他所愛的女人，然後剝光女人的衣服，用滾燙的油去淋澆在女人的身上，皮膚馬上會整片的焦黑起泡脫落，裡面的肌肉和筋潰爛皺糊成一團，那油炸的青煙薰滿審訊的刑求室，女人的臉變形發出不是人的野獸般的慘叫嘶嚎，男人看著他所愛的女人受刑會發瘋，有的馬上咬斷舌頭噴血，日本人就慢慢的一面繼續用滾油澆女子，一面發出*嘎、嘎-- -歡樂的吼叫- -- !*」

／瑞德講敍時眼睛逐漸發紅，像凶惡瘋狂的野獸；開始握住拳頭瘋狂的打擊自己的胸口，發出暗啞的嘶吼……不住的、不停的像要發狂。／

女孩莎拉（顫抖著去抓住瑞德的雙手。）

「瑞德，不要再講下去，求你！*不要再講下去！不要去想，不要去想！不會的，絕對不會的*，我知道你想到你的爸媽！瑞德，不會的，他們不會遭遇到的，神會保守他們！」

／瑞德的眼神發直，咬住牙齒，描述時仇恨的烈焰使他發出的聲音空洞顫抖……停下來後，很久，很久，才慢慢鬆開拳頭，可是卻呼吸急促，無法立即平靜……直到靜默了幾分鐘，他才能繼續……／

少年瑞德（他失神的望著沒有焦點的前方）：

「在戰爭中，最可憐的就是毫無反抗力量，卻被夾在中間的平民。」

／瑞德神色恍惚地掙扎，臉上從猙獰到慢慢沒有任何表情。突然他瞇起眼睛，冷冷地笑了起來，他站起來走到書櫃邊，找出一個盒子，打開，拿出了幾根香菸和火柴，抽出一支點燃，吸了一口，眼神渙散，又慢慢集中盯著莎拉，噴出一口煙圈，靜默了一會兒之後，他緩緩地開口：
／

「莎拉，我沒有辦法平靜，我只要想到了我的爸媽。想到他們可能的遭遇，我的頭腦裡就會轟的一聲爆響，一瞬間每一根神經都繃直到錯亂，然後麻痺，我甚至不能控制身體的顫抖！過去我爸媽剛被抓走的時候我不知道多少，但現在我知道越來越多日本人刑訊的手段我就會越來越害怕！我從來不敢讓

自己去多想，那種想像是可怕的折磨，它會逼到我發瘋，甚至想跳起來立刻衝進日本憲兵隊去救他們，我寧可被殺死也比活著想到他們會遭受到的生不如死的折磨要好！但是大概已經太遲了！

　　莎拉，每當想到這事的時候，我會狂亂到失去理智，我的恨不是妳能想像到的，我再也不可能克制裝作平靜！就讓妳看到快要發狂的時候的我吧；我知道我必須馬上停止去想，不然那是摧毀自己！莎拉，妳沒有親人在魔鬼的手裡，妳不會懂！」

　　／瑞德深深的吸了一口煙，緩緩吐出。／

　　「莎拉，我不想去救美國飛行員，可是我必須去救他們！我心思狂亂的時候我想吸菸，我胸口現在像火焰在燒灼，喘不過氣來。我要放鬆一下，我要抽菸。不要意外，要知道我平時和打交道的那些人混在一起的時候也是會和他們一起吸菸的。我必須和他們一樣，甚至和他們一起喝酒。是墮落嗎？不是，我必須變，我在適應我現在的角色，使我能在那個圈子裡生存。

　　但是我仍然與他們不同，他們就是他們的樣子，我還有另外一個曾經的我，只是我把那個曾經的我緊緊的藏在一個箱子裡，再也不放他出來，因為他無法存活，因為他不懂得現在的這一個世界。他若是出來，他會無法生存。

　　可是夜深人靜到完全孤寂的時候，他會冒出來，他想聽聖詩，他想追求純潔善良，過去的我和現在的我交替出現在我的心底裡，使我突然敏銳到清清楚楚看見我現在在做汙穢不潔的事，我在失喪，有一天我可能再也回不去那個想要完善，夢想聖潔的我。我會憤怒害怕，因為我不知道怎麼處理，所以我決心埋葬他，再也不讓他活出來，因為他是無助的，被冷眼欺壓和柔弱的，我活出他的時候就是注定敗滅的開始，我要埋葬他，可是我內心深處想要保護他，留存他，因為他是我靈魂最深處根本的我，其實他現在是靠眼前的這個骯髒的我在保護……妳明白嗎？」

　　／莎拉站了起來，用手去夾住瑞德的香烟，慢慢拿開，放
　　在地上，用腳踩滅，聲音輕柔地說：／

女孩莎拉（用非常柔和的聲音）：

「瑞德，我懂，我們都經過巨變。我瞭解一件事，就是你所以和我說這些話，是因爲你還沒有失落，你還有那個純淨的你，你在求助，因爲你不想變，你想保有。瑞德，和我在一起時，我會保護你不變，就像你曾經救過一個小男孩，你爲的只是保護他，使你仍然有一顆愛心，不會淪落成爲一個狠毒的街頭惡棍。瑞德，你只是必須裝作堅強，但是你會打開心扉- - -是的，翻開那本書，我在讀，我能懂，我陪你保存，你就一定不會變。」

／瑞德盯住莎拉的面龐，凝視著莎拉的眼睛，眼光從帶著故作老練世故的邪氣眯眼，慢慢睜大到訝異和柔和，逐漸變得平靜，然後散發出一種光芒，他輕喊著：／

少年瑞德（低喊）：

「莎拉！莎拉！」

／莎拉並不回應，她瞪視著瑞德，開始一個字、一個字的用力清晰地說：／

女孩莎拉（強而有力的語氣）：

「不要在我面前假裝成熟，注意，你才比我大三歲。你沒有失落變壞，你只是披上那剛硬的盔甲去戰鬥，卸下僞裝狠毒的面具後你仍然是你自己。

瑞德，我在母親被打耳光的時候轉身逃跑，我偷溜進你們基地的時候被扭住羞辱，我毫不臉紅的吃你帶給我的食物，我也有現在的我，不同於過去柔弱單純的我，我不再像過去的簡單，但我還是我！瑞德，跟你在一起時你引導我看見許多的事情，包括看見每一個人的舞臺框框，每一個人的格局。

瑞德，你教會了我很多，你幫助我成長，你又是我的保護者，在我背後看顧我。現在我也要在你的心思意念中看護你，我要你相信你仍然是聖潔善良的，你在我心裡永遠不變，記住，有人在惦記你，關懷你，陪你戰鬥，爲同一個目標！你不孤獨，在心靈裡我也是你的保護者！」

／瑞德沒說一個字，眼眶濕潤，莎拉說著卻傷感地輕輕啜泣了起來；無聲地喊著瑞德的名字。瑞德站了起來，用雙

臂抱住莎拉的頭，親吻著她的頭髮。／

....

少年瑞德（呢喃地細語）：

「莎拉，不哭！妳不會曉得，其實每當我看著妳的背影時，我好像看到了一個我原來對自己的憧憬，我期望過我能是那種簡單善良的純潔天真，而我失去了的那個美好妳還擁有！莎拉，妳追尋的理念是我也在追尋的，就是對抗邪惡殘暴和重建一個美好的世界；就像孔子和端木賜一同追尋的理念！我想能像端木賜為孔子一樣的為妳做任何事，現在我更下定決心要呵護妳，不讓妳受到一絲傷害。我喜悅妳，就像任何時候看到好吃的東西就馬上想弄來給妳吃，我看到妳享受我就心滿意足；我不知不覺有點愛妳，那種『愛』就是我願意為妳做任何事，保護妳、使妳滿足的意念！

我設想過很多種妳遇到危險時的對策，我一直安排在街頭的小乞丐們會馬上製造混亂引開日本兵的注意，然後我立刻帶著妳逃跑。但是我知道，假如一切都來不及，我會衝出來用生命保護妳！那是我對妳的承諾，我會用生命守護。

莎拉，請相信我。我從失去家庭後一直都是孤單寂寞的，我做事不用一點感情，因為那會使我軟弱。我知道怎麼裝，我也會演戲；我用油腔滑調跟所有接觸的人說話，包括跟那些大廚和其他做交換買賣的人，我會說著髒話陪他們抽菸，裝腔作勢地喝酒吆喝，打架、拔刀耍弄我都會，我幾乎要陷入一個痞三的境地！我不願回憶過去的我，我怕！深夜獨自一個人時那種失落感不是妳能瞭解到的。

但是跟妳在一起的時候我好像可以重新回到過去的我，我可以坦然，我可以熱情，我還可以說心裡的話。但是我絕不願意讓你看見我的另一面，我發狂起來拼殺時凶惡的面貌，我指使我的團夥砸毀明鏡當鋪的惡行惡狀，我知道我發怒的時候眼睛通紅狂躁，聲音像野獸怒吼⋯⋯我已經汙穢，某些惡狠已經進入我的身心⋯⋯但相信我，我還是有那個夢想，那個追尋，只是我已經再也不可能成為聖潔了！

有些時候我覺得有點迷失，幼年的目標早已不可能，我不知道該去那裡，何去何從，我想找一個真實的真理，*I want to*

believe! 好讓我確信和跟從，我又偶爾暗暗的禱告，但覺得好像我在欺騙自己，因為我不敢再相信上帝還會聽我的祈求，總覺得落空；也許我已經被厭棄，因為我所做的事都違背了我的信仰。

莎拉，在妳身上我看見過去時候想做的自己，我不由得喜歡妳，**答應我不要變，不要委曲自己去適應環境。所有的壞事讓我來替妳承擔，要永遠保持妳的光潔無暇，不要沾染到那些我做過的醜惡的事！**

不過我並不後悔我經歷和做過的，因為我知道我比以前強大，我不會天真到軟弱無知，沒有人可以再凌駕我，羞辱我。我看穿了這個世界，我知道怎麼用手腕去達成我要的事物。但是我不想再只跟我自己這樣的人在一起，我想要純潔美好做我的陪伴，而妳就是。

妳是我心目中的花朵，我會呵護妳，當妳綻放的時候我會滿心歡樂，妳就是我的托付，好嗎？」

／他們靜默了一會兒，瑞德一直凝視著莎拉，莎拉慢慢抬起頭，迎著瑞德的目光。／

女孩莎拉：

「瑞德，好的，我感謝你願意把我當做你的托付，但是答應我，把你知道的教給我，我也要更成熟強大。你可以當我的老師，就像孔子對端木賜那樣。你不可以再對我隱藏自己；告訴我你的想法，你的故事，你所有心底的話。那樣的話我也會喜歡你，好嗎？」

少年瑞德：

「我心底的話？- - -莎拉，我是自卑又狂傲！我乞討偷竊過，我打架傷人過，我做過太多狠毒罪惡的事，可是除了我們組織裡的同伴外，我其實真的又看不起其他任何人！莎拉，我心裡有數不盡的恨！我一身罪愆！我骯髒汙穢！」

女孩莎拉：

「不，除了我的爸媽，你比任何我認識的人都勇敢和乾淨。大衛王打過仗，殺過人，他仍被上帝喜悅。」

少年瑞德：

「那是大衛王，他不一樣。我知道他殺過人卻還能被上帝喜悅，因爲他殺的是敵人，那是戰爭。可是我不一樣，我不敢相信我也還能被上帝喜悅。知道嗎？我又做過禱告。可是我以前的感覺一點都沒有了，我覺得祂已經對我掩面，閉上了耳目，因爲我犯過背叛祂的罪。

莎拉，告訴我，我該怎麼辦？大衛王做錯了事他會怎麼樣向上帝懺悔？我能夠怎麼做？我多麼期待一個明確的證據，讓我相信祂會原諒我、赦免我，知道祂與我能夠和好，我還能被祂傾聽！」

女孩莎拉（歪過頭，思索著）：

「大衛王知道自己犯錯後他會禁食禱告、眞心懺悔和祈求原諒，又作詩讚美祈求上帝赦免。」

少年瑞德：

「哦，我都願意！可是我覺得並不足夠，大衛王犯的是錯，可是我犯的是曾經背叛祂的罪，那是不可原諒的，在十誡中刻在石板上的罪。我能只是用口禱告祂就會原諒了我嗎？我還能再做什麼？我已經禱告過許許多多次，我一點都無法找到祂原諒了我，赦免了我的感覺。那就像一個明白自己犯罪，揹著罪愆卻想改過的人，只有等到判決，給了他該有的懲罰才不再忐忑。

莎拉，我只有在找到了一個贖罪的途徑，確信了祂又接受我，我才能再次到祂面前祈求和禱告。莎拉，我犯了十誡裡**『不可拜偶像』**的罪，我該怎麼辦？妳知道，基督教舊約裡的《十誡》和你們猶太教裡的《十誡》是一樣的，妳們猶太人犯了《十誡》後會怎麼贖罪？告訴我- - -我要怎麼做才能贖罪？」

／他們靜默了下來，莎拉沒有回答，她只是從椅子上站了起來，凝神看了一會兒瑞德，然後她走出瑞德的密室，來到外面的的天臺上。

夕陽的餘暉照耀在莎拉的頭髮上，反射出光暈，像戴在頭上的冠冕，她籠罩在黃昏的光線下，像一尊雕像一動不動的佇立著，寧靜又嚴肅。她緩慢地仰起臉，閉上了眼睛，嘴唇輕微的啟闔著，似乎在細語祈禱。

瑞德在密室裡注視著，慢慢跟隨著也走出到了天臺，站在離莎拉稍遠處的角落，注視著莎拉，但他們都沒有說話。

天邊汎起晚霞，雲彩變成絢麗的朱紅色，莎拉抬起的臉龐照映出輪廓的光影，像油彩繪製的圖畫，蘊育出神奇的美。瑞德怔怔地注視著，然後也抬臉望向天空。

一陣晚風吹來，飄起了莎拉的頭髮，拂在她的面頰上。莎拉輕輕舉手拂開髮梢，緩緩睜開雙眼，她的雙眸閃耀著溫暖的光彩，她緩緩的轉臉面向瑞德：／

....

女孩莎拉（蕭穆而和緩的聲音）：

「瑞德，我想到了一個辦法，如果我說出來你可能覺得太孩子氣和怪異。可是不論你覺得多不合適甚至覺得是不真實的想法，請都不要笑我，因為我是誠心去設想才想到的。我知道它聽起來有點不可思議，但是我確信它不會被上帝嫌棄。」

少年瑞德（急切地音調）：

「哦？---是什麼主意呢？告訴我，快告訴我，不論是什麼主意我都絕不會笑妳，而且說不定我會認為是可行的而且馬上接受！」

／莎拉思索著找尋合適的詞句，她吞了口水，認真地盯著瑞德。／

女孩莎拉（緩慢地開口）：

「瑞德，那是過去很久以前的一個方法，屬於千年以前的一個古老的儀式，大衛王做過，他犯了錯在懺悔禱告後，他去聖殿獻贖罪祭---你知道的，就是獻祭。」

少年瑞德（惶惑地說）：

「獻贖罪祭？古老以色列猶太人的獻祭？噢，是很想不到，它好像是在歷史故事裡的事情。這不是早就消失了的事跡嗎？莎拉，妳真的很特別，會想到這幾千年以前的事。我幾乎要連想到那些聖經故事裡的插畫，穿著袍子的祭司和君王，這好像不在我們的時代裡！莎拉，聖殿不是早已毀壞了嗎？這世界上還有猶太人的祭司和君王嗎？」

女孩莎拉：

「早已沒有了！但我們不是去聖殿獻祭，而是在這裡獻祭，也不要祭司。」

少年瑞德：

「沒有聖壇，沒有神所指定的祭司，我們自己做獻祭？那不是毫不神聖了嗎？我們能做嗎？神會悅納嗎？」

／莎拉走過來拉住瑞德的雙手。／

女孩莎拉（面向著瑞德）：

「瑞德，你會因為一個教堂的建築外表而看重那個教堂嗎？我聽過你述說你的過去，你還會看重那些教會的執事和長老們嗎？他們是神的僕人？他們對抗過邪惡嗎？他們抗拒過希特勒嗎？他們只是拿宗教當職業的一些人，又算做什麼呢？不要祭司，我們直接祈求神的恩典，沒有祭壇，我們自己築起一個。我相信我們的信心是直接對神，我們的獻祭就只是表明我們的虔敬懺悔的一個儀式，我們自己禱告祈求祂鑒查；我們照祂曾經的吩咐做贖罪的獻祭，也不要別人曉得，所以不會有人嘲笑。

瑞德，不要覺得我的提議像一個輕忽的兒戲，我是真心相信能夠做一個起誓，立一個約在我們與上帝之間。沒有聖壇，沒有祭司，只有我們誠心的祈求和禱告，讓祂看見我們從靈魂深處的懺悔，我相信祂會瞭解，祂會接受。

沒有錯，獻祭早已被廢去，似乎不可思議，但是我相信上帝會悅納我們的獻祭，因為我們是誠心的。在這個邪惡的世界上，當還有兩個尋求公義的人向祂獻祭，千年之後的重啟，祂必定會看見和悅納，也許祂還會興起我們！」

／莎拉更急切的敘說：／

「瑞德，想一想，我真的相信這和只是做禱告不一樣；我們在獻祭的時候仍然懇切祈禱，而不只是做一個儀式；這是我們願意付出更多的代價，更全心全意的懺悔，好祈求祂的赦免。

瑞德，我知道我們屬於不同的宗教，可是我們相信同一個神。不要輕看我們猶太人千年以前的燔祭，不要嘲笑我們的儀

式；讓我們在神面前做一次古老的燔祭，我相信祂不是只看我們的所做，祂更看重我們的內心，因爲祂將用公義判別我們；我們這麼誠實的祈求祂，祂必定會傾聽，好嗎，瑞德？」

／少年瑞德沉思不語，似乎不能接受這個主意。

一會兒後他笑了起來。／

少年瑞德（帶著笑意）：

「莎拉，爲什麼妳會想到這個主意？也許只有妳這個還沒有長大的小孩才會夢想到這個奇怪的主意！」

女孩莎拉（惱怒的聲音腔調）：

「說過不准笑我，我不喜歡你再輕看我的年紀！」

／瑞德不理會莎拉的抗議，專注思索著繼續說：／

少年瑞德（沉吟著，一遍又一遍的眺望遠處，又收回目光望著莎拉）：

「莎拉，我沒有因爲年齡輕看妳。相反的，也許只有不受那些成年人的條條框框限制的幼年才能看見眞理。莎拉，知道妳在建議什麼嗎？想一想，耶路撒冷的聖殿已經被毀，千百年來不再有人獻祭！而在我們現在腳下的這片中國的土地上從來沒有過一個人向我們所信仰的神做過獻祭！

／瑞德開始帶著一種激動／

「沒有，一次都沒有，一個人也沒有；千百年來從沒有在這塊大地上發生過這樣的事！所有的信徒都只是用口禱告！莎拉，如果我們在這裡做獻祭，那將會是創世以來的初次，是在這充滿災難苦痛的時刻奉祂的名的第一次！我幾乎看見它是多麼宏偉神聖！我好像看到摩西上西奈山上去見神的時刻，那是永世被傳講的榮耀！我知道完全不一樣，我們無法比，更不能僭越的去想，但是我完全明白了，這會是我爲我的罪求赦免唯一的途徑，我願意全心全意的俯伏在耶和華的面前，獻上贖罪的祭，祈求祂的赦免！。

／瑞德望著莎拉的眼神漸漸發光。／

少年瑞德：

「我越思想越感覺那不是一個普通的意念，那簡直是一個從天而來的偉大呼召！因爲神若觀望宇宙，在祂所創造的這片土地上，那一天竟會有兩個人虔敬地奉祂的名擺上獻祭；祂必不會

輕看！我們的獻祭必會被我們的神所矚目！

莎拉，除了我的父母之外，你是唯一真心關懷我的人。而妳比我還小，妳卻那麼有智慧！莎拉，我願意做獻祭，讓我們認真去想一下經文，到底我們該怎麼做。

我會盡心盡意付出一切去尋找合適的祭品！莎拉，妳有一種力量，是我今天才看到的，陪我做獻祭，我今後願意為妳做一切！我喜愛妳，妳這個猶太女孩。妳所具有的智慧和高貴我已經很久都沒有尋覓到了！莎拉，妳是我的珍寶，如同一位公主！在我獻祭完後，潔淨的我將起來做一個戰將，征服邪惡，建立一個新的國度！而且妳要承受我的國度，我是為妳建立的，好嗎？」

女孩莎拉（靦腆地微笑著）：

「喔？瑞德，好啊，我願意陪你一起建立一個新的國度！」

／瑞德忽然笑得像一個開懷的小孩。／

少年瑞德（滿臉喜悅的表情）：

「為什麼我突然那麼開心？我不再孤單寂寞了！除了街頭無依無靠的孩子們和危險的工作外；我沒有任何可以關懷的事，沒有一個朋友！沒有人分享我的夢，不會有人相信我的心願；我也從未對人訴說過！妳來了，妳是聰慧和美好，我要把一切都只是為妳，我要為妳建立一個國度，一個妳我共享的國家，在裡面我們分享歡樂，它是一個歡欣的樂園，只有善良的人才能進來，我們一起建立！」

女孩莎拉（快樂的）：

「好的，我們一起建立！」

／瑞德開懷的傻傻地笑了起來。／

少年瑞德（歡喜興奮地高聲訴說）：

「莎拉，妳是我尋找的公主，我的一切！知道嗎？我愛寫詩，我想能夠像你們猶太人的大衛王一樣，做一個勇士又還是是一個詩人！讓我為你寫一首詩，讓我敘說一個勇士把一切都獻給他的公主，而且有一天他也會做王！

莎拉，我會準備獻祭的用品，不再拖延，就在三天後好嗎？獻祭的時間不能太早，天還明亮的時候冒的煙會吸引注

意，不能太晚，天暗後樓頂的火光也會讓人看到。最好就像現在這樣的黃昏。莎拉，我在跟隨妳送完字條後立刻就到這裡，這三天我會禁食和靜默自己，不說粗魯愚妄的話語，求我們的神看見我的誠實，和我一心的懺悔。

莎拉，陪伴我，給我勇氣，求妳回家後每天為我禱告直到獻祭那日，有妳在旁邊我又有了信心，妳是神差遣給我的天使，帶我回到神的家裡，重新潔淨我，讓我回到從前那個心中的我！」

／莎拉把手搭在瑞德的肩膀，凝視著瑞德。他們面對面的互視，眼睛都發出亮光。／

女孩莎拉（恬靜地輕聲細語）：

「這是第一次有人告訴我說，我是他的公主。就讓我們活在童話故事裡一次，我有一個勇士，他喜愛我，他保護我，要獻給我一個國度；我也喜愛他，我陪伴他，有一天我們要一起建立一個嶄新的世界，在那裡歡樂的生活！」

少年瑞德（歡快地敘說）：

「啊！我多麼興奮！我以為我沒有辦法再去愛人了，我甚至無法相信還會有愛，直到現在我看見了妳。- - -*別被嚇到*，那不是普通的戀愛，那是我願意相信一個人，保護一個人，甚至為那個人付出一切的心願。那使我的心又柔和溫暖，卻同時充滿一種力量，那是一種我相信就是愛的感覺。我很愛妳，妳是我所深深眷戀的小女生，我願意侍奉的公主！我又學會了愛，將來我還是可以愛人的了，這種感覺是多麼美妙幸福啊！」

／兩個人第一次彼此擁抱，莎拉把頭埋在瑞德的胸口，瑞德緊緊抱住莎拉的後背，不發一言，沉醉在對未來的希望和夢想裡。

／燈光漸暗，兩個擁抱的身影漸漸模糊，舞臺的大幕緩緩落下。／

>>

---第卅七篇結束---

第卅八篇 黃昏的獻祭

獻上古老燔祭

-布幔緩緩拉開-

〔**舞臺**〕：／在瑞德藏匿密室的高樓頂上，雜物堆積的一處空出的平臺上。舞臺上方的頂燈以柔和的黃色照向下方的舞臺／

〔**佈景**〕：／背景屏幕牆面投影出從高樓上眺望夕陽西下的景觀。在那座高樓屋頂的天臺上，瑞德正在距離他的密室旁邊幾尺處，用石頭和泥土築起了一座小小的祭壇。旁邊擺放著一捆木柴，還有一個紙包。／

-開演-

／莎拉緩緩走上舞臺，看著築壇工作中的瑞德，輕聲招呼：／

>>

女孩莎拉：

「瑞德，你比我還早，怎麼這麼快就到了？」

少年瑞德（抬頭看莎拉，擦了一下臉上的汗，拿出一張紙片）

「嗨，莎拉，我迫不及待了！我從三天前起就只喝水，沒有吃過任何東西，我有些飢餓，可是心裡充滿興奮和歡喜。今天早上我盡量的洗乾淨了自己，我求神看見我虛心虔敬的來到祂面前。莎拉，我寫了一首詩做我的祈禱文在這片紙上，妳替我向上帝祈禱好嗎？」

女孩莎拉（接過紙片，拿出一塊頭巾）：

「瑞德，為什麼你不自己念你的禱文呢？」

少年瑞德（低垂下頭，又抬起來望著莎拉）：

「*莎拉*- - -莎拉，我覺得妳比我純淨美好，我知道妳會為我討上帝的喜悅。妳為我像祭司那樣祝禱，當我覺得上帝不再對我掩面的時候我再自己祈禱，好嗎？」

女孩莎拉（嘆了一口氣）：

「好吧，讓我先蒙頭，我想先自己祈禱，再念你的祈禱文，可

以嗎？」

／莎拉用頭巾蒙住頭髮，包紮好：／

「我不知道祭司怎麼祈禱，我們就用我們最誠實的心意禱告，用毫不虛假的話語來禱告好嗎？那麼讓我們一起跪下俯伏……」

....

／柔和的光線直射在剛築起的小小的土石祭壇上，瑞德拿起木柴整齊勻稱的疊架在祭壇上，然後他從木架的下面點起火種，火苗漸漸的燃起。

／他又點起兩根新的蠟燭，交給莎拉一支，自己手握一支，在新築起的祭壇前兩人跪下，手捧蠟燭仰臉望向天際。／

〔配音〕：／遠處傳來如天籟的詩歌音樂，莎拉睜大眼睛仰面望向天空：／

....

女孩莎拉（輕聲的祈禱）：

「亞伯拉罕的神，以色列的神，中國信徒的神，還有世界上所有尊你名為聖的人的神；耶和華你的名是配得讚頌的，因為你行使公義，庇護良善的人，是鑒察人心的神！你說過憂傷痛悔的心你必不輕看，你應許人若誠心認自己的罪並且悔改，他的罪必被赦免，除去他一切的不義，因為你與心靈痛悔的人同在，使他成為潔淨的人！

今天求你垂憐一個少年的人，他尋求你的國、你的義，他犯錯是因為在苦難中未得安慰，受了試探。他犯錯不是因為存心，而是不夠智慧，避不開那誘惑的臨到。他現在痛心甦醒，回轉來歸向你，求你的原諒，求你的赦免！他的懺悔是真誠可被查驗，他的懺悔不是一時而是永久！他不懂為什麼他要如此遭遇，為什麼苦難要臨到他的身上，他並不知道；但你必會加增他的智慧，使他有一天會明瞭。

我的神啊！這世上有太多的我們不明白的事，我們看不見明日，我們不知道前方，求你從天上指引。我們若是為義受逼迫，有一天你必會擦去我們的眼淚！我們現今到你面前，看見你的榮耀，求你使我們在你眼前蒙福，讓我們省察自己的過錯，求你賜我們明白的心和智慧的口，訴說我們的祈禱。」

我所仰望的神！我們處身在黑暗的籠罩，
周遭充斥著恐怖與野蠻殘暴；
但是我們的神，你又讓我們望見那曙光，
激發我們一無畏懼的勇氣！
求你不丟棄我們，看顧我們，興起我們；
讓我們越是在困乏的環境中越興起對美好的憧憬；
越處在煉獄般的煎熬中卻越追求人性的良善；
愈受苦難的壓迫卻愈能放膽做大無畏的追求！
使我們在卑微的地位中保有聖潔的情懷，
讓我們在亂世中得以洗煉出純淨的靈魂，
令我們在磨難中持守鍛造出真正的強大，
毀損方得造就，
汙染方求潔淨，
熬煉方成器皿！
你讓我們的希望在歡欣中發現，也在絕望中升起；
求你的恩典不離開我們，在施恩的寶座上給我們祝福！
在榮耀的寶座上滿有慈愛、大能的耶和華我們的神，
求你堅定我們的心願，
讓我們相信今天是重新的開始，使我們不再有謊言，
不再行狡詐，
不再只為自己，而是遵行你的旨意，做公義聖潔的人。
我們今天獻祭，雖然我們不配，但是求你察看我們的內心，
悅納我們的心願，赦免我們的罪愆，
好使我們重新回轉到你的面前做你的兒女。

我們現在求告並奉你神聖的名，擺上我們的心願，
求你的同在，獻上我們贖罪的燔祭。」

／莎拉望向瑞德，瑞德放下蠟燭，打開紙包，取出一塊洗淨的牛肉，捧起乾淨的祭物牛肉，虔敬的望向天空默默的祈禱：

「求我主，天上的父分別為聖。」

／然後他把肉平放在已經興旺的祭壇木柴烈焰上。看著祭物在火焰中焚燒，滴出一滴一滴的油脂，燃燒化成一股股青烟繚繞著向上升起，馨香的氣息慢慢的散溢開。

／兩人重新捧起蠟燭，跪下默默祈禱，莎拉輕輕合上眼，心裡慢慢與瑞德融合，她無聲地向神祈禱。

「悅納我們吧。」

．．．

／然後她轉向瑞德。／

女孩莎拉（輕聲開口）：

「瑞德，讓我們一起在祭壇前背誦我們準備好的一段經文做我們的禱告，就是詩篇第23篇，我用希伯來文，你用中文，好嗎？」

少年瑞德（輕輕點頭）：

「好的，我們一起用詩歌做我們的禱告。」

／莎拉和瑞德輕輕地齊聲用不同的語言背誦／

「耶和華是我的牧者，我必不至缺乏。

祂使我躺臥在青草地上，領我在可安歇的水邊。

祂使我的靈魂甦醒，為自己的名引導我走義路。

我雖行過死蔭的幽谷，也不怕遭害；因為你與我同在。

你的杖、你的竿、都安慰我。

在我的敵人面前、你為我擺設宴席。你用油膏了我的頭，
使我福杯滿溢。

我一生、一世必有恩惠慈愛隨著我。
我且要住在耶和華的殿中，直到永遠。」

．．．

〔**舞臺場景**〕：／祭品在火中漸漸燒盡，燃燒油脂的青煙裊裊飄向高空，漸漸消散。他們依舊靜穆的跪在祭壇前，瑞德開始輕輕重新背誦「耶和華是我的牧者，我必不至缺乏……」背誦完後，他開始輕聲唱起他仍然記得的〈詩篇第23篇〉

〔**配音**〕：／中國黃梅古調的唱法，那腔調古老而合適中國民間，那古調的一首聖詩，詩歌的聲音由小而大，最後從天邊傳來中國古調的大合唱。聲響直穿過雲霄。／

「*耶和華是我的牧者，我必不至缺乏……*」

／歌聲在莊嚴肅穆中結束。／

···

／莎拉心中明瞭聽懂，她用希伯來語背誦同一首詩篇，然後莎拉輕輕的唱著一首苦難中安慰的詩歌，並且禱告：／

〔**配樂**〕：「**Panis Angelicus – 天使的麵包**」

莎拉的祈禱：「如同老園丁給了瑞德食物，天使的麵包賜給了所有的人，最貧困的人，最低微的人，那做人僕從的卑微的人！它飽足了我們所有的需要，是從天而賜的麵包。

···

瑞德仍然閉目雙膝跪著，在莎拉的歌聲中一動不動仿佛睡著了般，均勻靜悄的呼吸著。晚霞的陽光從雲際穿透照射下來，瑞德的臉面似乎映照出一種光輝，光亮而莊嚴。他心中懺悔淚流滿面祈求赦罪。／

當莎拉的歌聲止息，瑞德緩緩睜開了雙眼，他的眼睛放出光輝；他環顧四周，然後望著莎拉，他開口但聲音虔誠地輕微顫抖：／

少年瑞德（聲音輕輕顫慄著）：

「*莎拉，我看見一個異象！*」

女孩莎拉（訝異的睜大了眼睛）：

「*你看到異象？就是剛才嗎？快告訴我，你看見了什麼？*」

少年瑞德（神色莊重而聲音有些許因為感動而顫慄）：

「*莎拉，我經歷了我從來沒有想到的事！像是一個夢，可是卻是千真萬確的實在。讓我告訴妳那個異象，它深深震動我，那*

是我從來沒有經歷過的事！

在妳的歌聲中我仿佛睡著了，但是我真實地看見了一個景象。我與我的孩子們在我們那躲藏的破舊倉庫裡，望見周圍出現了沙漠、駱駝、羊群……牠們環繞在房子四周。有狂風在屋外呼嘯，還有獅子狼群從遠處咆哮靠近。我的孩子們驚慌害怕，我告訴他們不要怕，我要出去觀察，關上門，等我回來。

我走出房子，見到周圍都是荒野，只有一條路通向我們現在的樓房，它今天獨自矗立在野地裡。我想過來上到屋頂，到我的小窩，我的天地。而這條路竟變為泥濘不堪，佈滿碎石淫泥。我走著，天色昏暗，濃雲密佈，有亂風颳起。忽然有一個巨大的頭顱顯現在黑暗的雲層下端，它是一張褐色的臉孔，有一雙巨大的眼睛垂視著我，我仰首望見它頭上有兩隻如牛犢般的犄角，然後它的身體顯現，是一襲紫色的長袍從頭顱下直鋪到地面，整個擋在我要前行的路上。

我又看見在它袍底的地面上，四個角落各站著一個軍士，一個是手握短劍的羅馬兵丁，一個是持槍帶著高帽胸前白色布條交叉的歐洲兵士，還有一個是穿著現代軍服的軍人，另一個在它身後的我看不清楚制服。他們環繞在它的腳邊，全然擋住了我的去路，使我不能前行。

我必須走過，我必需要到樓頂我的地方，我立定在這大活物面前，抬頭與它對視。它的犄角與紫袍使我想到撒旦，我正在躊躇，忽然一句聖經金句閃在我的腦海；我凝視著它，對它大聲喊著：「*神說我必與你同在！*」然後立即有一股溫暖的熱流湧進我心靈，流遍我全身，使我充滿感動和無限的勇氣；我跨前一步，繼續喊著：「*神說我必與你同在！*」我心裡情不自禁地充滿了信靠，確信神已經看顧我，祂與我同行，祂是勝過一切的萬軍之耶和華！我必靠祂得勝！我直直的向那紫袍的活物走去，每一步都大聲朗誦著我曾經誦讀過千遍的金句：「*神說我必與你同在！*」而每一遍的朗誦都使我渾身發熱膨脹，充滿勇氣和力量，因為知道那給我信心依靠的已經傍著我了！

就在走近到它身前時，忽然四個軍士各向他們前面的方向筆直倒下，然後紫袍消失，只剩下空中褐色頭顱最後向我看了一眼，就消失了！天空突然綻放光亮！

我心裡有一種說不出的得勝的喜悅，一種力量湧入我的靈魂，它奔流到我全身使我樂極到大聲歡呼，那種喜樂滿溢使我相信神已經與我同在，祂又應允了祂曾給我的應許！信心充滿在我胸間，我從來沒有那麼歡樂和不再懼怕，我不停的朗誦著那句金句向前行，沒有一刻停下，就在走到那紫袍活物曾站立的那處地面，突然上面的雲層散開一個缺口，有一道金色的光芒從那裡照射下來，我向前走進那金色的光束裡，我佇立昂首對著光舉目，我看到燦爛祥和的天空，那和煦的光芒灑下籠罩我全身，我享受到從未有過的平安滿足，有一種從未曾有過的溫馨洋溢在我的胸懷，我被聖靈感動到充滿喜樂和平靜，那一刻我確信了神的同在！

　　然後我醒來，聽見妳最後的一句歌聲。我必須告訴妳我看見的異象。莎拉，我相信祂赦免我了！我相信祂悅納了我的懺悔和祈求，我確知祂仍然愛我！祂給了我異象做見證，祂收回了我，我現在願意為祂獻上一切，包括祂所賜的生命！

　　莎拉，我確知了生命的意義，我懂了一句話：**「*生命溢流枯竭就是生長，一滴不流不是保有乃是死亡。*」**

　　我失去那麼多，但其實都是生長和獲得更多的豐富。我確信了祂的存在，祂看顧每一個祂的兒女，包括我那陷入苦難的爸媽，爸媽必被看顧和一切都有祂的旨意。我們走的每一步路祂都在旁邊，苦難中也不離棄，我將永遠不再猶疑彷徨！」

··

／瑞德站起來，向天空舉起手臂，回轉頭注視著莎拉：／

少年瑞德：

　　「*莎拉，妳信不信我們一定會打敗法西斯日本和德國？*」

女孩莎拉：

　　「*當然相信！*」

少年瑞德：

　　「莎拉，妳知道嗎？我不但確信，而且計劃著我們勝利後我要做什麼。知道嗎？我照顧的街頭孤兒將成為我的軍隊，一個少年義勇軍，勝利後他們會成為一個巨大的力量！我心裡常常安排著他們未來的職務，我的隊長，和我的將軍。我要建立一個

新的天地，由我指揮，領導；在我的世界裡每一個人都會被公平的對待，否則少年義勇軍騎兵隊的號角就會響起，我的人馬就會出現在那裡，拔掉所有仗勢欺人的，作威作福的，邪惡和勾結腐敗官員的，妳相信我會建立一個新的國度嗎？」

女孩莎拉：

「*信*！你們中國人一定會建立一個新中國，我們猶太人必定復興也將重建以色列！」

少年瑞德（緊緊盯著莎拉）：

「我是問，妳相信我會得到我的世界，建立我的國家嗎？- - -如果我建立了我的國家，妳會願意來嗎？」

／莎拉從祭壇前站了起來，伸出手搭在瑞德肩膀上。／

女孩莎拉（熱烈激昂地說）：

「啊，瑞德，會的！我確鑿的相信你會！到那個時候不論我在那裡，我都會飛奔而來！」

少年瑞德（把手放在莎拉搭在他肩上的手，也站了起來）：

「好，妳一定要來！我會請求你們猶太人將來必然會要新建立的國家以色列派妳到我的國家當大使。就這樣確定了！我們將來一定是照這樣安排：我會隆重的迎接妳，放響所有的禮炮，從空中撒下漫天的彩紙，人群會興奮的歡呼，比所有的歷史場面都更偉大，因為我們建立了新的國度！

莎拉，妳是我的貴賓，將會穿著長紗的禮服走上地毯，軍樂隊吹奏著迎賓的號角，我會穿上筆挺的掛著勳章的戎裝在地毯的另一邊張開手臂準備迎接擁抱妳！莎拉，為了這一切，我會全力的奮鬥！為了那一天我們可以脫下現在穿的破衣，換上美好的讓人羨慕的禮服。莎拉，我會不顧一切的拼鬥去得到我的國家；會有這一天，相信我！」

／兩人的手互相搭在對方的肩膀上，然後他們放下，靠近，一動不動的擁抱在一起。／

〔配音〕：／音樂響起，主題曲之一〈獻祭的禱文〉合唱響起……／

「讓我們越是在困乏的環境中越興起對美好的憧憬；

越處在煉獄般的煎熬中卻越追求人性的良善；

愈受苦難的壓迫卻愈能放膽做大無畏的追求！
使我們在卑微的地位中保有聖潔的情懷，
讓我們在亂世中得以洗煉出純淨的靈魂，
令我們在磨難中持守鍛造出真正的強大！

>>>

〔舞臺〕：／大幕從舞臺上方落下，帷幕從舞臺兩側緩慢合攏。／

---第卅八篇結束---

第卅九篇　夜裡的國王

-序幕-

〔**舞臺**〕：／上海的街景。舞臺背景屏幕墙上投影《上海猶太人紀事報》所在的街景，一些猶太人進到報社買報紙，然後拿著報紙走出來。

莎拉拿著一份報紙從報社大門走了出來，向舞臺右側走去。走了兩步，瑞德出現在她前方（舞臺的更右側），莎拉綻放出笑容，平靜的跟上去，兩人走到舞臺右角時，看見瑞德舉起右手，食指指向天空，那是他們的暗號，去到屋頂的密室……舞臺上方大燈漸暗……

／一束聚光燈投射在莎拉和瑞德兩人身上。舞臺燈光漸亮，模糊的背景慢慢清晰，那是在屋頂的瑞德的密室。／

／瑞德倒了一杯水給莎拉，然後拿起自己的水杯，歡樂興奮的開始講敘：／

⋯⋯⋯⋯⋯⋯⋯⋯⋯⋯⋯⋯⋯⋯⋯⋯⋯⋯⋯⋯⋯⋯⋯⋯⋯⋯⋯⋯⋯⋯⋯⋯⋯⋯⋯⋯⋯⋯⋯

少年瑞德的敘述：

「莎拉，我迫切的想見妳，因爲我要告訴妳一個故事，因爲又有一件眞實的見證發生在我身上，我必須馬上告訴妳。

莎拉，就在我們在屋頂上獻祭的第二天的下午，當我跟從妳執行妳的任務，看妳回到家之後，我跑到火車站，溜上了火車，一直坐到那個郊外的小站，那時天已經黃昏，我下了火車後跑過小鎮，奔向我父母親曾經帶我去過的附近山坡，那裡景色優美，我們一家曾經在山坡上的草原野餐，父親拉胡琴，母親唱起優美的老歌，和頌讚的詩歌。

日本兵夜裡不敢出到郊外，怕暗中的報復；我因此上到山坡，想看山上夜裡的星光燦爛，那裡我的手可以接觸到天際。

我靜坐著回憶，回想一切曾有過的歡樂時光，直到夕陽西下，晚霞的光芒如同我們獻祭時在屋頂上的所見，那麼燦爛，那麼光芒；直到天完全黑暗，星星逐漸亮出顯現在天際……知道嗎？跟城市裡不同，郊外夜裡的山上，妳看到的不是黑暗的

天空，而是像整個宇宙向妳展開，每一顆星星都大的像鑽石，明亮而且閃爍在漆黑的天幕，無窮無盡！

我站起仰望星空，舉起手臂向上升起，慢慢地覺得草地在我腳下縮小，我不停的伸展，上升，直到雙手仿佛觸摸到了穹蒼的頂空，我看得到好遠好遠，那夜色下一片起伏的山巒。

晚風拂過，我看見樹木向我彎腰，草原向我俯伏；我向周圍輕輕地俯身答禮，像一個王者看著他的臣民，接受他們的致意，我相信這裡是我的天地，我和這一切融合在一起，不再慌亂，不再有雜念，只有平靜安詳，和深深的撫慰。

我坐下輕聲唱起一首讚美詩，祈求上帝聽見，因為回想起那前一個傍晚的獻祭和異象，我相信神已經與我和好了，祂重新悅納了我，所以我跪下開始禱告，祈求上帝保佑我的父母，不管他們現在身在那裡，求神與他們同在。

禱告間我忽然衝動流淚，渴盼到渾身顫慄，內心激動的求神讓我看見我的母親，給我一個奇蹟，只要看見母親一次，我會確信上帝的慈愛，祂的一切公義；我會願意投身於祂，為祂做工，即使奉獻我的生命也在所不惜！

閉目禱告後，我漸漸地睡著了。在迷濛中，我感覺仿佛處身處在一個黑暗的空間，但是忽然間我看見左方的遠處有一個白色的形象，那是一個白色的圓圈，連接著下面一個方形的白色，像頭和肩膀。我伸過臉去想觀看清楚那是什麼。忽然間它已經來到我身上，一片強烈的白色亮光籠罩了我，那光亮超過閃電，是如此的炫目強烈並且有一種能力在裡面，我的額頭和身體都受到一股溫暖但強而有力的壓制使我無法坐著而被推的向後倒下，我平躺在地面上直視著那光，它比正午的太陽還強烈，如果是用肉眼看我必會因為刺目而被照瞎；但我雖閉目卻感覺見到的非常清楚，我逐漸看見光亮裡面顯現了一個如同鉛筆繪畫的臉孔，我看清楚了，那是多久以前母親懷抱我時我仰望的臉孔，她平靜慈祥卻不發一言的俯視著我，我狂歡驚喜的叫喊：「媽！媽！」……然後我驚醒了。

我睜開了眼睛，周遭仍是黑暗的夜裡。我重新回想那一幕。我有一股說不出的悲痛又參合著喜樂。我懂得母親已經走了，她不在人世，她在金色光茫的天國裡，她不是在陰風慘慘

的陰間，她已經進了天國。我確信是天使，甚或是神的使者伴著她來向我顯現，因爲那光是那麼絢爛神聖又有能力在其中，我甚至不能在他前面坐立，必須俯伏或躺下。

神必定是因著聽了我的禱告，祂帶著我的母親來顯現，來看我！祂是聽禱告的神，我今天一整天都時刻在流淚又欣喜，因爲母親已經走了，但是她是在平安的天國裡，我不再憂慮，我的父親必也在那裡！！

莎拉，我不再憂愁牽掛，我的生命已經交給了上帝，我現在沒有苦痛和憤怒了，因爲眞的有神在看顧，那就必定有公義的審判在生命的終了臨到我們。我現在羨慕到祂那裡去，那裡是光明燦爛的地方，不再有一絲黑暗，祂已經勝過邪惡，我想去那裡陪伴我的母親，神既然聽了我的禱告就必然不會丟棄我，我犯了那麼多罪，我祈求我所信仰的基督寶血洗淨我。

莎拉，繼續禱告，妳我所信仰的眞神耶和華是又眞又活的，我向妳做見證。

我曾唱過一首教會的詩歌，當時不懂，只是唱著，但今天我全領受了，那歌詞是：

估量生命的原則，以失不是以得；
不視飲酒幾多，乃視傾酒幾何。
誰苦受的最深，最有可以給人；
誰待自己最苛，最易爲神選擇；
誰傷自己最狠，最能擦人眼淚；
誰不熟練損失剝奪，誰就成爲響鑼鳴鈸；
誰受傷最深，最易爲神所用；
誰能拯救自己，誰就不能樂極；
因爲愛的最大能力，乃是愛的捨棄；
所以生命溢流枯竭就是生長，
一滴不流不是保有乃是死亡！

⋯⋯⋯

莎拉，我將建立一個國度，不是爲成爲高傲顯貴的國王，
而是想擦人的眼淚，讓誰都可以近前來，傾訴他們的苦痛。

我一無所有，除了屋頂堆雜物的地方的一個小窩。

那些走著順境坦途的人將來可以炫耀學業事業的成就，

我卻已經失學多年，未來可能只是未受完整教育的卑微程度；

可是我眞正學到很多，用失去的人生換得生命的成長。

我將可能流浪江湖，不會在現實世界裡受人尊重羨慕；

但我已遍閱人生的艱難苦痛。不再羨慕那些虛浮；

因爲它不過給人炫耀的外衣，浸淫在自以爲是的滿足歡樂裡；

他們的舞臺框框太小，他們的人生境界不夠。

他們眼睛向上抬起漠視周遭的不幸，

閉目不見身旁的不公不義，

只看自己的利益走最容易走的道路，

不堅持公義卻順應現實與邪惡妥協，

選擇易走的道路，

所以避開那險境，

不遭遇多少挫折危難，

跟隨在大家都走的平坦的大路上，

無需陷入荊棘和疑惑，

所以人生簡易和通達；

他們因此高傲，嘲笑未跟隨他們而陷入逆境者，

因爲發覺道路是可以如此輕易便獲得世俗的成功！

竟然有人不懂，無知的自尋慘痛，

他們的輕鬆歡樂對比別人的逆境苦楚，

他們的高談闊論膚淺有如喧囂的銅鑼；

我知道對比他們在世上我是如此失敗困頓，

接連失去到一無所有，

可是我換得生命的豐富，

靈魂的甦醒；

因此我寧願更寶貴我現在的擁有！

莎拉，我現在懂得了我祖父教我的一段中國格言：

「故天將降大任於斯人也，必先苦其心志，勞其筋骨，餓其體膚，
空乏其身，行拂亂其所為，所以動心忍性，增益其所不能。」

它的意思是：

所以，上天要下達重大使命給這個人，一定要先使他的內心痛苦，使他
的筋骨勞累，使他的身體飢饉，使他身受貧困的苦痛，所行的事不順利，使
他所做的事情顛倒錯亂。通過那些來使他的內心警覺，使他的性格堅定，增
加他不具備的才能。

是的，只有熬煉過的人才能洞察人性和練就性格，也許他走過所有的
荊棘叢林，歷經一切的坎坷困頓，渾身都是失敗苦楚的傷痕，受盡了冷漠鄙
視，他才瞭然了世間的虛偽，洞悉了人性的虛假，看清了那一切無意義的空
幻，清醒了智慧，發掘了他生命的價值和真正的追尋，並且那目標融入他的
靈魂，不再只是一個虛浮的想法，於是他能守住孤獨，不再受人群利益的誘
惑，而能放下一切跟隨一個呼召，抱定目標用他的一生做一件他願意堅守的
任務，如同我們中國歷史上的民族英雄范仲淹和許多從荊棘中掙扎出來的拯
救國家的偉大人物- - -噢，妳不會知道他們，那麼就用美國歷史上曾有的總統
林肯來說明吧，在一切艱困後，他才能扛起偉大的責任。

那些一路順遂，讀書求學從名校出來的人卻以為他們自己已經具備了才
華，通曉智慧，他們其實只不過披上了高等學歷的外袍，裡面卻是赤裸裸的
無知，膚淺空洞卻產生了極度的優越感，恣意輕狂的睥睨周遭一切不如他們
或不幸的人，他們容易被當作是社會的菁英，站到社會的上層，甚至被扶植
當上了領導，然而最後往往東倒西歪如同醉酒的人，帶領著國家陷入災難！

所以我不遺憾我的遭遇，如果我就照著我原來的環境長大，我會以為喬
治牧師和教會的長老都是聖人，教友都是好人，而小薇的母親則是最親切慈
善的人！我不會領受到老園丁的盛餐，我不會知道小龍家庭的悲苦，我會成
為有眼卻看不見，有耳卻聽不見；我會被一切眼目所見的表象矇蔽而成為全
然無知的人，我將無法帶領我的少年先鋒隊！

我既有時懷念那過去純真的我，又忽然輕蔑的發現那是多麼無知膚淺的
我！

相信我，這些經歷使我因此獲得我原來不可能得到的能力，未來必定有
一件重要的使命等待我去完成，我幾乎想做一個命運的主宰者，一個國家的

領導人！」

....

少年瑞德（緩了一口氣，喝了一口水後繼續述說）：

「莎拉，妳是我這一生交到的最寶貴的朋友，讓我告訴妳我的一個夢想。在郊外的山坡上，在城市裡的屋頂上，在我自己的世界裡，我是一個俠客，一個騎兵隊長，每當最危險的時候，我會出現像一個救援者。

當一個難民的船隊在河流上航行遇到土匪的時候，匪徒們正衝出要劫掠難民，難民們正絕望的時刻，忽然一聲號角響起，我會率領著我的少年騎兵隊從河畔衝出，騎兵隊的馬蹄踏進河裡濺起水花，難民們掀起歡呼，土匪四散逃竄、投降；我騎在馬上，押解著土匪頭目，慢慢涉水騎到領隊的大船邊，船上的人都抱拳感激的向我行禮，我揮手向他們回禮，把一隻哨笛遞給大船上的領袖- - -啊，那是我的父親和祖父，他們一起站在船頭驚訝鄭重地望著我，我告訴他們，不要怕，任何時候你們遇到危險，就吹響這隻哨笛，你們就會聽見號角響起，少年騎兵隊的駿馬就會衝鋒而來，打敗你們的仇敵，你們就可以平平安安的向前航去，記住我的話語，我會永遠守護你們這些善良的老百姓！

莎拉，每當黃昏我登上屋頂俯瞰底下的世界，幻想一天我統治了他們。我將會是一個高貴的國君，統治我的臣民，像大衛王，像所羅門王，或像千百年前中國曾有的賢明君主。是的，有一天，我會是統治者，治理我的家鄉。

那時候將*陽光燦爛，草原生長*；善良的人們快樂的居住著，而我會保護他們每一個人。

我會是一個俠客，所有的不平我將都管；要人間不再有欺壓和不義。

我會是一個戰將，一個統帥軍隊的將軍，打敗所有殘暴邪惡的力量！

莎拉，我們中國一定會打敗日本！而你們猶太人一定將會擺脫納粹

魔掌，擁有一個屬於自己的國家。我相信一定會實現！

到那時候，我會是一個總統，治理我的國家；還會出兵攻打每一個侵略別的國家的軍隊。那時候妳們猶太人的國家以色列已經建立，我會要求他們派妳到我的國家當大使，我會在我的宮殿裡迎接妳！」

....

女孩莎拉： *「你真的會得到你的國家？」*
少年瑞德： *「一定會！」*

女孩莎拉：「那我會飛奔而來！」

少年瑞德（像朗誦詩歌般大聲地對著莎拉訴說）：

「那時我將率領我的衛隊迎接妳，宮殿的臺階會鋪上紅地毯歡迎妳！莎拉，我要妳做一個貴族，一個公主，一個王后。」

／瑞德頓了一下，用強烈的語氣說：／

「莎拉，妳要君王，我就征戰；妳要奴僕，我就俯伏！

永遠記住：妳認識一個王者，一個戰將，他什麼都不懼怕，

一個無所畏懼的男子！但他深願為你獻上一切！」

／瑞德停頓，直視著莎拉，換了溫和的語氣：／

「莎拉，妳願意陪我去我祕密的國家嗎？就是我說的那座沒有人去的山坡？那裡遠離城市的燈火，在一片漆黑中，星星比任何一顆鑽石都大、都亮！它們佈滿整個天空；你會發現整個凡俗的世界都與妳遠離了！只剩平靜和美好。你可以暫時忘掉血腥黑暗的地上，你活在一個平和安靜的天地裡，妳可以去嗎？」

女孩莎拉：「我怕我的爸媽絕不會讓我晚上出去，他們會耽心極了！」

少年瑞德：「哦，我瞭解；多麼可惜！但有一天我一定會帶妳去分享那個天地。」

／莎拉抬頭望了一下夕陽。／

女孩莎拉：「哎，不早了，我得回去了。」

／莎拉低頭摸了一下口袋，瑞德怔怔地望著莎拉，低聲呼喚：／

少年瑞德（輕聲呼喚）：

「莎拉……」

女孩莎拉（轉目看著瑞德的臉）：

「什麼事？」

少年瑞德（聲音充滿感情）：

「謝謝妳聽我的故事，妳相信我所說的話嗎？」

女孩莎拉（凝視著瑞德的臉）：

「我用我全身心和我的靈魂相信你。」

　　　　　／瑞德走過去牽起莎拉的手。／

少年瑞德：

　　「走！讓我送妳走下樓。」

　　／莎拉沒有拒絕，她讓瑞德握住她的手，直到小心的走到
　　樓梯最後一階，瑞德鬆開她的手，但是跟在她不遠的背
　　後，直到她快要到家。瑞德停住，莎拉慢慢走遠，瑞望著
　　她的背影，輕聲喊著：／

少年瑞德（激情但壓低聲音地喊著）：

　　「莎拉，有一天我要妳成爲一個王后！」

　　／莎拉腳步稍停，沒有回頭，臉上浮起一抹會心的微笑。
　　　／

>>

〔舞臺〕／大幕從上面落下，燈光慢慢暗淡。帷幕從左右向中間漸漸合攏，
　　聚光燈卻亮起，照射在帷幕前，舞臺的左側，老婦莎拉靜靜地
　　坐著，她清了一下喉嚨，緩緩地開口：／

老婦莎拉：

　　「當時我們好像在編織一個童話，但那時我們是眞確的相信！」

　　／音樂響起，主題曲之一〈夜裡的國王〉。／

．．．

---第卅九篇結束---

第四十篇　納粹的敗亡

-序幕-

〔**佈景**〕：舞臺的大布幕仍然垂掛著。前沿的帷幔向左右兩邊緩慢拉開。頂上的燈光逐漸亮起，照射下來。

〔**舞臺**〕：老婦莎拉獨坐在舞臺布幕前，左側的角落。

-開演-

老婦莎拉的獨白

....

老婦莎拉（緩慢的開口）

「卽使日子沒有一絲一毫更好的改變，生活仍在困頓中，我卻不再感覺沮喪。因爲我沉浸在一個半眞實，半虛幻的天地裡。我想像未來，也相信未來，瑞德和我編織到那時候會有的情景和我們將建立的國度，還有他要給我的『冠冕』- - -我們當時是那麼確信有一天一切的願望都會實現。

　　你們相信嗎？到今天我才逐漸發現：在我的一生裡，最滿足、最積極的日子竟然是那段時期。是的，那個時候外面充斥著飢餓、恐懼和殘暴；但是在我的內心裡隱藏著一個深信不疑的憧憬，滿懷盼望。隨著瑞德的陪伴和影響，並他那堅實的見證，我也加深了信仰；我們確定必有公義的上帝，因此我們必將勝利，那擊敗法西斯魔鬼的榮耀時刻必將來臨！

　　每天放學後我輪番到那幾個有短波收音機的住家去取紙條再送往報社，從過去一開始的忐忑不安到逐漸習慣成爲平常，但我仍然保持著冷靜和淸醒，在所行走的那段短短的路程中我會警覺並且機敏，卽使知道背後有保護我也不願意出任何錯誤，它是我滿懷使命感的工作，也成爲我生活的重心，它使我與學校裡其他一般迷糊而且浮躁的同學不再同步，我感覺內心堅實有力並且不斷茁壯。我知道一個強而有力並可以完全信賴的瑞德在後面看顧我與我同行；任務完成後時不時還會有美味的食物爲我準備，使我感覺安適而無懼。我越來越經常去到他的密室，在那與外面隔離了的世界裡，無

拘無束的夢想並且全心全意的確信；像在穩固的屋子裡看著外面的暴風雨，更感覺屋裡的護庇與安寧。

　　是的，瑞德已經是一個青少年，他把他所有的歷練與我分享，還有他對完美的希冀，對聖潔的憧憬，對信仰的真誠，和真理的追求。在大時代動蕩中和可怕的遭遇下卻沒有改變他善良的初衷，他照顧無助的孩子們，找出生存的方法和不屈服的鬥志，把經歷得來的心血結晶灌輸引導我，無形中打開我迷亂的心智。我仿佛是一個懵懂的孩子，專注的聆聽。我從未料到他翻開**那本書**後的內容是如此豐富，他與我在學校裡所有認識的其他任何人不同，他與他們根本不是同一個層次，他聰明冷靜沉著，從不隨意胡言亂語，每一句話都有意義。他也與我的哥哥雅各不同，從不會有意無意的擺出哥哥的架勢嘲弄我。我知道他喜愛我，我是他的公主，在他的世界裡我是那麼重要，使我完全放心享受他的呵護。

　　瑞德的世界廣闊，他翻開了的書帶我看到另外一個世界，那曾經和平傳統的划著小船的中國江南農村，那歷史悠久的古老文化中的智慧哲人，對照現今錯亂的世界、冷酷的社會和露出猙獰面目變得無比勢利的人群是如此的不同，但他已經懂得掌握環境，克服每一個逆境並且可以在眼前的世界立足。他敍述事情時的認真表情完全吸引我，那真誠的敍說打進我的心靈，很多都是我從不懂得的知識。他看見我那麼認真的聽講，有一次得意的笑著說他是我的師父，而我只是他一個什麼都不懂得的小傻瓜徒弟。我假裝怒氣匆匆的回復說他沒有什麼了不起，只不過是因為比我大幾歲而已；然後我們就一起開心地大笑。

　　每天的生活中有了一個小小的期盼，那是一種歡欣熱烈的等待，我稱瑞德的密室是我們的『小屋』，那裡面是我們的世界；我們還不懂男女的戀愛，可是我們喜歡在一起，像最親密的朋友，因此可以毫不孤單，他的陪伴充實了我的生活，我們建立了一個共同的心靈世界。

　　瑞德讓我覺得我是一個關鍵人物，因為我在重要的事情上有份。我們猶太人的社區依賴著我來傳遞外面重要的訊息。我們猶太人從報紙的新聞追蹤瞭解著外面發生的事。雖然我們在中國的上海，但我們無時無刻都關心著歐洲的狀況。不過《上海猶太人紀事報》的新聞到今天為止都是用隱晦的詞句書寫，總是用比較有利德

國和日本的『文字』來發佈新聞，盡量用類同於日本官方公佈的消息做模糊類似的報導，避免日本官方檢查管制下的察覺和制裁。讀者要自己從字裡行間去分析，瞭解究竟戰況如何，洞察真相。

自從1944年開始，每當我們看到新聞寫著在歐洲的德軍又『壓縮了周邊的防線，以對敵軍做更有效的打擊』，就知道德軍又被打敗和失利了。當讀到回防和回調時，那表示又一次的撤退。我們不停的關注，和偶爾看到透過短波發出的隱晦的真實消息。看到戰爭已經打到德國境內，希特勒已經在做掙扎而不是推進。到了1945年，每一天從收音機裡帶來的都是令人鼓舞的訊息，使我們猶太人充滿盼望，一種期待戰爭結束的好消息的情緒在我們猶太人社區裡面蔓延著。

直到那一天，我去到了以法蓮（Ephraim）先生的家，他開門遞給我一張摺好的字條，露出隱忍不住的笑容，說：

「孩子，報社要為此發出歡呼了！」

／*照耀老婦莎拉的燈光漸暗，熄滅。*／

>>

第四十幕

第一部

／舞臺的大布幔徐徐向上升起，上方的燈光亮起-

／背景屏幕投影〔上海猶太人紀事報〕的辦公室內景／

〔佈景〕：辦公室內幾張辦公桌，幾個編輯坐在辦公桌後。

〔人物〕：幾個猶太人編輯

-開演-

／莎拉進來買了一份報紙，付錢時順便遞過紙條，然後轉身離去。

猶太編輯A看著莎拉剛遞進來的紙條，眼睛越睜越大，跳了起來驚呼了一聲。／

....

猶太編輯A（失聲叫喊）：

「天啊！柏林投降，希特勒戰敗了！」

猶太編輯B（跳過來搶過字條）：

「是真的！德國戰敗，希特勒自殺了！」

　　╱所有報社的編輯從座位上跳了起來，擠在一起爭看著那剛傳遞過來的紙條。字條醒目的標題是「柏林投降，希特勒戰敗了。」

　　╱編輯室裡一陣驚呼：╱

猶太編輯C（快樂的叫嚷著）：

「你知道有多少我們的同胞在期待？他們等這個信息已經多少年了？天啊，終於來臨了！」

　　╱白髮老人的總編輯從最後面的大辦公桌後面站了起來，輕聲喊著：╱

報社總編輯：

「快把紙條拿過來給我。」

　　╱一名年輕編輯拿著紙條跑過去，交給了總編輯。

　　總編輯低頭看了一下，抬起頭。╱

總編輯（激動到手在顫抖）：

「天！紙抖得我看不清楚- - -海曼，你來讀給我聽。」

年輕編輯（海曼拿起紙條湊到面前）：

「1945年4月27日柏林已經被圍困，5月1日漢堡帝國廣播（Reichssender Hamburg）在廣播中插播快訊，向外界透露了希特勒死訊。在前一天的4月30日納粹德國元首兼總理及納粹黨領袖**阿道夫·希特勒**在柏林的元首地堡內用手槍擊中右側太陽穴自戕身亡。進攻柏林的包圍戰已經結束。

　　今天五月二號，德國柏林防禦部隊的炮兵司令赫爾姆特·魏德林將軍向東邊的蘇聯紅軍朱可夫元帥無條件投降。同一天，柏林北邊的守軍柯爾特將軍向西邊的英美聯軍投降了！而占領意大利的德軍四月二十九號就已經開始與西方聯軍討論投降條件的納粹黨衛隊最高領導卡爾·沃爾夫，和軍隊司令亞伯特·克瑟凌也在五月二號的下午兩點，率領將近一百萬的部隊向英國戰地元帥哈羅德·亞歷山大爵士投降了！」

　　╱編輯室裡忽然寂靜無聲，過度的興奮使人們似乎墜入不

可置信的驚異。年輕編輯海曼把紙條交還給了年老的總編輯。總編輯雙手接過紙條，抬頭仰望，喃喃自語：╱

總編輯： 「立刻刊登，它是我們所有人信心的成真，希望的實現！我們等了多久！」

╱有人開始唱起一首以色列的古老讚歌，大家跟著哼唱……╱

滿頭白髮的總編輯（流著淚喃喃自語的繼續）

「明天，明天開始世界將變得不一樣，明天，讓我們期待明天的訊息！」

╱編輯們衝到一起，互相擁抱、拍打肩膀。╱

〔**配音**〕：人們的歡笑聲，嘈雜的傳遞消息的講話聲。╱

╱舞臺燈光漸暗，慢慢黑暗。╱

┄┄┄┄┄┄┄┄┄┄┄┄┄┄┄┄┄┄┄┄┄┄┄┄┄┄┄┄┄┄┄┄┄┄

╱舞臺燈光半明半暗的重新亮起，幾個編輯在討論，一束聚光燈照著女孩莎拉穿著與上一幕不同的衣服走進報社，編輯全部望過去盯著她。莎拉拿了一份報紙，付錢時仍然將一張摺起的紙條交給了當中一個編輯。╱

╱女孩莎拉走出報社，所有編輯立刻圍到拿著紙條的編輯身旁。他舉起字條，清了一下喉嚨，大聲宣佈：╱

編輯A（聲音清亮興奮）：

「聽著，噢，今天，五月四號；納粹占領的丹麥、荷蘭和德國西北地區的德國海陸空軍一共一百萬的部隊由德國埃伯哈德·金澤爾（Eberhard Kinzel）將軍率領向英國的蒙哥馬利元帥無條件投降了！」

〔**配音**〕：╱編輯室裡的一陣歡呼╱

╱舞臺燈光漸暗，熄滅╱

┄┄┄┄┄┄┄┄┄┄┄┄┄┄┄┄┄┄┄┄┄┄┄┄┄┄┄┄┄┄┄┄┄┄

╱舞臺燈光又半明半暗的亮起在報社的編輯室裡。╱

╱聚光燈從頂上照射著女孩莎拉又從門口走進報社，買報紙，並遞紙條給了一個穿傳統猶太服裝的編輯B。╱

編輯B（聲音高亢嘹亮）：

「哦！又是一個接連的大日子！今天五月五號，德國海軍上將多尼茲下令所有德國U型潛艇停止戰鬥返回軍港。下午兩點半，德國赫爾曼。福爾茨將軍帶著多瑙河上游沿著瑞士、奧地利的茵河山區和部分德國地區的軍隊向美國第六集團軍雅各布‧德弗斯將軍投降。同天就在下午四點，德國北歐地區最高統帥布拉斯科維茨將軍向加拿大福克斯將軍投降！」

〔配音〕：／一陣陣歡呼聲／

／燈光熄滅，舞臺暗淡。／

．．

／燈光再亮，聚光燈照著走進編輯室的女孩莎拉，光束移動照耀隨著她走向編輯C，並且把紙條交給了他。

聚光燈的光束現在只照射編輯C一人，旁邊的人只在周圍黯淡的光影下／

編輯C（拿起紙條，用低沉壓抑的興奮腔調朗讀）：

「噢，好消息不會停止！今天五月六號的最新消息，僅次於希特勒的納粹二號人物，第三帝國的赫爾曼‧葛林（Hermann Goring）元帥向美國駐在歐洲的空軍司令卡爾‧斯帕茨（Carl Spaatz）將軍投降了！下午六點，德國駐守重要堡壘布雷斯勞（Breslau）的守將涅霍夫（Hermann Niehoff）將軍也向蘇聯投降了！

〔配音〕：／群眾歡呼聲……

／舞臺燈光漸暗，人物看不清楚，一束頂上的聚光燈照射下來，照亮一個編輯D，他拿著紙條，高聲的念白：／

編輯D：　「今天，五月七號的凌晨兩點四十一分，德國陸軍參謀總長阿爾弗雷德‧喬德（Alfred Jodl）將軍來到盟軍的遠征軍最高指揮總部，代表所有德國軍事力量向盟軍最高統帥美國艾森豪將軍簽下無條件投降的條約---德國完全投降了！」

〔配音〕：／編輯們一起吶喊的歡呼聲。／

／舞臺燈光漸暗，到完全熄滅。舞臺布幔垂落。／

第二部

〔佈景〕：布幔升起，《上海猶太人紀事報》的辦公室和門口

〔舞臺〕：報社門口擁擠了許多等待消息的猶太人。他們用德文和意第緒語嘈雜的交談著。

-開演-

猶太人A（對著編輯室裡的編輯海曼大聲詢問著）：

「他們說日本封鎖新聞不告訴我們，但是事實上希特勒早就完蛋了，日本也撐不了多久了，現在不過命懸一線；噢，有最新的消息了嗎？」

年輕編輯海曼（大聲宣佈）：

「回去好嗎？明天的報紙一定會刊出最新的消息，明天再來吧。」

猶太人B：

「不，我們不能等到明天，今天一定有更新的進展……你們不能一有消息就發個『號外』嗎？」

猶太人C（接著B的話喊著）：

「是的，不要再等，我們願意買『號外』（Extra），即使要花掉我今天晚餐的錢，我也要立刻知道納粹的敗亡，他們不是已經投降了嗎？勝利的消息什麼時候正式宣佈？」

一個年輕的編輯D（有些惱怒地吼）：

「噢，是的！*發『號外』*！你們知道我們現在是在那裡嗎？請安靜回去，你們現在這樣擁擠在這裡已經很危險了！」

／女孩莎拉走進報社，一個編輯立刻走上去遞給她一份報紙，收了她的硬幣和紙條，莎拉轉身離去，那個編輯悄悄擠開人群，走到總編輯大辦公桌旁，遞上紙條。一直低著頭的總編輯抬頭看了一眼那個編輯，接過字條，帶上老花眼鏡，專注地看著。

在門口等待的一個猶太中年人忽然發現了變化，對著總編輯大聲嚷著：／

猶太人D（對著最裡面的大辦公桌急切地低吼）：

「有消息了嗎？快告訴我們，今天還會有納粹交出武器投降嗎？」

　　／立刻所有的人都靜下來，全部望向總編輯，等待他的回答。／

總編輯（摘下了眼鏡，望著人群。）：

「你們不能明天來買報紙嗎？你們在這裡是會招至意外的情況的。」

猶太人E（急切地說）：

「我們明天會回來買報紙閱讀更詳細的消息，可是我們等不及要知道最新的進展。天啊！你知道我們的心是怎麼樣的急切嗎？」

．．．

／眾人紛紛附和，向總編輯喊著：*拜托（Please）*！總編輯望著眾人，掃射了所有期待的目光。舉起了紙條，人群馬上鴉雀無聲的靜下來，／

總編輯重新戴上老花眼鏡，清了一下喉嚨，像宣佈一個重要的公告一般，咳了一聲，盯著字條。／

．．．

總編輯（沉著有力的念著字條）：

「今天，五月八號的早上十點，最後仍然占領著海峽群島的德國當局向島民宣佈：『戰爭已經結束了。』同一天的下午三點，英國首相溫士頓・丘吉爾用收音機廣播宣佈：『所有的敵對行動將在今晚午夜之後的一分鐘正式結束，但為了不再犧牲生命，昨天開始在前線已經傳佈「停火」的信息，今天我們親愛的海峽群島也將重獲自由！』

是的，五月八號的今天將在歷史上有一個定位，納粹德國已經完全投降，歐洲的戰爭已經正式結束。今天將被橫跨歐洲大陸所有的人紀念為『歐洲的勝利之日』--- *Victory of Europe, V-E Day!*」

．．．

／人群互相擁抱，響起了猶太人用德語、希伯來語和其它歐洲語言的歡呼聲，有人手舞足蹈，有人哭泣，也有人歡呼後低頭祈禱，然後唱起了猶太古老的讚美詩歌。／

／燈光漸暗，幕落。／

>>>

第三部

〔**舞臺**〕：布幔重新升起，燈光明亮。

〔**佈景**〕：女孩莎拉的家裡。

-開演-

....

父親丹尼爾（歡快的拿著報紙走進來向妻子路德快樂地招呼著）：

「路德！現在一切都已經確定了，一週前希特勒已經在他的地堡裡自殺，納粹德國所有的軍隊已經在今天五月八號投降，這一天將被紀念為『**歐洲勝利日**』，*V-E Day!* 我們勝利了！」

／母親路德衝過去抱住父親，女孩莎拉也向前擁抱雙親。／

母親路德（激動又有點恨意地喊）：

「確定希特勒死了？自殺太便宜了他，應該把他抓來審判！」

／父親扶著母親在小桌旁坐下。／

父親丹尼爾（繼續歡喜地說著）：

「太平洋戰爭應該快要結束了，下一個就會是日本的戰敗。妳們看，納粹已經被打敗，日本的軍隊也將會投降，這事必定很快就要發生，一定很快！」

母親路德（眼睛閃出光輝）：

「那我們就要自由了！」

父親丹尼爾（用力肯定的說）：

「是的，我們就將要自由了！」

／燈光逐漸暗淡熄滅，舞臺前沿帷幔降下，／

>>>

第三部

／舞臺左側前沿一束聚光燈亮起，照射下方的老婦莎拉。／

....

老婦莎拉的旁白：

「自由？我們期盼了多久的夢想，幾乎被壓抑到快要忘記了的那字

面的意義！這表示我們又將回到以往的生活，那可以照著自己心意過的日子，不懼怕、不耽憂；更沒有缺乏的生活。那些過去的歡樂時光將會恢復，這一段可怕的日子將會像夢魘一樣的消逝了，有些不可思議，我們會回復到已往，還是會有改變？

　　當1945年五月德國投降的時候我們欣喜若狂，但是爲了不激怒日本人，在虹口難民區的猶太人靜悄悄地私下慶祝著。但是仍然有一個情況使我們無法不擔憂，那就是我們留在歐洲的親戚和朋友們。一直到現在我們還沒有得到任何有關於他們的消息，他們會是什麼樣的境遇呢？」

>>

／老婦莎拉頭頂上的聚光燈慢慢變暗，逐漸熄滅。／

〔配音〕：／大幕降下時，平和歡樂的古老猶太歌聲響起，還有人群歡笑的聲音，孩子們歌唱的音效加入……／

>>

---第四十篇結束---

第四十一篇　短波收音機

第一部

〔**舞臺**〕：／大幕拉開，所有舞臺的頂燈通明亮起，照耀舞臺上豎立著的十
幾個電桿。背景屏幕墙亮起，上面的投影映出上海各個街道
的公告欄、墙壁、還有電線桿和燈柱上的到處貼滿了寫著中
文和英文的大字海報：

「注意！注意！

所有居民要遵照命令

立刻交出短波收音機

違背命令的人一律關進監獄，

沒有任何例外」

··

〔**配音**〕：／軍用卡車隆隆的駛過路面，引擎的聲音在劇院的音箱中回響。
／

-背景屏幕墙上開始投射影片-

　　　　／車頂上架著大喇叭的日本軍車行駛在上海街道上，不斷在
大街小巷巡迴的繞著，播放日本的軍樂。／

-開演-

　　　　／一輛日本軍車開上舞臺，擴音喇叭先播放嘈雜的日本音樂，然後
一個男子用很濃重的日本腔念著生硬的英語透過麥克風吼叫著：／

「注意！注意！

所有居民要遵照命令

立刻交出短波收音機

違背命令的人一律關進監獄，

沒有任何例外

大日本中國占領區最高司令部宣佈：

你們，統統的有；立刻交出收聽敵國廣播的工具，

那些不聽命令，或是幫助大日本帝國敵人的人，

被抓到不但要沒收收聽工具，還要依照日本軍部

規定：關進監獄，受最嚴厲的處罰！

上次還沒有交出來的人，

現在趕快交出來，

否則被抓到要嚴厲加倍處罰！」

-背景屏幕的投影-

>>

〔間歇時間一分鐘　Intermission〕

〔舞臺布幔再度從中間慢慢拉開〕

第二部

〔**舞臺佈景**〕／高樓屋頂的平臺上，瑞德和莎拉坐在他們的小屋裡，平靜
的喝著水，莎拉微笑著，可是瑞德神情抑鬱，凝望著莎
拉，不發一語。／

....

女孩莎拉：

「噢，瑞德，我昨天多希望看到你，那剛重新又發佈的日本命令驚
嚇到我了！我前去報社的時候擔驚受怕，幾乎覺得有人在觀察和監
視我。我走出報社的時候多希望你會出現在我前面，而你沒有。還
好，都沒事，現在我又放心的和你在『小屋』裡了！」

／瑞德不說話，靜靜沉思般凝視著女孩莎拉。／

女孩莎拉（微微皺起眉頭）：

「你怎麼啦？你從路上帶著我到這裡，卻又半天不說一句話，到底
有什麼事嘛？」

／少年瑞德躊躇著，思考著，沉吟了半晌，終於聲音暗啞的
開口：／

少年瑞德：

「莎拉，我想知道一件事，如果一個人因為良好的意願而犯了罪，

他會被原諒嗎？」

女孩莎拉：

「哦？爲什麼要犯罪？是爲良好的意願去犯了一個罪？那不過是藉口，我認爲犯罪就是犯罪，仍然是要被懲罰的；否則任何人犯罪都會用『爲良好的意願』來做托詞和藉口。」

少年瑞德（有些艱難而緩慢的開口）：

「卽使那個人是在緊急而且沒有選擇的情況下去做的事？譬如說爲達成一個任務，或是保護一個人？」

女孩莎拉：

「噢，那爲什麼要犯罪呢？- - -我不懂。」

少年瑞德（沉思了一會兒）：

「莎拉，不說了。我只是想要妳知道，我做的一切會是爲妳。莎拉，不管我做了什麼，答應我，妳依然會把我當成妳最好的朋友，絕不看輕我，離棄我，好嗎？」

女孩莎拉（露出笑容）：

「那是當然。瑞德，你不會犯罪的，我瞭解你。」

／舞臺燈光漸暗，幕落。／

>>>

第三部

〔舞臺〕：／前沿的帷幕慢慢升起，舞臺燈光逐漸亮起半明半暗的照射出一個衰頹破爛的江南林園裡面建築的大廳，破敗屋子的內部；殘毀的墻壁，脫落的門栓，東倒西歪的中式家具擺設，和一圈圈積滿灰塵和蜘蛛網的屏風。幾隻蠟燭點亮在不怎麼透光的屋子裡；這裡是反抗組織祕密基地內部的景象。／

〔人物〕：／舞臺中央圍成圓圈坐著二十幾個人，一邊坐著的是十幾個猶太青年；莎拉也在其中，坐在哥哥雅各的旁邊；她看著以前見過的亞倫、便雅憫和夏娜、蒂娜，和另外幾個她並不認識的猶太人成員。他們的表情很沉重，似乎有著壓抑的壞消息，但是莎拉認爲德國投降了，應該只有鼓舞人心的好消息。／
另一邊相對而坐的是中國青少年，詹力、培志和小青他們，

及其他的中國人成員。莎拉看到這次瑞德也坐在其中，他表情平靜地看了莎拉，輕輕點頭。與會的人們輕聲交談和等待著。／

-開演-　／因為有猶太夥伴在一起開會，全部用不十分流暢的英語。

猶太青年便雅憫看了莎拉一眼，點了一下頭，似乎是要打破沉靜的氣氛，他忽然面向中國青年培志開口問：／

···

猶太青年B（便雅憫）：

「培志，你要不要先去看看這次有沒有大老鼠溜進來？」

　／全場的人都笑了起來；莎拉皺著眉頭惱怒地看著便雅憫，
　大聲用力抗議的語氣：／

女孩莎拉（一個字一頓，強調清晰的說）：

「這次是雅各告訴我：*你-們-邀-請-我-來-的！*」

　／笑聲停止，全體望著莎拉友善的微笑招呼著。／

猶太青年領袖亞倫（向莎拉點頭，親切地問候）：

「嗨，莎拉！真的好久不見了，我們一直很滿意妳的工作；妳好像沒有遇到過什麼麻煩，你很謹慎，做得真的不錯。」

女孩莎拉（展開笑靨）：

「謝謝，我說過我不會引起什麼注意。」

猶太青年亞倫（轉向瑞德）

「瑞德，她一直都很平安無事嗎？」

　／瑞德稍微猶豫地點頭卻不說話答腔。／

猶太青年亞倫（再次轉過目光看著莎拉）：

「莎拉，今天請你來是因為討論的事跟妳有關，等一下我們再說。我現在要便雅憫先報告我們所聽說的猶太人在歐洲的狀況。」

　／亞倫揉了一下眼睛，停頓了一會兒，看著便雅憫，說：／

「便雅憫，你來報告那個重要的消息。」

　／大家目光都轉向便雅憫。／

猶太青年便雅憫：

「外面的世界透露進來的消息，在歐洲的那些納粹集中營裡，大批

的猶太人被毒氣屠殺了。」

猶太青年以斯拉（Ezra）開口問：

「你是說**切爾姆諾**（Chelmno）的事件？」

猶太青年便雅憫（搖了搖頭，吁了一口氣）：

「和剛得到的消息相比，**切爾姆諾**只是一個小事件。我現在要說的是大規模的屠殺，萬人冢的亂葬崗，燒毀屍體的巨大焚化爐，和無時無刻不停從煙囪飄出屍體燒成的灰燼。」

／莎拉顫抖了一下，伸手握住了雅各的手臂。／

一個猶太青年米哈（Micha）問：

「這事發生在那裡？」

猶太青年便雅憫（Benyamin）聲音因為努力控制情緒而僵硬）：

「到處。德國、波蘭、蘇德台地區- - -和歐洲遍地。」

中國青年（培志）問：

「有多少人被這樣殺害？」

猶太青年便雅憫（眼睛望著上空，用空洞地聲音回答）：

「也許幾十萬。」

／莎拉忽然驚嚇的發出小聲的尖叫：／

女孩莎拉（驚嚇的聲音）

「幾十萬？那不可能！不可能！」

／便雅憫轉頭注視著莎拉，他的眼神像在痛苦中煎熬。／

猶太青年便雅憫（遲緩地說）：

「莎拉，這是真的，有些西方的報告說是超過一百萬。猶太人在那裡像是害蟲般被集體撲滅了。這只是剛開始的披露，會有更多的消息，盟軍現在收復了歐洲的土地，進入了那裡一個一個的納粹集中營，在那裡面是餓成骷髏般的走不動路了的猶太人，和被炸毀了大部分的毒氣室、焚化爐，還有埋滿了屍體的萬人冢- - -希特勒有著最有效率的殺人機器，我們的同胞被一次又一次，每一次數以萬計的殺害。撤退前納粹在拼命銷毀證據。」

猶太青年亞倫（他接續了便雅憫的話）：

「這些猶太人有男的、女的；有成人，有小孩。他們有科學家、銀

行家、學校老師，音樂家和藝術家，社會的每一個層面的人都有，並不一樣。他們唯一的共同點，就是都是猶太人。

去想一下，一百萬人的屍體堆在一起有多高，即使只是骨骸，他們也會像一座小山。裡面是每一個曾經活生生的人，他們原來在世上的生活，有喜樂也有哀傷；就如同我們一樣。但他們最後一刻經歷過我們無法想象的巨大驚惶痛苦！」

／有輕輕的啜泣聲從蒂娜和其他猶太女孩中傳來。猶太人暫時沉默，中國青年望著猶太夥伴接口。／

中國青年詹力聲音低沉沙啞的開口：

「就像我們的南京大屠殺，和各地的殺戮，包括東京大轟炸後在江西、浙江的清鄉，被屠戮的人有各色各樣的職業和社會階層，男女老少，他們每一個人都是不一樣的個體，只有一個共同點，就是都是中國人。亞倫，便雅憫，我們都懂那種憤恨和痛苦。我們一起為他們默哀一分鐘好嗎？」

／會場的人全部閉起了眼睛，低垂下了頭顱，沉浸在哀傷的籠罩裡。／

舞臺上蒂娜唱起了一首希伯來語的哀歌，音調緩慢傷痛。歌聲漸低……燈光半暗……／

....

（場景不變- - -傳來老婦莎拉的旁白的聲音）：

「可怖的消息一個接一個的傳來，全都是那麼震驚，我感覺天旋地轉，我握緊著哥哥雅各的手臂，努力保持鎮靜，但是眼前浮起亞倫說的景相，那一百萬具堆疊起來的猶太人屍骨，老人的，成人的，天真的稚齡孩童的，他們跟今天坐在我們當中的每一個人一樣，但是他們全部被集體屠殺了，我閉眼可以看到他們被驅趕進毒氣室的驚叫和絕望，我害怕的又睜開眼，不敢再在腦海裡看到那可怕的畫面- - -

....

／一分鐘過後，亞倫輕輕地咳嗽了一聲，全部的人們慢慢睜開了眼睛。／

猶太青年亞倫（他用雙手搓揉著他疲憊憂傷的臉孔，拉下了他的下眼瞼，露

出全是血絲的眼睛）：

「德國投降了，希特勒被打敗了，事實上希特勒的一切都已經完結，日本也拖不了太久了，他們現在是在做最後的困獸之鬥，不會再有多久他們就要潰敗在盟軍的手裡。也許一個月，或許六個星期，但在那之前，他們會對我們重重的下手，在一切都完結之前，他們會報復般強力的給我們最後一擊。

虹口隔離區會遭到更嚴謹的限制，沒有通行證，取消市集，甚至更多的停水、停電，食物更短缺，抓更多的政治犯，更殘暴的酷刑，隨意的槍殺---」

中國青年詹力（對著亞倫點頭，輕聲附和）：

「你說的對，日本是會這麼做的，而且開始在屠戮的場地鋪上泥土，掩蓋真相。等到世界上聽到真相的時候，他們會嗤之以鼻的否認，所以他們要開始找到我們，把知道他們罪行而且可能保有證據的人儘快殺光！日本並且將開始更加強烈的搜索捕捉擁有短波收音機的人，他們不要我們知道現在的局勢真相！」

猶太青年亞倫（堅決地說）：

「但是我們不能交出去！我們不能被他們隔絕外面的世界！」

／幾個猶太青年也一起高聲附和。／

>>

／舞臺燈光漸暗，慢慢熄滅。／

---第四十一幕完---

第四十二篇　致命的處理

-開演-

〔**佈景**〕：／仍同41幕場景。反抗組織的祕密基地，一座廢棄的江南園林
　　　　　　　建築的破舊大廳。蠟燭點亮在不怎麼透光的黯淡屋子裡。

〔**人物**〕：／同41幕人物。

〔**配音**〕：群體嘈雜的談話聲音

-背景屏幕牆上開始投射影片-

··

猶太青年及中國青年群情激憤，但壓低了聲音談論，有一個人聲輕的怒喊：

　　「我們保留我們的短波收音機，我們必須知道外面的真相！」

猶太青年亞倫（舉手示意大家安靜，然後看著女孩莎拉說）：

　　「莎拉，我們今天要妳來參加開會是因為關係到妳，我要聽你親口
　　告訴我們妳的想法。」

　　　　　／亞倫靜默了一下，然後繼續說。／

　　「妳執行了那麼久的任務從來都是順利的，但是今後可能更加危險
　　了。日本從猶太社區的報紙發現了我們還是有從外面得來訊息的管
　　道，他們這次又發出這麼強烈的告示表示他們將會更嚴厲追查的；
　　妳需要加倍的小心。」

　　　　　／一個猶太女孩望著亞倫開口。／

猶太女孩伊蓮娜（Eliana）：

　　「日本人為什麼不直接去抓報社？」

猶太青年貝若（Berel）接口：

　　「他們也許是留著當誘餌，找出信息來源，讓我們自投羅網。因為
　　不光是這一件外面信息的事，他們要的是全面抓獲我們的地下組
　　織。只要一個人被抓到，他們一定會用最殘酷的嚴刑逼供，順藤摸
　　瓜，牽出我們所有的人來，破獲甚至是我們後面更大的地下組織的
　　脈絡。」

猶太青年卡里夫（Calev）（急切但是帶一點猶疑地說）：

「確實是如此，但是已經快要勝利了，我們還需要再繼續做這些事嗎？」

猶太青年朵夫（Dov）也插入談話：

「多少年來我們一直把自己的生命放在這個命懸一線的危險當中！你們沒看見日本兵現在就在街上隨便抓了多少中國人，當街就槍斃！日本兵像受傷的野獸、瘋狂了的狼群般隨意噬咬獵物，不需要證據，不需要理由，只要走在街上碰到他們可能就是被射殺！

很多中國居民都不敢出門了，我們為什麼還要在外面危機四伏的時候去滿是陷井的街上自投羅網？」

猶太青年厄胡迪（Ehud）慢慢地提出意見：

「我們已經做了那麼多勇敢的工作，但是現在一切都到了結束的關頭，我們離危險已經太近而不值得在最後的當口做不必要的犧牲！我說；我們暫停工作了吧，我們應該足夠睿智到避免任何直接的對抗，我們的生死現在只在一線之間！」

猶太青年格哈特（Gerhardt）急切地說：

「聽著，夥伴們，我們的工作已經做完了，我們現在關店吧。」

／大家急切的討論著，多數都同意暫時停止活動。／

一個稍微禿頭的中國青年（王金坪）望著詹力開口：

「我們也保留實力，現在暫時停止活動吧。」

另一個臉色白皙的中國青年（馬應久）附和的說：

「是啊！現在盟軍一定是打勝仗，即使我們什麼都不做日本鬼子也敗定了！」

／會議的人群都不再出聲，他們看著亞倫，又望著詹力。／

中國青年詹力（稍微遲疑後緩緩地開口）：

「是的，西邊的歐戰已經結束，對付希特勒的仗已經打完。但是東邊我們中國人對日本的抗戰還在繼續。也許關店是個明智的建議，但是我還想繼續；直到日本戰敗投降的日子。要暫時停止活動的人有理由、也有權利可以停止，不論是猶太人或者是中國人，我感謝你們和我一起合作的日子，我看見你們的勇氣和毅力，我不會有任何抱怨或不滿。」

／詹力伸出手去握格哈特和王金坪的手，格哈特遲疑了一

下，伸出雙手去握住詹力的右手，急切地說：／

猶太青年格哈特：

「詹力你完全誤會了！這裡沒有分西邊歐洲猶太人受逼迫的戰爭和東邊亞洲中國人抗日的戰爭！我們一起奮鬥，面對的都是一樣的法西斯敵人，不管是納粹德國還是日本帝國。我只是以實際的利害做考量，因為我們將付出更多但卻不影響結果。

日本不出一個多月必然就會投降，你可以看到美國飛機越來越頻繁的在轟炸上海，而日本已經沒有多少飛機可以起飛對抗。以戰略或謀略來考量我們能做的已經不多，也不影響結局，吳淞港的日本海軍已經沒有多少可以調動的軍艦，那些我們送出去的日本海軍出港的調動情報幾乎都是毫無變化的千篇一律，日本的失敗已經成為必然並且很快；我們能做的打擊他們的士氣的事竟然只是溜進日本軍官俱樂部去破壞他們的洗手間！」

／人們對格哈特的幽默發出輕鬆的笑聲。／

格哈特在大家笑了一會兒之後，繼續說：

「現在甚至傳遞短波收音機的消息給報社也不再重要，德國投降的訊息已經被刊登，我們隔離區所有的猶太人的士氣已經高昂到頂點，不會再有比這個更重大的消息，大家等待的只是日本的投降，那只是時間的問題而已。可是現在漢奸或日本兵可能就佈眼線悄悄守在報社門口，傳遞紙條幾乎已經確定會被注意，這時候再冒險已經毫無必要，甚至把我們全拖累進去，有必要嗎？」

／格哈特轉頭注視著亞倫和詹力／

「亞倫、詹力，我們沒有人膽怯或懦弱，但是冷靜的思考，對比我們冒險能做的和實質收穫的，已經毫無效益。現實的考量應該是日本投降後我們怎麼配合開進來的美國和中國的軍隊。」

中國青年詹力（點了一下頭）：

「是的，有些工作像破壞日本設施可以不必再做，但是仍然有些工作必須繼續。難道你們沒聽說浦東的歐美難民集中營被誤炸？我們正在拼命設法傳遞消息給盟軍，不然還會有誤炸！」

／與會的青年們開始嗡嗡的討論聲音，一會兒，亞倫站了起來，他正色的看著詹力，用有力的語氣說：／

猶太青年亞倫：

「我說我們繼續跟日本戰鬥直到最後一個鬼子倒下來！我們要讓他們記得我們，讓他們在上海最後的日子像在火燒的地獄裡一樣！」

　　／猶太青年們附和地輕聲喊著：／

「是的，是的，讓他們在上海最後的日子像在地獄的火湖裡一樣！」

　　／然後亞倫望著莎拉，語氣平和地說：／

猶太青年亞倫：

「莎拉，妳考慮一下妳的任務，現在情況不妙，你可以拒絕，告訴我妳的決定。」

女孩莎拉（語氣堅定）：

「一百萬個猶太人在歐洲被屠殺，而我們現在停止什麼都不做？那是什麼人的行爲？不會是我的，我願意繼續！」

猶太青年亞倫：

「好的，那麼我們……」

　　／雅各突然跳起來打斷亞倫的話大聲說：／

「不，莎拉不能再繼續。那是拿她的生命做賭注！不行，她是我的妹妹！」

女孩莎拉（回轉頭看著雅各）：

「雅各，我願意繼續……」

....

「不！」忽然一個強烈冷靜的聲音強烈的響了起來；「不！」

　　／然後大家看到瑞德從座位站起，一步一步走到聚會的中心：／

少年瑞德（對著每一個人用壓抑的冷冷的聲調）說：

「不！莎拉不能再去！已經有事情發生了！」

　　他（咬緊牙關般的聲音）繼續說：／

「沙拉不能再傳遞信息！她已經被盯上過了！」

....

　　／所有成員驚訝的望著瑞德，一陣嗡嗡的話聲響起，詹力舉手打斷瑞德，大家安靜下來，然後他看著瑞德：／

中國青年詹力：

「瑞德，怎麼回事？發生了什麼？什麼時候的事？」

少年瑞德（沉靜的思索了一下）然後敘說：

「一個多星期以前。我注意到有一個留長頭髮的男子開始經常出現在報社附近，我認出他是偽政府集團裡的一個殺胚，叫做林佷柞的漢奸。幾天下來我看出他在那裡監視和觀察。前天他在莎拉離開報社時忽然跟蹤過去，我走在他後面觀看，他一直跟著莎拉走到莎拉住的那棟樓，停在外面看了很久才離開。我確定他是懷疑並且盯上莎拉了。」

莎拉（輕聲喊起）：

「真的？我怎麼沒有發覺？」

青年詹力（看了一眼莎拉，然後目光直視著瑞德）：

「你確定？你怎麼沒有立刻向我匯報？」

少年瑞德（聲音冷靜）：

「因爲我不能等，他一定會回去告密；所以我處理了。」

青年詹力（提高了音調）：

「你*處理*了？你怎麼*處理*？」

少年瑞德：

「莎拉一定是被他注意到了他才會跟蹤到莎拉的住家，我如果讓他回去他會立刻打報告，後面馬上就會發生災難，我不能等，我必須立刻處理。」

青年詹力（惱怒的質問）：

「你到底怎麼處理的？」

　　　／瑞德沒有回答，他緘默著，低下頭去，但詹力仍在催促。
　　／

少年瑞德（躊躇了一會）：

「我可以等一下單獨向你匯報嗎？」

詹力（聲音冷淡的拒絕）：

「不！這可能關係到大家，我要你告訴我們每一個人。」

女孩莎拉（略顯驚恐的聲音）：

「噢，瑞德，不要嚇我，告訴我你怎麼做了？我有危險嗎？」

．．．

／又沉靜了一會，每一個人目光集中在瑞德身上，瑞德低下頭去，思索著，然後他抬起頭，帶著冷靜決絕的神色，平穩地開始敘說：／

少年瑞德（用大家都懂得的英語敘說）：

「我決定不讓他回去，只要他回去一定馬上報告邀功，莎拉就危險了。在莎拉回家後，林佷柞望著那棟公寓，在馬路上站了一下正要走開的時候，我趕過去擋住他，拿出一個我隨時帶著在緊要關頭用來賄賂護身救命的小金扣子給他，對他說：『*大哥，阿拉有個買賣巴儂！*』

他接過金扣子，拿到眼烏珠前仔細辨認了一下，冷笑了一聲說：『*猶它怎的玩意，啥買賣？*』我說：『*到河邊廂，巴儂看一椿事體，有銅鈿好弄。*』他把金扣子放進口袋，跟著我走。我一路邊走邊告訴他蘇州河邊有一個上私貨的口岸，日本皇軍不曉得，如果林佷柞他們設個卡，可以撈大把銀子。我們很快走到一個河畔，我指給他看從那裡到對岸的航線，趁他看前方的時候，我很快撿起一塊石頭，用盡全力一下拍碎他後腦殼子。

然後我掏空他口袋、皮夾子和手錶、戒指，也拿回金扣子，弄成『**仆頭黨**』打劫殺人的模樣，再把他推進河裡去了。」

／沒有人反應。在這裡每天都有人失蹤，或是被處理。

但是忽然一聲驚呼：「*不！*」／

女孩莎拉（突然驚呼）：

「*你殺了他？*」

／少年瑞德收回看著詹力的視線，轉臉望向莎拉。／

女孩莎拉（哭泣般的聲音）：

「*瑞德，你會殺人？我不信！我不能是造成你殺人的理由，你不能因為我殺人！*」

／猶太青年亞倫和中國青年詹力交換了一個眼神。／

猶太青年亞倫（對著莎拉和雅各）：

「*莎拉，安靜。瑞德有理由這麼處理。雅各，安慰你的妹妹。*」

／亞倫轉臉看著詹力。／

中國青年詹力（站起來走向瑞德，放低聲音但清晰有力地說）：

　　「瑞德，我知道你年輕氣盛，又有一點功夫底子。你確定你打死林俍柞沒有別人看見？你做的乾乾淨淨？」

少年瑞德：

　　「是的，他沒帶人。大概是暗中盯梢怕帶了人會引起注意。」

詹力：　　「很好！做的要乾淨！你做的對，但是你也做的錯---如果你做掉那個漢奸狗腿被人看見的話一定會要出事。你惶急中大概沒有想過找路，說不定是走熟門熟路的途徑帶他去你曉得的口岸，那邊隨時都可能有人出沒，沒有準備好你不會有百分之百把握草堆裡有沒有躲藏的人。假使被人看到去通風報信，不但你有危險，我們都會被牽連。還有，你不知道，林俍柞現在是不該碰的人。」

少年瑞德：

　　「爲什麽？」

詹力：　　「你不會懂，你還不知道，因爲他們那一幫都跳船了！」

>>>

／舞臺燈光漸漸昏暗---

／帷幕緩緩降下---／

---第四十二篇結束---

第四十三篇　與魔鬼交易

-序幕-

　　／舞臺帷幔的左前方，燈光照射，老婦莎拉獨坐在一張椅子上。／

老婦莎拉的獨白：

　　「很多年以後我仍然無法忘記那一天從詹力口中所聽到的話，那時我不能相信，它違背一切我受的教導和確信的原則，那些信息必定是謠言或是一個誤傳，是詹力要嚇阻我和瑞德不准我們再繼續工作編撰的藉口。我心裡抗拒不肯相信……但又從不懷疑ReAct組織裡一向的誠實，它在我腦海裡混亂，一時都在存疑。因為如果詹力所說的是真的，那麼瑞德和我對未來美好世界的憧憬一下就會墜入幻滅的深淵，沒有神聖，沒有正直- - -有的只是國家之間的利益，齷齪的政治，醜陋的交易，難以置信的出賣和陰謀！它將讓世界上追尋理想的人立刻被冰涼的現實澆醒，相信理想的人將會被沒有底線的隱藏交易嚇壞！正如聖經〈傳道書〉所說：『*我又見日光之下、在審判之處有奸惡。在公理之處也有奸惡！*』

　　／老婦莎拉上方的燈光熄滅，帷幔拉開；
　　裡面是上一個演出相同的場景。／

-開演-

詹力：　「你知道上海的『痲嬤』是誰嗎？」

瑞德：　「聽過，但是不清楚。」

詹力（嘆了一口氣）：

　　「那麼我來告訴你。她是日本『黑龍會』的外圍組織，漢奸集團『新義系』的頭子，那個肥滋滋，一臉橫絲肉的胖女人程苔子，她臉上有幾點麻子，所以有了『痲嬤』的外號。她以前是個不起眼的東西，關在牢裡的時候認識了後來放出來的民主共進會幾個頭子，

日本人打來的時候被從監獄放出來，立刻帶了她那幫人投靠偽政府做了高官，專門負責供應日本皇軍高階軍官花姑娘和飲食養料的供給。那麼你清楚林俍柞是誰嗎？」

瑞德（冷冷的吸了一口氣）：

「那個我曉得，一個不要臉、沒有天良的畜牲！他在偽政府裡面專門為日本皇軍下鄉找食材的漢奸。上海周圍遠到百十里地方的鄉下沒有人不曉得這個下作的孽畜！」

／瑞德咬著牙恨恨地說：／

「他和他的夥伴那個低賤的畜牲魏非凡多少次帶了手下到農村去弄補給，見到雞鴨就搶！農民養了一年的豬，就指望著賣錢過日子，他們強拖上車就拉走，米更是只要被他們找到了就有多少搬多少，一籮筐、一籮筐的強搬，絕不留一粒！村裡農民什麼都不剩，到城裡來討飯餓死在街頭！還有，他們有一次在上海馬路上看到一個漂亮的女大學生就動手強綁，被我的幾個小東西攔截下來帶著逃跑，一個跑不快被他們捉住的小可憐硬是被他們當街活生生打死！他們這些漢奸比日本人還低賤，趁他落單我弄死他一點都不後悔，我也是為我的小隊員報仇！」

／所有的人都摒住了呼吸，他們訝異瑞德所做的。／

詹力（也冷冷地說）：

「你不曉得他是痲嬸新義系裡的幹將？你知道你在做什麼嗎？你在為自己挖坑，搞不好會害死你自己。」

瑞德： 「為什麼？怎麼會？」

詹力： 「你不知道**痲嬸**也跳船了？」

瑞德： 「她跳什麼**船**？」

詹力（深深吸一口氣，凝重地看著瑞德）：

「德國投降後，日本鬼子這艘船眼看就要沉了！不想跟它一起沉的人都趕快找路子搭線找後路。痲嬸不傻，別看她肥的像豬，她比猴子還精。她已經跟重慶國民政府搭上線，被委派做工作。我們也已經被通知，不可以再跟痲嬸的人對著幹。將來日本敗走，國民政府接收的時候要她協助做接收工作。說不定還要做國民政府的官，是個大員！現在得罪她，將來她這種東西報復起來是凶神惡煞一樣狠毒的！」

瑞德渾身一顫（憤怒的高喊）：

「哦！天！怎麼可能？那麼卑鄙下流的漢奸叛徒會被國民政府放過，還讓她繼續做官？不可能！我不相信！」

詹力（淒苦的笑了幾聲，緩和的說）：

「瑞德，你太年輕，你還天真，你懂得的不夠！這個世界沒有天理的事太多，一點都不稀罕！你聽過嗎？*『強權就是公理』*，這個世界上只講權勢，有權有勢的人永遠有辦法！

*什麼國家民族？什麼光榮正義？那是我們所以為的目標！*上層的國家領導人衡量的是政治！*政治就是交易，權勢與權勢之間的討價還價。*你有多少資源？你有多少籌碼？在搞政治的人的桌上就是一個牌局，一個交易；贏多少、輸多少。

程苣子- - -呵，那個痲嬸，她聯絡了偽政府上海港口稅警隊的隊長顧力熊，還有偽政府的皇協軍將領李大唯，一起跟重慶的國民政府談條件。勝利後國民政府來接收只要派幾個接收大員就可以完成掌控，她可以把一切安排的有條有理，那裡有財源，那處有稅收，那些勢力可以掌控上海，她一清二楚；國民政府可以毫不費力的接收復元，不出一絲問題。」

瑞德（驚訝憤怒的吼聲）：

「*不可能！可恥！詹哥，你說的是真的？*」

詹力（帶著無可奈何的語調，憤怒又冷嘲的腔調）：

「對，我說的是真的！我也恨，但是怎麼辦？如果你是國民政府你要怎麼做？槍斃所有偽軍？*幾千？幾萬？- - -大屠殺？*還是關起來養著他們？糧食呢？再下鄉去搶糧？- - -解散？*好！*讓無路可走的偽軍士兵一夥一夥地去各地作惡、鬧事？怎麼管？怎麼辦？告訴我，你有什麼更好的辦法？再看看歷史，那一朝那一代都是一樣，勢力龐大起來的土匪團夥只要肯提出條件談判，當權的政府都願意招安，把他們納入編制，給他們番號，讓他們自己籌餉，合法的弄錢享受財富，反正只是糟蹋螻蟻一般的老百姓。」

瑞德： 「那我們呢？」

詹力： 「我們會被解散，因為我們人不多。我們沒有資源，沒有籌碼，何況日本已經敗了！」

瑞德： 「我們所做的一切？我們的價值呢？」

詹力： 「我們的價值？」

／詹力忽然傷感地冰涼的冷笑了起來，越笑越大聲。／

「*我們的價值，就在於 **我們有被利用的價值！** 我們愛國家，愛民族，願意犧牲一切來戰鬥！願意在皮鞭、烙鐵的酷刑下堅忍不說一句話，不吐露一個字！戰爭結束後我們就不再有被利用的價值！我們說不定還會被編入程苢子的機構，假如我們還願意繼續爲國家工作的話！*」

瑞德： 「*醜陋！醜陋！不可能！我不會接受！*」

詹力： 「瑞德，你一個人可以追求完美，我認識你，我瞭解你。但團體不能，它考慮的是利益，這個團體的利益。小到一個機構，大到整個國家，它考慮的是這個團體最高優先的急迫性目標，也就是這個團體的存續和利益，違反了就沒有辦法生存；那也是它的核心宗旨；它不能犧牲太多去追求公理正義，團體也不接受這種傷害利益的目標。讓我告訴你，跳船的不只是那些沒有骨氣的漢奸賊黨，日本人也一樣，日本早就派出密使跟美國政府談判投降的條件。」

瑞德： 「他們有什麼好談的？」

詹力： 「爲了天皇，他們效忠的天皇。日本可以投降，但先決條件是不能夠讓天皇的家族蒙羞。那頭號的戰犯家族必須被豁免受審；雖然從他們那裡下了最多的燒殺令。天皇的叔叔朝香宮鳩彥親王就是親自下達南京大屠殺命令的頭號戰犯，但是他不可以被追究，只能抓替罪的軍隊將領松井石根來問罪。槍斃也罷，絞刑也罷，都可以。反正軍人戰敗本來就應該切腹，交給盟軍去審判又有什麼關係？只要救下天皇一家就可以！

　　還有日本政府的領袖，判個幾年就會放出來，將來他們的子孫後代還是會做日本政府的領導，至於受審判的戰犯，就算被絞死都不要緊，也許他們將來都會是日本人民崇拜的民族英雄，說不定會被放進他們的**靖國神社**裡去受日本政府的國家祭奠！至於日本老百姓的死活又有什麼關係？而且他們正好是日本天皇的籌碼，假如美國不接受，那麼日本就實施本土戰役的『**玉碎計劃**』。日本的首相東條英機將會編組全日本所有的人跟美軍拼命，犧牲所有的一億日本人來換取美國大兵幾十萬、幾百萬人的性命！

　　美國人已經從太平洋島嶼爭奪戰中知道日本人的民族性，在日

軍和美軍為爭奪硫磺島而進行的一次激戰中，22,000名固守硫磺島的日軍只有200人生還。美軍卻有26,000人傷亡！這是美軍在太平洋戰役中唯一一場傷亡比日軍還多的戰役。要知道日本人不重視生命，也不怕死亡。每一個島嶼只有少數人投降，其他人不是戰死就是自殺！

美軍的死傷是那麼嚴重，要徹底擊敗日本，打到日本的本土，使日本完全投降和抓到每一個戰犯來審判；美軍幾乎可以確定死傷幾十萬到百萬的青年子弟兵。但只要豁免那幾十個，或者百來個日本天皇的家族成員就可以免去這些災難般的犧牲，有什麼不可以？日本政府在祕密談判桌上有太大的籌碼，美國政府不可能拒絕！

要知道日本人的民族性嗎？他們可以造出先進的零式戰鬥機，不亞於歐美的武器大炮和軍艦，因為那些只不過是科技知識的層面。但是到今天為止他們是缺乏人文嚮往和追求智慧的民族。有的只是千百年來的武士道傳統，和輪替當權的軍閥歷史；卻沒有哲學，沒有人文，沒有出過尋求生命意義的哲人先賢，沒有追求世界大同和君子品德的儒家，沒有追求人道主義的墨家，和融於宇宙自然的道家，更沒有追尋理想國度並且留下智慧結晶的孔子、孟子！有的只是毫無憐憫的橫暴的武士，和講求武力謀略的幕府。

他們可以有最現代化的科技，但是他們的思維層次只停留在人類原始社會的野蠻，講求武勇暴力和崇拜神靈- - -也就是他們的天皇。這樣的民族是不會思考的，因此不能夠懺悔思過，只懂**敗了自殺**和**勝了掠奪**。日本兵享受屠殺戰敗者的征服快感，像原始部落般野蠻無知的殘暴，如同野獸捕獲犧牲品後盡情吞噬的獸性本能！他們如何對待無力反抗的平民和投降的戰俘清楚證明了他們次人類的獸類般的本性。

你也許永遠無法想像在今天這個世界上會有一個國家的軍營裡面裹脅著一整批年輕的女人。那些女人是日本兵的性奴隸，日本政府從韓國高麗、菲律賓、印尼，還有我們中國的淪陷區，和我們被割讓的領土台灣，在民間任意抓捕了幾萬、幾十萬的年輕女子到軍營裡，取一個代號叫做『**慰安婦**』，讓士兵方便的去隨時隨地姦淫那些可憐的女子，發洩他們獸性的需要！這就是日本人原始的文化！他們的底層，那些日本兵是如同畜類，只有肉體的需求，沒有靈魂的覺醒，如同野獸，殘暴的折磨被他們控制的奴隸，可以毫無

感情的去享受建築在他人身上的苦痛，因爲他們還沒有開化，沒有人類的思維！

　　他們的高層是冷酷又狡猾的，他們曉得對手怕的是什麼，要的是什麼！是的，眞正的日本戰犯會逃脫罪責，但是你能怪美國政府嗎？*你知道美國政府最大的責任是什麼？她要帶最多數的兒子們回到母親們的身邊，最多數的丈夫們回到妻子們的身旁，和最多數的父親們回到家裡兒女們的身畔，撫養他們長大，盡可能的保住美國家庭的完整，帶給最多數的國民幸福！那是她國家領導人的責任！*不是付出一切生命代價來消滅惡魔，彰顯眞理，實現正義！也不是懲處所有邪惡，帶來公義的光榮！那些是口號，漂亮的詞語！

　　美國政府沒有錯！要爲我們自己死難的人民究責，要爲我們的國家雪恥，那是我們自己的責任，有一天要我們自己去完成！如果說美國有錯，那我只會爲唯一的一件事，就是美國政府爲了一個龐大的利益，免除了對罪大惡極的日本731部隊的懲罰，甚至保護他們！但是那個誘惑的籌碼也太大了，因爲美國自己永遠不可能去做到。」

瑞德：　　「*罪大惡極的731部隊？我知道那批魔鬼用細菌毒害中國人！基督教的美國應該絕不會與那樣罪大惡極的魔鬼妥協，美國絕對不會！*」

　　/詹力看著瑞德，靜默了一會兒；然後他看著大家，再盯著瑞德，又過了好一會兒，他語調清冷地說：/

詹力：　　「聽好，我要提一件不該對你們大家說的事。上個月你們都沒有見到我，全是亞倫和培志在帶你們開會和分派任務。我知道你們不會問我原因，但是今天我決定告訴你們，因爲這也關乎你們。

　　我們的上級指導員非常欣賞也滿意我們這個團隊的工作，我們和猶太組織React合作從不出錯，也完成所有交付的任務；他決定帶我去後方見更高階的上級，參加一個有從美國來的高階軍官的會議，要我當他的翻譯，並且推薦我未來可能的工作。

　　我們從祕密的管道到了後方，那裡離『**中美合作所**』（**Sino-American Cooperative Organization- - -SACO**）不遠，當地有一個美軍基地，我們就住在那裡。我告訴你們我看見的事：那基地在郊外，附近全是貧窮到一無所有的農村。農民的孩子們不停的來偷美軍營房的東西，從毛巾、肥皂到糖跟麵粉和肉類罐頭，甚至衣服

褲子都常常不見。我非常尷尬，忍不住問一個軍官：『你們怎麼都不在意這事？要不要我來建議中國軍隊派哨兵來站崗？』他卻聳了聳肩說：『詹，他們實在太窮了，就讓他們拿吧。』

是的，整個基地的美國大兵都是這個態度，還笑嘻嘻地拿糖果給跑過來的孩子們。美國基層的大兵是我看過最淳樸善良的人，他們原來是美國普通的老百姓，率眞而且有信仰，值得我們的尊重和友誼！

可是當美國那些高階參謀軍官來開會的時候，我卻發現他們是多麼冷漠傲慢，根本看不起我們中國人！我全程陪著專員當翻譯，發現日本人固然在他們眼中只是畜牲，可是我們在他們眼中也全是呆子！他們有一種優越感，只交付我們工作，卻從不聽我們的建議，因爲我們不值！也許在這裡的任何人在他們眼中都是不值得什麼的！---亞倫，你知道**聖路易斯號郵輪**的事嗎？」

／亞倫點了點頭，傷感的抬眼望向屋頂，帶著輕飄的聲音開口：／

亞綸： 「太清楚了！那是一艘載了九百多名猶太人從德國漢堡逃出來的難民船，他們到了古巴，古巴總統卻廢除了原先已經給他們的上岸許可證。不得已船轉開到了美國，向美國政府請求庇護卻完全被拒絕---那個自由女神像毫無意義---無論如何祈求也不被允許，交涉拖延了很久，最後只能放棄再往北駛到了加拿大，命運仍然是一樣，無論船長如何求情，加拿大政府還是冷酷的拒絕。有乘客絕望的試圖自殺！最後只能開回歐洲，但是隨後納粹占領了整個歐洲，他們又都被抓捕進了集中營，我們不知道他們最後的命運---沒有一個國家的政府伸出援手，沒有一個政客在意！」

／詹力點了點頭，接回話題。／

詹力： 「是的，他們不被在意！在高層領導人物的眼中一般的人都不算什麼，那九百多人也一樣不值得什麼；那些**掌握權力的政客活在另一個世界**，在他們的日常生活裡每天沉浸在權謀鬥爭中，已經心腸堅硬與良知隔離，**早就不再有能力去做情感的思考，不再關心人的事情**---那些活生生的人的情感、苦痛和血淚不會在他們的考慮裡；那些人的總括不過就是一個**事件**，一件**事務**，或說一個**事項**，如果不能有利用價值，就可以被忽略到不計！政客優先考慮的只是他們能有的好處，**如何運用資源獲得更多利益**，而不是什麼公理正義，那

些只是說給我們一般人聽的冠冕堂皇的詞句！那些已經獲得權勢的政客們思考的只是權謀，他們不會多想到百姓的家園、和念及士兵的死傷；他們的出發點只有他們自己的欲望，更多的名譽威望，更高的權力地位！

權力是什麼？**權力就是資源的掌控–從有形物質的，到無形力量的**。你們知道嗎？在那些天我才知道什麼是葷菜。在這裡，我們切碎的肉絲放在蔬菜裡炒成一盤就算葷菜，可是那些天在美國人的餐桌上我吃到的葷菜是整支的雞腿，整塊的牛排，還有各種的美酒！雖然我不怎麼喝酒，可是我非常懷念那些香噴噴多汁的肉味！

權力，是周圍每一個人為著你；替你開門，為你開車！權力，是使一整群人圍著你，諂媚著你，期待你分給他一部分較小的資源，一個官位，一個燦爛的發財機會！你像一個帝王，周圍全是只想分一杯羹討好你的人！越高的權力享有越多的資源，越多的資源可以換取更高的權位！因此有權力的人彼此交易，結合資源，爭相爬上更高的位階，他們是一個你碰觸不到的階層，主宰著一切！只有等你進到權力的階層，才會發現資源就是世間的一切，你也逐漸學會把一切人與事物換算成資源來做衡量，去做考慮和決策！

那九百多個猶太難民在我們看到的是一群人，他們需要同情和幫助，但在權勢者的眼中因為他們不能成為『資源』，他們就毫無價值！

所以這就是為什麼他們會放過最邪惡殘酷的惡魔，那慘酷折磨死多少人的日本731部隊！---**知道什麼是731部隊嗎？**」

／猶太人和幾個中國人都疑惑的搖頭。／

詹力：　「我也是這次去參加了那個會議才知道。你知道731部隊是做什麼的嗎？那是一個研究細菌戰的生化部隊。日本人在中國東北成立了一個專門用活人做實驗的細菌戰研究機構，代號就叫做『**731部隊**』。他們從中國民間抓來平民百姓，還有由各地憲兵隊抓獲的抗日分子，他們絕大多數都是中國的愛國志士、抗日戰士和少數的蘇聯紅軍偵察員。他們被祕密押送到731部隊的監獄。這些被送去做實驗的人都有一個代號，被稱做是『**原木- Log**』，日本話叫『**マルキ - 馬魯大**』，日文的意思是『**可切、可削、可運輸的剝了皮的木頭材料**』！

日本軍醫將含有各種細菌的溶液注入被試驗者的靜脈內，觀察

他們的病變過程；或是將菌液摻入飯食內，注入瓜果內，有時是混入水中，強迫被試驗的人吃下去或是喝去，然後觀察各類細菌在這些『原木-樣品』中每個時間段的『發病現象』。

不只是表面的觀察，還要『深入』的觀看這些『原木』身體裡的每一個內臟器官感染後的病變實況，所以要解剖他們。而且最重要的是必須保證**被解剖的人是絕對清醒的狀態**，也就是說，絕對不能麻醉。因為日本軍醫認為麻醉後的研究數據是不真實的！那解剖的場景慘絕人寰到你不能想像！

你被刀割傷過嗎？那已經很痛，但是比較起那實驗來只是微小的蚊子叮咬，日本軍醫是要一刀、一刀割開受實驗者的每一塊肌肉，每一根血管，掏出每一個內臟去檢驗記錄！解剖時那淒厲的慘叫聲是常人不能聽得下去的！那比任何死亡的酷刑都要驚悚！試想，一群穿白色外科大褂的日本醫學專家，圍著一個綁在床上血淋淋活著的中國人，在他身上慢慢做著切割，做那令人髮指的細菌實驗，聽著那活人痛苦淒厲的慘嚎！沒有人能懂得日本軍醫是怎麼做得下去的，那比劊子手還要冷血！但這個工作也是731部隊所有醫生都必備的技能，或許他們都戴上了隔音的耳罩，而且為了日本天皇的聖戰，他們沒有一絲罪惡感！

他們還研究病菌對胎兒的影響，他們強姦一個女人讓她懷孕，然後在懷孕八個月的時候再把梅毒等病毒注射進女人的體內，在確定女人感染後，再把女人綁在手術檯上活著解剖，並把胎兒活活取出，也解剖胎兒，不打麻醉藥，他們認為活著的人才能更好的觀察人體的反應。

731部隊也做醫療實驗，把兩個中國人的四肢活活的切下來，再交換的接上；為將來傷兵做可能的移植實驗。如果試驗成功會對於恢復傷殘日軍士兵的戰鬥力有極大意義！但試驗失敗，因為接上的四肢並沒有恢復生命的跡象。還有手榴彈試驗、凍傷試驗、火焰噴射器實驗–將受試驗的『原木』關在廢棄裝甲車內，用火焰噴射器慢慢燒烤，一方面測驗火焰噴射器威力，一方面看人的耐力極限，直到活活烤死為止！最後把人與馬的血液互換，像做遊戲般，結束一群一群中國『原木』的生命。」

／詹力的呼吸逐漸變得急促，語調像空洞的魔鬼恐怖聲音。

　　　／

「但最殘酷的，是**母愛實驗**！天！我但願我聽到的是編造，是沒有證據的謠言，但是我怕那是真的！也許只是日本731部隊的那些習慣了殘酷的日本軍醫當中少數幾個，把那當作一個心理學實驗：他們想看一個母親能為孩子犧牲到什麼樣的地步，忍耐多大、多久的痛苦。他們從中國農村抓來懷抱嬰兒的年輕母親，讓她光著腳，抱著她的嬰孩關進鐵籠子裡，在籠底的鐵板下面生火，慢慢烤到發紅、發燙，看那母親要到什麼時候才會受不了煎熬而把嬰孩放到鐵底板上，自己站到嬰孩身上求生。可是發現，那些年輕的中國母親到腳底灼爛，淒厲的慘嚎，那些早已變態的日本軍醫圍著鐵籠開始更興奮，只見那個母親腳底的肉都已經焦爛黏住到鐵板上，然後站不住倒下，後背也在燒紅的鐵板上開始潰爛冒著青煙，手卻還死命抱著嬰孩護在胸前，最後只好把母親和嬰兒都拖出去埋了。」

／忽然一聲女孩淒厲的尖叫打斷了詹力的說話，大家望過去，只見到中國女孩小青在不住地顫抖和喘息：／

小青（摀著臉孔顫抖的尖聲叫喊）：

「不要再說了！不要再說了！我受不了，我聽不下去！求求你不要再說了！」

／培志過去摟住小青，細聲安慰開始哭泣的小青，大家靜下來；只剩小青和幾個中國女孩克制的輕微啜泣聲。／

詹力（調整了一下呼吸，看著小青，盡量恢復平穩，慢慢地繼續說下去）：

「受不了了是嗎？我們的敵人還能冷靜的做著呢！記住，權力改變人的性情，人的本性中潛藏的邪惡遇到可以不受限制的肆意發揮機會就會為所欲為；而這也就是所以法西斯侵略軍不管是納粹還是日本兵為什麼殘暴無比，因為當他們擁有了踐踏被征服者的無上的權力之後就全部變成了沒有人性的惡魔！

要抵擋他們，我們就應該訓練自己到跟他們一樣冷酷強大，不然怎麼打敗他們？知道嗎，731部隊的司令**石井四郎**是日本的陸軍中將，一個醫學博士。他的助手**內藤良一**陸軍中佐正在和美國軍方談判，他用幾年來在中國進行研究獲得的細菌戰資料私下同美國進行交易，以提供人體實驗和細菌研究檔案資料當作條件，換取盟軍勝利後對<u>731</u>部隊有關人員豁免戰爭責任，不受審判。

不可置信是嗎？讓我告訴你們，如果你們還不瞭解頂層政治

人物是怎麼衡量事務的，你們就永遠不能懂得為什麼美國政府竟然會考慮赦免這些做出非人類的魔鬼般罪行的畜牲！擁有權力的人是用不同於我們的出發點看事情的，完全不同的考慮，徹底不同的觀念；他們衡量了交換的條件，而**石井四郎**拿出的『**實驗數據**』是美國不可能不要的！他們自己永遠做不出、做不到！而這個就是無可替代的『**資源**』，美國急需要獲得做將來的研究運用！

試想，在那個盟軍最高指揮官華麗的辦公室裡，將軍喝著副官端上的咖啡，看著桌上軍醫處呈上的報告，- - -731透露的吸引他們的一部分數據資料，他驚訝的發覺那是無可衡量的價值，如果不同意豁免731部隊逃脫審判的協議，其它更多的資料將永遠無法取得- - -『*統統只藏在那些日本畜牲的手裡*』！將軍點上煙斗，吸了一口，看著這份資料- - -他看不見資料背後那些被害者汩汩流出的鮮血，因為那不是他的同胞，他無法感同身受；他也聽不到那撕心裂肺的慘嚎！在安靜的辦公室裡，他做著平心靜氣理性的思考，『*只要放過了那些個日本軍醫，我們就可以有完整的實驗數據- - -這些可是無法估價的資源。好吧，就答應他們吧。*』- - -你們懂了嗎？

權力帶來冷血和傲慢，他們的思維方式逐漸與一般人脫開，每一件事只精算著資源的運用和可獲得的利益，然而就是這些冷血的人主導著我們的命運！我們沒有人嘗過權力的滋味，聽說嘗過後會忘掉理念，喪失靈魂，完全變成另一個人；比吸毒還要可怕和陷入更深不可拔的癮頭！就像現在在南京的偽政府的最高領導人、南京偽政府的主席汪精衛。

你知道他原來是多麼熱血的一個革命志士嗎？他不怕犧牲、義無反顧的去刺殺大清帝國的攝政王戴灃。他失敗被捕後做好了被處死的準備，留下一首膾炙人口的絕命詩，最後兩句是：『*引刀成一快，不負少年頭！*』可是慈禧太后被他軒昂的外貌和勇敢的決心所懾服，留下了他的活口。

然後革命勝利了，他出獄成為了繼承革命領袖孫文的革命黨領導人，享有了最高的地位和備受尊崇，嘗到了真正權力的滋味，直到被一個擁有絕對優勢資源、掌握著所有軍隊的軍事領袖蔣介石所取代。他被迫退出了權利的核心，但年輕時的理想已經被享受過的權力地位所腐蝕改變，他已經失去初心，眷戀那呼風喚雨、人人聽從的權力滋味，他願意付出一切代價來重新獲得權力，甚至不惜變

節投靠日本來建立僞政府，再多的咒罵也比不上一時重獲權勢的滿足感！他從革命志士蛻變到漢奸就只是因爲品嘗了太多的權力滋味而難以自拔！」

中國青年培志（看著詹力，像是自言自語地說）：

「我倒想嘗嘗那個滋味，但是我不相信我會被改變。」

詹力（冷冷地看著培志，帶著嘲諷的語調）：

「哦？你有把握？等你嘗過了你多久沒有吃過的鮮美食物，美麗的女子爲你斟酒，穿著制服的司機爲你開車，人們向你鞠躬；你暢行無阻的看到各樣機會的大門爲你打開，然後你驟然失去之後再來告訴我你毫不眷戀。看著原先簇擁你的人紛紛離開後用冷眼看待你，那些不值一文的人爲了討好新的主子現在用力踐踏你，抱著別人的大腿甚至羞辱和嘲諷你，他們踩在你的頭上，你被窩藏在一個角落裡，卑微到希求一絲絲他人的顧念和情誼都不可得！你還能安然忍耐？那種苦痛甚至會激起仇恨！奪回權力變成他們最高的欲望！等你嘗過權利的滋味再來告訴我你不會想要權利，和不會被權力改變！」

　　　／培志搖了搖頭，堅定的又搖了一下頭，抗議地看著詹力：　　　／

培志：　「我仍然相信我不會。」

詹力：　「你不會？你現在不會，因爲你沒有權力。等一天你坐在漂亮的辦公室裡，周圍都是以那樣的觀念來思考事情的高層決策的人士，他們影響你，勸告你：*『妥協吧，那是不能放棄的資源！』* 到那時你已經不是現在的你，終於你想到那罪行只不過是一件過去的事，壞事已經發生過了，無可挽回；算了吧，追責的代價太高，還要賠上捶手可得的無價的資源！何必呢？*『爲更高遠的目標有的時候必須對邪惡讓一點步 - You had to do a little evil to do a greater good.』* 於是那可恥的交易就進行了。」

　　　／每一個人都陷入無語。但瑞德的聲音忽然打破了沉默。／

....

瑞德：　*「不！我不會！」*

　　　／瑞德插入的聲音急切而充滿感情到微微發抖……／

「我被人們寵愛和討好過，但如今我再也不會在意那些虛假！我的

人生已經經歷過那件事，就是當我的父母還在，並且有錢有地位的時候，我也像有地位的人一樣被圍繞過，牧師牽著我的手在所有教友讚許的目光下走過教堂的走廊去詩班，我喜愛的女孩的母親讚嘆地摟住我，每一個人對我微笑，給我禮物。但忽然間都沒有了！我的父母被捕，馬上周圍都是冷酷的眼光，我去教堂每一個教友忽視我，鄰居躲開我，教會領導人驅逐我，女孩的媽媽像看流浪狗一樣撇著嘴角用不屑的眼光掃視我，那女孩也躲開我！

在最悲痛的時候我猛然醒悟了，那些讚美圍繞不值一分！我再也不想看見那樣的人群！如果我有一天再被簇擁圍繞，我會馬上看到一切假象的背後人們骯髒勢力的內心，他們的一切阿諛都不會再使我快樂，因為我的靈魂甦醒了，我開始認識智慧了！

美食、美酒也都不再讓我羨慕或渴望，因為我已經吃過最甜美的一餐，它太美好，我是顫抖哭泣著吃的，那滋味溫暖，是永恆的滿足，使我再也沒有對其它食物的欲望！那是天堂裡的一餐，你們都不可能吃過！- - -是什麼，你們知道嗎？- - -兩根包穀和一條鹹菜！

你們可以嘲笑那最廉價的窮人食物，可是你們知道嗎？那一天是我被牧師從一個教堂趕出來的時候，一個鄉下園丁忍著他的飢餓，給了我他自己的一餐！他把他最需要的給了我！裡面是滿滿的愛！我無法說給你們聽我的感受，我相信那一餐簡陋的食物是上帝差遣那人給我的！他讓給了我他的一餐，他自己沒有了食物！我是從上帝那裡領受，一剎那間我懂得了愛，我哭到不能自已，我起誓在還有人飢餓的時候我絕不吃美食，我要把我自己的包穀鹹菜分給他們！我內心從此就真的不再在意美食，我起過誓我的包穀鹹菜要分給每一個飢餓的人！我就忽然再也不嚮往美食- - -你們可以嘲笑我去找了那麼多孤兒分吃食物，可是沒有比看見他們吃用我的食物更能讓我感到快樂的事！因為我相信有一雙在上面的眼睛看顧我，看到我追隨那老園丁走的腳步，做他所做的事，祂必定會讚許我，我就滿心歡喜，心中只有快慰！我要像我心中神聖的老園丁，我要像他一樣神聖！從那時起美食一點都不吸引我，唯一我還想要好的食物的原因只是因為可以給一個人，看到她吃我可以快樂，因為我喜愛她！

我又學會分辨一時的虛假和恆久的真實，我要的不再是人群

的獻媚和社會的地位，我只想要一個眞理，讓我可以終生追隨的呼召，那就是我的信仰，它已經融入我靈魂裡！你們同意嗎？那沒有融入靈魂的理想只是一時的意念，會隨環境改變，也會隨一聲感嘆消逝；但是深植到靈魂裡的理念會成爲信仰，永不改變！你們可以嘲笑我變成宗教迷信或狂熱，但是我眞的相信，我的決心深入我的靈魂，所以再也不會被改變，頂多隨生命告終！因此我相信我不會爲了權力和利益與魔鬼交易，魔鬼那些邪惡的權勢和美食已經不再是我的欲望！」

／瑞德激動的說完他的話語，沒有人出聲，沒有人想到那很少說話、只是跑腿的少年會表達出這樣的思維。大家陷入沉思，盯望著瑞德，像看一個陌生的人，他們過去不認識的人。／

／詹力站起來走向瑞德，凝望著他，緩慢沉靜地說：／

詹力： 「瑞德，等有一天你經歷過考驗再來說你不會，那你的話才算數。現在，我們誰都不知道。我甚至害怕有一天我也會如此的交易，或說是『妥協』---瑞德，將來也許有一天你會學到，所有的政治人物都是這麼做的。」

瑞德（吼著）：

「不！我不想做政治人物，我永遠不會！」

詹力（略帶惱怒的語氣）：

「我們沒有辦法脫離現實，那就是無處不在的政治，利益的交換。是的，那些有權勢的政治領袖是時時刻刻在這麼交易著；他們習以爲常，早就不把任何事當成一回事。沒有對與錯的分別，有的只是妥協和利益。如果我不脫離這個組織，我會被迫參與著他們的交易，跟著一起出賣良心；一次、兩次，久了就麻木了，所有的領導人物都是一樣，他們爲了維護自己的地位，必須昧著良心出賣正義，謀求妥協、安排交易，然後升官發財，獲得更高的地位！

瑞德，有一天我可能也變得如此，不得不跟著走那一條道路，把一切當成『資源』，學著交易，不再過問良心對錯，眞的到那一天，我已經不是今天的我，瑞德，我現在給你一個命令，也是一個請求，---假如眞的有一天我變了，你來殺掉我，毫不留情的來暗殺我，我那時也許會爲了保護自己先殺掉你！瑞德，我早就看過太多

政客幹的事，今天的盟友明天的敵人，我沒有絲毫把握！但是現在我先托付你，如果有一天你必須來殺我，我死後不會對你有任何抱怨！」

瑞德（激動的說- - -）：

「詹哥，不會，不會的，你不會、也不可能變成那樣！我也不會！我不能相信你說的話，它違背一切我受的教導和確信的原則，那些信息必定是謠言或是一個誤傳！

　　如果我相信你說的是真的，那麼我對未來美好世界的憧憬一下就會跌入空虛和幻滅- - -沒有神聖，沒有正直- - -有的只是醜陋的政治利益，齷齪的妥協交易，難以置信的出賣和陰謀！它將讓相信公義的人被沒有底線的隱藏交易嚇壞，追尋理想的人會立刻墜入深淵！

　　我忽然想起聖經〈傳道書〉上的一句話：**『我又見日光之下、在審判之處有奸惡。在公理之處也有奸惡。』**過去我不懂，現在突然懂了！但是我不接受，我還是要為我所相信的公義爭戰！你的話只會提醒我要保持覺醒，不迷失在欲望和環境裡，讓清醒的靈魂保持初心。

　　詹哥，我被鍛造過，我失去過所有，因此那時候痛恨人們，想要毀滅一切；但是我又獲得了一個進入我生命裡的人，滋潤了我的碎裂，填補了我的空虛，我不會再迷失，我要為我現在所愛的人和追尋的呼召獻上一切，所以權勢不再會能迷惑我！

　　詹哥，用心想一下，我們的一生是在寫一本書留給以後的人讀，用來衡量我們的價值。詹哥，不要擔心，我不會來刺殺你，我要陪伴你走更長的路，保護你不變！我發現我自從保護*Missy* – 莎拉後，我獲得了更多，我更感到了自重和豐富。不要去想資源，不要喝美酒和想要美食，讓我們保護彼此，我們付出的會豐碩的回收，那就是生命的長進。

　　從事政治的人都追求權利，只是政治家是把權力當作工具，為實現理想而去追求。但政客是為權利的本身去追求權力……我們做政治家好嗎？」

. . . .

／詹力忽然不耐煩的發出一聲怒吼，對著瑞德厭煩地斥責：／

詹力：　「夢想吧！瑞德，你區分不了政治家與政客。當他們還在舞臺上演戲的時候都一樣，生、旦、淨、末、丑，或者全都四不像，你分辨不了的！他們全都化了妝，演著喜劇、悲劇、鬧劇或是諧劇，要到戲劇結束，他們演完了鞠躬下臺的時候你才知道他們原來是誰！

　　你看過戲劇的舞臺，它和人生的舞臺唯一的不同，就是在人生的舞臺上我們既是觀眾又是劇中人！但我們只是配角，哦，不！還夠不上，我們全部都只不過是道具和跑龍套的群演，那些主角、配角---噢，他們才是有臺詞的明星！政客和將軍們，他們和編導---就是幕後那些有勢力的權貴們商量，決定戲劇的內容，和他們要的戲分！

　　而我們這些群演，臨時演員，沒有一句臺詞，我們一言不發地隨劇本起舞，被設定去襯托明星，去瞻仰他們，去跟隨那些要角；導演要我們吼我們就吼，要我們跑我們就跑、要我們跳我們也去跳，最好的結局是最後能默不作聲的退下舞臺，最壞的結局是倒在舞臺上！

　　懂了嗎？人生能寫成一本書？那你要有『臺詞』，你要找導演和編劇，就是那些有權力，有資源的人！不碰政治？沒有資源？你能有什麼角色？你能寫出什麼樣的書？

　　你的包穀和鹹菜誰要？哦……有的，最底層窮困到一無所有的人才吃，他們一有機會嘗到美食就會離開你，你以為你能跟誰在一起？那些窮孩子能為你做什麼？你奢望做什麼樣的大事？伸張正義？你挺身而出就會是第一個犧牲者！

　　瑞德，醒醒！認清楚人生，學習成熟和明智，不是所謂的理想和智慧，這是我最後能給你的忠告。我喜愛你如同你是我的親弟弟，我希望看到你成功，但首先你要能成熟。瑞德，放掉你的包穀鹹菜，你先要有美食，大家才會來與你共餐！」

詹力（用幾乎嘯吼的聲調又重複了一次）：
　　「記住，你先要有美食，大家才會來與你共餐！」

∙∙

／詹力與瑞德在破舊園林的廳堂內站立著互視，其他的人不發一言。
　　瑞德仰臉看著詹力，眼神受傷而彷徨，但慢慢堅定。

詹力伸出手臂，搭在瑞德肩膀上，深深地凝視著瑞德。／

>>>

／舞臺燈光漸暗- - -
兩個人漸漸隱沒在黑暗裡。／

---第四十三幕結束---

第四十四篇　犯錯與驅離

-續前幕-

開演：　燈光漸亮，同前一幕

⋯⋯⋯⋯⋯⋯⋯⋯⋯⋯⋯⋯⋯⋯⋯⋯⋯⋯⋯⋯⋯⋯⋯⋯⋯⋯⋯⋯⋯⋯

　　　　　／詹力與瑞德仍然站在舞臺中央，互相對視著。／

詹力：　「瑞德，等吧，有一天你會懂得這個世界，或許懂得了政治，那時若是可能，我們會笑著談論這件事。但是瑞德，*現在*，我必須先處置你的錯誤，我必須- - -你做的事太魯莽，你沒有任何報告，直接照你自己的意思處理了林悵柞。這是違反規則的，它可以馬上造成我們陷入險境，你自己也會有非常危險的結果，瑞德，為什麼你不馬上回來報告？」

瑞德：　*「來不及，會太遲。」*

詹力：　「不可以，我們有規則，我們也會應變。我們可以立刻停止莎拉第二天再去送紙條。」

瑞德：　「可是林悵柞已經跟蹤到莎拉的住家，萬一他回去通報後立刻派人來對她不利，甚至會抓捕她！」

詹力：　「不會，不會那麼快，林悵柞起碼會再跟蹤一次，要抓也會等到第二天在報社門口確定等到她才抓。你應該當天立刻回來報告，我們可以馬上防範，讓莎拉暫停工作和安排臨時住到別處。」

瑞德：　*「不！我不能冒那個險！我不會讓莎拉冒那個險！」*

　　　　　／詹力愣住了一下，他仔細地觀看著瑞德，然後徐徐的開口：／

詹力：　「瑞德，你這不是在執行任務，你不是在工作，**你是把莎拉當成你個人的心願在保護**；你在動私人的感情，這樣你一定會犯錯，而且你已經犯了！要解決林悵柞有很多方法，絕不是一時不顧一切的去做掉他卻留下想不到的危險。

　　　　　現在痲孀那邊一定已經發現林悵柞不見了，他們會去尋找，還會放消息懸賞，你常在外面跑，認識你的人也很多，即使你們在河邊沒有被人看見，但是一定有人看到過那天你和他一起往蘇州河邊

的路上走。痲癀的人就會知道並且來堵你。現在一切都太遲，你躲起來他們就更會認定是你。你只有假裝沒事，繼續照平常日子過，看能瞞住多久。但是提高警覺，帶上傢伙，要你幾個小兄弟暗中跟著萬一有事好接應。我沒有人可以派，你保護好自己，但是不要再來這裡，也不要跟我們任何一個人接觸。你犯了大錯，我要把你從我們組織裡除名。要瞭解，我們要的是全面的行動，不是一個人一時的衝動，那不只破壞了紀律，還會殃及未來全盤的計劃！

另外，不管你多願意保護莎拉，你也不可以再靠近她，不要帶給她危險！你不再是『莎拉的影子』，莎拉遞送信息的工作也必須暫時停止。亞倫，你同意嗎？」

／亞倫點頭，然後溫和地對著莎拉。／

亞倫： 「莎拉，妳一直做的很好。我暗中觀察過妳，你確實遵照規定從來沒有先打開紙條看過。所以送進報社時妳什麼都不知道，神色自若的跟其他買報紙的人一樣，因此才維持了那麼久沒出事。我不知道為什麼那個林長柞能懷疑妳，也許奸邪的人自有他奸賊般特殊的本事。現在先停止了吧，明天就不要再去拿信息，讓報紙只登些日本官方的新聞吧。」

／沒有人再說一句話，瑞德呆立在中間，沒有任何動作。

莎拉不知為何，輕微的啜泣起來。／

／然後詹力調整了一下他站著的姿勢，對著瑞德說：／

詹力： 「瑞德，有些話我必須告訴你；你還年輕，甚至太不成熟，我們年幼時有著理想，容易充滿激情，你現在就是！但是你必須長大，成熟起來；曉得真實的世界，不然如果你執著於一個單純的信念，抱持一個不容於世俗的夢想，你就沒有辦法融入任何一個團體，和適應任何一個組織；一般人不會和你合作，你會完全孤單，而單靠你自己一個人，你什麼大事也做不到，趕快長大吧！

俠客和將軍不一樣，一個是勇敢的像個烈士，只照自己心願做事；另一個是能考慮到方方面面的利害，整合矛盾來率領大軍做戰。你現在的格局只適合做個俠客！

我知道你搞黑市，也知道你加入洪門幫會是他們門檻裡的洪英，但是我仍然容納你，因為不與我們的目標衝突- - -你容得下別人有雙重或多重身分嗎？- - -我願你快快成熟起來而不再是什麼尋求

智慧。對了，我還想問你，你說你追尋智慧？*智慧是什麼？*你殺林俅柞的時候有智慧嗎？不過是一時熱血的衝動！智慧在那裡？你不遵守我們組織的規範，你可能損傷了我們全盤的佈局，我能信任你嗎？你喜歡自己做主，你不適合一個團體，你的心智還太不成熟，我希望你將來能有一個圓融和包涵的個性。

但是現在你必須離開，你走吧。沒有你我們會有太多不方便。以我的經驗，你會馬上開始遭遇麻煩。小心保護好你自己，你做得到的。我們不必要的行動也會暫停，我們不**關店**，但是暫時**打烊**。照約定的辦法，有事的時候亞倫和我會隨時聯絡你們；今天在這裡說的話都算機密，你們不能透漏一個字出去。

瑞德，願你的上帝能讓你平靜的接受你不能改變的事務。現在，你先出去，然後雅各你帶著莎拉走。其餘的人照著習慣分批撤吧！大家再會。」

....

／還沒有人移動，瑞德忽然環視著大家並且舉起右手制止人員離開，然後他對著詹力開口：／

瑞德（看著詹力，用他從未有過的冷靜平穩的語調，<u>突然開始用中文說出</u>）：

「詹哥；等一下，我會離開，我會遵照你的命令，我知道對我們的組織來說我是做錯了，我若不走會害組織被程莒子的新義系報復。我做的事我自己承擔責任，但是我必須再說最後幾句話後再走，因為以後也許見不到你們了！

詹哥，我不夠成熟，因為我們不一樣！你們過去走的道路是平順的，你們起來抗日是因為愛國，一個高貴的國家民族情感，我也有，可是我不只是如此，你們沒有我的體驗，你們沒有像我一樣直接被欺壓，甚至被迫害到家破人亡！你們不會瞭解那種痛苦和恨，你們與邪惡對抗時是用平靜的理智，可是我是恨！我的心靈被扭曲過，因為我父母的遭遇！

你們知道日本人對中國人的酷刑，可是你們有摯愛的人遭受過嗎？如果是你們的親人，你們怎麼忍受？你們知道每當夜深人靜我想念起我的父母時，我是遭受怎麼樣的痛不欲生？那酷刑施加在我的靈魂裡，也在身體上；像一顆大樹要被連根拔起，你才發現地

底下的根有多深，造成的地洞會有多大；那親情的摯愛又深入在我的每一個細胞裡，當那心靈的連結被抽出的時候，每一個細胞都破了！我慘嚎，只是沒有聲音，我渾身鮮血淋漓，只是沒有人能看得見！那展現在腦海裡的景象，使我害怕驚懼到渾身顫抖，沒有辦法呼吸，頭腦揮不去那個景象，我發狂的想吼叫卻發不出聲音，我不知道下一步能做的事，我拿出一根準備好的鐵釘頂在胸口，拼命用力戳，直到皮破了，釘尖刺到肉裡，那身體的劇痛才轉移了我靈魂的崩潰墜落！對，我自己傷害自己，因為不然我解除不掉那精神折磨下陷入的著魔瘋狂！我救不了我的父母，我痛恨自己，我所有的仇恨不是你們能想像得到的！我寧可自己去受刑，我不能再忍受想到我所愛的人被他們折磨！」

／瑞德解開了上衣，露出一塊佈滿傷疤凹凸不平的胸口皮膚，詹力愣住了，凝視著那片結痂的肌膚。瑞德閤起上衣，冷冷地繼續說下去。／

少年瑞德（聲音從冷靜平淡逐漸轉成一種強烈的情感，用中文繼續敘說）：

「只有親身經歷過才能懂得，我無法描繪給你們聽那種被壓抑毀滅的傷痛！是地獄的火焰在燒灼我！我的心靈被一次一次又一次的燒焦破碎，直到碎裂後又再次凝結，但已經不再是原來的形狀；那是碎成一片又一片後的結痂，冷硬變形，而且裡面不再有熱血，不再有情感，也不再有懼怕，卻有無限的恨。恨世界，恨人群，恨每一個屈服躲藏在角落裡，蒙起眼與邪惡妥協的一般人！我恨，我恨到甚至也想除滅他們！我厭惡人類！我會從遙遠隔絕的空間看待這個世界，這個無情醜陋的世界！

你們曉得農村養的雞群嗎？當一隻黃鼠狼溜進雞群裡，所有的雞欄裡的雞驚慌地尖叫著，逃竄著，但等到黃鼠狼捕捉到了一隻，開始撕咬吞噬，所有的雞就安靜下來了，因為放心了，已經有了犧牲者，他們暫時安全了。

曾經有一次我的父親帶我到他教書的大學裡，讓我也坐在『視聽教室』裡與其他學生一起觀看一部叫做《動物世界》的影片，他認為那是一部有教育意義的影片，可是使我驚嚇並且永遠記憶深刻的卻是一個殘酷的場面！那是一隻獅子在草原攻擊一群野牛的片段---當那隻獅子衝向野牛群時，野牛驚惶逃竄，但只要有一隻野牛被獅子捕獲了，當獅子殺死那隻野牛，並且是直接就在那群野牛的旁

邊血淋淋的撕開吞嚼時，那群野牛竟然就完全平靜的繼續吃草了！

即使同類就在旁邊慘遭虐殺，但是只要牠們自己安全了，牠們就漠不關心！難道牠們不能懂得那是一隻正在被擊殺的同類嗎？而且牠們中的任何一隻都有可能是下一個受害者，為什麼野牛不能團結起來去救下那隻不幸的同類，或一起抵抗？我以為那是因為牠們是牲畜，無法懂得，它們沒有良知和人性！

但是現在我發現了，當惡徒陷害虐殺無辜的人時，旁邊的人群也是一樣！不會有一個出來救那被害者，只是在旁邊觀看，跟雞鴨、牛羊一樣，人跟牲畜沒有區別，都是一樣！我恨！我看清楚了，我的父母被陷害後，鄰居、我父親的同事，我母親的朋友，教會的教友，完全就是畜牲，甚至比畜牲更低賤，他們群起輕賤我，驅逐我。我懂得了人性，跟牲畜沒有區別，一樣的自私、懦弱、醜惡！

這時候我恨他們，我內心是如何的鄙視他們，他們在我眼中已經只是一群低賤的東西！這時候我興起了思想，我渴慕不一樣的人，一種有血有淚，能善良會同情，有勇氣的人！那是我加入你們的原因，我敬仰你們的勇敢高貴，我願意聽從和歸你們的指揮，因為你們不是那些閉著眼睛苟且偷生的東西！即使你們驅逐我，我仍然敬重你們，因為不然我會失去所有對『人』的信念！我會變成歹徒般的冷酷狠毒，沒有做不出的事！

我一直自暴自棄，涎著臉做盡別人看不起的謀生，我沒有一個朋友，也不再奢望有一個溫暖的臂膀做心靈的依托。但是一個女孩出現了，她用臂膀環繞過我，她的友情溫暖過我，她拯救了我，她融化已經成為鐵石的我！她善良純潔，她陪伴我，聆聽我的故事，她不嫌棄我眼前的卑下，她要我相信我還是一樣高貴美好，她慢慢重新鑄造我，她幫助了我重新找回我心靈中期盼的我，她彌補了我所有的破碎，我又成為了曾經發願追求公義和美好的我；我重新在生活中有了快樂，憧憬生命將會必然成就的美好！她用暖暖的小手托住了我的心靈- - -*她相信我！*

因此我願意為她做一切的事！但是當我看見事情又要發生了！那個毒蛇的種類林俁柞要做的事，我從心底深處生出嫉惡如仇烈焰般怒火！他和害過我父母的那些其他的漢奸一樣，他們即將又要獵捕我摯愛的人！*不！*我絕不會再讓那類賤種得逞，用別人的鮮血換

取自己的利益！**不會**，我再也不會讓那些毒蛇的種類傷害我摯愛的人！我並不怕如果失算將來被他們抓獲，因為我不怕死亡也不怕他們殘虐的酷刑，能使我害怕的只會是我因為保護不了我所愛的人而痛苦的活在無止盡的心靈折磨裡，那種折磨我已經沒有力量再去承受！所以我殺了他，既不在意也毫不悔恨，我甚至還想殺掉所有與他為伍的程莒子一黨的東西！

是的，你們沒有嘗過直接受害的痛苦，以為邪惡的人還是**人**，可是我每天直接面對他們，跟他們在搏鬥，看到的是他們怎樣用殘忍陰毒的手段迫害無辜的人，抱住日本人的大腿殘害那些無力反抗的窮人，而他們自己享用不盡！他們只是徹頭徹尾披著人皮的厲鬼！

他們是歷史上不斷出現的奸臣，迫害著忠良。他們既是混跡在街頭的無賴流氓，欺壓著可憐的百姓；他們也是在權位高處的官僚。他們永遠知道霸占權勢就可以作威作福！而在國難的時候，投靠敵人，酷虐自己的人民，討好侵略者！他們逼死了我的祖父，陷害了我的父親、母親，毆打我趕我離開了我的家，奪走任何無力反抗的人的產業和無辜的人的生命！他們全都是一類，人的外形，豺狼的內心，一群下賤的雜種，不是人！我痛恨他們！我們為什麼要縱容他們為惡？我們為什麼要束縛自己的手腳，等待他們來傷害？

是的，過去我是柔弱善良，但現在不再是。我不容他們再傷害我，更不容他們再傷害我珍愛的人！你們把莎拉交給了我保護，**我是她的影子**，她的安全是我的責任。我不會再讓我喜愛和保護的人受到一絲一毫的傷害。我只要想到林侊柞竟會準備要做出的事，我就恨到咬牙切齒，那種所有加起來的憤怒使我毫不猶豫的想除掉他，一點也不後悔！我恨他們遠超過恨日本人！

他們像我從聖經上看見的那種『**蹲伏流人的血**』的毒蛇種類，而且經文清楚的描述：『**這等人若不行惡、不得睡覺。不使人跌倒、睡臥不安。因為他們以奸惡吃餅、以強暴喝酒。**』我不要假仁假義，我對他們恨到骨子裡！因為他們侵占我的家，幫鬼子抓捕我的父母。你們沒有經歷過，你們可以談規則，**我不！我要除惡務盡！**

我答應你我會離開，不把麻煩帶給你們。但是我的任務我會繼續，我要看顧莎拉，雖然我不會靠近莎拉；她是我喜愛的猶太小

女孩，我會用我的方法看顧她，她的安全已經托付給了我，我起過誓要保護她，我不會丟卸我的責任！*我真正的愛她！*我說中文，因為不要她聽懂，但是我要你們瞭解；為什麼我會殺了林俁柞，因為他毒謀著要害那勝過我生命的人！我寧願自己死亡也不會再讓一個我心愛的人受害！那是幫助甦醒了我的靈魂的女孩，我重新找到聖潔和愛的力量，她在我的生命裡超過我原來的預期，她融入我的靈魂，存在在我的每個細胞裡，我珍愛她，我願意為她付出一切，但是不要告訴她我說的話，所以我這段話用中文敘說- - -因為我不要她聽懂，我怕驚嚇她，我怕她轉身回跑！我不要冒一絲一毫的險改變她現在對我的友情，她還那麼年輕幼小，我懼怕她還不能夠懂得，也不能夠接受我是那麼愛她！」

　　／瑞德回頭看著莎拉。眼中閃著淚光，突然用英語說：／

　　「莎拉，原諒我沒有告訴妳我做的事。因為我知道妳不會接受。*莎拉，只是我必須，我必須！我不能再讓這些魔鬼傷害到我喜愛的人！*」

　　／莎拉遲疑地搖頭，說不出一句話。／

>>>

　　／舞臺燈光漸暗，最後整個熄滅，不再看到基地的會議室。

　　一片橫景幕移過來，投影出一個小巷口。瑞德站那陰影裡等著。

　　雅各和莎拉走了過來。瑞德走出擋到了他們前面。／

>>>

少年瑞德（用英語說）：

　　「莎拉，我不再靠近妳，但是我會和過去一樣看顧妳，我還是妳的影子，我會繼續保護妳。」

　　　／雅各不發一言的移開一步，站在旁邊，讓妹妹莎拉跟瑞德
　　　說話。／

女孩莎拉（終於哭出來了一聲，難過的責問瑞德）：

　　「他們剛剛說的話都是真的嗎？你用中國話說了什麼？你不要我聽到你是怎麼殺人？噢，你真的會殺人？我該感謝你嗎？你真的殺過人？我只要想到把一個活生生的人殺死的場面我就會驚嚇害怕到顫抖，而且你從背後，*那不是戰場，那是謀殺！那是最不可原諒的罪行！我不敢想像你會是那個能做出謀殺行為的人！*瑞德，我不能想

像！你嚇到我了！詹力說的話更嚇到我！所有我原來以爲的將來光明都不存在，我們的上層，包括每一個領導人難道都是那麼陰暗？我們努力拼搏想要建立的美好世界會實現嗎？我現在幾乎不再有信心，一切都是亂糟糟的了，現在不要我再去送消息，我失去那件我最看重的工作，*我的價值呢？我做錯了什麼嗎？*還有，瑞德你描述殺死那個林什麼的時候那麼平靜，你過去還殺過人嗎？

我周圍認識的人沒有一個會做這種事！我不敢相信你會是一個凶手！你難道不知道聖經十誡裡那重要的一條：『*不可殺人*』嗎？你已經背叛過十誡裡的『*不可拜偶像*』，我們都獻過贖罪祭了，現在你又犯下了殺人的罪行，再次違背聖經的戒律，*那麼我們做過的贖罪祭還有什麼用？我們還能怎麼做？再獻祭懺悔？*

不管怎麼樣，你能有權力殺人，奪走一個人的生命嗎？上帝會接受嗎？告訴我，瑞德，現在你要我怎麼做？裝作什麼都沒有發生過照樣去牽你的手？你那沾滿血腥的會殺人的手？*我不能了！*瑞德，告訴我，你爲什麼那麼衝動？*爲什麼？*在我心裡的你一向是沉著冷靜的！」

少年瑞德（壓低聲音卻忍不住的輕喊）：

「*因爲那關係到你的安全！*」

女孩莎拉（憤怒而顫慄的聲調）：

「所以你是爲了我殺他？瑞德，我一直多麼喜歡看到你，聽你的故事，可是現在我怕看見你了！你的手那麼血腥，你親手殺了人沒有一點抱憾，並且你前幾天還帶我去了『小屋』，一點都沒有讓我看出你兩、三天前剛做過的事，我現在怕你！」

少年瑞德（絕望淒楚的音調）：

「*莎拉，原諒我！我不得不！我不能再讓任何惡徒有機會傷害到我喜愛的人！*」

女孩莎拉（輕聲哭泣起來，低喊）：

「瑞德，我爲什麼要和這個殺人的事件有關係？爲什麼會有人因爲我被殺？你的手沾滿了血腥，你給了我一個完美無暇的世界的夢想，我們才剛剛贖罪潔淨了自己，一切都是神聖的，我們不能再被罪行玷汙，否則它就破滅了，什麼都不再是！我現在沒有辦法接受你，不要再做我的影子，離開我遠一點，求你！」

少年瑞德（佇立在原地，面對莎拉輕聲喊著）：

「莎拉，原諒我！莎拉，我沒有別的辦法，原諒我！」

　　／女孩莎拉走回哥哥雅各的身邊，她低垂著頭，滿臉失落和眼淚。她挽起哥哥雅各的手臂，兩人走開了。／

　　／瑞德眼淚滴出眼眶，倔強地站著，輕聲的對著莎拉的背影呼喊：／

瑞德：　　「Missy，我是妳的影子，我要保護妳，我一定會保護妳！祝福妳，祝福妳！祝福妳！」

....

　　／莎拉聽到背後傳來瑞德乞求原諒的聲音，但她決意不再回頭，慢慢地跟著雅各離開。

　　／瑞德凝望著莎拉的背影，緩緩彎下腿，絕望的跪在地上。

　　／舞臺燈光全滅，只剩一片黑暗和瑞德重複痛苦的呼喚聲：／

· ·

「Missy，祝福妳！Missy，祝福妳！祝福妳！- - -」

>>>

-帷幕緩緩闔上-

---第四十四幕結束---

第四十五篇　快跑的呼喊

-序幕-

〔**舞臺**〕：舞臺黑暗，帷幔垂落，在舞臺的左側上方有聚光燈照射下來，投射在老婦莎拉身上。

....

老婦莎拉的獨白：

「一週過去了，從那天開會回來我就沒有再去送過信息，也沒有再見過瑞德。靜下來的時候我會想起他，想到他敍說夢想時發亮的眼神，懇切激昂的語氣，和充滿信心的神情。想到我們對未來的期望和約定，使我更沒有辦法把他和殺人聯想在一起，想到他刻意的對我隱瞞，在詹力面前說起殺人時冷峻的神色，使我懷疑他以前是否也做過同樣的事，他必定有還沒有告訴我的祕密。

會議後我隨著哥哥回到家裡，心緒混亂，有一絲淡淡的怨恨夾雜在憂傷裡。因爲我又想起所有他說過的話，做過的事。或許我不會再去瑞德的密室---我們的『**小屋**』；但那裡有太多難忘的記憶。生活突然變得枯燥渾沌甚至難耐，有一件我多麼在意的事我不能再做，有一個占據我思念的人要被排拒出去，比未曾做過，未能擁有過更痛苦。我會不斷想到他，想念他，忽然又憎恨他 --*他欺騙了我嗎？爲什麼他不誠實的對我？*

我想起了他幾天前在小屋對我說的話：『*莎拉，我想知道一件事，如果一個人因爲良好的意願而犯了罪，他會被原諒嗎？*』---他是指這件事嗎？他那時是想向我吐露嗎？---『*即使那個人是在緊急而且沒有選擇的情況下去做的事？譬如說爲達成一個任務，或是保護一個人？*』還有他那時的祈求：『*莎拉，不管我做了什麼，答應我，妳依然會把我當成妳最好的朋友，絕不看輕我，離棄我，好嗎？*』---是的，那時刻他也許前一天剛殺死了漢奸林倀柞，但他說不出口，他只能期盼我會諒解和原諒！

多年後我成長了，我懂得了瑞德的心念，他喜愛我，他知道我還年幼並且在父母的照顧下生活單純，還沒有直接面對世界的黑暗、人性的殘酷；也不會懂在街頭生存必須的法則。因此他執意隱

瞞他所做的一切暴力，不提他做過的生死拼鬥；只想在我面前展露美好的一面，讓我能接受他，喜愛他。他必定有許多不得不做的事，在那個環境下生存的必要；但是那時我還不懂，我只願意看見和接受一個純潔美善的瑞德，相信一個天眞爛漫的美夢。

要到關鍵時刻，那生死抉擇的一刹那，一個人眞實的本性才會顯露！還稚氣愚昧的我才會明白，然後都太遲了！瑞德，我責怪過他，逼他離開，等我眞正懂得他，想再擁抱他，到他身邊甚至說一聲道歉都已經來不及了！

要多久以後我才能長大認清人心的虛僞、天性的自私、做作的矜持，和無知的自以爲是，盡情的高抬標榜自己卻輕賤別人的犧牲，*而我就是！*我竟然在瑞德爲我做了一切以後虛榮的去撇清關係！我想起瑞德說過的話：*『莎拉，答應我不要變，不要委曲自己去適應環境。所有的壞事讓我來替妳承擔，要永遠保持妳的光潔無暇，不要沾染到那些我做過的醜惡的事！』*我徹徹底底的傷害了愛我、爲我不顧一切的人！它成爲我刻骨銘心的哀慟，無盡的悔恨，在夜深人靜的時候多少次痛哭呼喚著瑞德的名字，而這名字在我心中變得無比聖潔，榮耀到煥發出光彩，沒有任何其它可以替代！

....

第一部

〔佈景〕：女孩莎拉的家裡。

〔舞臺〕：左側上方的聚光燈亮起，女孩莎拉走進，丟下書包，倒了一杯水，舉起杯子喝水。

-開演-

／哥哥雅各急匆匆跑進來，滿臉焦急地抓住莎拉。／

雅各（低吼著）：

「快，馬上，我剛得到消息日本兵已經懷疑那個住樓，要去逐個搜查猶太人的家看有沒有短波收音機，妳快去通知那幾家藏起來，緊急！只有妳能去，他們認識妳會相信妳，叫他們放到屋外樓梯間雜物堆裡，或暫時藏在街上垃圾堆中，千萬不要留在屋裡！快點，要來不及了！」

／莎拉立刻匆促的跑出家門。／

>>

第二部

〔佈景〕：／街道，及旁邊的一棟公寓樓房，幾個家門，女孩莎拉跑上樓，
她衝到一戶門口，急促的敲門，通知他們日本兵要來搜查，
快藏起短波收音機。被通知到的猶太人倉惶抱起收音機衝出
門外，往街上去掩藏。／

／她跑到最後一家，敲開門後，對著應門的老太太低聲呼
喊：／

....

女孩莎拉（喘著氣）：

「卡普蘭老太太，快把妳的收音機藏到公寓外面的雜物堆裡，日本
兵要來搜查了！」

卡普蘭老太太（驚慌的呼喊）：

*「噢！天啊！我不要冒這個險，我搬不動！快，年輕女孩，妳的手
腳快，幫我搬出去，幫我去藏到街角，收音機就在這裡，妳快快幫
我搬走！」*

／女孩莎拉急忙彎腰搬起收音機，用雙手抱著離開卡普蘭老
太太的家。／

她剛下樓跑出公寓大門，竟然迎面撞到了剛好到達的一隊日
本巡邏兵。／

〔**舞臺情景-Scenario**〕：

／街上一名軍官正和四名日本兵組成的巡邏隊，揹著上了刺
刀的槍，全部迎頭與莎拉正面相遇。／

／莎拉驚嚇到愣住，雙手抱著一部短波收音機，一動不動的
呆立在日本巡邏兵面前。／

日本兵（舉起槍對著莎拉大吼）：

*「嘿，那個女孩，That girl！站住，不許動！Stop! Don't move,
Stop!」*

／莎拉忽然惶恐慌亂的狂喊：／

「不！不！No！No！」

／日本兵衝過來要抓她，莎拉驚慌怔住到呆立著一時不知所措。一個日本兵伸手快要抓到莎拉時，千鈞一髮之際，她突然聽到一聲狂喊：／

「快跑！小姐快跑！（Run! Missy Run!）」

／莎拉慌亂呆滯的腦海響起母親曾經的狂喊：「莎拉，快跑！」她驚懼到不知所措。／

／突然竄出來一個模糊飛快的身影，旋風般飛撲向那個日本兵，撞倒日本兵在地上，回頭狂吼：／

「跑！快跑！小姐，快跑！（Run! Run quick! Missy, Run!）」

／莎拉看到瑞德已經趕到了，他像一道黑影跳起在空中，腿像一根彎曲的竹竿突然彈開，踢倒了追過來的第二個日本兵，落地時猛然蹲下，一條腿貼著地面橫掃靠近的日本兵的腳，第三個日本兵被絆倒跌在地上，然後他撲向第四個正要抓住莎拉衣袖的日本兵，影子撞在那個日本兵身上，一起滾倒在地上，莎拉仍然呆立怔住，瑞德迅速爬起來衝向莎拉，眼睛發紅，像陷入瘋狂的野獸，用力拉住她朝前跑，收音機跌落地上。／

／倒地的日本兵也站了起來，追過來衝向他們，瑞德拉著莎拉跑了兩步，放開手，用力推了莎拉的背，沉重急切的低吼：／

「跑！小姐！（Run! Missy!）」

／莎拉驚懼的看見瑞德的眼睛像瘋狂的野獸，發出嚇人的紅光，她這時才轉頭開始拔腿狂奔。

／瑞德望了莎拉的背影一眼，然後轉身，右手拔出小刀，聲嘶力竭的再次狂吼長嘯，全力撲向衝過來的掛著武士刀的日本巡邏兵隊長，小刀扎進日本兵隊長的左邊肩膀，那軍官痛的嗷叫了一聲退後了一步，用右手捂住左肩膀的傷口，左臂無力的垂掛著。

瑞德又回頭對著莎拉的方向像野獸咆哮的嘶吼：／

「*Run! Missy Run!*」

／他轉身再向另一個日本兵揮起右手的小刀，這時一個日本兵舉槍扣下扳機，槍聲響起，瑞德胸口冒出鮮血，跪倒在地，又掙扎的站起來舉起小刀；這時日本巡邏兵隊長鬆垂著受傷的左臂，猛地用右手拔出武士刀向瑞德跨近一步，憤怒的大吼一聲：

「八嘎！支那清國奴！」

／軍官靠右手平持著武士刀刺入瑞德腹部，瑞德慘叫了一聲，鬆掉了手中的小刀，面對右手仍握著武士刀刀柄的日本軍官，張開雙臂向前頑強的緊緊抱住他。

武士刀已經深深沒入瑞德腹部，日本軍官拼命用右臂掙扎想要脫開瑞德的雙臂，但是瑞德的手臂像鋼鐵般箍住他不放，其餘幾個日本兵開始圍上前，舉起上了刺刀的步槍從背後深深扎入瑞德的身體；拔出後又猛力再插進去；其他的日本兵戳進瑞德的腿、手臂，鮮血順著刺刀的血槽噴出，直到瑞德吐出一口鮮血，鬆開了緊抱日本軍官的手臂，面朝下撲倒在地面。

武士刀插穿瑞德的腹部，染滿鮮血的刀刃從後背透出，日本兵憤怒的踢翻他的身體，瑞德被踢翻過來仰躺在地上，武士刀的刀柄仍抖動地插在瑞德的腹部。日本兵瞪著口中不停吐出鮮血的瑞德，恣意的吼叫，又狂放的大笑，然後憤怒地圍住瑞德的軀體，嘯吼著用刺刀插進眼窩剔出眼珠，再用槍托猛砸臉部，鮮血和碎肉飛濺滿地；瑞德血淋淋的軀體還沒有完全死去地隨著每一次槍托撞擊和刺刀插進他的身體而劇烈地抖動著、喘息著。／

....

／巡邏隊軍官擺脫了瑞德的緊抱後，站在旁邊粗粗的喘了一口氣，檢視了一下左臂軍服被刺傷的破口和流出的一點點血液，還有軍服上沾染到的瑞德的血漬，憤怒的看了一眼倒在地上但還未完全死去的瑞德殘破的軀體，怒吼制止了士兵的繼續擊殺，然後走過去彎腰俯身用右手從瑞德腹部拔出武士刀，忽然狂吼一聲：／

「巴嘎！支那奴才！China Minion 巴嘎！」

／他用日語再狂吼了一聲命令，四個日本兵過去拉起瑞德的四肢，他以右臂舉起武士刀砍向瑞德的手臂和腿，一刀一刀的揮砍，直到砍斷；然後用力剖開了腹部，瑞德的軀體終於停止了顫動，剩下血水內臟流滿了地面。

日本軍官冷冷地看著那具破爛的軀體，一旁日本兵遞上一塊布給他，軍官接過解開上衣擦了一下左臂的傷口，然後用左手稍微艱難的拿著那片布擦拭了他右手持著的武士刀上的血水，收進刀鞘。

／軍官站著，點上了一支香菸，看著屍體，不停的吸著。士兵們站立不動，直到軍官吸完了香菸，邁開步伐，他們一齊走出了舞臺。／

>>>

／舞臺燈光漸漸暗淡，瑞德的軀體躺臥在血泊中……

一切靜止，舞臺光線漸漸昏暗，背景投影牆上慢慢投射出瑞德破爛分裂的軀體，鏡頭由近又緩緩拉遠，舞臺上的鮮血逐漸凝固……

>>>

〔配樂〕：從無聲無息的靜悄悄慢慢大聲，

音樂歌曲：和散那　那來到的聖者

Benedictus（Karl Jenkins）交響樂與大提琴協奏合唱團的歌唱

〔背景屏幕〕---

緩緩靜靜地回顧瑞德的一生，一幕一幕迅速無聲的投射在屏幕上。從他的幼年，歡樂的農村，到上海與父母的團聚，母親的擁抱，識字班的熱烈，到難民船隊的航行……父母的被捕，帶著小乞丐的生活，救下小龍的場景，面對莎拉說謝謝……請吃水餃，抗日組織的相遇，宣誓做莎拉的影子，屋頂上的世界，黃昏的獻祭，被驅逐，誓言仍然是莎拉的影子……

-當定音鼓和鑔、鈸聲劇烈響起When clash of cymbal resounding…。

畫面快速轉換到瑞德衝出捨命相救⋯⋯撞倒日本兵，博鬥、廝殺然後是面部的特寫- - -被殘殺- - -碎爛的屍體⋯⋯

-音樂重歸平靜

Beneditus（Karl Jenkins）純淨的合唱聲中⋯⋯

遠近的畫面，獻祭，山頂上的草原⋯⋯

最後歸於地面的屍體- - -然後在一片金色光芒照耀下，他逐漸縮小、升華、遠去- - -仿佛他看見母親的情景⋯⋯

〔背景屏幕〕：

屏幕上映出模糊的幻影，模糊的幻影- - -那座山坡漸漸顯現，如同瑞德以往每次去登臨的時候，清風吹拂草原- - -他正走在一條兩旁綠樹成蔭的可愛小路上。

那是一個藍天晴朗的清晨，當他接近山頂時，他聽到天使輕柔的聲音。

最後，當他登上山頂時，音樂漸強；他看到山頂上金色光芒燦爛的十字架，他迎風跑向，然後金色光芒照耀，屏幕上全然是光輝閃耀⋯⋯！

⋯⋯⋯⋯⋯⋯⋯⋯⋯⋯⋯⋯⋯⋯⋯⋯⋯⋯⋯⋯⋯⋯⋯⋯⋯⋯⋯

／音樂聲中，殘暴和聖潔交會，血腥的畫面與美好的和諧並存。舞臺燈光慢慢熄滅，前沿主帷幕緩緩降下。／

>>

---第四十五幕結束---

第四十六篇　影子之死

〔舞臺〕：／帷幕緩緩升起，光線逐漸明亮。／

〔佈景〕：／白馬咖啡屋貴賓室裡。／

〔人物〕：／猶太人觀光團成員，導遊婕妮特，年輕的解說員女大學生麗莎，還有中國人周老先生。／

....

第一段
-開演-

／舞臺上靜悄悄沒有一點聲音，老婦莎拉結束了她的話語。但沒有一個人接腔，大家靜靜地坐著。

稍待了一會兒之後，中國老人周先生用帶著喘息的聲音開口：／

....

周老先生（喘息著輕聲訴說）：

「在德哥被命令不准再靠近妳之後，他沿著從妳學校門口到妳家的路上安排了幾個小放哨，要他們通風報信和確定妳每天放學到安全回家後他才肯離開那附近去辦事。那天妳回家後德哥就去辦事；咱也跟著；但是還沒走遠，在你家門口把風盯梢的小東西就發現妳又出來往拿紙條的那幾個猶太人的住所跑，而且很急匆匆！小傢伙立刻用玻璃鏡發了反光訊號，通過幾個街角口的小哨轉折反光後到了咱和德哥眼前，德哥看見立刻放下一切返身衝回來，咱根本趕不上他！咱跑在德哥後面，他像風一樣快，咱越追越落後，他絲毫不休息拼命衝回來就剛好趕到了！

咱看到德哥瘋了一樣，像一道旋風直撲那個日本兵巡邏隊- - -咱一時沒有露出頭來，只看到德哥發狂的吼叫要妳快跑和跟日本兵搏鬥，他攔著追妳的鬼子不躲不閃就像不要命了一樣，最後德哥死不放手的抱住日本巡邏兵隊長，讓日本鬼子沒能去追妳！咱來不及做啥反應，事情就已經過去了，他死的很慘。」

老婦莎拉（輕聲的問）：

「他為什麼不跟我一起跑？」

周老先生（眼淚崩潰的流出，衝著老婦莎拉哭泣地喊）：

　　「妳不懂，咱懂！德哥從衝回來的那一刹那就決定用他的命換妳逃跑的時間！」

　　／老婦莎拉淚水長流而出。／

周老先生（流淚喘息的繼續）：

　　「最後在日本兵走了後，咱去收他屍體的時候都不忍心看！那已經不是一個完整的人形，臉孔已經爛到沒有，手和腳都被武士刀砍斷。咱沒有哭，只是淚眼模糊到看不清，咱脫了上衣把他幾塊散落的手腳包裹起來，帶回到咱們躲藏的倉庫裡，再帶著小兄弟們拿了床單破布去包好他的屍體，把他湊合起來，帶到一塊荒地掩埋了。

　　咱們後來從洪門堂口要到幾根香，點了插在那裡，一起拜了幾拜，女娃們都哭到幾乎昏過去！可咱們豎不起墓碑，就一堆黃土，也算是安葬他了。」

老婦莎拉（哭泣著）：

　　「帶我去看好嗎？」

周老先生（抹著眼淚）：

　　「現在上海變了，咱也找不到那塊地了。」

　　／舞臺燈光漸暗，布幔垂下……／

\>>

第二段

〔**舞臺**〕：／布幔揭開，燈光重新亮起。／

〔**佈景**〕：／女孩莎拉的家裡。／

-開演-

　　／莎拉衝進家里，埋頭在床上不斷顫抖哭泣；許久後屋子灰暗，天已經黑了。

　　房門被打開，外面一片漆黑，雅各進來，他一言不發，坐到莎拉的床沿，抱起莎拉，緊緊地摟著……／

　　…………………………………………………………………

雅各（輕撫著莎拉的背）：

「噓- - -噓- - -不要哭，妳已經安全的在家裡了，沒有日本兵跟蹤妳，妳現在安全了！」

莎拉（仍舊啜泣著，問）：

「瑞德還好嗎？他救了我，他跑掉了沒有？他安全嗎？他怎麼樣了？我一定要知道！」

／莎拉掙扎要脫開雅各的懷抱，要去查看。／

雅各（鬆開緊抱的手，面對著莎拉）：

「不！莎拉，他已經不在了。絕對不要再回那裡去，他為妳犧牲了，不要浪費了他的生命，也不要告訴任何人剛才發生的事；絕不要給敵人機會來抓到我們。*莎拉，他保護了妳，這是他唯一的願望，和最後的行動。*」

／雅各再一次用左臂擁抱住莎拉，用右手輕撫她的頭髮，柔聲地繼續敘說：／

「繼續生活好像這件事根本沒有發生過，去相信他還跟妳在一起只要當妳看到妳自己的影子的時候。很多年輕人犧牲了，但是只要我們還相信和在為同一個目標奮鬥，他們就仍然與我們同在！」

／雅各放開手臂，把莎拉的臉龐輕輕地翻轉過來面對自己，凝視著莎拉的眼睛，繼續述說：／

「莎拉，亞倫要我告訴你停止哭泣；你也並沒有犯任何錯誤。莎拉，影子只是就像一個兵士執行他的任務，他自願的在他自己選擇的戰場上陣亡了！幾千，幾萬，幾十萬，甚至是百萬的士兵死在戰場上，但至少他們死的值得；他們跟敵人搏鬥過，而不是被敵人奴隸般的消滅了。

我們的同胞猶太人死了多少？他們幾乎連反抗的機會都沒有。和我們共處的中國人死了多少？太多人只是像牲畜般被屠夫宰殺。是的，不會有人記得戰場上死亡的幾十萬、百萬士兵，就像我們也不會被人記得或知道。但不一樣的是；我們領受過一個使命，我們選擇過追求的目標和生命可能付出的代價，死時是清醒的！至少我們知道我們為什麼而死，我們就真正的活過。不像那些被征服者隨意屠宰的人群，那些人死時只會哭喊，甚至不知道為什麼！*他們幾乎不算真正活過，只是存在過而已！*

莎拉，瑞德知道他為什麼而死，他的死亡會被亞倫、便雅憫，

和詹力還有妳、我，和我們隊伍中每一個人記得！莎拉，他活過，他真正的活過；所以他沒有消失或者滅亡，他的靈魂永遠存在，只要我們還記得他，他就和你我的生命一同存在。

亞倫告訴我要妳休息，直到妳有力量再起來工作的日子。休息吧，休息一陣子吧，需要的時候會有別的人來傳遞信息。」

女孩莎拉（哭喊著）：

「*不！我能繼續工作，我要爲瑞德報仇，不能讓他白白犧牲。*」

哥哥雅各（重新摟住莎拉，安慰地說）：

「日本巡邏兵已經看過妳，他們不知道妳的名字，不知道妳是誰，但妳不能再露面！」

／雅各輕輕撫摸莎拉的額頭：／

「讓瑞德安息吧，不要讓他的靈魂耽心，讓他安息，好嗎？」

....

／莎拉倒在床上哭泣，雅各不准她去那裡查看：「*不要讓瑞德白白犧牲；他完成了他的任務。*」

舞臺燈光轉暗，夜裡的情景。莎拉躺在她的床上，在輕聲啜泣中，開始用微細顫抖的聲音唱起一首歌。／

〔**舞臺情景-Scenario**〕

／女孩莎拉起床，獨自唱一首猶太人悲戚痛苦的歌，悼念影子，她下床用手觸摸自己的影子，輕聲呼喚瑞德……

然後莎拉病倒，不斷在惡夢中看見瑞德倒在地上，日本兵用刺刀戳辱瑞德身軀，聽到瑞德的慘嚎和狂喊：

「*Run! Missy Run!*」

／背景熒幕牆上重複播放瑞德與日本士兵搏鬥的一幕，和狂吼著：

「*Run! Missy Run!*」

／從惡夢驚醒後，莎拉不敢放聲哭泣，她只是不停的流淚，拉起被子的邊上擦拭眼淚。被子的那一角都濕了她就向另一邊移動被子繼續擦拭淚水，慢慢無聲的讓淚水直流，擦拭；直到她感覺到腳邊冰冷，才發現被子已經橫過來，原來的一邊已經濕透，全是淚水！／

「*瑞德！瑞德！*」

／她不發出聲音的低喊，在床上跪著祈禱：／

「*我的神，亞伯拉罕的神，以色列的神，你也是中國信徒的神！*
求你接受瑞德的靈魂，求你悅納他，因爲他是你的兒女！」

〔**配樂**〕：（Requiem-Pie Jesu：安魂曲–慈愛的耶穌。）

慈愛的耶穌，慈愛的耶穌，慈愛的耶穌，
帶走了世界上的罪過；
讓他們安息，讓他們安息

慈愛的聖父，慈愛的聖父，慈愛的聖父，
請赦免了世人的罪；

讓他們安息，讓他們安息
上帝的羔羊，上帝的羔羊，上帝的羔羊，
帶走了世界上的罪過
讓他們安息，讓他們安息

永恒，
永久，
安息！

....

／舞臺燈光漸暗，莎拉仍跪在床上祈禱，
燈光熄滅，布幔緩緩落下。／

....

---第四十六幕結束---

第四十七篇　轟炸虹口

-序幕-

　　帷幕緩緩拉開

〔佈景〕：白馬咖啡屋的貴賓室。

〔場景〕：暗淡的燈光從上方照射在圍坐在桌邊的猶太人頭上。沒有人說
　　　　　話，也沒有人喝咖啡，他們全都肅穆的靜坐著。

　　　　　有一束聚光燈從舞臺的頂上照射下來，投射在老婦莎拉的頭
　　　　　上，她端坐著，開始靜靜地敘說：

....

老婦莎拉面對周圍的猶太人：

　　「讓我繼續說下去，我不能停在瑞德的死亡上面。否則我的悲痛會重新
開始並且不能停止！讓我說完整個故事，直到猶太人在上海的歷史止息。

　　那時候食物嚴重不足，悲痛中我也完全失去食欲。我逐漸比以前更消
瘦，天天昏昏沉沉的直到病倒，在病懨懨中腦海裡不停回憶的全是瑞德－我
的影子；他說過的每一句話，和曾經告訴過我的每一個故事。那是一種自
責，伴隨著深深的內疚，我幾乎是在責罰自己，苦痛和不再有生趣。」

....

她抬眼望向劇院的穹頂- - -

　　「環境變得更加惡劣，如同一種無盡的煎熬！是的，亞倫的願望成真，
上海占領區最後的日子真的成為一個『火熱的地獄』，不論對日本兵還是對
我們都一樣。但不歸功於反抗組織**ReAct**做了什麼，而是美軍的轟炸。那段
時間我們經常可以見到飛臨上海執行轟炸任務的美國轟炸機，它們像天空中
的小點，有時還能聽到遠處的炸彈爆炸聲。我們猜測美國人正在轟炸上海的
郊區，日本人可能在那裡駐扎了軍隊，或者在那裡儲存了燃料和彈藥。

　　我們在空襲中幾乎沒有恐懼，因為我們認為美國人知道猶太難民在那
裡，不會轟炸猶太人區，反正猶太人區也沒有任何軍事價值。當空襲警報響
起時，甚至在實際轟炸期間，成群的猶太難民聚集在不同的觀察點，用僅有
的幾具望遠鏡找到美國飛機後，偷偷地為他們加油；直到一個巨變的發生！

....

　　我會永遠記得1945年7月17日的那一天，那又是一個美國空軍轟炸上海

的日子。如同以往一樣，我們並不害怕，甚至全留在家裡。從窗戶望出去，不遠處建築物的破爛屋頂上仍然有很多中國人盤腿蹲坐在上面，他們打著赤膊抬頭望著天空向美國轟炸機揮舞著細瘦的手臂，我們可以看到並聽到他們大喊大叫：『*亞美利堅！美國佬！炸死日本鬼子！炸死日本鬼子！美國佬，殺死日本鬼子！*』他們在壓迫者的統治下遭受了多年的苦難，他們已經失去太多以至於沒有什麼好再顧惜的了，因此不再小心謹慎卻放膽地向美國飛機高呼！他們是那麼痛恨日本人，我甚至相信他們願意與日本人一起被炸死，同歸於盡！

但今天的飛機似乎越來越近，逐漸飛到正上空- - -盤子開始在桌上震動嘎嘎作響飛機引擎的轟鳴聲變得越來越近到幾乎飛在頭頂上- - -實際上已經是在我們公寓的頂上了- - -呼哨聲變得越來越尖銳，越來越刺耳- - -媽媽和我驚恐的呆滯互視，然後美國飛機的炸彈開始落下，撞到了我們房屋附近的邊緣，窗外的建築物立刻爆炸變為飛射向各處的破片和燃燒起的濃煙，玻璃碎片飛散到了各處，一切化為烈焰和煤渣！我記得的最後一件事是母親尖叫著：

『*莎拉！趴下！*』

我們脆弱的公寓牆壁開始因震動而扭曲……

『*我們最好出去！*』

父親的叫喊聲蓋過了外面的喧囂，他強拉著我的手和母親一起沿著鬆動的樓梯板向下奔跑，我們衝到外面和其他因為害怕而跑出來的人群一樣，一起在街上狂奔！在那些逃竄的人們的尖叫聲中，建築物像沙雕城堡一樣翻滾。

許多坐在屋頂上的中國人遭到襲擊，他們就在屋頂棲息時被擊中，被困在火線中，隨著房屋爆炸坍塌翻滾落下。在混亂和尖叫的聲音中，猶太醫生在街上奔忙，試圖挽救那些倒在地上的人的生命。人們在瘋狂的恐懼中沒有目的地的四散奔逃！

日本防空的紅色信號曳光彈閃耀在高空，高射炮刺耳的聲音接著響起，混合著炸彈撞擊的爆炸聲，還有可以隱約聽到的人們沉痛的哭喊和哀嚎。

中國人和嚇壞了的猶太難民一樣向四面八方散開，爭先恐後地尋找避難所，大約十萬個中國人和兩萬個猶太難民一起住在虹口，現在我們都一起承受這最新的災難。

美國軍機終於飛走，轟炸結束了，場面一遍淒清！人群慢慢聚集到了災難前的自己的居住處，但是滿目所見的只是倒塌的房屋和燒焦的建築殘骸，它們成堆的壓在一起，死傷的人體散佈在當中。並沒有人指揮，但是大家開始挖掘救災。男人們肩並肩地努力工作，過去中國人和猶太人的社區很少互動，但是現在我們不知疲倦地手牽手一起努力從廢墟中挖掘解救遇難的人，並將傷者送往醫院。我們一起抬擔架，互相扶持、攜手救災。整個虹口區在這場轟炸後被一種精神凝聚，我們成爲一個整體來動員，不分種族，不分彼此的團結一心。我看見猶太醫生迪德納在人群中跑來跑去分發繃帶、治療傷口，不同的死亡狀態的屍體被從建築殘骸中拖出，當一具屍體被抬起時，旁邊的人都會停下手中的工作，低下頭，向往生者致哀和讓搬運的隊伍通過。面對這場災難，中國人和猶太人第一次互相攙扶的走到了一起，猶太人和中國人的志願者不分彼此的救助傷患；幫扶受傷的每一個人包紮傷口。

有人說有200多名中國人和38名猶太難民分別在家中和街上被炸死。

『我們已經發現三十多名猶太人還有兩百多名以上的中國人在轟炸中喪生，另外還有更多上千的傷者；』

我的哥哥雅各說：

『明天可能就輪到我們了，但今天我們還活著；勇敢點，我的妹妹。』

在戰爭似乎即將結束的時候，一場對虹口猶太人區如此猛烈的轟炸，對我們所有的人來說都是一個巨大的打擊。我們注意到『西華德』路上的一棟被日軍占領的建築，屋頂上有大型天線；幾個日本軍人經常在那個地區進進出出，但是沒有人注意它。那棟建築似乎成了空襲的主要目標，並且被完全摧毀，而猶太人區的大部分破壞都是從那個地方擴散開來的，後來我們猜測這座建築是一個日本軍方的無線電通訊發射臺的所在地。我們懷疑，日本軍隊可能一直在將武器和彈藥藏在那裡，以爲美國人永遠不會轟炸有這麼多中國人和猶太難民的地區，我們被日本人利用當作了掩護的盾牌。

又一次，中國人把他們少的可憐的食物拿來幫助猶太鄰居。一個中國老人步履蹣跚地推著獨輪車走過來，車上是一個裝著熱騰騰的粥的大木桶，老人瘦弱，但滿眼慈祥的含著淚水，他看見我，用勺舀出一碗熱粥裝在碗裡，輕聲的用上海話對我說：

『來一碗熱粥。』

我會意地接過老人的碗，啜泣的喝下熱粥；突然感覺到自己是多麼的飢餓，才意識到自己已經一天都沒吃過東西了！老人輕撫我的頭髮，看著我喝完粥，收回了碗，擦乾淨，然後在一遍凌亂的災區中推著獨輪車繼續緩慢地向另一個人走去。我看著那中國老人的背影，我邊流淚邊想著：我們一起受難，一起掙扎求生，我們沒有分別，我們一樣，我們都是『人』！

又一輛大木車不知從那裡冒了出來，原來是虹口區那賣燒開水的店鋪--上海人叫『老虎竈』的老闆用推車送來乾淨的開水，這樣我們就可以排隊喝水，和洗去臉上和手上的汙垢和煙灰。

我們的家被炸毀了，父親去找房子，但是已經沒有什麼可能的機會了！大家最後都慢慢地聚集到清理廢棄物後空出的營地露宿。我們並不孤單，其他猶太人和中國人的家庭也在這裡用找尋來的材料搭起臨時的遮蓋過夜，一大片中國人和猶太人比鄰在一起。我清楚地記起，在接下來的幾天裡，虹口的猶太人和中國人第一次開始互動，互相幫助尋找生活用品；兩個族裔團體同時經歷了這場災難，現在我們並肩工作，互相支持，一起面對困難。

....

猶太人社區開會，決定嘉道理學校暫時休課，把學校改成了臨時的收容所，讓我們都搬進了教室居住。沒有家具，JDC和其他猶太人的組織捐給了我們毯子以及一些遮蓋的物品。我們掛起布簾做隔擋，把一間教室分隔成了幾個家庭單位居住。我們又用毯子遮掩了教室的窗戶，因為日本人命令不准透光，害怕晚上美國飛機來轟炸。在嘉道理學校裡，我們猶太人把幾臺損壞的收音機零件湊合起來，重新組裝了一個短波收音機，收聽外面的新聞，我們現在更渴望外面世界的信息。

日本兵巡邏隊仍然端著槍巡視，但失去了往昔的氣焰。『**無國籍難民管理辦公室**』關閉了，日本人停止准許猶太人外出工作。**JDC**又重新成立了一個新的『**粥廠**』（Soup Kitchen）提供難民湯食。我們一家靠施放的湯食過日子，其他猶太人家庭也一樣，用發給我們的錫壺，排著長長的隊伍，領取熱的馬鈴薯湯和一點點其它的食物。

在接下來的幾週裡，美國的空襲仍在繼續，包括7月22日第五空軍250多架飛機的襲擊。重型轟炸機在八月的第一週定期攻擊軍事目標，但儘管許多飛機在頭頂飛過，卻不再有炸彈落在虹口。

那些天我們的生活都侷促在嘉道理學校裡。有一天，我忽然看見一個中

國男孩跑進都是猶太人的校園裡到處轉悠著，像在尋找人。我認出那是常常跟著瑞德的男孩，也是幾年前曾經被瑞德命令過到猶太人學校來找到我的中國男孩。他抱著一個小布包，我靠近過去打招呼，他看見我後露出笑容，他不會英語，他什麼都沒說，只是把布包塞給我然後轉身就跑走了。我抱著那軟軟的布包，打開後裡面是幾個還溫熱的白饅頭，我驚喜地拿出一個立刻咬了一口，芬香的熟麵饅頭香氣滿滿撲在我的口鼻中，那是多久以來想念的味道！

我抬頭滿懷感激的望著天空祈禱，忽然腦海裡浮現出過去瑞德總是帶食物給我的情景，*在視線裡我忽然看見瑞德了，還是他，捧著食物站在我面前，露出歡欣燦爛的笑容看著我吃*- - -我突然情緒崩潰激動到喘氣，仰面無聲的啜泣，越哭越激烈，嘴張開，口裡咬爛的一塊饅頭掉落出來，眼淚像潰堤的河水噴湧而出，流到面頰，滴落到身上、地下- - -我再也控制不了感情拼命嘶啞痛哭地呼喚：

『噢！瑞德！瑞德……』

〔背景投影墙〕

／黃昏夕陽下，近鏡頭特寫猶太小女孩莎拉站在空地仰頭望天張嘴無聲地哭喊，淚水流淌滿臉，口中的一塊饅頭掉出，拼命無聲地嘶喊著……

然後鏡頭慢慢拉遠，那是嘉道理校區的凌亂帳篷的場景，配以音樂，滿目淒涼……／

>>>

-布幕緩緩落下，舞臺帷幔漸漸從左右向中間合攏。-

---第四十七幕結束---

第四十八篇　日本投降

-序幕-

〔**舞臺**〕：／帷幕前，舞臺前緣，頂上的聚光燈照射下方靜靜坐著的的老婦莎拉。／

....

老婦莎拉的獨白：

「1945年的8月6日，虹口被轟炸的三星期後，**《上海猶太紀事報》**上的一段新聞報導宣布美國軍隊利用原子分裂產生的巨大能量在廣島上空投下和引爆了一種新型炸彈，爆炸時威力約為一萬三千噸的普通炸藥，那是一顆被稱為『**小男孩**』的鈾槍式炸彈，一些知識淵博的難民說，這樣的炸彈一定造成了巨大的破壞並且預言戰爭不久就將結束。五天後，我們得知長崎已經被第二顆叫做『**胖男人**』的原子彈整個摧毀了。此後不久，我們就聽說日本人投降了。

嘉道理學校所有猶太人圍在一起聽收音機；

美國杜魯門總統發佈的新聞：

....

〔**配音**〕：／歷史的錄音記錄。／

We won the race against the Germans to discover 〔the atomic bomb〕. We used its power to shorten the suffering of the war to save the lives of thousands of people and soldiers, and we will continue to use it until we have completely destroyed the Japanese power to start and make war, and we will stop only when the Japanese surrender.

We are now prepared to obliterate more rapidly and completely every productive enterprise the Japanese have above ground in any city. We shall destroy their docks, their factories, and their communications. Let there be no mistake；we shall completely destroy Japan's power to make war.

〔**中文旁白翻譯**〕：

「我們贏得了與德國人發現『原子彈』的競賽。我們利用它的力量來縮短戰爭的痛苦，以拯救成千上萬的人和士兵的生命，我們將繼續使用它，

直到我們完全摧毀日本發動和製造戰爭的力量，只有日本人投降我們才會停止。

我們現在準備好將更快更徹底地消滅日本任何城市地面上的每一個生產企業。我們將摧毀他們的碼頭，他們的工廠和他們的通信。不要誤判我們的決心；我們將徹底摧毀日本發動戰爭的力量。」

....

我們圍在短波收音機旁的猶太人在聽到日本投降時互相拍背擁抱，所有的猶太人搶購報紙，這時我們已經不再害怕，跳躍歡呼！

....

8月15日，那天清晨我起床去排隊領食物，但是今天早上的人群有些不同，街上氣氛異常；原來擁有短波收音機的猶太人已經聽到日本裕仁天皇在廣播中用他非常尖銳刺耳又單調的聲音宣布日本已經輸掉了這場戰爭。這一點在第二天得到了證實，上海的日本**XMHA**收音機頻道上的播音員用非常悲觀的語調宣讀了日本已經單方面向盟國投降，日本和美國之間的和平條約將在本月底簽署。

盟軍的勝利讓人們歡欣鼓舞，但上海很快陷入了焦躁不安的靜默。新聞和消息都突然停息不再流入，而日本占領軍也不清不楚地消失了。謠言四起；說他們已經撤到城市邊緣的軍隊營房，但很難確定到底現在是什麼狀況。那些天似乎沒有人負責管理這座城市，警察不見了；也不清楚市政府還有沒有單位或部門在運作。

....

1945年9月2日是上海值得紀念的一天，**日本正式在美國海軍密蘇里艦簽字投降**，它與美國、英國、蘇聯和中國簽署了和平條約。上海精明會做生意的店主早就祕密的縫製了這些國家的旗幟，掛在窗戶、燈柱和屋頂上飄揚。最受我們猶太人歡迎的是美國國旗- - -雖然它們並不總是有正確的星星數- - -很多人歡快地把它掛在自行車把手上，在街上騎著到處衝來衝去。

....

那『**無國籍難民管理辦公室**』的主任合屋在瘋狂地從辦公室櫥櫃中拉出文件，試圖銷毀在他指揮下犯下的不公正和殘忍事件的證據時被抓。他已經衝到街上，手裡緊緊攥著一只手提箱；一群年輕的猶太人在等他。他們赤手空拳，拿著當初合屋徵集他們做保甲時強迫他們拿著的可憐的保甲警棍，開始發洩他們的仇恨！『*這是為我媽媽的，當她要求通行證時，你打了*

她一記耳光，還打斷了她的牙齒！』其中一個人叫喊著，他的指關節打破了合屋的臉頰，當紅色的細血絲從合屋的唇邊滴落時，合屋哭了起來！

許多猶太人圍觀著這場毆打，我看著，對那個折磨我們這麼久的人沒有感到絲毫同情。像其他人一樣，我想為痛苦、多年的痛苦、恐懼和死亡的威脅做復仇- - -為什麼要讓這個卑鄙的小男人逃脫？如果我有勇氣的話，我也會加入到這復仇的行列！

....

『這是為我妹妹的！她請求幫助，卻因此遭到你的毆打！』另一個尖叫著揮舞著他的棍子抵住合屋脆弱彎曲的弓形腿上，使他癱倒在地。合屋雙臂交叉抱在頭上懇求憐憫，- - -那個他自己從未向受害的猶太人提供過的憐憫！

又一個猶太青年叫喊：『這是為我父親的，你不准他出去拿藥，你害死了他！』他又喊了一聲：『他因你而死！』他的臉充滿仇恨，他揮舞起拳頭重擊了合屋。傷痛和沮喪的淚水流滿了他的面頰。

一群充滿恨意的年輕人聚集起來圍觀，他們為這復仇的懲罰歡呼，憤怒地對這個被鄙視的、蠕動的小個子男人大喊大叫，這個小男人這麼長時間以來造成了這麼多的痛苦。

三名猶太青年搧他耳光，直到他遍體鱗傷倒在地上，但沒有死。這不是我們的方式，在經歷了痛苦、折磨和多年的監禁之後；即使現在，我們仍然遵守『不可殺人』的戒律。我們厭惡和惡心地看著他- - -『猶太人之王』已經被推翻了。

合屋被幾個仍然要繼續毆打他的年輕人從地上拉起來，露出一張非常害怕和可憐的臉孔，失去了往日的傲慢。但是有一個中年男人出面阻止，中年人說：

『殘忍和勇敢是有區別的，殘忍是懦弱的人抓到機會去欺凌無力反抗的人；就像這個日本人合屋的行為一樣。勇敢卻是面對邪惡的抵抗，而且不懼怕一切的危險和犧牲，是為了理念去面對暴力的敵人。打死合屋不會是勇敢，*只會讓我們變成和他一樣殘暴的惡魔！*他已經不能反抗了，一個典型膽怯又狂妄無知的日本法西斯侵略者，既殘暴又懦弱！但是他現在請求寬恕，所以讓我們結束對他過錯的懲罰吧！記住十誡中的誡命：「你們不可殺人！」放過他吧。』

猶太青年人輕蔑的看了和屋一眼，轉身走開。合屋仍然站在原地不斷鞠躬求饒，他只會拼命道歉：

『真的對不起，實在對不起！（*So sorry, Really sorry!*）』---害怕無比，一副可憐兮兮的嘴臉。」

....

老婦莎拉繼續旁白：

「1945年9月3日，<u>虹口猶太人隔離區正式撤銷</u>。街上沒有了日本兵，崗哨空了！中國人和猶太人一起歡呼擁抱，戰爭過去了，日本投降了！

我們事後知道了投擲原子彈的事引發了一些美國特別堅持『人類愛心主張』的人士的憂慮，一位牧師卡佛特（**Cavert**）寫信給美國總統杜魯門表達反對的意見，杜魯門在回信中說：

『對使用原子彈之事沒有人比我更覺得焦慮困擾，但是更極大焦慮困擾我的事就是日本的不經警告便偷襲我們的珍珠港，和謀殺我們的戰俘。似乎他們唯一懂得的語言就是我們現在正在使用的，那就是轟炸他們。

當你必須和野獸打交道時，你就必須把他當作野獸對待。雖然這是非常的遺憾但卻是絕對的真實。』

〔原文〕：

『*Nobody is more disturbed over the use of atomic bombs than I am but I was greatly disturbed over the unwarranted attack by Japanese on Pearl Harbor and their murder of our prisoners of war. The only language they seem to understand is the one we have been using to bombard them.*

When you have to deal with a beast you have to treat him as a beast。 It is most regrettable but nevertheless true.』

....

／老婦莎拉輕輕閉上眼睛，低聲細語：／

「我輕輕祈禱，告訴瑞德：『*日本投降了！*』但是我仍然沒有勇氣拆開瑞德遺囑的信封。」

>>

／舞台燈光漸暗到熄滅。／

---第四十八篇結束---

第四十九篇　迎接勝利

〔舞臺〕：　　　／帷幔前的燈光重新亮起，老婦莎拉坐在舞臺前緣的椅子
　　　　　　　　　上，一束燈光照射在她身上。／

〔背景屏幕〕：　／投影放映1945年上海光復時的轟動場景紀錄片，人民穿
　　　　　　　　　著漂亮的節日服裝在街上奔走，興奮的揮舞旗幟，軍樂
　　　　　　　　　隊演奏進行曲的前導下，中國軍隊在人海歡呼聲中進入
　　　　　　　　　上海市。／

....

老婦莎拉的獨白：

　　「1945年8月26日，上海居民奔相走告中國軍隊已經抵達上海，他們受
到狂濤洶湧的熱烈歡迎！那是鑼鼓喧天舞獅耍龍、全民動員的狂歡慶祝！中
國軍隊在佈滿色彩鮮艷的旗幟和紙花的拱門下的街道上行列整齊的邁步行
進，整個城市沉浸在興奮莫名的氛圍中！

　　居民全部湧出到街道旁觀看遊行和歡呼，上海的每一個角落都擠滿人
群，中國中產階級女性穿著旗袍，那種高領絲綢錦緞兩邊開衩的連衣裙，而
男性則穿著傳統的藏青色長袍和黑色的馬褂- - -儘管現在更多的人穿著歐式西
裝- - -小男孩穿著乾淨漂亮的節日服裝，有些頭上還戴著頂上有紅色玻璃球的
瓜皮小帽蹦蹦跳跳地走著，小女孩身穿鮮紅色連衣裙，塗著口紅和胭脂，歡
天喜地的和父母一起輕快地走著，新的繁榮席捲了上海！

....

　　戰爭結束了！我們渡過離開歐洲從自己原先的家鄉被放逐了六年的可怕
歲月，在我們新的居住地成為陌生人的六年，幾乎與世隔絕和飢餓的六年終
於結束了！我們都衝出了家門，欣喜若狂地到處觀看，發現街道上以前的日
軍崗哨亭上已經沒有了日本士兵；我們從每一個公共建築上扯下日本國旗，
燒掉它們；或者把它們撕成條狀作為勝利的頭帶，或者把它們捲成綢帶；它
那可怕的紅色旭日標識是我們所熟悉的，卻又為我們所鄙視的東西。晚上鞭炮
和煙火把夜空變成了燦爛的萬花鏡，我們跑到外灘上和其他的上海人一起跳
來跳去直到黎明；即使一向拘謹的父親也手舞足蹈毫無節奏感的和大家一樣
活蹦亂跳！

　　戰爭結束了！我們活了下來！很快我們都會回家- - -無論家在那裡。

1945年9月3日之後不久，美國軍隊終於開始出現在街頭，虹口猶太人區被正式解放。我記得在九月初的一個清晨，黎明剛過，我們在臨時的『**教室住家**』裡聽到外面傳來奇異的喧嘩聲，我們和其他許多人一樣，凌亂的披著衣服，揉著惺忪的睡眼，衣衫不整的一起衝到街上想知道發生了什麼事情。果然，在銅山路的盡頭，一群穿著不一樣的制服的士兵們在大街上帶著勝利者的明確無誤的神情，昂首闊步平靜而自信地行進，令我們歡欣快樂和幾乎不可置信的是- - -他們是美國人！

強壯高大的年輕士兵們正微笑著輕鬆隨意地向我們大步走來，我們用狂熱到洪流般的激情去歡迎他們！婦女和兒童衝向穿制服的美國人，伸出手臂摟住他們的脖子，我們也衝過去拽著他們的袖子，親吻他們的手！一群猶太老人在一起，他們互相緊握住手圍成一個圓圈，懷著感激的心情眼睛仰望向天空祈禱，快樂的淚水不停流淌。人們在跳舞，在破爛到鬆垮晃動的人行道上旋轉，又笑又哭，一刻也抑制不住自己的情緒。

哥哥雅各把我摟在懷裡一圈又一圈地搖晃著，世界在我們周圍旋轉，我感到頭暈目眩到被自由的快樂衝昏了頭腦！我們親吻，又和每一個路人握手。

『*勝利！勝利！一切都終於結束了！*』雅各歡呼，其他人也發出了他們自己的吶喊，手指舉成『**V**』字形表示勝利。我們的中國鄰居向我們鞠躬，我們也向他們鞠躬；我們同感無比的快樂，我們歡樂到幾乎要爆發起來衝上雲霄！！

『*我愛你！*』我對雅各說，他回應：『*生命是多麼美好，活著是多麼了不得！*』

美國士兵被中國居民和猶太難民視為英雄，他們有著親切友好的面孔，給這裡和猶太區的所有孩子們帶來了糖果、巧克力還有其大把大把的零嘴，受到一群又一群的孩子們歡鬧地追隨在這些大兵們的後面。*是的*，美國人帶來了許多我們多年未見或嘗過的食物，我們興高采烈地包圍著美軍士兵們；熱切地期待著我們能分享他們豐富的給養。現在我們終於確信戰爭已經結束，這不是夢，***我們真的得救了！***

接下來的幾天裡虹口到處都有慶祝活動。猶太人區升起了藍白色的大衛之星旗幟，人們涌上街頭跳舞、遊行和歡呼！自由終於到來了，每個人都沉

浸在這種甜蜜的感覺中。上海狹窄的小巷和寬闊的林蔭大道上都散發出令人陶醉的聲音，狂歡的笑鬧聲充斥著街頭巷尾；現在不再有分界線或隔離區，都只是同一個城市。美國士兵幾天下來變成亂七八糟一堆喧鬧的活寶，醉醺醺地唱著歌，手挽著手，晃來晃去地喝著瓶中的威士忌和杜松子酒；從一個酒吧狂歡到另一個酒吧，然後像淘氣的孩子一樣；他們把苦力和小乞丐扔到黃包車的座位上，興奮地拉著車在路上跑來跑去，在車流中曲折蛇行前進，把這一切都當成一場遊戲！

中國人對美國大兵的這種行為感到困惑和不安，黃包車夫對被搶走他們的黃包車去玩鬧有些尷尬，懷疑美國人有點像在嘲笑他們；因為這個工作一直是他們賴以為生的，現在被當成遊戲，會使他們認為『**丟面子**』！可是這些洋基美國佬沒有理會東方的習俗和情感而繼續玩鬧著！這些年來我們吸取了一些關於中國人尊重傳統和榮譽的經驗教訓，我們擔憂中國人會抗議而感到憂慮。但是還好，沒有任何抗議，只有一些震驚的面孔和不贊成的眼神。畢竟這只是由於美國人良善的天性和喜歡調皮的樂趣，而上海的每個人都非常感激這期待已久的自由，所以這些冒犯的行為就被原諒了。

....

上海郊區關押著『**敵國公民**』的集中營的大門被打開，人們開始知道了裡面歐美人民的慘狀。他們多半太虛弱而無力走動，集中營中各家各戶都睡在大通鋪里，每一個家庭被分配到一個大約40平方英尺的居住空間。它們之間用床單和掛在繩子上的毯子與鄰居隔開。這給了他們一些表面上的免受窺探，但沒有從他們新的『**家**』周圍的噪音中獲得一些隱私。老鼠、蟲子和夜壺發出的惡臭和缺乏藥物，再加上營養不良導致了各種疾病和死亡。逃跑的機會很少，但是那些試圖逃跑的人被抓住後在整個營地前遭到毒打，然後被單獨監禁；經常餓死。

這些被拘留的歐美盟國的平民暫時仍舊被安置在他們的營地裡，直到盟軍為他們找到新的住處。不過他們可以隨時離開幾天去上海看望朋友，他們告訴我們；在幾年的拘留期間，那些身體虛弱而行動緩慢的人被當作不服從命令而被日本兵先暴虐的毆打再加以殘酷的處罰，他們受罰後更不能行動就被當作遲遲不服從命令而被日本兵更殘酷的虐待！另外有一些被拘留者在被長時間的折磨後已經變得了無生趣，不再在意他們的舉止，也不再給自己洗澡，直到吐出最後一口氣。而一些試圖逃脫的人沒有逃過隨後警衛毆打的虐待和變態的酷刑；他們有些人沒有能夠撐到最後，終於在酷刑折磨中絕望地死去！現在仍有一些被拘留的人因為實在太虛弱暫時無法走出集中營。他

們這些平民竟然跟被俘的盟軍士兵一樣，被日軍殘酷虐殺。我們聽到巴丹島死亡行軍沿途飢渴走不動的美國戰俘被被日本士兵用刺刀殺死了一萬五千多名，又在到達戰俘營後被虐殺了兩萬六千多名。

二戰時著名的美國馬歇爾將軍對日本政府、軍人及人民做過一個深刻的評論。在他曉得了日軍是如何虐殺盟軍戰俘時，他說了下面一段話：

『這些對無反抗能力的犧牲者所做的殘酷的報復行為證明了日本人只比原始野蠻人進化了不多的一點點……我們對日本軍人和政治領導者以及日本的人民提出一個警告，就是日本這個種族的將來，並無其它可仰賴的因素，而是完全要看他們能從自身原始野蠻的本性之外還能有多大程度的進步。』

（*These brutal reprisals upon helpless victims evidence the shallow advance from savagery which the Japanese people have made. ... We serve notice upon the Japanese military and political leaders as well as the Japanese people that the future of the Japanese race itself, depends entirely and irrevocably upon their capacity to progress beyond their aboriginal barbaric instincts.*）

....

聯合國善後救濟總署（**United Nations Relief and Rehabilitation Agency – AKA as UNRRA**）的代表在虹口地區設立了辦公室，對猶太難民進行了咨詢面談，指導了我們到美國、加拿大、澳大利亞和拉丁美洲的移民程序，這些國家在納粹時代曾拒絕增加他們的移民配額。

在接卜來的日子裡人們談論未來- - -他們將去那裡，將做什麼，更重要的是：他們將如何去做。但是虹口大多數的猶太居民眼前決定留在原地。在這片狹小荒涼的土地上的隔離區的猶太人，和為我們在上海的生存而成立的支援組織，已經把各種毫無共同之處的猶太人群體團結在一起，實現了我們從未真正預料到的團結。正統派最謹守教義的猶太人戴著他們特有的黑帽子，留著鬍鬚，帶著綬帶；他們已經和我們中間宗教生活最淺、最世俗化的派別融合在一起，僅僅是因為我們的敵人把我們團結在一起，就把我們融合成了一個同一的民族！這裡有了一個我們團結一心的猶太人社會基礎，並且已經展開了一個重建的運動。

現在每一個猶太難民談論的都只是將來，沒有人回憶過去，我甚至已經發現難民試圖掩蓋噩夢，看到他們將噩夢埋藏得如此之深以至於我們永遠都不想再面對！我們有什麼辦法？我們對自己發誓，不告訴我們將來可能養育的孩子，也不告訴外界的任何人我們所遭受的痛苦，沒有人會想要知道。而

如果我們必須重溫它，我們都會發瘋！我們還能怎麼繼續平靜的生活？最好讓它過去，創造一個堅如磐石的外殼，一個抵禦一切的保護性堡壘！*忘掉酷刑，忘掉納粹，忘掉日本人的殘忍；忘記一切---！*」

>>

／舞臺燈光熄滅，帷幕降下。／

---第四十九篇結束---

第五十篇　美國拉比

-序幕-

〔**舞臺**〕：老婦莎拉靜靜地坐在舞臺前緣，帷幔前面，一束燈光打在她身上。

....

老婦莎拉獨白：

「在戰爭的末期，有關猶太人在歐洲的消息一點一滴的逐漸傳入上海；那是一個壞消息接著另一個壞消息。當聽到那些我們留在家鄉的親戚和認識的朋友們，並與我們親近的相關人員的遭遇時，我們變的沉默寡言。一種深切的害怕和更深的恐懼參雜在我們的心思裡，包括震撼和說不出的痛楚！我們一時之間甚至對報導的準確性抱持懷疑，希望它不是真的！但在確定那些留下來的人的命運是被屠殺和死亡時，我們感同身受，那是真真實實的切膚之痛！

在上海的**耶希瓦學校（Mir Yeshiva School）**獲救的人是特殊的一群，他們是猶太神學院的老師和學生們。他們是從立陶宛輾轉到達上海這裡，他們全體人員甚至連圖書館都在納粹迫害時，歷經坎坷的路途跋涉，最後完整無缺地搬到了中國上海。在這裡他們安全的落腳，即使在整個戰爭期間都能夠不被打擾地，毫不間斷的繼續學習猶太經典。

猶太宗教耶希瓦學校持續運作，為大約250-300名學生提供了在上海的生活和教學，就像他們之前在波蘭、立陶宛、巴勒斯坦或布魯克林的時候一樣；保持了他們一貫的宗教課程和單純的生活環境，幾乎與世隔絕，他們是我們猶太人中的一股中堅力量，持守我們的宗教信仰和持續不墜的文化傳統。

但是在六百萬我們的人民被謀殺之後，許多猶太人不再相信歷史上的上帝－－我們猶太人怎麼能相信上帝是善良的，上帝是公正的，上帝是大能的；而上帝看著這場災難卻毫不作為？這場對猶太民族的大屠殺對我們來說是悲痛，對那些在耶希瓦猶太教義學校的猶太學生來說，卻是一場信仰的危機。

我聽說有一天，一個學生問耶希瓦猶太宗教學校的一位老師：『如果天堂裡真的有上帝，他怎麼能允許猶太社區中最有學問、最有宗教信仰的人

被這樣屠殺呢？」老師回答說：『如果你要毆打羞辱一個人，你就打他的臉。』---學生不明白答案，我們也不明白。

但也許那就是魔鬼之所以這麼毀滅性的打擊我們，最羞辱的打在我們這信仰最深的民族臉上一記最響亮的耳光。

戰後，我們知道耶希瓦猶太宗教教義學校的老師和學生們又一起遷移到了美國紐約市的布魯克林區。流浪的猶太人從一個洲走到另一個洲，在各個大陸之間徘徊，直到他們找到了自由的環境……

但卽使我們到達了自由之地後，我們這些倖存者當時還仍然不願講話；也許我們自己也害怕和不想聽那太殘酷的過去。

．．

然後，在美軍進入上海後的某一天，一個特別的美軍出現在我們區裡了。一個叫莫里斯・戈登（**Morris Gordon**）的美國拉比出現在上海，他是美國陸軍的一名隨軍教士，在退伍前碰巧來到上海停留幾天。

他的出現引起了我們巨大無比的興奮！從希特勒開始的對猶太人的迫害，到日本設下的猶太人隔離區的壓迫管理，我們經歷了戰爭中所有的艱困---但最可怕的事---是獲悉了在歐洲被德國人殺害的600萬猶太人，當中有我們那麼多親人的死亡！知道了我們是那樣被其他國家對待，而今天看到一個穿著美國陸軍軍官制服的猶太拉比讓人幾乎難以置信！

這不僅是我們與美國拉比的第一次接觸，而且拉比擁有上尉軍銜，並且能夠在制服的衣領上隨意佩戴大衛之星！這個現象所代表的涵義更是深深的打動了我們---在美國這個國家，猶太人可以與其他民族一樣獲得尊重和平等的地位，那是無可言喻的激動與快慰！我們衝向他，圍繞他，摸著他的軍服，吻著他佩戴的大衛之星！

．．

戰爭結束後不久，父親的一個朋友的孩子將要在猶太教堂（Synagogue）舉行他13歲的成人戒律禮。作爲一名在耶希瓦猶太學校的學生，他受過良好的訓練；人們對他寄予厚望。他要在那一天吟唱所有的**托拉**（**Torah - 律法經卷**）和一部分的先知經典，最後完成研**讀塔木德**（**Talmud - 猶太人的禮儀法典**）的心得報告，並做一個結論的演說。

在他的成人禮那天，美國拉比莫里斯・戈登（**Rabbi Morris Gordon**）也來了。在儀式結束後，他被邀請在會堂上對我們會眾講話。他說：

『*當我抵達上海時，我懷疑是否有可能找到一個**敏尼揚**（minyan - 猶*

太人做集體祈禱需要的至少十個人）的小排安息日聚會。令我高興的是，我不僅在上海找到了一個重要的猶太教堂，而且我也很高興能參加猶太少年的成人禮，這是世界上任何地方都無法想象的，更不用說中國了！從今天起，「am yisroel chai‐‐-the people of Israel live‐‐-*以色列的子民必存活*」這句話對我以後的一生將會有非常特殊的意義！』

在我的回憶中，當時幾乎沒有一雙眼睛不流淚。包括「美國拉比」和許多參加成人禮男孩的父母，和每一個會眾。

....

我突然想起一句古老的話：『*每一代人都會有一個敵人被興起來消滅你，*』因此我們每年都會在逾越節哈加達中背誦這句話：『*然而每一代，耶和華我主必伸手拯救他的一部分子民繼續下去！*』

是的，我們會繼續下去，我們是猶太人，希伯來人，我主耶和華的選民，『*以色列的子民將永遠存續！*』

>>>

／老婦莎拉閉目輕輕吟唱古老的希伯來詩歌，眼淚從臉頰流下；

白馬咖啡屋貴賓室的衆猶太人跟著輕聲吟唱。

-舞臺燈光緩緩熄滅-

>>>

---第五十篇結束---

第五十一篇　回到現在

〔場景〕：燈光柔和地照在整個舞臺上
〔佈景〕：白馬咖啡屋的貴賓室
〔人物〕：所有猶太人觀光團成員，還有周老先生和導遊婕妮特，解說員麗莎。

....

老婦莎拉的獨白：

「我的故事說完了。我們猶太經文**箴言**寫著：『**鼎爲煉銀，爐爲煉金，唯有耶和華熬煉人心。**』我們猶太人在二戰時的經歷是一場熬煉。上海庇護了我們，存活了我們。在上海我認識了那不平凡的少年瑞德，他追尋理想，發掘智慧，勇敢的生活，照料那些被遺棄的孩童。他雖然殺伐，但是他必定已經在天國裡與他良善的父母重聚。因爲*箴言*明文記載：『**憐憫貧窮的，就是借給耶和華。他的善行，耶和華必償還。**』

經文**傳道書**寫到：『**我見過僕人騎馬，王子像僕人在地上步行。**』瑞德是一個王子，但那時他在地上步行以致凡俗的我們不能看見他的高貴美善，因爲**傳道書**記載著『**……貧窮人的智慧被人藐視，他的話也無人聽從。**』

我曾背棄了他，他卻沒有離棄我。但當時我不懂，我害怕不義，我以爲我在持守公義，而殺人就是錯誤，我被教導人性的美善，心中存了象牙塔中的信念，所以以爲瑞德犯了大錯，我無法再跟他在一起！我認爲他隱瞞欺騙，其實那是他瞭解我不能接受實際的爭戰而保護我！可惜那時的我還是未經世故的偏執！要到多久以後，在社會上，在人生中，在實際經歷的磨難裡，我才瞭解什麼是***對敵人仁慈就是對自己殘忍！***在瑞德短短的一生中，他的後半段是在不符合年齡的殘酷中成長，他認清的是惡徒本質的卑賤。但是豺狼披了羊皮混進了羊群，暗中不聲不響的殺害一隻又一隻的羊，一個勇敢年少的羊出來殺死了那隻豺狼，而被他拯救的那些愚昧無知的羊群並不懂得，反而因爲他殺了那隻豺狼而背棄他！瑞德實踐的是他看清的人性和戰鬥中的不得不爲，他從那時就開始救了我，直到最後爲我付出生命；我辜負了他，一個眞正的義人（*A true Righteous man*）！瑞德，他在我今生的靈魂中豎立了永遠神聖的牌位！」

／老婦莎拉講完了她的故事，靜默下來。每一個聽故事的人都沉靜

著，直到猶太人曼德爾（Mendel）慢慢的開口。／

猶太人曼德爾Mendel（望著老婦莎拉）：

「莎拉，我們失去太多優秀的人，妳的影子瑞德，還有其他的人。但是他沒有走，他永遠跟妳、我，還有每一個在這場浩劫中生還的人在一起。他活著，他還活著，因爲現在我們都記住了他。記得那句話嗎？『**只要我們不忘記，歷史就是活著的- - -History lives when people remember！**』」

猶太人旅遊團成員拿坦（Natan）：

「莎拉，謝謝妳分享的故事。我現在知道爲什麼妳會彎腰觸摸妳的影子，妳讓我們知道了一個高貴的勇者，良善而且智慧。」

猶太人旅遊團成員赫胥（Hirsh）：

「他是一個至情至性的人，他是他自己所期許的勇士、戰將！」

猶太人旅遊團成員科勒曼（Kalman）：

「甚至是一個國王！我讚美他！」

猶太人旅遊團成員李勃（Leib）：

「莎拉，我相信上帝會悅納他的靈魂，也會賜福與他，他此刻必定是與我們在一起，他必然就在妳的身旁，左右！」

猶太人旅遊團成員瑪諾亞（Manoach）：

「我提議讓我們爲他做一個靜默的祈禱，他現在必定與我們在一起，就在莎拉身邊。」

／所有的人閉上了眼睛，身體傾向前方，默默地禱告著。……直到幾分鐘後，他們才抬起頭，平靜地坐著。／

老婦莎拉（睜開眼睛，平靜地敘說）：

「這一切的歷史留給了我們什麼？我們被改變了多少？悲劇還會重演嗎？」

／每一個人安靜地思索。／

>>>

／沉默了很久的導遊婕妮特輕緩地開口：／

導遊婕妮特（有些沉痛的腔調）：

「對我們中國人來說，要到二戰後的審判我們才能被結果眞正澆醒，權力中心的日本天皇家族沒有一個人被抓捕，他們仍然頂著神

聖的光環坐在宮殿裡。卽使澳洲政府要求審判日本天皇卻被美國拒絕，澳洲因此判了超過140個日本戰犯死刑，遠超過我們中國和美國控訴的日本戰犯的總合。那個下令屠殺了所有戰俘和三十萬南京百姓的日本天皇的叔叔朝香宮鳩彥，在戰後無憂無慮的打著高爾夫球活到93歲的高壽。沒有幾個政治領袖被追責，他們頂多被關個幾年後就放出來再度從政。只有執行命令的軍人將領被審判，極少數被追責並受懲罰執刑。但是後來都獲得了補償，他們的牌位被放進日本靖國神社去備受日本人民尊崇敬仰，並且由日本國家領導人每年去祭奠參拜；因此他們完全沒有道歉或醒悟。

而731部隊，完全沒有被盟軍組織的東京大審提及，彷如空氣中的一個傳聞，沒有人知道，沒有人清楚，沒有人爲那些被殘酷犧牲的人伸冤；而暴虐他們的人享受著榮華富貴，他們仍舊擔任著日本醫藥界的高官，企業的擁有人、董事長；因爲他們有著最多的實驗知識和數據資料。沒有任何懲罰使得日本政府可以毫不懺悔地否認著二戰犯下的罪行，不管是韓國抗議的慰安婦，或是中國土地上多次的大屠殺。

我們沒有能夠像以色列的猶太人那樣去追捕納粹餘孽，卻看著日本罪魁受著美國政客的庇護和合作。而我們中國因著內戰，當時無可奈何。是的，勝利是靠著普通士兵在戰場上的勇敢與拼搏和一般人民的奉獻與犧牲，但勝利後的一切卻依然是同一個樣貌，仍舊由政治人物來主導和安排；使得先前的犧牲與奉獻都不再有意義，世界仍舊延續著同一個樣貌，承接著政治的權謀本質，和包容邪惡的謀劃策略，淪入醜陋的交易，和仍舊是政客的遊戲。」

／沒有人說話，大家陷入沉思。／

老婦莎拉（接續潔妮特的話題）：

「婕妮特，但是經過戰後那麼久的和平相處，我卻認識更多，瞭解更深，使我不再痛恨德國或日本那整體的國家和民族，因爲逐漸認識任何一個群體的裡面都存在既有善，也有惡的個體，如果惡徒或說壞人能被以一個特定的民族或某一個群體標籤出來，那一切就簡單了！只要除盡他人間就成爲美善，我們就能獲得一個理想的世界；---納粹不就針對猶太人做了這事麼？

但是事實並非如此，惡與善永遠並存，因爲不單是群體裡面，連我們自己自身裡面也是惡與善並存，有時善惡只在一念之間！

所以我們唯一拯救自己的作法是保持靈魂的儆醒，隨時省察；而當外面的惡者興起時，我們當要立刻行動，如同**箴言**的教訓：『**不要容你的眼睛睡覺，不要容你的眼皮打盹。要救自己，如鹿脫離獵戶的手，如鳥脫離捕鳥人的手。**』正如我們猶太人曾被整體的憎恨屠戮，因為不注意那個開端。

我們普通的人要從許許多多的事務中學習才能打破我們的封閉，逐漸瞭解這個世界，而無法一下子就看到的光鮮表面背後面的利益考量。道德、正義不值一分，在權貴者的眼裡我們只是棋局中的棋子，他們領導，我們犧牲；他們收穫，我們付出，我們的生命和追尋輕如鴻毛、不值一文。而最後任由他們安排，他們交易，與邪惡妥協，最終魔鬼依然存續在世界裡。

所以我們無法長久安適，永遠安心，因此即使在和平的今天我們仍然需要瑞德，那追求公義和聖潔的人在我們當中，提防著邪惡的種子在尋找機會重新萌芽發生！

即使是一個曾經非常民主的國家，當它的領袖人物使用浮誇的政治語言，走分化群眾的路線，將少數族群妖魔化，攻擊特定的目標群體或某一個國家，煽動起仇視，很可能就是民主政治崩壞的開始。

誠如一位美國學者在他的《**暴政 - On Tyranny**》一書中提醒，必須『**注意危險的政治用語 - listen for dangerous words**』。一切的關鍵是人類的自由意志，我們需要有一個靈魂清醒的內心世界，在日常生活的環境中對外觀察和深入思考，因為暴政不是從天而降，它是發乎於某些邪惡的言論開始滋長，然後是我們當中多數人放棄獨立思考，讓仇恨邪惡逐漸擴散漫延，直到它引領了群體，並且成為大眾思維的準則。

但是知道嗎？獨立理性的思考不是大多數人們能做得到的，因為一般的人是很少分析事情和冷靜思考的，他們隨時可以被宣傳的機器灌輸思想、影響決定。領導者只要抓住群眾的心理，發動蠱惑性的宣傳，一場空洞煽情的演講，一些不清不楚的理由，一個沒有任何正確由來的說辭，狂熱轟動了就可以造成一股氣勢，引導群眾！

這也就是為什麼民主選舉中的民調可以隨時起起伏伏的改變，一場政黨造勢大會就可以提高他們的民調支持率，一場激烈煽情

的演講就可以吸附投票的大眾，選民只是風中的蘆葦（**the voters were merely reeds in the wind**），他們隨風倒向任意的方向。但是社會的結構是一個金字塔型，底層的人數永遠最多，政客只需要能煽動了這些群眾就可以獲得選票成為領導；而我們的未來就是由政客們和這些容易被迷惑的群眾決定。這就是每人一票的民主。」

猶太人大衛（David點頭同意的附和）：

「我們聽到一個政治人物發表演說指責某一個國家或族群，宣稱那是『**我們的公敵**』和對手是另一個『**獨裁者**』，我們就要立刻儆醒思辨，因為不見得他自己就不會成為另一個『**希特勒**』！民主社會未必與暴政絕緣，我們必須時刻對於任何邪惡的萌芽保持覺醒，必須透過關注公共議題，並適時挺身而出，為自由意志奮戰。

要牢記：『*邪惡得勝所需要的只是好人袖手旁觀！- All that is necessary for the triumph of evil is for good man to do nothing!*』我們需要更多追尋智慧的人，也許更多的瑞德，秉持公義和起來爭戰。」

導遊婕妮特（沉靜的腔調）：

「當我們看到一個流淚的孩子或受苦的個人會立刻感到同情，而不會先去問他是那一個民族，什麼國籍；這是因為我們都還沒有被邪惡的偏見洗腦歪曲，而是普通正常擁有良知的個人。如果人類都能回歸到人性的根本，那麼也許這個世界從此將不再有仇恨戰爭而能有永久和平！

但是即使最慈愛的上帝，最能寬恕的天父，祂的原諒也是需要先有認罪懺悔和祈求悔過才能得到赦免。如果一個民族拒絕承認犯錯，堅持一切都已成為過去或是竟然謊稱沒有發生，那麼怎麼可能消除民族之間的仇恨？怎麼可能達成最後的永久和平共處呢？」

／桌邊的人們靜默下來，因為他們發現這是身邊的事，正在發生的事，這引起太多感嘆，也許人類未曾改變，社會隨時可以重覆歷史……

這時周老先生忽然掏出一塊手帕，在沉默中小聲開口了：／

··

周老先生：

「在德哥死後，咱收拾他的遺物時看到了一方舊的小手帕，上面有

著英文『莎拉』的字樣。這就是咱替他保存的那卷小手帕；只有咱知道他當初找妳的事，咱猜想他放不下妳，也是大轟炸後咱送饅頭來的原因，可是咱實在不如他，咱做不了多少；麵粉都用光了，可咱再也沒有能力弄到了！後來勝利了，咱們那些小娃也就都散了，各謀生路。但是咱一直保存它，咱帶來了，莎拉小姐，妳要這塊手帕嗎？」

╱老婦莎拉顫抖著接過手帕，眼淚流到雙頰。在淚眼模糊中，她仿佛看到了第一次跟父親去市集時碰到的男孩瑞德，和瑞德如何解釋要走了她的手帕，換給了她那些食物。╱

╱莎拉緊握住周老先生的手，接過手帕，但說不出一句話。她忽然蹲下，右手拿著手絹，用左手觸摸地面上她的影子，喃喃細語：

「瑞德，你照顧了我，你給了我一生的思念，現在我回來了，我要和你相聚，瑞德，你在嗎？你高興嗎？我的影子，你一定在我身旁了，我能感覺到你，我們在一起了，*我們永遠再也不分開！*」

....

╱解說員麗莎驚訝的看著這一切，拉著婕妮特走開到一旁，細聲的低語：╱

解說員麗莎（用中文說）：

「天啊！聽了莎拉說的故事我現在完全知道了她說的瑞德是誰了！但是跟我聽到的完全兩樣！我聽說過一個年輕的街頭小瘋三自不量力的在一個街角跟四、五個日本巡邏兵打架，被活活的分屍了！還說他以前小時候就很二流子，在一個教會裡聚會的時候寫情書給女孩；後來他的父母出事了，他卻還有心情跑到那個女孩的學校去等她，被女孩的媽媽發現，告訴了牧師，教會才把他趕出去的，他竟然又跑到廟裡去拜佛，根本是個沒有原則的投機分子！後來他在街上吸收了一批小叫花，帶頭偷啊、扒啊的盡做壞事，還參加黑社會幫派，又打著愛國的旗號進到抗日組織，因為不守規矩還殺了人，被驅逐出去，最後發了狂，去跟一隊日本兵打架才死的。我聽人們說起過那個街頭的慘劇，但是沒有人同情或可憐他。」

導遊婕妮特（用手指壓在唇邊）：

「*噓- - -*不要把剛才的話說給莎拉聽，那會重重的傷了她的心。不

明瞭真相的人很容易只看事情的表相就做判斷，有時是完全的誤解。麗莎，人的嘴和心很多時候是很可怕的！」

　　／婕妮特離開麗莎，向老婦莎拉走過去。用手臂環繞仍然蹲在地上的莎拉；／

導遊婕妮特（對著老婦莎拉輕聲說）：

　　「莎拉，妳也是一個至情至性的人，我羨慕妳曾經有過的真摯友情，如果瑞德還在世上，我都會想去認識他。」

>>>

　　／背景配音響起……舞臺燈光漸暗到熄滅。

　　舞臺帷幕緩緩落下- - -／

---第五十一幕結束---

第五十二篇　再上屋頂

-第一幕-

〔**舞臺**〕：帷幔緩緩拉開，舞臺上是酒店大堂的佈景。

〔**人物**〕：所有猶太人觀光團成員，還有周老先生和導遊婕妮特，解說員麗莎。

-開演-

　　　　　猶太人團員紛紛拉著行李，從導遊婕妮特手中接過房卡，解說員麗莎協助婕妮特向團員做說明和引導走向電梯門口。

　　　　／在酒店大堂，老婦莎拉緩緩走近導遊婕妮特。／

....

老婦莎拉：「婕妮特，我能不能請你幫我一個忙？」

婕妮特：　「當然可以，莎拉。是什麼事呢？」

老婦莎拉：「妳可不可以請酒店讓我上到屋頂的天臺？」

婕妮特：　「我可以問問看，但為什麼呢？」

老婦莎拉：「我有一封信，我想一個人在最高的屋頂讀。」

婕妮特：　「一個人到屋頂？我擔心萬一有危險，我陪妳上去好嗎？是什麼信呢？」

老婦莎拉：「不，絕不危險。別以為我要跳下去！有人會在旁邊陪著我。」

婕妮特：　「誰？誰陪妳？還有誰要上去？」

老婦莎拉（充滿感情的聲音）：

　　　　「瑞德，他已經知道我回來了，他等了我好久，他就在這裡，我感覺到他了！他的心與我一齊跳動，他身體的溫度都讓我微微的發熱了！他在呼吸，在機場他就快樂的迎接我了！他要和我說話，他最後的話語就在我的口袋裡。

　　　　　我要上到屋頂，和他在不被打擾的時空下傾聽他說話。婕妮特，我解釋給你聽吧，當我們在參加**ReAct**反抗組織時，我們可以選擇寫一封遺囑，如果犧牲了，就由組織轉交給寫遺囑的人指定的人。

我寫過一封給爸媽和哥哥，當然後來二戰結束我們解散時，組織又把我們寫的遺囑發還給每一個寫的人。然後一天哥哥雅各拿了一封信給我，是瑞德寫的；他只寫了一份遺囑，指明要給我。那時我拿到就發抖哭泣，想到他的慘死，沒有辦法打開閱讀，我害怕，我怕我受不了，但今天我回來上海了，我知道他就在我旁邊，他會陪著我，我就不怕了！我曉得他會呵護著我，我知道不久我們就又快要會面了！」

/老婦莎拉凝視著婕妮特輕聲細語：/

「我相信這是他要私下跟我說的話，我要跟他單獨相處時看。」

導遊婕妮特（訝異地語氣）：

「跟他單獨的相處？」

老婦莎拉（堅定地語氣）：

「是的，我要與他單獨的相處。婕妮特，就請你幫我這個忙。」

/舞臺燈光漸暗，直到熄滅。同時一首歌響起-（*My shadow be with me*）/

....

-第二幕-

〔**佈景**〕/再度亮起時，背景屏幕投影墻上投射出黃昏時從高樓酒店屋頂俯瞰的眺望下上海街區的情景。/

/婕妮特陪同老婦莎拉從舞臺左側走進舞臺中央，贊嘆著從屋頂看世界果然不一樣。/

....

導遊婕妮特：

「天啊！我反而應該感謝妳使我在這個黃昏的時候俯瞰上海，天邊彩霞和遠處高樓的燈光和街景實在是我想不到的另外一個世界。」

老婦莎拉：

「是的，那就是我被瑞德第一次帶上屋頂的感覺和經驗- - -另外一個世界。我幾乎又想去揣測每一扇窗戶後面的私人天地；那個他個人隱秘的舞臺。

婕妮特，上海變了，現在是繁華的世界；但我忘不了和瑞德在一起時的上海。我們今天不再憂慮害怕，但是好像少了什麼- - -一種

承平時代的歡樂，卻少了一種爲高超目標獻身的心靈堅定和壯闊、自我的提升並且對美好世界的嚮往，和對一個眞理的尋求。那時是困境中啟始了我們人生的智慧；而現今順遂中一切都變得理所當然。

　　世界和平而多彩繽紛，人們追求的是物質的豐富，不再需要冒險，不再擔心匱乏。但享樂中迷失了一種靈魂深刻的沉澱，或者說人們變的膚淺了！在經歷了那麼多苦難後，我反而同意我在嘉道理學校讀書時，羅斯老師說的那些話：『**我不羨慕那生活平順的人，因爲沒有那心路歷程就無從活出不凡；偉大無從向我們顯現！**』我回顧，我會樂意體現到那段歷程帶給我的人生思考和心靈的沉澱，使我更容易發現生命的美好和因此的滿足。」

導遊婕妮特：

「再問一次，妳確定要一個人留在這平臺上？」

老婦莎拉：

「是的，也不是，不過妳可以放心的先下樓吧- - -妳懂得的，瑞德已經在陪伴我了！」

　　／婕妮特用雙臂擁抱了一下莎拉，慢慢走出舞臺，到邊緣時，回頭又看了莎拉一眼，揮了一揮手。老婦莎拉也向婕妮特揮了揮手，看著她消失在舞臺邊緣。

⋯⋯⋯⋯⋯⋯⋯⋯⋯⋯⋯⋯⋯⋯⋯⋯⋯⋯⋯⋯⋯⋯⋯⋯⋯⋯⋯⋯⋯⋯⋯⋯⋯⋯⋯

　　／黃昏的夕陽下，一片燦爛耀眼的金光。／

　　／莎拉站在屋頂平臺上，拿出信封，看著信封上的字樣，耳畔響起瑞德的聲音。／

⋯⋯⋯⋯⋯⋯⋯⋯⋯⋯⋯⋯⋯⋯⋯⋯⋯⋯⋯⋯⋯⋯⋯⋯⋯⋯⋯⋯⋯⋯⋯⋯⋯⋯⋯

「妳一定要答應我，只有在我們的工作完成，目標達到以後，妳才拆開信封。那時妳要回到我們曾經一起奮戰的地方，讓我陪伴著妳傾訴。」

　　／莎拉拆開信封，裡面有三張紙，不同的顏色。第一張是淺淺的藍色，單獨的折著，後面是兩頁比較厚的白色信紙，稍微粘著。

　　／莎拉抽出第一張藍色的信紙，捧到眼前，耳畔瑞德的聲音繼續響起。／

417

親愛的莎拉：

我在想妳，我期盼著我們的勝利，把世界變成妳和我所想要的。我們一起走了一路，奮鬥著；但是如果妳讀到這封信，那就表示我沒有成功，我沒有做到；但我仍會深深的祝福妳；永遠期盼妳一生的幸福！

在我走後，我期盼這一封信，還有我寫的這一首詩，會在世界平靜了，陽光燦爛，草原芬芳之時被妳展開。到那時妳若願意，就回到上海，在我們所一起奮鬥和生活過的這座城市打開閱讀。因為那時我就又可以伴著你，躲在環繞妳的身影中！

不要笑話我所寫的詩，那是我曾經幻想過的場景，一個勇士犧牲後對他深深眷念的人所說的話。到那時候也許這首詩會對已經成熟的你顯得幼稚，但回想我們曾在一起的時光，我們還夢想著的時候，和我對你的許願：一個勇士，一名戰將，一個總統，和一個國王。

不必讓任何人知道我，也不要妨礙到妳此後的歡樂和幸福，我只祈求妳不會遺忘我，丟棄我。在妳還是小女孩的時候有一個少年男孩曾經對你許過的一個願望。妳不會嘲笑我的，我瞭解妳是善良真純，我多麼喜愛妳！妳的裡面有多麼美好的一個靈魂，我不願意再在外面飄蕩，我想要藏在裡面，被妳柔柔的心靈呵護；躲在妳心底深處的一個小小的角落，鎖住！我就會一樣幸福；那樣就夠了，我將永遠不再孤獨！

答應我這個小小的祈求，不要丟棄我。讓我相信在這個世界上有一個人，我是在她的回憶中永遠小小的一個部分。

答應我，莎拉。
妳的影子
瑞德

/莎拉望著天上，/

老婦莎拉：「瑞德，時候到了，現在我準備好要看你要告訴我的話了。」

／緩緩拆開裡面的信封，拿出兩張摺起來的紙，
緩緩打開撫平；然後戴上眼鏡，開始閱讀。／

〈給莎拉的詩歌〉

>>>

---五十二篇結束---

第五十三篇 滾雷之詩

〔舞臺〕：所有帷幕升起、布幔拉開
〔佈景〕：旅館高樓的頂層平臺，背景熒屏顯示黃昏的上海鳥瞰景象
　　　　／黃昏的光線灑滿舞臺，老婦莎拉展開一疊信紙，從第一張開始朗
　　　　讀，音調由輕柔逐漸深沉- - -最後充滿了的強烈的情感。
....

老婦莎拉的詩歌念白朗誦：

勇士的詩歌

聽啊- - -戰鼓雷鳴，
兵士們正望著敵人，
步伐齊整的向前邁進！

這一刻，是反抗的開始，勇士們不再受魔酋奴役，
這一刻，是大愛的決定；仁人們為人群奉獻犧牲；
這一刻，是希望的起始，智者們建立期盼的國度！

那是終久的期待，
面對惡魔不再畏懼受制，
追尋公義，付出值得生命的召喚！

--所有的考驗才剛開始，
--殘暴與勇敢的分野，
--犧牲與奉獻的顯現！
....

看哪……遠處……

狂風捲起沙塵，烟幕迴旋蔽日！
戰鼓爆裂巨響；烈焰如同煉獄！
沙場上號角嘹亮的響起；
勇士正握緊兵器向前衝！

他們不會絲毫猶疑畏懼，因為那是值得付出的召喚；
他們不怕死亡，因為那勝過苟且偷生，
他們要為他們的所愛建立一個世界，
一個他們憧憬的國度……
他們不會把這美好的世界讓給敵人，
因為他們擁有勇氣熱血和願意為愛付出！

……莎拉，這是為妳的征戰，
這是為所有我愛的人的爭戰；
讓我再次想念妳的面容，
然後轉身投入我選擇的戰場炮火中！

遠處- - -

炮火爆裂，閃光迴旋；
霹靂聲中，勇士拋跌，
軀體碎裂四散，
跌落在塵土上，
浸染在黃沙中…

一霎那--

世界倏然靜寂下來，
勇士的魂魄卻已

冉冉的颺升高空，
散佈到虛無的雲層中……
....

雲層像霧~ 像絮~ 像焰；
邊緣散開~ 中間起伏……
像緩緩滾動的大浪，
使他颺浮在當中。

望前~ 望後~ 望向四週，
無盡滾動的流層~ 打起漫漫的烟霧。

遙望去，
已陷入一片可怕的飄渺中……
……像飛散的颺絮，
使魂魄情不自禁的害怕！
顫慄在
永無止境的荒遼中……

什麼都無法抓住，
踏不到片塊實處，
無法掌握住自己飄向何處……
....

雲層捲起了重大的浪濤，
翻騰在狂飆中；

浪花~ 滾流~ 遮蓋萬路
是衝他而來，
凝望滾雷中驚怖叫喊……

忽然在一道霹靂閃光中，
化作了光影中的一顆顆黑點……
在雷聲震撼時，
一些焦黑的齏粉，
隨風散落……
散落……

· ·

古老要隘的小鎮，
荒積散落的屋厝，
風吹滾起的草球，
靜寂灰暗的天空。

紅斗篷，銀鎧甲的勇士，
抖著長矛出現在街道中。

馬隊踏著快速的碎步，
得~ 得~ 敲響在石板荒道中。

一列又是一列，
靜穆的行向鎮前隘口要衝。

荒原響起了勁風的呼嘯，
颯~ 颯~ 鼓起了兵士的斗篷。

鏢繐隨風澎起，
抖散鮮紅；
扯開艷麗的旗幟……
在狂風中拍響。

荒原的遠前，靜寂遼闊的天空，
無盡的黑點，像海邊遍地的黑沙，
鋪漫大地！

近了，
那是一片騎兵的黑服。

天空壓低到了連接荒原，
黑雲完全蓋沒了遼空；

「兵士們！」
金鎧甲，紅袍的勇士領袖怒吼：

**「狂雨雄兵動時沒人能知道
動後沒人能擋道！」**

狂風舞起他的紅巾，
幌掩了他火光的星目；
吼聲在曠野中迴響！

黑服的敵人騎兵
已經發出了攻擊吶喊的衝鋒！

勇士的喊話仍是餘音嬝嬝：

**「兵士們！
敵人是何其的眾多；**

我們卻要勝利！
讓我們從空中發出一道霹靂，
震碎他們的傲氣！」

「*震碎他們的傲氣！*」
兵士們的狂吼：
「*狂雨雄軍得勝利！*」

半空爆炸霹靂迴旋，
火光震撼焦灼炫目，
狂雨如箭疾射大地；
萬馬在奔騰中嘯吼！

「*衝啊！*」
撕裂肺腑……
響徹天地的吶喊……
少年軍士的衝鋒……
....

戰神以雷霆做驅策，
沙場化煉獄中慘嚎……

兵器---刺目在閃電裡，
軀體---浴血在碎裂中；
....

盡了~靜了~~雨絲冲洗著大地，
勇士拋軀在血水中。

旗幟-傾倒；

軀體-堆疊；

兵器-折拋！

扯破--撕裂--一切已成過去，
隨著響雷滾沒- - -

· ·

旗幟啊！
不再飄揚……

勇士啊！
不再怒吼……

兄弟們啊，我已遠離；
有誰卻去，替我行走！

告訴一個人，
不要再在夢中等候，
那醉夢般的等候！

但……
我會回來，
觸摸她的秀髮，
當微風輕起；

我會回來，
親吻她的雙唇，
當草原草厚；

我會奔回吶喊，
訴說我無盡的愛痛，
當滾雷又起！

· ·

哭泣啊！勇士，
你已走過了盡頭；
回身已不能再望，
那曾是勝過你生命的露珠！

· ·

但，露珠：

不許哭泣~ 不要滾動！
不能碎裂~ 要晶瑩剔透！

我在看妳，我將看妳，
每朝每暮，
當寒氣深沉在寂冥中……
有冷風翻滾妳，妳要活動！

記起我，伴著熏風，
我曾要擁抱妳，只是飄渺虛無……
滾滾~ 遙遙……

逝去啊，悲痛！

當陽光再炙，天色再亮時，
妳要歡喜欣動，如同往昔……

忘記我，卻不要丟棄；
把我揉成一個小團，
藏在妳心底
記憶的最深處⋯⋯
最深的記憶中⋯⋯

記住我，莎拉
不要丟棄，永不遺忘，
把我埋藏在妳心底最深處
永恆的記憶中！

⋯⋯⋯⋯⋯⋯⋯⋯⋯⋯⋯⋯⋯⋯⋯⋯⋯⋯⋯⋯⋯⋯⋯⋯⋯⋯⋯⋯⋯⋯⋯⋯

／莎拉一張一張的展開翻過去，直到最後一頁，她的聲音逐漸低沉，
念出最後一頁上的幾句：

⋯⋯⋯⋯⋯⋯⋯⋯⋯⋯⋯⋯⋯⋯⋯⋯⋯⋯⋯⋯⋯⋯⋯⋯⋯⋯⋯⋯⋯⋯⋯⋯

莎拉，我的摯愛：

生命的美好是甜美的愛情澆灌出的，
生命的深刻是人生的劇痛鐫刻上的；
妳給過我一切，
願我最後的祝福永遠伴隨妳！

妳的影子-瑞德

⋯⋯⋯⋯⋯⋯⋯⋯⋯⋯⋯⋯⋯⋯⋯⋯⋯⋯⋯⋯⋯⋯⋯⋯⋯⋯⋯⋯⋯⋯⋯⋯

-音樂響起-

〔**主題曲**〕：當陽光再炙，草原草厚，
我會奔回吶喊，訴說我無盡的哀痛！

>>

-黃昏的彩霞漫天，夕陽下的金色光茫照耀
從高樓俯瞰上海的迷人美景-

-舞臺上籠罩著燦爛的金色光芒-

---第五十三篇結束---

第五十四篇　永不分離

〔佈景〕：劇院頂上的燈光透過金黃色的濾光鏡投射到舞臺上，背景屏幕上投影出一幅俯瞰現代化上海都會高樓林立的夕陽景象。

〔舞臺〕：莎拉一人獨自兀立在飯店高樓的屋頂平臺，黃昏夕陽的光線籠罩著她。

-開演-

╱老婦莎拉摺起信箋，閉目面對舞臺右前方，緩緩睜開雙眼，然後側轉過身體，面對觀眾，雙手向上伸展，仰頭舉目眺望劇院穹蒼高處，朗聲祈禱。╱

老婦莎拉流著眼淚的祈禱：

「*Lord*，我的神，求你接納瑞德的靈魂！

他喜愛你的公義，

他渴求你的杖，你的竿，

做他的指引；

他確實是屬於你的羊群，

求你悅納他，

他必然已經安歇在你的懷裡！

草原草厚了，

溫暖的熏風起了，

瑞德，你會回來看我，

如同我們年少時在那座樓頂上的約定。

回來，黑暗中影子環繞我，

你在當中，我一無懼怕，

因為我知道你就在我身旁~身後，

你立在神聖當中，
在我的心靈裡豎立了你的碑牌，
成為我的聖潔！」

老婦莎拉最後的獨白：

「但是我們從未真正分離過，
因為我們是相信同一個召喚的人們！
一個值得付出生命的呼召⋯⋯

我的影子，你永遠在我身旁；
我衷心地愛著你！

我還要到遠離城市的山坡上去，
看那裡青青的草原，
那是你的樂園。
我會躺下，

讓溫暖的熏風拂面，
呼吸草原芬芳的氣息！

我會伴著你直到日落，
陪你佇立，仰頭眺望，
看那裡才能看見的滿天星斗，
看你觸摸的天空，
看你擁有的國度！

那裡我將伴著你，
做你永遠的王后！」

〔**背景屏幕牆**〕：背景屏幕牆上投射的影片亮起：

／燦爛的一道光束照耀在莎拉身上，

又更多一道一道照射在莎拉的周圍，

絢爛奪目，莎拉整個被包圍在光茫裡，

……聖歌音樂響起，

／背景投影屏幕上開始映出上海繁華的街景- - -

參觀的人群絡繹不絕的走進上海猶太難民紀念館，

人們靠近仰頭舉目觀看院內一面一面的青銅名單牆，

細讀著上面猶太人的名字- - -

還有展覽室內那一個角落，

那以一生和三代七十年守護猶太校長留下的書，

林道志的圖片和故事……然後畫面淡去，

⋯⋯⋯⋯⋯⋯⋯⋯⋯⋯⋯⋯⋯⋯⋯⋯⋯⋯⋯⋯⋯⋯⋯⋯⋯⋯⋯⋯⋯

／屏幕右側緩緩現出林道治平實的帶著眼鏡的面容，

背景陪襯著上海虹口圖書館那存放的一千六百多本書；

／然後屏幕中間慢慢浮現漢斯希伯肅穆的臉孔，

背景陪襯著山東沂蒙縣的紀念碑，

／最後屏幕左側開始逐漸顯現瑞德望著莎拉的笑臉，

……逐漸變得明亮……

在詩歌音樂和舞臺光輝燦爛中，

莎拉跪地祈禱，

讚美詩響起，

〔**配樂**〕：聖詩：**Panis Angelicus** - 歌曲合唱）

⋯⋯⋯⋯⋯⋯⋯⋯⋯⋯⋯⋯⋯⋯⋯⋯⋯⋯⋯⋯⋯⋯⋯⋯⋯⋯⋯⋯⋯

「天使的麵包賜給了人們，賜給了貧窮卑微的人們，

從天而來成爲了每一個善良謙卑的人們的食物，

它成爲各種形式，如同老園丁給與瑞德的粗食，

甘甜而美好，讓人嘗過就從心靈獲得飽足！」

整個舞臺在一片光茫裡……

詩歌聲中，

舞臺布幔在一片耀眼炫目的光茫中逐漸降下……

劇院大燈亮起，照耀整個廳堂，連同觀衆席……

舞臺最前緣的厚重帷幕逐漸合攏……／

全劇終

****

第五十四篇結束

- - -全文完- - -

後記

那個時候的上海是個特殊的城市，它存在著租界，除了主要的中國居民，它還有著歐洲人、美國人和包括日本人等；是一個廣大的國際舞臺。1939年起，兩萬多的猶太人為了躲避迫害、尋求庇護也來到此地。

在那片土地之上，曾經演出著二戰前夕的國際陰謀詭譎。既有侵略者泯滅人性的殘酷壓迫，也有年輕的愛國者奮起的反抗；和受迫害的人民謀求生存的艱辛掙扎，和他們之間的淳樸關懷。在那動蕩的時期中，讓我們看見亂世中才能顯現的真摯情懷，生死交托的堅定友誼，秉持初心的盼望；並啟發那些追尋崇高理念的人的勇氣和渴望。

我盼望透過此書將那一段幾近被遺忘的歷史重新向世人展現，從中發現人性的真相，獲取另一層次的視野，看見探索追尋一個真理所需的付出；和人生歷練後的思維結晶。同時那動蕩時代人們所踏過的足跡也許能甦醒我們平順生活中沉睡的心靈，使我們省視自己，重拾年輕時的理想；面向未來去追尋一個更高遠的呼召，領悟生命的最高價值。

本書部份內容取材和參考自下列的上海猶太難民所著的回憶錄：

《Shanghai Escape》， By: Kathy Kacer

《Shanghai Shadows》， By: Lois Ruby

《Strange Haven》， By: Sigmund Tobias

《Stateless in Shanghai》， By: Lilliane Willens

《Teen Green Bottles》， By: Vivian Jeanette Kaplan

《The Far Side of the Sky》， By: Daniel Kalla

由於年代久遠，無法一一找到上述書籍原來的作者，如果引用的文字或圖片引發任何版權問題，請聯繫本書作者：

【有關日本浙贛戰役清鄉屠殺二十五萬中國人民的資料，參考自歷史檔案：The Untold Story of the Vengeful Japanese Attack After the Doolittle Raid.（杜立德東京突襲後 日本復仇未公開的故事），內容摘自https://www.smithsonianmag.com/history/untold-story-vengeful-japanese-attack-doolittle-raid-180955001，經與Smithsonianmag簽約，但僅獲得授權允許本書內容使用，無權准許他人轉載。

故其他未獲得Smithsonian同意者請勿翻印或摘錄本文，否則自負法律責任及後果。】

Mark S. Liu

P.O Box 7869

Alhambra, CA 91802

U.S.A

誠摯的感謝您讀完本書，那就是與我共走的一段路！

作者：祖恪

莎拉的影子

作　　者　祖恪
校　　對　祖恪
封面插畫　Dinah Feng 馮怡
發 行 人　MARK S. LIU 劉祥
出　　版　美國慕義基金會 Righteous Quest Foundation
　　　　　9645 Telstar Ave, #C El Monte, CA 91731
　　　　　電話：001-626-442-5400
設計編印　白象文化事業有限公司
　　　　　經紀人：徐錦淳
經銷代理　白象文化事業有限公司
　　　　　412台中市大里區科技路1號8樓之2（台中軟體園區）
　　　　　出版專線：（04）2496-5995　　傳眞：（04）2496-9901
　　　　　401台中市東區和平街228巷44號（經銷部）
　　　　　購書專線：（04）2220-8589　　傳眞：（04）2220-8505
印　　刷　基盛印刷工場
初版一刷　2022年10月
I S B N　978-1-7375661-0-6
定　　價　799元

白象文化　印書小舖　出版 · 經銷 · 宣傳 · 設計
www.ElephantWhite.com.tw　自費出版的領導者　購書 白象文化生活館